Johan

MW01674116

Technologische Encyklopaädie oder alphabetisches Handbuch der Technologie

24. Band

SALZWASSER
VERLAG

Johann Joseph von Prechtl

Technologische Encyklopädie oder alphabetisches Handbuch der Technologie

24. Band

Unveränderter Nachdruck der Originalausgabe von 1865.

1. Auflage 2022 | ISBN: 978-3-37501-168-0

Verlag: Salzwasser Verlag GmbH, Zeilweg 44, 60439 Frankfurt, Deutschland
Vertretungsberechtigt: E. Roepke, Zeilweg 44, 60439 Frankfurt, Deutschland
Druck: Books on Demand GmbH, In de Tarpen 42, 22848 Norderstedt, Deutschland

Technologische Encyklopädie

oder

alphabetisches Handbuch

der

Technologie, der technischen Chemie und des Maschinenwesens.

Begonnen von

Joh. Jos. R. v. Prechtl.

Fortgesetzt von

Karl Karmarsch,

Dr. ph., Direktor der polytechnischen Schule zu Hannover; Ritter des k. hannov. Guelfenordens, Comthur des k. k. österreich. Franz-Joseph-Ordens, Ritter des k. preuß. Rothen-Adler-, des k. bayrischen St. Michaels-, des k. sächs. Verdienst- und des k. norwegischen St. Olafs-Ordens; Mitgliede der kais. Leopold. Carol. deutschen Akademie der Naturforscher; auswärt. Mitglied der k. schwedischen Akademie der Wissenschaften; Verdienstmitgliede des Vereins zur Ermunterung des Gewerbsgeistes in Böhmen; Ehrenmitgliede der k. Landwirthschaftsgesellschaft zu Celle, des großherzogl. hessischen Gewerbvereins, des polytechnischen Vereins für das Königreich Bayern, des Gewerbvereins für das Herzogthum Nassau, der frankfurtischen Gesellschaft zur Beförderung der nützlichen Künste &c., des schwedischen Gewerbvereins, des sächsischen Ingenieurvereins; korrespondirendem Ehrenmitgliede der Society of Arts zu London; Korrespondenten der k. k. geologischen Reichsanstalt zu Wien; korrespondirendem Mitgliede des niederösterreichischen Gewerbvereins; &c. &c.

Vierundzwanzigster Band

oder

Vierter Supplementband.

Kerzen — Rothfärben.

Mit Kupfertafeln 104 bis 119.

Stuttgart.

[illegible] J. [illegible]

1865.

Supplemente

zu

J. J. R. v. Prechtl's

Technologischer Encyklopädie.

Vierter Band.

(Kerzen — Rothfärben.)

Im Verein mit

Dr. **Fr. Heeren** und Dr. **M. Rühlmann**, Professoren an der polytechnischen Schule zu Hannover; **Fr. Behne**, Salin-Betriebs-Inspektor zu Lüneburg; Dr. **F. Stohmann** in Braunschweig; **E. Hoyer**, Assistenten der Technologie an der polytechnischen Schule zu Hannover,

herausgegeben von

Karl Karmarsch,

Dr. ph., Direktor der polytechnischen Schule zu Hannover; Ritter des k. hannov. Guelfenordens, Comthur des k. k. österreich. Franz-Joseph-Ordens, Ritter des k. preuß. Rothen-Adler-, des k. bayrischen St. Michaels-, des k. sächs. Verdienst- und des k. norwegischen St. Olafs-Ordens; Mitgliede der kais. Leopold. Carol. deutschen Akademie der Naturforscher; auswärt. Mitglied der k. schwedischen Akademie der Wissenschaften; Verdienstmitgliede des Vereins zur Ermunterung des Gewerbsgeistes in Böhmen; Ehrenmitgliede der k. Landwirthschaftsgesellschaft zu Celle, des großherzogl. hessischen Gewerbvereins, des polytechnischen Vereins für das Königreich Bayern, des Gewerbvereins für das Herzogthum Nassau, der frankfurtischen Gesellschaft zur Beförderung der nützlichen Künste ꝛc., des schwedischen Gewerbvereins, des sächsischen Ingenieurvereins; korrespondirendem Ehrenmitgliede der Society of Arts zu London; Korrespondenten der k. k. geologischen Reichsanstalt zu Wien; korrespondirendem Mitgliede des niederösterreichischen Gewerbvereins; ꝛc. ꝛc.

Mit Kupfertafeln 104 bis 119.

Stuttgart.

1865.

Inhalt.

Kerzen S. 1. A. Stearinsäurekerzen S. 1. B. Wallrathkerzen S. 29. C. Paraffinkerzen S. 30. D. Ueber die Leuchtkraft verschiedener Arten von Kerzen S. 31.

Knopffabrikation S. 43. I. Oehre S. 43. II. Hohle Blechknöpfe S. 47. III. Besondere Arten metallener Knöpfe S. 49. IV. Ueberzogene Knöpfe S. 52.

Kochsalz S. 58. Einleitung S. 58. A. Eigenschaften des Kochsalzes S. 63. B. Vorkommen und Gewinnung des Steinsalzes S. 64. a) Vorkommen S. 64. b) Gewinnung S. 80. C. Gewinnung des Salzes aus Salzseen S. 85. D. Salzgewinnung aus Soolen S. 89. a) Natürliche Soolen S. 89. b) Künstliche Soolen S. 99. c) Sooileitungen und Soolbehälter S. 102. d) Kubizirung der Soolen S. 110. e) Bestimmung des Salzgehaltes der Soolen S. 111. f) Gradirung salzarmer Soolen S. 128. g) Versieden der Salzsoolen S. 145. 1) Stören S. 149. 2) Soggen S. 158. 3) Trocknung des Salzes S. 171. h) Bauliche Anlagen des Salzsiedebetriebes S. 178. E. Gewinnung des Meersalzes S. 193.

Krahn S. 205. A. Drehkrahne S. 207. B. Schwingkrahne S. 223. C. Laufkrahne S. 224. D. Schiebekrahne S. 232. Berechnung der Krahne S. 234.

Lampe S. 237. I. Brennmaterialien S. 237. II. Neuere Lampen-Einrichtungen S. 245. A. Verbesserte Zuggläser S. 245. B. Kolbenlampe S. 250. C. Kamphinlampe S. 261. D. Harzöllampe S. 263. E. Photogenlampen S. 264. F. Solaröllampe S. 267. G. Erdöllampen S. 269. III. Vergleichung verschiedener Oellampen S. 270.

Mühlen S. 281. A. Getreidemahlmühlen überhaupt S. 281. B. Die englischen Getreidemahlmühlen der Gegenwart S. 297. C. Die Schweizer Walzenmühlen S. 308. D. Die deutschen Getreidemühlen der Gegenwart S. 310. E. Deutsche Mühlen zur Griesmüllerei S. 323. F. Verschiedene Gegenstände, Getreidemahlmühlen betreffend S. 336. 1. Mühlsteine S. 336. 2. Betriebsarbeit und Mahlquantum S. 339. 3. Bedarf an Getreide und Brot S. 342. 4. Aufbewahrung von Getreide S. 343. G. Graupenmühlen S. 344. H. Reismühlen S. 350. J. Mühlen zu verschiedenen Zwecken S. 352. I. Knochenmühlen S. 352. II. Zement-, Traß- und Mörtelmühlen S. 354. III. Bleiweißmühlen S. 356. IV. Gypsmühlen S. 356. V. Lohmühlen S. 358. VI. Farbmühlen S. 359.

Nadelfabrikation S. 360. I. Fabrikation der Stecknadeln S. 360 II. Nähnadelfabrikation S. 363.

Nägelfabrikation S. 383.

Nähmaschine S. 391. I. Einleitung S. 391. II. Allgemeine Darstellung S 395. III. Beschreibung einzelner Nähmaschinen S. 432. 1. Schiffchenmaschine S. 432. 2. Greifermaschine S. 435. 3. Kettenstichmaschine S. 440. 4. Grover-Baker-Maschine S. 443. IV. Schlußbemerkungen S. 448.

Nickel S. 454.

Paraffin S. 462 Rohmateriale S. 469. Darstellung des Theers oder Roh-Oels S. 480. Destillation des Theers S. 488. Reinigung des schweren Oeles S. 490. Krystallisation des Paraffins S. 493. Gießen der Paraffinkerzen S. 496.

Phosphor S. 498. Fabrikation S. 499. Reinigung S. 506. Fleck's Methode der Phosphorfabrikation S. 508. Darstellung des amorphen Phosphors S. 509. Eigenschaften des Phosphors S. 510.

Photogen S. 516. Reinigung des Rohöles S. 520. Destillation und Rektifikation S. 523. Eigenschaften des Solaröls und Photogens S. 524. Chemische Zusammensetzung derselben S. 525. Petroleum S. 526. Eigenschaften desselben S. 532. Reinigung S. 540. Leuchtkraft des Photogens und Petroleums S. 545.

Rothfärben S. 549. Anilin S. 549. Bildung der Anilinfarben S. 556. Fabrikation des Anilinroths S. 558. Fabrikation des Anilinblaues S. 563. Fabrikation des Anilinviolett S. 565. Anilingelb S. 568. Anilingrün S. 568. Anilinbraun S. 570. Anilinschwarz S. 570. Anwendung der Anilinfarbstoffe zum Färben und Drucken S. 570.

Kerzen.

(Bd. VIII. S. 318.)

A. Stearinsäurekerzen, abgekürzt: Stearinkerzen.

Der betreffende Artikel des Hauptwerkes konnte der Stearinsäurekerzenfabrikation nur kurze Erwähnung thun, weil sich dieselbe damals noch im Stadium der ersten Entwicklung befand, und sich wohl kaum die so große Ausdehnung vorhersehen ließ, zu welcher sie sich seitdem emporgeschwungen hat.

Die Substanz der Stearinsäure- (abgekürzt Stearin-) Kerzen besteht vornehmlich in Stearinsäure, welcher kleinere Mengen Margarin-, Palmitin- und Oelsäure, die neben der ersteren in den zur Fabrikation dieser Kerzen dienenden Materialien in abweichendem Mengenverhältniß vorkommen, beigemischt sind. Die drei ersten besitzen eine wachsartige Härte, fühlen sich völlig trocken an, gewinnen beim Erstarren ein ausgezeichnet krystallinisches Gefüge, können bei erhöhter Temperatur, besonders unter Mithülfe von überhitztem Wasserdampf, destillirt werden ohne sich bedeutend zu zersetzen, sind im Weingeist leicht löslich und zeigen in dieser Lösung auf blaues Lackmuspapier entschieden saure Reaktion. Durch das Verhalten gegen Weingeist unterscheidet man leicht die Fettsäuren von den eigentlichen neutralen Fetten, welche selbst in der Wärme sich nur in sehr geringer Menge im Weingeist lösen.

Die genannten drei festen Fettsäuren stehen bis auf den abweichenden Schmelzpunkt und die chemische Zusammensetzung in allen übrigen Eigenschaften einander so nahe, daß ihre Trennung, wenn sie zusammen vorkommen, mit fast unüberwindlichen Schwierigkeiten verbunden ist, man sie daher auch bei fabrikmäßigem Betriebe immer zusammen läßt, wogegen die möglichst vollständige Entfernung der flüssigen Oelsäure eine Hauptaufgabe bildet.

Die Stearinsäure (Talgsäure) findet sich vorzugsweise im Rinds- und Hammeltalg, in geringerer Menge in den weicheren Thierfetten, dem Menschen- und Gänsefett, der Butter, dem Baumöl, der Kakaobutter und anderen Pflanzenfetten. Sie ist in diesen Fetten in chemischer Verbindung mit Glycerylorxyd (Lipyloxyd), einer im isolirten Zustande noch nicht bekannten organischen Basis, als neutrales stearinsaures Glyceryloxyd enthalten, welches feste wachsartige Fett Stearin genannt wird. Bei Behandlung der genannten rohen Fette oder besser des reinen Stearins mit ätzenden Alkalien oder Kalk (durch Verseifung) tritt die Stearinsäure an diese Basen, während das sich abscheidende Glyceryloxyd durch Aufnahme der Bestandtheile des Wassers sich in Glyceryloxydhydrat oder Glycerin verwandelt. — Die Stearinsäure schmilzt bei 70° C. Für sich allein kann sie in kleiner Menge ziemlich unzersetzt destillirt werden, in irgend größerer Menge aber nur unvollkommen, indem sie unter Bräunung theilweise in verschiedene flüchtige Zersetzungsprodukte zerfällt, wogegen sie mit Beihülfe von stark erhitztem Wasserdampf in beliebig großer Menge destillirt werden kann.

Margarinsäure wird am besten aus Menschen- oder Gänsefett gewonnen, indem man daraus zuerst das Margarin, den festen Bestandtheil, darstellt und dieses der Verseifung unterwirft, oder indem man Stearinsäure mit Salpetersäure von 1.28 spez. Gew. 10 Minuten lang im Kochen erhält. Sie schmilzt bei 60°, also um 10° leichter als die vorhergehende, und ist in noch höherem Grade zum Krystallisiren geneigt. Langsam erkaltet krystallisirt sie in großen Blättern. Von Heinz ist die Existenz der Margarinsäure in Abrede gestellt; sie soll nach ihm nichts anderes als ein mechanisches Gemeng von Stearinsäure und Palmitinsäure sein, wie denn derselbe durch Zusammenschmelzen von 1 Gewichtstheil Stearinsäure mit 9 Theilen Palmitinsäure eine Masse erhalten haben will, welche alle Eigenschaften der Margarinsäure besaß.

Palmitinsäure wird in größter Menge durch Verseifung des Palmitins, des festen Bestandtheils im Palmöl, und des japanischen Wachses, durch Auflösen des Palmitins in konzentrirter Schwefelsäure und nachherige Entfernung der Letzteren durch Wasser, endlich auch durch Schmelzen von Oelsäure mit überschüssigem Kalihydrat erhalten. Sie bildet beim Erstarren eine halbdurchsichtige

Masse von krystallinisch blättrigem Gefüge, schmilzt bei 62° C (nach Schwarz bei 60°) und kann bei Ausschluß der Luft, am besten in einem Strom überhitzten Wasserdampfs, bei 300° zum größten Theil unverändert destillirt werden. Der Schmelzpunkt aber soll durch die Destillation um einige Grade herabgedrückt werden, vielleicht durch Umwandlung der Palmitinsäure in Margarinsäure.

Die Zerlegung der neutralen Fette in Fettsäuren und Glycerin findet selbst ohne alle Anwendung von Salzbasen Statt, wie denn das Ranzigwerden der Fette, z. B. der Butter, auf dem Freiwerden der Fettsäuren beruht, und Pelouze z. B. in altem Palmöl 4/5 desselben im Zustande freier Fettsäuren fand. Berthelot hat erwiesen, daß die neutralen Fette durch bloße Einwirkung von gespanntem Wasserdampf bei 220°, wenn auch sehr langsam, in Glycerin und fette Säuren zerfallen. Bei der Temperatur von 293° erfolgt nach Wilson diese Zersetzung rasch und vollständig, so daß, wie weiter unten gezeigt werden wird, hierauf die neueste Methode der Stearinsäurefabrikation sich gründet. Kommt außer dem Wasser noch etwas Kalkhydrat hinzu, so geht die Zersetzung um so leichter von Statten. In verschlossenen Gefäßen bei 160 bis 165° und einem Druck von 5 bis 6 Atmosphären erfolgt nach Milly die Zersetzung des Fettes im Verlauf von 3 Stunden vollständig, wenn die Menge des Kalkhydrats nur 5 Prozent, also 1/3 von der sonst üblichen Menge, beträgt. Nach Bouis reicht schon 1/5 oder 1/6 der früher angewandten Kalkmenge hin, um bei 165° und dem entsprechenden Dampfdruck die Verseifung zu bewerkstelligen. Pelouze, indem er die Milly'schen Beobachtungen bestätigte, zeigte, daß neutrales Fett mit neutraler Kalkseife zu etwa gleichem Gewicht gemischt und der Temperatur von 165° ausgesetzt, vollständig in Glycerin und fette Säuren zerfällt. Nach den Beobachtungen desselben ist die Gegenwart von Wasser nicht unbedingt nothwendig; er fand, daß Talg mit 10 bis 15 Prozent wasserfreiem Kalk gemischt und auf 250° erhitzt, sehr schnell in Kalkseife verwandelt wurde, wobei jedoch verschiedene Nebenprodukte, vielleicht durch Zersetzung des Glyceryloxydes, zum Vorschein kamen. Wurden statt des wasserfreien Kalkes 15 Prozent trocknes Kalkhydrat angewandt, so erfolgte bei 220° C. die Verseifung in weniger als einer Stunde, bei 250° schon in einigen Minuten, und er erhielt so eine ganz weiße, leicht pulverisirbare Kalkseife.

Uebrigens ist schon vor mehr als 20 Jahren nach der Erfindung Runge's in der Fabrik zu Oranienburg bei Berlin Palmöl durch trocknes Kalkhydrat verseift worden.

Zersetzung der Fette durch Schwefelsäure. — Werden neutrale Fette mit etwa 10 Prozent konzentrirter Schwefelsäure innig gemengt und wird sodann das Ganze einer Hitze von 115° ausgesetzt, so tritt, wenn auch ziemlich langsam, die Schwefelsäure mit den Fettsäuren und dem Glyceryloxyd zu gepaarten Säuren — Stearinschwefelsäure, Margarinschwefelsäure, Palmitinschwefelsäure, Elaïnschwefelsäure und Glycerinschwefelsäure — zusammen. Wasser bewirkt die Zersetzung der ersten vier, und die frei gewordene verdünnte Schwefelsäure trennt sich von den Fettsäuren, die auf diesem einfachen Wege, freilich mehr oder weniger dunkel gefärbt, erhalten werden. Diese durch Schwefelsäure zu bewirkende Zersetzung, auch wohl, obgleich unrichtig, Verseifung genannt, hat, besonders bei der Verarbeitung von Palmöl und von geringen unreinen Fetten sehr ausgedehnte Anwendung gefunden.

Fabrikation der Stearinkerzen.

Die Verwendung eines möglichst harten stearinhaltigen Fettes bildet wegen der größeren Ausbeute an nutzbarer Stearinsäure eine besonders wichtige Aufgabe; einmal weil die als Nebenprodukt auftretende flüssige Oelsäure einen weit niedrigeren Preis bedingt als die zur Kerzenfabrikation taugliche feste Fettmasse, andern Theils weil der zur Verseifung und Scheidung dieses flüssigen Theils erforderliche Aufwand an Kalk und Schwefelsäure nutzlos verloren ist, endlich auch weil die flüssige Oelsäure eine gewisse Menge Stearinsäure in Lösung erhält, folglich einen um so größeren Verlust derselben bedingt, je mehr Oelsäure vorhanden. Ein sorgfältig ausgeschmolzener, nicht angebrannter weißer Rinds- (am besten Nieren-) Talg und Hammeltalg sind als Rohmateriale allen anderen vorzuziehen. Das Palmöl bietet zwar den Vortheil eines niedrigeren Preises und der Leichtigkeit, es in jeder gewünschten Menge aus dem Handel beziehen zu können, während guter Talg nicht immer leicht in Quantitäten zu erhalten ist; aber es liefert außer Oelsäure nur Palmitinsäure und diese gibt nur Kerzen zweiter Qualität, welche hinsichtlich der Weiße, der Schwerschmelzbarkeit und des trockenen Angriffs hinter den aus Talg dargestellten zurückstehen.

Um ein sehr festes Fett (Stearin) zu erhalten, kann man dem Rindertalg einen guten Theil des flüssigen Elaïns entziehen, wenn man ihn in größeren Quantitäten schmelzt und in geheizten Räumen sehr langsam und ruhig erkalten läßt, wobei sich das Stearin in Gestalt kleiner rundlicher Körner ausscheidet, das Elaïn aber als ein gelbliches flüssiges Oel für sich bleibt und durch langsames Pressen in Säcken von dem Stearin theilweise geschieden werden kann. Aber abgesehen auch von der hiermit verbundenen Arbeit, erleidet man jedenfalls einen bedeutenden Verlust an Stearin, welches in dem Elaïn gelöst bleibt; denn wollte man zum Zweck einer möglichst vollständigen Abscheidung des Stearins den Talg über die gewöhnliche mittlere Temperatur hinaus abkühlen, so würde auch das Elaïn zu einer schmierigen Masse erstarren und die Pressung fast unmöglich machen. Jedenfalls geht die Trennung der Stearinsäure von der Oelsäure weit leichter und vollständiger von Statten, als die Trennung des Stearins vom Elaïn. Beim Palmöl, dessen Gehalt an flüssigem Elaïn viel größer ist als jener im Talg, ist diese vorläufige Behandlung schon eher zu empfehlen und auch in einigen Fabriken in Anwendung.

I. Fabrikation mittelst Verseifung.

Erste Operation: Die Verseifung. — Es dient dazu ein hölzerner Bottig von der in Fig. 1 auf Tafel 104 dargestellten Einrichtung, dessen Größe sich natürlich nach dem Umfange der Fabrikation richtet. Sollen zur Zeit 1000 Pfund Talg verseift werden, so reichen 5 Fuß Durchmesser bei einer Höhe von 3 Fuß hin. Die Kochung geschieht durch Dampf, der durch ein am Boden des Bottigs liegendes mit vielen kleinen Löchern versehenes Bleirohr a eingeleitet wird. Um während der Verseifung die Masse in beständiger Bewegung zu halten und alle Theile des Fettes mit der Kalkmilch in innigste Berührung zu bringen, dient die aus der Zeichnung ersichtliche Rührvorrichtung b b. Man bringt zuerst den Talg in den Bottig, schmelzt ihn durch zugeleiteten Dampf und gibt sodann die aus 150 Pfund gebranntem Kalk bereitete Kalkmilch hinzu. Ein möglichst eisenfreier, recht weißer Kalk ist zu empfehlen, weil die Fettsäuren in hohem

Grade geneigt sind, Eisenoxyd in sich aufzunehmen, welches ihnen bei der nachherigen Behandlung mit Säuren kaum zu entziehen ist und ihnen eine gelbliche Farbe ertheilt. Aus diesem Grunde ist bei der ganzen Fabrikation die Fettmasse sorgfältigst vor jeder Berührung mit Eisen zu schützen, weßhalb auch eiserne Gefäße um so mehr unzulässig sind, als das Eisen durch Berührung mit der Fettsäure gar sehr dem Rosten unterliegt.

Nachdem die Kochung unter beständigem Rühren einige Stunden fortgesetzt und die Verseifung bis zu einem gewissen Grade fortgeschritten ist, vereinigt sich sämmtlicher vorhandener Kalk mit dem Fett zu einer zähen Masse, welche sich von dem Wasser, das nun völlig klar erscheint, in größeren und kleineren Klümpchen trennt und sich am Boden des Bottigs sammelt. Die Rührvorrichtung kann nun abgestellt werden, weil ein ferneres Rühren zwecklos sein würde; die Kochung aber wird ununterbrochen fortgesetzt, bis sich die vollendete Verseifung dadurch zu erkennen gibt, daß sich die Klumpen der Kalkseife, wenn sie aus der kochenden Flüssigkeit genommen und erkaltet sind, zwischen den Fingern leicht zerbröckeln lassen, ohne im Geringsten sich fettig oder schmierig anzufühlen. Ein untrügliches Mittel zur Erkennung der vollendeten Verseifung besteht darin, ein Pröbchen der Kalkseife in einem Kochgläschen mit Weingeist zu übergießen, eine kleine Menge Salzsäure hinzuzufügen und das Ganze zu erwärmen. Die Salzsäure zersetzt die Seife, verbindet sich mit dem Kalk, während die frei gewordenen Fettsäuren vom Weingeist aufgelöst werden. Enthält die Seife noch unverseiftes Fett, so bleibt dasselbe ungelöst und schwimmt in Gestalt von Oeltröpfchen auf der Flüssigkeit. Auf vollständige Verseifung ist sorgfältigst zu achten, weil ein Rückstand von unverseiftem Fett in den Fettsäuren die Krystallisation der festen Säuren erschwert, die Masse schmierig macht und die Scheidung der Oelsäure durch das Pressen wesentlich erschwert.

Die vollständige Verseifung erfordert gewöhnlich achtstündiges Kochen, worauf man die klare wässerige Flüssigkeit, welche das Glycerin enthält, durch einen Hahn am Boden des Bottigs abzieht, die Kalkseife aber herausschaufelt.

In der großen Fabrik von Jaillon, Moinier und Comp. zu la Villette bei Paris bewirkte man die Verseifung in großen aus Mauersteinen mit Zement gemauerten viereckigen Bassins von 370 Kubikfuß

Inhalt, in welchen jedesmal 4000 Pfund Talg, so wie er aus den Pariser Schlachtereien bezogen wird, mit 600 Pfund Kalk und 4000 Pfund Wasser verseift wurden.

Zweite Operation: Zerkleinerung der Kalkseife. — Man benutzt dazu ein Paar kannelirter gußeiserner Walzen und läßt in den darüber befindlichen Rumpf, in welchen die Kalkseife geschaufelt wird, zur Abkühlung derselben und um das Anhaften an den Walzen zu verhindern, einen feinen Strahl kalten Wassers zufließen. Einfacher noch ist das Verfahren, die Kalkseife auf dem Fußboden der Fabrik auszubreiten und eine eiserne Walze darüber hin und her rollen zu lassen.

Dritte Operation: Zersetzung der Seife. — In einen mit Blei ausgefütterten und mit einem spiralförmigen Dampfrohr versehenen Bottig bringt man die aus 1000 Pfund Talg gewonnene Kalkseife, 2800 Pfund Wasser, fügt unter beständigem Rühren 140 Pfund Schwefelsäure von 66° B. (oder bei Anwendung schwächerer Säure eine entsprechend größere Menge derselben) hinzu und bringt durch Dampf das Ganze allmählich zum Kochen, wodurch unter Bildung von schwefelsaurem Kalk die Fettsäuren im geschmolzenen Zustande sich abscheiden. Die Zersetzung der Seife erfordert, je nachdem diese mehr oder weniger fein zerquetscht war, 3 bis 4 Stunden, worauf sich die Fettsäuren in Gestalt einer gelblichen Oelschicht auf der Oberfläche sammeln, während der Gyps als körniges Pulver sich absetzt. Sollte auch die Fettmasse anfänglich nicht ganz klar erscheinen, so klärt sie sich doch nach einiger Zeit, zu welchem Zwecke man das Ganze nach beendigter Kochung noch 3 Stunden in demselben Zersetzungsbottig der Ruhe überläßt. Da aber der schwefelsaure Kalk eine gewisse Menge Fettsäure in Gestalt kleiner Tröpfchen zurückzuhalten pflegt, so bringt man denselben nebst der überstehenden verdünnten Säure in hohe, verhältnißmäßig enge Bottige, in welchen ein Theil der noch vorhandenen Fettsäure sich zur Oberfläche erhebt und als erstarrte Schicht abgenommen werden kann. Die saure Flüssigkeit wird von dem Gyps abgezogen um bei der nächsten Operation statt Wassers verwendet zu werden, während der Gypsbrei in ein großes Reservoir kommt, worin sich noch wieder eine Haut von Fettsäuren bildet. Nach dem Abnehmen derselben füllt man den Gyps in kleinere Fässer und verdünnt ihn mit Wasser, wodurch noch eine geringe Menge Fettsäure abgeschieden und gewonnen wird.

Alle diese, dem unlöslichen Gypsbrei angehörigen Unbequemlichkeiten und Verluste vermeidet man durch Anwendung von Salzsäure, und wo aus einer benachbarten Sodafabrik Salzsäure zu einem mäßigen Preise bezogen werden kann, ist sie der Schwefelsäure unbedingt vorzuziehen.

Vierte Operation: Saure Wäsche. — Es dient hierzu ein ganz gleicher Bottig, wie der vorhergehende, welchen man etwa zum dritten Theil des Inhalts mit verdünnter Schwefelsäure von 5⁰ Baumé füllt, und in welchen man dann die flüssige noch heiße Fettmasse schöpft oder mittelst eines Hahnes abzieht. Das Ganze wird dann durch zugeleiteten Dampf eine bis zwei Stunden lang gekocht und wieder zwei Stunden in Ruhe gelassen.

Fünfte Operation: Süße Wäsche. — Eine ganz gleiche Behandlung mit bloßem Wasser. Wenn in Ermangelung von weichem aber ganz klarem Quell- oder Flußwasser die süße Waschung mit hartem kalkhaltigem Brunnenwasser geschehen muß, dessen Gehalt an kohlensaurem Kalk in die Fettsäuren übergehen würde, so ist es nöthig, eine kleine, zur Sättigung des Kalkes gerade genügende Menge Schwefelsäure zuzusetzen.

Sechste Operation: Krystallisation der Fettsäuren. — Die aus Stearinsäure, Margarinsäure (eventuell Palmitinsäure) und Oelsäure bestehende Fettmasse, aus welcher demnächst durch Pressen die letztere entfernt werden soll, muß langsam erkalten, damit die festen Säuren Zeit gewinnen, in größeren Krystallblättchen sich von der Oelsäure zu trennen. Man bedient sich hierzu am besten flacher viereckiger Formen von Weißblech oder emaillirtem Eisenblech von etwa 1½ Zoll Höhe, welche an der einen Seite 1 Zoll über dem Boden einen Ausguß oder Schnabel besitzen und deren man eine Anzahl in einem Gerüst, wie Fig. 2 auf Tafel 104 zeigt, über einander stellt. Nachdem sich die obere Form bis an den Schnabel gefüllt hat, fließt die Fettmasse in die zweite, von dieser in die dritte u. s. f., bis alle gefüllt sind. Des langsamen Erstarrens wegen ist es zweckmäßig, die Gerüste mit den Formen in einem geheizten Zimmer aufzustellen und mit diesem langsam erkalten zu lassen.

Nach Verlauf von 24 Stunden nimmt man die Kuchen aus den Formen, um sie der Presse zu übergeben.

Siebente Operation: Die kalte Pressung. — Es dient hierzu eine vertikale hydraulische Presse von der in Figur 3 auf Taf. 104 dargestellten Einrichtung. Die Kuchen kommen entweder in viereckige Säcke eines groben aber sehr starken wollenen Preßtuches, von 20 Zoll Länge und 16 Zoll Breite, oder werden in wollene Tücher zu Packeten von der genannten Größe eingeschlagen, aus welchen letzteren nach der Pressung die Fettmasse leichter ausgenommen werden kann, als aus Säcken. Diese gefüllten Säcke oder Packete werden zu je zwei Stück neben einander auf die Preßplatte gelegt, mit einer Eisenplatte bedeckt, auf diese wieder zwei Packete u. s. f., bis der disponible Raum der Presse gefüllt ist. Die Presse wird nun langsam angelassen, um der Oelsäure Zeit zu geben, aus den feinen Zwischenräumen der Krystalle hervorzukommen und durch das Preßtuch zu entweichen. Die abfließende Oelsäure läuft in die Trichter a, b und so durch die Röhren c, d in das Reservoir e. Da der volle Druck der Presse etwa 400,000 Pfund beträgt, eine Schicht von zwei Packeten aber eine Fläche von 640 Quadratzoll einnimmt, so kommt auf jeden Quadratzoll ein Druck von etwa 620 Pfund. Jede Pressung nimmt mit Einschluß des Einlegens und Ausnehmens der Säcke einen Zeitraum von 3 Stunden in Anspruch.

Achte Operation: Die warme Pressung. — Die kalt gepreßte Fettmasse, welche durch einen nicht unbedeutenden Rückstand von Oelsäure noch eine gelbliche Farbe besitzt, sich auch noch fettig anfühlt, wird aus den Packeten genommen und Stück für Stück einer Revision unterworfen, wobei man diejenigen Parthien der Kuchen, besonders dickere Randstücke, die sich nicht hinreichend entölt zeigen, abnimmt, um sie noch einmal kalt zu pressen, die gut gepreßten Theile aber zum Zweck der warmen Pressung wieder in wollene Preßtücher schlägt, diese in Haartücher, außerordentlich dicke, harte, reichlich $1/2$ Zoll starke Gewebe oder vielmehr mattenartige Geflechte von Pferdehaar, einlegt, um sie der warmen Presse zu übergeben, welche dem Produkte eine völlig wachsartige Härte und Trockenheit, verbunden mit schneeweißer Farbe, ertheilt.

Da bereits im Hauptwerke, Bd. XI., Seite 213, die Einrichtung einer Warmpresse und das Verfahren beim Warmpressen beschrieben ist, so können wir uns auf einige Ergänzungen beschränken.

Das beständige Aus- und Einheben der wohl 60 Pfd. schweren Preßplatten zum Behuf der Erwärmung und der damit verbundene Zeitaufwand hat die Erfindung hohler Platten veranlaßt, die, ohne ausgenommen zu werden, innerhalb der Presse, ja, selbst während des Pressens, durch Wasserdampf oder heißes Wasser gewärmt werden können. Broutin's hohle Platten, zu deren Erläuterung Fig. 4, 5, 6 und 7 auf Taf. 104 dienen, sind aus zwei Tafeln sehr dicken, etwa $^1/_2$ Zoll starken Eisenblechs zusammengesetzt, die an ihrem unteren Ende durch Scharniere verbunden sind und Kanäle zur Zirkulation des Dampfes zwischen sich lassen. Fig. 4 zeigt eine solche Doppelplatte im geöffneten Zustande, so daß man die innere Einrichtung sehen kann. Auf die Platte A A sind sieben Schienen d, d, e, f, e, d, d genietet, von welchen d, d unten bis über den Rand der Platte hinausragen und mit den auf die Platte B genieteten Schienen d', d' das Scharnier c c bilden. Die mittlere Schiene f enthält unten ein Querstück h h, wodurch der mittlere Zwischenraum der Platten unten geschlossen ist. Bei der geringen Entfernung der Schienen von einander kommen die Eisenplatten nur auf kurze Strecken hohl zu liegen, so daß bei ihrer bedeutenden Dicke ein Eindrücken nicht zu befürchten ist. Ueber der Doppelplatte befindet sich eine Eisenplatte E E, in Fig. 5 und 7 in doppelter Größe dargestellt, in welche durch ein kurzes Knierohr der Dampf durch einen daran befestigten Kautschukschlauch einströmt, um weiter durch zwei platte Kupferröhren g, g in die Höhlung der Preßplatte zu gelangen, hier den durch Pfeile angedeuteten Weg zu beschreiben und endlich unten am Scharnier abzuströmen. Wegen dieses Abströmens kochend heißen Dampfes darf das Einleiten desselben nicht erfolgen, so lange sich Preßkuchen in der Presse befinden. Fig. 6 ist ein horizontaler Durchschnitt einer Preßplatte.

Noch mehr als die beschriebenen sind hohle Platten zu empfehlen, durch welche warmes Wasser zirkulirt. Sie sind von ähnlicher Konstruktion, nur müssen beide Seitenplatten fest vernietet sein, um wasserdicht zu schließen. In einem zur Seite der Presse befindlichen langen Reservoir wird Wasser durch eingeleiteten Dampf auf der geeigneten Temperatur gehalten und durch eine Reihe so vieler Hähne, wie Preßplatten vorhanden sind, denselben durch Kautschukschläuche zugeführt. Nachdem das Wasser in den Kanälen der Preßplatte zirkulirt hat, tritt es durch ein kupfernes Rohr wieder aus, um in eine neben der Presse liegende Rinne abzufließen, aus welcher letzterer es sich in einem zweiten Reservoir sammelt, um durch eine kleine Pumpe in das obere zurückgepumpt zu werden. Bei dieser Einrichtung hat man nicht nur die Temperatur der Platten vollkommen in seiner Gewalt, sondern es kann auch die Erwärmung während des Pressens unausgesetzt fortgehen, wogegen sonst die Platten während der Pressung allmählich erkalten, was jedenfalls eine gewisse Unsicherheit der Arbeit zur Folge hat.

Die aus der Warmpresse ablaufende Oelsäure enthält eine ziemliche Menge fester Säure, besonders Margarinsäure aufgelöst, die sich beim Erkalten krystallinisch ausscheidet und durch kaltes Pressen gewonnen wird, leicht aber durch die Berührung der heißen Platten etwas eisenhaltig ausfällt und daher zu Kerzen geringerer Qualität Verwendung findet.

Die Wirkung der warmen Presse ist eine höchst auffallende; denn während die kalt gepreßte Masse noch eine gelbliche Farbe und fettigen Angriff besitzt, erscheint sie nach der warmen Presse schneeweiß und im Anfühlen so trocken wie Wachs. Dieser Erfolg setzt aber auch nothwendig eine sehr starke Pressung voraus, die sich auf 500,000 Pfd. und selbst darüber beläuft. Vorausgesetzt eine Höhe der Pakete von 2 Fuß und bei einer Breite von 1 Fuß mithin einer Fläche von 2 □ Fuß, würde bei einem Druck von $1/2$ Million Pfd. jeder Quadratzoll einen Druck von etwa 1700 Pfd. erleiden. Man hat die Warmpressen selbst bis zu 1 Million Pfd. Kraft hergestellt, ist aber davon wieder abgegangen, weil sie bei so enormer Wirkung durch Brüche und andere Schäden leicht schwierigen Reparaturen anheimfallen und Störungen im Betriebe herbeiführen.

Neunte Operation: Saure Wäsche der Stearinsäure. — Die aus den Preßtüchern genommene, aus Stearin- und wenig Margarinsäure bestehende Masse, welche selten über 45 Prozent des verarbeiteten Talges beträgt, unterliegt nun einer Kochung mit sehr verdünnter Schwefelsäure, welche den Zweck hat, mechanisch beigemengte Unreinigkeiten, Staub und Wollhaare der Preßtücher zu entfernen. Diese Wäsche erfolgt wieder in einem mit Blei ausgefütterten kleineren Bottig und dauert eine Stunde, worauf nach beendigtem Kochen in der Ruhe sämmtliche Unreinigkeiten in das Sauerwasser übergehen.

Zehnte Operation: Süße Wäsche. — Eine nochmalige Kochung mit Brunnenwasser, welchem man, theils zur Sättigung des Kalkes, theils auch zur Bleichung der Stearinsäure, eine kleine Menge Kleesäure (im Verhältniß von 1 Pfd. derselben auf 1000 Pfd. Wasser, was zu 1000 Pfd. Stearinsäure hinreicht), zusetzt. Nachdem nach einstündigem Kochen die Stearinsäure sich in der Ruhe geklärt und als eine wasserhelle Flüssigkeit von dem darunter stehenden Wasser getrennt hat, schöpft man sie in Formen, worin sie zu Blöcken erstarrt. Sie ist nun zum Verkauf oder zum Gießen der Kerzen fertig.

Nach Delapchier kann die Verseifung des Talgs mittelst Kalkmilch, welche, wie angegeben, mindestens 8 Stunden erfordert, auf etwa 3 Stunden abgekürzt werden, wenn man sie in verschlossenen Gefäßen bei erhöhter Temperatur von 106 bis 112 °C. und einem entsprechenden Druck von $1^1/_4$ bis $1^1/_2$ Atmosphären vornimmt. Sein Apparat, Fig. 8 auf Tafel 104, besteht in einem Kessel a von starkem Eisenblech, oben mit einem Mannloch b versehen, durch welches man die Materialien hineinbringt und auch von Zeit zu Zeit die Reinigung des Kessels vornimmt. Eine durch den Kessel gehende horizontale Welle c trägt einen Flügelapparat d d, der an den inneren Wänden des Kessels so nahe wie möglich weggeht, um die sich ansetzende Kalkseife stets abzustreichen. Die Enden der Welle gehen bei e, e durch Stopfbüchsen, um von außen mittelst einer Riemenscheibe f die Drehung zu bewirken. Der Dampf tritt durch ein Rohr g in den Kessel, welches Rohr bei k k mit vielen kleinen Löchern zum Ausströmen des Dampfes versehen ist und in einer unteren rinnenförmigen Erweiterung des Kessels liegt um nicht der Rührvorrichtung im Wege zu sein. h, h sind zwei Sicherheitsventile; i eine weite Oeffnung zum Ablassen des glycerinhaltigen Wassers und zum Ausziehen der Kalkseife. Der ganze Kessel ist mit einem hölzernen Mantel m m bekleidet, um nicht durch Abkühlung von außen Wärmeverluste zu erleiden. Wenn der Apparat die erforderliche Temperatur erreicht hat, so daß die Ventile sich zu heben beginnen, öffnet man den Hahn eines Rohres, durch welches der Dampf in einen zweiten ganz gleichen Apparat gelangt. —

Theoretisch berechnet würden 100 Theile eines neutralen Fettes zur Verseifung 8,7 reines Kalziumoxyd erfordern, welche Menge jedoch theils der vorhandenen Unreinigkeiten wegen, theils um durch einen Ueberschuß die Verseifung zu befördern, gewöhnlich auf 13 oder 14, selbst 15 erhöhet wird. Dieselbe Menge braucht auch Delapchier in seinem geschlossenen Apparate.

Eine Verminderung dieses Kalkverbrauches wurde schon von Runge (1835) dadurch erzielt, daß er den Kalk im Zustande ganz trocknen Hydrats anwandte und dieses mit dem Fett innigst gemengt, ganz ohne Wasser, auf 115° C. erhitzte. Nach diesem Verfahren, welches Hempel in Oranienburg und Blundell in Hull fabrikmäßig in Ausführung brachten, reichen 12 Theile Kalkhydrat, entsprechend 9 Th. wasserfreien Kalkes zur Verseifung von 104 Th. Fett hin, wird also fast genau die theoretisch erforderliche Menge erreicht. Mittelst dieser Methode sind in dem Zeitraum von 1835 bis 1847 in der chemischen Fabrik zu Oranienburg die sogenannten Palm-Wachslichte aus Palmöl dargestellt. Der durch Pressen in der Kälte erhaltene feste Theil des Palmöls (Palmitin) wurde in einem eisernen Kessel geschmolzen und auf je 104 Pfd. mit 12 Pfd. sehr trocknen feingesiebten Kalkhydrates unter lebhaftem Umrühren gemischt. Die Temperatur wurde nun auf 115° gesteigert und drei Stunden lang unterhalten, bis sich die vollständige Verseifung durch das durchscheinende Ansehen der Masse, die aber beim Erkalten porzellanartig erstarrt, zu erkennen gibt. Das Feuer wurde nun beseitigt und zu der geschmolzenen Kalkseife unter starkem Rühren, anfangs sehr allmählich, kaltes Wasser zugesetzt bis die ganze Masse in ein grobkörniges Pulver verwandelt war, welches man durch ein Sieb trieb und sodann in der Kälte mit Salzsäure zusammenbrachte, die in Zeit von 3 bis 4 Tagen die Zersetzung der Seife bewirkte.

Eine noch weiter gehende Ersparniß an Kalk, folglich auch an der zur Zersetzung der Seife nöthigen Schwefelsäure, kann nach Beobachtungen von Milly, wie schon erwähnt, erreicht werden, wenn die Temperatur auf 172° und der Druck entsprechend auf 8 Atmosphären getrieben wird. Es bildet sich hierbei zuerst eine neutrale Seife, welche dann durch das vorhandene Wasser in eine saure und eine basische Seife zerfällt. Letztere zerlegt dann, wie ein Alkali wirkend, neue Mengen Fett, die Seife wird wieder zersetzt u. s. f., so daß das Endresultat in einer sauren Kalkseife und Glycerin besteht. Auf 1000 Pfd. Fett genügen nach dieser Methode 20 Pfd. Kalk (im wasserfreien Zustande gerechnet) und zu der nachherigen Zersetzung 38 Pfd. Schwefelsäure. Der in der großen Fabrik von de Milly noch jetzt benutzte Verseifungsapparat ist in Fig. 9 auf Tafel 104 dargestellt. Der starke kupferne Kessel A A reicht zur Behandlung von 4600 Pfd. Talg hin, der mit der entsprechenden Menge Kalkmilch versetzt wird, worauf aus einem Dampfkessel B von 10 Atmosphären Dampfdruck Dampf eingeleitet wird, um die genannte Temperatur und 8fache Dampfspannung hervorzubringen. Eine Rührvorrichtung ist dabei nicht erforderlich, weil schon der einströmende Dampf die nöthige Bewegung des Wassers bewirkt. C ein Sicherheitsventil, D Oeffnung für das Manometer; E Oeffnung für ein Thermometer, F Hahn zum Entleeren des Kessels, zu welchem Ende ein Rohr bis nahe auf den Boden des Kessels herabreicht; G Talgreservoir, H Admissionshahn für den Dampf, der durch das Rohr J zuströmt und bis auf den Boden des Kessels herunter geleitet wird; K Hahn zum Einlassen des Talgs, L Mannloch. Nach beendigter Verseifung, welche 7 Stunden erfordert, bringt man die flüssige saure Seife in einen mit Blei ausgefütterten Bottig um sie durch Kochung mit verdünnter Schwefelsäure zu zersetzen, die wässrige glycerinhaltende Flüssigkeit aber in den Kessel zurück, um sie statt reinen Wassers bei der nächsten Operation zu verwenden. Durch diese mehrmalige Benutzung desselben Wassers gewinnt man eine an Glycerin reiche Flüssigkeit, aus welcher dasselbe ohne allzubedeutende Abdampfungskosten gewonnen werden kann. Da das Glycerin theils als äußerliches Heilmittel, theils als Zusatz zu Seifen sowie zu verschiedenen anderen Zwecken vielfache Anwendung findet, so ist seine Darstellung in den Stearinfabriken, mit Ausnahme jener, die mit Säure verseifen, in stetem Wachsen begriffen. 100 Gewichtstheile neutrales Fett liefern 95,7 Fettsäuren und 10,3 Glycerin, letzteres im möglichst wasserfreien Zustande gerechnet.

Eine Stearinfabrik wandte früher das eigenthümliche Verfahren an, während der Verseifung schwefelige Säure in die kochende Flüssigkeit einzuleiten, wodurch die Ausbeute an Fettmasse um reichlich 6 Prozent gegen früher erhöhet werden sollte. Zur Erklärung dieser sonderbaren Erscheinung führt Jaquelin an, daß die an Kalk gebundene schweflige Säure bei der nachherigen Zersetzung durch Schwefelsäure frei werde und nun die in der letzteren (welche als rohe Kammersäure angewandt wurde), enthaltene Salpetersäure zerstöre.

II. Fabrikation mittelst Schwefelsäure.

Die bis hierher beschriebene Fabrikationsart mittelst Kalk eignet sich besonders zur Herstellung von Stearinkerzen erster Qualität aus gutem Talg, wogegen die nun folgende einfachere und wohlfeilere Methode vorzugsweise bei schlechteren unreineren Fettarten, so wie bei Palmöl Anwendung findet, um eine geringere, nicht völlig weiße und weniger harte Masse darzustellen. Zu solchen schlechteren Fettarten, aus welchen nach der Verseifungsmethode keine irgend brauchbaren Kerzen zu erhalten sind, nach dem neuen Verfahren aber ein ziemlich gutes Produkt erzielt wird, gehören die in den Küchen und Haushaltungen abfallenden, die aus Knochen ausgekochten Fette, die Rückstände und Absätze aus Olivenöl, das braune Oel aus den Samen der Baumwolle, fettige Abfälle aus Schlachtereien, und dgl., endlich die aus dem Seifenwasser der Wollmanufakturen durch Schwefelsäure abgeschiedene sehr unreine Fettmasse.

Die von Fremy gemachte Entdeckung, daß sich die Fette durch Erhitzen mit konzentrirter Schwefelsäure zersetzen lassen, wurde 1840 von Gwynne im Großen, aber mit ungünstigem Erfolge angewandt, weil die so erhaltenen Fettsäuren stark gefärbt auftraten, und die von ihm versuchte Destillation derselben im luftleeren Raum an unübersteiglichen Schwierigkeiten scheiterte. Nicht besser erging es Clarke, welcher ebenfalls 1840 auf eine etwas abgeänderte Methode ein Patent erhielt. Nachdem schon früher (1825) von Gay-Lussac gezeigt worden war, daß sich die Fettsäuren unter Mitwirkung von Wasserdampf unzersetzt destilliren lassen, wurden (1842) von Dubrunfaut gleichzeitig in Frankreich und England Patente auf die Reinigung wohlfeiler schlechter Fette durch Behandlung mit einem Strom Wasserdampf genommen. Zwar erstrecken sich diese Patente auch auf die Destillation der Fette, doch konnte diese wegen der dabei sich bildenden, den Arbeitern so schädlichen Dämpfe von Akroleïn nicht ernstlich zur Anwendung kommen. Erst ein am 8. Dezember 1842 an William Cley Jones und George Wilson ertheiltes Patent beansprucht die Schwefelsäure-Verseifung im Zusammenhange mit der Dampf-Destillation. Durch diese Destillation, auf die durch Schwefelsäure erhaltenen gefärbten Fettsäuren angewandt, wodurch dieselben fast farblos erhalten wurden, konnten die wesentlichen Schwierigkeiten der neuen Fabrikationsart als überwunden angesehen werden, und es gebührt daher den genannten Männern die Ehre der neuen, für die Kerzenfabrikation so wichtigen und folgenreichen Erfindung. Zwei spätere Patente vom Jahr 1843 sichern ihnen eine Methode, die Menge der Schwefelsäure bis auf $1/_6$, selbst $1/_{10}$ derjenigen Menge zu reduziren, welche Fremy vorgeschrieben hatte. Sie erzielen diese bedeutende Ersparniß dadurch, daß sie die etwa eine Stunde lang bei 120° C. erhaltene Mischung von Fett und Säure allmählich bis auf 170° C. erhitzen. Denselben Männern verdankt man die so überaus wichtige Einführung des überhitzten Wasserdampfs bei Destillation der Fettsäuren.

Die neue Erfindung, welche zwar, wie schon erwähnt, ein etwas geringeres, aber auch wohlfeileres Produkt liefert als die Verseifung mit Kalk, fand bald, so in dem kolossalen Etablissement bei London: Price's Belmont Works, Vauxhall, aber auch auf dem Kontinent, namentlich in Frankreich in zwei Fabriken Anwendung, deren eine von Tribouillet in Turcoing, die andere unter Lepaige's Leitung von Masse und Comp. in Neuilly etablirt wurde. Auf demselben Verfahren beruht die später von Motard in Berlin etablirte Fabrik.

Die Anstalten der eben genannten Franzosen hatten anfänglich mit den größten praktischen Schwierigkeiten zu kämpfen und erst nachdem durch Mithülfe des Professors Chatelain das Ziel einer sicheren und ökonomischen Fabrikation erreicht war, verbanden sich (1848) die Gesellschaften von Masse und Tribouillet zur gemeinschaftlichen Ausbeutung des neuen Industriezweiges. Ihr Verfahren ist folgendes: Das vorher möglichst gereinigte und auch von allem mechanisch beigemengten Wasser befreiete Fett wird in einem mit Blei ausgefütterten Kessel mit konzentrirter Schwefelsäure gemischt und erhitzt. Derselbe ist unten mit einem Mantel bedeckt, in welchen gespannter Dampf geleitet wird, um den Inhalt des Kessels auf der Temperatur von 110 bis 115° C. zu erhalten, während das Kondensationswasser und der überschüssige Dampf durch ein mit einem Ventil geschlossenes Rohr Abzug finden. Auf dem Kessel ist eine Kammer aus dünnem, ebenfalls mit Blei ausgefütterten Blech, welche zwei Fenster zur Beobachtung des Prozesses hat, und aus welcher die sich entwickelnden Dämpfe von Akroleïn, brenzlichem Oel und anderen übelriechenden Produkten nebst etwas schwefliger Säure entweichen und in den Aschenraum einer Feuerung abgeleitet werden um zu verbrennen. Eine durchlöcherte Platte, wie bei einem Butterfaß, durch eine Kurbel auf und ab bewegt, hält das Fett in beständiger Mischung mit der Säure. Palmöl erfordert 8 bis 9 Prozent, Küchenfett und die aus Seifenwasser gewonnene Fettmasse 10 bis 13, gewisse Talgsorten selbst 12 bis 16 Prozent konzentrirter Schwefelsäure. Nach 12 bis 18 Stunden ist die Einwirkung beendigt, was man an der beim Erkalten eintretenden Konsistenz und dem Verschwinden der anfänglich entstandenen violetten Farbe erkennt. Das Ganze wird nun 2 bis 3 Stunden in Ruhe gelassen, sodann in ein zu 1/3 mit Wasser gefülltes Reservoir Fig. 10 gelassen, das drei, durch je zwei Scheidewände getrennte Abtheilungen enthält und mit drei Dampfröhren a, b, c versehen ist. Man läßt die saure Fettmasse in die erste Abtheilung A, bringt sie durch Dampf zum Kochen, um die Trennung der Schwefelsäure von den Fettsäuren zu bewirken, worauf bei fortgesetztem Nachfüllen das saure Wasser in der Richtung der Pfeile in die zweite Abtheilung B, aus dieser in die dritte Abtheilung C gelangt und endlich, nach Absatz aller Fetttheile, die in den Abtheilungen zurückbleiben, durch ein Rohr D abfließt.

Durch die Behandlung mit Schwefelsäure und das Waschen mit kochendem Wasser steigt der Schmelzpunkt der Fettmasse wie die folgende Zusammenstellung ergibt:

	Im normalen Zustand	Nach Wirkung der Schwefelsäure	Nach dem Waschen
Knochenfett und Küchenfett gemengt .	24° C.	36° C.	38° C.
Palmöl	30°	38°	43,8°

Um den Fettsäuren jede Spur mechanisch mitgenommener Feuchtigkeit zu entziehen, welche bei der Destillation ein gefährliches Steigen der Masse veranlassen würde, bringt man sie in eine flache Pfanne von etwa 5 Fuß im Quadrat, worin sie durch die verlorene Wärme der zur Dampfheizung dienenden Feuerung getrocknet werden.

Die Destillation erfolgt in einer kupfernen Blase von 5 Fuß Durchmesser und 6 Fuß Höhe, deren aufgeschraubter Helm ein Mannloch enthält, und die in einem eisernen Sandbade erhitzt wird. Durch Oeffnen eines Hahnes läßt man die getrocknete flüssige Fettmasse in die Blase einfließen. Um der Abkühlung des Helmes vorzubauen ist ein mit Asche gefüllter Deckel darüber gestellt. Der Ofen der Pfanne dient zugleich zum Ueberhitzen des von einem Dampfkessel herkommenden, nicht gespannten Dampfes in dem horizontalen gußeisernen (oder wohl besser kupfernen) Schlangenrohr, das in dem ringförmigen Feuerraum bis zu solchem Grade erhitzt wird, daß der Dampf eine Temperatur von 300° C. erlangt. Wenn die in der Blase erhitzte Fettmasse auf 250° C. gekommen ist, läßt man den überhitzten, übrigens nicht gespannten Dampf durch das Rohr und eine Brause eintreten, der die Dämpfe der Fettsäure fortreißt und zuerst in ein Zwischengefäß, sodann in die Kühlschlange führt.

Die successiv auftretenden Destillationsprodukte haben verschiedene Schmelzpunkte, wie folgt:

	Küchenfett und Knochenfett	Palmöl
Erstes Produkt	40° C.	54,5° C.
Zweites "	41	52
Drittes "	41	48
Viertes "	42	46
Fünftes "	44	44
Sechstes "	45	41
Siebentes "	41	39,5

Die Destillation von 2000 Pfund Fettmasse dauert 12 bis 15 Stunden. In der Blase verbleibt ein brauner pechartiger Rückstand, bei Küchenfett 6 bis 7 Prozent, bei Palmöl 4 bis 5 Prozent der angewandten Substanz betragend, welchen man durch ein Rohr abzieht. Die destillirten Fettsäuren unterliegen endlich der kalten und warmen Presse, nur das erste Destillat des Palmöles bedarf der Pressung nicht, weil es bei seinem hohen Schmelzpunkt von 54,5° C. zu Kerzen völlig tauglich ist.

Ausbeute an gepreßten Fettsäuren nach Masse und Tribouillet:

Rückstände vom Entfetten der Wolle	in Rheims	50 bis 55 Proz.
	in Turcoing	47 „ 50 „
Dickes Olivenöl		55 „ 60 „
Palmöl		70 „ 80 „
Talg aus den Gedärmen		60 „ 66 „
Oelsäure der Stearinsäurefabriken		25 „ 30 „

Dem hier beschriebenen Verfahren ähnlich ist das in der schon erwähnten kolossalen Fabrik bei London, Price's Belmont Works, Vauxhall, angewandte Fabrikationsverfahren, dessen kurze Beschreibung wir nicht besser als mit den Worten des Professors Hoffmann in London zu geben wissen.

„Kaum ausgeschifft wird das Palmöl in einen mächtigen, mit Blei ausgeschlagenen Behälter, der von 16 bis 20 Tonnen faßt, entleert und mittelst eines Dampfstromes geschmolzen. Man läßt die flüssige Masse eine Zeit lang stehen, wodurch sich viele mechanische Verunreinigungen in dem Wasser, auf welchem sie schwimmt, absetzen, und pumpt sie alsdann in ein großes Gefäß, in welchem sie von neuem der Einwirkung des Dampfes preisgegeben wird. Der Dampf streicht zuvor durch ein Röhrensystem, welches in einem Ofen zum Glühen erhitzt wird und erhebt die Temperatur der Palmölmasse schnell auf 170°. Nunmehr wird konzentrirte Schwefelsäure zugesetzt in dem Verhältniß von 6 Pfund zu 112 Pfund Palmöl, und aufs innigste mit dem Oel gemengt. Das so erhaltene Gemenge wird vermittelst des überhitzten Dampfes noch weiter auf 176° gebracht, wobei es sich beträchtlich schwärzt. Die Zersetzung ist jetzt vor sich gegangen, wie man sogleich an einer Probe, die man erkalten läßt, erkennt. Die ausgeschiedene aber stark geschwärzte Fettmasse krystallisirt nämlich jetzt zu einer ziemlich festen Masse. Das zersetzte Fett wird nunmehr von neuem in große Waschgefäße abgeführt, mit Beihülfe von Dampf mehrmals gewaschen, bis die Schwefelsäure entfernt ist, und alsdann in einen Behälter emporgepumpt, welcher über den Destillirgefäßen lagert. Letztere sind von Kupfer und halten 5 bis 6 Tonnen Fett. Man destillirt über freiem Feuer während ein Strom überhitzten Dampfes durch die flüssige Masse streicht, und die Destillation außerordentlich befördert. Die Temperatur steigt in der Regel nicht über 290 bis 300°."

„Das Gemenge von Fett- und Wasserdämpfen, welches aus

den Destillirgefäßen entweicht, wird zunächst zum Abkühlen in ein vertikales Röhrensystem geführt, denen ähnlich, welche jetzt in Gaswerken üblich sind. Diese Röhren haben immer noch eine Temperatur von 100°. Es verdichtet sich also neben sehr wenig Wasser nur der Oeldampf zur farblos durchsichtigen Flüssigkeit, welche aus am unteren Theile des Kühlapparates angebrachten Röhrenansätzen ausströmt und in den Auffanggefäßen schnell zur weißen festen Krystallmasse erstarrt. Der unverdichtete Wasserdampf geht in einen zweiten Kühler, wo er sich, durch einen Strom kalten Wassers abgekühlt, nebst einer kleinen Menge mitgerissener Fettsäure verdichtet. Letztere wird nach dem Erstarren von dem Wasser abgehoben und mit dem übrigen Destillationsprodukte vereinigt. Geht bei der oben angegebenen Temperatur nichts mehr über, so wird die rückständige Fettmasse aus den Kupferblasen in große eiserne Zylinder übergefüllt und in diesen einer noch weit höheren Temperatur ausgesetzt, während ein stärker überhitzter Dampf überströmt. Durch die zweite Destillation gewinnt man eine weitere, obgleich weniger reine Menge fester Fettsäure. Der Retortenrückstand ist eine Art Pech, welches zu allen Zwecken, zu denen das gewöhnliche Pech dient, verwendbar ist."

„Ein großer Theil der Fettsäure wird, wie sie von dem Kühlapparate rinnt, ohne Weiteres in Kerzen verwandelt. Diese sind natürlich weicher und schmelzbarer als die eigentlichen Stearinsäurekerzen, einmal weil sie noch eine große Menge mehr oder weniger veränderter Oelsäure enthalten, und zweitens weil die Palmitinsäure einen niedrigeren Schmelzpunkt (60°) hat als die Stearinsäure. Allein diese Kerzen, welche man in England composite candles nennt, besitzen nichtsdestoweniger die Hauptvorzüge der Stearinkerzen. Sie sind immer noch hart genug, ziemlich weiß, geruchlos, machen keine Fettflecken und gestatten die Anwendung eines sich selbst putzenden Dochtes."

„Soll das Fettdestillat zu weißeren härteren Kerzen verwendet werden, so geht dasselbe direkt zur Presse. In den Belmont Works sind zu dem Ende nicht weniger als 50 hydraulische Pressen im Gange. Die Fettmasse wird mittelst einer sinnreichen Maschine auf Pferdehaarmatten ausgebreitet, mit eisernen Platten geschichtet und in der Kälte einem starken Druck unterworfen. Die ablaufende

Oelsäure oder Metoleïnsäure wird aufgefangen und größtentheils nach Deutschland exportirt, wo sie in der Seifenfabrikation Verwendung findet. Die Fettmasse durchläuft nunmehr denselben Prozeß noch einmal, um in ähnlicher Weise heiß gepreßt zu werden. Die bei der zweiten Pressung erhaltenen Kuchen werden, nachdem man die beschmutzten Kanten abgenommen, nochmals mittelst Dampf in schwach mit Schwefelsäure angesäuertem Wasser umgeschmolzen und alsdann in Blöcke geformt."

„Diese werden ohne Weiteres zu Kerzen benutzt, oder auch noch in vielfacher Weise mit einem oder dem anderen fetten Körper gemischt. Man wendet hierzu große Mengen gepreßten Kokosnußöles an, dessen Stearin (ein Gemenge von Palmitin und Laurin) sich ziemlich leicht von den flüssigen Glycerinverbindungen trennen läßt. Es entstehen so weitere composite candles. Das Gießen der Kerzen geschieht in den Belmont Works mittelst einer sehr merkwürdigen von Morgan in Manchester erfundenen und von einem Ingenieur der Fabrik verbesserten Maschine."

„Die in Rede stehende Fabrik destillirt jede Woche allein 2600 Zentner Palmöl, und nebenbei werden noch andere Fette verarbeitet. Sie ist das kolossalste Werk (1851), welches sich mit dieser Industrie befaßt. Die Gesellschaft, welcher es gehört, hat nicht weniger als fünf verschiedene Fabriken, die sämmtlich in einander greifen, und außerdem große Pflanzungen von Kokosnußpalmen auf Ceylon. In allen diesen Fabriken, in denen nahe ein halbe Million Pfd. Sterl. Kapital steckt, arbeiten, trotz aller Einrichtungen zur Ersparung von Menschenhänden, mehr als 800 Arbeiter und die Aktionäre theilen einen jährlichen Reingewinn von 40,000 bis 50,000 Pfd. Sterl."

III. Fabrikation vermittelst Wasser oder Wasserdampf.

Schon oben wurde die von Berthelot und von Wilson gemachte Beobachtung erwähnt, daß selbst bloßes Wasser bei erhöheter Temperatur und Druck die Zersetzung der Fette bewirken kann. Es liegt diese Beobachtung einem an Tilghman ertheilten Patente zu Grunde, nach welchem das Fett, mit Wasser innigst gemengt, der Temperatur des schmelzenden Bleies (334° C.) und dem, dieser Temperatur entsprechenden enormen Dampfdruck von etwa 160 Atmosphären ausgesetzt wird. Der Apparat besteht in einem langen, vertikal stehenden schmiedeisernen Schlangenrohr von 1 Zoll äußerem und 1/2 Zoll innerem Durchmesser, welches in einem Ofen zu der angegebenen Temperatur geheizt wird. Die Mengung des Fettes mit dem Wasser wird in einem kleinen Behälter mittelst eines durchlöcherten Kolbens bewirkt, worauf dann das Ganze durch eine Pumpe in das Schlangenrohr getrieben wird, dessen anderes, mit einer kleinen Kühlschlange versehenes Ende durch ein dem Druck entsprechend belastetes Ventil geschlossen ist, so daß das Wasser und Fett nur in dem Maße, wie sie eingepumpt werden, also nur durch die Kraft der Druckpumpe, nicht die des Dampfes, entweichen, um in ein Reservoir zu fließen, wo sich beide Theile von einander trennen. Die Schwierigkeiten und Gefahren, welche mit einem Apparate verbunden sein müssen, der bei einer Temperatur von 334° einem Druck von 160 Atmosphären, also dem Vierfachen einer gut geladenen Windbüchse zu widerstehen hat, stehen offenbar seiner Anwendung im Wege.

Aehnlich, obwohl noch gefährlicher, ist das Verfahren von Melsens, wobei ebenfalls reines, oder auch schwach gesäuertes Wasser bei einer Temperatur von 204° C. zur Anwendung kommt. Das Fett soll in einem Dampfkessel, welcher 500 Pfund Fett nebst 250 Pfund Wasser aufnehmen kann, und dann noch einen leeren Raum für 300 Pfund Wasser behält, dessen Inhalt also etwa 20 Kubikfuß beträgt, mit dem Wasser auf der genannten Temperatur längere Zeit, (wie lange, sagt der Erfinder nicht) erhalten und von Zeit zu Zeit durch eine eigenthümliche Vorrichtung, deren Beschreibung wir übergehen, in starke Bewegung gesetzt werden. Wenn man bedenkt, daß die Temperatur von 204° einem Dampfdruck von 16 Atmosphären entspricht, so wird man zugeben, daß ein Dampfkessel von 20 Kubikfuß Inhalt, der diesem Druck mit Sicherheit widerstehen soll, jedenfalls zu den sehr bedenklichen Apparaten zählt. Ein Zusatz von wenigen Prozenten Schwefelsäure soll den Prozeß bedeutend beschleunigen. —

Nachdem die Möglichkeit dargethan worden, durch Wasser allein bei hoher Temperatur und starkem Druck die Fette zu zersetzen, nachdem auch die Destillation der Fettsäuren mittelst überhitzten Wasserdampfes im Großen zur Ausführung gebracht worden, fehlte nur noch der Schlußstein dieser neuen Fabrikationsarten, nämlich die direkte Zersetzung und Destillation der Fette durch vereinte Wirkung hoher Temperatur und überhitzten Dampfes.

Dieses Verfahren ist nun in neuester Zeit wirklich zur Ausführung gekommen und wird gegenwärtig in zwei sehr großen Fabriken, deren eine in Petersburg, die andere in Wiborg (Finnland), betrieben und zur Darstellung sehr schöner Stearinsäure aus Talg angewandt. Es beruht darauf, den Talg in einer großen kupfernen Destillirblase auf 240° C. zu erhitzen, und sodann Wasserdampf, der, ohne Spannung, auf 300° erhitzt worden, hinzuzuleiten, wobei die Fettsäuren fast farblos überdestilliren. Die Bildung von viel Akroleïn, die Geneigtheit der heißen Fettmasse bei der geringsten Spur zufällig hineingelangenden flüssigen Wassers hoch aufzuschäumen und überzuschießen, auch die Kostbarkeit der kupfernen Apparate, besonders die Vergänglichkeit der zur Erzeugung des überhitzten Dampfes nöthigen starken Kupferröhren, sind als die Schattenseiten dieser, übrigens wegen der Ersparung an Kalk und Schwefelsäure sehr vortheilhaften Methode zu bezeichnen. Aus 100 Pfund Talg werden 66 Pfund zur Kerzenfabrikation geeigneter Stearinsäure, und zwar zum Theil fast frei von Oelsäure gewonnen, so daß sie direkt zu Kerzen gegossen werden kann. Es liegen mir Proben solcher, in der Petersburger Fabrik fabrizirter, ohne alle Pressung gewonnener Stearinsäure von ungewöhnlich stark krystallinischem Gefüge vor, welche mit vollkommener Farb- und Geruchlosigkeit einen Schmelzpunkt von 56° C. verbinden und sich vollkommen trocken anfühlen. Eine zweite Probe derselben Fabrik, aus der ölsäurehaltigen Fettmasse durch kaltes und warmes Pressen gewonnen, ist wo möglich noch schöner als die vorhergehende, vollkommen schneeweiß und bei 57° schmelzend. In der Blase bleibt eine braune pechartige Masse zurück, welche zur Darstellung von Photogen und Anilin benutzt wird. Als besonderer Vorzug dieser Methode vor der Verseifung mit Kalk wird die größere Ausbeute an Stearinsäure angesehen, welche sich, wie erwähnt, bei normalem Gange der Destillation auf 66 Prozent des Talges belaufen soll, während man nach der Verseifungsmethode nur 45 bis 50 Prozent gewinnt. Es soll dieser bedeutende Unterschied daher rühren, daß die destillirte Stearinsäure in Folge größerer Krystallisationsfähigkeit sich vollständiger als die durch Verseifung dargestellte von der

Oelsäure trennt. Eine Bestätigung findet diese Annahme in der oben angeführten Angabe von Masse und Tribouillet, welche durch Destillation von Oelsäure der Stearinsäurefabriken aus ihr noch 25 bis 30 Prozent Stearinsäure gewinnen.

Die allergrößte der gegenwärtig in Rußland bestehenden Stearinfabriken arbeitet übrigens nach der Verseifungsmethode mit Kalk.

IV. Fabrikation vermittelst Zinkchlorid.

Krafft und Tessié du Motay, mit Versuchen zur Auffindung einer Verseifungsart ohne Anwendung von Schwefelsäure beschäftigt, fanden, daß sich Chlorzink hierzu vortrefflich eignet. Wenn man ein neutrales Fett mit wasserfreiem Chlorzink erhitzt, so sieht man dieses in dem Maße, wie sich die Temperatur erhöht, schmelzen und verschwinden. Zwischen 150 und 200° C. tritt eine vollständige Vermischung beider Stoffe ein. Wenn man dann die Temperatur einige Zeit unterhält und hernach die Masse mehrere Male mit warmem Wasser oder besser, mit Wasser, welchem etwas Salzsäure zugesetzt wurde, wäscht, so erhält man ein Fett, welches, der Destillation unterworfen, die ihm entsprechenden Fettsäuren gibt, wobei nur eine unbedeutende Entwicklung von Akroleïn stattfindet. Die Waschwasser nehmen fast das ganze angewendete Chlorzink in sich auf, daher man dieses durch Abdampfen wieder gewinnen und zu neuen Verseifungen benutzen kann.

Die zu einer guten Verseifung erforderliche Quantität Chlorzink beträgt 8 bis 12 Prozent vom Gewicht des Fettes.

Ein Versuch mit Talg ergab folgendes Resultat: 2000 Theile Talg, welcher bei 38° schmolz, wurden mit 240 Theile Chlorzink behandelt. Nach der Verseifung war der Schmelzpunkt der Fettmasse 42°. Dieselbe wurde sodann ohne Wasserdampf destillirt, wobei ein bei 45° schmelzendes Produkt erzielt wurde. An Chlorzink wurden 240 Theile wieder gewonnen.

300 Theile Talg mit Chlorzink behandelt gaben nach dem Waschen 288 Theile Fettmasse, welche, mit Wasserdampf destillirt, 250 Theile einer bei 45° schmelzenden Fettsäure gab.

2160 Theile Palmöl von 24° Schmelzpunkt wurden mit 260 Theilen Chlorzink behandelt. Das Produkt der Verseifung schmolz bei 35° und nach der Destillation (ohne Wasser) bei 45°. Man gewann 211 Th. Chlorzink wieder.

300 Palmöl gaben nach dem Verseifen und Waschen 290 Fett. Von diesem wurden 260 Theile mit Wasserdampf destillirt und gaben folgende Produkte:

erstes Produkt	155 Theile	weiß, krystallinisch, bei 55° schmelzend
zweites „	32 „	gelblich, krystallinisch, bei 33° „
drittes „	55 „	grünlichgelb, von Honigkonsistenz.
	242 Theile	

Die Fabrikation mittelst Chlorzink, welche wegen der Wiedergewinnungskosten des Zinksalzes mit den anderen Methoden wohl nicht konkurriren kann, bietet dagegen für solche Orte, wo Schwefelsäure sehr hoch im Preise steht, wesentliche Vorzüge, wie sie denn auch in den großen Stearinfabriken Australiens und Südamerikas Anwendung findet.

V. Das Gießen der Stearinkerzen.

Das Gießen dieser Kerzen bietet eigenthümliche, in der krystallinischen Struktur der Stearinsäure begründete Schwierigkeiten. Würde man dieselbe so stark erhitzen, daß sie nach dem Eingießen in die kalte Form diese letztere hinreichend erwärmen könnte, um den im ersten Moment an dem kalten Metall erstarrten Theil wieder zum Schmelzen zu bringen, so würden die langsam mit der Form erkaltenden Kerzen ein durchaus krystallinisches Gefüge, deßhalb ein sehr häßliches Ansehen und geringe Festigkeit besitzen. Wollte man dagegen wie bei Talgkerzen verfahren, die Stearinsäure also unter beständigem Rühren bis fast zur breiartigen Konsistenz kommen lassen und sie in diesem Zustande in kalte Formen gießen, so würde die Stelle, wo der Einguß geschah, der Länge nach an der fertigen Kerze sichtbar werden. Frühere Mittel, durch Zusatz von Arsenik oder Wachs dem krystallinischen Gefüge entgegenzuwirken, sind, ersteres der Schädlichkeit, letzteres der Kostbarkeit wegen, nicht mehr gebräuchlich. Die jetzt überall im Handel vorkommenden Stearinkerzen von völlig gleichförmigem, nicht krystallinischem Ansehen und bedeutender Festigkeit werden auf die Weise erzeugt, daß man die zur breiartigen Masse gerührte Stearinsäure in gewärmte Formen gießt, deren Temperatur etwa 49° beträgt, also dem Schmelzpunkt der Stearinsäure, so wie sie zur Kerzenfabrikation dient, ziemlich nahe liegt, welcher Schmelzpunkt durchschnittlich 55 bis 56° beträgt.

Die geflochtenen Dochte, über deren Anfertigung Bd. XIII des Hauptwerkes, Seite 234, 236 und 248 nachzusehen ist, werden, wie aus Fig. 11 und 12 auf Tafel 104 ersichtlich, in die Formen eingezogen, so daß ein Knoten am oberen Ende des Dochtes ihn in dem Steg des Kopfes festhält, während man das untere Ende mittelst eines kleinen Holzpflöckchens festklemmt. Zum Wärmen der Formen dient ein mit Wasser gefüllter Kasten aa, in Fig. 13 im vertikalen Durchschnitt, in Fig. 14 zur Hälfte im Grundriß, zur Hälfte in der Ansicht von oben dargestellt, der durch ein schlangenförmiges Dampfrohr bb geheizt wird. In diesem Wasserbade befinden sich die kupfernen Behälter cc, in welche die Formen eingehängt werden. Um die Stearinsäure beim Schmelzen jeder Gefahr der Ueberhitzung, die ihr leicht eine bräunliche Farbe ertheilen kann, zu entrücken, wendet man zum Schmelzen ein Dampfbad, Fig. 15 auf Tafel 104, an, dessen Einrichtung sich aus der Zeichnung erklärt.

Es haben in neuerer Zeit einige Stearinfabriken angefangen, zur Erniedrigung des Preises einen Zusatz von Paraffin zu geben. Da nämlich in einigen Paraffinfabriken außer dem zu schönen Kerzen tauglichen schwerschmelzbaren Paraffin auch ein leicht schmelzbares, allein für sich zu Kerzen weniger brauchbares Paraffin gewonnen wird, so benutzt man dieses letztere als Zusatz zur Stearinsäure, welche, wenn auch ihr Schmelzpunkt dadurch um einige Grade sinkt, im Uebrigen doch an schönem Ansehen und den sonstigen Eigenschaften nicht verliert.

Die in den Formen erkalteten Lichte bedürfen noch des Nachgießens, wobei die durch Zusammenziehung der Masse sich bildende, mehrere Zolle tief hineingehende Höhlung mit geschmolzener Stearinsäure gefüllt wird, worauf man sie völlig erkalten läßt und endlich, nach Beseitigung des Holzpflöckchens, aus der Form zieht, was mit Hülfe eines gelinden Aufstoßens leicht von Statten geht.

Abgleichen der Kerzen. — Da die Kerzen, so wie sie aus den Formen kommen, am Fuße ganz unvollkommen ausgebildet sind, so müssen sie durch Abschneiden eines Stückes vom Fußende abgeglichen werden, was entweder aus freier Hand mit einem Messer oder weit regelmäßiger und schneller mittelst einer besonderen Maschine geschieht. Eine solche ist in Figur 16, 17 und 18 auf Tafel 104 dargestellt. Sie enthält zwei Scheiben A und A¹, deren Umfang mit Kannelirungen zur Aufnahme der Kerzen versehen ist und die auf einer und derselben Welle BB in solcher Art angebracht sind, daß die eine A auf der Welle festsitzt, die andere A¹ aber, je nach der Länge der Kerzen verschoben, aber in jeder Lage durch eine Schraube a festgestellt werden kann. Die Kerzen b, b werden auf eine schiefe Ebene C gelegt und rollen so von selbst gegen die Scheiben, deren zwei entsprechende Kannelirungen jedesmal eine Kerze aufnehmen. Um den Kerzen die richtige Lage zu sichern, ist eine Schiene D vorhanden, die man mittelst einer Stellschraube cd je nach der Länge der Kerzen stellen kann, und an welche sich diese mit den Kopfenden fest anlegen. Damit sie auch, auf den Scheiben liegend, ihre richtige Lage behalten, ist ein Backen E vorhanden, der gewissermaßen eine Fortsetzung der Schiene D bildet, sich aber, wie man aus Fig. 18 ersieht, in etwas schräger Lage befindet, um die Kerzen während ihres seitlichen Fortschreitens etwas zurück zu schieben und das feste Anliegen der Köpfe um so mehr zu sichern. Zum Abschneiden des Fußendes dient eine kleine Kreissäge F, die mit großer Geschwindigkeit umläuft und die abgeschnittenen Enden und Späne in einen Trog G wirft. Diese Abfälle werden wieder eingeschmolzen und nach Entfernung der Dochte der sauren Wäsche übergeben. Damit aber die Kerzen während der Zeit, wo sie mit der Säge in Kontakt sind, sich nicht verschieben können, gerathen sie unter einen Riemen ohne Ende g, der über zwei Riemenscheiben h und h¹ läuft und zugleich den Zweck erfüllt, durch Reibung die anliegenden Kerzen um ihre eigene Achse zu drehen, wodurch der Sägenschnitt regelmäßiger ausfällt. Hinsichtlich des Bewegungsmechanismus, der übrigens aus der Zeichnung hinlänglich zu verstehen ist, bemerken wir nur, daß die Haupttriebwelle m mittelst der konischen Räder T und S die vertikale Welle O und mittelst einer am oberen Ende derselben befindlichen Schnecke das Rad R und somit die kannelirten Scheiben A, A¹ in Drehung versetzt. Die Größe der in einander eingreifenden Räder und Getriebe ist so gewählt, daß, wenn die Triebwelle m in der Minute 50 Drehungen macht, die Kreissäge in derselben Zeit 1000mal umläuft, die mit Kerzen beladenen Scheiben dagegen in der Minute nur 2½mal umgehen, daß also, da die Zahl der Kannelirungen 48 beträgt, in der Minute 120, und in der Stunde 7200 Kerzen beschnitten werden.

Poliren der Kerzen. — Dasselbe kann bei kleineren Quantitäten einfach auf die Art bewerkstelligt werden, daß man sie mit der rechten Hand am unteren Ende ergreift und zwischen Zeigefinger und Daumen der linken Hand, die man ringförmig zusammenhält, mehrere Male hin und her zieht. Bei größerem Betriebe dient auch zum Poliren eine Maschine. Eine solche, von Daviron erfunden, ist in Fig. 1 und 2 auf Tafel 105 dargestellt. Den Haupttheil derselben bildet das Polirpolster A A, ein Brett, das an der Unterseite mit mehreren Lagen Tuch oder Flanell überzogen ist und so ein ziemlich hartes aber doch elastisches Polster darstellt, das von der Triebwelle f aus mittelst Kurbeln und der Verbindungsstangen B, B^1 in rück- und vorgehende Bewegung gesetzt wird, sich also auf den Kerzen ihrer Längenachse nach hin und her bewegt. Um die Kerzen unter dem Polirpolster langsam fortzubewegen, sind zwei Ketten ohne Ende C, C vorhanden, deren Glieder durch runde Eisenstangen a, a verbunden sind, die zum Fortschieben der Kerzen dienen. Als Unterlage der Kerzen ist ein langes mit Tuch bekleidetes Brett D vorhanden, über welchem sich die obere Hälfte der Kettenstangen fortbewegt. Ein Arbeiter legt die Kerzen b auf die schiefe Ebene P, von welcher sie herabrollen, um von den Kettenstangen aufgenommen und unter dem Polster fortgeführt zu werden, wobei sie sich in rollender, also drehender Bewegung befinden und so auf allen Seiten polirt werden, um endlich an der anderen Seite über die schiefe Ebene E in einen Kasten herabzurollen. Vorausgesetzt, daß die Triebwelle f in der Minute 120mal umläuft, macht das Polirpolster in derselben Zeit 240, also in der Sekunde 4 einzelne Bewegungen, wogegen die Kette, also auch die Kerzen, in der Minute 80 Zoll, also in der Sekunde $1\frac{1}{3}$ Zoll sich fortbewegt. Da die Länge des Polsters etwa 26 Zoll beträgt, so bleibt jede Kerze etwa 20 Sekunden darunter und erleidet in dieser Zeit 80 Reibungen. Diese Maschine polirt in der Minute 45, also in der Stunde 2700 Kerzen. Da sich im Uebrigen der Mechanismus von selbst versteht, wird es einer näheren Erläuterung nicht bedürfen.

Schließlich möge nochmals darauf hingewiesen werden, daß das Material der Stearinsäurekerzen bei aller Vortrefflichkeit doch noch, ohne Zweifel in Folge des Vorhandenseins von Margarin-, Palmitin- und Oelsäure, einen ungleich niedrigeren Schmelzpunkt besitzt als jenen der reinen Stearinsäure = 70° C.; denn die gewöhnlich im Handel vorkommenden Stearinkerzen schmelzen bei 55°; Stearinsäure aus der berühmten Apollokerzenfabrik in Wien in einer besonders schönen, einer Sammlung als Muster zuertheilten Probe bei 57°; Stearinsäure von ausgezeichneter Schönheit aus Petersburg, wie schon oben angeführt, bei beziehungsweise 56 und 57°.

B. Wallrathkerzen.

Der aus dem Pottfisch gewonnene flüssige Thran scheidet bei längerer Aufbewahrung in der Kälte eine große Menge einer in Blättern auskrystallisirenden Substanz ab, welche, gereinigt, das Wallrath oder Spermaceti darstellt. Nachdem man in langen schlauchförmigen Säcken den größten Theil des flüssig gebliebenen Oeles (Spermacetiöl, Sperm oil) hat ablaufen lassen, unterwirft man den hellbraunen blättrigen Rückstand einer kalten Pressung, wobei noch eine erhebliche Menge Oel abfließt. Die gepreßte Masse wird sodann zum Zweck der Entfärbung mit sehr konzentrirter Lauge gekocht, welche die färbenden Unreinigkeiten auflöst, das Wallrathfett aber nicht affizirt, wie bekanntlich auch andere Fette von konzentrirten Laugen sehr wenig angegriffen werden. Das abgeschöpfte Fett unterliegt nun in gleicher Art, wie im Vorhergehenden bei der Stearinsäurefabrikation beschrieben ist, der Krystallisation, der warmen Pressung und den ferneren Waschungen, wo es dann im geschmolzenen Zustande vollkommen die Klarheit und Farblosigkeit des reinen Wassers besitzt und beim Erstarren eine ausgezeichnet blättrig krystallinische, schneeweiße Masse darstellt, die entweder gleich zu Kerzen verarbeitet oder in Gestalt großer viereckiger Blöcke in den Handel gebracht wird.

Das Gießen der Wallrathkerzen geschieht theils ohne allen Zusatz in warmen Formen nach Art der Stearinkerzen, theils aber auch in anderer Art. Man setzt nämlich dem Wallrath 3 Proz. recht weißes Wachs zu, um die Krystallisation zu verhindern, und gießt es heiß, d. h. man erhitzt es beim Schmelzen im Wasserbade so weit, daß es nach dem Eingießen in die kalten Formen nicht so gleich erstarrt, sondern die Formen hinreichend erhitzt, um darin noch eine Weile vollkommen flüssig zu verbleiben. Allmählich erstarrt es dann zu einer gleichförmigen, nicht krystallinischen Masse, die, so lange sie warm ist, fast so undurchsichtig wie Talg erscheint, nach dem vollständigen Erkalten aber halbdurchsichtig wird und sich von der Form losgibt, so daß die Kerzen ohne Schwierigkeit aus den Formen gehen.

Um das Ausfließen des flüssigen Wallraths aus den Formen zu verhüten, verfährt man am besten so, daß man in den (geflochtenen) Docht einen Knoten schlägt, ihn sodann von unten in die Form einzieht, wobei die Oeffnung in der Spitze der Form durch den Knoten einigermaßen verschlossen wird und oben eine Dochtnadel durch den Docht steckt, welche auf den Rand der Form fest aufliegt und den Docht gehörig gespannt erhält. Durch etwas über den Knoten gestrichenen Mehlkleister wird nun die Oeffnung dicht verschlossen, worauf das Gießen vor sich gehen kann.

Da die Durchscheinbarkeit der heiß gegossenen Wallrathkerzen auch die geringsten Spuren von Staub oder sonstigen Unreinigkeiten deutlich erkennen läßt, wodurch die Schönheit der Kerzen sehr beeinträchtigt werden würde, so ist bei Anfertigung dieser Kerzen die äußerste Reinlichkeit zu beobachten.

Um transparente Wallrathkerzen zu färben, setzt man der Masse beim Einschmelzen eine sehr kleine Menge mit Oel fein abgeriebener Farbe zu. Zu Roth eignet sich Karmin oder Karminlack, zu Blau Pariserblau, zu Gelb Gummigutt oder selbst Chromgelb. Jedenfalls darf die Färbung nur sehr schwach sein, um das zarte Ansehen der Masse nicht zu beeinträchtigen.

Die heiß gegossenen transparenten Wallrathkerzen besitzen nur dann ihre volle Schönheit, wenn dazu Wallrath feinster Qualität verwendet wurde, welches bei vollkommener Farblosigkeit sich nicht im Entferntesten fettig anfühlt.

C. Paraffinkerzen.

Seit den letzteren Jahren wird mehrfach das Paraffin zum Gießen sehr schöner durchscheinender, aber ziemlich theurer Kerzen angewendet, theils rein, theils mit einem Zusatz von Stearinsäure. Aus einer Mischung der letztern Art bestehen die von einer Fabrik zu Bremen in den Handel gesetzten Brematinkerzen. Man sehe über die Bereitung des Materials den Artikel Paraffin.

Heeren.

D. Ueber die Leuchtkraft verschiedener Arten von Kerzen.

Zu dem, was hierüber im Hauptwerke (Bd. VIII. S. 357—358) gesagt ist, mag eine ausführlichere, auf zahlreiche neuere Versuche gegründete Darstellung nachgetragen werden.

Eine genaue Bestimmung der Leuchtkraft der in Kerzenform gebräuchlichen Leuchtstoffe, d. h. der Lichtmenge, welche bei dieser Verbrennungsart aus einem gegebenen Gewichte des Materials zu ziehen ist, unterliegt sehr bedeutenden Schwierigkeiten. Daß die darüber vorhandenen Versuche so sehr von einander abweichende Resultate gegeben haben, wie aus dem Folgenden erhellen wird, hat wesentlich (und wenn man gleiche Sorgfalt und Geschicklichkeit bei Anstellung der Vergleichungen wirklich voraussetzen will) folgende Gründe:

1) Die Verschiedenheit des Kerzenmaterials selbst; denn was hiervon unter gleichem Namen vorkommt, ist keineswegs immer von übereinstimmender chemischer und physischer Beschaffenheit: zu den natürlichen Modifikationen einer und derselben Fettart treten noch mehr oder weniger die durch ungleiche Behandlung im Fabrikationsprozesse entstehenden und die von absichtlicher Beimischung fremdartiger Zusätze herrührenden.

2) Die Natur des Dochtes, namentlich die eigenthümliche Beschaffenheit der dazu verwendeten Baumwolle, die Feinheit der Fäden, aus welchen er besteht, die mehr oder minder starke Drehung der einzelnen Gespinnstfäden, so wie des ganzen Dochtes, das bald mehr bald weniger dichte Geflecht bei geklöppelten Dochten, die absolute Stärke (Dicke) des Dochtes, das Verhältniß der Dochtstärke zur Dicke der Kerze.

3) Die unvermeidliche Wandelbarkeit der Kerzenflamme, welche letztere — sich selbst überlassen — in verschiedenen Zeitpunkten während des Brennens einer und derselben Kerze eine verschiedene Lichtstärke hat. Wie sehr vor allen die des Putzens bedürftigen Talgkerzen dieser Unvollkommenheit unterliegen, lehrt die tägliche Erfahrung, und die nach Peclet's Beobachtungen im Hauptwerke (S. 357) mitgetheilten Angaben liefern einen Zahlenausdruck hierfür. Aber auch die übrigen Kerzenarten, welche wegen der Beschaffenheit ihrer Dochte das Putzen nicht erfordern, sind ähnlichen, wenngleich lange nicht so großen, Schwankungen der Lichtentwickelung unterworfen wegen der wechselnden Länge und der eben so veränderlichen

(aufrechten oder schrägen) Stellung des Dochtes in der Flamme. Heeren hat über diese Erscheinung mehrere interessante Erfahrungen veröffentlicht, welche hier einen Platz verdienen. Er ließ verschiedene Kerzen ganz ungestört fortbrennen, nachdem sie durch bereits einstündiges Brennen zu einem möglichst konstanten Zustande ihrer Flamme gelangt waren; beobachtete dann von 5 zu 5 Minuten die Lichtstärke und maß zugleich jedes Mal die Höhe der Flamme mit dem Zirkel. Die Resultate waren folgende:

Kerze von							
Wallrath		Wachs		Stearinsäure		Paraffin	
Flammenhöhe, Millimeter	Lichtstärke	Flammenhöhe, Millimeter	Lichtstärke	Flammenhöhe, Millimeter	Lichtstärke	Flammenhöhe, Millimeter	Lichtstärke
54	117	48	100	54	95	52	124
42	93	51	102	60	113	54	132
41	88	51	79	70	124	54	133
41	88	51	83	63	105	48	117
45	99	45	100	54	96	54	131
48	102	48	108	60	113	51	129
48	106	48	105	55	109	54	128
43	97	48	104	61	102	57	131
42	91	51	100	57	100	57	130
48	105	51	100	54	96	54	124
45	100	51	95	57	107	54	115
48	115	51	95	54	100	54	114
51	115	57	84	60	113	54	118
						54	120
						54	126
						54	131
						54	131
						57	137
						48	103
						49	112
						57	124
						54	124
						60	140
						48	108
						48	108

Man sieht aus dieser Tabelle zunächst, daß alle diese Flammen selten für 10 Minuten eine unveränderte Helligkeit behielten. Ferner ergeben sich als Grenzen, innerhalb welcher die Lichtstärke schwankte,

				in Prozenten		
für Wallrath . .	88	und 117	oder	100	und	133
„ Wachs	79	„ 108	„	100	„	136,7
„ Stearinsäure .	95	„ 124	„	100	„	130,5
„ Paraffin . .	103	„ 140	„	100	„	136

so daß in dieser Beziehung keine Kerzengattung einen entschiedenen Vorzug vor der andern hat, vielmehr die Gleichmäßigkeit des Verhaltens andeutet, wie die ganze Erscheinung nicht dem Materiale, sondern allgemein der Kerze als solcher zuzurechnen ist. Endlich wird ein gewisser (naturgemäß zu erwartender) Zusammenhang zwischen Höhe und Lichtstärke der Flamme offenbar. Je höher die Flamme derselben Kerze, desto größer ist ihre lichtausstrahlende Oberfläche, mithin desto größer die Lichtstärke; doch hat diese Regel ihre Ausnahme. Es kann sich ereignen, daß in der hohen Flamme ein relativ langes dunkles Dochtende hinaufragt, und dann wird trotz ihrer größern Höhe die Flamme weniger leuchten; man darf sich sogar, eben deßhalb, nicht wundern, wenn etwa die Helligkeit regelmäßig wieder abnimmt, sobald die Höhe der Flamme eine gewisse Grenze übersteigt. Alles dies findet seinen Beleg in folgender Zusammenstellung der Beobachtungen nach den Abstufungen der Flammenhöhe:

Wallrath		Wachs		Stearinsäure		Paraffin	
Flammenhöhe	Lichtstärke	Flammenhöhe	Lichtstärke	Flammenhöhe	Lichtstärke	Flammenhöhe	Lichtstärke
41	88	45	100	54	95—100	48	103—117
42	91—93	48	100—108	55	109	49	112
43	97	51	79—102	57	100—107	51	129
45	99—100	57	84	60	113	52	124
48	102—115			61	102	54	114—133
54	115—117			63	105	57	124—137
				70	124	60	140

Die Wallrathkerze gewann sehr regelmäßig an Helligkeit mit steigender Flammenhöhe; minder tritt diese Regelmäßigkeit bei Stearinsäure und Paraffin hervor; die Wachskerze brannte mit steigender

Flammenhöhe heller bis zu 48 Millimeter, nahm aber darüber hinaus entschieden an Lichtstärke ab.

4) Die Unvollkommenheit aller photometrischen Apparate. Einerseits läßt die Beobachtung des zur Lichtstärkemessung dienenden Mittels (nämlich zweier zu vergleichender Schatten oder eines in Papier gemachten und von beiden Seiten beleuchteten Fettfleckes) einen gewissen Spielraum für das abweichende individuelle Urtheil verschiedener Augen; andererseits fehlt es an einer zum Maßstabe völlig brauchbaren, nämlich an Helligkeit unbedingt konstanten Lichtquelle. Die zu diesem Zwecke bisher gebrauchten Flammen: entweder eine Kerzen-, oder eine Oellampen-, oder eine Gasflamme, sind weder während der Dauer ihres Brennens von ganz unveränderlicher Lichtstärke, noch auch zu verschiedenen Zeiten und an verschiedenen Orten genau in derselben Beschaffenheit herzustellen.[1]

Wegen der so eben auseinandergesetzten Schwierigkeiten können Versuche über die Leuchtkraft der Kerzen sich dem überhaupt erreichbaren Grade von Sicherheit nur unter der Voraussetzung genügend nähern, daß die Beobachtungen am Photometer wenigstens von zwei geübten Personen kontrolirend angestellt und oft genug, auch mit mehreren Kerzen derselben Sorte, wiederholt werden, um mit Wahrscheinlichkeit die durchschnittliche Helligkeit jeder geprüften Kerzengattung, so wie der als Vergleichungsmaßstab angewendeten Lichtquelle zu treffen. Man muß leider gestehen, daß die wenigsten der bis jetzt bekannt gewordenen Untersuchungen in diesem Fache hierauf Rücksicht genommen haben. Was von solchen Untersuchungen überhaupt Erwähnung verdient, lasse ich nun folgen.

[1] Am meisten dürfte man sich dem Ziele: für die Vergleichung von Lichtstärken einen konstanten Maßstab oder eine feststehende Grundeinheit zu gewinnen, dadurch annähern, daß man den von Heeren gemachten Vorschlag (Mittheilungen des Gewerbevereins für das Königreich Hannover, 1861, S. 14) befolgt. Diesem nach soll man eine Wallrath- oder Paraffin-Kerze von bestimmter Dicke, welche stündlich ein bestimmtes Gewicht ihres Materials verzehrt, anwenden; in deren Flamme den Docht gerade aufwärts richten und darauf denselben mittelst einer feinen spitzen Schere so beschneiden, daß die Flamme eine festgesetzte Höhe bekommt. Um diese jedes Mal zu wiederholende Adjustirung der Kerze zu ersparen, wird eine Oellampe von streng vorgeschriebener Konstruktion und Flammenhöhe empfohlen, deren Licht genau zum Dreifachen der Normal-Kerzenflamme abgestimmt ist.

1) Vergleichung von Kerzen mit Oellampen. Wenn von Vergleichungen zwischen der Leuchtkraft des Oeles in Lampen und jener der Kerzen die Rede ist und auf dieselbe praktisch brauchbare Schlüsse gebaut werden sollen; so darf nicht außer Acht bleiben, daß die experimentell gefündene Lichterzeugungsfähigkeit der Kerzen in der Anwendung nie vollständig auszunutzen ist, weil zwar das Oel in einer Lampe fast bis zum letzten Tropfen aufgebrannt werden kann, von Kerzen aber stets ein mehr oder minder beträchtlicher Rest des Materials unbenutzbar übrig bleibt. Sofern es um Talgkerzen sich handelt, muß ein für alle Mal bemerkt werden, daß die vorkommenden Lichtstärkebestimmungen über dieselben sich auf den Zustand des besten Brennens beziehen, welcher dann eintritt, wenn der Docht frisch (jedoch nicht zu kurz) abgeputzt ist. Da aber, selbst bei fleißigem Putzen, dieser Zustand stets nur für wenige Augenblicke vorhanden bleibt und die Lichtstärke rasch sinkt, so muß man von der aus den Versuchsresultaten abgeleiteten Leuchtkraft der Talgkerzen wenigstens etwa ein Achtel abziehen, um annäherungsweise die praktisch nutzbar zu machende Leuchtkraft zu erhalten. Es bedarf übrigens kaum der Erwähnung, daß im folgenden unter „Lichtstärke" der Helligkeitsgrad der Flamme, und unter „Leuchtkraft" die Summe des aus einer bestimmten Gewichtmenge Material entwickelten Lichtes verstanden wird. Beide Angaben können nur vergleichungsweise, d. h. durch Verhältnißzahlen ausgedrückt werden, von welchen letzteren eine jede einzeln genommen keine Bedeutung hat. Wir nennen G das Gewicht des während einstündigen Brennens verzehrten Leuchtstoffs in Gramm, H die Lichtstärke (Helligkeit der Flamme), L die Leuchtkraft. Unter dieser Voraussetzung hat man $L = \frac{H}{G}$; es drückt also L zunächst die Verhältnißzahl der Lichtmenge aus, welche durch 1 Gramm Material in 1 Stunde (oder überhaupt durch ein gleiches Gewicht Material in gleicher Zeit) entwickelt wird. Zur bequemern Vergleichung werden dann die Zahlen L so umgerechnet, daß die des einen als Maßstab gewählten Materials = 100 ist. Der Gebrauch, welchen man von diesen Zahlen für die Praxis des Beleuchtungswesens machen kann, ergibt sich leicht. Sei z. B. einem Materiale A eine Leuchtkraft = 72, und einem Materiale B, mit Beziehung auf jenes, eine Leuchtkraft = 40 zugeschrieben.

Hiernach weiß man: 1) daß 1 Pfund A durch sein Verbrennen $\frac{72}{40} = 1{,}8$ Mal so viel Licht ausgibt, als 1 Pfund B; 2) daß zu Erzeugung gleicher Lichtmengen (d. h. zu gleich heller Erleuchtung während gleicher Zeit) von A nur 40 Pfund erforderlich sind, wenn von B 72 Pfund aufgewendet werden müssen; 3) daß — den Pfundpreis von A $= \alpha$ und den Pfundpreis von B $= \beta$ gesetzt — die Kosten gleicher Erleuchtung mit A auf $40 \times \alpha$ und mit B auf $72 \times \beta$ (oder in diesem Verhältnisse) sich berechnen.

a) Resultate von Peclet:

	Verzehrung in 1 Stunde, Gramm, G =	Lichtstärke, H =	Leuchtkraft $L = \frac{H}{G} =$		Leuchtkraft L. in Prozent ausgedrückt	
Rüböl in Carcel's Uhrlampe	42	100	2,381	oder	100	
Talgkerzen 6 im Pfd. . . .	8,51	10,66	1,253	„	52,6	50,7
„ 8 im Pfd. . . .	7,51	8,74	1,164	„	48,9	
Stearinkerzen 5 im Pfd. .	7,42	7,50	1,011	„	42,5	
Stearinsäurekerzen 5 im Pfd.	9,33	14,40	1,543	„	64,8	
Wachskerzen 5 im Pfd. .	8,71	13,61	1,562	„	65,6	
Wallrathkerzen 5 im Pfd. .	8,92	14,40	1,614	„	67,8	

b) Karmarsch und Heeren

	G	H	L		
Rüböl in Carcel's Uhrlampe	39	100	2,564	oder	100
Talgkerzen 6 im Pfd. . . .	10,05	13,2	1,313	„	51,2
Wachskerzen 6 „ „ . . .	9,13	14,6	1,599	„	62,4

c) Im Gewerbvereine zu Kehl sind Versuche angestellt worden mit folgenden Resultaten:

	G	H	L	
Rüböl in einer Uhrlampe .	36,46	100	100	
Talgkerzen 6 im Pfd. . . .	9,27	11,1	43,7	45,7
„ 6 im Pfd. . . .	10,42	13,65	47,7	
Stearinsäurekerzen 5 im Pfd.	11,08	16,86	55,5	
Wachskerzen 5 im Pfd. . . .	10,00	11,1	40,4	
Wallrathkerzen 5 im Pfd. . .	9,76	14,42	53,8	

d) Ure verglich verschiedene Arten von Kerzen mit einer Carcel'schen Uhrlampe, welche letztere in 1 Stunde 912 Troy-Gran = 59,10 Gramm reines Wallrathöl verzehrte. Nach seinen Versuchen müßte, um eine gleich helle Beleuchtung zu erhalten, von folgenden Kerzengattungen die beigesetzte Gewichtmenge stündlich im Durchschnitte verbrannt werden:

	Stündlich Gramm	L
Wallrathöl in der Uhrlampe . . .	59,10	100
Talgkerzen 3 und 4 im Pfd.	130,63	45,2
Kokosnußstearinkerzen	174,18	33,9
Stearinsäurekerzen	120,10	49,2
Wachskerzen 3, 4 oder 6 im Pfd. . .	89,10	66,3
Wallrathkerzen 3 im Pfd.	101,21	58,4

Die Zahlen unter L geben, bei Vergleichung mit den entsprechenden in a, b, c, zu erkennen, daß die Leuchtkraft des Wallrathöls nicht wesentlich von jener des raffinirten Rüböls verschieden sein kann.

e) Von Marx (in Stuttgart) liegen folgende Versuchsresultate vor:

	G	H	L	
Rüböl in einer Moderateurlampe	19,90	100	100	
Stearinsäurekerzen 5 im Pfd. .	9,95	35,71	71,4	69,4
„ 4 im Pfd. .	9,50	32,14	67,3	
Wachskerzen 4 im Pfd. . . .	7,75	35,71	91,7	
Paraffinkerzen 8 im Pfd. . . .	7,20	39,28	108,6	

Offenbar ist hier das Oel unter ziemlich ungünstigen Umständen gebrannt worden.

2) Vergleichung von Kerzen mit Kerzen.

f) Karmarsch und Heeren brachten Stearinsäurekerzen mit Wachskerzen in Vergleichung:

	G	H	L
Wachskerzen 4 im Pfd.	9,12	100	100
Stearinsäurekerzen 4 im Pfd. . . .	9,82	81,4	75,6

g) Schubarth's zahlreiche Versuche umfassen zweierlei Wachs-, dreierlei Stearinsäure- und außerdem Palmitinsäurekerzen:

		G	H	L einzeln	L im Durchschnitt
Wachs	8 im Pfd.	6,56	100	15,244	14,320 oder 100
„	6 „ „	7,17	90,92	12,681	
„	4 „ „	7,88	103,47	13,131	
Wachs	8 „ „	7,13	113,11	15,864	
„	6 „ „	8,08	120,25	14,882	
„	4 „ „	9,40	132,70	14,117	

			G	H	L einzeln	L im Durchschnitt
Stearinsäure	8 „	„	7,88	120,88	15,340	
„	6 „	„	9,38	111,78	11,917	
„	4 „	„	9,43	117,41	12,451	
Stearinsäure	8 „	„	8,51	125,14	14,705	13,875 oder 96,9
„	6 „	„	9,40	132,31	14,075	
„	4 „	„	10,62	139,43	13,129	
Stearinsäure	8 „	„	8,97	146,25	16,304	
„	6 „	„	8,87	116,00	13,078	
Palmitinsäure	8 „	„	8,95	167,50	18,715	
„	6 „	„	9,18	115,36	12,566	14,627 oder 102,1
„	4 „	„	9,88	124,48	12,599	

Noch ausgedehntere Untersuchungen, auf Anlaß der vorstehenden durchgeführt, liegen von Karmarsch und Heeren vor; ihre Resulte sind unter h und i mitgetheilt.

h) Karmarsch und Heeren:

			G	H	L einzeln	L im Durchschnitt
Wachs	4 im	Pfd.	8,42	100	11,876	
„	6 „	„	7,80	85,7	10,987	
„	4 „	„	8,61	98	11,382	10,922 oder 100
„	5 „	„	9,13	92,8	10,164	
„	6 „	„	8,61	89,9	10,441	
„	8 „	„	7,76	82,9	10,683	
Stearinsäure	4 „	„	10,50	96,3	9,171	
„	5 „	„	9,53	88,6	9,297	9,166 oder 83,9
„	6 „	„	9,84	88,8	9,024	
„	6 „	„	9,20	84,4	9,174	

i) Karmarsch und Heeren, Versuche zum Theil mit denselben Kerzensorten angestellt, welche Schubarth (g) gebraucht hatte:

			G	H	L einzeln	L im Durchschnitt
Wachs	4 im	Pfd.	8,22	100	12,165	
„	4 „	„	9,13	106,4	11,654	
„	4 „	„	9,02	103,7	11,497	11,892 oder 100
„	6 „	„	7,99	97,9	12,253	

				G	H	L einzeln	L im Durchschnitt
Stearinsäure	4	„	„	10,39	105,6	10,164	
„	4	„	„	9,36	88,4	9,444	
„	6	„	„	9,25	94,9	10,259	
„	4	„	„	9,91	104,8	10,575	10,051 oder 82,8
„	6	„	„	9,53	89,5	9,391	
„	8	„	„	9,06	90,7	10,011	
„	6	„	„	9,00	94,6	10,511	
Wallrath	4	„	„	9,73	124,6	12,806	
„	5	„	„	7,65	99,2	12,967	12,829 oder 107,9
„	6	„	„	7,96	101,2	12,714	
Talg	6	„	„	8,15	91,4	11,215	10,813 oder 90,9
„	6	„	„	8,75	91,1	10,411	

k) Kohlmann fand bei vergleichender Untersuchung von Paraffinkerzen 5 im Pfund mit Stearinsäurekerzen 6 im Pfund, daß die Flamme des Paraffinlichts 1,58 Mal so hell brannte als jene des Stearinsäurelichts; daß daneben in gleicher Brennzeit von Stearinsäure 1,2 Mal so viel verzehrt wurde als von Paraffin. Hiernach ergibt sich für

	L =
Paraffin	100
Stearinsäure . . .	52,7

l) Folgende Resultate hat Karsten (in Kiel) erhalten:

				G	H	L	
Paraffin	4	im	Pfd.	7,244	100	100	
Wallrath	6	„	„	7,451	85	82,6	
Wachs	4	„	„	7,616	47,3	45	
Stearinsäure	5	„	„	8,858	92,9	76	65,1
„	4	„	„	11,341	85	54,3	
Talg	6	„	„	14,073	86,9	44,8	

m) Hiervon beträchtlich abweichend fand Karmarsch Folgendes:

				G	H	L
Paraffin	6	im	Pfd.	8,28	100	100
Wachs	6	„	„	6,75	58,3	71,5
Stearinsäure	6	„	„	9,44	87,6	76,9
Talg	6	„	„	7,68	87,3	94,1

n) Endlich beobachtete Heeren an einer Sorte Paraffin- und einer Sorte Wallrathkerzen, welche beide genau gleiche Lichtstärke hatten, das Nachstehende:

		G	L
Paraffin	6 im Pfd.	6,12	100
Wallrath	6 „ „	7,20	85

Ich habe die vorstehenden vielen Versuchsergebnisse so ausführlich mitgetheilt, weil sie einen Einblick in das Schwankende der hier zur Frage kommenden Punkte gestatten, als: der stündlichen Konsumtion an Brennstoff und der Flammenhelligkeit bei nominell gleichartigen Kerzen, so wie der (vermeintlich oder wirklich) entwickelten Leuchtkraft aller in Rede stehenden Materialien. Nun werde ich eine Zusammenstellung ableiten, welche hinsichtlich der Leuchtkraft die Abweichungen darlegt und zu einem bei Schätzungen möglichst brauchbaren Mittelwerthe für jede Kerzengattung führt. Es wird zur Bequemlichkeit gereichen, daß die folgenden Tabellen für alle die verschiedenen Fälle berechnet sind, wo man den einen oder den andern der Leuchtstoffe als Vergleichungsgrundlage annehmen will.

1) Leuchtkraft des Oeles = 100. [1]

	Talg	Stearinsäure	Wachs	Wallrath
Peclet (a)	50,7	64,8	65,6	67,8
Karmarsch und Heeren (b) .	51,2	—	62,4	—
Kehler Gewerbverein (c) . .	45,7	55,5	40,4	53,8
Ure (d)	45,2	49,2	66,3	58,4
Mittel	48,2	56,5	58,7	60,0

2) Leuchtkraft der Talgkerzen = 100.

	Stearinsäure	Wachs	Wallrath	Paraffin
Peclet (a)	127,7	129,3	133,6	—
Karmarsch und Heeren (b) .	—	121,5	—	—
„ „ „ (i) .	93,0	110,0	118,6	—
Kehler Gewerbverein (c) .	121,4	88,4	117,7	—
Ure (d)	108,8	146,7	129,2	—
Karsten (l)	145,3	100,4	184,4	223,2
Karmarsch (m)	81,7	76,0	—	1063
Mittel	113,0	110,3	136,7	164,7

[1] Es ist dabei vorausgesetzt, das Oel werde in Lampen der besten Art gebrannt, wie die Uhrlampen und sehr gut gehaltene Kolben-, Feder- oder

3) Leuchtkraft der Stearinsäurekerzen = 100.

	Talg	Wachs	Wallrath	Paraffin
Peclet (a)	78,3	101,2	104,6	—
Kehler Gewerbverein (c) .	82,3	72,8	96,6	—
Ure (d)	91,9	134,8	118,7	—
Marx (e)	—	132,2	—	156,5
Karmarsch und Heeren (f) .	—	132,3	—	—
Schubarth (g)	—	103,2	—	—
Karmarsch und Heeren (h)	—	119,1	—	—
" " " (i) .	107,6	118,3	127,6	—
Kohlmann (k)	—	—	—	189,6
Karsten (l)	68,8	69,1	126,9	153,6
Karmarsch (m)	122,4	93,0	—	130,0
Mittel	91,9	107,6	114,9	157,4

4) Leuchtkraft der Wachskerzen = 100.

	Talg	Stearinsäure	Wallrath	Paraffin
Peclet (a)	77,4	98,8	103,3	—
Karmarsch und Heeren (b)	82,1	—	—	—
Kehler Gewerbverein (c) .	113,1	137,4	133,2	—
Ure (d)	68,2	74,2	88,1	—
Marx (e)	—	75,7	—	118,4
Karmarsch und Heeren (f) .	—	75,6	—	—
" " " (h)	—	83,9	—	—
" " " (i) .	90,9	82,8	107,9	—
Schubarth (g)	—	96,9	—	—
Karsten (l)	99,5	144,7	183,5	222,2
Karmarsch (m)	131,6	107,5	—	139,8
Mittel	94,7	97,7	123,2	160,1

5) Leuchtkraft der Wallrathkerzen = 100.

	Talg	Stearinsäure	Wachs	Paraffin
Peclet (a)	74,9	95,6	96,8	—
Kehler Gewerbverein (c) .	84,9	103,2	75,1	—
Ure (d)	77,4	84,2	113,5	—
Karmarsch und Heeren (i) .	84,3	78,4	92,7	—
Karsten (l)	54,2	78,8	54,5	121,1
Heeren (n)	—	—	—	117,6
Mittel	75,1	88,0	86,5	119,3

Moderateur-Lampen sind. Andere gute Lampen entwickeln aus dem Oele zwei Drittel bis vier Fünftel der Leuchtkraft, welche man durch Uhrlampen erhält.

6) Leuchtkraft der Paraffinkerzen = 100.

	Talg	Stearinsäure	Wachs	Wallrath
Marx (e)	—	63,9	84,4	—
Kohlmann (k)	—	52,7	—	—
Karsten (l)	44,8	65,1	45,0	82,6
Karmarsch (m)	94,1	76,9	71,5	—
Heeren (n)	—	—	—	85,0
Mittel	69,4	64,6	67,0	83,8

Selbst die Mittelzahlen, welche am Fuße dieser Tabellen stehen, bieten noch auffallende Widersprüche dar. So ist die Leuchtkraft der Stearinsäure nach 1, 3, 4 und 6 kleiner als jene des Wachses, nach 2 und 5 aber größer; u. dgl. m. Um auch hier schließlich eine Vermittelung zu schaffen, mögen sämmtliche Mittelzahlen mit Zugrundelegung der Zahl 100 für das Wachs umgerechnet und hiernach neue Durchschnitte gezogen werden, wie folgt:

Mittelzahlen nach	Talg	Stearinsäure	Wachs	Wallrath	Paraffin
1	82,1	96,3	100	102,2	—
2	90,7	102,4	100	123,9	149,3
3	85,4	92,9	100	106,8	146,3
4	94,7	97,7	100	123,2	160,1
5	86,8	101,7	100	115,6	137,9
6	103,6	96,4	100	125,1	149,2
Hauptdurchschnitte L =	**90,5**	**97,9**	**100**	**116,1**	**148,6**

In der chemischen Zusammensetzung der Kerzenmaterialien läßt sich wenigstens theilweise ein Grund ihrer verschiedenen Leuchtkraft nachweisen. Talg, Stearinsäure und Wachs weichen hinsichtlich des prozentischen Gehalts an Kohlenstoff, Wasserstoff und Sauerstoff sehr wenig von einander ab (77—79 K., 12—13 W., 8—10 S.), wonach ihre ziemlich übereinstimmende Lichtentwickelungsfähigkeit begreiflich wird; aber das Wallrath, dessen stärkere Leuchtkraft als entschieden angenommen werden muß, hat fast dieselbe Zusammensetzung (etwa 78,8 K. auf 13,1 W. und 8,1 S.). Dagegen wird die hohe Leuchtkraft des Paraffins daraus erklärlich, daß in demselben ein hoher Kohlenstoffgehalt (85,7 Prozent) nur mit Wasserstoff (14,3 Prozent) verbunden und Sauerstoff gar nicht vorhanden ist.[1]

K. Karmarsch.

[1] Eine gute Arbeit von Rambohr (Dingler polyt. Journ. Bd. 168, S. 188) hat bei dem Vorstehenden nicht mehr benutzt werden können.

Knopffabrikation.

(Bd. VIII. S. 400.)

Die wichtigsten hier zu liefernden Nachträge betreffen: 1) Die Verfertigung der Knopföhre; 2) die Beschaffenheit und Verfertigung der neuerlich allgemein gebräuchlichen hohlen Blechknöpfe; 3) einige besondere Arten von Metallknöpfen; 4) die überzogenen Kleiderknöpfe.

I. Oehre. — Bei Ermangelung einer zur Verfertigung der Knopföhre dienenden Maschine (s. im Hauptwerke Bd. VIII. S. 404 bis 405), also ganz besonders in kleinen Knopffabriken, bedient man sich folgendes Verfahrens um die Oehre darzustellen; Fig. 3 bis 14 auf Taf. 105 — sämmtlich in wirklicher Größe gezeichnet, sofern nicht ein Anderes ausdrücklich bemerkt ist — werden dasselbe erläutern. Der zu den Oehren bestimmte, durch Ausglühen recht weich gemachte (Kupfer- oder Tombak-) Draht wird zuvörderst mit Hülfe der Drehbank in einer Schraubenlinie mit dicht aneinander geschlossenen Gängen um einen eisernen oder stählernen flachen Stab (Dorn) gewunden, welcher etwa 0,23 Meter lang, 10 Millimeter breit, 4 Millimeter dick und auf den schmalen Langseiten halbzylindrisch abgerundet ist; Fig. 3 zeigt in a ein Stück dieses Dorns mit darauf liegenden Drahtwindungen, Fig. 4 den Querdurchschnitt hiervon. Auf 0,21 Meter Länge bewickelt, mag der Dorn im Ganzen ungefähr 130 Drahtwindungen enthalten, aus welchen durch die nachfolgende Bearbeitung 260 Oehre entstehen. Nachdem die so gebildete ovale Röhre von dem Dorne abgezogen ist, steckt man durch ihr Inneres zwei gerade Eisendrähte von 0,26 Meter Länge, 3 Millimeter Dicke, welche vermittelst zweier an ihren Enden aufgeschobenen Messingklötzchen parallel zu einander, in einem lichten Abstande von 6 Millimeter, vereinigt und festgehalten werden. In Fig. 6 sieht man die Drähte mit a a und c c, eins der Klötzchen mit b bezeichnet; das zweite wird in ganz gleicher Weise auf dem andern Ende der Drähte angebracht. Die Drahtwindungen erscheinen hier aber bereits auf verschiedene Weise weiter bearbeitet, worüber das Folgende Aufklärung geben wird. Fig. 7 ist eine Endansicht dieser Vorrichtung, aus welcher man erkennt, daß die Löcher der Klötzchen b einen etwas größeren Durchmesser haben, als die von ihnen aufzunehmenden Drähte a, c. Aus dem Vorhergegangenen erinnert man sich, daß die Breite des Dorns a in Fig. 3, 4 zu 0,010 Meter angegeben wurde; demnach können die zwei Drähte a, c, Fig. 6 — da sie 0,003 Meter dick sind — im Innern der von Draht gewundenen Röhre vorläufig nur einen lichten Abstand = 0,004 Meter zwischen sich lassen. Gleichwohl sind die Löcher in den Klötzchen b (siehe Fig. 7) 0,006 Meter von einander entfernt: die Folge davon ist, daß zum Aufschieben der Klötzchen auf die Drähte letztere an ihren Enden ein wenig auseinander gebogen werden müssen, wonach sie vermöge ihrer natürlichen Federkraft sich scharf in die Rundungen des hohlen Raumes der Drahtröhre hineinlegen und diese Röhre unbeweglich, stramm nach der Breitenrichtung angespannt halten, ungeachtet der Querschnitt der Drähte a, c von kleinerem Halbmesser ist, als die konkave Rundung, in welcher sie liegen (s. den Durchschnitt Fig. 5). Dieser Zustand hat zur Folge, daß nachher das Oval des Röhrenquerschnitts eine gewisse Ausdehnung in seiner Längenrichtung und eine Zusammendrückung in seiner Breitenrichtung erfahren kann, ohne daß die Drähte a, c dabei hinderlich sind, oder aufhören mit den Endrundungen jenes Ovals in Berührung zu sein.

Die nächstfolgende Operation besteht darin, daß man mit der schmalen abgerundeten Finne eines Hammers die Drahtwindungen auf beiden flachen Seiten der Röhre hineinklopft, bis sie sich innerlich fast oder wirklich berühren; die Querschnittsgestalt Fig. 5 geht hierdurch in die von Fig. 8 über, wo mit e, e die durch das Hämmern erzeugten rinnenförmigen Vertiefungen bezeichnet sind und man erkennen kann, wie die Drähte a, c ihrer Elastizität folgend sich von einander entfernt haben, was sie thun konnten, weil durch das Anschmiegen an die Drähte a, c der dortige Krümmungshalbmesser der Windungen sich verkleinerte, also eine Streckung (Verlängerung) des Ovals — den Einbiegungen e, e zum Trotz — erfolgte. Fig. 9 ist die Endansicht eines eisernen Stöckchens, welches bei diesem Geschäfte als Unterlage dient; seine Länge (in der zur Ebene der Zeichnung rechtwinkeligen Richtung) beträgt 0,08 bis 0,10 Meter; es wird an m im Schraubstocke eingespannt, ruht mit t, t auf demselben, und enthält auf seiner verstählten Oberfläche eine rundliche Rippe e, welche von unten den Eindruck macht, während der Hammer einen ähnlichen bei e von oben hervorbringt. Die ganze Länge der von Draht gewundenen Röhre wird auf die beschriebene Weise bearbeitet; aber in Fig. 6 ist angenommen, daß nur noch der Theil vom Klötzchen b bis nach f sich in dem dadurch hervorgebrachten Zustande befinde, indeß das Uebrige schon die Folgen späterer Behandlungen erkennen läßt.

Es handelt sich nun darum: 1) sowohl die äußere wie die innere Gestalt der Drahtwindungen (Fig. 8) weiter so auszubilden, daß jede Windung die Form eines Doppelöhrs (Fig. 10) annimmt; und dann 2) durch einen bei ff (Fig. 10) geführten Schnitt jedes Doppelöhr in zwei einfache Oehre zu zerlegen, s. Fig. 11. Diese beiden Bearbeitungen erfolgen in einer einzigen Operation, zu welcher man sich einer Stoßschraubenpresse bedient, nämlich eines gewöhnlichen Durchschnitts, in den man nur (statt des Schneidstempels oder Drückers und der Unterlage) zwei für den gegenwärtigen Zweck passende Stempel eingesetzt hat. An Ober- und Unterstempel (Fig. 12 in halber Größe) sind gleichmäßig zwei Theile zu unterscheiden: der in der Wirkung vorausgehende Theil ist eine horizontale ebene Fläche von 27 Millimeter Länge und $3\frac{1}{2}$ Millimeter Breite (a am Unterstempel A; b am Unterstempel B), und diese Flächen beider Stempel stehen einander genau gegenüber, so daß sie auf der zwischen sie eingebrachten Drahtröhre beiderseitig einen Eindruck machen, wodurch die bogig geschweiften Rinnen e, e, Fig. 8 in flachbodige wie f, f, Fig. 10 sich verwandeln, zugleich die Drahtwindungen innerlich scharf an einander gepreßt werden und ihre runden Theile sich an die Drähte a, c fast ringsum anschmiegen. In Fig. 6 sieht man von f bis g den erwähnten Abdruck des einen Stempels. — Der übrige Theil eines jeden Stempels ist von der Beschaffenheit einer Metallscheerenschneide, bildet nämlich eine unter einem Winkel von etwa 80° zugeschärfte Kante von 27 Millimeter Länge, welche in die verlängerte Mittellinie der vorbeschriebenen ebenen Stempelfläche fällt; dabei ist die Stellung dieser beiden Kanten eine solche, daß sie zusammen wie eine wahre Scheere wirken, d. h. die Kante c des niedergehenden Oberstempels dicht an der unbeweglichen Kante d des Unterstempels herstreift und die Drahtwindungen der Röhre quer durchschneidet, wie man in Fig. 6 bei gh und in Fig. 11 bei h sieht. Die untere Schneide ist horizontal, die obere hingegen schräg, damit der Schnitt — vom tiefststehenden Punkte der letzteren anfangend — allmählich fortschreite wie bei einer gewöhnlichen Scheere. Die Klötzchen (b, Fig. 6) werden vor Beginn dieser Arbeit entfernt, weil sie hinderlich sein würden und jetzt ohnehin nicht mehr nöthig sind. Der erste Stoß bewirkt nur den Eindruck mittelst des flachen Theils der Stempel; jeder folgende durchschneidet in dem eben gemachten Eindrucke die Drahtwindungen und macht zugleich einen neuen Eindruck; der letzte Stoß wirkt nur schneidend und die Flächen der Stempel arbeiten dabei in der Luft. Vor jedem neuen Stoße rückt man die Drahtröhre um höchstens 25 Millimeter auf den Unterstempel fort; da die ganze Röhre angenommener Maßen 210 Millimeter lang ist, so wird sie auf 10 bis 12 Stöße völlig in Oehre geformt und zertheilt, wozu eine Minute genügt.

Nach Beendigung des Durchschneidens hängt auf jedem der Drähte aa, cc eine Reihe von (z. B. 130) Oehren, deren Schenkel oder Füßchen aber noch zu lang, durch den Scheerenschnitt an den Enden etwas verquetscht und auch nicht in der richtigen Stellung zu einander erscheinen. Um das Letztere einzusehen, muß man sich erinnern, daß jedes Oehr aus einer halben Schraubenwindung des Drahtes entstanden ist, also die geschnittenen Enden desselben um die halbe Ganghöhe des Schraubengewindes, das heißt hier um die halbe Drahtdicke, gegen einander verschoben stehen. Dieß zeigt deutlich Fig. 13, wo einige Oehre mit einem Theile des Drahtes c abgebildet sind; die Endansichten der Oehrschenkel bei i, i und i′ i′ geben die erwähnte verschobene Lage am deutlichsten zu erkennen. Man hilft diesem Fehler dadurch ab, daß man jeden der mit Oehren besetzten Drähte a und c einzeln vornimmt, die Oehre darauf portionenweise auseinander schiebt und jede Portion (von 5 oder 6 Stück) an den Füßchen mit dem Maule einer gewöhnlichen Flachzange faßt und drückt, worauf sogleich eine kleine Verschiebung erfolgt, vermöge welcher die Schenkelenden aller Oehre richtig zu einander sich stellen. Denkt man sich in Fig. 13 unter den Linien p, p die Maulflächen der Zange, welche in dem Sinne der Pfeile sich bewegen, so versteht man ohne Weiteres den Erfolg.

Um die Enden der Füßchen an den Oehren zum richtigen Maße abzukürzen, zugleich auch so richtig flach zu machen, daß jedes Oehr leicht und gerade aufgestellt werden kann, gebraucht man die in Fig. 14 in der Seitenansicht abgebildete (stählerne) Kluppe, deren beide Backen A, B durch einen federnden Bügel C verbunden sind. In den Schraubstock gesetzt, ruht die Kluppe mit ihren Vorsprüngen E, E auf demselben. Die Köpfe enthalten innerlich jeder eine rinnenförmige Vertiefung bei F; zwischen diese Rinnen legt man einen Draht c mit darauf steckenden Oehren dergestalt ein, daß letztere ihre Füßchen aufwärts kehren; durch Schließung des Schraubstocks klemmt man die Oehre (so viele als die Breite der Kluppe, 0,09 Meter, eben faßt) ein, und nun werden die bei i herausragenden Fußenden bis ganz nahe an die Kluppe weggefeilt.

II. Hohle Blechknöpfe. — Seit Abfassung des Artikels im Hauptwerke sind diejenigen Blechknöpfe, deren Verfertigung dort ausführlich beschrieben ist, nämlich die aus einer einfachen Blechscheibe mit angelöthetem Oehre bestehenden, fast gänzlich außer Gebrauch gekommen und dagegen hohle Blechknöpfe, wesentlich bestehend aus Ober- und Unterboden von Metall mit oder ohne fremdartige Einlage im Innern, an die Stelle getreten. Diese Knöpfe haben in ihrer Zusammensetzung nicht wenig Aehnlichkeit mit den Militär- und Livreeknöpfen, von welchen im Hauptwerke S. 407—410 gehandelt ist, weichen aber in mehreren bedeutsamen Punkten davon ab: zuerst darin, daß man den Oberboden aus sehr dünnem gold- oder silberplattirtem Kupferbleche macht, wodurch die Vergoldung oder Versilberung wegfällt; ferner dadurch, daß dieser Oberboden — da er bei seiner geringen Dicke für sich allein nicht steif genug sein würde, um dem Eindrücken zu widerstehen — eine Einlage von Zinkblech erhält; endlich durch das Weglassen der Kittfüllung, an deren Stelle eine zwischen das Zink und den metallenen Unterboden eingebrachte (ein- oder mehrfache) Pappscheibe tritt. Manchmal wird die Pappeinlage weggelassen; dagegen muß bei kleinen Knöpfen nicht selten diese allein dem Oberboden zur Stütze dienen, während man die Zinkeinlage spart; oder man läßt Pappe und Zink weg, muß aber dann den Oberboden aus so starkem Bleche bilden, daß er ohne alle innere Stütze gegen das Eindrücken geschützt ist. Näher angegeben ist der Gang der Fabrikation folgender, s. Fig. 15—20 auf Taf. 105.

Zur Herstellung der Oberböden a (Fig. 15) werden aus dem plattirten Bleche, welches die Dicke eines feinen Schreibpapierblattes hat, kreisrunde Scheiben mittelst des Durchschnittes ausgeschnitten, diese dann zwischen Prägstempeln dergestalt vertieft, daß sie Schälchen mit senkrecht emporstehendem Rande und auswärts gewölbtem Boden darstellen, endlich auf der Außenseite mit einem Blutsteine in der Drehbank polirt. Die Zinkeinlagen b (Fig. 16) werden aus Blech von Spielkartendicke und in solcher Größe angefertigt, daß sie den Boden der Schälchen a bedecken; sie erhalten beim Ausschneiden selbst gleich die nöthige sanfte Wölbung vermöge der konvexen Endfläche des Drückers in der Durchschneidmaschine (s. im Hauptwerk S. 408). Man legt nun in jeden Oberboden eine solche Zinkscheibe (Fig. 17), und prägt beide mit einander zwischen einer gravirten stählernen Stanze und einem kupfernen Gegenstempel, um das beliebige Muster auf der Fläche hervorzubringen.

Die Unterböden c (fertig Fig. 18) werden als flache kreisrunde Scheiben aus dünnem Tombakblech geschnitten, dann zwischen zwei Stempeln unter dem Fallwerke mit der Firma und im Mittelpunkte mit einem ganz seichten Grübchen, welches den Platz des Oehrs angibt, versehen. Das Anlöthen der Oehre geschieht nun in bekannter Weise (Hauptwerk, S. 405); hierauf folgt das Abbeizen mittelst verdünnter Schwefelsäure, das Hohlprägen im Schraubenprägwerke (zwischen zwei Stempeln, von welchen der untere ein Loch für das Oehr hat), die Versilberung auf nassem Wege (durch Silbersud, Bd. XIX. des Hauptwerks S. 581) und das Poliren der konvexen Außenfläche in der Drehbank mittelst eines Polirstahls, mit welchem man dem Oehre d so nahe zu kommen sucht, wie möglich.

Zur Vollständigkeit des Knopfes fehlt nun nur noch die Pappeinlage, gebildet aus einer dicken und weichen (einfachen oder nach Bedarf mehrfachen) kreisrunden Scheibe, zu deren Anfertigung man sich wieder des Durchschnitts bedient. Man legt (Fig. 19) in den Oberboden auf das schon darin befindliche Zink die Pappe e, setzt den Unterboden c darauf, und drückt nun den überragenden Rand a a des Oberbodens auf den Unterboden nieder, wozu entweder (sofern der Knopf platt ist) das Prägwerk mit geeigneten Stempeln oder (bei mit Muster geprägten Knöpfen) die Drehbank und der Polirstahl in Anwendung kommt (vergl. das Hauptwerk S. 409—410). Unter dem bei dieser letzten Arbeit stattfindenden Drucke gibt die Pappeinlage so viel nach und quetscht dieselbe sich in solcher Weise, daß der linsenförmige Hohlraum des Knopfes mehr oder weniger vollständig von ihr ausgefüllt wird. Fig. 20 ist eine Durchschnittszeichnung des fertigen Knopfes, in welcher die Buchstaben ihre frühere Bedeutung haben.

Wie das beschriebene Verfahren der Knopffabrikation sich abändert, namentlich vereinfacht, wenn die Pappeinlage, oder die Zinkeinlage, oder diese sammt jener wegbleibt, bedarf keiner Erläuterung. Im Besondern bei kleinen (Westen-) Knöpfen pflegt man beide Böden aus etwas starkem Bleche zu machen und jede Einlage wegzulassen; der alsdann aus nichts weiter als Oberboden a a und Unterboden o o bestehende Knopf (Taf. 105, Fig. 21) bleibt im Innern leer.

III. Besondere Arten metallener Knöpfe. — Als solche Arten von Knöpfen, deren Beschaffenheit und Verfertigung wesentlich von jener der gewöhnlichen Kleiderknöpfe abweicht, verdienen folgende hier angeführt zu werden (Taf. 105, Fig. 22—43).

1) Messingene (tombakene) Beinkleider- oder Hosenträgerknöpfe. — Diese Knöpfe haben bekanntlich kein Oehr, sondern statt dessen in der Mitte vier kleine zum Annähen dienende Löcher. Ueber die aus bleihaltigem Zinn gegossenen Beinkleiderknöpfe ist im Hauptwerke Bd. VIII. S. 402 die Rede gewesen. Die Blechknöpfe, auf welche das Gegenwärtige Bezug hat, werden als kreisrunde Scheiben (Fig. 22) aus Messing- oder Tombakblech von höchstens 1 Millimeter Dicke im Durchstoße (Hauptwerk Bd. IV. S. 481) geschnitten, dann unter einem zweiten Durchstoße mit allen vier Löchern auf einmal versehen (Fig. 23). Durch Rouliren — s. im Hauptwerke Bd. VIII. S. 403 — rundet man den Rand der Platten ab, damit er nicht durch seine Schärfe die Finger belästigt. Ferner ist es gut, die Löcher, um ihren Rändern die natürliche Schärfe zu benehmen, vermöge welcher sie den zum Annähen gebrauchten Faden leicht abschneiden, von beiden Seiten her in geringem Grade auszusenken, d. h. konisch zu erweitern. Hierzu gibt es zwei Wege: entweder das Ausfräsen der Löcher mittelst eines konischen Senkers (Fräsers, Supplemente Bd. I., S. 572), wozu aber jeder Knopf achtmal an den in der Drehbank umlaufenden Senker gehalten werden muß; oder das Prägen zwischen zwei Stempeln, von welchen jeder vier in die Löcher des Knopfes eintretende konische Warzen trägt, die so kurz sind, daß jene des Oberstempels nicht mit denen des Unterstempels in Berührung kommen. Die anzuwendende Prägmaschine kann ein kleines Fallwerk nach Art der Nadlerwippe (Hauptwerk

Bd. X. S. 283) sein. Die soweit bearbeiteten Platten werden gelbgebrannt (Hauptwerk Bd. III. S. 160), wenn sie weiß erscheinen sollen in Silbersud versilbert, jedenfalls aber durch Prägen zwischen zwei Stempeln in einem Schraubenprägwerke vollendet (Fig. 24). Beim Prägen entsteht, als wesentlichste Veränderung, eine kugelsegmentförmige Vertiefung o auf der Oberseite, welcher entsprechend unten die mit den Löchern versehene Mitte herausgetrieben wird; zugleich wird die obere Kante des Randes n n durch eine sich erzeugende schmale Fassette abgestumpft, und (mit erhabenen oder vertieften Buchstaben) die Fabrikfirma oder eine andere beliebige Aufschrift gebildet.

2) Plattirte Zinkknöpfe. — Wohlfeilere Beinkleiderknöpfe werden aus Zinkblech gemacht und mit einem Plättchen von sehr dünnem Messing- oder Argentanblech überlegt (plattirt). Ansicht und Durchschnitt eines solchen Knopfes zeigt Fig. 25, wo durch eine starke Einfassungslinie a, b, c, d, e die Plattirung ausgedrückt ist. Das Plattiren wird mit den rohen Scheiben, vor dem Ausstoßen der Löcher, vorgenommen; zur Erläuterung dieser Arbeit kann dasjenige dienen, was im Hauptwerke Bd. VIII. S. 410 (zweiter Absatz) hinsichtlich einer älteren Art von Kleiderknöpfen angeführt steht.

3) Hohle Beinkleiderknöpfe (Fig. 26 obere, Fig. 27 untere Ansicht, Fig. 28 und 29 zwei Durchschnitte. Diese sind, ähnlich den früher beschriebenen hohlen Rock- und Westenknöpfen aus Ober- und Unterboden zusammengesetzt, bekommen aber keine Einlage und kein Oehr, sondern statt des letzteren zwei Löcher 1, 2 von der Gestalt und Stellung zusammengehöriger Kreisabschnitte. Das Material ist Tombakblech, etwas dickeres für den Oberboden a und dünneres für den Unterboden e, was man in Fig. 28, 29 durch die verschiedene Stärke der Linien ausgedrückt hat. Beide Böden sind in der Mitte trichterartig eingesenkt und auf dem Boden dieser Vertiefung mit den schon erwähnten Löchern 1, 2 versehen, zwischen welchen eine Art Steg — c am Oberboden, f am Unterboden — in Form eines schmalen Bandes stehen bleibt. Der Steg c ist flach, f hingegen rinnenartig aufgetieft; die Ränder von f nehmen den flachen Steg c zwischen sich, und an den bogenförmigen Rändern der Löcher 1, 2 treffen die Böden a und e scharf zusammen, wie Fig. 28 zu erkennen gibt. Daß mittelst Durchschnitt und Prägmaschine

zuerst Ober- und Unterboden einzeln angefertigt werden, bedarf nach dem bereits Vorgekommenen keiner Erklärung. Um weiße Knöpfe darzustellen, gibt man ihnen eine Versilberung. Schließlich setzt man die beiden Böden zusammen und legt zu deren Vereinigung, wieder unter der Prägmaschine, den schon vorher in die Höhe stehenden Rand des Oberbodens so nieder, wie bei b b in Fig. 27, 28, 29 zu sehen ist. Um einem möglichen Mißverständnisse vorzubeugen, wird daran zu erinnern sein, daß bei dieser Arbeit der Oberboden im Unterstempel des Prägwerks liegt, also der Unterboden e aufwärts gekehrt ist. Zu größerer Deutlichkeit zeigt (durchschnittweise) Fig. 30 den Oberboden und Fig. 31 den Unterboden abgesondert, jedoch in der Gestalt, wie beide im fertigen Knopfe (Fig. 29) enthalten sind.

4) Hohle Beinkleiderknöpfe mit Barchent-Einlage (Fig. 32 obere, Fig. 34 untere Ansicht, Fig. 33 Durchschnitt). Von den unter 3 eben angeführten Knöpfen sind diese wesentlich nur durch zwei Umstände verschieden: Erstens hat sowohl der Oberboden g (in h) als der Unterboden i (in l) ein großes vollrundes Loch; zweitens wird, bevor man durch Umlegen des Oberbodenrandes k k die Vereinigung bewirkt, zwischen beide Böden eine den Hohlraum des Knopfes fast gänzlich ausfüllende kreisrunde Scheibe gelegt, welche aus einem oben und unten mit Barchent bedeckten Stückchen Drahtsieb besteht. Das Vorhandensein dieser Einlage gestattet zum Oberboden ein eben so dünnes Blech anzuwenden, wie zum Unterboden. Die Durchschnittszeichnungen Fig. 35, 36 zeigen: erstere Ober- und Unterboden vereinigt ohne die Einlage; letztere die Einlage allein. Das Sieb ist von dünnem Messingdraht und enthält auf 1 Centimeter 9 Drähte, also auf 1 Quadratcentimeter 81 Oeffnungen, welche groß genug sind, um beim Annähen des Knopfes dem Hindurchstecken einer großen Nähnadel Raum zu geben.

5) Schraubknöpfe. — Es ist bekannt genug, daß und wie man für gewisse Fälle, namentlich an der Wäsche unterliegenden Gegenständen (Westen, Hemden) oder um mit verschiedenen Knöpfen auf demselben Kleidungsstücke wechseln zu können, die Knöpfe — statt sie anzunähen — lösbar befestigt. Die solideste, aber freilich nicht die einfachste Einrichtung solcher Art bietet der zum Anschrauben konstruirte Knopf Fig. 37 bis 40 dar. Fig. 37 ist die Ansicht der obern oder äußeren Fläche, Fig. 38 ein Durchschnitt,

Fig. 39 eine Seitenansicht, Fig. 40 die Seitenansicht der Schraube allein. Der Knopf selbst besteht aus einem Metallstücke, welches zwischen einer größern Scheibe a und einer kleinern Scheibe d einen kurzen zylindrischen Hals m bildet. Die Schraube c, welche einen scheibenförmigen Kopf e von gleicher Größe wie d hat, wird in ein mit dem Muttergewinde versehenes durchgehendes Loch des Knopfes eingebracht; n n in Fig. 39 bezeichnet den Stoff, woran der Knopf befestigt ist, und welcher zum Durchgang der Schraube mit einem entsprechenden runden Loche (nach Art der Schnürlöcher ausgenäht oder mit einem Metallringe gefüttert) versehen sein muß.

6) Anzunietende Knöpfe. — Wenn bei den Schraubknöpfen und verwandten Arten ein beliebiges Losnehmen von der zur Dienstleistung bestimmten Stelle beabsichtigt ist, so hat man andererseits dagegen eine so viel möglich unzerstörbare Befestigung der Knöpfe zu erreichen gesucht. Eine hierzu dienliche Einrichtung zeigen Fig. 41, 42 (Flächenansicht und Durchschnitt des Knopfes vor seiner Befestigung) und Fig. 43 (Durchschnitt eines befestigten Knopfes). Der Knopf a a ist in seiner Mitte b stark — ungefähr halbkugelförmig — vertieft und enthält im Mittelpunkte ein Loch. Zu seiner Befestigung dient eine Metallöhse c d von der Art, wie man sie zum Ausfüttern der Schnürlöcher 2c. gebraucht. Nachdem durch ein Loch des Stoffes n n (Fig. 43) die Oehse so eingesteckt ist, daß ihr Rand d d unterhalb bleibt, setzt man auf deren obern Theil c den Knopf und quetscht nun die Oehse auf bekannte Weise an beiden Enden auseinander, wonach auf die durch Fig. 43 hinlänglich verständliche Weise der Knopf unwandelbar am Stoffe halten muß. Diese Befestigung ist ein wahres Annieten mit einem hohlen Niete. Das Nähere über die hier angewendeten Oehsen und die kleine Maschine zum Vernieten derselben enthält der Artikel „Riemerarbeiten" im Hauptwerke Bd. XI. S. 619—622.

IV. Ueberzogene Knöpfe. — Dem, was im Hauptwerke, Bd. VIII. S. 413—414, über die fabrikmäßig verfertigten überzogenen Kleiderknöpfe mitgetheilt wurde, ist jetzt wenigstens soviel beizufügen, als nöthig ist um die neueren Arten solcher Knöpfe ihrer Beschaffenheit nach an einigen Beispielen kennen zu lehren und in Kürze einen Begriff von ihrer Darstellung zu geben.

Die gegenwärtig allgemein gebräuchlichen überzogenen Knöpfe

(Florentiner Knöpfe, wie sie wohl genannt werden) haben im Allgemeinen große Aehnlichkeit mit den hohlen Blechknöpfen, indem sie wie diese aus Ober- und Unterboden nebst Pappeinlage bestehen; aber beide Böden sind von dünnem Eisenblech, der Oberboden ist mit einem gewebten Stoffe überkleidet, und statt des Drahtöhres dient zum Annähen ein beutelförmig aus dem Innern des Knopfes hervorragendes Stückchen starken Baumwollzeuges oder grober Leinwand, welches als Futter den Unterboden von innen bekleidet. Manchmal ist die Zusammensetzung dieser Knöpfe ziemlich künstlich, namentlich wenn der Oberboden eine Art Muster enthalten soll.

Fig. 44 (Taf. 105) zeigt im Durchschnitte einen solchen Knopf der einfachsten Art; die Blechtheile sind hier durch dicke Linien, die Zeugbekleidungen und das Futter durch weiße Streifschen ausgedrückt; der schraffirte Raum n n stellt die Pappeinlage vor. Man sieht, daß der Zeugüberzug c des Oberbodens (nach Belieben aus Tuch, Orleans, wollenem oder seidenem Atlas bestehend) über den Rand des Bleches nach innen umgeschlagen ist und ein wenig unter die Pappscheibe hineinreicht, das Futter aber (starke schwarzgefärbte Leinwand) die ganze innere Fläche des Unterbodens c bekleidet und durch ein rundes Loch in der Mitte desselben als ein Beutelchen b heraussteht; die feste Vereinigung aller Theile zu einem Ganzen ist dadurch erreicht, daß der Umkreis des Oberbodens über jenen des Unterbodens umgelegt und scharf angedrückt wurde. Zu größerer Deutlichkeit gibt Fig. 45 Ober- und Unterboden getrennt, jedoch in derjenigen Gestalt, welche sie im fertigen Knopfe Fig. 44 haben; Fig. 46 sämmtliche Bestandtheile zusammengelegt: wie sie vor dem erwähnten, mit einer starken Zusammenpressung verbundenen, Umkrämpen des Oberbodenrandes erscheinen.

Die Verfertigung der Knöpfe zerfällt in die Darstellung der fünf Bestandtheile (Oberboden, Unterboden, Ueberzug, Futter, Pappeinlage), und in das Zusammensetzen.

Der Oberboden (a, Fig. 45) wird aus sehr dünnem schwarzen Eisenblech in Gestalt einer kreisrunden flachen Scheibe mittelst des Durchschnitts geschnitten und dann unter dem Prägwerke zwischen zwei Stempeln rings herum aufgebogen (wie Fig. 46 ihn zeigt). — Der Unterboden (d d Fig. 46) aus gleichem oder noch etwas dünnerem Eisenbleche bestehend, erhält gleich beim Ausschneiden auch das Loch in der Mitte, nachher aber durch eine besondere Operation zwischen zwei Prägstempeln die gewölbte Gestalt eines sehr niedrigen Kugelabschnittes; zuletzt wird er auf der (am Knopfe nach außen gekehrten) konvexen Seite mit einem schwarzen Lack überzogen. — Der Ueberzug für den Oberboden (c Fig. 45, 46) und das Futter für den Unterboden sind kreisrunde Scheiben — ersterer größer als letzteres — welche man aus den betreffenden gewebten Stoffen mittelst gewöhnlicher Ausschlageisen (Locheisen) aushaut, wobei der Stoff auf der glatt abgehobelten Hirnseite eines Holzblockes liegt; ein mit dieser Arbeit beschäftigter Knabe kann ohne Beschwerde 3000 derartige Zeugscheiben in einer Stunde liefern. — Die Einlage endlich (n, Fig. 46) ist wieder eine kreisrunde Scheibe, aber von ziemlich dicker Pappe, und wird — da das Ausschlagen mit der Hand zu mühsam und zeitraubend sein würde — gleich den Blechscheiben unter dem Durchschnitte hergestellt.

Als Vorbereitung zum Zusammensetzen des Knopfes ist die Verbindung des Unterbodens mit seinem Futter, und das Ueberziehen des Oberbodens vorzunehmen. Ersteres bildet ein sehr einfaches Geschäft, wozu Kinder angesetzt sind; denn es besteht in nichts weiter, als daß die zum Futter bestimmte Leinwandscheibe auf die konkave Seite des Blechbodens gelegt und durch das Loch desselben mittelst der Fingerspitze oder eines fingerartig gestalteten Holzes hindurchgedrückt wird, womit der kleine Beutel b (Fig. 45) sich bildet und der Umkreis des Futters mit dem Umkreise des Bleches übereinstimmend zu liegen kommt.

Das Ueberziehen des Oberbodens geht der schließlichen Vereinigung aller Theile unmittelbar voraus und kann auf verschiedene Weise geschehen. Fig. 47 zeigt den senkrechten Durchschnitt einer dazu geeigneten stählernen Matrize A. Ueber ihrer Vertiefung wird die zum Ueberzug bestimmte Zeugscheibe ausgebreitet und dann sofort mittelst des daraufgesetzten blechernen Oberbodens a a hineingedrückt, so daß nun der mittlere Theil c des Stoffes zwischen Blechboden und Matrize eingeschlossen ist, der Rand c′ c′ aber ringsum gleich hoch empor steht. Rund herum sind in der Wand der Matrize sechs oder acht horizontale Spalte angebracht, worin eben so viele sehr dünne stählerne Schieber wie m, m sich ein- und auswärts bewegen können. Jedes solche Schieberplättchen ist am inneren Ende nach einem Kreisbogen ausgeschnitten, so daß die Gesammtheit durch ihr Zusammentreten eine kreisrunde Oeffnung im Innern der Matrize bildet. Drei (oder vier) dieser Schieber liegen in übereinstimmender Ebene, die anderen drei (oder vier) zwischen den ersteren und zugleich auf denselben, so daß sie deren Zwischräume decken und die Ränder gegenseitig über einander greifen. Jeder Schieber m ist mit einem Hebel C verbunden, der seinen Drehpunkt in f hat und durch eine Schraubenfeder p in solcher Stellung gehalten wird, daß die Schieber inwendig nicht aus der Matrizenwand hervorragen. Die erwähnten Federn p liegen in Löchern D des Matrizenkörpers und ein Stift o an jedem Hebel C steckt innerhalb der zugehörigen Feder, um ihr zur Führung und zugleich als Regulator für die Bewegung der Hebel zu dienen. Ein Ring B B nämlich, welcher sämmtliche Hebel umschließt, drängt diese, wenn er selbst in die Höhe geschoben wird, näher an die Matrize, bis die Stifte p auf dem Grunde der Löcher D anstoßen. Diese veränderte Stellung ist aus Fig. 48 zu ersehen; hier bemerkt man, wie nun die Schieber m hineingetreten sind und den Rand des Zeugüberzuges genöthigt haben, die horizontale Lage c'' c'' (oder nahezu eine solche) anzunehmen. So lange der Ring in der erhobenen Stellung bleibt, verweilen auch die Schieber m in der entsprechenden Anordnung, und man kann mit Bequemlichkeit die Pappe n und den Unterboden a, b, d in den Oberboden hineindrücken, wobei der Rand des Ueberzuges niedergebogen und eingeklemmt wird, so daß der in Fig. 46 dargestellte Zustand hervorgeht, ja der Unterboden noch weiter hinabgedrängt und die Pappe n n zusammengepreßt wird. Dies geschieht jedoch nicht mit der Hand, sondern unter einer Presse (Prägwerk), deren von einer Schraube niedergetriebener Stempel den mit der Hand aufgelegten Oberboden hineinschieben muß, da ersterer so genau passend gemacht ist, daß er sich sofort festklemmt. Ein Mädchen bedient diese Presse und ein zweites besorgt das Einlegen der Knopfbestandtheile, weshalb zwei gleiche mit einander wechselnde Matrizen vorhanden sind, von welchen jeweilig die eine unter der Presse sich befindet und die andere neu belegt wird. (Um die Knöpfe mit Leichtigkeit aus der Matrize nehmen zu können, ist eine Vorrichtung zum Herausstoßen derselben erforderlich, welche weiter unten beschrieben wird.)

Schließlich ist der jetzt noch senkrecht emporstehende Rand des

Oberbodens (c, Fig. 46) nach innen zu niederzulegen. Dazu legt man den Knopf, wie bisher den Oberboden nach unten gekehrt, in die passend gestaltete seichte Vertiefung einer neuen Matrize unter einer Prägmaschine mit Schraube oder unter einem Fallwerke, und gibt einen Stoß mit dem geeigneten Stempel, welcher eine hohl ausgedrehte Unterfläche besitzt: der Knopf ist somit fertig (Fig. 44).

Eine einfachere Vorrichtung, mit welcher zugleich der Vortheil verbunden ist, daß das Zusammensetzen und Fertigmachen des Knopfes vollständig in einer und derselben Matrize Statt findet, wird durch Fig. 49, 50, 51 (halbe wirkliche Größe) erläutert. Fig. 49 stellt die Matrize und Fig. 50 den Oberstempel eines dabei angewendeten Schraubenprägwerks vor, beide im senkrechten Durchschnitt. Die Matrize A enthält zu oberst eine große aber ganz seichte runde Vertiefung DD, deren Durchmesser mit jenem der zu dem Ueberzuge bestimmten Zeugscheibe übereinstimmt; dann eine tiefere zylindrische Höhlung E, auf deren Boden eine dicke Stahlscheibe B liegt; endlich ein bis unten durchgehendes Loch C. Der Oberstempel besteht aus dem Hauptkörper G, H, I, K und einem auf G passenden Rohre FF; er wird mittelst des Zapfens K in den durch die Preßschraube zu bewegenden Schieber des Prägwerks eingeschraubt (wobei ein sechskantiger Theil I, vergleiche Fig. 51, das Anlegen des Schraubenschlüssels gestattet). Das Rohr F ist am oberen Ende ii wulstförmig verstärkt, unten bei mm hingegen durch eine einwärts angebrachte Abschrägung schneidig zugeschärft; diese Facette schließt sich an die hohl ausgedrehte Endfläche p des Stempelkörpers G an, wenn die Bestandtheile so vereinigt sind, wie Fig. 50 sie darstellt.

Um den Apparat zu gebrauchen, legt man in die Vertiefung DD (Fig. 49) die Zeugscheibe, welche den Ueberzug des Knopfes bilden soll; steckt den blechernen Oberboden (dessen Rand, wie bekannt, rechtwinkelig aufgebogen ist) auf den Stempel G, Fig. 50 (von welchem vorher das Rohr F abgenommen wurde), und preßt letzteren mittelst einer Bewegung des Prägwerks bis auf das Klötzchen B hinab: der Rand des Ueberzuges steht nun, ähnlich wie c′ c′ in Fig. 47, rundum an der Matrizenwand empor. Indem hiernach der blecherne Oberboden in der Matrize fest sitzen bleibt, kann man durch die Rückbewegung des Prägwerks den Stempel aus der Matrize ziehen und dafür mit der Hand das Rohr FF einschieben, dessen scharfer Rand mm zwischen die Matrizenwand und den Ueberzug eindringt, worauf die Abschrägung jenes Randes mm den Stoff nöthigt, sich ringsum nach der Mitte hin zu neigen. Fig. 51 zeigt die Lage der Theile in diesem Zeitpunkte, nämlich bei a den Blechboden und bei c′ c′ den geneigten Rand des Ueberziehstoffes. Legt man nun auf letzteren die Pappscheibe n und darüber den Unterboden dd (welche beide in Fig. 51 gleichsam auf halbem Wege vorgestellt sind), so können diese Theile durch ein erneuertes Niedergehen des Stempels G soweit in der Röhre F hinabgeschoben werden, daß sie in den Oberboden a eintreten und den Rand c′ c′ des Ueberzuges unter sich einklemmen (vergleiche Fig. 46). Anfangs bleibt hierbei das Rohr FF ruhig an seinem Platze; nachdem aber (Fig. 51) der vorspringende Theil H des Stempels den Wulst ii des Rohres erreicht hat, wird letzteres vom Stempel mitgenommen und es wirken jetzt G und F vereinigt (wie Fig. 50) als ein Ganzes, durch welches der Knopf schärfer zusammengepreßt, der Rand des Oberbodens a über den Unterboden dd niedergelegt, und somit der Knopf vollendet wird. Zuletzt muß der fertige Knopf aus der Matrize gehoben werden. Zu diesem Behufe befindet sich in dem Loche C (Fig. 49) ein Stahlstift, der vom Arbeiter — indem dieser den Fuß auf einen Tritt setzt — in die Höhe geschoben wird, wobei er das Klötzchen B und den Knopf vor sich her treibt.

Um von der mannichfach verschiedenen Beschaffenheit der überzogenen Knöpfe wenigstens eine oberflächliche Vorstellung zu geben, sei noch Folgendes beispielsweise angeführt.

Wenn die Oberseite des Knopfes nicht (wie in Fig. 44 bei c) eben, sondern gewölbt, d. h. konvex gekrümmt sein soll, so empfängt natürlich der blecherne Oberboden bei dem Prägen, wodurch sein Rand aufgebogen wird, zugleich diese Gestalt (vergleiche Fig. 15); dann muß auch die Höhlung der Matrize (A, Fig. 47, 48) oder das in der Matrize liegende Klötzchen (B, Fig. 49, 51) die entsprechende Konkavität haben, während alles Uebrige so bleibt, wie es im Vorstehenden beschrieben wurde.

Fig. 52 ist die Durchschnittszeichnung eines flachen Knopfes mit Muster. Der Unterboden d nebst seinem Futter b ist wie in Fig. 44; ebenso die Pappeinlage n; aber der Oberboden c hat eine große runde Oeffnung oo, stellt also einen Ring dar, dessen äußerer Rand nach bekannter Art auf den Umkreis des Unterbodens niedergelegt ist. Der Ueberzug, aus starkem Taffet bestehend, ist auch über den innern Rand dieses Ringes nach innen umgelegt. Zur Bedeckung der Oeffnung oo hat man eine Scheibe von seidenem Sammt, m, eingebracht, die durch einen Leim- oder Gummianstrich ihrer Rückseite Steifheit erhält, und welcher unmittelbar die Pappe n als Stütze dient. Auf dieser Stoffeinlage steht in geschnittenem Sammt ein Stern, umgeben von glattem Grunde; durch die ringförmige Einfassung co, co wird das Muster vor Druck und Beschädigung sowohl beim Tragen der Knöpfe als schon bei der Verfertigung, in den zum Prägen angewendeten Stanzen, geschützt.

Der in Fig. 53 abgebildete Knopf hat einen sehr stark gewölbten, mit feinem geköpertem Wollstoff (Thibet) überzogenen Oberboden c, der auch eine runde Oeffnung in seiner Mitte enthält; jedoch ist in letztere von innen her ein blechernes, fast halbkugelig gestaltetes Käppchen u eingesetzt, auf welchem als Ueberzug ein Stückchen seidener Atlas liegt. Die Einlage nn besteht aus einer größern und einer kleineren Pappscheibe. Das Uebrige erklärt sich von selbst.

Noch zusammengesetzter ist endlich der Knopf Fig. 54. Hier haben die Buchstaben b, d, n wieder die alte Bedeutung. Als Oberboden erscheint zunächst ein flacher Ring co, co, wie der ebenso bezeichnete in Fig. 52, hier aber mit seidenem Rips überzogen. In die Oeffnung oo dieses ersten Ringes ist ein zweiter gewölbter, mit geköpertem Seidenstoff überkleideter, ww, und in das Mittelloch endlich ein mit seidenem Atlas bedecktes Käppchen u (übereinstimmend mit u, Fig. 53) eingesetzt. Manchmal wird ein mittlerer Ring wie hier ww gar nicht mit Zeug belegt, sondern statt dessen auf seiner Außenseite schwarz und schön glänzend lackirt, was eine hübsche Abwechselung gewährt.

K. Karmarsch.

Kochsalz.

Einleitung.

Das Kochsalz (Salz, Chlornatrium) ist in der Rinde des Erdkörpers in reichlichster Menge vorhanden. Es bildet als Steinsalz feste Salzmassen im sedimentären Gebirge, und in Wasser gelöst die Salzsoolen, welche unterirdische Weitungen und Klüfte der Gebirgslagen erfüllen. Ferner ist es in großer Menge im Wasser des Meeres enthalten, dessen gesalzene Fluthen nach v. Humboldt's Berechnung 0,734, also nahezu drei Viertel der Erdoberfläche mit oft unergründlicher Tiefe bedecken.

Das Salz ist ein so unentbehrliches Bedürfniß des Menschen, daß die Bewohner solcher Gegenden, denen jede Gewinnung des Salzes versagt ist, dasselbe, als einen kostbaren Gegenstand, oftmals mühsam sich erwerben müssen. Auch die Landwirthschaft hat bei der Ernährung der Thiere erkannt, daß besonders unter Anwendung der reinen Stallfütterung der natürliche Salzgehalt der Nahrungsmittel unzureichend bleibt und die Vermengung des Futters mit Salz für das Gedeihen der Thiere von großer Wichtigkeit ist. Es scheinen dem Kochsalze im Haushalte der lebenden Natur unerläßliche Funktionen angewiesen zu sein, denn in fast allen thierischen Säften begegnen wir demselben, meistens in so bestimmten Verhältnissen, daß an der Unentbehrlichkeit desselben als eines Bedürfnisses des Lebens nicht gezweifelt werden kann. Die Pflanzen finden mit Hülfe der großen Wassermengen, welche sie während ihres Wachsthums konsumiren, das erforderliche Salz im Boden vor, und es erscheint der Nutzen noch problematisch, den die Salzdüngung des Ackers beim Feldbau gewähren soll; mindestens ist es erfahrungsmäßig erwiesen, daß ein Ueberschuß von Salz dem Pflanzenleben absolut schädlich ist.

In den Gewerben ist der Verbrauch des Kochsalzes sehr bedeutend. Das Chlornatrium ist die unversiegbare Quelle und als solche der Ausgangspunkt für die Darstellung aller Natron- und Chlorverbindungen, deren zahlreiche Gewerbe in großartigen Mengen bedürfen. So dient es zur Gewinnung des Glaubersalzes und der Soda, des Chlors, Chlorkalks und der Salzsäure — Körper, welche in den verschiedenartigsten Gewerben der mannichfachsten Verwendung unterliegen. Außerdem benutzt man das Salz zur Erzeugung von Kältemischungen, zum Glasiren des ordinären Steinzeuges und des gewöhnlichen Töpfergeschirrs; als Flußmittel; in den Glashütten zur Abscheidung der Glasgalle; in der Seifensiederei zum Aussalzen der Seife, und zu vielen andern Zwecken mehr. Eine fernere massenhafte Verwendung findet das Kochsalz beim Einsalzen animalischer und vegetabilischer Substanzen, welche vor Fäulniß und Zersetzung geschützt bleiben sollen, und es werden namentlich zum Salzen der Fische, der Butter, der Thierhäute, des Fleisches, der Gemüse, und zum Reinigen und Salzen der Thierdärme alljährlich beträchtliche Mengen verbraucht.

Die Gewinnung des Kochsalzes wird durch den ausgebreiteten und massenhaften Bedarf zu einem wichtigen Zweige industrieller Thätigkeit, welcher in neuerer Zeit durch die außerordentliche Vervollkommnung des menschlichen Wissens, gefolgt von einer steigenden Entwickelung der Gewerbe, an Ausdehnung und Bedeutung zugenommen hat. Das statistische Material zur Ermittelung der Gesammtmengen, welche Europa an Salz produzirt und konsumirt, ist theilweise so mangelhaft und wenig zuverlässig, daß die Zahlenwerthe für manche der europäischen Länder nur schätzungsweise der Wahrheit nahe gebracht werden können. Die umfangreichste Salzproduktion findet in England Statt, wo der Kohlenreichthum des Landes die billige Darstellung des Siedesalzes und die Ausbeutung mächtiger Salzlager gestattet. Durch die geographische Lage ist das Salz zu einem bedeutenden Ausfuhrartikel dieses Landes geworden und die englische Industrie bedarf desselben in großer Menge. Die Sodafabriken Englands konsumiren jährlich mehr Salz als die ganze Produktion des preußischen Staates beträgt, und in keinem anderen Lande werden die Fabriken, welche auf das Kochsalz direkt oder auf die aus ihm gewonnenen Produkte angewiesen sind, in einem so großartigen Maßstabe betrieben. Nach den Erkundigungen, welche Lindig im Jahre 1857 an Ort und Stelle eingezogen hat, beläuft sich die jährliche Salzproduktion Englands auf

1,200,000 Tons Siedesalz und
100,000 „ Steinsalz.
Total 1,300,000 Tons oder 1320,345,000 Kilogramm.

Die Salzausfuhr hat nach den Schifffahrtsregistern betragen:

606,660 Tons oder 616,154,229 Kilgr.	}	866,154,229 Kilgr.
Die Konsumtion an Speisesalz ist zu veranschlagen auf . . 250,000,000 „	}	
mithin berechnet sich der jährliche Salzverbrauch Englands für Pöckeleien, Landwirthschaft und gewerbliche Zwecke auf		454,190,771 Kilgr.

Die nachstehende Tabelle gibt eine Uebersicht der in Europa jährlich erzeugten Salzmengen.

Kilogramm		Kilogramm
	England	1320,345000
	Deutschland:	
136,530000	Preußen	
94,000000	Oesterreich	
46,500000	Bayern	
36,000000	Hannover	
40,650000	Württemberg	
16,800000	Baden	
11,300000	Großherzogthum Hessen	411,055000
9,450000	Kurhessen	
3,750000	Mecklenburg	
—	Oldenburg	
2,500000	Braunschweig	
7,350000	Sächsische Herzogthümer	
6,225000	Die kleinen deutschen Staaten	
	Oesterreich außerdeutscher Theil	298,600000
	Rußland (europäisch)	350,000000
	Frankreich	430,450000
	Spanien	300,000000
	Portugal	250,000000
	Italien mit den Inseln Sardinien und Sizilien	285,000000
	Moldau und Wallachei	38,000000
	Türkei (europäisch)	—
	Belgien	35,000000
	Niederlande	30,000000
	Griechenland	15,000000
	Schweiz	11,500000
	Norwegen und Schweden	3,000000
	Summe	3777,950000

Von dieser Summe ist dasjenige Quantum Steinsalz abzusetzen, welches von England nach europäischen Ländern exportirt, größtentheils dort der Raffinirung zu Speisesalz unterworfen wird und als solches in den Produktionsangaben der Einfuhrländer aufgeführt ist. Die Salzausfuhr Englands nach europäischen Häfen betrug im Jahre 1857:

	Siedesalz	Steinsalz
Preußische Ostseehäfen . . .	34,821 Tons	— Tons
Bergen	598 „	— „
Norwegen	4369 „	100 „
Schweden	923 „	325 „
Dänemark	5081 „	6163 „
Rußland	52,700 „	4241 „
Mecklenburg	1789 „	271 „
Holland und Belgien . . .	860 „	48,073 „
Hamburg und Bremen . .	406 „	620 „
Lübeck	1179 „	20 „
	102,726 Tons	59,813 Tons.

Mithin sind 59,813 Tons oder 60,749,000 Kilogramm in Absatz zu bringen, so daß die totale Salzproduktion Europa's auf 3717,201,000 Kilogramm veranschlagt werden darf.

Die Ermittelung des Verbrauchs an Speisesalz ist im preußischen Staate Gegenstand wiederholter Berechnungen gewesen, welche einen durchschnittlichen Verbrauch von jährlich 7,75 Kilogramm pro Kopf der Bevölkerung nachgewiesen haben. Die hohe Konsumtionssteuer, welche in Preußen vom Salze erhoben wird, und der Umstand, daß Produktion und Verkauf des Salzes fast ausschließlich in den Händen des Staates liegen, hat die genauesten Ermittelungen nicht nur nöthig, sondern auch möglich gemacht. Wenngleich dieser Satz von 7,75 Kilogramm nicht maßgebend für andere Länder sein kann, deren Salzreichthum durch gänzlichen Wegfall oder erhebliche Verminderung der Salzsteuer den Unterthanen ein billigeres Salz liefert; außerdem der Verbrauch des Speisesalzes durch die Stufe des Wohlstandes und durch die Nahrungsmittel des Menschen beeinflußt wird: so dürfte derselbe doch, auf die ganze europäische Bevölkerung angewandt, als ein der Wirklichkeit nahe kommender Durchschnitt zu betrachten sein. Die Verhältnisse würden sich alsdann für Europa mit 274 Millionen Einwohner folgendermaßen gestalten: Die totale Produktion beträgt 3717,201,000 Kilogramm; die Konsumtion der europäischen Bevölkerung an Speisesalz, bei 7,75 Kliogramm pro Einwohner, 2123,500,000 Kilogr.; demnach bleiben 1593,701,000 Kilogr., welche Europa in den Gewerben, der Viehzucht, beim Ackerbau und zum Export nach andern Erdtheilen verwendet.

Neben England betreiben nur die Meersalz erzeugenden Länder Salzhandel nach außereuropäischen Häfen, und es hat die englische Salzausfuhr im Jahre 1857 betragen:

	Siedesalz		Steinsalz		
	73,023	Tons	317	Tons	nach Britisch Amerika
	17,443	„	—	„	„ Afrika
	232,174	„	541	„	„ den vereinigten Staaten
	91,455	„	—	„	„ Ostindien
	27,494	„	1674	„	„ verschiedenen Häfen.
Sa.	441,589	Tons	2532	Tons	

444,121 Tons oder 451,071,493 Kilogramm.

Die Gewinnung des Kochsalzes erfolgt theils bergmännisch in Salzbergwerken, theils in Salinen durch Verdampfung der künstlichen oder natürlichen Salzlösungen, worunter die Darstellung des Salzes aus dem Meerwasser (die Meersalinen) mit einbegriffen ist. Es bilden die Operationen, welche die Nutzbarmachung des natürlichen Minerals und die zweckmäßigste Abscheidung des Kochsalzes aus seinen Lösungen verfolgen, die Aufgabe und den Zweck der **Salinenkunde**.

A. Eigenschaften des Kochsalzes.

Das Chlornatrium oder das reine Kochsalz besteht in 100 Theilen aus

Natrium	39,34
Chlor	60,66
	100,00

Die chemische Formel des Chlornatriums ist $Na\ Cl_2$ und das Aequivalent desselben = 58,5 oder 731,25. Es ist im krystallisirten oder natürlichen Zustande durchscheinend bis durchsichtig, weiß und völlig farblos, von zähem Gefüge, atlas- bis glasglänzend. Die Härte desselben liegt zwischen der des Gypses und jener des Kalkspaths. Es hat ein spezifisches Gewicht von 2,15 bis 2,3 und als Krystallform den Würfel. 100 Theile Wasser lösen bei + 18¾ °C. 36,5 Theile Kochsalz, so daß für die Lösung von einem Theile Salz 2,74 Theile Wasser erforderlich sind. Das Kochsalz schmilzt in schwacher Rothglühhitze und verflüchtigt sich bei noch höherer Temperatur, namentlich unter Einwirkung eines Luft- oder Dampfstromes. In seiner Zusammensetzung hat dasselbe kein Wasser, aber das durch Verdampfung wässeriger Auflösungen dargestellte krystallinische Salz hält zwischen den Lamellen der Krystalle geringe Mengen der Salzlauge eingeschlossen, deren Wassergehalt durch die gewöhnliche Trocknung des Salzes nicht entweicht. Bei einer stärkeren Erhitzung, welche die Salzlauge zur Verdampfung bringt, zerspringen die Krystalle unter kleinen Dampfexplosionen: das Salz verknistert (dekrepitirt) unter Verlust des Dekrepitationswassers. Dieser Wassergehalt ist bei dem grobkörnigen Salze größer als bei dem feinkörnigen und vermindert sich durch anhaltende Trocknung, wie die nachstehenden Untersuchungen beweisen:

Feinkörniges Salz 1 Jahr lang bei 50—55 °C. getrocknet enthielt	0,6 Prozent Dekrepitationswasser
Feinkörniges Salz nach 5tägiger Trocknung bei 50—55 °C.	1,30 „ „
Grobkörniges Salz, trichterförmig-pyramidal krystallisirt von 8 bis 15 Millimeter Durchmesser	3,14 „ „
Grobkörniges Salz in erbsengroßen Würfeln	3,46 „ „

Jede Salzsorte wurde vor dem Versuche im Wasserbade getrocknet.

Aus konzentrirter wässeriger Kochsalzlösung werden bei — 10 ° C. Krystalle in der Form sechsseitiger Tafeln ausgeschieden, welche nach Mitscherlich 38 Prozent = 4 Atome Wasser enthalten und in einer um Weniges höheren Temperatur, unter Abgabe des Wassers, zu einem Haufwerk kleiner Würfel von gewöhnlichem Kochsalz zerfallen.

B. Vorkommen und Gewinnung des Steinsalzes.

a) Vorkommen des Steinsalzes.

Das Steinsalz zeigt, gleich manchen andern mineralischen Körpern, kein Vorkommen, welches ausschließlich auf eine der Gebirgsgruppen beschränkt ist, in welche der geschichtete Theil der Erdrinde, seinem Alter nach, gegliedert wird; sondern von den Dolomiten und Gypsen des Zechsteins an aufwärts, bis in die Tertiärgebilde hinein, sind in fast allen Gebirgssystemen Steinsalzlager bekannt. Wenngleich in der Steinkohlenformation festes Salz nicht gefunden wurde, so treten Soolquellen im Steinkohlengebirge häufiger auf, und in Amerika bei Abingdon (Süd-Virginien) aufgefundenes Steinsalz soll in den Schiefern des silurischen Systems gelagert sein. Es würde demzufolge das Auftreten desselben schon in dem Uebergangsgebirge seinen Anfang nehmen. Dennoch bedingen die verschiedenen Formationen, in denen das Steinsalz getroffen wird, bei demselben weder chemische noch physische Verschiedenheiten, durch welche auf seine Lagerstätte geschlossen werden könnte; mindestens konnten solche bis jetzt nicht aufgestellt werden, und es möchten wohl immer die gleichen Ursachen bei der Erzeugung des Salzes bestanden haben.

In Folge der Verbesserungen, welche die Bohrkunst in den jüngsten Zeiten erfahren hat, sind zahlreiche Versuche zur Auffindung des Steinsalzes angestellt worden; aber in den meisten Fällen beabsichtigte man dasselbe in Auflösung, als gesättigte Soole, aus diesen Bohrlöchern zu gewinnen, so daß der Zweck der Arbeiten oftmals schon vor der Erreichung des Steinsalzes erlangt werden konnte. Nur dann, wenn die Abteufung von Schächten und eine bergmännische Gewinnung des Salzes durch Grubenbau in der Absicht lag, war Veranlassung gegeben, die Versuchsarbeiten fortzusetzen, nicht allein um das Vorhandensein hinreichend reiner Steinsalzmassen von genügender Mächtigkeit zu konstatiren, sondern auch um die Wasserverhältnisse des Gebirges zu erforschen. Es kann daher nicht befremden, daß diese Arbeiten manche Fragen, welche das Vorkommen des Steinsalzes betreffen, unbeantwortet gelassen haben und die Kenntnisse, welche über die aufgefundenen Salzlager erlangt sind, in den meisten Fällen auf das überlagernde Terrain und die oberen Teufen des Steinsalzgebirges beschränkt geblieben sind, ohne sich auf die seitlichen und unteren Grenzen desselben zu erstrecken. Aber es ist durch diese Untersuchungen auf das Bestimmteste nachgewiesen, daß, wie in Frankreich und England, so auch in Deutschland, die unerschöpflichen Steinsalzlager vorzugsweise von der Triasgruppe beherbergt werden. Es ist anzunehmen, daß alles Steinsalz, welches demselben Becken angehört, dessen Begrenzung in einer der sekundären Perioden gebildet ist, immer dieselbe bestimmte Stelle der Gebirgslagerung einnimmt. In Württemberg und Baden wurde das Steinsalz regelmäßig in Muschelkalk angetroffen, und es scheint dort das Steinsalzgebirge, welches mit Schächten und Bohrlöchern durchsunken ist, auch den Muschelkalk zum Liegenden zu haben.

Alles Vorkommen des Steinsalzes ist vom Gypse begleitet, und das unzertrennliche gemeinschaftliche Auftreten dieser beiden Mineralien deutet auf die innige Beziehung hin, welche bei der gleichzeitigen Bildung dieser Körper unter deren Elementen bestanden haben muß. Der Gyps zeigt sich in Schnüren und Lagern mit wellenförmiger Bänderung, oder er ist in den Mergeln des Salzgebirges nesterweise eingeschlossen. Meistens von feinkörniger und krystallinischer Textur, zeichnet sich derselbe durch große Reinheit vor denjenigen Gypslagern aus, deren Bildung ohne die Reaktion von Salzen erfolgt sein mag, und die als reine Niederschlagsgebirge angesehen werden. Sehr häufig findet der Gyps im wasserfreien Zustande als Anhydrit sich vor, oder wird als solcher auch im Steinsalze eingesprengt gefunden. Nicht selten ist der Gyps im salzführenden Gebirge salzfrei, aber die Beschaffenheit seiner Lagerung und sein Aussehen zeugen von der Verwandtschaft und der Identität der Bildungsweise, welche derselbe mit dem in unmittelbarster Nähe des Salzes sich findenden Gypse getheilt hat. Beaumont hat zuerst hervorgehoben, daß das salzführende Gebirge außerdem durch zwei andere Eigenthümlichkeiten gekennzeichnet wird, nämlich von Mergellagern, deren graue oder bläuliche Farbe ins Rothe übergeht, und von dolomitischen Kalken; diese Annahme, welche noch bei allen Steinsalzlagern sich bestätigt hat, wenn auch die Mächtigkeit dieser Begleiter erheblichen Schwankungen unterlag, stützte sich auf die Uebereinstimmung, welche in dieser Hinsicht unter den Salzlagern Lothringens bei Dieuze und denjenigen der Pyrenäen bei Cardona bestand, obschon ersteres dem Keuper und letzteres der Kreide angehört, dieselben also nicht nur in geographischer, sondern auch in geologischer Beziehung weit auseinander liegen.

Die reinen Steinsalzmassen treten nie an das geschichtete Gebirge hinan, sondern zwischen beiden lagern die dolomitischen Mergel und Thone, welche von v. Humboldt in treffender Weise als Salzthon bezeichnet sind. Diese Umhüllungen zeigen, gleich dem eingeschlossenen Steinsalze, keine dem umgebenden Gebirge zukommende Schichtung, sondern, durchsetzt von Gypsschnüren, Anhydrit und Salzbändern, sind dieselben zu einem verwirrten Ganzen verkittet, dem jede regelmäßige Klüftung und Ablösungsfläche fehlt.

Je mehr die Mergellager dem Salze sich nähern und in Salzthon übergehen, um so undeutlicher wird die Schichtung; die kohlensauren Erden treten zurück, um von kieselerdereichen Thonen und Gyps ersetzt zu werden. Schafhäutl hat Mergel und Salzthon aus dem österreichischen Salzkammergut untersucht und folgende Zusammensetzung gefunden:

Mergel.		Salzthon.	
Kohlensaure Kalkerde	32,400.	Kieselthon	60,50.
Kohlensaure Bittererde	34,095.	Kohlensaure Bittererde .	26,56.
Kieselthon	14,300.	Schwefeleisen u. Mangan	9,38.
Bitumen	5,500.	Bitumen	2,35.
		Kochsalz	1,06.

In Süddeutschland, den baierschen und österreichischen Alpenländern, in denen diese Gebirgsmassen besonders vertreten und über die Thalsohlen gehoben sind, werden dieselben „Haselgebirge“ genannt.

Der salzführende Salzthon enthält das Steinsalz in kleineren und größeren Massen eingesprengt und erreicht oft eine bedeutende Mächtigkeit. Die Salzberge Baierns und der deutsch-österreichischen Länder, bei Berchtesgaden, Ischl, Hallstadt, Hallein, Hall ꝛc. bestehen aus diesem Gebirge und bilden die Salzvorräthe zur Versorgung der benannten Länder. Die Gewinnung dieser Salzmassen, welche nur durch Auslaugung erfolgen kann, wird bei Verarbeitung der Salzsoolen besprochen werden. Unter der Hülle dieses Abraumsalzes wird das massige Steinsalz getroffen, dabei gehen Salzthon und Anhydrit oftmals so unmerklich in reines Salz über, daß die Grenzen, an welchen der eine Körper aufhört und der andere anfängt, gar nicht zu bezeichnen sind. Die Massen erscheinen wellenförmig gebogen und machen den Eindruck, als habe eine mächtige Anschwellung des Gebirges stattgefunden. Die reinen Salzlagen zeigen meistens bedeutende Mächtigkeit; sie bilden entweder Flötze, deren mehrere durch Zwischenmittel getrennt über einander liegen, oder sie gleichen Stockwerken.

In Frankreich wird in Deuze und Vic das erste Salzlager bei 55 und 65 Meter Teufe in den Schichten des Keupers gefunden, und es sind 13 Steinsalzflötze von 1 bis 14,5 Meter bekannt, welche zusammen eine Mächtigkeit von 67,60 Meter, bei insgesammt 37,10 Meter thoniger Zwischenmittel, einnehmen.

Auch in England ist in den Grafschaften Cheshire und Worcestershire ein gleiches Vorkommen des Steinsalzes in der new-red-sandstone-Formation, welche als Aequivalent der dort in den Muschelkalkschichten fehlenden Triasgruppe angesehen wird, bekannt. Mit den Cheshirer, in der Nähe der Stadt Northwich abgesunkenen Schächten wird das Steinsalz unter einer etwa 36 Meter mächtigen Decke von rothen Mergeln und Gyps angetroffen. Auf das anfangs eingesprengt und nesterweise auftretende Salz folgt bei ungefähr 41 Meter Tiefe ein 22 Meter mächtiges, durch Chlormagnesium verunreinigtes Salzlager, welches von thonigen Beimengungen rothgefärbt ist. Unter diesem oberen, welches als dasjenige Flötz zu betrachten ist, von welchem alle Soolschächte der Cheshirer Salinen gespeist werden, wird nach Durchteufung einer 9 Meter mächtigen Lage von Gyps und rothen Mergeln ein zweites reineres Steinsalzlager, von ungefähr 31 Meter Mächtigkeit, gefunden, in welchem der englische Steinsalzbergbau betrieben wird. Fig. 1, Taf. 106, zeigt einen von Murchison gegebenen Durchschnitt des Steinsalzgebirges bei Stoke Prior, 5 Kilometer östlich von Droitwich:

a) bunte Mergel	33,82	Meter
b) Mergel mit Gypsadern	59,42	„
c) rother Thon mit Gyps und Steinsalz . . .	7,31	„
d) erste, zweite, dritte und vierte Steinsalzlage von 0,15 bis 11,88 Meter, zusammen . . .	17,04	„
e) rother Mergel mit Steinsalznestern	6,10	„
f) rother Mergel mit fleischrothen Salztrümmern	7,31	„
g) fünfte Salzlage bei 9 Meter noch nicht durchsunken	9,00	„
Zusammen	140	Meter

Bei den Steinsalzlagern Deutschlands werden, soweit dieselben bis jetzt näher untersucht sind, ähnliche Verhältnisse angetroffen. Auch hier ist es die Triasgruppe, in welcher die unerschöpflichen Salzlager sich vorfinden. Durch in Württemberg und Baden angestellte Bohrungen wurden Steinsalzlager auf 13 Myriameter weite Strecken unter großer Uebereinstimmung verfolgt. Nach der Durchbohrung der obern Muschelkalkschichten, des Gypses und Salzthons fanden sich auch hier mehrere durch zwischenlagernde Salzthon- und Kalkschichten getrennte Steinsalzmassen, und unter denselben glaubt man als das Liegende des Salzgebirges den Wellenkalk und die oberen Lettenschieferschichten des bunten Sandsteins ermittelt zu haben. Das Steinsalzlager, welches bei Wilhelmsglück in Württemberg, wo die Anhydritgruppe des Muschelkalks eine kompakte Masse bildet, abgebauet wird, hat nach Krause die Form einer etwas geneigt liegenden plattgedrückten Bohne. Das Lager, welches in der Mitte ungefähr 8 Meter Mächtigkeit hält, keilt sich nach Ost und West bei einer Ausdehnung von 314 Meter zu beiden Seiten aus. In der Richtung von Süd nach Nord ist dasselbe jedoch in einer Erstreckung von ungefähr 770 Meter verfolgt, ohne sein Ende zu erreichen. Das Hangende und Liegende bilden Gyps und Anhydrit, mit Sahlbändern von Salzthon; weder der Gyps noch der Anhydrit, noch das Steinsalz zeigen Schichtung, und wo nach Auskeilung des Lagers Hangendes und Liegendes zusammenfallen, werden Konglomerate mit Bruchstücken gefunden, welche das Ansehen haben, als seien sie durch Reibung gebildet, eine Erscheinung, die bei mehreren Salzlagern vorliegt und in der gewaltigen Wirkung der stattgehabten Anschwellungen, worauf hier schon die Form des Lagers hinweist, ihre Erklärung findet.

In Mitteldeutschland ließen die zahlreichen Salzquellen Thüringens, der preußischen Provinz Sachsen und der angrenzenden Ländertheile, welche seit den ältesten Zeiten zur Anlage von zahlreichen Salinen Veranlassung gegeben haben, auf das Vorhandensein ausgedehnter und mächtiger Steinsalzlager schließen. Die Erhebung des Harzes in seinem Zuge von Nordwest nach Südost hat diese große für Deutschland so wichtige Salzlagerstätte in zwei Hauptbecken gespalten, von denen das südliche oder das thüringische Becken wieder dem Einflusse des Kyffhäusers unterworfen gewesen ist. Zahlreiche Bohrversuche, namentlich die unermüdlichen Arbeiten Glenk's und die späteren Tiefbohrungen der preußischen Regierung haben das Steinsalz in Heinrichshall bei Gera, Stotterheim in Sachsen-Weimar, Buffleben in Sachsen-Koburg und zwischen den beiden letzteren Orten in Erfurt; außerdem in Salzungen in Sachsen-Meiningen, auffinden lassen. Auf preußischem Gebiete ist neben Erfurt das Steinsalz dieses Beckens noch in Artern erbohrt worden. Es wurde dasselbe in folgenden Teufen erreicht:

Heinrichshall	90,94 Meter
Stotterheim	334,60 „

Buffleben	193,64 Meter.
Erfurt	345,29 „
Salzungen	157,00 „
Artern	286,50 „

An der nördlichen Seite des Harzes haben die Steinsalzablagerungen durch die Eröffnung des Staßfurter Steinsalzbergbaues ein besonderes Interesse erlangt. Die Ausdehnung des in diesem Becken niedergelegten unermeßlichen Salzreichthums ist in gleichlaufender Richtung mit der Erhebung des Harzgebirges auf ungefähr 14 Myriameter Entfernung bereits konstatirt, und es wurde das Steinsalz an folgenden Punkten in den beibemerkten Teufen erbohrt:

Staßfurt in der preußischen Provinz Sachsen . .	259,33 Meter,
Schönebeck (Elmen) desgleichen	555 „
Schöningen bei Helmstädt im Herzogthum Braunschweig	519 „
Liebenhalle bei Salzgitter im Königreiche Hannover	209 „
Egestorffshall bei Hannover	120 „(?)

In Staßfurt wurde nach Durchteufung der Formation des bunten Sandsteins unter den von Gyps und Steinsalz durchschwärmten blaugrauen Mergeln, welche auf strahligen Anhydrit folgten, das Steinsalz in 259,33 Meter Tiefe gefunden. Es ist dasselbe noch 321,42 Meter tief mit dem Bergbohrer verfolgt, ohne eine Veränderung der Salzmasse wahrzunehmen, noch das Ende der Mächtigkeit zu erreichen.

Das Fundbohrloch hatte folgende Schichtenreihe durchsunken:

röthlicher Sandstein, rothe und blaue Thone, Kalksteinlagen	182,71 Meter,
weißer Gyps, rother Sandstein, alsdann strahliger Anhydrit von bläulich grauer Farbe	67,56 „
blaugraue Mergel mit Steinsalznestern und Gyps	9,06 „
Bittere Salze, Steinsalz vor Ort	48,48 „
	307,81 Meter.

In geringer südlicher Entfernung von Staßfurt ist auf Anhaltischem Gebiete, an einer Stelle wo der Gyps zu Tage austritt, das Steinsalz in 142,66 Meter Tiefe, mithin 166,77 M. minder tief als in Staßfurt, angetroffen. Es zeigte sich jedoch, nachdem 26,36 M.

Steinsalz durchbohrt waren, ein 14 M. mächtiges thoniges Zwischenmittel, unter welchem aufs Neue reines Salz folgte, dessen Mächtigkeit gleich dem zu Staßfurt erbohrten Lager, unerforscht geblieben ist. Die außerordentliche Mächtigkeit dieses Salzlagers und die günstige Lage des Fundorts in der Nähe des Elbstroms bestimmten die preußische Regierung zur Aufnahme eines Steinsalzbergbaues. Die Schachtarbeiten sind 1851 in Angriff genommen und es konnte nach Herstellung der Schächte im Jahre 1857 mit der Förderung des Steinsalzes begonnen werden. Eine mächtige Lage von bitteren Salzen bildet die hangenden Schichten des Staßfurter Salzlagers. Das Vorhandensein der Bittersalzlagen war durch die frühere Bohrarbeit erwiesen, aber eine gründliche Kenntniß solcher beispiellosen Anhäufung von festen Bittererdesalzen konnte nur durch die eröffneten Grubenbaue erlangt werden. Die Zusammensetzung der zum Theil werthvollen, an Kaliverbindungen reichen Salze wird weiter unten erwähnt werden.

Die geognostischen Aufschlüsse, welche aus den zahlreichen Bohrungen nach Steinsalz in Mitteldeutschland gewonnen wurden, reihen das in diesem Becken niedergelegte Salz entweder der Trias an, oder es sind die oberen Gebilde der Zechsteinformation als dessen Lagerstätte betrachtet worden.

Als Stöcke sind die Steinsalzgebilde der Kalkalpen bei Berchtesgaden, Dürrenberg, Hall in Tirol ꝛc. zu bezeichnen; dieselben werden in der Mächtigkeit von deren Längen- und Breitenausdehnung wenig oder nicht übertroffen. In der Form von Stockwerken erscheinen auch die Steinsalzmassen von ungemessener Mächtigkeit, welche an den Abhängen der Karpathen in Galizien bei Wieliczka und Bochnia; in Siebenbürgen bei Szovata und Parayd; in der Moldau bei Okna und Grozest ꝛc. angetroffen werden, und die Salzlager der Pyrenäen. Man unterscheidet in Wieliczka, der Tiefe nach, drei Sorten Steinsalz: Grünsalz, Spiza- und Szybiker-Salz. Das erstere, in kleineren und auch in sehr großen Massen, von mehreren hundert Kubikmetern Inhalt im Thone liegend, ist von grobkörniger Struktur und schmutzig grüner Farbe; das Spizasalz hat eine stängeliche Beschaffenheit und schmutzig graue Farbe, während das Szybiker Salz bei weißer oder hellgrauer Farbe wieder die körnige Beschaffenheit des oberen Grünsalzes besitzt. Das Salzgebirge wird hier von Erdölquellen begleitet und in den Wieliczkaer Gruben sind mehrfach brennende Gase angetroffen worden, eine Erscheinung, die auch bei Abteufung der Staßfurter Salzschächte nach Erschrotung der ersten Steinsalzbänke, bei ungefähr 305 Meter Tiefe, in den hangenden Bittersalzschichten sich gezeigt hat. Fig. 2, Taf. 106, zeigt einen Durchschnitt des Wieliczkaer Salzlagers.

Es ist zu bemerken, daß das Steinsalz in allen den letztbezeichneten Fällen von jüngern Formationen, als oberem Oolith, Kreide und selbst Tertiärgebilden eingeschlossen wird, und oft unmittelbar von Diluvialschichten bedeckt, sehr flach liegt oder über die Thalsohlen gehoben ist. Zeigte sich bei den zuerst besprochenen flötzartigen Steinsalzlagern in der Trias eine mehr normale Lagerung, welche annehmen ließ, daß diese Salzlager an ihrer ursprünglichen Bildungsstätte getroffen werden, so ist bei den stockförmigen Salzlagern oftmals nicht zu verkennen, daß das einschließende Gebirge älter ist als der eingeschlossene Salzstock, welcher mit jenem außer aller Verbindung dastehend, als ein Fremdling auftritt, dessen Erscheinen nicht durch Ausfüllungen von oben, sondern von unten her erfolgt sein muß. Der gegen 100 Meter, zum Theil als reine Steinsalzmasse, über die Erdoberfläche gehobene Salzstock bei Cardona am Fuße der Pyrenäen steht in inniger Verbindung mit dem begleitenden Gypse, seine Schichten werden durch rothe Mergel getrennt; aber eine Verbindung mit dem ihn einschließenden, auf Nummulitenkalk gelagerten Sandstein ist nicht vorhanden, sondern wo dessen Schichten an das Salzgebirge sich anlehnen, erscheinen dieselben abgebrochen.

In Asien, namentlich im asiatischen Rußland, in Syrien, Persien und an den Abfällen des Himalaya; in Afrika, in Algerien und Abyssinien; in Amerika, am Fuße der peruanischen und bolivischen Anden, sind außerordentlich mächtige Steinsalzlager bekannt.

Von den unermeßlichen Steinsalzlagern der Cordilleren von Peru sagt Pöppig in seinen naturgeschichtlichen Berichten aus Chile, daß am Huallaga ihre bekannte Oberfläche 3300 Quadratkilometer betrage und es unterliege keinem Zweifel, daß das ganze Thal jenes Flusses ein einziges großes Lager von Steinsalz sei. Am untern Huallaga, vor dem Felsenthore des Pongo, nähern sich die Berge dem Ufer und ungeheure Steinsalzlager, die, von breiten Gypsadern durchzogen, auf buntem Sandstein ruhen, wechseln mit unfruchtbaren Strecken. Der buntgefärbte Sandstein erscheint am rechten Ufer bei den Salinas de Pilluana in der Form vortretender Bastionen. Aus dem Flusse steigt senkrecht eine Bergwand empor, die von pyramiden- und kegelförmigen Steinsalzmassen, Sandsteinbreccien und Sandsteinlagen zusammengesetzt ist.

Vereinzelt kommen in allen Ablagerungen des Steinsalzes krystallhelle reine Kochsalzmassen — Krystallsalz — vor; aber im Allgemeinen muß das Steinsalz als ein durch verschiedene Körper verunreinigtes Kochsalz angesehen werden. Die, dasselbe mehr oder minder färbenden, fremdartigen Beimengungen sind einestheils für das Auge erkennbar und bleiben beim Auflösen des Salzes im Wasser als unlösliche Substanz zurück — Salzthon, Anhydrit —; anderntheils sind sie lösliche, fremdartige Salze, die gleichzeitig mit dem Steinsalz in fester Form abgeschieden wurden. Diese Salze sind schwefelsaure Kalkerde, schwefelsaures Natron, schwefelsaure Magnesia und schwefelsaures Kali, Chlorkalzium, Chlormagnesium und Chlorkalium; ferner Spuren von Brommagnesium. Von diesen das Steinsalz verunreinigenden Salzen nehmen außer dem schwefelsauren Kalke, die Bittererdesalze allein eine hervorragende Stelle ein; indem die Mengen der übrigen Körper immer verschwindend klein sind. Manches Steinsalz enthält noch geringe Mengen Bitumen, und das Knistersalz von Wieliczka Kohlenwasserstoff eingeschlossen, welcher bei der Erhitzung und Auflösung dieses Salzes unter schwachem Geräusch entweicht. Von dem Grade und der Art dieser Beimengung fremdartiger Körper wird die Güte des Steinsalzes und die Brauchbarkeit desselben als Kochsalz bestimmt. Ein sehr mit Salzthon vermengtes Steinsalz taugt weder für die Fabrikation der Soda, noch kann dasselbe als Speisesalz beliebt sein; ein starker Bittersalzgehalt ertheilt dem Salze einen widerlichen Geschmack und bei der Verwendung zum Pöckeln der Konsumtibilien werden diese statt der beabsichtigten Konservirung, durch Annahme eines unerträglichen Geschmacks, von diesem Salze verdorben. Ein Steinsalz, welches weiß, frei von färbender Substanz und Bittersalz ist, dabei aber Anhydrit eingesprengt enthält, verdirbt die gepöckelten Sachen dadurch, daß nach der Lösung des Salzes der unlösliche Gyps als Schlamm auf den eingesalzenen Sachen zurückbleibt. Die unangenehme Eigenschaft des späthigen Steinsalzes, zwischen den Zähnen zu knirschen, wird durch die Einmengung des Anhydrits nur noch vergrößert werden. Häute, welche mit grobgemahlenem Steinsalze gesalzen werden, leiden in größeren Parthien aufgeschichtet durch den Druck von der Härte des Salzes. Man sieht hieraus zur Genüge, daß nicht jedes Steinsalz geeignet ist, das Kochsalz der Salinen zu ersetzen. Der Steinsalzbergbau läßt aber, wenn auch die Lager des Salzes jene Reinheit, welche dessen direkte Verwendung für alle Zwecke voraussetzt, nicht oder nur theilweise besitzen, die vollständigste Ausbeutung der Salzlager zu. Die unreineren Parthien werden alsdann über Tage, entweder an Ort und Stelle aufgelöst und auf Siedesalz verwerthet, oder zu diesem Zwecke nach anderen salzarmen, aber brennstoffreichen Gegenden versandt.

Ueber die Bildungsart des Steinsalzes, des Gypses und der in ihrer Zusammensetzung schwankenden dolomitischen Kalke sind sehr auseinandergehende Ansichten vorhanden, und danach verschiedene Hypothesen aufgestellt, um das Vorkommen der genannten Gebilde zu erklären. Einige betrachten das Steinsalz als in ganz ähnlicher Weise aus dem Meere entstanden, wie die Abscheidung des Kochsalzes noch heute durch die Verdunstung der Salzseen erfolgt (Werner); dieser Ansicht schließt auch neuerdings Reichardt sich an.

Nach Anderen sind diese Körper Produkte vulkanischer Thätigkeit, entweder feurigflüssig oder im breiartigen Zustande dem Erdinnern entquollen, oder das Steinsalz entstanden durch Sublimation, der Gyps und Dolomit erzeugt durch Dämpfe und dadurch bewirkte Metamorphose der kohlensauren Kalke. Durch in die Kalkschichten gedrungene schwefelige Säure soll die Verwandlung des Kalkes in Gyps, und von Magnesiadämpfen, welche die Durchbrüche feuriger Melaphyrmassen begleiteten, die Dolomitisation des Kalkes erfolgt sein. Wenngleich Berzelius dagegen geltend machte, daß die Magnesia zu den feuerbeständigsten Körpern zähle und nicht sublimationsfähig sei, sollten dennoch Millionen Zentner Magnesia in Dampfform aufgestiegen sein.

Zusammensetzung einiger Steinsalzsorten.

	Wilhelmsglück		Staßfurt			Berchtesgaden	Wieliczka	Algerien	Spanien	Dieuze und Vic in Frankreich			
	Krystallsalz.	weniger rein	aus verschiedenen Bohrlochtiefen				weißes	Djebel Melah		weißes	schmutzig weiß	graues	rothes
	Fehling	Fehling	Heine und Grund	nach Fehling	nach Rammelsberg	Bischof	Bischof	Fournet	nach Söchting	nach Berthier			
Kochsalz	99,97	98,82	25,09-94,57	90,98	97,55	99,85	100,00	90,2	98,554	99,3	97,8	90,3	99,8
Chlorkalium	—	0,02	—	—	—	—	—	—	0,994	—	—	—	—
Chlormagnesium	—	Spuren	0—5,02	—	—	0,15	Spur	—	0,013	—	—	—	—
Schwefelsaures Natron	—	—	1,57—0,82	—	0,43	—	—	—	—	—	—	—	—
Schwefelsaure Bittererde	—	—	0—42,07	9,02	0,23	—	—	—	—	—	—	2,0	—
Schwefelsaure Kalkerde	0,2	0,11	0,89—7,04	—	1,01	—	—	2,8	0,439	0,5	0,3	5,0	—
Kohlensaure Kalkerde	—	0,16	—	—	—	—	—	—	—	—	—	—	—
Kohlensaure Bittererde	—	0,15	—	—	—	—	—	—	—	—	—	—	—
Thon und Eisenoxyd / Unlösliche Substanz	0,01	0,80	0—3,85	—	0,48	—	—	—	—	0,2	1,9	2,0	0,2
Kieselerde	—	—	—	—	—	—	—	6,6	—	—	—	—	—
Wasser	—	—	0—3,03	—	0,30	—	—	0,4	—	—	—	0,7	—
	100,00	100,00	100,00	100,00	100,00	100,00	100,00	100,00	100,00	100,00	100,00	100,00	100,00

Für die Besprechung dieser theoretischen Ideen ist freilich hier nicht der Platz; dennoch möge, in kurzen Zügen gefaßt, die Aufstellung einer neuen Ansicht gestattet sein, welche auf synthetische Belege gestützt, die Lösung des Problems in anderer Weise versuchen will. Das Steinsalz, der Gyps und der dolomitische Kalk sind Körper, welche in unverkennbarem Zusammenhange aus dem Meere gebildet wurden. Die außerordentlichen Mengen Magnesia und Schwefelsäure, welche verbunden mit Kalkerde als Dolomit und Gyps abgelagert sind, die nur geringe Verunreinigung alles Steinsalzes durch schwefelsaure Magnesia und Chlormagnesium, gegenüber den außerordentlichen Mengen dieser Salze, welche noch jetzt im Meerwasser neben einem geringen Uebergewichte von Kochsalz vorgefunden werden, leiten zu der Annahme, daß das Urmeer keine Zusammensetzung haben konnte, welche die Ablagerung des Kochsalzes in der Weise möglich machte, wie wir dieselbe heute bei Verdunstung des Meerwassers erfolgen sehen. Das Urmeer war bitter und die Magnesiasalze herrschten darin in der Weise vor, daß wir nach dem Grundsatze, dem zufolge die stärkeren Basen an die stärkeren Säuren gebunden sind, wenn Löslichkeitsverhältnisse keine Einflüsse üben können, den Salzgehalt des Urmeers als aus schwefelsaurem Natron und Chlormagnesium und nicht als aus Chlornatrium (Kochsalz) und schwefelsaurer Magnesia (Bittersalz) bestehend, ansehen müssen. Löset man 1 Aequivalent Kochsalz = 58,5 Theile und 1 Aequivalent wasserfreier schwefelsaurer Magnesia = 60 Theile zusammen in Wasser auf, so kann durch Abdampfen dieser Auflösung kein reines Kochsalz abgeschieden werden. Sind statt 58,5 Theilen größere Mengen Kochsalz mit 60 Theilen schwefelsaurer Magnesia zusammen gelöst, so kann dieser Ueberschuß an Kochsalz durch Verdampfung ausgeschieden werden. Eine solche Beschaffenheit zeigt das heutige Meer, welches ein Kochsalz enthält, in dessen Zusammensetzung auf je 100 Theile Chlornatrium nur noch 14,77 Theile schwefelsaurer Magnesia (17,52 schwefelsauren Natrons entsprechend) — wenn die bei der Analyse des Meerwassers enthaltene Schwefelsäure an Magnesia gebunden betrachtet wird — neben Chlormagnesium gefunden werden. Das Urmeer dagegen enthielt nach dieser Vertheilung der Basen und Säuren auf je 58,5 Theile Kochsalz vielleicht 60 Theile Bittersalz, oder was dasselbe ist, ein Salzgemisch, bestehend aus 71 Theilen schwefelsauren Natrons und 47,5 Theilen Chlormagnesiums. Eine solche Lösung kann nicht als eine Kochsalzlösung angesehen werden; aus ihr konnte sich durch Verdunstung wohl Glaubersalz, aber kein Kochsalz abscheiden; und wollte man es durch die partiellen Umsetzungen solcher Salzgemische dennoch für möglich halten, wo sind alsdann die unendlichen Massen Glaubersalz oder Bittersalz geblieben, von deren Anwesenheit noch das Jetztmeer ausreichende Kunde gibt? Wenn aber die Konstitution der Natron- und Magnesiasalze des Urmeers eine Ausscheidung von Kochsalz unmöglich machte und das Chlornatrium aus demselben gebildet wurde, wie geschah denn dieses? Es konnte nur dadurch geschehen, daß die bestehende Konstitution dieser Salze durch den Hinzutritt eines dritten Körpers vernichtet wurde. Dieser Körper war der kohlensaure Kalk; durch die Einwirkung desselben wurde das Kochsalz von der Verbindung mit Magnesia und Schwefelsäure befreit und die Erzeugnisse dieser Umsetzungsprozesse, wobei die Magnesia als Dolomit, die Schwefelsäure als Gyps ausgeschieden wurde, bildeten das Salzgebirge. Man kennt die Eigenschaft des wasserhaltigen Chlormagnesiums, durch geringe Erhitzung in Chlorwasserstoffsäure und Magnesia zerlegt zu werden. Geschieht die Erhitzung bei Gegenwart von kohlensaurem Kalk, so tritt das Chlormagnesium seine Sälzsäure an den Kalk ab, welcher damit zu Chlorkalzium sich verbindet, und die Magnesia wird von einem andern Theile des kohlensauren Kalks in basisch kohlensaurer Verbindung aufgenommen.

$$Mg\,Cl_2 + 2\,(Ca\,O,\,CO_2) = Ca\,Cl_2 + \left.\begin{matrix} Mg\,O \\ Ca\,O \end{matrix}\right\}\,CO_2 + CO_2.$$

Wasser löset das Chlorkalzium auf, alle Magnesia bleibt in genannter Verbindung mit dem Kalke zurück. Das Bestreben der beiden isomorphen kohlensauren Erden, sich unter einander zu verbinden, ist so stark, daß Chlorkalziumlösung schon in gewöhnlicher Temperatur, beim Kochen nach wenigen Minuten, durch die kohlensaure Magnesia zerlegt wird. Die Kalkerde wird vollständig ausgeschieden, so daß Chlormagnesium in Lösung tritt; während, wie es bekannt ist, Chlorkalziumlösung durch die reine Magnesia nicht zersetzt werden kann, sondern umgekehrt die Magnesiasalze von der Kalkerde, als der stärkeren Basis, zerlegt werden. In gleicher Weise wird, unter Bildung von Bittersalz, Gypslösung durch die kohlensaure Magnesia zersetzt. Es entspringt diesen Erscheinungen eine Kette chemischer Umsetzungen, deren Erkenntniß für die Erklärung der salinischen Wasser von Wichtigkeit ist. Würde das gebildete Chlorkalzium mit schwefelsaurem Natron zusammentreffen, so müßte es sich damit zu Chlornatrium und Gyps umsetzen:

$$Ca\,Cl_2 + Na\,O,\ SO_3 = Na\,Cl_2 + Ca\,O,\ SO_3.$$

Nimmt man nun Meersalz aus schwefelsaurer Magnesia und Chlornatrium, oder aus schwefelsaurem Natron und Chlormagnesium gebildet, und erhitzt dasselbe mit überschüssigem kohlensaurem Kalke kurze Zeit hindurch, bis zum angehenden oder schwachen Glühen, so wird in beiden Fällen das Salzgemisch in Kochsalz, Gyps und magnesiahaltigen (dolomitischen) Kalk umgewandelt sein. Die Schwefelsäure ist als Gyps ausgeschieden und alle Magnesia ist mit dem Kalke eine unlösliche basische kohlensaure Verbindung eingegangen, welche durch Aufnahme von Kohlensäure in Dolomit verwandelt wird.

$$\underset{71}{Na\,O,\ SO_3} + \underset{4{,}75}{Mg\,Cl_2} + \underset{100}{2\,(Ca\,O,\ CO_2)} =$$

$$\underbrace{\underset{71}{Na\,O,\ SO_3} + \underset{55{,}5}{Ca\,Cl_2}}_{\underset{58{,}5}{Na\,Cl_2}\ +\ \underset{68.}{Ca\,O,\ SO_3}} + \underset{70}{\left.\begin{matrix}Mg\,O\\ Ca\,O\end{matrix}\right\}CO_2} + \underset{22}{CO_2}$$

Durch Auslaugen der erhitzten Massen wird eine reine Kochsalzlösung erhalten, welche von keiner Spur Magnesia verunreinigt ist. Nur ein Theil des gebildeten Gypses und geringe Mengen kohlensauren Kalks treten in Lösung, eine Beimengung, welche in gleicher Weise bei den natürlichen Salzquellen bekannt ist.

Wenn demnach der Inhalt geschlossener Meeresbecken verdunstete, so mußte die Hitze der geschmolzenen pyroxenen Gesteine, welche auf weite Entfernungen hin dazu ausreichend gewesen sein dürfte, die Umsetzung der ausgeschiedenen Salz- und Kalkmassen in ganz gleicher Weise bewirken. Die neu entstandenen Gebilde konnten alsdann, nachdem eine neue Ueberfluthung der Becken eingetreten war, nach der Gleichartigkeit ihrer Moleküle sich ordnen, und es ist hierbei die Leichtlöslichkeit des Gypses in kochsalzhaltigem Wasser vielleicht von besonderem Einfluß gewesen.

Ein salzleeres Gebirge konnte zurückbleiben, wenn das Kochsalz wieder weggeführt wurde. Je vollständiger dieser Umsetzungsprozeß geschah, desto freier von schwefelsauren Salzen, desto reiner mußte das Steinsalz später daraus hervorgehen. Wenn ferner in Folge vorwaltenden Chlormagnesiums mehr Chlorkalzium sich bildete, als schwefelsaure Salze zu dessen Umwandlung in Gyps vorhanden waren, oder ein Theil der schwefelsauren Salze der Begegnung des Chlorkalziums sich entziehen konnte, so erklärt sich aus diesem Umstande der Chlorkalziumgehalt, den manche Salzsoolen zeigen; es konnte auch außer schwefelsaurem Natron ein Ueberschuß von Bittersalz der Zersetzung durch Chlorkalzium unterliegen; dann wurde neben dem Kochsalze Chlormagnesium gebildet, wenn nicht durch neue Erhitzung der Massen unter Anwesenheit genügender Mengen kohlensauern Kalks dieses in Dolomit und Chlorkalzium zerlegt werden konnte.

Durch eine derartige Einwirkung der metamorphosirenden Gesteinsmassen auf die Salze des Meeres wird es erklärlich, wie der Kalk in ihrer Nähe dolomitisch geworden, oder in Gyps verwandelt ist; denn das gleichzeitig auftretende Kochsalz zeigt den Grund dieser Umwandlung an.

Das Erscheinen des Gypses in stockförmigen Massen von kurzer Ausdauer, sein oft blockartiges Vorkommen in Kalk- und Dolomitlagen, sein Uebergang in diese Gebirgsarten, wodurch verschiedenartig gemischte Zwischengesteine entstanden sind, und die unregelmäßige verworrene Lagerung desselben werden aus der vorgeführten Entstehungsweise erklärbar sein. Die zahllosen Salzquellen, welche vom Festlande unaufhörlich ins Meer gelangen, haben das in dem Rohsalze der jetzigen Meere gefundene Uebergewicht an Kochsalz bewirken können; dennoch ist das Verhältniß der Bittererdesalze, welche nahezu ein Drittel vom Salzgehalte des Meerwassers betragen, so groß, daß, wenn die Verdunstung eines der Meeresbecken in der jetzigen Periode möglich wäre, die Zusammensetzung der daraus entstehenden Salzmassen mit keinem der bekannten Steinsalzlager zu vergleichen sein dürfte, und nur durch den besprochenen Einfluß kalkiger Niederschläge würden unter Erzeugung mächtiger Gyps- und Dolomitbildungen reine Steinsalzmassen daraus hervorgehen können.

b) Gewinnung des Steinsalzes.

Der **Abbau** der Steinsalzlager erfolgt durch einen meistens sehr regelmäßig geführten Grubenbau, wobei die Festigkeit des Gebirges eine kostspielige Grubenzimmerung unnöthig macht. Nur in ganz vereinzelten Fällen, wie z. B. bei dem Salzstock von Cardona, ist das Steinsalz so sehr gehoben oder der Erdoberfläche nahe gebracht, daß es durch Tagebau gefördert werden kann; es wird alsdann strossenartig und seiner Zähigkeit halber durch Sprengarbeit gebrochen. In Wieliczka wird der sogenannte **Kammerbau** geführt. Bei diesem Etagenbau behalten die Bergfesten, wozu unreinere Salzmassen gewählt sind, 3 bis 5 Meter Stärke und die großen im Salz ausgebrochenen Weitungen, welche **Kammern** genannt werden, bleiben durch Steinsalzpfeiler gegen das Einbrechen der Decken gesichert. Das zufließende Wasser, welches gesättigte Soole bildet, wird durch Rinnen nach dem 12 Meter tiefen Sammelsumpfe des Wasserschachtes geleitet. Die Gruben sind seit Jahrhunderten im Betriebe und haben eine außerordentliche Größe erlangt. Der ältere Theil des Salzbergbaues liegt unterhalb der Stadt Wieliczka, und es ist hier im Laufe der Zeit in einer Tiefe von 247,5 Meter die bedeutende Ausdehnung der Grubenräume von 2749 Meter der Länge und 948 Meter der Breite nach erreicht. — In Siebenbürgen und der Marmarosch wird der Salzbergbau unregelmäßiger betrieben; man baut nur an solchen Stellen, wo das Steinsalz mindestens bis zu 35 Meter unter Tage gehoben ist, um den Kopf des Stocks mit einem Stollen, dessen Mundloch im nächsten Thale angesetzt wird, anfahren zu können, durch welchen nachgehends die Tagewässer abgeleitet werden sollen. Es wird alsdann mit dem Förder- und Fahrschachte auf den Salzstock niedergegangen, um bis zu 152 Meter Tiefe große glockenförmige Räume, die an der Basis eine Weite bis zu 142 Meter haben, in der Salzmasse auszuhauen (**Glockenbau**), so daß die Fahrt von dem 2,21 Meter im Durchmesser haltenden Schachte freihängend in der Weitung fortgeführt wird. Das Grubenklein findet keine weitere Verwendung, sondern muß als werthlos auf die Halden gestürzt werden.

In Deutschland, England und Frankreich ist beim Abbau des Steinsalzes ein regelmäßiger **Strecken-** und **Pfeilerbau** in

Anwendung. Bei den Grubenbauten in Lothringen wurden die Arbeiten durch den Wasserreichthum der Mergelschichten, welche das in Bau stehende Salzlager bedecken, sehr erschwert und die zuerst in Vic aufgenommenen Arbeiten mußten aus diesem Grunde verlassen werden. In Dieuze ist damit begonnen, eine 6 Meter weite und 4 Meter hohe Grundstrecke im Salzlager aufzufahren, wobei das Salz in 2 Strossen gewonnen wurde. An der gewölbt gehaltenen Firste blieb das Salz in 1 Meter Stärke zur Sicherung gegen Brüche stehen. Von hier aus wurde ein System rechtwinkelig sich schneidender Strecken vorgerichtet, wobei die ersten Salzpfeiler 90 Meter Seitenlänge behielten. Diese großen quadratischen Pfeiler sind dann später durch gleichbreite sich kreuzende Strecken getheilt und die Salzmassen bis auf 5 Meter im Quadrat haltende Unterstützungspfeiler abgebauet worden. Das unreine Steinsalz und Grubenklein wird über Tage in terrassenförmig gestellten hölzernen Kasten gelöst und auf Siedesalz verarbeitet. Das Steinsalz von Dieuze ist gleich dem englischen röthlich gefärbt und wird von Salzthon, Chlormagnesium und Glauberit verunreinigt. In dem weißen Krystallsalze kommen kleine Höhlungen vor, welche bis auf eine Gasblase mit Flüssigkeit angefüllt sind. Bei einem in Dieuze empfangenen Stücke dieses Salzes zersprang die Wandung der Höhlung, nachdem dieselbe durch Abschaben verschwächt war, und es scheint demnach das Gas in komprimirtem Zustande eingeschlossen zu sein.

In England (Northwich) werden Abbaustrecken von 22,86 Meter Breite und 4,58 Meter Höhe geführt, wobei das Salz in drei Strossen gebrochen wird; die beiden unteren werden dem oberen Einbruchsorte in 2,74 Meter, beziehungsweise 5,48 Meter Entfernung nachgetrieben, und die Ablösung des Salzes geschieht, nachdem mit der Keilhaue ein genügender Schram angesetzt ist, durch Sprengung mit Pulver. Die demnach 22,86 Meter von einander entfernt bleibenden Unterstützungspfeiler behalten die Stärke von 7,31 Meter im Quadrat. Die summarischen Gewinnungskosten des Steinsalzes, nachdem dasselbe durch mit gereiftem Konus versehene Mühlen zermalmt ist, werden in England zu $3^1/_2$ Sgr. für 100 Kilogramm angegeben.

In Württemberg, etwa 1 Meile oberhalb Schwäbisch Hall am Kocher, wird durch das Steinsalzbergwerk Wilhelmsglück ein ungefähr

8 Meter mächtiges Salzlager abgebauet. Dasselbe wurde durch zwei Schächte, einen saigern und einen Treppenschacht, in 95 Meter Tiefe erreicht, wobei das Gebirge außerordentlich geschlossen und wasserleer angetroffen worden ist. Das Lager bildet eine kompakte, körnige Salzmasse, welche durch Pfeilerbau gewonnen wird. Die Strossen werden jedoch nicht aus dem Ganzen weggeschossen, sondern zuvor an den Stößen der stehenbleibenden Sicherheitspfeiler durch Wasser abgeschlitzt. Das unreine Grubenklein, welches etwa ein Fünftel der geförderten Salzmassen beträgt, wird in Wasser gelöst, und als 25prozentige Soole von der Saline zu Schwäbisch Hall auf Siedesalz verarbeitet. Die Produktionskosten des gemahlenen Steinsalzes haben vor Einführung des Schlitzens mittelst Wasser für den Zentner 3 Sgr. 4 1/5 Pf. betragen. Das gewonnene Salz ist im Allgemeinen sehr rein und soll, wie es in den Handel gebracht wird, selten mehr als 1 Prozent unlösliche Substanz enthalten.

Im Königreich Preußen wird in Staßfurt, Erfurt und Stetten Bergbau auf Steinsalz geführt. In Staßfurt behalten die 8,4 Meter von einander entfernt stehenden Abbaupfeiler eine Stärke von 6,3 Meter im Quadrat, und die anfänglich 6,3 Meter haltenden Ortshöhen sind späterhin auf 8,4 Meter erweitert worden. Das geförderte späthige Steinsalz zeigt eine mehr oder minder starke Verunreinigung von Anhydrit, wodurch der Salzmasse ein gestreiftes wolkig trübes Ansehen ertheilt wird. Um reinere Steinsalzmassen aufzusuchen, wurde im Hauptquerschlage mit einem 48,6 Meter tiefen Gesenk niedergegangen, es konnte jedoch der Tiefe nach die gehoffte größere Reinheit des Salzes nicht gefunden werden. Das Salz wird zum größten Theil von den zunächst gelegenen Salinen zur Anreicherung der Soolen, für die Landwirthschaft oder in chemischen Fabriken benutzt und nur ein geringer Theil kann als Speisesalz debitirt werden. Im Jahre 1859 wurden insgesammt gefördert 20,423,550 Kilogramm. Davon sind abgegeben:

3,058,300	Kilogr.	an die Steuerverwaltung,
3,394,950	„	an Salinen (gegen 18,302,200 Kil. im Vorjahre),
8,105,450	„	für chemische Fabriken.
973,300	„	Krystallsalz.
4,798,100	„	Viehsalz.
20,330,100	Kilogramm in Summe.	

Im Jahre 1860 hat die Förderung auf insgesammt 33,925,000 Kilogr. gesteigert werden können und es betrugen die Gewinnungskosten für den Zentner 3⁷/₁₀ bis 5¹/₁₀ Silbergroschen. — Der Staßfurter Steinsalzbergbau wird in 334,7 Meter Tiefe geführt. Beim Abteufen der Schächte ist eine 62,75 Meter mächtige, größtentheils aus Bittererdesalzen bestehende Salzlage durchsunken, deren Vorhandensein schon durch die Bohrarbeiten ermittelt war. Dieselbe bildet ein ungleichmäßiges Gemisch von Steinsalz, Gyps, Bittersalz, Chlormagnesium, Chlorkalium, und stellenweise Chlorkalzium, enthält demnach alle diejenigen fremden Salze, welche das Chlornatrium in den natürlichen Kochsalzsoolen begleiten und in reicher Anhäufung, nach ähnlichen Verhältnissen, in den Mutterlaugen der Salinen angetroffen werden. Zunächst dem Anhydrit ist in den bittern Salzlagen Staßfurts ein weißes Mineral von der Zusammensetzung des Borazits aufgefunden, welches den Namen Staßfurtit erhalten hat. Die Auffindung dieses von Rose untersuchten Minerals hatte die Folge, daß, als Ludwig bei späterer Untersuchung desselben einen Gehalt von Chlormagnesium in dessen Zusammensetzung ermittelte, solches auch im Borazit aufgefunden wurde und als ein bis dahin unbeachtet gebliebener Bestandtheil des Borazits aufgestellt ist. [1]

Die unreine Salzmasse, welche das Steinsalz bei Staßfurt bedeckt, hat ein verschieden gefärbtes buntes Ansehen und einige darin aufgefundene Doppelsalze, Salzverbindungen von bestimmter atomischer Zusammensetzung, sind als neue Minerale bezeichnet worden. Eine darin vorkommende Verbindung von Chlorkalzium mit Chlormagnesium ist Tachydrit; eine solche von Chlorkalium mit Chlormagnesium, Carnallit, und eine Verbindung von schwefelsaurer Magnesia mit 3 Atomen Wasser, Kieserit benannt. Von diesen Salzverbindungen liefert der Carnallit ein werthvolles Material für die Gewinnung des Chlorkaliums, welches in der Kalisalpeter-

[1] Im Lüneburger Gypse zeigt der in Tetraeder-, Würfel- und Rautendodekaeder-Form vorkommende Borazit nicht selten ein zerfressenes Ansehen, oder in den zahlreichsten Fällen sind die Borazite unter Hinterlassung leerer Höhlungen mit dem Abdrucke ihrer Krystallform gänzlich aus dem Gypse verschwunden; weshalb das Chlormagnesium vielleicht nur als eine in der Menge schwankende Beimischung des Borazits zu betrachten sein dürfte.

fabrikation (aus dem natürlichen Natronsalpeter) und in der Alaunbereitung, ausgedehnte Verwendung findet.

Das Steinsalz von Stetten (in Hohenzollern) ist weniger weiß, von vorherrschend grüner und selten röthlicher Farbe. Das Salzlager enthält Anhydrit und Thon in Menge eingeschlossen, und dessen Abbau wird bis jetzt nur schwach betrieben.

In Erfurt sind die von der preußischen Regierung unternommenen Schachtarbeiten noch nicht vollendet.

Der bedeutende Kapitalaufwand, welchen der Steinsalzbergbau erforderlich macht, wenn ein wasserreiches Gebirge mit tiefen Schächten durchsunken werden muß, und die oft unüberwindlichen Schwierigkeiten, große Wassermassen durch Senkmauern sicher und genügend zu verdämmen, lassen in den meisten Fällen es rathsamer erscheinen, von der bergmännischen Gewinnung des Salzes abzustehen und statt dessen gesättigte Soole für die Darstellung des Siedesalzes, durch minder kostspielige und leichter herzustellende Bohrlöcher, zu fördern. Außerdem ist das Steinsalz in Gegenden, welche an Siedesalz gewöhnt sind, schwer verkäuflich, ungeachtet dasselbe zu weit billigeren Preisen angeboten werden kann. Als Speisesalz wird das Siedesalz dem natürlichen Minerale stets vorgezogen werden, und sind die Salinen im Besitz reicher Soolen und hinsichtlich der Brennstoffpreise nicht gar zu schlecht situirt, so werden dieselben bei zweckmäßiger Einrichtung billig genug produziren, um den Vertrieb ihres Produktes, dem im Preise noch so niedrig gestellten Steinsalze gegenüber, sichern zu können. Wenn demnach das Steinsalz, um als Speisesalz verkäuflich zu sein, der Umsiedung bedarf, so ist es jedenfalls zweckmäßiger, die Bereitung der gesättigten Soole durch Auslaugen in der Grube vorzunehmen, weil, abgesehen von den Kosten und Verlusten der Soolbereitung über Tage, deren Förderung weit einfacher und billiger ist, als die des festen Salzes. Ferner ist zu berücksichtigen, daß der Betrieb des Steinsalzbergbaues, welcher Wasserhaltungskosten verursacht, eine massenhafte Förderung voraussetzt, um rentabel zu sein, und daß das Kochsalz in Folge seines verbreiteten Vorkommens, im Allgemeinen zu den geringwerthigen Handelsartikeln gehört, bei denen vielmehr die Verfrachtungsverhältnisse, als geringe Unterschiede in den Produktionskosten die Absatzgebiete normiren. Die Steinsalzbergwerke werden diese durch die

Natur der Dinge gezogenen Grenzen vermittelst der ihnen möglichen Preiserniedrigungen des Salzes am Erzeugungsorte nicht wesentlich verschieben können. Eine wirksame Vergrößerung der Konsumtion und des Salzverbrauchs überhaupt, kann aber bei der durchgängigen Wohlfeilheit des Salzes im freien Verkehr nur in denjenigen Ländern zu erwarten sein, in denen der Verbrauch, sei es durch hohe Steuern, welche mit dem Produktionswerthe außer allem Verhältnisse stehen, oder durch sonstige, den gewerblichen Konsum des Salzes hemmende Beschränkungen, bisher erschwert wurde.

C. Gewinnung des Kochsalzes aus Salzseen. Steppen- und Wüstensalz.

Die in den Niederungen dürrer Steppen und Wüstenländer in unzählbarer Menge sich findenden Salzseen sind von Salzquellen und Salzflüssen gebildet. Gefördert durch die klimatischen Verhältnisse verdunsten die Zuflüsse in diesen großen natürlichen Salzpfannen, wobei unerschöpfliche Kochsalzmengen, als würfelig krystallinische Massen oder als feste Rinden, in den Seen abgelagert werden. Von einigen derselben, die ohne seitlichen Zufluß zu sein scheinen, ist zu vermuthen, daß ihr Becken unmittelbar über dem Steinsalzgebirge sich befindet, und in zahlreichen anderen Fällen sind die Salzlager bekannt, von welchen die Quellen und Bäche den Salzgehalt empfangen, so daß von dem Vorkommen der Salzseen auf die Anwesenheit nahe gelegener Steinsalzmassen geschlossen werden darf. Andere Sümpfe und Bitterseen dagegen lassen annehmen, daß die Zuführung des Salzes durch Auswaschungen früher vom Meere bedeckter Bodenflächen bewirkt wird, oder sie werden gleich den künstlichen Salzgärten der Meersalinen periodisch mit Meerwasser gespeist, wobei durch Ueberfluthungen die Mutterlaugen ins Meer zurückgelangen können, sobald dieselben an den Küsten der Meere angetroffen werden.

Reich an Salzseen ist Rußland, welches einen großen Theil seines Salzbedarfs daher entnimmt. Die Salzseen am schwarzen und asowschen Meere sind für die Salzgewinnung des europäischen Rußlands am wichtigsten. Der Rothe-Salzsee bei Perekop in der Krim hat einen Umfang von 21 Kilometer und gibt in einzelnen Jahren über 114 Millionen Kilogramm Salz; auch der Tusly-Salzsee an der Straße von Sympheropol nach Eupatoria und der bei

Kertsch sollen jährlich große Salzmassen liefern. Die zahlreichen Salzseen, welche im Norden des kaspischen Meeres zwischen der Wolga und dem Ural sich befinden, sind von Göbel näher untersucht. In diesem Landstriche liegen der Elton-, der Bogdo-, der Inderskische See, die Salzseen südlich des Arsagar, neben vielen im Südwesten des Eltonsees auf mehr denn 10 Myriameter Länge sich vorfindenden großen Salzpfützen. Mitten in der Steppe zwischen dem Arsagar und Bogdo erhebt sich der Salzberg Tschaptschatschi, von welchem eine Menge gesalzener Bäche nach der Steppe fließen. Der in den Eltonsee mündende Salzbach Charysacha hält 5 Prozent Rohsalz und führt nach Göbels Berechnung jährlich 19,544 Millionen Kilogramm Salz mit sich. Die Oberfläche dieses Sees beträgt 287,835,120 Quadratmeter, so daß der Quadratmeter 67,9 Kilogramm Salze abscheiden muß. Sein Wasserspiegel liegt 13 Meter unter dem Niveau der Wolga bei Kanyschin und 192 Meter über dem kaspischen Meere. Nach den Angaben Erdmanns werden in einer Strecke von 8 Kilometer auf der Westseite des Sees jährlich 68 Millionen Kilogramm Kochsalz gebrochen. Der inderskische See liegt an der Ostseite des Uralflusses und wird durch einen kleinen Salzfluß gebildet, welcher in 1500 Meter Entfernung aus zerklüfteten Gypsfelsen hervortritt. Dieser Bach, dessen Wasser 2,76 Prozent Kochsalz und insgesammt 3,175 Prozent Salze enthält, führt jährlich 240 Millionen Kilogramm in den See. Das hier gewonnene Salz wird in beträchtlicher Menge von den Fischpöckeleien verwendet. Der Bogdosee am Fuße des Berges gleichen Namens hat 42 Kilometer Umfang. Derselbe ist sehr flach und sein Boden wird von festen mit Schlammmassen wechselnden Salzlagern gebildet, über welchen die Salzlauge nur 0,35 Meter hoch steht. Es wird jedoch hier, wegen der günstigern Lage des Eltonsees für den Transport des Salzes, die Gewinnung des Salzes weniger stark betrieben. Alle diese Seen sind in größerer Tiefe nicht untersucht worden; Göbel, welcher in die Salzlagen des Eltonsees eine Grube brechen ließ, mußte, wegen der Zähigkeit der Salzmassen und des Zudringens der Soole, die Arbeit bei 3,5 Meter Tiefe einstellen.

Der größte asiatische Salzsee ist das todte Meer. Dasselbe hat bis zu 19 Kilometer Breite bei 85 Kilometer Länge. An der südlichen Seite desselben erheben sich mächtige Steinsalzfelsen, und herabgestürzte Salzblöcke bedecken das öde Ufer. Die Größe der bedeutenden Depression, welche das Jordanthal hier zeigt, wird auffallend verschieden angegeben. Nach Russegger soll der Spiegel des todten Meeres 435 Meter, nach Schubert nur 182,5 Meter unter dem Niveau des Mittelmeeres liegen. Durch Peilungen ist die größte Tiefe des Meeres zu 362,5 Meter ermittelt.

Wenn die Salzquellen in Folge der Bodenbeschaffenheit nicht in Rinnsalen abfließen können, sondern, nach allen Seiten im Sande wegfallend, über große Strecken Landes sich verziehen, um in der ganzen Ausbreitung zu verdunsten, so bildet das sich abscheidende auswitternde Salz die Salzsteppen und Salzwüsten.

Die Sandmeere, welche einen großen Theil des innern Arabiens und Persiens bedecken, werden in der Nähe von Steinsalzablagerungen durch im Sande verrinnende Salzquellen in Sandwüsten verwandelt, die nach den übereinstimmenden Erzählungen der Reisenden einen abschreckenden Anblick darbieten.

Das nordafrikanische Tiefland, die lybische Wüste und die Sahara, haben ebenfalls diese mit Salzschollen bedeckten, endlos erscheinenden Flächen, welche weit mehr als die Sandwüsten gefürchtet sind. Der durch die Salzschollen wie gepflügt erscheinende Sandboden zerbricht bei jedem Fußtritte; alles Leben ist erloschen und ein Bild des Todes liegt vor dem ziellosen Blicke. Die Luft erglüht bei dem wolkenleeren Himmel der Wüste, und zitternd steigen ihre Schichten von dem unter der Glut der Sonne erhitzten Boden in die Höhe, um als ein Zauberspiegel den Menschen mit Täuschungen zu umstricken. Bei diesem Ueberreichthum der Erde an Salz dient dasselbe in salzarmen Gegenden dieses kulturlosen Erdtheils zum Sklavenhandel.

Von Südamerika ist das Vorhandensein zahlreicher Salzseen in Brasilien bekannt.

Man sieht also, daß das Kochsalz der Salzseen, der Steppen und Wüsten aus Dislokationen von Steinsalzmassen herrührt, bewirkt durch atmosphärische Wasser, welche Steinsalzgebirge durchziehen und als Salzquellen zu Tage kommen. Erscheinen die Quellen in kesselförmigen Niederungen, welche den Abfluß verhindern, so bildet der Salzsee oder Salzsumpf sich unmittelbar über denselben. Die Quellen steigen so lange auf, bis die Flüssigkeitssäule mit der Steighöhe

derselben im Gleichgewicht ist, und ergießen sich in dem Maße von neuem, als dieser Druck durch Verdunstung und Erniedrigung des Wasserspiegels vermindert wird. Können dagegen die Quellen abfließen und Salzbäche bilden, so gelangen dieselben mit den Flüssen ins Meer, oder sie fallen in beckenförmige Niederungen und überschwemmen dieselben, wenn nirgend ein Abfluß sich darbietet, so weit, bis eine Verdunstungsfläche geboten ist, welche dem Zuflußquantum entspricht. Die Kochsalzmengen, welche in diesen Bassins abgeschieden werden, sind von dem Salzgehalte der speisenden Quellen und den klimatischen Verhältnissen abhängig. Die Beimengungen fremder Salze, welche die ursprünglichen Salzmassen, aus denen die Salzquellen hervortreten, enthalten, bleiben größtentheils gelöst, wodurch der Inhalt der Seen zuletzt in eine an Bittererdesalzen reiche Mutterlauge umgebildet wird, aus welcher die Abscheidung von reinerem Kochsalz ferner nicht erfolgen kann. Je reiner das Kochsalz der zufließenden Quelle ist, desto größere Kochsalzmassen können demnach erzeugt werden, und würden die Salzseen statt von Quellen, die aus Steinsalzablagerungen entspringen, von Meerwasser gespeist, so könnten die mächtigen Salzablagerungen in ihnen nicht gefunden werden, weil der reiche Gehalt des Meerwassers an Bittererdesalzen sehr bald eine Lauge bilden würde, welche die abgesonderte Krystallisation des Kochsalzes verhindern müßte.

Untersuchung einiger Salzseen.

Bestandtheile	1. TuslySalzsee in der Krim Göbel	2. Elton-See Göbel	3. Kochsalz aus dem Elton-See Göbel	4. Indersksche See Göbel	5. Bogdo-See Erdmann	6. Wasser d. Salzbachs Charysacha Göbel	7. Todtes Meer Marcet
Chlornatrium . . .	18,12	13,124	96,59	23,9275	21,576	4,0650	10,360
Chlormagnesium .	5,73	10,542	0,13	1,7355	4,863	0,5200	10,246
Chlorkalzium . . .	—	0,222	—	0,1014	0,885	—	3,920
Schwefels. Magnes.	2,30	1,665	—	0,3464	1,030	0,2827	—
Schwefels. Kalkerde	0,33	—	1,01	0,0421	0,074	0,1238	0,054
Chlorkalium . . .	0,62	—	0,04	—	—	—	—
Brommagnesium .	—	0,007	—	0,0045	—	—	—
Unlösliche Substanz	—	—	0,37	—	—	—	—
Wasser	72,90	74,440	1,87	73,8425	71,572	95,0085	75,420
Summe	100	100	100	100	100	100	100

D. Gewinnung des Kochsalzes aus Salzsoolen.

Die zur Darstellung des Kochsalzes von den Salinen verarbeiteten Salzsoolen zerfallen nach dem Salzgehalte in reichhaltige (die hinlänglich gesättigt sind, um ohne Weiteres dem Versiedungsprozesse unterliegen zu können) und arme Soolen (welche zuvor durch Gradirung veredelt oder angereichert werden müssen). Nicht immer sind die reichhaltigen, nahezu gesättigten Soolen durch Salzquellen geliefert, sondern dieselben werden häufig durch Auflösung des Steinsalzes oder Auslaugung des Salzgebirges künstlich dargestellt.

a) Natürliche Soolen.

Alle Quellen, mögen dieselben zu Tage ausfließen oder in unbestimmten Tiefen der Erde mit Schächten und Bohrlöchern erreicht sein, sind durch Wassermassen gebildet und unterhalten, welche von der Erdoberfläche in die Tiefe gelangen. Die atmosphärischen Niederschläge sinken durch das Schuttland und geklüftete Gestein, bis dieselben von undurchdringlichen Schichten im Fallen angehalten werden. Solche geschlossene, das Wasser zurückhaltende, Gebirgslagen bilden Mulden, oder gestalten sich in ihrem Wechsel mit durchlassenden Schichten zu Scheidemauern, zwischen denen die eindringenden Wassermengen in verschiedenen Tiefen der Erdrinde sich bewegen müssen. Da die Gebirgsmassen allemal nach einer Himmelsgegend mehr oder minder stark einfallen und nicht in horizontaler Lagerung gefunden werden, so treten, in der entgegengesetzten Richtung des Fallens, entweder deren Schichtenköpfe zu Tage aus, oder die Lagen sind dadurch derartig gehoben, daß der Eintritt des Wassers in die Klüfte und Hohlräume des Erdinnern immer ermöglicht ist. Unter dem Drucke der nachfallenden Wassermassen kommen die in solcher Weise eingeschlossenen unterirdischen Wasser an tiefer gelegenen Stellen der Erdoberfläche als natürliche Quellen wieder hervor, und wo der Ausfluß durch die Gestaltung der Oberfläche verhindert wird, kann mit Gesenken, durch Schächte und Bohrlöcher, derselbe künstlich bewerkstelligt werden. Es wird alsdann das Wasser in der, dem hydrostatischen Drucke entsprechenden Tiefe, als Quelle erreicht, oder es wird solche mit oftmals bedeutender Steigkraft hervortreten, sobald geschlossene Schichten, von denen das Wasser zurückgehalten und am Aufsteigen verhindert wurde, mit dem Gesenk durchbrochen sind.

Bieten die vom Wasser durchzogenen Gebirgslagen auflösbare Stoffe dar, so kann, je nach der Löslichkeit dieser Körper und der Dauer der Berührung, das Wasser solche in größerer oder geringerer Menge mit sich nehmen. Aus Kalkgebirgen werden kalkhaltige, aus Gyps gypshaltige und aus Steinsalzlagern kochsalzhaltige Quellen hervortreten, ohne daß das betreffende Gebirge unmittelbar unter diesen Quellen sich befinden muß, wenn gleich die Gestaltung der Erdoberfläche das Auftreten auch der natürlichen Quellen in nächster Nähe der durchlaufenen Gebirgen in vielen Fällen zulässig macht. Die Salzquellen werden mithin durch Tagewässer gebildet, welche im unterirdischen Laufe mit salzführenden Gebirgslagen in Berührung traten.

Das Vorkommen von Pflanzenformen, die nur auf salzhaltigem Boden gedeihen, leitet oftmals zur Auffindung der Soolquellen. Zu diesen Salzpflanzen zählen:

Alsine marina. Seestrands-Miere;
Aster tripolium. Meerstrands-Sternblume;
Atriplex hastata. Spießförmige Melde;
Chenopodium glaucum. Graugrüner Gänsefuß;
Cochlearia officinalis. Löffelkraut;
Glaux maritima. Meerstrands-Milchkraut;
Plantago maritima. — Wegerich;
Salicornia herbacea. Glaskraut;
Salsola kali. Gemeines Salzkraut;
Scirpus maritimus. Meerbinse;
Triglochin maritimum. Salzbinse.

Es scheint jedoch, daß diese Pflanzen, welche die Salzhaltigkeit ihrer Standorte anzeigen, nebenbei eine gewisse thonige Beschaffenheit des Bodens zu ihrem Wachsthume verlangen.

Natürlich ausfließende oder mit flachen Brunnen erreichte Soolquellen sind selten reichhaltig genug, um ohne vorangehende Gradirung als Siedesoolen benutzt werden zu können. Nicht nur vermengen sich die Salzsoolen aus der Tiefe bis zur Erdoberfläche mit den Wassern der auf diesem Wege durchlaufenen Gebirgslagen, sondern ein größeres spezifisches Gewicht der konzentrirten Salzlösungen verhindert dieselben am Aufsteigen. Zur Erlangung reichhaltigerer Soolen ist es daher erforderlich, mit künstlich hergestellten

Vertiefungen, durch Schächte oder Bohrlöcher, dem Ursprungsorte derselben sich zu nähern, um die unter den oberen Wassern liegende reichere Soole mittelst der tief hängenden Pumpen anzusaugen und dadurch deren Hervordringen aus größerer Tiefe zu erwirken. Die Zunahme des Salzgehalts, oder das Auffinden selbst gesättigter Soole steht jedesmal der Tiefe nach zu erwarten, wenn die natürlichen oder in flachen Brunnen erlangten Quellen unmittelbar über dem Steinsalzgebirge, oder in nicht zu großer seitlicher Entfernung von demselben, sich befinden. Auf einem langen Abflußwege der Soolen vom Steinsalzgebirge werden dagegen die streichenden Wasser eine, mit der Länge des Weges zunehmende, Verschwächung bewirken, und bei solchen entfernt von Steinsalzablagerungen auftretenden Quellen wird in größerer Tiefe nur diejenige Soolstärke zu erlangen sein, welche der seitliche Zufluß an diesem Orte im günstigsten Falle gestatten kann.

Ob zweckmäßiger Schächte oder Bohrlöcher auf der Quelle niederzubringen sind, muß sowohl von den geognostischen Verhältnissen der Umgebung, als von der Höhe, bis zu welcher die reiche Soole aufzusteigen vermag, bestimmt werden. Sind gesättigte oder nahezu gesättigte Soolen in geringen Tiefen und unter geschlossenem Gebirge erreichbar, so ist die Absenkung eines Soolschachtes mit wasserdichter Mauerung oder Verzimmerung zu empfehlen; da diese Fassung der Quellen die Anbringung und Wartung der Soolpumpen erleichtert, die Quellen zugänglich macht und die Soolförderung vor Störungen sicher stellt. Im Betriebe der Soolförderung ist alsdann darauf zu achten, bis zu welchem Stande die Zuflüsse im Schachte zu wältigen sind, um mit den eingestellten Pumpen die reichhaltigste Soole zu gewinnen. In der Nähe des Soolschachtes auftretende Tagewasser oder ärmere Soolen lassen sich mitunter zweckmäßig in flachen Brunnen sammeln und durch die für die Bewegung der Soolpumpen disponible Wasser- oder Dampfkraft beseitigen, um die zu benutzende Soolquelle vor der Beimengung dieser Zuflüsse möglichst zu bewahren. Müssen die erlangten Soolen wegen ungenügenden Salzgehalts vor dem Versieden gradirt werden, so ist bei der Disposition der Schachtpumpen sogleich auf die zweckmäßigste Hebung der Soolen nach den Gradirhäusern Rücksicht zu nehmen.

Wenn dagegen die reichhaltigsten Soolen in beträchtlicher Tiefe liegen, oder über denselben starke Wassermassen zu erwarten sind, dann wäre die Anlage eines Schachtes behuf der Soolförderung ebenso kostspielig als zweckwidrig, und man wird in diesem Falle mit Bohrlöchern ins Niveau der reichen Soole niedergehen müssen. Durch die größere Leichtigkeit, mit welcher bis 0,18 Meter weite Bohrlöcher unter verhältnißmäßig geringem Kostenaufwande zu beträchtlicher Tiefe niedergestoßen werden können, ist die schwierige und weit kostspieligere Anlage der Schächte für die Aufsuchung und Gewinnung der Salzsoolen vollständig verdrängt, und viele Salinen, welche ehedem auf schwache Brunnensoolen und Gradirung angewiesen waren, haben mit Hülfe des Bergbohrers heute fast gesättigte Soolen erlangt, um die kostbare Gradirung entbehren zu können. Es ist zweckmäßig, ein solches Bohrloch weit genug anzusetzen und zur Sicherstellung des Betriebes dasselbe zu verröhren. Für die Förderung der Soole wird alsdann eine 0,10 bis 0,15 Meter im Durchmesser haltende Saugpumpe mit hohem Satz bis vor Ort des Bohrlochs eingehängt, deren Saugventil so tief gelegt ist, daß die Bewegung des Kolbens im Bereich der gesättigten Soole stattfindet. Der Stiefel, sowie die Saug- und Steigröhren der Pumpe müssen von 3 Millimeter starkem Kupferblech, Ventil und Kolben von guter Bronze angefertigt werden. Man gibt zweckmäßig den Bohrlochspumpen keine zu große Geschwindigkeit. Die Salineninhaber werden, wenn die Verhältnisse es irgend gestatten, wohl daran thun, ein Reservebohrloch herzustellen, um ihren Betrieb gegen Eventualitäten, welche eine längere Störung der Soolförderung verursachen könnten, sicher zu stellen.

Die geschlossene Beschaffenheit der Gyps-, Anhydrit- und Salzthonlagen, welche das Steinsalz umschließen, behindern den Eintritt des Wassers ins Salzgebirge; daher werden die Salzsoolen vorzugsweise beim Auskeilen der Lager, an den seitlichen Grenzen des Salzgebirges, gebildet. Es kann daher vorkommen, daß mit einem Bohrloche der Salzthon oder das Steinsalz erreicht wird, ohne daß gesättigte Soole in der für einen beabsichtigten Salinbetrieb erforderlichen Menge angetroffen wurde. Dann ist es nöthig, das Bohrloch noch eine Strecke im Steinsalze fortzusetzen, nicht weil in demselben der Tiefe nach das Antreffen von Soole zu hoffen stände, sondern um dem Wasser, welches in solchen Fällen durch das Bohrloch künstlich ins Salzgebirge einzuführen ist, Gelegenheit zu geben, demnächst einen hinlänglich großen Sumpf im Steinsalze auszuwaschen, damit dasselbe vor der Förderung mittelst der ganz hinabreichenden Bohrlochspumpe eine völlig gesättigte Soole bilden kann.

Gemeiniglich wird das im Bohrschachte a, Fig. 3, Taf. 107, erschrotene Wasser, welches zwischen der Bohrlochswandung b und der Pumpe c hinabfällt, für die beabsichtigte Soolenerzeugung ausreichend sein. Ist dieses jedoch nicht der Fall, so muß für anderweite Zuführung von Wasser gesorgt werden. Die Einwirkung des Wassers erfolgt am energischsten an der Decke, dem Himmel, des sich bildenden Sumpfes und in den von Thon oder Gyps verunreinigten Schichten des Lagers. Die Höhe, bis zu welcher die gebildete Salzsoole durch den Druck der zwischen der Bohrlochswandung und den Pumpenröhren hinabreichenden Wassersäule innerhalb der eingehängten Pumpe frei aufsteigen wird, ist gleich dem Quotienten aus dieser Wassersäule durch das spezifische Gewicht der erlangten Soole. Wäre die Höhe der Wassersäule = 200 Meter, das spezifische Gewicht der gebildeten Salzsoole = 1,20, so würde die letztere bis zu $\frac{200}{1,20} = 166,6$ Meter in den Pumpenröhren zum Aufsteigen gebracht werden. Außerdem geht die äußere ringförmige Wassersäule der Tiefe nach in spezifisch schwerere Soole über, wodurch das Aufsteigen der zu fördernden Salzsoole eine entsprechende Zunahme erfährt. Die Höhen der Flüssigkeitssäulen werden im Zustande der Ruhe umgekehrt sich verhalten, wie die spezifischen Gewichte.

Fig. 3, Taf. 106, zeigt den Durchschnitt eines schon von Karsten beschriebenen zweckmäßigen Kolbens für die Bohrlochspumpe. a bezeichnet den Pumpenstiefel, b, b dessen Verbindungsweise mit dem Steig- und Saugrohre, c das Saugventil, d den Kolben mit der Kolbenstange e; f die Liederungen von Leder.

Die oberen Abtheilungen der Steinsalzablagerungen sind meistens am stärksten durch Chlormagnesium und schwefelsaure Salze verunreinigt, wodurch die aus den hangenden Salzmassen gebildeten natürlichen Salzsoolen mit fremden Salzen in größerem Verhältniß verunreinigt erscheinen, als solches in den tiefer gelegenen Steinsalzmassen angetroffen wird. — Die Temperatur der natürlichen Soolquellen übersteigt regelmäßig die mittlere Jahrestemperatur des Orts.

Eine große Anzahl der deutschen Salinen verarbeitet gesättigte oder reichhaltige Soolen, die aus Bohrlöchern gefördert werden. Reiche Soolen mit Schachtförderung besitzen von den bedeutendern deutschen Salinen beispielsweise:

Lüneburg im Königreich Hannover. An der nordwestlichen Seite der Stadt Lüneburg, hat ein mächtiger Gypsstock die Kreide und Tertiärdecke durchbrochen. Derselbe erhebt sich 52 Meter über den Spiegel des Ilmenauflusses. Am Fuße dieses steil ansteigenden Gypsberges nach Süden werden von Sandlagen bedeckte bunte Thonmassen, und einige hundert Schritte weiter schroff abfallende, theilweise auf dem Kopfe stehende Kreidebänke getroffen. Im Bereiche dieses Thongürtels treten die berühmten Lüneburger Soolquellen in der Tiefe von 15,2 bis 20,5 Meter mit der Temperatur von 13,75° C. hervor. Die soolführende Schicht bildet unter der dichten Thonlage ein zertrümmertes Gypsgebirge, in welchem blendend weiße, graue und röthliche krystallinische Gypsbrocken mit größeren Blöcken und gelblichen amorphen Gypsmassen, die manchen Kalkmergeln im Ansehen gleichen, durch Thon verkittet sind. Sowohl im Schachte des Salinhofes, wo die überlagernden Thone zu Tage ausgehen, als in einem 450 Meter nördlich davon in der Stadt gelegenen Soolschachte ist die Soole in diesem Trümmergestein erschroten. Unter demselben wurde durch einige Bohrversuche Salzthon mit kleinen Steinsalznestern aufgefunden, und es dürfte die Erreichung des massigen Steinsalzes danach nicht schwer halten, wenn praktisches Interesse dazu Veranlassung bieten könnte. Aus den Resultaten der angestellten Bohrversuche durfte der Schluß gezogen werden, daß das Steinsalz am südlichen Fuße des Gypsberges in sehr geringer Tiefe gefunden werden müsse, und es ist diese Annahme durch die Arbeiten des königlichen Gypsbruchs neuerdings bestätigt worden. Mittelst eines am Südende vorgenommenen Einbruchs wurde nämlich das Steinsalz in dem noch über Tage liegenden Gypse angetroffen. Der gesalzene Gyps war entweder von Steinsalznestern durchschwärmt oder von schmalen Bändern durchzogen. Stellenweise kamen auch Nester reinen, wasserhaltigen Glaubersalzes in dem Gypse vor, von solcher Reinheit und Durchsichtigkeit, daß die arbeitenden Sträflinge, in der Meinung Eis gefunden zu haben, dasselbe der Sonne aussetzten, wobei es jedoch, statt zu schmelzen, verwitterte.

Die seit uralter Zeit bestehende Saline besitzt gegenwärtig drei Soolschächte, von denen dieselbe zwei benutzt. Der außer Betrieb befindliche Schacht ist der ergiebigste, und dessen reiche Zuflüsse sind erst vor wenigen Jahren in 20,5 Meter Tiefe erlangt worden. Die Zuflüsse der Quellen betragen, zu Sumpfe gehalten, pro Minute: auf dem Salinhofe 0,162 Kubikmeter mit einem Rohsalzgehalte von 25 bis 26 Prozent; in dem unbenutzten Soolschachte inmitten der Stadt 0,595 Kubikmeter bei 24 bis 24,5 Prozent, und im dritten Soolschachte an der nordöstlichen Seite der Stadt, in dessen Sohle ein Bohrloch angesetzt ist, 0,081 Kubikmeter mit 23 Prozent Rohsalzgehalt. Der gesammte Soolzufluß beträgt demnach pro Minute 0,838 Kubikmeter mit einem totalen Salzgehalte von 239 Kilogramm, bei Annahme des geringsten Prozentgehalts, und übersteigt bei Weitem das Bedürfniß der Saline, welche jährlich im Maximum 14 bis 15 Millionen Kilogramm Kochsalz fabrizirt.

Halle an der Saale. Die uralten Soolquellen von Halle entspringen innerhalb der Stadt, und die reichhaltigste der Quellen, welche aus der Grenze zwischen dem Zechstein und bunten Sandstein hervortritt, ist in einem 29,34 Meter tiefen Schachte, dem Gutjahr-Brunnen gefaßt. Die Zuflußmenge beträgt 0,108 Kubikmeter pro Minute mit einem Rohsalzgehalte von nahezu 18,75 Prozent. Beim Betriebe der Soolförderung wird die Quelle zu Sumpfe gehalten.

Artern im Regierungsbezirke Merseburg in Preußen. Diese jetzt bedeutende Saline verarbeitete bis zum Jahre 1838 eine arme Soole, welche vor der Versiedung gradirt werden mußte. Am Ende des Jahres 1837 wurde mit einem unfern von der Soolquelle angesetzten Bohrloche fast gesättigte Soole von 25½ Prozent Rohsalzgehalt, und in 309 Meter Tiefe im Gypse des Zechsteins das Steinsalz erbohrt. Ein zweites Bohrloch, 866 Meter südlich von dem ersten niedergebracht, erreichte das Steinsalz in 304 Meter Tiefe. Die Mächtigkeit des Salzlagers ist mit diesem Bohrloche auf 25,42 Meter verfolgt, ohne dasselbe zu durchsinken. Die königlich preußische Regierung beabsichtigte das erbohrte Steinsalz durch einen Schacht aufschließen zu lassen, mit dessen Abteufung im Jahre 1841 begonnen wurde; allein in Folge des Hervorbrechens gewaltiger reicher Soolmassen mußten die Arbeiten in 286½ Meter Tiefe verlassen werden. Bei Einstellung der Schachtarbeiten waren folgende Schichten durchsunken:

Dammerde, Lehm	4,4 Meter
Bunter Sandstein zu 70 bis 80° aufgerichtet, Thon und Mergel, Gyps	173,6 „
Anhydrit mit Salztrümmern, Gyps und Stinkstein	108,5 „
Total	286,5 Meter

Aus diesem Steinsalzschachte entnimmt die Saline jetzt ihren Soolbedarf, wobei die ungemessenen Zuflüsse bis auf 36,14 Meter Tiefe gewältigt werden. Die geförderte Soole hält 25,2 Prozent und wird zur Beförderung der Abscheidung des Eisengehaltes über die Verdecke der Soolkästen geleitet. Im Jahre 1857 sind in Artern aus 80187,36 Kubikmeter dieser Soole 22,740,800 Kilogramm Kochsalz fabrizirt worden; seitdem scheint jedoch die Produktion der Saline unter dem Einflusse des Staßfurter Steinsalzbergbaues vermindert zu sein.

Die englischen Salinen in der Grafschaft Cheshire und Worcestershire fördern ebenfalls die Soolen aus Schächten. Diese haben eine Tiefe von 55 bis 64 Meter und reichen in die obern Salzlagen hinab, so daß die unter beträchtlichen Zuflußmengen in den oberen Teufen des Steinsalzgebirges getroffenen Soolquellen auf einen, dem Sättigungspunkte naheliegenden Salzgehalt gebracht werden können. Die Zuströmung der Soolen ist so stark, daß dieselben beim Stillstande der Pumpen zu einer beträchtlichen Höhe im Schachte aufgehen. Zu Droitwich findet das Aufsteigen der Soole bis zu 3 Meter unter Tage statt. Ein Soolschacht zu Stoke Prior in Worcestershire diente ursprünglich zur bergmännischen Gewinnung des Steinsalzes; man hat jedoch, nachdem die Ueberzeugung erlangt war, daß die Gewinnung als Soole vortheilhafter sei, die Grube ersaufen lassen und den Betrieb für die Erzeugung von Siedesalz hergerichtet.

Diejenigen Salinen, welche wegen ungenügenden Salzgehalts der Soolen solche durch vorangehende Gradirung siedewürdig machen müssen, fördern ihren Soolbedarf größtentheils aus Schächten oder Brunnen. Die Soolschächte der königlich preußischen Salinen Schönebeck und Dürrenberg sind 74,2 Meter respektive 227 Meter tief. Aus den Schächten der zur Saline Schönebeck gehörenden Gradirungsanstalt Elmen wurden im Jahre 1858 insgesammt 317,983 Kubikmeter Soole von durchschnittlich 9,34 Prozent Salzgehalt auf die

Gradirhäuser gehoben. In einer der Schachtsohlen sind 7 Bohrlöcher bis zu 11,3 Meter Tiefe auf ein, 12prozentige Soole führendes, Mergelflötz niedergebracht, und durch neuere Bohrungen ist endlich bei 555 Meter Tiefe in Schichten, die als zur Zechsteinformation gehörend angenommen sind, das Steinsalz aufgefunden worden.

(Siehe Tabelle S. 98.)

Das Brom, welches neben dem Kochsalze im Meerwasser als Brommagnesium vorkommt, ist in gleicher Weise auch in den Soolquellen vorhanden, und es dürften weder Steinsalzlager noch Soolquellen vorhanden sein, die ohne alle Spur von Bromverbindungen gefunden würden. Mindestens ist die Anwesenheit des Broms in denselben jedesmal nachgewiesen worden, wenn die analytischen Untersuchungen auf die Auffindung dieses Körpers gerichtet gewesen sind. Freilich kommen die Bromüre (Bromnatrium und Brommagnesium), welche das Chlornatrium in den Steinsalzablagerungen und in den Soolquellen begleiten, meistens in so geringfügiger Menge vor, daß der Nachweis wägbarer Quantitäten nur durch die Verarbeitung größerer Mengen Steinsalzes oder natürlicher Kochsalzsoolen ermöglicht wird. Man findet deshalb die Bromüre in den Mutterlaugen der Salinen angehäuft, und es ist dieses bei vielen Salinen in so hohem Grade der Fall, daß ihre Mutterlaugen, in gleicher Weise wie die Mutterlaugen der Meersalinen, als ergiebige Quellen für die Darstellung des Broms Verwendung finden können.

Mehrere Analytiker wollen außerdem Jod in den von ihnen untersuchten Soolquellen aufgefunden haben; allein es muß das Vorkommen der Jodüre in dem Steinsalze und in den Soolquellen, nach den Resultaten wiederholter neuerer Untersuchungen, in Zweifel gezogen werden und es mag bei denjenigen Analysen, welche vor dem Bekanntwerden des (von Balard im Jahre 1826 entdeckten) Broms ausgeführt sind, eine Verwechslung des bis dahin unbekannten Broms mit dem seit 1811 bekannten Jod stattgefunden haben. In der Mutterlauge der Saline Theodorshalle bei Kreuznach, die wegen ihres angeblich beträchtlichen Jodgehalts lange Zeit hindurch besonders berühmt gewesen, konnte F e h l i n g keine Spur Jod entdecken.

Zusammensetzung einiger natürlicher Kochsalzsoolen, die aus Soolbrunnen, Soolschächten oder Bohrlöchern gefördert werden.

Bestandtheile	1. Friedrichshall (Bohrloch)	2. Sulz (Bohrloch)	3. Lüneburg (Schacht)	4. Schönebeck Schacht III.	5. Dürrenberg Schacht	6. Halle Brunnen	7. Königsborn Brunnen	8. Westernkotten	9. Droitwich Schacht	10 Stoke Schacht
	Fehling		Hinüber	Heine	Heine		Karsten	Karsten		
Spezifisches Gewicht	1,2028	1,1845	1,1958	1,08298	1,06235	1,143	1,0507	1,0577	1,1893	1,2044
bei Grad Celsius	+15°	+15°	+18,75°	+18,75°	+17,5°	+20,6°	+4°	+18,75°	+12,5°	+12,75°
Kochsalz	25,5625	23,4733	24,6648	10,284	7,487	17,718	6,3388	7,43377	23,293	25,492
Schwefelsaure Kalkerde . . .	0,4374	0,5080	0,3406	0,284	0,568	0,466	0,2228	0,18059	0,369	0,261
Schwefelsaures Natron . . .	—	—	—	0,153	0,064	—	—	—	0,371	0,595
Schwefelsaure Magnesia . .	0,0280	—	0,2455	—	—	—	—	—	—	—
Schwefelsaures Kali . . .	—	—	0,0381	0,148	0,083	—	—	—	—	—
Schwefelsaure Thonerde . .	—	—	—	—	0,003	—	—	—	—	—
Chlorkalzium	—	—	—	—	—	0,134	0,1479	0,23156	—	—
Chlormagnesium	—	—	0,1271	0,170	0,167	0,406	0,1181	0,09283	—	—
Chlorkalium	—	—	—	—	—	0,166	—	—	—	—
Brommagnesium	—	—	Spur	—	—	—	—	—	Spuren	
Kohlensaure Kalkerde	0,0100	0,0162	0,0072	0,049	0,013	—	0,1013	0,09686	} 0,042	0,085
Kohlensaure Magnesia . . .	—	—	Spur	0,006	0,002	—	}	}		
Kohlensaures Eisenoxydul .	—	—	0,0015	0,003	0,001	—	0,0003	0,00161	—	—
Kieselerde	—	—	0.0029	0,002	0,002	—			—	—
Organische Substanz	—	—	Spur	0,001	—	—	—	—	—	—
Rohsalz od. feste Bestandtheile	26,0379	23,9975	25,4277	11,100	8,390	18,890	6,9292	8,03722	24,075	26,383
Wasser	73,9621	76,0025	74,5723	88,900	91,610	81,110	93,0708	91,96278	75,925	73,617
Summe	100	100	100	100	100	100	100	100	100	100

Nach einigen älteren Analysen, von denen die von Mettenheimer und Prestinary vor der Entdeckung des Broms angestellt sind, sollen in 7680 Theilen Kreuznacher Mutterlauge enthalten sein:

	Mettenheimer.	Prestinary.	Riecker.
Chlornatrium	—	127,2	324,3
Bromnatrium . . .	—	—	84,4
Jodnatrium	5,9	26,8	20,8
Chlorkalium	8,3	40,8	110,0
Chlorkalzium . . .	1995,2	1691,0	1716,5
Chlormagnesium . .	297,6	365,6	247,3
Chloraluminium . .	—	68,2	7,9
Manganchlorür . . .	—	32,2	—
Schwefelsaures Natron	—	—	1,7
Wasser	5373,0	5328,2	5167,1
	7680	7680	7680

Die von Fehling vorgenommene Analyse der Kreuznacher Mutterlauge von 1,3176 spezifischen Gewichts bei + 18,75° lieferte folgende Resultate:

100 Theile dieser Mutterlauge enthielten:

Chlornatrium	0,3891
Bromnatrium	0,6890
Chlorkalium	2,3833
Chlorkalzium	25,7026
Chlormagnesium . . .	3,7579
Eisenchlorid	0,0090
Salze	32,9309
Wasser	67,0691
	100

Auch in sämmtlichen Mutterlaugen der württembergischen Salinen war reichlich Brom vorhanden, doch konnte in keiner derselben eine Spur Jod nachgewiesen werden.

b) Künstliche Soolen.

Die Darstellung der Salzsoolen zum Zweck der Siedesalzbereitung erfolgt entweder durch Auflösung des bergmännisch gewonnenen Steinsalzes oder durch Einführung von Wasser in bergmännisch ausgerichtete Räume des Steinsalzgebirges (Sinkwerksbau).

Mit den Steinsalzbergwerken ist häufig ein Salinbetrieb verbunden, damit die unverkäuflichen unreinen Steinsalzpartien nebst dem abfallenden Grubenklein bei der Darstellung der Siedesoole verwerthet werden können. Die Auflösung geschieht kalt in kleineren oder größeren Bassins, und es muß bei einer zweckmäßig gehaltenen Disposition der Vorrichtungen vor allem eine für die Auflösungstemperatur möglichst gesättigte Soole erzeugt werden; außerdem die zeitweilige Reinigung der Auflösebassins ohne Verlust und große Störung der Arbeiten zu bewirken sein. Je näher die Salzlösungen dem Sättigungspunkte kommen, desto mehr wird deren Auflösungskapazität vermindert, weßhalb zur Herstellung eines rationellen, produktiven Betriebes die Sättigung der zur Verwendung kommenden Grubensoolen, oder des Wassers, stufenweise vorzunehmen ist und der erste, kräftigste Angriff von den ferneren Sättigungsperioden getrennt bleiben muß; nicht nur um die größte Leistungsfähigkeit zu erlangen, sondern auch um den Konzentrationspunkt der abfließenden Soole in der Hand zu behalten. Es dürfte beispielsweise sich empfehlen, daß das hölzerne, ungefähr 2 Meter hohe Auflösungsbassin eine entsprechende Länge erhält, um durch zwei Scheidewände drei wasserdichte Abtheilungen herstellen zu können, deren einzelne Längen zur Breite sich wie 1,5 : 1 verhalten. An der zugänglichen Langseite des Bassins kommen in die Ecken der ersten beiden Abtheilungen, welche die schwächere und stärkere Mittelsoole zu liefern bestimmt sind, an jede der beiden Scheidewände 0,20 Meter weite gußeiserne Röhren von der Höhe des Bassins zu stehen, welche unten mit einem hinlänglich durchbrochenen Korbe und oben, 0,35 Meter unter der Oberkante des Bassins, mit einem seitlichen Ansatzrohre von 0,20 Meter Länge, das mittelst Flantsche an eine korrespondirende Oeffnung der Scheidewand gedichtet wird, versehen sind. Durch diese beiden Röhren sollen die Salzlösungen nach der folgenden Abtheilung treten, und dieselben erhalten in ihrem unteren Theile oberhalb des Korbes ein Kegelventil, welches an einer Stange mit aufgesteckter Kurbel beliebig geöffnet und geschlossen werden kann. Die Stangen sind deshalb durch einen quer über das obere offene Ende der Röhren gelegten Steg geführt und werden mittelst eines im Stege laufenden Schraubengewindes bewegt. Am äußersten Ende der dritten Abtheilung des Auflösebassins wird endlich oberhalb des Bodens ein

Hahn mit hinlänglich großer Durchlaßöffnung für den Abfluß der gesättigten Soole angebracht. Beim Betriebe werden die Böden mit einem Roste und verloren darauf gelegten Mauerziegeln bis über den Korb der Steigröhren bedeckt, und die Bassins mit dem aufzulösenden Salze gefüllt. Aus der ersten vollgehaltenen Abtheilung läßt man die am Boden stehende schwerere Soole durch Oeffnung des Ventils im ersten Steigrohre möglichst hoch auf das Salz der zweiten Abtheilung treten, von hier in gleicher Weise auf das Salz der dritten, um endlich durch den in der dritten Abtheilung angebrachten Abflußhahn die gesättigte Soole nach den Bassins ablaufen zu lassen. Man begreift leicht, wie die einzelnen Auflösebassins sämmtlich mit Ablaßhähnen und durch Steigröhren derartig zu verbinden sind, um während der Reinigung einer Abtheilung mit zwei Abtheilungen fortarbeiten zu können.

In Holland und Belgien wird, neben englischem Steinsalze, spanisches und portugiesisches Meersalz der Raffinirung zu Speisesalz unterworfen. Die an den Küsten gelegenen Salzsiedereien bedienen sich bei Auflösung des Salzes zur Darstellung der Siedesoole des Meerwassers. Das in diesen Raffinerien aus dem Meersalze gewonnene Produkt (salt upon salt der Engländer) wird besonders geschätzt und beim Einsalzen der Häringe jedem anderen Salze vorgezogen.

Die in massenhafter und inniger Vermengung mit Thon, Mergeln und Gyps vorkommenden Steinsalzgebilde, welche früher als Salzthon und Haselgebirge beschrieben wurden, gestatten keine bergmännische Förderung, sondern das Salz dieser Lager kann lediglich durch Auslaugung auf der Lagerstätte mit Vortheil gewonnen werden. Beim Abbau der Salzberge des baierischen und österreichischen Salzkammerguts wird die Lagerstätte mit Stollen und Strecken aufgeschlossen und durch übereinander liegende Stollen in mehrere Etagen (Berge) getheilt. In diesen Bergen richtet man die Werksanlagen, oder die nöthigen Räume für die Aufnahme des Wassers zur Erzeugung der Soole, vor. Die in Betrieb genommenen Werksanlagen werden alsdann Sinkwerke, deren seitliche Begrenzungen Ulmen, und deren Decken Himmel genannt. Nachdem von der Ebensohle des nächst höher gelegenen Berges die Speisung mit Wasser erfolgt ist, sucht man die erste Einwirkung desselben für die planmäßige Erweiterung der Ulmen zu benutzen, um später durch weitere Füllung der Räume mit Wasser den Angriff desselben auf den Himmel des Werks zu übertragen. Die des Salzes beraubten tauben Gebirgsmassen (Laist) fallen auf den Boden des Sinkwerks hinab, und dieses rückt dadurch so lange aufwärts, bis die gesammte eingeschlossene Soolmenge mit Salz gesättigt ist. Die Soole wird alsdann nach den Siedeanstalten der Salinen abgelassen und das Sinkwerk von Neuem gefüllt. Sollte dasselbe, dem Plane zuwider, zu hoch oder zu niedrig geworden sein, so wird vor der neuen Füllung die beabsichtigte Höhe durch Einbringung oder Entfernung von Laist wieder hergestellt. Die Erweiterung der Ulmen begrenzt man durch Thonverschläge, und der Betrieb des Sinkwerks hört auf, wenn der Himmel desselben die Sohle der folgenden Bergdicke erreicht hat.

c) Soolleitungen und Soolbehälter.

Die zum Fortleiten der Soolen dienenden Röhrenstrecken erhalten oftmals beträchtliche Längen und werden alsdann zu kostspieligen Anlagen, deren Herstellung mit Sorgfalt geschehen muß. Diejenigen Salinen, welche reiche Soolen aus Brunnen oder Bohrlöchern versieden, bedürfen selten langer Soolleitungen, indem die geförderte Soole sogleich nach den Vorrathsbehältern geleitet wird, von welchen eine zweite Röhrentour ausgeht, um mittelst entsprechender Abzweigungen die Speisung der Siedepfannen zu gestatten. Längere Röhrenstrecken gebrauchen dagegen jene Salinen, deren Betriebe auf Sinkwerksoolen oder auf vorangehende Gradirung salzarmer Quellsoolen angewiesen sind. Ein planmäßiges, gut durchdachtes Röhrensystem, welches die durch die Leitungen beabsichtigten Zwecke in der einfachsten Weise erreichen läßt, kann alsdann nicht nur zur Verminderung der Anlagekosten, sondern auch zur erleichterten Handhabung des Gradirungsbetriebes wesentlich beitragen. Soolleitungen von erheblicher Länge können außerdem bei Errichtung eines Salinbetriebes in Frage kommen, wenn Gründe vorliegen, welche die Versiedung in größerer Entfernung von den Quellen oder den Erzeugungsorten der Soolen vortheilhafter erscheinen lassen; mögen dieselben durch leichtere Beschaffung des zur Versiedung benöthigten Brennstoffbedarfs, oder durch billigere Verladung des fabrizirten Salzes, oder durch Arbeitsverhältnisse bedingt sein. Ein merkwürdiges Beispiel bietet die berühmte Soolenleitung des Königreichs

Baiern, welche die vier bedeutendsten Salinen dieses Landes: Frauenreith bei Berchtesgaden, Reichenhall, Traunstein und Rosenheim, mit den reichen Sinkwerkssoolen des Berchtesgadener Salzberges versorgt. Die aus den Berchtesgadener Sinkwerken nach Reichenhall gelangende Soole wird von hier, in Vermischung mit der Quellsoole dieser Saline von 23 Prozent Rohsalzgehalt, nach Traunstein und Rosenheim geleitet.

Die Veranlassung zur Errichtung der dortigen Siedeanstalten wurde durch die günstige Lage dieser beiden Orte gegeben, welche sowohl hinsichtlich der Beschaffung des Brennmaterials, als auch für die Versendung des Salzes wesentliche Vorzüge darbot. Die ganze Länge der Soolleitung von Berchtesgaden bis Rosenheim beträgt 103,7 Kilometer oder 14 deutsche Meilen bei etwa 0,10 Meter Weite der Durchflußöffnung. Mit Ausnahme der gußeisernen Steigröhren für die Hebungsmaschinen sind zur Anlage dieser bedeutenden Soolleitung Holzröhren verwandt worden. Die Soole muß im Ganzen zwölfmal in Reservoirs gehoben werden, zu welchem Zwecke 8 Wassersäulenmaschinen und 4 Radkünste vorhanden sind. Die größte der Wassersäulenmaschinen steht zu Illsank, welche bei 108,7 Meter Gefällshöhe des Aufschlagwassers die Soole nach den 358,6 Meter höher auf dem Söldenköpfel gelegenen Reservoirs hinausdrückt, und es beträgt die gesammte Förderhöhe der Soole, welche von den einzelnen Hebungsmaschinen verrichtet werden muß, 953 Meter.

Das Material, aus welchem die Soolleitungsröhren hergestellt werden, ist entweder Holz oder Gußeisen.

Hölzerne Soolleitungen. — Wenngleich hölzerne Röhren zur Anlage von Wasserleitungen, wegen ihrer geringen Dauerhaftigkeit, sich wenig empfehlen, so zeigen dieselben in der Anwendung zu Soolleitungen eine außerordentlich lange Dauer, indem die in die Poren der Holzmasse eindringende Kochsalzlösung diese vor der Zerstörung durch Fäulniß vollkommen bewahrt. Unterirdische hölzerne Soolenleitungen haben länger als 60 Jahre hindurch vollkommen gesund sich erhalten, und es dürfte das Holz in dieser Verwendung das Gußeisen an Dauerhaftigkeit vielleicht übertreffen, mindestens demselben nicht nachstehen. Am zweckmäßigsten werden die Röhrenstrecken unterirdisch, entweder mit Erde bedeckt, oder in feuchten, gegen Luftzug geschützten Kanälen fortgeführt, weil freiliegend und dem Wechsel der Witterung ausgesetzt, die in die Holzsubstanz eindringende Soole zunächst der Oberfläche der Röhren verdunstet und das abgeschiedene Salz die Holzfaser sprengt. Es erfolgt dadurch eine blättrige Ablösung der Stämme, aus denen die Röhren hergestellt wurden, nach dem Laufe der Jahrringe. Auch können bei Leitungen salzarmer Soolen Trockenrisse entstehen, die das Unbrauchbarwerden der Röhren noch schneller herbeiführen.

Für die Herstellung der hölzernen Röhren werden schlank gewachsene Baumstämme, meistens von Nadelhölzern (Pinus sylvestris, P. abies, P. larix) verwandt, welche mittelst der Hand oder durch Maschinenkraft ausgebohrt werden. Die Stämme, deren Durchmesser etwa 0,40 Meter am Stammende und 0,30 Meter am Zopfende beträgt, behalten gemeiniglich eine Länge von 6 bis 8 Meter. Die mittlere Stärke der Bohrhölzer gestattet keine größere Weite der Bohrung als 0,10 Meter da die Wandungen hinlänglich stark bleiben müssen, um dem Drucke, den die Soolleitungsröhren in den gewöhnlichen Fällen ausgesetzt sind, mit genügender Sicherheit widerstehen zu können. Sollte daher eine Durchflußöffnung von 0,10 Meter für die durchzulassende Soolmenge nicht genügen, so müssen doppelte Leitungen gelegt werden, was jedoch selten vorkommen dürfte, zumal bei der Soolförderung durch die Hebungsvorrichtungen, eine genügende Fallhöhe zu erlangen steht, um mit Hülfe vergrößerter Durchflußgeschwindigkeit die benöthigten Soolmengen zu erreichen. Die ausgebohrten Hölzer werden in Abständen von 3 bis höchstens 4 Meter mit eisernen, warm aufgetriebenen Bändern verstärkt und dadurch gegen Zerbersten gesichert.

Hinsichtlich der Unterhaltungskosten hölzerner Soolenleitungen möge hier bemerkt werden, daß beispielsweise ein Röhrennetz von zusammen 1250 Meter Länge, bei 0,10 Meter Bohrweite und einer Druckhöhe von 16 Meter für eine Soole von 25,5 % Rohsalzgehalt im Durchschnitt, nicht mehr als 10 Thaler an jährlichen Unterhaltungskosten verursacht, obgleich die Leitung zum größten Theile über 60 Jahre alt ist.

Es sind mehrere Methoden im Gebrauch, um die einzelnen Holzröhren mit einander zu verbinden. Die gebräuchlichsten und zweckmäßigsten Verbindungen werden durch Bleibüchsen, eiserne Büchsen oder durch Spitzen hergestellt. Die Bleibüchsen erhalten eine mit der

Bohrung der Hölzer korrespondirende Weite und 0,25 bis 0,30 Meter Länge. An beiden Enden haben dieselben große Flantschen, welche nach der äußern Peripherie hin durch Hämmern allmählich ausgestreckt und verschwächt sind. Diese Kränze oder Blätter werden alsdann mit breitköpfigen Nägeln, deren Köpfe auf der untern Seite mittelst des Nageleisens eine rautenförmige Rippung beim Abschmieden erhalten haben, an die Hirnenden der Holzröhren genagelt, wobei zur bessern Dichtung der Stöße zwischen das Holz und das anzunagelnde Blei ein doppelter Ring von, mit geschmolzenem Talg getränkter, grober Leinwand gelegt wird. — Bei Verwendung eiserner Büchsen werden die mit einander zu verbindenden Röhrenenden vorher geebnet. Die Büchsen von 0,14—0,16 Meter Länge laufen nach beiden Enden durch Verschwächung der Wandstärken in einseitig schneidenartige Abschärfungen aus, um die Eintreibung in das Holz zu gestatten. Der lichte Durchmesser derselben wird 0,04 bis 0,05 Meter größer als die Bohrweite der Hölzer genommen und ein in der Mitte befindlicher ringförmiger Ansatz bezweckt, daß die Eintreibung in jedes Bohrholz gleichmäßig bis zur Hälfte erfolgen kann. Nachdem die Büchse in die Rohrenden bis fast an den mittleren Ring, durch vor Hirn der letzten Röhre geführte Schläge, eingetrieben, wird der noch freie Theil mit Hanfschnüren und Kitt umwickelt, um danach die Büchse vollends einzutreiben. Sollen die einzelnen Holzröhren mittelst Spitzen unter einander verbunden werden, so sind die Zopfenden der gebohrten Stämme als schlanke Spitzen zu bearbeiten, die Stammenden dagegen werden aufgeräumt, und durch einen warm aufgetriebenen eisernen Ring verstärkt. Die mit gefettetem Hanf umwickelten Spitzen werden sodann in diese, ihrer Form entsprechenden, Erweiterungen fest eingetrieben.

Ein Auswässern der Bohrhölzer vor dem Gebrauche ist vollständig überflüssig, wenn die Röhren sofort zur Verwendung gelangen; dagegen ist es zweckmäßig, die Stämme bald nach der Fällung auszubohren und die Reserveröhren, um solche gegen Risse zu sichern, in den Vorrathsbehältern der Soole aufzubewahren.

Da die unterirdischen Soolleitungen selten tiefer als 1 Meter gelegt werden, so vermeidet man, Büchsen oder Stöße der Leitungen unter eine Fahrbahn zu legen, oder wenn solches nicht zu umgehen ist, müssen dieselben, bei Unterlassung der Anlage eines Kanals, mittelst auf Steinen ruhender Ueberdeckungen gegen Beschädigungen durch Lastfuhrwerk gesichert werden.

Gußeiserne Röhren. — Die gußeisernen Röhren bieten den Vortheil, daß dieselben von jedem beliebigen Kaliber und für jeden Druck hergestellt werden können. Ihre Legung ist einfach, die Dichtung leicht und sicher, und bei Richtungsveränderungen der Leitung können, zur Verminderung der Durchflußwiderstände, sanftere Krümmungen als bei den Holzröhren hergestellt werden. Es kommen entweder Muffen- oder Flantschenrohre in Anwendung und es ist zweckmäßig, daß die gegossenen Röhren sowohl innen als außen mit Gastheer heiß überzogen sind. Zur Dichtung der Muffenröhren werden die Muffe etwa zur Hälfte ihrer Länge mit getheertem Werg aus ausgezupften Tauen oder mit losem getheertem Hanfgarn kalfatert, worauf der frei gebliebene vordere Theil des Muffes unter Hülfe eines angelegten Lehmwulstes mit Blei vergossen wird, um sodann durch paßliches Stemmzeug sorgfältig gedichtet zu werden. Für Flantschenröhren genügt es, zwischen die abgedrehten und mit kreisförmigen Furchen versehenen Flantschen vor Verschraubung derselben eine geölte, mit weichem Mennigbrei bestrichene Pappscheibe zu legen. Bei gußeisernen Leitungen erhalten die Röhren in Entfernungen von 1,5—2 Meter einen flach gelegten Mauerstein als Unterlage.

Von den örtlichen Preisen wird es abhängen müssen, welches Material zur Herstellung der Soolleitungen am vortheilhaftesten verwandt werden kann. Wie bei allen Röhrenleitungen, welche zum Fortleiten von Flüssigkeiten dienen, muß auch hier dafür Sorge getragen werden, daß eine stetige Ansteigung der Röhrenstrecken nach einer Richtung hin Statt hat; und ist das wechselnde Steigen und Fallen derselben nicht zu vermeiden, so sind an solchen sattelförmig gehobenen Stellen Luftstöcke anzubringen, um etwaige Ansammlungen von Luft, die den Durchfluß unterbrechen, aus der Leitung entweichen zu lassen. Die Luftstöcke bilden stehende, oben offene und mit der Leitung in Verbindung gesetzte Röhren, denen eine von der Fallhöhe des Sooldurchflusses abhängige Höhe gegeben wird.

Behuf Legung einer projektirten Röhrenfahrt kann bei den Ausrichtungsarbeiten folgendes Verfahren in Anwendung gebracht werden: Nachdem die Biegungen, welche die Leitung nach dem Streichen (grundrißlich) und nach dem Ansteigen (profilrißlich) erhalten soll, festgestellt sind, werden an den Endpunkten der Streichungslinien, aus drei Lattenstücken gebildete, leichte Joche errichtet, wobei die Fußlatten hinlänglichen Abstand erhalten, um den zur Aufnahme der Röhren herzustellenden Graben zwischen denselben ausheben zu können. Ist das beabsichtigte Niveau der Röhrenaxe für diese Endpunkte ermittelt, so werden die Querlatten der Joche, deren Oberkanten linienrecht bearbeitet sind, in einem beliebigen aber gleichmäßigen Abstande von der Röhrenaxe, wagrecht an die Fußlatten genagelt. Die gewählte Streichungslinie wird nach den zuvor gestellten Richtstangen mittelst aufgesteckter Nägel abvisirt und durch leichte Sägeneinschnitte auf den Querlatten angezeichnet. Eine in dieser Richtung über den Querlatten angebrachte, straff gespannte Schnur läuft demnach parallel mit der zentrischen Röhrenaxe und bildet bei gleichweiten und gleichwandigen Röhren auch eine Parallele zu deren äußerer Längencontour, so daß unter Innehaltung gleichmäßiger Abstände von der Schnur und Anwendung des Senkloths die Röhrenfahrt sicher und leicht nach der beabsichtigten Lage hergerichtet werden kann. Bei großen Distanzen müssen zwischen den Jochen zweier Endpunkte ähnliche Böcke in Entfernungen von 20 bis 30 Meter einstrichsweise vorgerichtet werden, um die Schnur straff spannen zu können. Es sind jedoch stets nur wenige Böcke erforderlich, weil dieselben zwischen jenen, welche auf den Endpunkten der Streichungslinien errichtet wurden, je nach dem Fortschreiten der Arbeiten versetzt werden können.

Soolbehälter. — Die Salinen müssen behuf Sicherstellung eines geregelten Betriebes mit Vorrathsbehältern für die zu verarbeitenden Soolen versehen sein. Die Größe des Inhalts und die Zahl der benöthigten Soolbehälter ist von der Beschaffenheit und dem Umfange eines Salinenbetriebes abhängig. Ein Betrieb, welcher salzarme Soolen zu verarbeiten hat, die vor dem Versieden im Salzgehalte veredelt werden müssen, beansprucht, bei gleichgroßer Salzproduktion, Sammelbehälter von beträchtlich größeren Rauminhalten, als der Betrieb derjenigen Salinen, welche, im Besitz fast gesättigter, also direkt siedewürdiger Soolen, der Gradirungsarbeit überhoben sind. Während im letztern Falle die Reservoirs nur dasjenige Soolquantum zu fassen brauchen, welches zur geregelten Versorgung des

Siedebetriebes ausreicht, sobald durch eintretende Reparaturen an den Pumpen oder den Bewegungsmaschinen die Soolförderung kurze Unterbrechungen erleidet, müssen die auf den Gradirungsbetrieb verwiesenen Salinen soweit als thunlich darauf bedacht sein, mit Vorräthen an Siedesoole für den großen Zeitabschnitt des Jahres sich zu versehen, während dessen die Gradirung durch Witterungsverhältnisse unterbrochen wird.

Die reichen Soolquellen zeigen nicht selten, in Folge eines Gehalts an freier Kohlensäure, in Lösung befindliche Beimischungen von kohlensaurem Eisenoxydul und doppelt kohlensauren Erden, wobei der größte Theil des Eisengehalts in den Soolbehältern als gelber Schlamm abgeschieden wird, da die freie Kohlensäure, welche die Lösung bewirkte, sehr rasch aus der Soole entweicht. Um zu verhüten, daß dieser Schlamm durch die von den Soolbehältern ausgehenden Soolröhrenleitungen in die Siedepfannen gelange und zur gelblichen Färbung des Salzes Veranlassung gebe, ist von Zeit zu Zeit dessen Entfernung erforderlich. Der abgelagerte gelbe Schlamm bildet kein reines Eisenoxydhydrat, hervorgegangen aus der rasch eintretenden Oxydation des Eisenoxyduls unter Verlust der Kohlensäure, sondern es besteht derselbe nach mehrfachen Untersuchungen oftmals zum größten Theil aus Eisenoxydsilikat, welches bei der Auflösung in Salzsäure zu einer steifen Gallerte gesteht und nur geringe Beimengungen von Kalk und Talkerde zeigt.

Die Salinen mit reichen Soolen werden, nach Obigem, am wenigsten großer Soolbehälter bedürfen und sind außerdem nicht, wie es die Gradirung salzarmer Soolen erfordert, auf getrennte Aufbewahrung mehrerer, dem Salzgehalte nach verschiedener Soolen angewiesen. Dennoch sorgt man zweckmäßig für mindestens zwei Räume oder zwei Bassins, damit in diejenige Abtheilung oder dasjenige Bassin, dessen Verschlußhahn geöffnet und mit der Soolleitung zur Speisung der Siedepfannen in Verbindung gebracht ist, nicht gleichzeitig die geförderte Soole einläuft. Solche Salinen werden mit seltenen Ausnahmen ihre Soolbassins stets oberhalb der Erde aufzuführen haben und die Bassins hoch genug legen, damit dieselben nach den Siedepfannen ablaufen können.

Die ausgedehnten Soolreservoirs für den Gradirungsbetrieb sind wesentliche Bestandtheile der Gradirhäuser, deren Grundbau sie bilden.

Diese Reservoirs, auch Soolschiffe genannt, welche die in den Gradirungswänden herabfallende Soole aufnehmen, sind mit den darüber errichteten Dornenwänden von gleicher Länge, und es sind dieselben, wenngleich nur flach gehalten, zur Verminderung der Höhe der Gradirgebäude entweder ganz in die Erde gelegt (Erdreservoirs) oder sie stehen zu einem Theile ihrer Höhe oberhalb der Erde, und es wird der über der Bodenoberfläche hervorragende Theil mit einem dossirten Erdkörper umgeben. Die zweckmäßigste und billigste Konstruktionsweise sowohl für die freistehenden, als die in die Erde gelegten Soolreservoirs geschieht unter Anwendung guten Kiefernholzes. Bei den freistehenden Reservoirs wird eine von der Breite, welche das Bassin erhalten soll, abhängige Anzahl Schwellhölzer oder Unterzüge, die durch massive Pfeiler oder Ständerwerk getragen werden, der Länge nach angeordnet und eine Balkenlage aufgekämmt. Die tannenen Bohlen, welche selbst für flache Bassins nicht unter 0,05 Meter Stärke haben dürfen, müssen trocken und weder astreich noch rissig sein. Die an den Stößen mit Sorgfalt winkelig bearbeiteten Bohlen werden stumpf, ohn jede Federung, zusammengetrieben und genagelt. Die Seitenwände treten vor den Bohlen des Bodens hinab auf die Balkenlage und sind, durch in die Balkenköpfe gezapfte Pfosten von der Höhe des Bassins, gehalten. Auf diesen Pfosten ruht eine zweite Balkenlage, deren Abstand von der unteren die Bassinhöhe bildet. Zur Anbringung des Ständerwerks, welches innerhalb des Bassins die Unterzüge dieser obern Balkenlage, auf der die Bedachung errichtet wird, stützt, werden auf dem Boden des Bassins Schwellen befestigt, um die Einzapfung der Ständer ohne Nachtheil zu gestatten. Durch Streben und Bänder wird das Holzgerüst vor Verschiebung gesichert. Nachdem das Bassin in Zimmerung fertig ist, müssen alle Fugen und Stöße der stumpf vor einander liegenden Bohlen sorgfältig kalfatert werden. Zu diesem Zwecke treibt man mit einem stumpfen breiten Eisen, durch genaues Einsetzen desselben in die Fugen, eine Rille vor, in welche, nachdem dieselbe getheert worden, lose Schnüre trocknen getheerten Hanfes mittelst eines, für die Eckfugen gekröpften, Dichteisens, fest eingetrieben werden. Schließlich müssen die so gedichteten Fugen unter Anwendung eines heißen Bügeleisens mit Pech übersetzt werden.

Wenn durch weit gelegte Balkenlagen die Pfosten, an welche

die Bohlen der Seitenwände genagelt sind, mehr als 1,25 Meter von einander entfernt bleiben, so wird zweckmäßig in der Mitte eines jeden Wandfachs noch eine Bohlenleiste angenagelt, um beim Kalfatern der innern Bassinflächen diese nicht auseinander zu treiben.

Die hölzernen Erdreservoirs werden in ähnlicher Weise hergestellt. Dienen dieselben für die Gradirung, so kommen auf die obere Balkenlage, statt des Dachstuhls der hochstehenden Bassins für reiche Soolen, die Gradirwände zu stehen, und der davon nicht beanspruchte Theil wird mit leichten hölzernen Pritschen bedacht.

Wenngleich bei gut kalfaterten und mit Sorgfalt hergestellten Soolbassins Undichtigkeiten, auch im Laufe der Zeit, nicht vorkommen, so müssen die in die Erde gelegten Reservoirs dennoch mit einer Schicht fetten Thones vollständig umstampft werden, damit etwaigen Undichtigkeiten, die bei diesen Bassins schwieriger aufzufinden sind, um so sicherer vorgebeugt werde. Die Bassins für reichhaltige oder gesättigte Soolen bedürfen, außer dem Dache, keines weiteren die Seitenwände schützenden Umbaues, da im kontinuirlichen Betriebe die Einwirkung des Frostes der Soole nicht nachtheilig wird. Ein seitlicher Schutz der Bassins kann dagegen nicht umgangen werden, wenn der wiederkehrende Zufluß von Quellsoole unzureichend ist, um bei anhaltendem Froste einer bedeutenden Temperaturerniedrigung der in den Behältern aufbewahrten Soole zu begegnen; denn solchen Falls kann durch Umsetzungen der dem Kochsalze beigemengten fremden Salze die Abscheidung von Salzverbindungen erfolgen, worunter die Soggefähigkeit der Soole, d. h. die gute und körnige Ausscheidung des Salzes beim Versieden der Soole, beeinträchtigt werden müßte. — Die von den Soolbehältern ausgehenden Röhrenleitungen müssen einige Centimeter oberhalb des Bodens angebracht werden und unmittelbar vor dem Bassin mit Verschlußhähnen versehen sein.

Die Herstellung gemauerter Soolbehälter ist, bei der zerstörenden Einwirkung der Salzlösungen auf den Mörtel und die meisten Mauermaterialien überhaupt, nur dann zu empfehlen, wenn das Terrain, in welchem sie aufgeführt werden, eine an und für sich undurchdringliche Thonlage bildet.

d) Messung oder Kubizirung der Soolen.

Die Kenntniß der in Arbeit genommenen Soolmengen ist behuf Führung eines rationellen Salinbetriebes jederzeit wichtig, um durch

Vergleichung der in diesen Soolmengen enthaltenen Salzquantitäten mit den daraus gewonnenen Kochsalzmengen und Siedeabfällen den Effekt der Betriebsanstalten beurtheilen zu können. Diese Kontrole darf namentlich bei den zu gradirenden Soolen niemals außer Acht gelassen werden; nicht nur zur Ermittelung des Effekts der Gradirung, sondern auch weil die so dargestellte Siedesoole nicht unbeträchtliche Kosten verursacht, muß es um so wichtiger sein, über etwaige vermeidbare Verluste, in Folge mangelhafter Zustände der Betriebseinrichtungen, sich Rechenschaft geben zu können.

Zur Bestimmung des von einem Salinbetriebe verarbeiteten Volumens Soole können verschiedene Mittel in Anwendung gebracht werden: z. B.

1) Berechnung des Fördereffekts der Soolpumpen unter Anwendung von Hubzählern;
2) Meßkästen von einem bestimmten Rauminhalte, die selbstthätig abwechselnd sich füllen und entleeren und mit einem Zählapparate versehen sind;
3) der bekannte Rauminhalt der Soolbehälter;
4) der bekannte Rauminhalt der Siedepfannen, wenn die Weise des Siedebetriebes die Anwendung dieses Mittels gestattet.

e) Bestimmung des Salzgehalts und physikalische Eigenschaften der Kochsalzsoolen.

Es wurde schon früher erwähnt, daß das Kochsalz in seinen Auflösungen als natürliche Soolen von fremden Salzen in wechselnden Mengen verunreinigt ist. Die Summe der aufgelösten festen Bestandtheile einer Soole wird deren Rohsalzgehalt genannt. Es ist für den Salinbetrieb von ganz besonderer Wichtigkeit, den Salzgehalt der Soolen rasch und sicher ermitteln zu können, und es werden verschiedene Ausdrücke gebraucht, um den Salzgehalt der Soolen zu bezeichnen. Man drückt denselben aus, nach Prozenten oder Löthigkeit, nach Grädigkeit und nach Pfündigkeit. Mit Prozentgehalt oder Löthigkeit bezeichnet man die Gewichtstheile Salz, welche in 100 Gewichtstheilen Soole enthalten sind. Eine 23prozentige oder 23löthige Soole enthält demnach in 100 Gewichtstheilen 23 Gewichtstheile Salz. — Unter Grädigkeit versteht man die Gewichtstheile Wasser, welche mit einem Gewichtstheile

Salz in der Soole vorhanden sind. In 9grädiger Soole ist demnach 1 Theil Salz durch 9 Theile Wasser; in 2,98 grädiger Soole 1 Theil Salz durch 2,98 Theile Wasser in Auflösung vorhanden. — Als **Pfündigkeit** wird das Gewicht des Salzes nach Pfunden ausgedrückt, welches in einem Kubikfuß Soole enthalten ist.

Die tabellarische Zusammenstellung der Gewichtswerthe von Kochsalz, welche in einem bestimmten, den vorkommenden Berechnungen als Kubikeinheit bleibend zu Grunde gelegten, Volumen Soole enthalten sind, erleichtert wesentlich die Uebersicht des Betriebes. Es werden jedoch in Folge des in Deutschland noch immer vorhandenen Mangels eines einheitlichen Maßes und Gewichtes in jedem Staate besondere Pfündigkeitstabellen berechnet werden müssen. Die rascheste und fast ausschließlich angewandte Methode, um den Salzgehalt der Soolen zu erfahren, ist die Ermittelung desselben aus ihrem spezifischen Gewichte. Das spezifische Gewicht des Wassers erfährt eine Zunahme, wenn Salze oder Körper, die größere Dichtigkeit als das Wasser besitzen, in demselben aufgelöst werden, und es ist die Einwirkung auf das spezifische Gewicht, welche das Kochsalz beim Auflösen in Wasser ausübt, zu öfteren Malen, als solches mit irgend einem anderen Salze der Fall gewesen, durch sorgfältige und umfassende Arbeiten ermittelt worden. Es sind aus diesen Arbeiten die Sooltabellen von J. A. **Bischof**, G. **Karsten**, **Buchholz** u. A hervorgegangen, in denen die spezifischen Gewichte der Kochsalzsoolen aller Konzentrationsgrade unter Angabe ihres entsprechenden Salzgehalts in übersichtlich tabellarischer Form zusammengestellt sind. Es bedarf daher nur der Ermittelung des spezifischen Gewichts einer Soole, um mit Hülfe dieser Sooltabellen ihren Salzgehalt nach Prozenten ersehen zu können; jedoch muß bei Beobachtung der spezifischen Gewichte, um den Salzgehalt aus den Sooltafeln unmittelbar zu erfahren, auf die Temperatur Rücksicht genommen werden, die bei ihrer Entwerfung für das Wasser als Einheit zum Grunde gelegt wurde; denn die spezifische Schwere oder die Dichtigkeit eines Körpers wird in demselben Verhältniß geringer, als sein Volumen durch die von der Wärme bewirkte Ausdehnung sich vergrößert. Die meisten Sooltafeln sind für die Temperatur von 15° R. = 18,75° C. berechnet. Nur G. **Karsten** hat bei seinen werthvollen Untersuchungen über das Verhalten der Auflösungen des Kochsalzes in Wasser den

Berechnungen der Sooltabellen das Wasser im Zustande der größten Dichtigkeit bei + 4° C. zur Einheit angenommen. Diese Tabellen sind für den Gebrauch der Salinisten berechnet und enthalten die spezifischen Gewichte der Kochsalzsoolen mit 0,1 Prozent Salzgehalt steigend bis zu 29,4 Prozent, als dem höchsten erreichbaren Sättigungsgrade, welcher mit der Temperatur von + 108° C. zusammenfällt. Die nachstehende Tabelle ist ein Auszug der von G. Karsten entworfenen Sooltafeln.

Tabelle

der spezifischen Gewichte von Kochsalzsoolen, bei Zunahme von 0,1 % für die Temperaturen von + 4°, + 15° und + 20° Celsius.

(Das spezifische Gewicht des Wassers = 1 bei + 4° C.)

Prozentgehalt	+°C	Spezifisches Gewicht	Prozentgehalt	+°C.	Spezifisches Gewicht	Prozentgehalt	+°C.	Spezifisches Gewicht
0,0	4	1,000000	0,8	4	1,006050	1,6	4	1,012098
„	15	0,999168	„	15	1,004959	„	15	1,010761
„	20	0,998291	„	20	1,003990	„	20	1,009702
0,1	4	1,000756	0,9	4	1,006806	1,7	4	1,012854
„	15	0,999891	„	15	1,005684	„	15	1,011487
„	20	0,999003	„	20	1,004703	„	20	1,010417
0,2	4	1,001512	1,0	4	1,007562	1,8	4	1,013611
„	15	1,000615	„	15	1,006409	„	15	1,012213
„	20	0,999714	„	20	1,005416	„	20	1,011132
0,3	4	1,002269	1,1	4	1,008318	1,9	4	1,014368
„	15	1,001339	„	15	1,007134	„	15	1,012939
„	20	1,000427	„	20	1,006130	„	20	1,011847
0,4	4	1,003025	1 2	4	1,009074	2,0	4	1,015125
„	15	1,002063	„	15	1,007859	„	15	1,013665
„	20	1,001139	„	20	1,006844	„	20	1,012562
0,5	4	1,003781	1,3	4	1,009830	2,1	4	1,015881
„	15	1,002787	„	15	1,008584	„	15	1,014392
„	20	1,001851	„	20	1,007558	„	20	1,013278
0,6	4	1,004537	1,4	4	1,010586	2,2	4	1,016638
„	15	1,003511	„	15	1,009309	„	15	1,015119
„	20	1,002564	„	20	1,008272	„	20	1,013994
0,7	4	1,005294	1,5	4	1,011342	2,3	4	1,017395
„	15	1,004235	„	15	1,010035	„	15	1,015846
„	20	1,003277	„	20	1,008987	„	20	1,014710

Prozentgehalt	+ °C.	Spezifisches Gewicht	Prozentgehalt	+ °C	Spezifisches Gewicht	Prozentgehalt	+ °C.	Spezifisches Gewicht
2,4	4	1,018152	3,7	15	1,026042	5,0	20	1,034137
„	15	1,016573	„	20	1,024761	5,1	4	1,038615
„	20	1,015426	3,8	4	1,028754	„	15	1,036281
2,5	4	1,018909	„	15	1,026772	„	20	1,034861
„	15	1,017300	„	20	1,025480	5,2	4	1,039375
„	20	1,016143	3,9	4	1,029511	„	15	1,037015
2,6	4	1,019666	„	15	1,027502	„	20	1,035585
„	15	1,018027	„	20	1,026199	5,3	4	1,040135
„	20	1,016860	4,0	4	1,030269	„	15	1,037749
2,7	4	1,020423	„	15	1,028232	„	20	1,036309
„	15	1,018755	„	20	1,026919	5,4	4	1,040895
„	20	1,017577	4,1	4	1,031027	„	15	1,038483
2,8	4	1,021180	„	15	1,028963	„	20	1,037034
„	15	1,019483	„	20	1,027640	5,5	4	1,041655
„	20	1,018294	4,2	4	1,031786	„	15	1,039217
2,9	4	1,021937	„	15	1,029694	„	20	1,037759
„	15	1,020211	„	20	1,028361	5,6	4	1,042415
„	20	1,019011	4,3	4	1,032544	„	15	1,039951
3,0	4	1,022694	„	15	1,030425	„	20	1,038484
„	15	1,020939	„	20	1,029083	5,7	4	1,043175
„	20	1,019728	4,4	4	1,033303	„	15	1,040685
3,1	4	1,023451	„	15	1,031156	„	20	1,039209
„	15	1,021668	„	20	1,029805	5,8	4	1,043935
„	20	1,020447	4,5	4	1,034061	„	15	1,041419
3,2	4	1,024209	„	15	1,031887	„	20	1,039934
„	15	1,022397	„	20	1,030527	5,9	4	1,044695
„	20	1,021166	4,6	4	1,034820	„	15	1,042154
3,3	4	1,024966	„	15	1,032619	„	20	1,040659
„	15	1,023126	„	20	1,031249	6,0	4	1,045455
„	20	1,021885	4,7	4	1,035578	„	15	1,042889
3 4	4	1,025724	„	15	1,033351	„	20	1,041384
„	15	1,023855	„	20	1,031971	6,1	4	1,046216
„	20	1,022604	4,8	4	1,036337	„	15	1,043625
3,5	4	1,026481	„	15	1,034083	„	20	1,042111
„	15	1,024584	„	20	1,032693	6,2	4	1,046977
„	20	1,023323	4,9	4	1,037096	„	15	1,044361
3,6	4	1,027239	„	15	1,034815	„	20	1,042839
„	15	1,025313	„	20	1,033415	6,3	4	1,047738
„	20	1,024042	5,0	4	1,037855	„	15	1,045098
3,7	4	1,027996	„	15	1,035547	„	20	1,043567

Prozentgehalt	+ °C.	Spezifisches Gewicht	Prozentgehalt	+ °C.	Spezifisches Gewicht	Prozentgehalt	+ °C.	Spezifisches Gewicht
6,4	4	1,048499	7,7	15	1,055434	9,0	20	1,063325
"	15	1,045835	"	20	1,053780	9,1	4	1,069116
"	20	1,044295	7,8	4	1,059172	"	15	1,065831
6,5	4	1,049260	"	15	1,056174	"	20	1,064063
"	15	1,046572	"	20	1,054511	9,2	4	1,069883
"	20	1,045023	7,9	4	1,059935	"	15	1,066577
6,6	4	1,050021	"	15	1,056914	"	20	1,064802
"	15	1,047309	"	20	1,055243	9,3	4	1,070650
"	20	1,045751	8,0	4	1,060698	"	15	1,067323
6,7	4	1,050782	"	15	1,057654	"	20	1,065541
"	15	1,048046	"	20	1,055975	9,4	4	1,071417
"	20	1,046479	8,1	4	1,061463	"	15	1,068069
6,8	4	1,051544	"	15	1,058397	"	20	1,066280
"	15	1,048783	"	20	1,056710	9,5	4	1,072184
"	20	1,047207	8,2	4	1,062228	"	15	1,068815
6,9	4	1,052306	"	15	1,059140	"	20	1,067019
"	15	1,049520	"	20	1,057445	9,6	4	1,072951
"	20	1,047935	8,3	4	1,062993	"	15	1,069562
7,0	4	1,053068	"	15	1,059883	"	20	1,067758
"	15	1,050257	"	20	1,058180	9,7	4	1,073718
"	20	1,048663	8,4	4	1,063758	"	15	1,070309
7,1	4	1,053831	"	15	1,060626	"	20	1,068497
"	15	1,050996	"	20	1,058915	9,8	4	1,074486
"	20	1,049394	8,5	4	1,064523	"	15	1,071056
7,2	4	1,054594	"	15	1,061369	"	20	1,069236
"	15	1,051735	"	20	1,059650	9,9	4	1,075254
"	20	1,050125	8,6	4	1,065288	"	15	1,071803
7,3	4	1,055357	"	15	1,062112	"	20	1,069975
"	15	1,052474	"	20	1,060385	10,0	4	1,076022
"	20	1,050856	8,7	4	1,166053	"	15	1,072550
7,4	4	1,056120	"	15	1,062855	"	20	1,070714
"	15	1,053214	"	20	1,061120	10,1	4	1,076791
"	20	1,051587	8,8	4	1,066818	"	15	1,073300
7,5	4	1,056883	"	15	1,063598	"	20	1,071456
"	15	1,053954	"	20	1,061855	10,2	4	1,077561
"	20	1,052318	8,9	4	1,067583	"	15	1,074050
7,6	4	1,057646	"	15	1,064341	"	20	1,072199
"	15	1,054694	"	20	1,062590	10,3	4	1,078330
"	20	1,053049	9,0	4	1,068349	"	15	1,074800
7,7	4	1,058409	"	15	1,065085	"	20	1,072942

Prozentgehalt	+°C	Spezifisches Gewicht	Prozentgehalt	+°C.	Spezifisches Gewicht	Prozentgehalt	+°C.	Spezifisches Gewicht
10,4	4	1,079100	11,7	15	1,085329	13,0	20	1,093139
"	15	1,075550	"	20	1,083374	13,1	4	1,099977
"	20	1,073685	11,8	4	1,089899	"	15	1,095940
10,5	4	1,079869	"	15	1,086084	"	20	1,093895
"	15	1,076300	"	20	1,084122	13,2	4	1,100756
"	20	1,074428	11,9	4	1,090671	"	15	1,096702
10,6	4	1,080639	"	15	1,086839	"	20	1,094652
"	15	1,077050	"	20	1,084870	13,3	4	1,101534
"	20	1,075171	12,0	4	1,091444	"	15	1,097465
10,7	4	1,081409	"	15	1,087594	"	20	1,095409
"	15	1,077800	"	20	1,085618	13,4	4	1,102313
"	20	1,075914	12,1	4	1,092219	"	15	1,098228
10,8	4	1,082179	"	15	1,088352	"	20	1,096166
"	15	1,078550	"	20	1,086370	13,5	4	1,103091
"	20	1,076657	12,2	4	1,092995	"	15	1,098991
10,9	4	1,082949	"	15	1,089110	"	20	1,096923
"	15	1,079300	"	20	1,087122	13,6	4	1,103870
"	20	1,077400	12,3	4	1,093770	"	15	1,099754
11,0	4	1,083719	"	15	1,089868	"	20	1,097680
"	15	1,080051	"	20	1,087874	13,7	4	1,104648
"	20	1,078143	12,4	4	1,094546	"	15	1,100517
11,1	4	1,084491	"	15	1,090626	"	20	1,098437
"	15	1,080805	"	20	1,088626	13,8	4	1,105427
"	20	1,078890	12,5	4	1,095321	"	15	1,101280
11,2	4	1,085264	"	15	1,091384	"	20	1,099194
"	15	1,081559	"	20	1,089378	13,9	4	1,106206
"	20	1,079637	12,6	4	1,096097	"	15	1,102043
11,3	4	1,086036	"	15	1,092142	"	20	1,099951
"	15	1,082313	"	20	1,090130	14,0	4	1,106985
"	20	1,080384	12,7	4	1,096872	"	15	1,102806
11,4	4	1,086809	"	15	1,092901	"	20	1,100708
"	15	1,083067	"	20	1,090882	14,1	4	1,107767
"	20	1,081131	12,8	4	1,097648	"	15	1,103573
11,5	4	1,087581	"	15	1,093660	"	20	1,101470
"	15	1,083821	"	20	1,091634	14,2	4	1,108549
"	20	1,081878	12,9	4	1,098423	"	15	1,104340
11,6	4	1,088354	"	15	1,094419	"	20	1,102232
"	15	1,084575	"	20	1,092386	14,3	4	1,109331
"	20	1,082626	13,0	4	1,099199	"	15	1,105107
11,7	4	1,089126	"	15	1,095178	"	20	1,102994

Prozentgehalt	+°C.	Spezifisches Gewicht	Prozentgehalt	+°C.	Spezifisches Gewicht	Prozentgehalt	+°C.	Spezifisches Gewicht
14,4	4	1,110113	15,7	15	1,115888	17,0	20	1,123735
"	15	1,105874	"	20	1,113700	17,1	4	1,131385
"	20	1,103756	15,8	4	1,121094	"	15	1,126767
14,5	4	1,110895	"	15	1,116661	"	20	1,124514
"	15	1,106642	"	20	1,114468	17,2	4	1,132152
"	20	1,104518	15,9	4	1,121880	"	15	1,127550
14,6	4	1,111677	"	15	1,117434	"	20	1,125293
"	15	1,107410	"	20	1,115236	17,3	4	1,132946
"	20	1,105280	16,0	4	1,122666	"	15	1,128333
14,7	4	1,112459	"	15	1,118207	"	20	1,126072
"	15	1,108178	"	20	1,116004	17,4	4	1,133740
"	20	1,106042	16,1	4	1,123455	"	15	1,129116
14,8	4	1,113241	"	15	1,118984	"	20	1,126851
"	15	1,108946	"	20	1,116777	17,5	4	1,134534
"	20	1,106804	16,2	4	1,124244	"	15	1,129899
14,9	4	1,114024	"	15	1,119761	"	20	1,127630
"	15	1,109714	"	20	1,117550	17,6	4	1,135328
"	20	1,107567	16,3	4	1,125034	"	15	1,130682
15,0	4	1,114807	"	15	1,120538	"	20	1,128409
"	15	1,110482	"	20	1,118323	17,7	4	1,136122
"	20	1,108330	16,4	4	1,125824	"	15	1,131465
15,1	4	1,115592	"	15	1,121316	"	20	1,129188
"	15	1,111254	"	20	1,119096	17,8	4	1,136916
"	20	1,109097	16,5	4	1,126614	"	15	1,132248
15,2	4	1,116378	"	15	1,122094	"	20	1,129967
"	15	1,112026	"	20	1,119869	17,9	4	1,137710
"	20	1,109864	16,6	4	1,127404	"	15	1,133032
15,3	4	1,117164	"	15	1,122872	"	20	1,130746
"	15	1,112798	"	20	1,120642	18,0	4	1,138504
"	20	1,110631	16,7	4	1,128194	"	15	1,133816
15,4	4	1,117950	"	15	1,123650	"	20	1,131525
"	15	1,113570	"	20	1,121415	18,1	4	1 139302
"	20	1,111398	16,8	4	1,128984	"	15	1,134604
15,5	4	1,118736	"	15	1,124428	"	20	1,132310
"	15	1,114342	"	20	1,122188	18,2	4	1,140101
"	20	1,112165	16,9	4	1,129774	"	15	1,135393
15,6	4	1,119522	"	15	1,125206	"	20	1,133095
"	15	1,115115	"	20	1,122961	18,3	4	1,140899
"	20	1,112932	17,0	4	1,130564	"	15	1,136182
15,7	4	1,110308	"	15	1,125984	"	20	1,133880

Prozentgehalt	+°C.	Spezifisches Gewicht	Prozentgehalt	+°C.	Spezifisches Gewicht	Prozentgehalt	+°C.	Spezifisches Gewicht
18,4	4	1,141698	19,7	15	1,147268	21,0	20	1,155273
"	15	1,136971	"	20	1,144916	21,1	4	1,163414
"	20	1,134665	19,8	4	1,152913	"	15	1,158470
18,5	4	1,142496	"	15	1,148063	"	20	1,156078
"	15	1,137760	"	20	1,145708	21,2	4	1,164227
"	20	1,135450	19,9	4	1,153716	"	15	1,159277
18,6	4	1,143295	"	15	1,148858	"	20	1,156883
"	15	1,138549	"	20	1,146500	21,3	4	1,165040
"	20	1,136235	20,0	4	1,154520	"	15	1,160084
18,7	4	1,144093	"	15	1,149653	"	20	1,157688
"	15	1,139338	"	20	1,147292	21,4	4	1,165853
"	20	1,137020	20,1	4	1,155328	"	15	1,160891
18,8	4	1,144892	"	15	1,150454	"	20	1,158493
"	15	1,140127	"	20	1,148090	21,5	4	1,166666
"	20	1,137806	20,2	4	1,156136	"	15	1,161698
18,9	4	1,145690	"	15	1,151255	"	20	1,159298
"	15	1,140916	"	20	1,148888	21,6	4	1,167480
"	20	1,138592	20,3	4	1,156944	"	15	1,162505
19,0	4	1,146489	"	15	1,152056	"	20	1,160103
"	15	1,141705	"	20	1,149686	21,7	4	1,168293
"	20	1,139378	20,4	4	1,157752	"	15	1,163313
19,1	4	1,147292	"	15	1,152857	"	20	1,160908
"	15	1,142499	"	20	1,150484	21,8	4	1,169107
"	20	1,140169	20,5	4	1,158560	"	15	1,164121
19,2	4	1,148095	"	15	1,153658	"	20	1,161713
"	15	1,143293	"	20	1,151282	21,9	4	1,169920
"	20	1,140960	20,6	4	1,159368	"	15	1,164929
19,3	4	1,148898	"	15	1,154459	"	20	1,162518
"	15	1,144088	"	20	1,152080	22,0	4	1,170734
"	20	1,141751	20,7	4	1,160176	"	15	1,165737
19,4	4	1,149701	"	15	1,155260	"	20	1,163324
"	15	1,144883	"	20	1,152878	22,1	4	1,171552
"	20	1,142542	20,8	4	1,160984	"	15	1,166551
19,5	4	1,150504	"	15	1,156061	"	20	1,164136
"	15	1,145678	"	20	1,153676	22,2	4	1,172371
"	20	1,143333	20,9	4	1,161792	"	15	1,167365
19,6	4	1,151307	"	15	1,156862	"	20	1,164948
"	15	1,146473	"	20	1,154474	22,3	4	1,173189
"	20	1,144124	21,0	4	1,162601	"	15	1,168179
19,7	4	1,152110	"	15	1,157663	"	20	1,165760

Prozentgehalt	+°C.	Spezifisches Gewicht	Prozentgehalt	+°C.	Spezifisches Gewicht	Prozentgehalt	+°C.	Spezifisches Gewicht
22,4	4	1,174008	23,7	15	1,179625	25,0	20	1,187911
"	15	1,168993	"	20	1,177179	25,1	4	1,196305
"	20	1,166572	23,8	4	1,185515	"	15	1,191206
22,5	4	1,174826	"	15	1,180446	"	20	1,188745
"	15	1,169807	"	20	1,177999	25,2	4	1,197141
"	20	1,167384	23,9	4	1,186340	"	15	1,192041
22,6	4	1,175645	"	15	1,181267	"	20	1,189579
"	15	1,170621	"	20	1,178819	25,3	4	1,197977
"	20	1,168196	24,0	4	1,187165	"	15	1,192876
22,7	4	1,176464	"	15	1,182089	"	20	1,190414
"	15	1,171435	"	20	1,179639	25,4	4	1,198813
"	20	1,169008	24,1	4	1,187995	"	15	1,193712
22,8	4	1,177283	"	15	1,182917	"	20	1,191249
"	15	1,172249	"	20	1,180466	25,5	4	1,199650
"	20	1,169820	24,2	4	1,188825	"	15	1,194548
22,9	4	1,178102	"	15	1,183745	"	20	1,192084
"	15	1,173063	"	20	1,181293	25,6	4	1,200487
"	20	1,170632	24,3	4	1,189656	"	15	1,195384
23,0	4	1,178921	"	15	1,184573	"	20	1,192919
"	15	1,173878	"	20	1,182120	25,7	4	1,201324
"	20	1,171444	24,4	4	1,190486	"	15	1,196220
23,1	4	1,179745	"	15	1,185401	"	20	1,193754
"	15	1,174699	"	20	1,182947	25,8	4	1,202161
"	20	1,172263	24,5	4	1,191316	"	15	1,197056
23,2	4	1,180569	"	15	1,186229	"	20	1,194589
"	15	1,175520	"	20	1,183774	25,9	4	1,202998
"	20	1,173082	24,6	4	1,192146	"	15	1,197892
23,3	4	1,181394	"	15	1,187057	"	20	1,195424
"	15	1,176341	"	20	1,184601	26,0	4	1,203835
"	20	1,173901	24,7	4	1,192976	"	15	1,198728
23,4	4	1,182218	"	15	1,187885	"	20	1,196259
"	15	1,177162	"	20	1,185428	26,1	4	1,204678
"	20	1,174720	24,8	4	1,193807	"	15	1,199571
23,5	4	1,183042	"	15	1,188713	"	20	1,197102
"	15	1,177983	"	20	1,186255	26,2	4	1,205521
"	20	1,175539	24,9	4	1,194638	"	15	1,200414
23,6	4	1,183867	"	15	1,189542	"	20	1,197945
"	15	1,178804	"	20	1,187083	26,3	4	1,206364
"	20	1,176359	25,0	4	1,195469	"	15	1,201257
23,7	4	1,184691	"	15	1,190371	"	20	1,198788

Prozentgehalt	+°C.	Spezifisches Gewicht	Prozentgehalt	+°C.	Spezifisches Gewicht	Prozentgehalt	+°C.	Spezifisches Gewicht
26,4	4	1,207207	26,6	4	1,(208893)	26,8	4	—
"	15	1,202100	"	15	1,203786	"	15	1,205473
"	20	1,199631	"	20	1,201317	"	20	1,203003
26,5	4	1,208050	26,7	4	—	26,9	4	—
"	15	1,202943	"	15	1,204629	"	15	—
"	20	1,200474	"	20	1,202160	"	20	1,203847

Wenn der Prozentgehalt (p) einer Soole bekannt ist, so läßt die Grädigkeit (g) derselben in einfacher Weise sich berechnen. Es ist $g = \frac{100 - p}{p} = \frac{100}{p} - 1$. Umgekehrt findet sich der Prozentgehalt, wenn die Grädigkeit gegeben ist, $p = \frac{100}{g + 1}$. Um die Pfündigkeit einer Soole oder die Gewichtstheile Salz (Q) zu erfahren, welche in einer bestimmten Kubikeinheit Soole vorhanden sind, wird man das absolute Gewicht (S) kennen müssen, welches die Kubikeinheit dieser Soole besitzt. Man findet das absolute Gewicht der Kubikeinheit irgend welcher Soole, wenn das absolute Gewicht derselben Kubikeinheit reinen Wassers (W) mit dem spezifischen Gewichte (s) der Soole multiplizirt wird, d. h. es ist

$$S = s. W.$$

Die Wasserschwere eines preußischen Kubikfußes beträgt bei 18,75° C. = 66 preußische oder kölnische Pfund (von 467,711 Gramm). Ein preußischer Kubikfuß Soole von 1,148 spezifischem Gewicht wird demnach 1,148 × 66 = 75,768 Pfund wiegen. Ein Kubikmeter Wasser von + 4° C. wiegt 1000 Kilogramm. Es wiegt deshalb 1 Kubikmeter Soole von 1,148 spezifischen Gewichts 1,148 × 1000 = 1148 Kilogramm. Aus dem Gewichte der Kubikeinheit und aus dem, durch das spezifische Gewicht mittelst der Sooltafeln gefundenen, Prozentgehalte (p) erfährt man die Pfündigkeit oder die Gewichtstheile Salz (Q) dieser Kubikeinheit Soole, mittelst der Formel

$$Q = \frac{p\,S}{100}$$

Es ist auch, wenn g wie oben die Grädigkeit der Soole bezeichnet,

$$Q = \frac{S}{g + 1}.$$

Es sei mittelst eines Aräometers, welches die Dichtigkeit des Wassers bei + 18,75° C. = 1 angibt, das spezifische Gewicht einer + 18,75° warmen Soole zu 1,182 gefunden. Welche Pfündigkeit hat diese Soole, oder wie groß ist der Salzgehalt eines rheinländischen Kubikfußes nach Pfunden ausgedrückt?

In der nachstehenden, für die Temperatur von + 18,75° C. berechneten, Sooltabelle von Buchholz ist für das spezifische Gewicht 1,182 ein Salzgehalt von 23,9111 Prozent angegeben. Das absolute Gewicht eines rheinländischen Kubikfußes dieser Soole beträgt 1,182 × 66 = 78,012 Pfund. Es ist demnach die Pfündigkeit, oder das in einem Kubikfuß enthaltene Salzquantum $Q = \frac{23,9111 \times 78,012}{100}$ = 18,653 Pfund.

Oder es möge durch ein Aräometer, welches für die Dichtigkeit des Wassers bei + 4° C. normirt ist, das spezifische Gewicht 1,190 bei einer Temperatur der Soole von + 15° C. gefunden sein. Wie viel Kilogramm Salz sind in einem Kubikmeter dieser Soole enthalten?

Nach den (oben auszugsweise mitgetheilten) Sooltabellen von G. Karsten beträgt der Salzgehalt einer Soole von dem spezifischen Gewicht 1,190 bei 15° C. 25,0 Prozent. Es wiegt ein Kubikmeter Wasser 1000 Kilogramm, folglich ein Kubikmeter Soole von 1,190 spezifischem Gewicht 1190 Kilogramm, und es wird der Salzgehalt eines Kubikmeters dieser Soole betragen: $\frac{25,0 \times 1190}{100} = 297,5$ Kilogramm.

Tabelle

für die spezifischen Gewichte der Kochsalzsoolen mit Angabe des Salzgehalts nach Prozenten, und preußischen Pfunden für den rheinländischen Kubikfuß.

(Das spezif. Gew. des Wassers = 1 bei + 15° R. = 18,75° C.)

Spezif. Gewicht	Prozent-gehalt	Pfd. Salz in 1 Kbkfß.	Spezif. Gewicht	Prozent-gehalt	Pfd. Salz in 1 Kbkfß.	Spezif. Gewicht	Prozent-gehalt	Pfd. Salz in 1 Kbkfß.
1,001	0,1361	0,0899	1,004	0,5483	0,3633	1,007	0,9628	0,6399
1,002	0,2731	0,1806	1,005	0,6863	0,4552	1,008	1,1013	0,7327
1,003	0,4105	0,2718	1,006	0,8245	0,5474	1,009	1,2398	0,8257

Spezif. Gewicht	Prozent-gehalt	Pfd. Salz in 1 Kbkfß.	Spezif. Gewicht	Prozent-gehalt	Pfd. Salz in 1 Kbkfß.	Spezif. Gewicht	Prozent-gehalt	Pfd. Salz in 1 Kbkfß.
1,010	1,3785	0,9189	1,050	6,9000	4,7817	1,090	12,2732	8,8293
1,011	1,5172	1,0123	1,051	7,0364	4,8809	1,091	12,4052	8,9325
1,012	1,6559	1,1060	1,052	7,1728	4,9802	1,092	12,5370	9,0357
1,013	1,7947	1,1999	1,053	7,3090	5,0796	1,093	12,6687	9,1390
1,014	1,9335	1,2940	1,054	7,4452	5,1792	1,094	12,8004	9,2424
1,015	2,0723	1,3882	1,055	7,5812	5,2788	1,095	12,9318	9,3458
1,016	2,2111	1,4827	1,056	7,7172	5,3786	1,096	13,0632	9,4494
1,017	2,3499	1,5773	1,057	7,8530	5,4784	1,097	13,1945	9,5530
1,018	2,4887	1,6721	1,058	7,9888	5,5784	1,098	13,3256	9,6568
1,019	2,6275	1,7671	1,059	8,1244	5,6785	1,099	13,4566	9,7606
1,020	2,7662	1,8622	1,060	8,2599	5,7786	1,100	13,5875	9,8645
1,021	2,9049	1,9575	1,061	8,3953	5,8789	1,101	13,7183	9,9685
1,022	3,0436	2,0530	1,062	8,5307	5,9793	1,102	13,8489	10,0726
1,023	3,1823	2,1486	1,063	8,6659	6,0798	1,103	13,9794	10,1767
1,024	3,3209	2,2444	1,064	8,8009	6,1804	1,104	14,1098	10,2810
1,025	3,4594	2,3403	1,065	8,9359	6,2811	1,105	14,2401	10,3853
1,026	3,5979	2,4364	1,066	9,0708	6,3818	1,106	14,3703	10,4897
1,027	3,7364	2,5326	1,067	9,2055	6,4827	1,107	14,5003	10,5942
1,028	3,8748	2,6290	1,068	9,3402	6,5837	1,108	14,6302	10,6988
1,029	4,0131	2,7255	1,069	9,4747	6,6848	1,109	14,7600	10,8035
1,030	4,1514	2,8221	1,070	9,6091	6,7860	1,110	14,8897	10,9082
1,031	4,2896	2,9189	1,071	9,7434	6,8872	1,111	15,0193	11,0130
1,032	4,4277	3,0158	1,072	9,8776	6,9886	1,112	15,1487	11,1179
1,033	4,5658	3,1128	1,073	10,0117	7,0901	1,113	15,2780	11,2229
1,034	4,7038	3,2100	1,074	10,1457	7,1917	1,114	15,4072	11,3280
1,035	4,8417	3,3073	1,075	10,2795	7,2933	1,115	15,5363	11,4332
1,036	4,9795	3,4048	1,076	10,4132	7,3951	1,116	15,6653	11,5384
1,037	5,1172	3,5023	1,077	10,5469	7,4969	1,117	15,7941	11,6437
1,038	5,2549	3,6000	1,078	10,6804	7,5989	1,118	15,9228	11,7491
1,039	5,3925	3,6979	1,079	10,8137	7,7009	1,119	16,0514	11,8546
1,040	5,5300	3,7958	1,080	10,9470	7,8030	1,120	16,1799	11,9602
1,041	5,6674	3,8938	1,081	11,0802	7,9052	1,121	16,3082	12,0658
1,042	5,8047	3,9920	1,082	11,2132	8,0076	1,122	16,4365	12,1715
1,043	5,9420	4,0903	1,083	11,3461	8,1100	1,123	16,5645	12,2773
1,044	6,0791	4,1887	1,084	11,4789	8,2125	1,124	16,6925	12,3832
1,045	6,2161	4,2873	1,085	11,6116	8,3150	1,125	16,8204	12,4891
1,046	6,3531	4,3859	1,086	11,7441	8,4177	1,126	16,9482	12,5952
1,047	6,4900	4,4847	1,087	11,8766	8,5205	1,127	17,0758	12,7013
1,048	6,6267	4,5836	1,088	12,0089	8,6234	1,128	17,2033	12,8075
1,049	6,7634	4,6826	1,089	12,1411	8,7263	1,129	17,3307	12,9138

Spezif. Gewicht	Prozent-gehalt	Pfd. Salz in 1 Kbkfß.	Spezif. Gewicht	Prozent-gehalt	Pfd. Salz in 1 Kbkfß	Spezif. Gewicht	Prozent-gehalt	Pfd. Salz in 1 Kbkfß.
1,130	17,4579	13,0201	1,156	20,7245	15,8120	1,182	23,9111	18,6536
1,131	17,5851	13,1265	1,157	20,8486	15,9204	1,183	24,0321	18,7638
1,132	17,7121	13,2330	1,158	20,9725	16,0288	1,184	24,1530	18,8741
1,133	17,8390	13,3396	1,159	21,0963	16,1374	1,185	24,2738	18,9845
1,134	17,9657	13,4463	1,160	21,2199	16,2460	1,186	24,3945	19,0950
1,135	18,0924	13,5530	1,161	21,3435	16,3547	1,187	24,5150	19,2055
1,136	18,2189	13,6598	1,162	21,4669	16,4634	1,188	24,6354	19,3161
1,137	18,3454	13,7667	1,163	21,5903	16,5722	1,189	24,7557	19,4268
1,138	18,4717	13,8737	1,164	21,7135	16,6811	1,190	24,8759	19,5375
1,139	18,5978	13,9807	1,165	21,8365	16,7901	1,191	24,9960	19,6483
1,140	18,7239	14,0879	1,166	21,9595	16,8992	1,192	25,1159	19,7592
1,141	18,8498	14,1950	1,167	22,0824	17,0083	1,193	25,2358	19,8702
1,142	18,9757	14,3023	1,168	22,2051	17,1175	1,194	25,3555	19,9812
1,143	19,1014	14,4097	1,169	22,3277	17,2267	1,195	25,4752	20,0922
1,144	19,2269	14,5171	1,170	22,4502	17,3361	1,196	25,5947	20,2034
1,145	19,3524	14,6246	1,171	22,5726	17,4455	1,197	25,7141	20,3146
1,146	19,4777	14,7322	1,172	22,6949	17,5549	1,198	25,8333	20,4259
1,147	19,6029	14,8398	1,173	22,8170	17,6645	1,199	25,9525	20,5373
1,148	19,7280	14,9475	1,174	22,9390	17,7741	1,200	26,0716	20,6487
1,149	19,8530	15,0553	1,175	23,0610	17,8838	1,201	26,1905	20,7602
1,150	19,9779	15,1632	1,176	23,1828	17,9935	1,202	26,3094	20,8718
1,151	20,1026	15,2711	1,177	23,3045	18,1034	1,203	26,4281	20,9834
1,152	20,2272	15,3792	1,178	23,4260	18,2133	1,204	26,5467	21,0951
1,153	20,3517	15,4873	1,179	23,5475	18,3232	1,204-67	26,6261	21,1700
1,154	20,4761	15,5954	1,180	23,6688	18,4333			
1,155	20,6004	15,7037	1,181	23,7900	18,5434			

Die hierin angegebenen Pfundezahlen werden mit 0,935422 zu multipliziren sein, wenn man den Salzgehalt eines Kubikfußes Soole in deutschen oder Zoll-Pfunden (von 500 Gramm) finden will; oder man wird sie mit 15,128517 multipliziren müssen, um den Salzgehalt eines Kubikmeter Soole in Kilogramm zu erhalten.

Die Sooltafeln von Bischof, Karsten und Buchholz zeigen geringe Abweichungen, welche die nachstehende Tabelle, für ganze Prozente der Kochsalzlösungen, nachweiset, wobei die von Karsten erhaltenen Resultate auf die Temperatur von 18,75° reduzirt sind.

Prozente Salz in der Auflösung	Spezifisches Gewicht der Kochsalzlösung bei 15° R. = 18,75° C. nach			Prozente Salz in der Auflösung	Spezifisches Gewicht der Kochsalzlösung bei 15° R. = 18,75° C. nach		
	Karsten	Bischof II.	Buchholz		Karsten	Bischof II.	Buchholz
1	1,00716	1,00712	1,00727	15	1,11050	1,11095	1,11085
2	1,01434	1,01427	1,01448	16	1,11820	1,11872	1,11860
3	1,02154	1,02146	1,02168	17	1,12595	1,12655	1,12641
4	1,02877	1,02868	1,02890	18	1,13376	1,13443	1,13427
5	1,03602	1,03594	1,03615	19	1,14163	1,14237	1,14219
6	1,04330	1,04324	1,04342	20	1,14957	1,15038	1,15018
7	1,05061	1,05058	1,05073	21	1,15757	1,15844	1,15823
8	1,05795	1,05796	1,05808	22	1,16564	1,16657	1,16633
9	1,06533	1,06539	1,06547	23	1,17378	1,17476	1,17450
10	1,07275	1,07286	1,07291	24	1,18199	1,18302	1,18274
11	1,08021	1,08038	1,08040	25	1,19027	1,19135	1,19105
12	1,08771	1,08795	1,08793	26	1,19864	1,19975	1,19940
13	1,09526	1,09556	1,09552	gesätt.	1,20567	1,20368	1,20467
14	1,10285	1,10323	1,10316				

Zur Ermittelung des spezifischen Gewichts der Kochsalzsoolen bedient man sich der Senkwagen oder Aräometer (s. den Artikel **Aräometer** im I. Bande des Hauptwerks). Dieselben heißen **Soolwagen** und **Soolspindeln**, wenn ihnen eine für diesen besonderen Zweck bestimmte Einrichtung gegeben ist. Man unterscheidet Senkwagen mit Auflegegewichten (Gewichtsaräometer) und Skalenaräometer. Die Auffindung der spezifischen Schwere einer Flüssigkeit mittelst des Gewichtsaräometers beruht auf der Vergleichung der absoluten Gewichte konstanter Volume. Das Instrument ist so eingerichtet, daß dasselbe, je nachdem es für Flüssigkeiten, die leichter oder schwerer als Wasser sind, gebraucht werden soll, entweder durch Beschwerung mit Gewichten oder durch sein eignes Gewicht in Wasser von derjenigen Temperatur, welche den übrigen Bestimmungen des spezifischen Gewichts zum Grunde gelegt werden soll, bis zu einer bestimmten Stelle seines dünnen stielförmigen Halses, den **Wasserpaß**, einsinkt. Es werden bei diesem Stande der Senkwage jederzeit gleiche Volume Flüssigkeit von derselben verdrängt sein, deren absolutes Gewicht gleiche Größe mit dem Gewichte des schwimmenden Körpers, also des Aräometers nebst dem Auflegegewichte, besitzen.

Bezeichnet P das Gesammtgewicht des Instruments, welches demselben gegeben werden mußte, um in reinem Wasser bis zum Wasserpaß einsinken zu können, und p dasjenige Gewicht, um welches bei spezifisch leichteren Flüssigkeiten das Instrument zur Erlangung desselben Standes erleichtert, oder in schwereren Flüssigkeiten vergrößert werden mußte, so ist im ersteren Falle das spezifische Gewicht s der untersuchten Flüssigkeit, $s = \frac{P - p}{P}$ und im letzteren $s = \frac{P + p}{P}$. Das Gewicht des unbelasteten Aräometers sei 20,5 Gramm und damit dasselbe in Wasser von $+ 4^0$ C. bis zum Wasserpaß einsinke, habe man 9,25 Gramm zulegen müssen; es betrage also das ganze Gewicht des verdrängten Wassers $20{,}5 + 9{,}25 = 29{,}75$ Gramm. In einer andern Flüssigkeit bedurfte es dazu einer Gewichtsabnahme von 4,25 Gramm; folglich wog das gleiche Volumen derselben $29{,}75 - 4{,}25 = 25{,}50$ und es ist das spezifische Gewicht dieser Flüssigkeit $s = \frac{29{,}75 - 4{,}25}{29{,}75} = \frac{25{,}50}{29{,}75} = 0{,}8571$. Oder man habe bei Untersuchung einer Kochsalzsoole mit der Senkwage, deren Gewicht so regulirt ist, daß dieselbe unbelastet in Wasser von $+ 4^0$ C. bis zum Wasserpaß einsinkt, 6,32 Gramm auflegen müssen, um denselben Stand des Instruments in der Soole von 4^0 C. zu erreichen, wobei das Gewicht der unbelasteten Wage 40,25 Gramm betrug. Alsdann ist das spezifische Gewicht dieser Soole $s = \frac{40{,}25 + 6{,}32}{40{,}25} = 1{,}157$.

Wird das Gewicht danach eingerichtet, daß $P = 1000$ ist, so bezeichnet das Auflegegewicht unmittelbar das spezifische Uebergewicht der Soole gegen die Wasserschwere.

Fig. 1 auf Taf. 113 zeigt in halber Größe die Einrichtung einer Soolwage. Dieselbe ist von Messing und stark vergoldet. Die Auflegegewichte sind mit Löchern versehen, um auf die Spitze a gesteckt zu werden. Das schwerste Gewicht ist = 200 oder $^1/_5$, das leichteste = $^1/_{1000}$ des Spindelgewichts. Der Theil bc ist parallelepipedisch und sein körperlicher Inhalt etwas größer als $^1/_{1000}$ vom Inhalte der ganzen Spindel. Oben, nahe unter der Scheibe b, liegt der Wasserpaß, bis zu welchem die unbeschwerte Spindel in reinem Wasser einsinkt. Zur Messung von Bruchtheilen eines Tausendel des spezifischen Uebergewichts ist an dem Halse des Instruments vom Wasserpaß abwärts $^1/_{1000}$ des Spindelinhalts aufgetragen und in 10 Theile getheilt, welche also Zehntausendtheile des spezifischen Gewichts anzeigen und selbst die Abschätzung von Hunderttausendtheilen gestatten. Die diesem Tausendel am Halse der Spindel zukommende Länge erfährt man aus der Differenz der Einsinkung bei Abnahme von $^1/_{1000}$ Gewicht. Da jedoch dieser verzeichnete Bruchtheil als Wasserraum ermittelt ist, so fällt derselbe in der schwereren Soole nach Verhältniß kleiner aus und es müssen die gefundenen Bruchtheile mit dem durch die Auflegegewichte gefundenen spezifischen Gewichte multiplizirt werden. Findet man z. B. eine Soole durch die Auflegegewichte = 1,186 spezifisch schwer und es stehen vom Halse der Spindel noch 5,6 Theile oberhalb des Soolspiegels, so betragen dieselben 5,6 × 1,186 = 6,6 dieser Bruchtheile, und es ist das spezifische Gewicht der Soole = 1,18666.

Während beim Gebrauch der Gewichtsaräometer das spezifische Gewicht von Flüssigkeiten aus der Vergleichung des absoluten Gewichts konstanter Volume gefunden wird, gründet die Anwendung der Skalenaräometer sich darauf, daß bei konstantem absoluten Gewichte die spezifischen Gewichte umgekehrt sich verhalten, als die Volume. Das schwimmende Instrument von unveränderlichem Gewichte sinkt in ungleich dichten Flüssigkeiten zu ungleicher Tiefe ein, aber die Volume der Flüssigkeiten, welche dasselbe in den verschiedenen Fällen verdrängt, besitzen sämmtlich gleiches Gewicht, nämlich dasjenige des schwimmenden Aräometers.

Die für den gewöhnlichen praktischen Gebrauch als Soolspindeln benutzten Skalenaräometer zeigen den Salzgehalt der Soolen unmittelbar nach Prozenten oder Pfündigkeit an, indem man diese auf der Skale statt der entsprechenden spezifischen Gewichte verzeichnet. Sie werden dadurch auch in der Hand des gewöhnlichen Arbeiters zu brauchbaren Instrumenten und geben bei sorgfältiger Ausführung hinreichend genaue Resultate um für den täglichen Gebrauch im Salinbetriebe als die zweckdienlichsten Instrumente zur raschen Ermittelung des Salzgehalts der Soolen bezeichnet werden zu müssen.

Die fremden Salze, welche das Kochsalz in den Soolen begleiten, veranlassen bei der aräometrischen Bestimmung des Salzgehalts eine mehr oder minder große Fehlerquelle, insofern die Sooltafeln das spezifische Gewicht für Auflösungen reinen Kochsalzes angeben, und die verschiedenen Salze bei ihrer Auflösung in Wasser in ungleicher Weise auf die spezifische Schwere einwirken. Es ist z. B. die Schwere einer 10prozentigen Lösung für

Schwefelsaure Magnesia . 1,1053
Schwefelsaures Natron . 1,0933
Chlormagnesium 1,0868
Kochsalz 1,0729

In Folge des großen Vorwaltens des Kochsalzes dürfen jedoch diese Abweichungen übersehen und kann das ganze spezifische Uebergewicht der Soolen als von der Einwirkung des Kochsalzes herrührend betrachtet werden. Man erfährt daher eigentlich den Rohsalzgehalt der Soolen, aus welchem jede Saline den wahren Salzgehalt berechnen kann, wenn dieselbe die chemische Zusammensetzung der von ihr verarbeiteten Soole einmal kennt, da die Mischungsverhältnisse der in einer natürlichen Soole enthaltenen Salze, wie dieses von den Mineralquellen überhaupt bekannt ist, erfahrungsmäßig sehr nahe oder wirklich ganz unverändert bleiben.

Der Gefrierpunkt der Soolen liegt desto niedriger und ihr Siedepunkt um so höher, je reicher dieselben im Salzgehalte sind. Aus der folgenden Tabelle ist der Gefrierpunkt der Kochsalzsoolen, und deren Siedepunkt für den Barometerstand von 760 Millimeter ersichtlich.

Prozentgehalt	Siedepunkt	Gefrierpunkt	Prozentgehalt	Siedepunkt	Gefrierpunkt	Prozentgehalt	Siedepunkt	Gefrierpunkt
0,0	+ 100	− 0,00	6	+ 101,34	− 4,52	12	+ 102,94	− 8,88
0,5	100,10	0,38	6,5	101,46	4,89	12,5	103,08	9,23
1	100,21	0,76	7	101,59	5,26	13	103,23	9,59
1,5	100,31	1,14	7,5	101,72	5,62	13,5	103,38	9,94
2	100,42	1,52	8	101,85	5,99	14	103,53	10,29
2,5	100,53	1,90	8,5	101,98	6,35	14,5	103,68	10,64
3	100,64	2,28	9	102,11	6,72	15	103,83	10,99
3,5	100,75	2,66	9,5	102,24	7,08	15,5	103,99	11,34
4	100,87	3,03	10	102,38	7,44	16	104,14	11,69
4,5	100,98	3,40	10,5	102,52	7,80	16,5	104,30	12,04
5	101,10	3,78	11	102,66	8,16	17	104,46	12,39
5,5	101,22	4,14	11,5	102,80	8,52	17,5	104,63	12,73

Prozent-gehalt	Siedepunkt	Gefrier-punkt	Prozent-gehalt	Siedepunkt	Gefrier-punkt	Prozent-gehalt	Siedepunkt	Gefrier-punkt
18	+ 104,79	− 13,07	21,5	+ 105,98	− 15,44	25	+ 107,27	− 17,77
18,5	104,95	13,42	22	106,16	15,78	25,5	107,46	18,10
19	105,12	13,83	22,5	106,34	16,11	26	107,65	18,42
19,5	105,28	14,10	23	106,52	16,45	26,5	107,84	18,74
20	105,46	14,44	23,5	106,70	16,78	27	108,04	19,07
20,5	105,63	14,78	24	106,89	17,11	27,5	108,24	19,39
21	105,81	15,11	24,5	107,08	17,45	28	108,43	19,72

f) Gradirung salzarmer Soolen.

Wie groß der Salzgehalt der Soolquellen sein muß, um ihre Verwerthung durch Anlage eines Salinbetriebes rathsam erscheinen zu lassen, wird von den lokalen Preisen des Kochsalzes, sowie von den Debit- und Produktionsverhältnissen der konkurrirenden Salzwerke abhängig sein. Schon früher ist bemerkt worden, daß in den meisten Ländern das Kochsalz, in Folge seiner großen Verbreitung, zu den geringwerthigen Produkten gehört. Die Erweiterung des geognostischen Wissens, die Fortschritte der Mechanik und Bergbohrkunst, haben in den letzten Decennien die Produktionsverhältnisse der Salinen wesentlich umgestaltet. Unter dem Einflusse dieser Mittel sind Länder, deren Salzproduktion bis dahin zur Deckung des eigenen Bedarfs nicht ausreichte, in die Reihe der salzausführenden Staaten getreten; Salinen, die von Alters her salzarme Soolen mühsam verarbeiteten, sind in den Besitz reicher Steinsalzsoolen gelangt, oder mußten unter der Konkurrenz neu erbohrter reichhaltiger Quellen, oder dem Steinsalzbergbau gegenüber, unterliegen. Die direkte Versiedung salzarmer Kochsalzsoolen würde einen Brennstoffaufwand beanspruchen, dessen wirthschaftliche Bedeutung mit dem Werthe des gewonnenen Salzes außer allem Verhältnisse stehen müßte. Aus solchem Betriebe könnte beim heutigen Stande der Salzgewinnung und der allgemeinen Verkehrsverhältnisse niemals ein Segen erwachsen, sondern unter der Vergeudung des Brennstoffs würde die übrige industrielle Thätigkeit des Landes zu leiden haben. Es müssen daher diejenigen Soolen, deren Rohsalzgehalt unter 15 bis 16 Prozent beträgt, vor dem Versieden auf weniger kostspielige Weise durch

Wasserverdunstung an der Luft, ohne Anwendung von Brennmaterial, konzentrirt werden, und diese Anreicherung des Salzgehalts nennt man das Gradiren der Soolen.

Die freiwillige Verdunstung des Wassers wird, abgesehen von der Temperatur, dem Trockenheitszustande und dem Wechsel der Luft, desto wirksamer sein, jemehr die Oberfläche der zu konzentrirenden Soolen vergrößert wird. Alle vorgeschlagenen und mehr oder minder in Aufnahme gekommenen Gradirungsmethoden mußten deßhalb diese Aufgabe in einer praktisch brauchbaren, für den fabrikmäßigen Betrieb geeigneten Weise zu erfüllen suchen.

Nur in den südeuropäischen Ländern gestatten die klimatischen Verhältnisse die einfachste aller Gradirungen, die Sonnengradirung. Dieselbe bildet die Grundlage der uralten Fabrikation des Meersalzes. Die Soole oder das Meerwasser wird zur Verdunstung in flache Behälter oder Teiche geleitet, um in denselben bis zum Sättigungsgrade konzentrirt zu werden. Bei der Meersalzfabrikation (s. weiter unten) benutzt man die kräftige Wirkung der Sonnenwärme alsdann auch zur weiteren Verdunstung, behufs Ausscheidung des Kochsalzes, wobei das vorher konzentrirte Meerwasser nochmals in besondere Becken gelassen wird, in denen das Salz als krystallinische Massen zur Ausscheidung gelangen soll.

Unter den mehr nördlichen Breitengraden ist in Folge der geringeren Lufttemperatur dieses Gradirverfahren nicht anwendbar, sondern man ist gezwungen dem verminderten Verdunstungseffekte durch künstlich bewirkte Vergrößerung der Verdunstungsfläche zu begegnen. Diese Absicht ist in einfacher und praktisch brauchbarer Weise durch die Tröpfelgradirung erreicht worden. Es wird verschiedentlich behauptet, daß diese Gradirmethode, wenn auch in unvollkommenem Zustande, schon vor länger als 500 Jahren in der Lombardie in Anwendung gewesen sei. Allein nach anderen zuverlässigen Autoren sind die Gradirhäuser eine deutsche Erfindung. Die ersten wurden im Jahre 1579 in Nauheim errichtet und im Jahre 1599 führte Matthäus Meth, Arzt zu Langensalza, dieselben zu Kötschau im Merseburgischen ein. Ursprünglich bestanden sie aus Wänden von Stroh oder Schilfbündeln und die Soole wurde mittelst langer Schaufeln durch Arbeiter an die Wände geworfen. In diesem Zustande beschreibt sie Löhneisen. Später geschah die Hebung der Soole durch Pumpen, und es wurde dieselbe mittelst Rinnen beim Herabtröpfeln vertheilt. Auch Johann Thölden beschreibt (dessen Haligraphie und Beschreibung aller Saltzwercke, ihrer Umstände und Gelegenheit. Frankenhausen 1603) die Gradirhäuser als eine noch nicht alte Erfindung, wodurch die Soole auf Leckwerken von Schilfwänden ohne Feuer gradirt werden könne. Die heute statt des Schilfes angewandten Dornenwände sind durch den Freiherrn von Beust im Jahre 1730 eingeführt worden. Alle Verbesserungsvorschläge für Gradirvorrichtungen, welche darauf gerichtet waren, der Luft in anderer Weise eine größere Soolenfläche darzubieten, sind außer Stande gewesen, die Tröpfelgradirung zu verdrängen. Wenn daher schlichtweg vom Gradiren der Soole die Rede ist, so wird jederzeit die nachstehend beschriebene Gradirmethode darunter verstanden, bei welcher die Vertheilung der Soole und die Tropfenbildung dadurch bewirkt wird, daß die zu gradirende Soole durch Wände von Strauchwerk herabfällt.

Die Gradirungsanstalten bestehen im Wesentlichen aus folgenden Vorrichtungen: 1) einem hölzernen Gerüste zum Aufnehmen und Tragen der Dornenwände; 2) den Vorkehrungen zur Hebung der Soolen; 3) einem auf dem Gradirgebäude seiner Länge nach fortlaufenden Soolgerinne oder Soolkasten zur Aufnahme der auf die Gradirwände gehobenen Soole; 4) der Tröpfelvorrichtung, welche durch in den Seitenwänden des Soolgerinnes angebrachte Tropfhähne und mit dem Soolkasten parallel laufende gekerbte Tröpfeltröge gebildet wird, um die Soole in dünnen Strahlen auf die Dornenwände zu vertheilen; 5) einem unter den Dornenwänden befindlichen hölzernen Bassin, dem Soolschiffe, welches den Grundbau des Gradirgebäudes bildet und zur Aufnahme des in den Gradirwänden herabfallenden Soolregens dient.

Die Dornenwände der Gradirgebäude erhalten eine Höhe von 7,5 bis 16 Meter und bis zu 1000 Meter und darüber Länge. Wenngleich im Allgemeinen hohe Wände günstiger als niedrige wirken müssen, so wird dennoch eine bedeutende Höhe der Gradirgebäude vermieden, weil die Erlangung der Stabilität des Baues und die Hebung der Soolen in das Soolgerinne mit der Höhezunahme der Gradirwände immer mehr erschwert ist. Das geeignetste Material als Strauchwerk zur Herstellung der Gradirwände liefert der Schwarzdorn (prunus spinosa), dessen festes Holz und sperriger Wuchs den Aufbau dauerhafter und angemessen lockerer Wände gestattet. Man unterscheidet, nach der Zahl der Dornenwände, welche über einem gemeinschaftlichen Soolschiff errichtet sind, ein- und zweiwandige Gradirhäuser. Die letzteren erhalten meistens niedrigere, weniger dichte und minder starke Wände als die ersteren. Die einwandigen Gradirgebäude erfordern das geringste Anlagekapital und liefern in Zeiten, wo die Witterungszustände der Verdunstung ungünstig sind, verhältnißmäßig bessere Resultate als zweiwandige Gradirhäuser; aber die letzteren gestatten bei einem der Gradirung günstigen Witterungszustande eine stärkere Speisung der Wände, mithin die Verarbeitung größerer Soolmengen, und verursachen während der Gradirung geringere Soolenverluste.

Die Lage der Gradirgebäude muß jederzeit so gewählt werden, daß die langen Seiten derselben vor die Richtung der herrschenden Winde gebracht sind. Das den Grundbau eines Gradirgebäudes bildende Soolreservoir wird entweder ganz oder theilweise in die Erde gelegt und zur Sicherung gegen Soolenverluste ringsum mit einer Lage fetten Thons umgeben; oder man errichtet dasselbe in geringer Höhe oberhalb des nivellirten Terrains, auf einer Balkenlage, welche von Unterzügen, die selbst wieder auf massiven Pfeilern ruhen, getragen wird. Von der Wahl dieser Konstruktionsweisen ist die Tiefe der Bassins abhängig. Erdreservoirs, welche zur Höhe der Gradirgebäude nicht beitragen, dürfen bis zu 3,5 Meter Tiefe erhalten, während die freistehenden Soolschiffe bedeutend flacher, etwa bis 1 Meter Tiefe, zur Ausführung kommen. Die Breite des Bassins richtet sich danach, ob dasselbe für den ein- oder den zweiwandigen Bau dienen soll. Es ist außerdem nöthig die Breite um soviel größer zu wählen, daß die äußeren Flächen des Fußes der Dornenwände mindestens 1,5 Meter gegen die Langseiten des Bassins zurücktreten. Auf der oberen Balkenlage des Bassins wird das Gradirgerüst errichtet, welches zur Aufnahme der Dornen und zum Tragen des über den Wänden liegenden Soolgerinnes nebst der Tröpfelvorrichtung dienen soll. Dasselbe besteht aus mehreren, bei einwandigen Gebäuden aus drei, auf Schwellen stehenden Ständerreihen, denen in angemessener Weise die erforderliche Längs- und Querverbindung durch Riegel, Bänder, Streben und Sturmstreben gegeben wird. Die wesentlichsten Theile der Holzverbindungen, welche die Stabilität des Baues bezwecken, werden in der mittleren Säulenreihe von den Hauptbindesäulen aufgenommen. Die übrigen dienen zum Tragen der Dornen. Jede Dornenwand muß aus zwei symmetrischen Hälften gebildet werden, die an der mittleren Dornensäulenreihe sattelartig zusammenstoßen. Es werden deßhalb für den Ausbau derselben an beiden Seiten der mittleren Dornensäulen, in Entfernungen von 0,5 Meter, Knaggen befestigt, auf welche Latten zu liegen kommen, die zum Tragen des Strauchwerks bestimmt sind. Eine gleiche Anzahl Latten wird für denselben Zweck an der innern Seite jeder vorderen Dornensäulenreihe in dazu eingestemmte Larven gelegt. Die Vorderlatten kommen jedoch etwas tiefer zu liegen als die korrespondirenden Hinterlatten, damit die eingelegten auf den Lattenpaaren ruhenden Dornen nicht wagerecht, sondern durch die höhere Lage der Hinterlatten mit einer Neigung nach vorn, von 0,04 bis 0,05 Meter auf 1 Meter Länge der Horizontale, zu liegen kommen. Die vom Winde ins Innere der Wand getriebenen Tropfen können dadurch wieder mehr nach der Außenfläche gelangen. Es wird also damit bezweckt, daß an den Dornenspitzen der äußeren Wandflächen, wo die Verdunstung am kräftigsten erfolgt, auch ein genügender Tropfenfall gesichert ist. Damit jedoch die von den Spitzen abfallenden Sooltropfen stets aufs Neue Dornen treffen, muß außerdem die Wand der Höhe nach verjüngt werden. Die Größe der Dossirung, welche zu diesem Zwecke den äußeren Langseiten gegeben wird, beträgt 0,06 Meter auf das laufende Meter vertikaler Höhe. Die Holme und Sattelhölzer der Säulenreihen nehmen die Träger für das Soolgerinne auf und erhalten eine hinreichende Ausladung, um oberhalb der Gradirwände einen mit Laufdielen und Brustwehr versehenen Boden vorrichten zu können, der neben der Aufstellung der Tröpfeltröge und Soolenläufer die Begehung des Gradirhauses gestattet.

Das Soolgerinne ist ein aus tannenen Bohlen gezimmerter flacher Kasten, welcher nach der ganzen Länge des Gradirgebäudes oberhalb der Dornenwände angebracht ist und als Vorrathsbehälter für die zu gradirenden Soolen dient. Es ist nothwendig, soweit es die obere Breite des Gradirhauses zuläßt, dem Soolgerinne möglichst große Dimensionen zu geben, damit ein genügender Soolvorrath darin vorhanden ist, wenn günstige Witterungsverhältnisse eine starke Speisung der Wände erheischen, oder Störungen und Unzulänglichkeiten der Soolhebungsvorrichtungen während des Gradirbetriebes eintreten sollten.

Die planmäßige Vertheilung des im Gerinnkasten gehaltenen Soolvorraths, und die den Witterungszuständen anzupassende Speisung der Gradirwände wird durch die Tröpfelvorrichtungen erlangt. Um die Soole in dünnen Strahlen gleichmäßig auf die Dornen zu vertheilen, sind, je nach dem beabsichtigten Speisungsverfahren, zwei oder vier Reihen Tröpfeltröge der ganzen Länge nach über jeder Gradirwand aufgestellt. Die Wangen dieser schmalen, 1 bis 2 Meter langen Tröge sind oben mit Einschnitten und seitlich mit muldenförmigen Kehlungen versehen, damit die aus den Einschnitten fallenden Soolstrahlen durch die Adhäsion der Holzflächen sich verbreitern. Bei Aufstellung der einzelnen Tröge in Reihen werden dieselben durch Zapfen vor Verschiebung gesichert, die vor den Kopfenden eingeschlagen werden, und durch Schutzbretter begegnet man dem Verwehen der Soole bei stürmischem Wetter. Die Zuleitung der Soole nach den Tröpfeltrögen erfolgt mittelst kleiner Zuleitungsrinnen (Soolenläufer) und hölzerner Hähne, die entweder im Soolgerinne selbst, oder in den mit diesem in Verbindung stehenden Vertheilungsröhren angebracht sind. — Fig. 2, 3, 4 auf Taf. 113 versinnlichen die Konstruktion der Vorrichtungen zur Speisung eines zweiwandigen Gradirgebäudes.

Je nach der Art, welche bei Versorgung der Gradirwände mit Soole in Anwendung gebracht wird, bezeichnet man:

als Flächengradirung das Verfahren, wenn bei einwandigen Gradirhäusern nur die beiden äußern Dornenflächen durch die Tröpfelvorrichtungen mit Soole versehen werden können. Bei dieser ältesten Gradirmethode wurde alsdann immer nur die dem Winde zugekehrte Seite mit Soole belegt, während die andere Hälfte der Wand zum Auffangen der verstäubten Sooltropfen diente;

als kubische Gradirung, wenn durch vorhandene vier Reihen Tröpfelrinnen außerdem die inneren Hälften der sattelartig zusammenstoßenden Wand mit Soole versorgt werden;

als kombinirte kubische und Dreiflächengradirung diejenige, von Rollmann eingeführte, Methode, nach welcher bei zweiwandigen Gradirgebäuden die eine Wand vollständig, und die zweite an der dieser Wand zugekehrten Fläche mit Soole gespeiset wird.

Da je nach der Windrichtung bald diese bald jene Seiten der Dornenwände mit Soole belegt werden müssen, so sind mehrfach Vorrichtungen erdacht, die das rasche Umstellen des Soolzuflusses aus dem Soolgerinne nach den Tröpfeltrögen bezwecken, ohne daß die einzelnen Tropfhähne geschlossen oder geöffnet zu werden brauchen. Diese Vorkehrungen sind Geschwindstellungen genannt. In der Abbildung auf Tafel 113 sind die beiden oberhalb der äußern Ränder der Gradirwände fortlaufenden Röhren mit dem Soolgerinne durch Zwischenröhren verbunden, und die Speisung der dazu gehörenden Reihen Tröpfeltröge kann durch Oeffnen oder Schließen der Stöpsel im Soolgerinne hergestellt und unterbrochen werden.

Die beschriebenen Vorkehrungen zur Vertheilung der Soole auf die Gradirwände machen es möglich, die Menge der herabfallenden Soole den jedesmaligen Witterungsverhältnissen anzupassen, so daß die Soolen immer mit derselben Erhöhung des Konzentrationszustandes in das unter den Dornen befindliche Bassin gelangen. Es wäre nun denkbar, die Soolspeisung der Dornenwände dahin regeln zu können, daß die zu gradirende geringhaltige Soole durch einmaliges Herabfallen den gewünschten, der Sättigung naheliegenden, Salzgehalt erlangen müßte; allein bei einem solchen Verfahren würde die Verdunstungsfähigkeit der Gradirflächen nur zu einem geringen Theile ausgenutzt werden. Die vollständige Benutzung der Leistungsfähigkeit erfordert eine stärkere Soolbelegung der Dornen, so daß die Veredelung der Rohsoole durch einmaliges Fallen nicht zu erreichen ist. Es wird deshalb die disponible Gradirfläche nebst den Bassins in so viele Abtheilungen oder Soolfälle eingetheilt, als die Zahl der Niederfälle betragen muß, um bei angemessener Speisung der Dornen den beabsichtigten Konzentrationsgrad einer Siedesoole zu erreichen. Die von den ersteren Fällen erhaltenen Soolen, welche an die Gradirung zur weiteren Konzentrirung zurückgelangen, heißen Mittelsoolen; die Soole des letzten Gradirfalls Gutsoole, Siedesoole. Die Zahl der benöthigten Soolfälle muß sowohl von dem Salzgehalte der Rohsoole, als dem beanspruchten Salzgehalte der darzustellenden Siedesoole abhängig sein. Während einige Salinen mit drei Soolfällen arbeiten, müssen andere die Soole vier bis sechs Mal zum wiederholten Falle auf die Gradirgebäude heben. Je geringer die Anzahl der Gradirfälle sein kann, ohne die Leistungsfähigkeit der Dornenflächen durch zu schwache Soolenbelegung zu beeinträchtigen, desto mehr wird an Zeit und Kosten gespart.

Die Höhe des Salzgehalts der durch den Gradirungsbetrieb erhaltenen Siedesoolen schwankt nach den Witterungsverhältnissen der einzelnen Betriebsjahre. Auch wird ein hohes Siedeloth wegen des bedeutenden Salzverlustes, der bei fortgesetzter Gradirung hochlöthiger Soole eintreten würde, meistens absichtlich vermieden. Es kommen deshalb die Soolen gewöhnlich mit 22 bis 23 Prozent Salzgehalt als Siedesoole zur Ablieferung, und bei Verarbeitung sehr armer Rohsoolen oder durch Unzulänglichkeit der Gradiranstalten, steht oftmals nur die Erhöhung des Salzgehalts bis 15 Prozent zu erreichen. Auch die Nothwendigkeit, ein das Gewöhnliche übersteigendes Salzquantum darstellen zu müssen, kann dazu zwingen, durch verstärkte Soolbelegung der disponiblen Gradirwände von dem sonst zulässigen höheren Salzgehalte der erzeugten Siedesoole abzustehen.

Fig. 4, Taf. 106 (Maßstab $^1/_{150}$) ist der Querschnitt eines zweiwandigen Gradirgebäudes, welches über einem Erdreservoir errichtet und mit Tröpfelvorrichtungen für die kombinirte kubische und Dreiflächengradirung versehen ist. Das Bassin a hat ein leichtes hölzernes Verdeck erhalten, einestheils um die in den Gradirwänden herabfallende Soole nochmals über die Bretterbedachung c fließen zu lassen, wodurch an warmen Sommertagen die Konzentration der Soole (Dachgradirung) wesentlich gefördert wird, und anderntheils um die Veruneddlung der im Reservoir angesammelten Soole bei Regenwetter zu verhüten. Es ist deshalb die Rinne d zum Einlauf der Soole ins Bassin mit Löchern versehen, die bei gebotenem Stillstande der Gradirung, zur Abführung des Regenwassers verschlossen werden können. Die Thonlage b, mit der das Reservoir umstampft ist, dient zur Vermehrung des Schutzes gegen das Verrinnen der Soole. Die beiden 8,75 Meter hohen Dornenwände e, e sind so weit von einander gerückt, als es die dem Bassin gegebene Breite gestattete. An den mittleren Dornensäulen sind zum Tragen der Dornenlatten hakenförmige Knaggen befestigt, während die vorderen Säulen eingestemmte Larven zeigen, in welche die Dornenlatten eingeschoben werden. Die

Hauptsäulen des ganzen Gradirgerüstes sind mit Sturmstreben versehen und zur Aufnahme der durch Kopfbänder unterstützten, quer laufenden Sattelhölzer an ihrem oberen Theile durch Laschen verstärkt, um die Träger und Balken, von denen das Soolgerinne sammt den Tröpfelvorrichtungen getragen wird, aufnehmen zu können. Das Soolgerinne f steht mit den Röhren g, g in Verbindung, um mittelst der Soolhähne h die Soole nach den Tröpfeltrögen i vertheilen zu können. Je nachdem die eine oder andere Wandfläche mit Soole belegt werden soll, wird die Verbindung der Röhren g, g mit dem Soolgerinne durch Oeffnen und Schließen der Stöpsel hergestellt, während der Soolzufluß nach den beiden mittleren Reihen von Tröpfeltrögen durch Oeffnen und Verschließen der einzelnen am Soolgerinne angebrachten Hähne geregelt werden muß.

Zur Hebung der Soolen auf die Gradirhäuser bedient man sich, außer Dampfmaschinen und Wasserrädern, auch der Windmühlen, namentlich um die Mittelsoolen auf die Abtheilung des nächst folgenden Falles zu heben. Windmühlen sind für die Förderung der Soole auf die Gradirgebäude deshalb geeignet, weil sie sammt den Pumpen an jeder Stelle auf dem Gradirhause angebracht werden können, und die nöthige Kraft des Windes zur Betreibung der Pumpen gerade dann vorhanden ist, wenn die größte Soolbelegung der Dornen, bei windigem Wetter, erforderlich wird. Sollen die Kräfte der Bewegungsmaschinen nach den Soolpumpen in beträchtliche Entfernung von den Motoren übertragen werden, so geschieht dies meistens mittelst hölzerner Gestänge. Je mehr dagegen die Hebung der Soole, welche der Gradirbetrieb beansprucht, auf wenige Punkte beschränkt ist, desto größere Aufmerksamkeit wird auf eine zweckmäßige Anlage des Röhrensystems zu verwenden sein, damit unnöthig lange Soolleitungen vermieden werden.

Die Größe des Effekts der Gradirung wird nach der geleisteten Wasserverdunstung der vorhandenen einseitigen Dornenfläche und dem Gradirverluste (der zwischen dem Rohsalzgehalte der Brunnensoole und jenem der erhaltenen Siedesoole stattfindenden Differenz) bemessen. Es hat z. B. das zur königlich preußischen Saline Schönebeck gehörende Gradirwerk Elmen im Jahre 1859 nach offiziellen Angaben folgende Betriebsresultate ergeben: Von der aus den Schächten geförderten Soolmenge wurden 9,922,322 Kubikfuß oder

306,600 Kubikmeter Soole mit 9,48 Prozent Rohsalzgehalt der Gradirung zugeführt. Bei einer im Allgemeinen recht günstigen Witterung arbeitete die Gradirung während des Zeitraums vom 23. Februar bis 5. Dezember 4085 Stunden hindurch und lieferte 3,664,514 Kubikfuß oder 113,233 Kubikmeter Siedesoole von 22,4 Prozent Rohsalzgehalt. Der Salzverlust während der Gradirung betrug 4,197 Prozent gegen 5,61 Prozent des Vorjahrs. Es wurden im Durchschnitt pro Quadratfuß einseitiger Dornenwandfläche 25.042 Kubikfuß oder pro Quadratmeter 7.858 Kubikmeter Wasser verflüchtigt; ein Resultat, welches hinter dem durchschnittlichen Verdunstungseffekte der letzten 10 Jahre um etwa 4 Prozent zurückbleibt. Die Gradiranstalt besitzt bei einer Länge der Dornenwände von 5817 Fuß oder 1826 Meter, 250,000 Quadratfuß oder 24,625 Quadratmeter einseitiger Wandfläche. Die Gradirung wird dreifällig betrieben und die Soolbelegung des ersten Falles mag für 100 laufende Fuß Dornwandfläche pro Minute etwa 1.60 Kubikfuß Rohsoole betragen.

Seit Eröffnung des Staßfurter Steinsalzbergbaus werden in Schönebeck außerdem beträchtliche Quantitäten des als Speisesalz unverkäuflichen Staßfurter Fördersalzes verarbeitet, zu dessen Auflösung größtentheils die rohe Brunnensoole verwandt wird.

Nachdem die Anstrengungen Seitens der preußischen Salzregieverwaltung, dem Staßfurter Steinsalze allgemeinen Eingang in die bis dahin an Siedesalz gewöhnten Provinzen zu verschaffen, erfolglos geblieben, war die Saline Schönebeck um so mehr geeignet, die Umsiedung des Steinsalzes zu beschaffen, als ihre Lage am Elbstrome für den Debit des Salzes außerordentlich günstig ist und die vorhandenen bedeutenden Anstalten für den Siedebetrieb dieser Saline, so lange dieselbe auf Gradirung angewiesen blieb, während der Wintermonate, wegen Mangels an Siedesoole, außer Betrieb gesetzt werden mußten. Im Jahre 1860 wurden in Elmen zur Anreicherung von größtentheils 9,7 prozentiger Brunnensoole und 12,8 prozentiger gradirter Mittelsoole 261,157 Zentner = 13,057,850 Kilogramm Staßfurter Fördersalz, welches gegen 10 Prozent an unlöslicher Substanz enthielt, für die Darstellung von Siedesoole verwandt. Man erreichte jedoch durch das Auflöseverfahren hier keinen höheren Salzgehalt der Soole als 21,3 Prozent. Die jährliche Produktion der Saline konnte durch die Verwendung des Staßfurter Steinsalzes zur Erzeugung künstlicher Siedesoole auf nahezu 50 Millionen Kilogramm Siedesalz gesteigert werden, so daß außer den östlichen Provinzen des Königreichs nunmehr auch die bisher auf den Bezug englischen Salzes angewiesene Provinz Pommern mit inländischem Salze versorgt werden kann. Da ferner die Tiefbohrungen in Schönebeck zur Auffindung reicher Steinsalzsoole geführt haben, so wird der Gradirungsbetrieb dieser Saline, voraussichtlich in nicht ferner Zeit, gänzlich eingestellt werden können.

In Dürrenberg, einer andern nicht unbedeutenden preußischen Saline, durch welche das Königreich Sachsen und die Anhaltischen Fürstenthümer, zufolge eines Vertrages, von Preußen mit Salz versorgt werden, wurden in dem der Gradirung ungünstigen Jahre 1860 folgende Betriebsresultate erreicht: Von 36,236,400 Kubikfuß = 1,119,704 Kubikmeter aus dem Soolschachte geförderter Soole wurden nur

	6,616,340 Kubikfuß	=	204,445	Kubikmeter und
	236,340 „	=	7,313	„
im Ganzen	6,852,680 Kubikfuß	=	211,758	Kubikmeter

von durchschnittlich 8,26 Prozent Rohsalzgehalt der Gradirung übergeben. Die beträchtliche Mehrförderung an Soole kann nicht umgangen werden, da die mächtigen Zuflüsse des Soolschachtes dieser Saline bis zu einer durch Erfahrung ermittelten Tiefe gewältigt werden müssen, bei welcher die Soole den größten Salzgehalt zeigt. In 3074 Stunden wirklicher Arbeitszeit, während des Zeitraums vom 1. März bis 7. Dezember, wurden erhalten 2,410,510 Kubikfuß = 74,485 Kubikmeter Siedesoole mit 17,6 Prozent Rohsalzgehalt. Die Gradirung wird dreifällig betrieben und besitzt 165,300 Quadratfuß = 16,282 Quadratmeter einseitiger Dornwandfläche, sowie 87,340 Quadratfuß = 8603 Quadratmeter Dachfläche. Die Wasserverflüchtigung betrug auf den Quadratfuß benutzter einseitiger Wandfläche der Dorngradirung 24.925 Kubikfuß, oder 7.817 Kubikmeter pro Quadratmeter, und bei der Dachgradirung 0.809 Kubikfuß für den Quadratfuß, = 0.2538 Kubikmeter pro Quadratmeter Dachfläche.

Zufolge des unzertrennlichen Beisammenseins des Steinsalzes mit dem Gypse, auf dessen bedeutende Betheiligung an der Zusammensetzung des Salzgebirges wiederholt hingewiesen wurde, wird auch in allen Salzquellen das Chlornatrium vom Gypse begleitet gefunden. Durch die Wasserverdunstung während des Gradirens wird ein großer Theil des in der Rohsoole gelösten Gypses abgeschieden und dadurch die Bildung des Dornsteins veranlaßt, mit welchem die Dornen und Holztheile der Gradirwände nach längerem Gebrauch, in Gestalt einer Kruste oder Rinde, überzogen werden. Der Dornstein und der in den Soolbassins der Gradirgebäude vorgefundene Schlamm enthält außerdem noch Beimengungen von Kieselerde, Thonerde, Eisenoxyd und die kohlensauren Erden, welche mit dem zu Eisenoxyd oxydirten Eisenoxydul durch freie Kohlensäure in Auflösung vorhanden waren. Während des Gradirens sind diese Stoffe entweder wie der Gyps durch Wasserverdunstung, oder wie das kohlensaure Eisenoxydul und die kohlensauren Erden durch Verflüchtigung der freien Kohlensäure, ihrer Auflösungsmittel beraubt worden. Bei der unwesentlichen Betheiligung der letzteren Verbindungen an der Bildung des Dornsteins ist die Größe des Dornsteinfalls vorzugsweise vom Gypsgehalte der Rohsoolen abhängig. Die durch Kohlensäure gelösten Verbindungen finden sich in dem Dornstein des ersten Gradirfalls, der, wie in Schönebeck, vorwiegend aus kohlensaurem Kalk bestehen kann, wenn der Gypsgehalt der Rohsoole gering genug war, um nach der bewirkten Wasserverdunstung während des ersten Soolfalls noch in Auflösung gehalten zu werden. Die Löslichkeit des Gypses in Wasser wird durch die Anwesenheit des Kochsalzes in Folge partieller Umsetzung der Bestandtheile dieser Körper wesentlich erhöhet, dieselbe vermindert sich aber mit der Zunahme des in Lösung befindlichen Kochsalzgehalts. Beim Verdampfen einer mit Gyps gesättigten schwachen Kochsalzlösung wird deßhalb ein großer Theil des gelösten Gypses wieder ausgeschieden, bevor das Kochsalz zur Abscheidung gelangt. Es werden jedoch von 100 Theilen der gesättigten Kochsalzlösung 0,233 Theile Gyps zurückgehalten, die bei weiterer Verdampfung gleichzeitig mit dem Kochsalze ausfallen und dieses verunreinigen. Daher kommt es, daß alles durch die Versiedung der gypshaltenden natürlichen Soolen dargestellte Kochsalz durch Gyps verunreinigt ist. 100 Theile Wasser lösen bei $+ 18{,}75^{0}$ 0,251 Th. wasserfreien Gyps, mithin wird 1 Th. Gyps von 398 Th. Wasser gelöset. Nach Poggiale ist die Löslichkeit des Gypses in Wasser bei $+ 35^{0}$ C. am größten, und es wird dieselbe sowohl beim Sinken als beim Steigen der Temperatur vermindert. Die abweichenden Angaben über die Auflöslichkeit des Gypses in Kochsalzlösungen veranlaßten die Anstellung eigner Versuche, um die Löslichkeit des Gypses für zwei reine Kochsalzlösungen von 5 und 25 Prozent Salzgehalt bei + 18,75 ° C. zu ermitteln, wobei der mit kleesaurem Ammoniak gefällte Kalk als wasserfreie schwefelsaure Kalkerde berechnet wurde. In 100 Gramm der 5prozentigen und bei + 18,75 ° C. mit Gyps gesättigten reinen Kochsalzlösung waren in Auflösung vorhanden: 0,593 wasserfreie schwefelsaure Kalkerde, oder 0,750 Gramm Gyps ($CaO, SO_3 + 2 H_2O$). In 100 Gramm mit Gyps gesättigter Kochsalzlösung von 25 Prozent Salzgehalt wurden dagegen gefunden: 0,47125 wasserfreie schwefelsaure Kalkerde, oder 0,596 Gramm Gyps. Ein Theil Gyps kann demnach in Auflösung befindlich sein, in 133,33 Th. Kochsalzsoole von 5 Prozent und in 167,78 Th. Kochsalzsoole von 25 Prozent Salzgehalt; oder 1 Theil wasserfreie schwefelsaure Kalkerde in: 168,63 Th. Kochsalzsoole von 5 Prozent und in 212,2 Th. Kochsalzsoole von 25 Prozent Salzgehalt. — Eine von Anthon gemachte Angabe, nach welcher 1 Theil Gyps in 122 Theilen gesättigter Kochsalzlösung löslich sein soll, muß als irrthümlich bezeichnet werden.

Da die Anwesenheit von schwefelsaurer Magnesia und Chlormagnesium in den Kochsalzsoolen die Lösungsfähigkeit des Gypses nicht vermindert, dieselbe vielmehr um etwas zu erhöhen im Stande ist und alle natürlichen Kochsalzsoolen, welche gradirt werden, so viel Gyps enthalten, daß dessen Ausscheidung bei ihrer Konzentration, mindestens auf den letzten Gradirfällen, erfolgt; so müssen die gradirten Siedesoolen jederzeit mit Gyps gesättigt sein und dasjenige Quantum davon gelöst enthalten, welches dem Konzentrationszustande einer Kochsalzlösung von dem der gradirten Siedesoole zukommenden Salzgehalte entspricht — gleichgültig, ob die Soole noch andere schwefelsaure Salze enthält oder ob durch einen Gehalt von Chlorkalzium die Gegenwart der schwefelsauren Salze (abgesehen vom Gypse) ausgeschlossen wird.

Die Veränderungen, welchen die Kochsalzsoolen bei der Anreicherung ihres Salzgehalts durch das Gradirverfahren unterworfen sind, werden aus der weiter unten mitgetheilten von Heine ermittelten Zusammensetzung der Gradirungsprodukte ersichtlich werden.

Es ist jedoch zu berücksichtigen, daß, wenn verschiedene Salze gemeinschaftlich in Auflösung befindlich sind — wie bei den Kochsalzsoolen der Fall ist — vielfach Wechselzersetzungen oder partielle Umsetzungen eintreten können. Beispielsweise kann eine Auflösung von schwefelsaurer Magnesia und Chlornatrium eben so wohl als eine Lösung von schwefelsaurem Natron mit Chlormagnesium betrachtet werden. Der Gyps ist in Kochsalzlösungen in größerer Menge löslich als in reinem Wasser, und wir schließen daraus auf eine partielle Umsetzung desselben mit dem Kochsalze zu Chlorkalzium und schwefelsaurem Natron. Die Auflösung eines Gemisches von Chlorkalium und salpetersaurem Natron im Verhältniß ihrer Aequivalente liefert beim Versieden der Lösung reines Kochsalz und durch Krystallisiren der zurückbleibenden Salzlauge wird Kalisalpeter gewonnen, während nichts gegen die Annahme spricht, daß die Auflösung dieser Salze salpetersaures Natron und Chlorkalium enthält. Aus der schon erwähnten Lösung von schwefelsaurer Magnesia und Kochsalz krystallisirt in der Frostkälte schwefelsaures Natron, welches bei niederer Temperatur schwer löslich ist, und Chlormagnesium bleibt in Auflösung, während beim Verdampfen der Lösung in höherer Temperatur die vollständige Trennung der durch Wechselzersetzung gebildeten Salzverbindungen nicht erreicht werden kann. Auf die Umsetzungen üben außer den Temperatur- und Löslichkeitsverhältnissen auch die Gewichtsverhältnisse, unter welchen die Salze in Auflösung befindlich sind, einen besonderen Einfluß aus; aber es fehlt an sicheren Anhaltspunkten, um die Konstitution der in Lösung befindlichen Verbindungen derartiger Salzgemische beurtheilen zu können. Hierdurch entsteht eine gewisse Willkür bei der Vertheilung der Salzbilder und Säuren unter die Metalle und Basen nach den analytischen Resultaten. Es wurden deshalb im Nachfolgenden die durch Analyse gefundenen Zusammensetzungen der Soolen in dreierlei Weise berechnet. Die erste Kolumne bezeichnet die wahrscheinliche Zusammensetzung der Soolen unter 0°, die zweite deren muthmaßliche Zusammensetzung bei höheren Temperaturgraden, und in der dritten Kolumne sind die stärksten Basen den stärksten Säuren zugetheilt, mit Ausnahme des Kalks, welcher, soweit derselbe nicht von Kohlensäure gebunden wird, als Gyps berechnet wurde, weil derselbe in dieser Verbindung zur Ausscheidung gelangt.

1. Rohe Soole aus der Saline Schönebeck aus dem Schachte III. zu Salza.

	1.	2.	3.
Organische Substanz	0,001	0,001	0,001
Kieselerde	0,002	0,002	0,002
Kohlensaures Eisenoxydul	0,003	0,003	0,003
Doppelkohlensaurer Kalk	0,049	0,049	0,049
Doppelkohlensaure Magnesia	0,006	0,006	0,006
Schwefelsaurer Kalk	0,284	0,284	0,284
Schwefelsaures Kali	—	0,148	0,148
Schwefelsaure Magnesia	—	0,130	—
Schwefelsaures Natron	0,274	—	0,153
Chlorkalium	0,125	—	—
Chlormagnesium	0,170	0,073	0,170
Chlornatrium	10,186	10,404	10,284
Rohsalz oder feste Bestandtheile	11,100	11,100	11,100
Wasser	88,900	88,900	88,900
Summa	100,000	100,000	100,000

Einmal gefallene Soole.	1.	2.	3.
Schwefelsaurer Kalk	0,489	0,489	0,489
Schwefelsaures Kali	—	0,226	0,226
Schwefelsaure Magnesia	—	0,112	—
Schwefelsaures Natron	0,317	—	0,131
Chlorkalium	0,192	—	—
Chlormagnesium	0,231	0,142	0,231
Chlornatrium	15,221	15,481	15,373
Rohsalz oder feste Bestandtheile	16,450	16,450	16,450
Wasser	83,550	83,550	83,550
Summa	100,000	100,000	100,000

Dornstein des ersten Falls. (Die Dornsteinbildung des ersten Soolfalls ist außerordentlich schwach.)	1.	2. und 3.
Organische Substanz	1,208	1,208
Kieselerde	2,285	2,285
Eisenoxyd	1,923	1,923
Thonerde	0,456	0,456
	5,872	5,872

	5,872	5,872
Kohlensaurer Kalk	76,291	76,291
Kohlensaure Magnesia	1,591	1,591
Schwefelsaurer Kalk	3,237	3,237
Schwefelsaures Kali *	—	0,827
Schwefelsaures Natron	2,766	2,090
Chlorkalium *	0,706	—
Chlornatrium	2,148	2,703
Wasser	7,389	7,389
Summa	100,000	100,000

* Dieser bedeutende Kaligehalt ist auffallend.

Zweimal gefallene Soole.	1.	2.	3.
Schwefelsaurer Kalk	0,462	0,462	0,462
Schwefelsaures Kali	—	0,277	0,277
Schwefelsaure Magnesia	—	0,230	—
Schwefelsaures Natron	0,496	—	0,270
Chlorkalium	0,236	—	—
Chlormagnesium	0,330	0,152	0,330
Chlornatrium	18,691	19,094	18,876
Rohsalz oder feste Bestandtheile	20,215	20,215	20,215
Wasser	79,785	79,785	79,785
Summa	100,000	100,000	100,000

Dornstein des zweiten Falles.	1.	2. und 3.
Organische Substanz	0,041	0,041
Kieselerde	0,239	0,239
Eisenoxyd und Thonerde	0,075	0,075
Kohlensaurer Kalk	1,192	1,192
Kohlensaure Magnesia	0,219	0,219
Schwefelsaurer Kalk	75,774	75,774
Schwefelsaures Kali	—	0,701
Schwefelsaures Natron	0,642	0,069
Chlorkalium	0,599	—
Chlornatrium	0,858	1,329
Wasser	20,361	20,361
Summa	100,000	100,000

Dreimal gefallene Soole.	1.	2.	3.
Schwefelsaurer Kalk	0,383	0,383	0,383
Schwefelsaures Kali	—	0,359	0,359
Schwefelsaure Magnesia	—	0,233	—
Schwefelsaures Natron	0,568	—	0,274
Chlorkalium	0,306	—	—
Chlormagnesium	0,375	0,194	0,375
Chlornatrium	23,074	23,537	23,315
Rohsalz oder feste Bestandtheile	24,706	24,706	24,706
Wasser	75,294	75,294	75,294
Summa	100,000	100,000	100,000

Dornstein des dritten Falles.	1.	2. und 3.
Organische Substanz	0,021	0,021
Kieselerde	0,056	0,056
Eisenoxyd und Thonerde	0,061	0,061
Kohlensaurer Kalk	0,730	0,730
Kohlensaure Magnesia	0,161	0,161
Schwefelsaurer Kalk	76,018	76,018
Schwefelsaures Kali	—	0,468
Schwefelsaures Natron	0,656	0,274
Chlorkalium	0,399	—
Chlornatrium	0,754	1,067
Wasser	20,944	20,944
Summa	100,000	100,000

2. Rohe Soole aus dem Soolschachte der Saline Dürrenberg.

	1.	2.	3.
Kieselerde	0,002	0,002	0,002
Eisenoxyd	0,001	0,001	0,001
Kohlensaure Kalkerde	0,013	0,013	0,013
Kohlensaure Magnesia	0,002	0,002	0,002
Schwefelsaure Kalkerde	0,568	0,568	0,568
Schwefelsaure Thonerde	0,003	0,003	0,003
Schwefelsaures Kali	—	0,083	0,083
Schwefelsaure Magnesia	—	0,054	—
Schwefelsaures Natron	0,131	—	0,064
Chlorkalium	0,070	—	—
Chlormagnesium	0,167	0,125	0,167
Chlornatrium	7,433	7,539	7,487
Rohsalz oder feste Bestandtheile	8,390	8,390	8,390
Wasser	91,610	91,610	91,610
Summa	100,000	100,000	100,000

Gradirte Soole.	Brunnen-Soole.	einmal gradirte Soole.	zweimal gradirte Soole.	dreimal gradirte Soole.
Kieselerde	0,002	0,001	—	—
Eisenoxyd	0,001	—	—	—
Kohlensaure Kalkerde	0,013	0,011	0,003	0,017
Kohlensaure Bittererde	0,002	0,004	0,001	
Schwefelsaure Thonerde	0,003	—	—	—
Gyps	0,568	0,615	0,584	0,473
Schwefelsaures Kali	0,083	0,083	0,143	0,161
Bittersalz	0,054	0,062	0,083	0,159
Chlormagnesium	0,125	0,178	0,254	0,352
Kochsalz	7,539	10,569	15,743	21,976
Rohsalz oder feste Bestandtheile	8,390	11,523	16,811	23,138
Wasser	91,610	88,477	83,189	76,862
Summa	100	100	100	100

Dornstein.	Vom 1. Fall.	Vom 2. Fall.	Vom 3. Fall.
Kieselerde	0,150	0,165	0,173
Eisenoxyd	0,107	0,066	Spur
Kohlensaure Kalkerde	0,483	0,262	0,089
Kohlensaure Bittererde	0,099	0,050	0,065
Gyps	76,831	77,262	77,877
Schwefelsaure Thonerde	0,438	0,221	—
Schwefelsaures Kali	0,462	0,538	0,314
Glaubersalz	0,155	0,118	—
Kochsalz	0,122	0,175	0,345
Wasser	21,153	21,143	21,137
Summa	100	100	100

g) Gewinnung des Kochsalzes durch Versieden der Kochsalzsoolen.

Die Baulichkeiten mit den Betriebsvorrichtungen der Salinen, welche zur fabrikmäßigen Darstellung des Kochsalzes dienen, werden Siedehäuser, Sudhäuser, auch Salzkote genannt.

Die Gewinnung des Kochsalzes, als die eigentliche Aufgabe des Salinbetriebes, erfolgt durch das Versieden der Soolen, die, um siedewürdig zu sein, einen genügenden Kochsalzgehalt besitzen müssen. Die reichen natürlichen Siedesoolen, welche im Steinsalzgebirge selbst oder in dessen Nähe erschroten werden, sind nicht selten, soweit es die ihnen zukommende Temperatur gestattet, mit Salz gesättigt, während die durch Gradirung salzarmer Quellen erhaltenen Siedesoolen, ohne allzugroße Vertheuerung,[1] oftmals nur auf 18 Prozent und noch geringeren Salzgehalt gebracht werden können.

Vor Anlage einer Saline wird die Frage besonders zu erwägen sein, ob die Erzeugungskosten des Salzes — namentlich die Kosten des benöthigten Brennstoffaufwandes und der Arbeit — die Sicherstellung eines genügenden Absatzquantums durch die in Aussicht stehende Größe des zugänglichen Absatzfeldes gestatten werden; denn die Behauptung der Größe des Debitskreises, den eine Saline bedarf, wird im unbeschränkten Salzverkehr vorzugsweise von dem Fabrikationswerthe des gewonnenen Kochsalzes abhängig bleiben. Im Allgemeinen dürfte bei den heutigen Preisen und Salzverkehrsverhältnissen die Beantwortung dieser Frage ungünstig ausfallen, wenn Siedesoolen von weniger als 15 Prozent Salzgehalt versotten werden müssen.

Wenngleich die Gewinnung des Kochsalzes auf einem einfachen Abdampfungsverfahren beruht, so sind dennoch zur möglich vortheilhaftesten Darstellung nicht nur technisch vollkommene Betriebsanstalten erforderlich, sondern die zweckmäßige und rationelle Führung des Salinbetriebes beansprucht außerdem eine genaue Kenntniß aller dabei erforderlichen Operationen und die Beurtheilung aller Verhältnisse, welche den Gang dieser Operationen beeinflussen können.

Gutes Kochsalz muß völlig weiß sein, einen reinen, milden und angenehm salzigen Geschmack besitzen. Dasselbe muß trocken sein, beim Aufbewahren an der Luft wenig oder gar nicht feucht werden und in drei Gewichtstheilen kalten Wassers ohne Hinterlassung eines Rückstandes von Gyps oder andern unlöslichen Substanzen vollkommen klar sich auflösen. Beim starken Erhitzen, oder auf glühende

[1] Die Gradirungskosten salzarmer Soolen werden nicht nur nach dem Salzgehalte der Rohsoolen, sondern auch nach der Größe des, den Betrag der Generalunkosten beeinflussenden Betriebsumfanges sehr abweichen können. Bei dem Salzgehalte der Rohsoolen von 10 bis zu 6 Prozent herab dürften dieselben, unter günstigen Verhältnissen, im Allgemeinen zu 1 bis $1\frac{1}{2}$ Thlr. für 1000 Kilogramm fabrizirten Kochsalzes anzunehmen sein, wenn die Soolen zu 18 bis 22 Prozent Salzgehalt angereichert werden.

Kohlen geworfen, verknistert das Kochsalz unter prasselndem Geräusch. Diese Eigenschaft, durch die Verdampfung der zwischen den Lamellen der Krystalle eingeschlossenen Salzlauge verursacht, unterscheidet das Kochsalz der Salinen vom Steinsalze, welches, da es einen Gehalt an Dekrepitationswasser nicht besitzt, die Erscheinung nicht zeigt. Nach der Verknisterung bildet das Salz ein mehlartiges Pulver.

Alles von den Salinen dargestellte Kochsalz ist krystallinisch, matt glänzend, und in dünnen Lagen durchscheinend. Die Krystalle bilden kleinere und größere treppenförmige hohle vierseitige Pyramiden, oder Aggregate kleiner und größerer Würfel. Nach der Größe der Krystalle unterscheidet man feinkörnig, mittelfein und grobkörnig krystallisirtes Kochsalz. Die Forderung der Konsumenten an die Salinen, das Kochsalz in fein- und grobkrystallisirter Form darzustellen, entspringt nicht immer aus provinzieller Gewöhnung an eine bestimmte Größe des Salzkorns, sondern dieselbe wird oftmals durch die Verwendung desselben zum Einsalzen vegetabilischer und animalischer Substanzen vollkommen gerechtfertigt. Zum Salzen der Butter und solcher Provisionen, bei denen weniger eine langdauernde Erhaltung als vielmehr die rasche Wirkung des Salzes beabsichtigt wird, ferner zum Gebrauch als Tafel- und Speisesalz verdient das feinkörnige Kochsalz den Vorzug; dagegen kann die grobkörnige Beschaffenheit des Salzes für die dauernde Konservirung wasserhaltiger Konsumtibilien zweckmäßiger erscheinen, weil die Auflösung langsamer erfolgt und dadurch der bezweckte Schutz gegen Verderbniß nachhaltiger gesichert ist. Beispielsweise wird für die Verproviantirung der englischen Marine das Fleisch unter Verwendung feinkörnigen Siedesalzes gesalzen und dasselbe nach der Verpackung in Fässer mit einem Spiegel sehr grobstückigen spanischen oder portugiesischen Meersalzes belegt, ohne welches Verfahren die verlangte ausgezeichnete Erhaltung desselben nicht erreicht werden kann. In ähnlicher Weise bedeckt man die mit feinem Salze ausgesalzene Butter, nachdem sie in Fässer geknetet ist, mit einer Lage grobkörnigen Siedesalzes.

Je gröber das Korn des Kochsalzes ist, desto schwerer ist dasselbe. Das absolute Gewicht eines hannoverschen Kubikfußes = 0,0249 Kubikmeter trocknen Salzes beträgt bei loser Schüttung und tadellos gleichmäßigem Korn für

feinkörniges . .	13	Kilogramm
mittelgrobes . .	14,5	„
grobes	18	„
würfelig grobes .	24	„

Es wiegt demnach ein Kubikmeter getrocknetes Kochsalz

feinkörniges . . .	522	Kilogramm
mittelgrobes . .	582	„
grobes	723	„
würfelig grobes .	964	„

Wenn in manchen Gegenden das von den Salinen nach Gewicht abgegebene Kochsalz im Kleinhandel nach Gemäß wieder verkauft wird, so hat der Kaufmann ein wesentliches Interesse an der möglichst lockeren und leichten Beschaffenheit, um mit dem Gewichte gleichzeitig ein großes räumliches Maß zu erhalten. Wie die Salinen dieser Forderung thunlichst entsprechen können, wird weiter unten mitgetheilt werden. Diesem kaufmännischen Verfahren gegenüber ist die Ansicht der Konsumenten, daß schweres, grobkörniges Salz schärfer und wirksamer salze als feinkörniges, leicht und locker beschaffenes, so lange richtig, als im gewöhnlichen Leben nicht das verbrauchte Gewicht, sondern das räumliche Maß in Betracht gezogen wird und dabei unberücksichtigt bleibt, daß beim Einkauf des Salzes nach Gewicht das feinkörnige ein größeres Gemäß liefert als dasselbe Gewicht grobkörnigen Salzes. Die Anwendung gleicher Gewichte wird dagegen immer denselben Grad von Gesalzenheit herbeiführen.

Durch die das Kochsalz auszeichnende krystallinische Beschaffenheit — wenn das Siedekorn nicht durch Zermahlen zerstört wurde — werden zufällige Verwechslungen desselben mit andern Substanzen oder Salzen nicht vorkommen können. Für einen Körper, der, vom Pallast des Reichthums herab bis zur Hütte der Armuth, in keiner Haushaltung, bei Bereitung der Nahrungsmittel, als tägliches Bedürfniß, entbehrt werden kann, ist dieser Umstand von unverkennbarem Werthe und es liegt darin ein großer Vorzug des Kochsalzes der Salinen vor dem Steinsalze, welches, in der gemahlenen Form, für seine Anwendung zu Speisen ein mit andern Substanzen leichter zu verwechselndes mehlartiges schweres Pulver darstellt.

Es können die bei der Salzsiedung vorkommenden Arbeiten in drei Perioden getrennt werden:

1. Die Periode des Störens der Siedesoolen, oder die Verdampfung derselben zur Gare, das heißt, bis zu der in der Siedehitze beginnenden krystallinischen Abscheidung des Kochsalzes, mit welchem Betriebsabschnitte die Reinigung der Siedesoolen zusammenfällt.

2. Die Periode des Soggens oder die fortgesetzte Versiedung der Soolen zur Abscheidung des Kochsalzes.

3. Die Trocknung des Salzes.

1) Die Störung und Reinigung der Siedesoolen. — Die Kochsalzmengen, welche das Wasser bis zum Sättigungszustande auflösen kann, sind nach den angewandten Temperaturen verschieden. Die Auflöslichkeit steigt mit der Erhöhung der Temperatur und die Kochsalzmengen, welche zur Erreichung des Sättigungszustandes der Soolen erforderlich sind, werden von der angewandten Sättigungstemperatur abhängig sein. Die höchste Sättigungstemperatur, welche zur Darstellung einer gesättigten Soole in Anwendung kommen kann, wird mit dem Siedepunkte der kochend heiß gesättigten Soole zusammentreffen und durch denselben begrenzt werden müssen.

Nach Gay-Lussac lösen 100 Theile Wasser von mittlerer Temperatur 36 Theile und von + 100° 40,3 Theile Kochsalz auf. Die Soole, welche bei mittlerer Temperatur gesättigt ist, enthält demnach 26,47 und bei + 100° gesättigt 28,72 Prozent Kochsalz.

Nach den sorgfältigen Untersuchungen G. Karsten's und den daraus entwickelten Formeln sind in den für nachstehende Temperaturen gesättigten Soolen vorhanden:

+ 15,3° C. 26,8 Prozent Kochsalz; siedet bei + 107,9°
+100° „ 29,1 „ „ „ „ + 108,8°
+107,9° „ 29,4 „ „ „ „ + 108,9°

Diese Zusammenstellung zeigt, daß die bei + 15,3° gesättigte Soole, welche 26,8 Prozent Salzgehalt besitzt, nicht mehr gesättigt bleibt, sobald dieselbe über diese Temperatur hinaus erhitzt wird, und daß der Salzgehalt von 29,4 Prozent die Grenze des Gehalts einer darstellbaren gesättigten Soole bildet, indem die Sättigungstemperatur von + 107,9° mit dem Siedepunkte dieser Soole nahezu zusammenfällt, also unter dem gewöhnlichen atmosphärischen Drucke nicht weiter erhöht werden kann. Für eine Soole von 29,5 Prozent Salzgehalt würde schon die Sättigungstemperatur von + 110,6°

nothwendig sein, während dieselbe unter dem gewöhnlichen Luftdrucke bei der Temperatur von + 109° zum Sieden kommen müßte.

Die Abscheidung des Kochsalzes durch die fortgesetzte Verdampfung der Kochsalzsoolen kann daher in der Siedehitze nicht beginnen, bevor nicht der Salzgehalt durch die Verdampfung des Wassers auf 29,4 Prozent gestiegen ist. Unter dieser Verdampfungsperiode wird das Stören der Siedesoolen verstanden, nach deren Beendigung die Soolen die Gare erreicht haben.

In die Verdampfungsperiode des Störens fallen gleichzeitig die Reinigungsarbeiten der Siedesoolen, soweit hierunter die Befreiung der Soolen von denjenigen Körpern verstanden wird, welche bei der Verdunstung früher als das Kochsalz zur Abscheidung gelangen. Diese sind die kohlensauren Verbindungen und der Gyps. Es ist schon gesagt worden, daß alle Quellsoolen von mehr oder minder beträchtlichen Mengen Gyps und außerdem, zufolge eines Gehalts an freier Kohlensäure, gewöhnlich von Eisenoxydul und Kalkerde verunreinigt werden. In denjenigen Siedesoolen, welche durch Gradirung salzarmer Quellsoolen oder durch künstliche Auflösung des Steinsalzes gewonnen wurden, können diese letzteren Körper in beachtenswerthen Beimengungen nicht vorkommen, weil die Kohlensäure, als das Auflösungsmittel für dieselben, fehlt. Dagegen kann doppelt kohlensaures Eisenoxydul in den durch Bohrlöcher oder Schächte erlangten reichhaltigen Soolquellen nicht selten in solcher Menge auftreten, daß die Abscheidung des Eisens, durch die Zersetzung seiner Verbindung, während der kurzen Aufbewahrung der geförderten Soole in den Vorrathsbehältern nur in ungenügendem Maße stattfindet. Das zurückgehaltene Eisen wird alsdann später beim Erhitzen der Soolen in den Abdampfpfannen als gelber Schlamm ausgeschieden, dessen sorgfältige Entfernung durchaus nothwendig ist, um eine Färbung des Kochsalzes zu verhüten.

Die kohlensaure Kalkerde, die Kieselsäure und das kohlensaure Manganoxydul, welche etwa gleichzeitig in der Soole gelöst waren, sind ebenfalls in diesem Niederschlage enthalten. Da derselbe seiner außerordentlichen Zertheilung halber sehr beweglich ist und ohne die sorgfältigste Entfernung desselben das Kochsalz von der vollkommensten Weiße nicht dargestellt werden kann, so klärt man die nicht gradirten eisenhaltigen Siedesoolen durch einen Zusatz von Ochsenblut.

Zu diesem Zwecke wird, beim Einlassen der kalten Siedesoole in die Abdampfpfannen, auf 10 Kubikmeter Soole 1 bis 1,5 Liter Blut zugesetzt, durch dessen Gerinnen in der Siedehitze die schon bei geringerer Erwärmung abgeschiedenen und in der Soole suspendirten Schlammtheilchen in den sich bildenden Blutschaum übergeführt werden, der nach dem Aufwallen der Soole mittelst Schaumbretter zusammengeholt und mit durchlöcherten Blechschaufeln abgenommen wird.

Außerdem müssen die Soolen von dem während des Störens sich abscheidenden Gypse befreit werden. In allen natürlichen Soolen wird Gyps angetroffen, welcher oftmals bis zum Sättigungsgrade darin enthalten ist. Die beträchtliche Auflöslichkeit des Gypses in Kochsalzlösungen vermindert sich mit der Zunahme des Salzgehalts und wird durch Temperaturerhöhung nicht gesteigert, so daß siedend gesättigte Soolen den geringsten Gypsgehalt besitzen. In gleicher Weise wie bei der Gradirung der aufgelöste Gyps durch die an der Luft bewirkte Wasserverdunstung als Dornstein zur Ausscheidung gelangte, werden auch während der fortgesetzten Konzentration der Soolen durch die Versiedung in den Abdampfpfannen neue Gypsmengen, in Folge der Wasserverdunstung, abgeschieden. Die nicht gradirten reichhaltigen natürlichen Soolen enthalten ebenfalls nicht selten soviel Gyps als dieselben nach ihrem Salzgehalte aufzulösen vermögen. Da nun die Auflöslichkeit des Gypses durch die Zunahme der Temperatur nicht vermehrt werden kann, so muß auch aus diesen Soolen, selbst wenn ihr Salzgehalt in gewöhnlicher Temperatur den Sättigungszustand erreichen sollte, während des Störens zur Gare ein Theil des aufgelösten Gypses zur Abscheidung gelangen. Wird das Stören der Soolen in denselben Pfannen vorgenommen, die zur nachfolgenden Aussiedung des Kochsalzes dienen, so entfernt man den ausgefallenen Gyps, sobald durch die auf der Oberfläche der Soole beginnende Bildung von Kochsalzkrystallen der Zustand der Gare angezeigt wird. Die Abwartung dieses Zeitpunktes bleibt nothwendig, einestheils damit die Absonderung des Gypses beendet ist bevor die Reinigungsarbeiten vorgenommen werden, und anderntheils weil der Schlamm durch geringe Beimengungen von Kochsalz minder beweglich wird und deßhalb vollständiger zu entfernen steht.

Bildet sich während des Verdampfens auf dem Spiegel der

nicht geklärten Soolen erdiger Schaum (dessen Zusammensetzung mit derjenigen des Schlamms meistens vollständig übereinstimmt), so muß derselbe durch wiederholtes Abschäumen beseitigt werden. Mit dem Schlammziehen oder dem Krücken ist demnach frühzeitig zu beginnen, um unnöthige Salzverluste zu vermeiden. Der Schlamm wird mittelst etwa 0,45 Meter langer und 0,15 Meter hoher Blechkrücken, in deren Tüllen längere oder kürzere Holzstiele befestigt sind, so lange an deu Bord gezogen und auf den Krückenblättern aus der Pfanne gehoben, bis reines Kochsalz gezogen wird. Die letzten Auszüge können beim nächstmaligen Stören zur Anreicherung der Soole Verwendung finden. Die Verrichtung des Krückens erfordert an jeder Langseite der Pfanne einen Arbeiter. Während dieser Zeit muß das Feuer unter der Pfanne gemäßigt bleiben, damit die Soole nicht siedet, und es kann dieselbe vom Heizer zur Reinigung der Roste benutzt werden.

Wenn die Soolen geringes Siedeloth besitzen, so ist es nothwendig, den bei der Verdampfung sinkenden Soolstand der Pfannen, durch wiederholtes Nachfüllen mit Siedesoole, wieder zu ergänzen, damit nach eiugetretener Gare die Pfannen bis zu derjenigen Höhe gefüllt bleiben, welche für die nachfolgende Siedung des Kochsalzes angemessen erscheint. Das Nachfüllen während der Störperiode unterbleibt dagegen bei reichhaltigen Siedesoolen, denn dasselbe ist unnöthig, wenn der ursprüngliche Soolstaud nur um einige Centimeter und höchstens um etwa $1/_{6}$ der Einlaßhöhe, bis zum Eintreten der Gare, durch die Wasserverdampfung in den Siedepfaunen sich vermindert. Das Nachschlagen der Pfannen mit Siedesoole erscheint endlich ganz unzulässig, wenn diese, wegen eines Eisengehalts, durch Blut geklärt werden muß.

Es liegt die Frage sehr nahe, ob es zweckmäßiger ist, das Stören der Soolen in den zum Soggen des Salzes bestimmten Siedepfannen, oder in besonderen Abdampfvorrichtungen vorzunehmen und diese Betriebsperiode von der nachfolgenden Siedung des Kochsalzes gänzlich zu trennen. Die Anordnung besonderer Pfannen zum Stören und zum Soggen der Siedesoolen muß jedenfalls zur Erlangung eines geregelten Siedebetriebes weseutlich beitragen und kann kaum umgangen werden, wenn die zu verarbeitenden Siedesoolen geringes Siedeloth besitzen und beträchtliche Mengen Gyps während der Konzentration zur Gare daraus abgeschieden werden. Nur in diesen Fällen ist bisher eine Trennung der Arbeiten in Anwendung gebracht worden. Dennoch dürfte die Einführung derselben und durchgängige Anordnung besonderer Konzentrationspfannen auch bei Versiedung der reichen Siedesoolen als vortheilhaft und zweckmäßig zu bezeichnen sein, wenn zur Gewinnung eines durchaus tadellosen Kochsalzes die Soolen der Reinigungsarbeit unterworfen werden müssen, möge dieselbe in der Beseitigung des Eisengehalts, oder des bei der Konzentration zur Gare abgesonderten Gypses bestehen. Für die Annahme dieses Verfahrens sprechen mehrfache Gründe.

Erstens sind dadurch die höchst unvortheilhaften Einflüsse auf den Effekt der Feuerungsanlagen zu vermeiden, welche durch die häufigen Unterbrechungen des Soggebetriebes, in Folge des stetigen Wechsels der Arbeiten in den Siedepfannen, veranlaßt werden. Wenn mittelst einer Feuerungsanlage die möglichst vollständige und vortheilhafte Entwickelung der Wärmemengen erfolgen soll, welche die Brennmaterialien zu liefern im Stande sind, so müssen die Dimensionen der Rostflächen und des Verbrennungsraums mit der benöthigten Quantität des innerhalb einer bestimmten Zeit zur Verbrennung gelangenden Heizmaterials im angemessenen Verhältniß stehen. Diese Bedingung kann bei der Salzsiedung nicht erfüllt werden, so lange die Soolen in den Soggepfannen zur Gare gestört werden müssen, namentlich dann nicht, wenn die Salinen auf die Darstellung des grobkörnigen Salzes angewiesen sind, da während des Soggens ein ungleich schwächeres Feuer erforderlich ist, mithin in gleichen Zeiträumen beträchtlich geringere Brennstoffmengen, als während der Störperiode, durch dieselbe Heizvorrichtung verbrannt werden müssen. Die Anwendung von Rostflächen, welche für die benöthigte stärkste Befeuerung der Pfannen ausreichen und bei späterer Verschwächung des Feuers durch theilweises Belegen mit Schlacken oder Eisenplatten verkleinert werden, kann dieses Verhältniß nur in unvollkommener Weise unschädlich machen; denn es wird eine Feuerungsanlage immer mangelhaft bleiben, sobald durch dieselbe erheblich größere oder geringere Brennstoffmengen verbraunt werden sollen, als die zweckmäßigste Beschickung nicht nur ihrer Rostfläche, sondern auch ihres Herdraumes zulässig macht.

Zweitens ist durch die Trennung der Arbeit jede Verunreinigung des Salzes mit beigemengtem Schlamm verhütet, und durch die Förderung der gleichmäßigen, scharf krystallinischen Beschaffenheit des Siedekorns wird das Ansehen des Salzes in beachtenswerthem Grade gewinnen. Die Arbeit des Schlammziehens, welche in den zur Aussoggung des Salzes bestimmten Siedepfannen erfolgen mußte, wird durch dieses Verfahren gänzlich fortfallen. Nachdem die Störpfannen, die für reiche Soolen mit kurzer Störzeit Klärpfannen genannt werden mögen, zur Gare gebracht sind, kann die Soole von dem am Boden gelagerten Schlamm vollkommen klar in die Soggepfannen gelangen, während im gemischten Betriebe, durch unachtsames oder zu spät begonnenes Krücken wechselnde Schlammmengen in den Pfannen zurückbleiben und den ersten Auszug des Salzes verunreinigen. Außerdem wird aller Salzverlust, den das Schlammziehen in den Soggepfannen veranlaßt, in solcher Weise vermieden.

Drittens. Die Gewinnung eines scharf krystallisirten gleichmäßigen Salzkorns muß leichter zu erreichen sein, wenn der Soolstand der Siedepfannen keinen erheblichen Schwankungen unterworfen ist. Dieser Anforderung kann nicht entsprochen werden, wenn das Stören und die Reinigung der Soolen mit der Siedung des Salzes abwechselnd in denselben Pfannen stattfinden soll, wohl aber wenn die Siedepfannen ausschließlich zum Soggen benutzt werden und geklärte, völlig gare und heiße Siedesoole zur periodischen Nachfüllung der Pfannen vorhanden ist. Die natürlichen Soolen sind niemals so rein und reichhaltig an Salz, daß der ganze Gypsgehalt, nach ihrer Konzentration bis zur beginnenden Ausscheidung des Kochsalzes in der Siedehitze, noch in Lösung bleiben kann und können deshalb ohne vorherige Reinigungsarbeit zur Nachfüllung der Soggepfannen nicht verwendet werden, wenn die Darstellung eines tadellosen Kochsalzes gefordert wird. Selbst bei hinlänglich reinen Soolen würde dennoch die Nachschlagung der vorher nicht zur Gare gestörten Soole nur nach den jedesmaligen Salzauszügen erfolgen dürfen, um, wegen des in der Soggehitze nicht mehr gesättigt bleibenden Zustandes der Soole, den nachtheiligen Einfluß auf das Korn des in den Pfannen bereits angesammelten Salzes zu verhindern.

Viertens wird durch die Anwendung besonderer Klärpfannen

eine bedeutende Ersparung in den Unterhaltungskosten der Siedepfannen herbeizuführen sein. Die Ausscheidung des Gypses veranlaßt die Bildung des Pfannensteins, wodurch die Feuerbleche der Pfannen erheblich leiden, da gerade der von Gyps herrührende Pfannenstein ein sehr schlechter Wärmeleiter ist und die Abkühlung der Bleche in weit beträchtlicherem Maße verhindert, als der durch Aufbrennung des Kochsalzes herrührende Salzstein. Die Bleche werfen sich, wodurch die Anhäufung des Pfannensteins immer mehr begünstigt wird und die rasche Zerstörung des Blechs sodann nicht ausbleiben kann. Nichts aber ist störender und wirkt nachtheiliger nach allen Seiten hin auf die Resultate des Betriebes, als häufige Unterbrechungen desselben durch vorkommende Pfannenreparaturen.

Von diesen Grundsätzen geleitet wurde die Trennung des Siedebetriebes in einem Siedehause der Saline Lüneburg zur Ausführung gebracht. Die Lüneburger Soole besitzt im Mittel 25½ Prozent Rohsalzgehalt und wird wegen geringer Beimengung von kohlensaurem Eisenoxydul mit Blut geklärt. Bei der Reichhaltigkeit der Soole ist die zum Stören erforderliche Zeit nur gering, und es sind vom Einlassen der Soole bis zur Gare und Beendigung des Schlammziehens je nach den in Anwendung befindlichen Pfannengrößen 4 bis 6 Stunden Zeit erforderlich. Die Dauer eines Werks beträgt bei der Darstellung des feinkörnigen Salzes 24 Stunden, so daß etwa 18 Stunden Zeit zum Soggen übrig bleiben. Für die beabsichtigte Aenderung des Siedebetriebes wurden im Siedehause Nr. V zwei Klärpfannen hergestellt, um die Siedepfannen durch den Wegfall der Reinigungsarbeiten und Speisung derselben mit heißer, völlig garer und geklärter Soole in einem gleichmäßigen ununterbrochenen Soggebetriebe erhalten zu können. In diesem Siedehause sind drei Siedepfannen vorhanden. Eine von 9,36 Meter Länge, 7,72 Meter Breite und 0,30 Meter Bordhöhe; dieselbe hat 72,259 Quadratmeter Bodenfläche und 21,677 Kubikmeter Inhalt. Die andern beiden Pfannen sind jede 9,36 Meter lang, 4,82 Meter breit, bei 0,38 Meter Bordhöhe. Es hat demnach jede derselben 45,115 Quadratmeter Bodenfläche und 17,143 Kubikmeter Inhalt. Die größere Pfanne ist für die Siedung des feinkörnigen Salzes bestimmt, in den kleineren wird mittelgrobes Kochsalz dargestellt.

Die beiden Klärpfannen wurden, nach Maßgabe des vorhandenen

Platzes, im Heizraume des Siedehauses angebracht. Dieselben sind mit einem leichten Qualmfange versehen und ihre Befeuerung ist zur vollständigeren Wärmebenutzung dahin eingerichtet worden, daß die Feuergase nach dem Verlassen der Heizkanäle unmittelbar hinter der Feuerbrücke auf den Herd der Soggepfannen treten, um mit den Feuergasen dieser Heizung weitergeführt zu werden. Die Klärpfannen erhielten 4,56 Meter Länge, 2,62 Meter Breite und 1 Meter Höhe, so daß jede derselben mit 10 Kubikmeter Soole zur Zeit gefüllt werden konnte. Eine dieser Klärpfannen war zur Speisung der größeren Siedepfanne und die andere für die beiden kleineren Siedepfannen bestimmt.

Nach der Inbetriebsetzung sind die Siedepfannen lediglich zum Soggen des Salzes verwendet und aus den Klärpfannen, deren Böden mit den Oberkanten der Siedepfannenborde in gleicher Höhe liegen, mit garer Soole gespeiset worden. Die Ergänzung des Soolstandes in der für die Siedung des feinkörnigen, aber scharf krystallisirten Salzes bestimmten Pfanne erfolgt nach dem jedesmaligen Ausschlagen des Salzes; in den mittelgroben außerdem in den Zwischenzeiten. Der auf den Böden der Klärpfannen angesammelte Schlamm wird alle acht Tage, nachdem die Soole abgelassen ist, entfernt und dabei werden die Pfannenböden von den dünnen Lagen des aufgebrannten Schlammes gereinigt. Die Beseitigung des Salzsteins aus den Soggepfannen erfolgt hingegen monatlich zweimal, wenngleich die Aufbrennung des Kochsalzes, namentlich bei den für die Grobsalzsiedung dienenden beiden Pfannen, jetzt in sehr verringertem Grade stattfindet und längere Zwischenräume zulässig machen würde.

Die durch dieses Verfahren erreichten Erfolge sind außerordentlich günstig, und es dürfte die kurze Mittheilung der Resultate für manche andere Salinen von Interesse sein. Das Siedehaus produzirte bis dahin täglich 8000 Kilogramm weißes getrocknetes Salz, nämlich 5600 Kilogramm feinkörniges und 2400 Kilogramm grobkörniges. Nach Betreibung der Klärpfannen ist die tägliche Leistung des Siedehauses auf 6500 Kilogramm feinkörniges und 3500 Kilogramm grobkörniges, insgesammt auf 10,000 Kilogramm gestiegen. Es ist demnach neben der Verbesserung des Siedekorns die Produktion um 25 Prozent gestiegen, und in demselben Verhältniß ist die Arbeitsleistung der Sieder vergrößert worden, da eine Vermehrung des Personals nicht erforderlich gewesen, vielmehr durch den geregelten gleichmäßigen Fortgang des Soggens demselben die Arbeit erleichtert ist. Die Leistung eines Arbeiters in diesem Siedehause beträgt jetzt pro Jahr bei der Feinsalzsiedung: 130 Lasten zu 2000 Kilogramm, wobei alle Arbeiten bis zur Magazinirung des getrockneten Salzes einbegriffen sind. Der Sieder erhält durchschnittlich 160 Thaler an jährlicher Besoldung, und es würde die Leistung der Arbeiter in erheblichrr Weise noch gesteigert werden können.

Die Darstellung einer Last = 2000 Kilogramm getrockneten Salzes hat, vor Einführung der Klärpfannen, den Aufwand von 900 Kilogramm englischer Steinkohle, ohne Berücksichtigung der Siedeabfälle, erfordert; derselbe beträgt jetzt, nach sechsmonatlichem Durchschnitt, 870 Kilogramm derselben Steinkohle. Auch hinsichtlich der Unterhaltungskosten der Pfannen sind beträchtliche Ersparungen zu erwarten, da die Klärpfannen bei aufmerksamer Behandlung nicht leiden können und die gleichmäßige Befeuerung wie der Soolstand der Soggepfannen das Werfen der Feuerbleche und die Aufbrennung des Salzsteins verhindert.

Die Entfernung des Störbetriebes mit den Reinigungsarbeiten der Soolen aus den Soggepfannen muß deshalb als zweckmäßig bezeichnet werden, wenn weder der Salzgehalt, noch die Reinheit der Siedesoolen genügen, um, ohne die Güte des Salzes zu beeinträchtigen, dieselben ohne Weiteres zum Nachschlagen der Soggepfannen verwenden zu können. Durch die Verwendung gewöhnlicher Vorwärmepfannen, mögen dieselben mit besonderer Feuerung versehen sein, oder durch die von den Siedepfannenherden abziehenden Gase erwärmt werden (Beipfannen) wie es auf den süddeutschen Salinen mit reichen Soolen theilweise gebräuchlich ist, kann die besprochene Methode des Siedebetriebes nicht ersetzt werden. [1] Es bleibt ein wesentliches Bedürfniß für die Darstellung des tadellosen Kochsalzes aus den gypshaltigen Soolen, daß dieselben im Zustande der völligen Gare in die Soggepfannen gelangen, damit

[1] Die von den bayerischen Salinen verarbeitete Berchtesgadener Sinkewerkssoole in ihrer Vermischung mit der Brunnensoole von Reichenhall wird in den Vorwärmepfannen von 24 Prozent auf etwa 27,5 Proz. Rohsalzgehalt gebracht, bevor dieselbe in die Soggepfannen gelangt, und in diesem Konzentrationszustande Laab genannt.

der Gypsgehalt, soweit dessen Absonderung bei der Fabrikation des Kochsalzes überhaupt möglich wird, in den Klärpfannen zur Ausscheidung gelangt ist; oder daß bei dem Wechseln der Siedearbeit in gemeinschaftlichen Stör- und Soggepfannen die Entfernung des ausgeschiedenen Schlamms nicht unterbleibt. Die Benutzung der von den Siedepfannenherden abziehenden Gase zum Heizen der Klärpfannen ist unthunlich, weil ihre Wärme behufs Konzentration der benöthigten Soolmengen unzureichend ist und für die Trocknung des gesottenen Salzes nicht entbehrt werden kann.

2) Das Soggen der Soolen. — Die krystallinische Absonderung des Kochsalzes aus seinen Lösungen kann nur durch die Versiedung derselben oder durch die fortgesetzte Verdampfung des Wassergehalts der Kochsalzsoolen bewirkt werden; denn es sind die Unterschiede des Salzgehalts der gesättigten Kochsalzlösungen, bei verschiedener Temperatur, zu gering, um auf dem Wege des Erkaltens heiß gesättigter Lösungen irgendwie beträchtliche Kochsalzmengen erhalten zu können. Den Krystallisationsprozeß des Kochsalzes durch die Verdampfung seiner Auflösungen nennt man das Soggen der Soolen. Es erscheint das Kochsalz hierbei entweder in der Krystallform des Würfels, oder doch stets in krystallinischen Gestalten, welche auf die Würfelform zurückgeführt werden können. Beim Versieden bilden sich auf dem Soolspiegel kleine Würfel, die sofort mehrfach verwachsen und in kleinen unregelmäßigen Gruppirungen zu Boden fallen, wenn die Verdampfung in der Siedehitze erfolgt. Ist jedoch die Temperatur um etwas gemäßigter, so daß die Soole in den Siedepfannen nicht in wallender Bewegung gehalten wird, so gestalten sich die einzelnen Würfelchen zu den bekannten vierseitigen trichterförmigen Pyramiden, die vermöge ihrer hohlen Gestalt, gleich kleinen bis an den äußersten Rand des Bordes eingetauchten Schiffchen, von der Soole getragen werden, bis der Salzkörper durch die Zunahme seines Gewichts versinken muß. Die Größe der erhaltenen pyramidenförmigen Salzkörper wird, abgesehen von dem Einflusse, den die chemische Beschaffenheit der Soole hierbei auszuüben vermag, von der Soggetemperatur abhängig sein, und je niedriger diese ist, desto größer werden die Krystalle ausfallen. Unter Anwendung sehr geringer Wärme, oder bei der freiwilligen Verdunstung der Soolen krystallisirt das Kochsalz als

würfeliges Haufwerk und es ist die Bildung der trichterförmigen Gestaltung des Solzkorns aufgehoben.

Die beim Soggen in Anwendung kommenden Temperaturen werden daher nach der beabsichtigten Größe des darzustellenden Salzkorns verschieden sein müssen. Für die Gewinnung des feinkörnigen Salzes bleibt die Soole in ununterbrochenem Sieden, oder die Soggetemperatur wird nur um wenige Grade unter der Siedehitze erhalten, während für die Darstellung des grobkörnigen Salzes je nach der besseren oder schlechteren Soggefähigkeit der Soolen die Temperatur auf + 60° bis 70° C. erniedrigt werden muß.

Die rasche Verdampfung der Soolen bei höheren Temperaturen veranlaßt ein schnelles Wachsen der an der Sooloberfläche gebildeten Salzkörperchen, und die kleinen Schiffchen müssen wegen ungleichmäßiger Zunahme ihrer Ränder oder in Folge des Verwachsens untereinander in geneigte Lagen gerathen und versinken; daher bei hohen, dem Siedepunkte nahe liegenden Soggetemperaturen die Ausbildung größerer Kochsalzkrystalle verhindert ist und nur Salz von feinkörniger Beschaffenheit erhalten werden kann. Niedrige Soggetemperaturen ermöglichen dagegen den langsam wachsenden Krystallen die Beibehaltung regelmäßiger Formen, die hohlen Salzkörper können dadurch längere Zeit sich schwimmend erhalten und zur Größe des grobkörnigen Siedesalzes ausgebildet werden.

Die Oberfläche gut soggender Soolen muß fortwährend mit Kochsalzkrystallen übersäet erscheinen, die in mehr oder minder rascher Folge zu Boden sinken. Zeigt sich dagegen während des Soggens, namentlich bei höheren Temperaturen, eine die Verdampfung hemmende Salzhaut, so ist die Bildung des regelmäßig gestalteten Salzkörpers beeinträchtigt oder ganz verhindert. Diese, die Darstellung des gröberen Salzkorns hindernde Eigenschaft besitzen besonders diejenigen Soolen, welche reich an Bitumen sind, wie denn überhaupt schon höchst unbedeutende Mengen öliger oder fetter Substanzen ausreichen, um die gute Soggefähigkeit zu zerstören. Außerdem soggen diejenigen Soolen schlecht, in welchen nur höchst unbedeutende Mengen der fremden Salze enthalten sind, die das Kochsalz in den natürlichen Salzsoolen begleiten. Die Umsiedung reiner Steinsalzsorten wird aus diesem Grunde erleichtert, wenn zur Auflösung desselben Quellsoole oder Meerwasser verwandt wird, und bei der Versiedung natürlicher reicher Steinsalzsoolen von großer Reinheit befördert man deren Soggefähigkeit, im Anfang einer neuen Siedeperiode, durch einen geringen Zusatz der Muttersoole, welche von dem letzten Werke der vorangegangenen Siedeperiode aufbewahrt wurde. Wenn demnach ein geringer Gehalt der Soolen an diesen Salzen das Soggen erleichtert und die Bildung von Salzhäuten auf der Oberfläche der verdampfenden Soole verhindert, so dürfen dieselben dennoch in zu reichlicher Menge nicht vorhanden sein, sonst vermindert sich mit der Zunahme des spezifischen Gewichts das Verdampfungsvermögen und das Korn des Salzes behält nicht die pyramidale Gestaltung, sondern die alsdann sich bildenden, blättrig verwachsenen Würfel liefern ein Salz, welches durch seine krystallinische Form sehr schwer ist, ohne dabei besonders grobkörnig zu sein. Es ist deshalb erforderlich, daß nach dem Versieden eines Soolquantums, dessen Größe von der Reinheit der Siedesoole abhängig sein muß, die Mutterlauge aus den Soggepfannen entfernt wird.

Die beim Soggen des Salzes vorkommenden Manipulationen sind sehr einfach. Ist wegen eines Eisengehalts die Klärung der Siedesoole erforderlich, so wird während des Einlassens derselben das nöthige Ochsenblut zugesetzt. Nachdem die Soole ins Kochen gekommen ist, schieben die Sieder den gebildeten Blutschaum mit Schaumbrettern nach den beiden hinteren Pfannenecken, um denselben mit den beim Ausschlagen des Salzes gebräuchlichen durchlöcherten Blechschaufeln abnehmen zu können. Nach erfolgtem Abschäumen erscheint die Soole völlig klar und durchsichtig, so daß die Theile des Pfannenbodens völlig erkennbar sind, es sei sonst, daß dieselbe von organischen Substanzen oder Bitumen gebräunt ist. Durch fortgesetztes Sieden wird die Soole zur Gare gestört, wozu je nach der Höhe des Siedeloths derselben kürzere oder längere Zeit erforderlich sein kann. Sobald die an der Oberfläche reichlich erscheinenden Kochsalzkrystalle den Eintritt der Gare anzeigen, beginnt man mit der Operation des Schlammziehens zur Entfernung des Gypses, welcher während der Konzentration zur Abscheidung gelangte. Nach Verrichtung der Reinigungsarbeit wird alsdann bei derjenigen Temperatur, welche für die Darstellung des beabsichtigten Salzkorns erforderlich ist, die Aussoggung des in der Pfanne verbliebenen Soolstandes bewirkt.

Falls eine Klärung der Soole mittelst Blut nicht erforderlich ist, können während der Konzentrirung oder des Störbetriebes neue Soolmengen nachgelassen werden, sobald durch die Geringhaltigkeit der Siedesoole der Soolstand der Pfannen bis zum Eintritt der Gare in zu beträchtlichem Maße vermindert werden sollte.

Sollten die Kochsalzkrystalle während des Soggens zu einer der Verdampfung hinderlichen Salzhaut verwachsen, so müssen dieselben durch Bewegung des Soolspiegels und Ueberspritzen mittelst einer kleinen hölzernen Krücke zum Versinken gebracht werden.

Das in den Siedepfannen sich ansammelnde Salz wird von Zeit zu Zeit mit Blechkrücken, in deren Tüllen Holzstiele befestigt sind, von der Feuerstelle an den Bord gezogen. Wenngleich bei der Feinsalzsiedung durch das stete Aufwallen der Soole oberhalb der Feuerbleche das auf dieser Fläche ausgeschiedene Salz seitwärts geworfen ist, so befolgt man dennoch diese Vorsicht, um das Aufbrennen des Kochsalzes an den unmittelbar über dem Feuer liegenden Stellen des Pfannenbodens zu verhüten. Man beschränkt jedoch das Abkrücken auf die der Stichflamme ausgesetzte Pfannenfläche, damit das Salz möglichst lange mit Soole bedeckt gehalten werden kann. Nachdem die Anhäufung des Salzes in der Pfanne soweit vorgeschritten ist, daß dasselbe durchweg nur noch schwach von Soole bedeckt erscheint (wenn, wie man sagt, die Pfanne anfängt, *steif zu werden*), schreitet man zum Ausziehen des Salzes. Dieser Zeitpunkt wird eingetreten sein, nachdem der ursprüngliche Stand der garen Soole auf etwa die Hälfte durch die Versiedung erniedrigt ist. Das Salz muß nunmehr hart an die Pfannenborde der Langseiten gezogen werden, wobei die einander gegenüberstehenden Arbeiter mit den Krücken etwas über die Mitte der Pfanne hinaus arbeiten, so daß unter Anwendung von 0,30 × 0,36 Meter großer Blechschaufeln, deren Blätter mit etwa 12 Millimeter im Durchmesser haltenden Löchern versehen sind, das Salz möglichst trocken auf die *Ableck-* oder *Tropfbühnen* geworfen werden kann. Beim Ausschlagen des Salzes kann man sich eines auf dem Pfannenborde ruhenden und nach der Pfanne geneigt gestellten zweibeinigen Tisches bedienen, um die zuletzt aus der Soole gehobenen Salzmengen, durch vorläufiges Ausschlagen auf diesen Tisch, ablecken zu lassen.

Wenn der Siedebetrieb für die Reinigung und das Stören der

Siedesoole mit besonderen Pfannen versehen ist, oder die spezielle Vornahme dieser Operationen, wegen der Reichhaltigkeit und Reinheit der Soole, nicht für nothwendig erachtet wird, so kann der anfängliche Soolstand der Soggepfannen jedesmal, nachdem das Ausschlagen des Salzes beendet ist, durch Nachlassen entweder von heißer garer Soole oder von roher Siedesoole, die jedoch zweckmäßig vorgewärmt wurde, wieder hergestellt werden. Bedarf dagegen, wie es fast immer der Fall, die zu verarbeitende Siedesoole der Reinigung und muß diese in Verbindung mit der Konzentrirungsarbeit oder dem Störbetriebe in denselben Pfannen vorgenommen werden, die zum Soggen des Salzes Verwendung finden; so wird nach Beendigung des ersten Salzauszuges die Arbeit des Soggens fortgesetzt, bis sowohl durch die Verminderung des Soolstandes als auch durch die Anhäufung der Mutterlaugensalze, welche das zuletzt fallende Kochsalz verunreinigen würden, die Siedung unterbrochen werden muß. Nach dem letzten Salzauszuge wird die Pfanne, aus der mit den Bassins in Verbindung stehenden Soolleitung, zur Verrichtung einer neuen Siedung wieder mit Siedesoole gefüllt. Es erfolgt in diesem Falle ein stetiger Wechsel des Soggebetriebes mit den Konzentrirungs- und Reinigungsarbeiten.

Die Dauer der Siedungen wird von dem Sättigungszustande der Siedesoole und von der verlangten Größe des darzustellenden Salzkorns abhängig bleiben, doch müssen die einzelnen Siedungen oder W e r k e zur Aufrechterhaltung eines geregelten Betriebsverfahrens in den dafür festgestellten Zeiträumen verrichtet werden; ebenfalls sind im ununterbrochenen Soggebetriebe, wenn die Speisung der Pfannen mit garer, oder der Reinigung nicht bedürftiger Soole erfolgt, in gleichen Zeiträumen gleich große Salzauszüge eines bestimmten Salzkorns zu beschaffen.

Die Wasserverdampfung, oder auch die Größe des Salzausbringens innerhalb einer bestimmten Zeit, wird nach dem Flächeninhalt des Pfannenbodens, welcher sowohl mit der wirksamen Heiz-, als auch der Verdunstungsfläche gleich groß ist, zu bemessen sein. Es können bei Verarbeitung gut soggender Soolen in 24 Stunden wirklicher Soggezeit pro Quadratmeter Pfannenbodenfläche gesotten werden:

mildes feinkörniges Kochsalz	100	bis	120	Kilogramm.
scharf krystallisirtes	„ 90	„	95	„
mittelgrobes	„ 38	„	40	„
grobkörniges	„ 24	„	26	„

Diese Resultate sind mit Leichtigkeit zu erlangen, sobald der Soolstand in den Soggepfannen nach dem jedesmaligen Salzauszuge durch Nachschlagen von garer Soole wieder hergestellt werden kann; doch bleiben dieselben unerreichbar, wenn ein Wechsel der Konzentrirungs- und Soggearbeiten in derselben Pfanne stattfindet, wobei jedesmal vor dem Schluß des Soggens der Soolstand auf ein Minimum reduzirt sein muß.

Bei der Darstellung des grobkörnigen Salzes sucht man, in gleicher Weise wie bei der Feinsalzsiedung, das ausfallende Salz so lange als möglich unter der Soole zu halten und schreitet deshalb erst dann zum Ankrücken, wenn die Pfanne hinlänglich steif geworden ist und das Ausziehen des Salzes vorgenommen werden muß. Es wird hierdurch erreicht, daß die Kochsalzkrystalle während des längern ruhigen Verweilens in der soggenden Soole insofern zu wachsen fortfahren, als die Wandungen derselben an Stärke zunehmen, wodurch das Korn des Salzes größere Festigkeit erlangt, schärfer und minder zerbrechlich wird. Man unterscheidet nämlich nicht nur nach der Größe der erhaltenen Krystalle feinkörniges und grobkörniges Kochsalz, sondern außerdem nach der Festigkeit und Härte der Krystalle, Salz von mildem und von scharfem Korn, indem man für Krystall den Ausdruck „Korn" in Anwendung gebracht hat.

Wird bei der Feinsalzsiedung die kochende Soole durch heftiges Aufwallen oder auf sonstige Weise in Bewegung gehalten, so ist die pyramidale Gestaltung der kleinen Kochsalzkrystalle aufgehoben und die Salzwürfelchen verwachsen zu unregelmäßigen spießigen und blättrigen Formen von mehlartiger Feinheit. Solches Salz hat eine milde Beschaffenheit, ohne Korn zu besitzen. Dasselbe ist im ungetrockneten Zustande wollig, leicht, läßt sich stark zusammendrücken und beharrt nach der Entfernung des Drucks in der zusammengeballten Gestalt. Dasselbe backt beim Trocknen zu harten Klumpen zusammen und es haben daher diejenigen Salinen, welche auf die Darstellung des getrockneten, locker beschaffenen, losen Salzes angewiesen sind, die Herbeiführung dieses krystallinischen Zustandes zu vermeiden; dagegen ist derselbe für die Darstellung desjenigen Salzes nothwendig, welches (wie in England das Stoved salt oder Lump salt und in Oesterreich das Stöckerl- oder Fuderl-Salz) beim Trocknen in die Form fester Brote gebracht werden soll. Ein mildes Korn besitzt das feinkörnige Salz, wenn in demselben kleine pyramidale Salzkörper mit dünnen Wandungen und größere dünnblättrige Formen vorwalten. Dasselbe ist leicht und bleibt nach dem Trocknen dennoch locker. Die Darstellung desselben haben diejenigen Salinen zu verfolgen, von welchen ein trockenes, locker beschaffenes und voluminöses Salz gefordert wird. Um dasselbe zu erhalten, vermeidet man die zu reichliche Anhäufung der Mutterlaugensalze in den Soggepfannen, und arbeitet außerdem mit keinem zu hohen Soolstande (0,20 bis 0,25 Meter), damit das Salz nicht durch langes Verweilen in der soggenden Soole die mildkörnige Beschaffenheit verliert. Ueberhaupt, je fester und weniger zusammendrückbar das Siedesalz sich zeigt, desto schärfer ist sein Korn.

In England unterscheidet man nach der krystallinischen Beschaffenheit folgende Salzsorten: a) Stoved salt oder Lump salt. Bei der Darstellung desselben wird die Soole unausgesetzt in starkem Kochen erhalten, das gewonnene, sehr feine Salz in stumpf pyramidenförmige, im Boden siebartig durchlöcherte Gefäße geschlagen und darin fest zusammengedrückt. Nach dem Ablaufen der Soole werden die Gefäße umgekehrt, worauf die geformte Salzmasse anfangs gelinde, und später auf mit Eisenplatten gedeckten Heizkanälen scharf, getrocknet wird. In den so erhaltenen, beim Anschlagen klingenden Massen (Lumps) kommt diese, lediglich als Speisesalz dienende Salzsorte, ohne weitere Verpackung, in den Handel. — b) Butter salt. Dasselbe unterscheidet sich vom vorstehenden nur dadurch, daß es nicht getrocknet ist. Diese Salzsorte wird zu landwirthschaftlich-gewerblichen Zwecken verwandt. — c) Common salt. Dieses ist von mittelgrobem Korn und wird nicht getrocknet. Nachdem dasselbe eine Zeit lang in den Magazinen gelagert hat, findet es Verwendung in den Gewerben und dient namentlich für den bedeutenden Salzexport Englands. — d) Rough common salt, Double rough common salt und Bay salt sind grobkörnige Salzsorten, welche zum Pöckeln des Fleisches und der

Fische benutzt werden. Dieselben bedürfen einer Soggetemperatur von 75 bis 55° C. und stehen am höchsten im Preise.

Die das Kochsalz in den Soolen begleitenden fremden Salze bleiben, mit Ausnahme des Gypses, nach dem Aussoggen des Kochsalzes in den Mutterlaugen als konzentrirtere Auflösungen zurück, und es kann das Kochsalz nur dann von diesen Salzen, namentlich durch die von den Krystallen eingeschlossene und denselben anhaftende Salzlauge, in bemerkenswerther und die Güte des Siedesalzes beeinflussender Menge verunreinigt werden, wenn die rechtzeitige Entfernung der Muttersoole aus den Soggepfannen unterlassen wird. Der Gypsgehalt, den die Soolen nach dem Eintritt der Gare noch in Lösung behalten, entspricht dagegen dem Sättigungszustande dieses Körpers in der gesättigten Salzlösung, weshalb derselbe im Verhältniß der Wasserverdunstung während des Soggens mit dem Salze zur Abscheidung gelangen und das ausfallende Kochsalz verunreinigen muß. Es wird jedoch, abgesehen von der geringen Löslichkeit des Gypses in garer Soole, die unvermeidliche Verunreinigung alles Siedesalzes, auch wenn dasselbe aus gehörig gereinigter Soole gewonnen ist, durch den Umstand vermindert, daß der Gyps mit dem in der Soole enthaltenen schwefelsauren Natron ein Doppelsalz (Glauberit im wasserleeren Zustande) bildet und diese Verbindung, mit wechselnden Mengen Gyps und Kochsalz, während des Soggens auf dem Pfannenboden festbrennt.

Durch die Bildung des Pfannensteins, wenn derselbe von dieser Verbindung und nicht durch das Aufbrennen des Kochsalzes veranlaßt wird, erfolgt demnach zu Gunsten der Reinheit des Siedesalzes die theilweise Entfernung der mit dem Kochsalze gleichzeitig ausgeschiedenen schwefelsauren Salze. Die mehlartige Beschaffenheit, in der die schwefelsauren Salze während des Soggens zur Abscheidung gelangen, erleichtert das Aufbrennen dieses Pfannensteins, der wegen seiner Salzarmuth auch Hungerstein genannt wird, indem beim Ankrücken und Heranziehen des körnigen Kochsalzes die in schlammiger Form abgeschiedenen schwefelsauren Salze zum großen Theile in die Pfanne zurückgespült werden und während der nächsten Soggeperiode auf dem Pfannenboden festbrennen. Mit der Anhäufung der Mutterlaugensalze in der Soole wird das spezifische Gewicht derselben erhöht und die Auflöslichkeit des Gypses bei

Anwesenheit sonstiger schwefelsaurer Salze beträchtlich vermindert, weshalb die ersten Salzauszüge den größten Gypsgehalt besitzen.

Der gypshaltende Pfannenstein veranlaßt als ein schlechter Wärmeleiter die rasche Zerstörung der Pfannenbodenbleche, welche der Stichflamme ausgesetzt sind, und beeinträchtigt in hohem Grade den Effekt der Heizung. Weit weniger ist solches mit demjenigen Pfannensteine der Fall, welcher durch die Aufbrennung des reinen Kochsalzes gebildet wird (Salzstein). Nach den Untersuchungen Melloni's über die Fähigkeit fester Körper, Wärmestrahlen durchzulassen, ist das Steinsalz der einzige bis jetzt bekannte feste Körper, welcher die Wärme nicht aufhält, sondern fast sämmtliche Strahlen unabhängig von der Wärmequelle und deren Temperatur hindurchläßt. Wird nach Melloni die Intensität der Wärmestrahlen, welche eine Steinsalzplatte treffen, mit 100 bezeichnet, so beträgt die Intensität der durchgelassenen 92,3 oder $^{12}/_{13}$ der auffallenden Strahlen. Wenngleich das ununtersuchte Verhältniß der Wärmedurchlassung des minder dichten, durch aufgebranntes Kochsalz gebildeten Salzsteins, der außerdem einen andern Aggregatzustand besitzt, von den mit dem Steinsalze erhaltenen Resultaten abweichen mag, so lehrt doch die Erfahrung, daß die Anwesenheit des Salzsteins in den Siedepfannen bei der Stärke von einem Centimeter und darüber in weit geringerem Maße den Feuerblechen der Siedepfannen schadet als dünner Hungerstein, und den Effekt der Heizung nicht merklich beeinträchtigt, sobald der aufgebrannte Stein von reinem Kochsalz gebildet wird. Es ist früher zur Erlangung eines scharfen Salzkorns als vortheilhaft bezeichnet worden, mit dem Ankrücken und Ausziehen des Salzes zu warten, bis die Pfanne steif geworden ist. Es könnte scheinen, daß dieses Verfahren den Verdampfungseffekt der Heizungen ungünstig beeinflusse; doch haben mehrfache Versuche ergeben, daß durch die Anhäufung des Kochsalzes in der soggenden Soole, namentlich bei der Grobsalzsiedung, die Wasserverdampfung oder der Effekt der Heizung nicht vermindert, sondern erhöht wird. Der Grund dieser Erscheinung dürfte ebenfalls in den obigen Verhältnissen zu suchen sein, und es kann das in der Soole hinaufreichende locker liegende Salz die Fortpflanzung der Wärme in der schlecht wärmeleitenden Soole erleichtern.

Die Beseitigung der Mutterlauge und des Pfannensteins aus

den Siedepfannen veranlaßt, je nach der Reinheit der Soole, innerhalb kürzerer oder längerer Zeiträume wiederkehrende kleine Unterbrechungen des Soggebetriebes.

Das Ausschöpfen der Muttersoole wird nothwendig, nachdem eine durch Erfahrung bestimmte Anzahl Werke (Siedungen) gesotten, oder nachdem beim ununterbrochenen Soggebetriebe die Salzauszüge in mehr oder weniger großer Zahl wiederholt sind. Wenn durch die Soolgewinnungsverhältnisse der Salinen die möglichste Verminderung des bei der Versiedung vorkommenden Salzverlustes geboten ist, so muß die Muttersoole vor dem Ausschöpfen so lange ausgesoggt werden, als es unbeschadet der unerläßlichen Reinheit des ausfallenden Kochsalzes thunlich ist. Das Verhältniß der erhaltenen Menge Mutterlauge zum verarbeiteten Soolquantum kann nach der Reinheit der Siedesoole $1/_2$ bis 2 Volumprozente betragen und wird nur bei Verarbeitung besonders unreiner Siedesoolen über dieses Verhältniß hinaus sich vergrößern.

Das Steinigen oder die Entfernung des auf dem Pfannenboden festgebrannten Pfannensteins bildet ebenfalls einen bestimmten Betriebsabschnitt des Soggens, der nach dem einmal ermittelten Bedürfniß in gleichen Zeiträumen wiederkehrt. In keinem anderen Betriebe sind so bedeutende Flächen der Abdampfungsvorrichtungen, und in so rascher Wiederholung, durch Abklopfen des Steins zu reinigen, als solches bei der Salzsiedung der Fall ist. Es ist ein höchst tadelnswerthes und dennoch oft vorkommendes Verfahren, wenn zur leichtern Ablösung des Pfannensteins die Befeuerung der zu steinigenden Pfannen fortgesetzt wird, nachdem dieselben durch Ausschöpfen des Soolrückstandes trocken gemacht sind. Zur Konservirung der Siedepfannen entferne man das Feuer schon während des Ausschöpfens gänzlich oder bis auf das Minimum, welches zur Erhaltung desselben hinreicht, und lasse im letzteren Falle bis nach Beendigung des Steinigens die Heizthür geöffnet; denn die strahlende Wärme des erhitzten Herdes ist selbst bei der Grobsalzsiedung zur raschen und hinlänglichen Austrocknung des Pfannensteins, soweit diese zur Verrichtung der Arbeit nöthig, völlig genügend. Die Ablösung des Steins suche man hauptsächlich durch Schläge, welche mit der Bahn des Hammers auf die Nietenreihen geführt werden, zu bewirken und gebe den verstählten, an einem Ende zugespitzten und nur schwach gehärteten Hämmern bei 0,25 Meter Länge, höchstens ein Kilogramm Schwere. Die Quantitäten des gebildeten Pfannensteins werden einestheils durch den wechselnden Gehalt der Siedesoole an schwefelsauren Salzen, und anderntheils nach der Betriebsweise verschieden groß sein, insofern derselbe oftmals zum größten Theil aus aufgebranntem Kochsalze besteht. Diejenigen Soolen, in welchen durch einen Gehalt von Chlorkalzium die Anwesenheit der schwefelsauren Salze, mit Ausnahme des Gypses, ausgeschlossen ist, sind am wenigsten zur Steinbildung geneigt.

Die abweichende Zusammensetzung dieser Siedeabfälle ergibt sich aus der nachfolgenden Zusammenstellung einiger Analysen.

a) Muttersoolen.

Bestandtheile	Schönebeck nach Heine	Halle nach Heine	Lüneburg nach Hinüber	Schwäb.-Hall nach Fehling	Sulz nach Fehling
Schwefelsaure Kalkerde . . .	0,051	0,096	—	0,415	0,468
Schwefelsaures Kali	3,681	—	5,3721	—	—
Schwefelsaure Magnesia . .	2,396	—	0,7349	0,071	—
Schwefelsaures Natron . . .	—	—	—	0,002	—
Chlorkalzium	—	5,350	—	—	0,116
Chlorkalium	—	4,914	—	—	—
Chlormagnesium	4,900	12,695	9,1426	—	0,531
Chloraluminium	—	0,042	—	—	—
Bromnatrium	—	—	Spuren	Spuren	0,017
Kochsalz	18,602	6,494	15,1019	25,837	25,271
Feste Bestandtheile	29,630	29,591	30,3515	26,325	26,403
Wasser	70,370	70,409	69,6485	73,675	73,597
	100	100	100	100	100

b) Pfannenstein.

Bestandtheile	Schönebeck Pfannenstein nach Heine	Schönebeck Salzstein nach Heine	Halle nach Heine	Lüneburg nach Hinüber	Schwäb.-Hall nach Fehling	Sulz nach Fehling
Kieselerde	0,023	—	0,533	—	—	—
Kieselerde und Thonerde .	—	—	—	—	0,26	—
Eisenoxyd und Thonerde .	0,030	—	0,304	—	2,75	1,50
Kohlensaure Kalkerde . .	—	—	1,265	0,1480	10,00	—
Kohlensaure Magnesia .	0,408	—	1,905	—	0,57	—
Schwefelsaure Kalkerde .	27,381	0,226	62,981	11,7899	63,05	43,33
Schwefelsaures Natron .	20,667	—	—	8,8601	14,27	—
Schwefelsaure Magnesia .	1,638	0,332	—	2,7400	—	—
Schwefelsaures Kali . .	2,125	1,533	—	0,6470	—	—
Chlorkalium	—	—	1,310	—	—	—
Chlormagnesium	—	1,609	0,243	—	—	0,50
Chlorkalzium	—	—	2,431	—	—	1,55
Kochsalz	44,284	91,191	29,028	74,3644	6,15	51,22
Wasser	3,444	5,109	—	1,4507	2,95	1,90
	100	100	100	100	100	100

Die im Salinbetriebe abfallenden Mutterlaugen können, außer zu Badezwecken, in mehrfacher Weise verwerthet werden.

a) Die Kalihaltigen zur Darstellung von Chlorkalium oder auch schwefelsaurem Kali. Zu dem Zwecke werden die Muttersoolen in gewöhnlichen Pfannen bei + 80 bis 100° C. konzentrirt, bis der größte Theil ihres Kochsalzgehalts ausgefallen ist, und alsdann in Zisternen gelassen. Je nachdem in der konzentrirten Mutterlauge Chlorverbindungen oder schwefelsaure Salze vorherrschend waren, wird beim Erkalten derselben Chlorkalium als mehr oder weniger dicke Krusten, oder ein aus schwefelsaurem Kali und schwefelsaurer Magnesia bestehendes Doppelsalz ($KO, SO_3 + Mg\,O, SO_3 + 6\,H_2O$) in großen durchsichtigen Krystallen ausgeschieden werden. Die Mutterlaugen sind darauf in die Pfannen zurückzupumpen, um nach wiederholter Konzentrirung einer zweiten Krystallisation unterworfen zu werden. Oftmals liefern die Soolen anfangs das Doppelsalz und bei der zweiten Krystallisation Chlorkalium. Das erhaltene Chlorkalium ist mit Kochsalz und Chlormagnesium verunreinigt, kann jedoch durch Umkrystallisiren von diesen Beimengungen leicht befreit werden. Es dient in der Alaunfabrikation und für die Darstellung des Kalisalpeters. Das Doppelsalz findet ebenfalls, unter dem Namen **Alaunfluß**, bei der Gewinnung des Alauns Verwendung.

b) Zur Darstellung von **Magnesia**. Die an schwefelsaurer Magnesia oder an Chlormagnesium reichen Muttersoolen werden mit erwärmter Sodalösung von 20 bis 25 Grad Baumé gefällt, wobei die auszufällende Mutterlauge in andauernd kräftiger Bewegung gehalten wird. Um kohlensaure Magnesia von der Zusammensetzung, der voluminösen und leichten Beschaffenheit zu erhalten, welche von der Magnesia alba im Handel gefordert wird, muß der abgeschiedene körnig gewordene Magnesiabrei, nach vollständiger Auswaschung mit Flußwasser, in der Konsistenz eines dicken Rahms in einem kupfernen Kessel, fast bis zum Kochpunkte erhitzt werden. Während des Erhitzens verdickt sich die Masse, indem die kohlensaure Magnesia unter Verlust von Kohlensäure und Aufnahme von Wasser aufschwillt und in diejenige basische kohlensaure Verbindung verwandelt wird, welche die Magnesia alba des Handels bildet. Der erhitzte Brei wird in hölzerne unten und oben offene Formen gefüllt, die auf einem durchlöcherten und mit grober Leinwand belegten Brette neben einander gestellt sind. Nach dem Abziehen der Holzrahmen wird die Magnesia auf luftigen Böden oder in erwärmten Räumen getrocknet.

c) Auf **Glaubersalz**. Dasselbe läßt sich nur aus denjenigen Soolen gewinnen, welche reich an schwefelsauren Salzen sind. Um das Glaubersalz aus den Mutterlaugen der Salinen darzustellen, müssen dieselben in nur wenig konzentrirtem Zustande und mit einem genügenden Gehalte von Kochsalz in flachen Bassins der Frostkälte ausgesetzt werden. Das gewonnene Glaubersalz wird durch Umkrystallisiren in flachen Gefäßen gereinigt.

d) Zur Darstellung des **Broms**. Die bromhaltigen Mutterlaugen werden, nachdem dieselben möglichst konzentrirt und von Salzen befreit sind, unter Zusatz von Braunstein und Salzsäure in Bleigefäßen destillirt. Das übergehende Brom verdichtet sich in den kalt gehaltenen Vorlagen und muß durch Destillation gereinigt werden.

Der Pfannenstein, welcher beim Versieden der Soolen erhalten wird, die reich an schwefelsauren Salzen sind, dient wegen seines Gehalts an Glaubersalz in der Grünglasfabrikation. Auch kann derselbe zur Gewinnung des Glaubersalzes Verwendung finden. Nachdem durch möglichst kaltes Auswaschen der Kochsalzgehalt des Pfannensteins verringert ist, wird derselbe mit heißem Wasser behandelt und die erhaltene Glaubersalzlösung zum Krystallisiren gebracht.

Der Abfall an Muttersoole und Pfannenstein veranlaßt bei der Salzsiedung einen Salzverlust, welcher durch Verrinnen von Soole aus schadhaften Pfannen und sonstigem Salzverschleiß bei Verrichtung der im Siedebetriebe vorkommenden Arbeiten erheblich vergrößert werden kann. Je nach der Konstitution der verarbeiteten Soolen und nach der Sorgfalt, mit welcher der Betrieb geführt wird, kann der herbeigeführte Siedeverlust 4 bis 10 Prozent und darüber vom Salzgehalte der verarbeiteten Siedesoole betragen.

3) Die Trocknung des Salzes. Das aus den Siedepfannen gezogene Salz enthält noch 8 bis 12 Prozent Feuchtigkeit, je nach der Beschaffenheit des Korns und dem Grade, in welchem die anhängende Soole auf den Tropfbühnen abgelaufen ist. In diesem Zustande ist das Salz, namentlich wenn die Versendung desselben in Säcken geschehen soll, für den weiteren Transport wenig geeignet. Es muß deshalb das auf den Tropfbühnen abgelaufene Salz in besonders hergerichteten Trocknungsanstalten von dem größten Theil dieses Feuchtigkeitsgehalts befreit werden. Die auf das Trocknen des Salzes zu verwendende Sorgfalt wird von den Anforderungen der Konsumenten und dem Gebrauchszweck des Salzes abhängig sein. In England wird nur das Speisesalz einer besondern Trocknung unterworfen, während das zu gewerblichen Zwecken und zur Ausfuhr bestimmte Siedesalz nach kurzer Magazinirung im ungetrockneten Zustande Verwendung findet. Dieses Verfahren wird durch die Reinheit der englischen Siedesoolen, welche von zerfließlichen Salzen wenig verunreinigt sind, unterstützt. Durch das Trocknen erfährt das Salz nicht nur eine Erhöhung seines Werths, sondern dasselbe gewinnt außerdem an Haltbarkeit, indem die Wirkung der dem Siedesalze, durch eingeschlossene und anhaftende Mutterlauge, mehr oder weniger beigemengten zerfließlichen Salze (des Chlormagnesiums und Chlorkalziums) durch die Trocknung verzögert oder aufgehalten

wird; denn diese Salze sind es, welche das Feuchtwerden des Kochsalzes bei dessen Aufbewahrung in feuchter Luft veranlassen. Je geringer daher der Gehalt der Siedesoolen an diesen zerfließlichen Salzen ist, desto leichter ist die Gewinnung eines haltbaren, beim Aufbewahren nicht feucht werdenden Salzes, und desto geringere Sorgfalt kann auf die Trocknung des Salzes verwandt werden. Bei dem fast immer vorhandenen reichlichen Gehalte der Siedesoolen an diesen, der trocknen Beschaffenheit des Kochsalzes entgegenstehenden Verbindungen, ergibt sich deshalb die Nothwendigkeit, nicht nur während des Siedebetriebes die rechtzeitige Entfernung der Mutterlaugen zu beobachten, sondern auch dafür Sorge zu tragen, daß nach dem Ausschlagen des Salzes die anhängende Soole, welche die zerfließlichen Salze in konzentrirterem Zustande enthält, vollständig abgetropft ist, bevor das Kochsalz von den Tropfbühnen nach den Trocknungsanstalten gebracht wird.

Es müssen daher die Abtropfvorrichtungen den Produktionsverhältnissen angemessen und so groß sein, als es die zu Gebote stehenden räumlichen Verhältnisse gestatten, damit die aus den Pfannen erfolgenden Salzmengen möglichst lange und mindestens 36 bis 48 Stunden auf den Tropfbühnen zur Ableckung verweilen können. Die Abtropfvorrichtungen, deren Böden zweckmäßig eine geneigte Lage erhalten, laufen parallel mit den Ausziehseiten der Siedepfannen und liegen entweder hoch genug um die von dem Salze abrinnende Soole in die Pfannen zurückführen zu können, oder so tief, daß die mittelst Rinnen in einem Sumpfe gesammelte Soole durch Pumpen in die Pfannen zurückgehoben werden muß.

Für das Ablecken des Salzes werden vielfach die dachförmigen Flächen der hölzernen Bedeckungen benutzt, welche oberhalb der Siedepfannen zur Ableitung des Wasserdampfs und zum Schutz des Soolspiegels gegen den Zutritt kalter Luft in Anwendung gebracht werden; s. Fig. 5 auf Taf. 113. Durch die beweglichen Klappen a wird der zur Aufnahme des Salzes dienende Raum b zu beiden Seiten der Pfanne und ihrer ganzen Länge nach hergestellt. Wenngleich durch dieses vielfach übliche Verfahren an Raum gespart wird, so ist dasselbe dennoch, besonders bei größeren Siedepfannen, mit großen Mängeln behaftet, welche durch die aus der bedeutenden Belastung hervorgehende Kostspieligkeit der Vorrichtungen vergrößert werden. Beträgt z. B. das tägliche Salzausbringen einer Pfanne 7500 Kilogramm und soll das Salz 48 Stunden auf dem Pfannenmantel verweilen, bevor dasselbe nach den Trockenräumen gebracht wird, so muß der Pfannenmantel zur Aufnahme der dreitägigen Produktion eingerichtet sein und es würde derselbe dennoch mit 22,500 Kilogramm Kochsalz zeitweise belastet sein. Zur Tragung dieser erheblichen Belastung muß dann gewöhnlich die durch Hängewerke unterstützte Balkenlage des Siedegebäudes mit in Anspruch genommen werden, wodurch nicht nur die Einfachheit und Billigkeit des Baues, sondern auch die Haltbarkeit des Gebäudes wesentlich beeinträchtigt wird. Außerdem verursacht die kontinuirliche Wirkung der heißen Wasserdämpfe eine rasche Zerstörung des Holzes, so daß beträchtliche Unterhaltungskosten nicht vermieden werden können; und es kann fernerweit nicht verkannt werden, daß die Aufbringung des Salzes zu der beträchtlichen Höhe einen unnöthigen Kraftaufwand der Arbeiter erfordert. Man hat deshalb die Benutzung der Pfannenmäntel zur Lagerung des Salzes immer mehr verlassen und statt dessen parallel zu den Pfannenseiten besondere Abtropfbühnen mit geneigt liegenden Lagerflächen in Anwendung gebracht. Es könnte dieser Einrichtung vorgeworfen werden, daß durch das rasche Erkalten des Salzes die Abtropfung der Soole unvollständiger als auf den von unten erwärmten Pfannenmänteln erfolgt, und in der That haben Salinen von der Einführung der Tropfbühnen Abstand nehmen müssen, weil durch zu rasches Erkalten die Abscheidung der Mutterlaugensalze und die mangelhafte Abtropfung der Soole veranlaßt wurde. In der Wärme der Trocknungsanstalten erfolgt alsdann das Zerfließen der wasserhaltigen Salze, so daß nicht nur die Trocknung des Salzes erschwert wird, sondern auch die lockere Beschaffenheit desselben verloren geht. Dieser Fall kann jedoch nur in der Feinsalzsiedung bei den letzten Salzauszügen aus sehr unreinen Soolen eintreten und kann überhaupt nicht vorkommen, wenn die auf Taf. 107 gezeichneten Ableckbühnen c in der daselbst vorgeschlagenen Weise durch den mit Eisenplatten überdeckten Kanal nach Bedürfniß erwärmt werden können.

Ein anderes Verfahren, nach welchem das aus den Pfannen gezogene Salz in hölzerne Spitzkörbe geschlagen und nach dem Ablecken in diesen Körben in den Trockenräumen getrocknet wird, beansprucht zuviel Arbeit und eignet sich nicht für größere Betriebe.

Nachdem das Salz durch das Lagern auf den Tropfbühnen oder den Pfannenmänteln für die Trocknung vorbereitet ist, wird es nach den Trocknungsanstalten geschafft. Die besseren der bisher in Anwendung gekommenen Methoden zum Trocknen des Salzes sind: erstens die Trocknung auf Darrplatten oder die Pfannentrocknung, und zweitens die Trocknung auf Lattenhorden.

Die Darrplatten der auf Taf. 106 und 107 dargestellten Pfannentrocknung sind von Gußeisen und 0,01 Meter dick. Zur Dichtung der Stöße ist jede Platte mit einem 0,04 Meter breiten Falze versehen, welcher die nächstfolgende Platte aufnimmt. Die ganze Darrfläche der einzelnen Pfannen wird mit einem 0,12 Meter hohen oben abgerundeten hölzernen Rande umgeben, dessen Befestigung durch einzelne im Ringmauerwerke des Darrpfannenherdes eingesetzte schwache Schraubenbolzen bewirkt werden kann. Die Erwärmung der Darren erfolgt durch die von den Siedepfannenherden abziehenden Feuergase. Bevor das zu trocknende Kochsalz in etwa 0,09 bis höchstens 0,12 Meter dicker Lage auf die Darrpfannen gebracht wird, müssen die gußeisernen Platten mit Kalkmilch, welcher etwas Mutterlauge zugesetzt wurde, überweißt werden. Es ist dieses das einfachste und beste Mittel um die Färbung des Salzes durch die Rostung des Eises zu verhüten, und bei einem nur einigermaßen mit Ordnungsliebe und Sorgfalt geführten Betriebe ist dasselbe ausreichend, dem Salze die vollkommenste Weiße zu bewahren. Nachdem das Salz auf den Pfannen etwas getrocknet ist, schreitet man zum Wenden desselben, wobei der, auf das Salz sich stellende, Arbeiter dasselbe mit einer graden Blechschaufel zerstechen und die Schollen durch vorsichtiges Umwenden mit der Schaufel dachziegelförmig übereinander kippen muß. In diesem Zustande bleibt das Salz zum Trocknen liegen, so lange es die vom Gange der Produktion bedingte Betriebsordnung zuläßt. Damit das Salz locker bleibt und beim Abpacken und Transport nach den Magazinräumen die losen Schollen ohne Weiteres zerfallen, ist es wesentlich, daß mit dem Umstechen des Salzes sogleich begonnen wird, wenn dasselbe genügend zusammenhält um das Wenden in Schollen zu gestatten. Dieser Zeitpunkt tritt bei feinkörnigem Salze früher ein als bei grobkörnigem. Zur Erhaltung des dünnen Kalküberzuges der Darrpfannen müssen beim Abpacken jedesmal dünne Lagen des trocknen Salzes liegen bleiben, damit die Darrplatten mit feuchtem Salze nicht in Berührung kommen, und wenn dennoch der Kalküberzug nach Verlauf eines Monats oder noch längerer Zeit mangelhaft geworden ist, kann derselbe nach vorangegangenem Abschaben der Platten leicht erneuert werden.

Die zur Erzielung der guten Trocknung des Salzes erforderliche Darrfläche richtet sich sowohl nach dem Konzentrationszustande der zu versiedenden Soolen als nach den, von der Anwendung höherer oder niederer Soggetemperaturen abhängigen Produktionsmengen. Damit eine mangelhafte Trocknung wegen zu dicker Belegung der Darren vermieden wird, wählt man das Verhältniß der Darrfläche zur Bodenfläche der Siedepfannen von 1,50 bis 1,75 : 1. Eine Erhitzung der Darren bis zur Verknisterung des Salzes darf nicht stattfinden und wo letztere in einem dem Korn des Salzes schädlichen Grade vorkommen sollte, würde die verkehrte Anlage der Pfannenfeuerung und des Siedepfannenherdes die nächste Ursache davon sein.

Die zweite Methode der Salztrocknung, auf Lattenhorden, ist Taf. 108, Fig. 1, 2, 3 dargestellt. Der Trockensaal wird durch gußeiserne Heizungsröhren c, die von den Rauchgasen der Siedepfannen durchzogen werden, auf etwa 48 bis 55° C. erwärmt. Die Horden a erhalten an den Hinterstücken runde Holzzapfen, welche in passenden Larven der hintern Ständerreihen liegen, so daß die Horden zwischen den zu ihrer Aufstellung dienenden Gerüsten um eine feste Axe beweglich sind. Das Vorderende derselben ruht dagegen auf runden Holzpflöcken, die in den mit gebohrten Löchern versehenen vorderen Ständerreihen Aufnahme finden. Vor dem Auftragen des Salzes sind die Horden durch Ausziehen der Pflöcke herunter zu lassen, da die Beschüttung derselben in der Reihenfolge von oben nach unten stattfinden muß. Die einzelnen mit Salz belegten Horden werden alsdann wieder in die Höhe gebracht und zwischen den Vorderständern durch eingesteckte Holznägel getragen. In gleicher Reihefolge muß mit dem Abpacken des trocknen Salzes, nach dem Herunterlassen der vollen Horden verfahren werden, wobei das Salz mittelst einer kleinen Blechkrücke in die mit Rädern versehenen Salzkübel gezogen wird. Das Auftragen des Salzes verrichten die Sieder mit hölzernen Wannen oder Körben, die vor dem

Leibe getragen werden und es ist bei dem Einflusse der Wärme eine beschwerliche, der Gesundheit nachtheilige Arbeit. Sowohl aus diesem Grunde, als auch wegen ihrer ungleich' größern Anlage- und Unterhaltungskosten sind die Hordentrocknungsanstalten weniger als die vorhin beschriebenen Darrvorrichtungen zu empfehlen.

Zur völligen Trocknung muß das Salz 4 bis 5 Tage auf den Horden verweilen, weshalb der Trockensaal das Vier- bis Fünffache der täglichen Salzproduktion aufzunehmen hat und täglich der vierte oder fünfte Theil der vorhandenen Horden abgepackt und neu belegt werden muß. Bei der gewöhnlich vorhandenen Temperatur der Trockensäle von durchschnittlich 48° C. müssen für je 1000 Kilogramm der täglichen Salzproduktion 165 Quadratmeter Hordenfläche vorhanden sein, um das Salz bis auf einen Rückhalt von 1,5 Prozent Wasser trocknen zu können. Würden demnach auf einem Trockensaale täglich 8000 Kilogramm feinkörniges Kochsalz zu trocknen sein, so sind insgesammt $8 \times 165 = 1320$ Quadratmeter belegbare Hordenfläche erforderlich, wovon bei viertägiger Liegezeit des Salzes $\frac{1320}{4} = 330$ Quadratmeter oder bei fünftägiger $\frac{1320}{5} = 264$ Quadratmeter täglich mit 8000 Kilogramm Kochsalz belegt werden.

Das Trocknen des Salzes in den mit Horden versehenen Trockenräumen kann äußerst wirksam unterstützt werden, wenn mit Benutzung der Wärme des vom Siedepfannenherde abgehenden direkten Rauchkanals (Taf. 107) für die Ventilation des Trockensaals unter Zuführung erhitzter Luft gesorgt wird. Die künstliche Verstärkung des ohnehin bestehenden Luftwechsels mit kaltem Luftzutritt ist jedoch erfahrungsmäßig unzweckmäßig, wenn dadurch die Temperatur des Trockenraums unter 48° C. erniedrigt wird. Die Heizröhren müssen zur bessern Durchlassung der Wärme öfters vom Ruß gereinigt werden, weshalb in den Taf. 108, Fig. 1 gezeichneten Röhren c eine Anzahl Reinigungsklappen d angebracht sind. Man bewerkstelligt die Reinigung am besten mittelst Hindurchziehens einer runden Bürste, die hinlänglich breit sein muß, um bei ihrem Anzuge nicht durch Kantung festgeklemmt werden zu können.

Die bisher besprochenen Methoden der Salztrocknung bezwecken die Darstellung des locker beschaffenen losen Kochsalzes. In England, Oesterreich und einem Theile Bayerns muß das Speisesalz in der

Form fester Brote, denen die Gestalt abgestumpfter Pyramiden oder Kegel gegeben ist, in den Handel gebracht werden, weil das Publikum den Gebrauch des losen Kochsalzes nicht gewohnt ist. Es müssen daher die Salinen dieser Länder bei der Trocknung des Salzes ein anderes Verfahren befolgen. Die englischen Salinen liefern das Speisesalz in der Form abgestumpft-pyramidenförmiger, 16 bis 18 Kilogramm schwerer Körper, welche durch scharfes Trocknen genügende Festigkeit erlangt haben, um ohne Fastage verfrachtet werden zu können. Nur die ausschließlich als Speisesalz Verwendung findende Sorte des englischen Salzes, Stoved-salt oder Lump-salt, ist getrocknet, während alles übrige Siedesalz in England der besondern Trocknung nicht unterworfen wird, sondern im feuchten Zustande in den Handel gelangt. — In Oesterreich heißen die pyramiden- und kegelförmigen gedörrten Salzmassen von etwa 18 bis 20 Kilogramm Schwere, Stöckerl oder Fuderl, zum Unterschiede von den früher üblichen größeren, etwa 60 Kilogramm schweren Salzformen, die Stöcke oder Fuder genannt wurden und, wegen ihrer Zerbrechlichkeit beim Transport im unverpackten Zustande, nicht mehr dargestellt werden. Die österreichischen Fuderl unterscheiden sich von dem englischen Lump-salt durch ihre größere Härte, da dieselben in Darrstuben, die durch direktes Feuer erhitzt werden, eine weit stärkere Zusammensinterung erfahren haben. — Zur Darstellung des Lump-salt und der Fuderl muß das Kochsalz bei der Siedehitze in einem feinen, fast mehlartigen Zustande gesotten werden. Das ausgezogene Salz wird sodann in hölzerne Formen von der gewünschten Größe und Gestalt geschlagen und darin festgestampft, wobei die Soole, welche aus den unten offenen oder mit siebförmigen Platten geschlossenen Formen abläuft, in die Siedepfannen zurückgeführt wird. Das Abziehen der umgestürzten Formen bietet bei der starken Verjüngung derselben keine Schwierigkeit. Die geformten Salzmassen werden alsdann in die Darrstuben gebracht und über mit Eisenplatten belegten Heizkanälen oder durch direktes Holzfeuer so scharf getrocknet oder gebrannt, daß dieselben beim Anschlagen klingen. In Oesterreich rechnet man bei direkter Befeuerung der gewölbten Darrstuben oder Pfieseln einen Brennstoffaufwand von 1 Wiener Klafter Fichtenholz für das Dörren von 500 Wiener Zentner oder 28000 Kilogramm Stöckerlsalz.

h) Die baulichen Anlagen des Salzsiedebetriebes.

Die für industrielle Anlagen den Vorzug verdienende Bauart muß die Einfachheit bei Zweckmäßigkeit der Bauten in der vollkommensten Weise zu erreichen bestrebt sein.

Bei Errichtung der Salinbetriebsgebäude vermeide man deshalb jeden zweckwidrigen Luxus, nicht nur des Kostenpunktes halber, sondern weil derselbe an Gebäuden, die von Wärme, Rauch und Wasserdämpfen zu leiden haben, immer übel angebracht sein wird. Man soll jedoch keineswegs eine zweckentsprechende Solidität als Luxus betrachten und die Lösung der Aufgabe keineswegs in dem Entwerfen dürftiger Hütten suchen; denn um allen, die Produktion nach Güte, Menge und Billigkeit des Fabrikats beeinflussenden Verhältnissen zu genügen und um den Anforderungen, welche zur Erhaltung von Ordnung und Reinlichkeit im Betriebe zu stellen sind, entsprechen zu können, ist die konsequente Durchführung der Solidität bei Herstellung der Betriebsanstalten ein unabweisbares Bedürfniß.

Bei Erbauung der Siedehäuser muß, neben der nöthigen Feuersicherheit der Anlage, dahin gestrebt werden, daß die Disposition der Betriebsräume die höchste Leistungsfähigkeit der Betriebsmittel und des Arbeiterpersonals gestattet. Auf die Erleichterung der Arbeiten beim Ausschlagen des Salzes nach den Tropfbühnen und des Salztransports nach den Trocknungsanstalten und den Magazinräumen ist um so mehr Gewicht zu legen, als die nicht zu vermeidende ungleichmäßige Vertheilung der Arbeiten im Salzsiedebetriebe die Arbeitsleistung des Siederpersonals verringert. In der Grobsalzsiedung kommen bei der Wartung der einzelnen Pfannen so große Arbeitspausen vor, daß die genügende Arbeitsleistung des die Siedepfannen bedienenden Siederpersonals nur dann zu erreichen steht, wenn durch die baulichen Verhältnisse es gestattet ist, dem Arbeiterpersonale die gemeinschaftliche Bedienung einer größern Anzahl Pfannen zu übertragen.

Die Arbeitsleistung der Sieder kann hiernach große Abweichungen zeigen. Es beträgt z. B. die jährliche Leistung eines Mannes bei den mit Klärpfannen versehenen Siedeanstalten der Saline zu Lüneburg unter Berücksichtigung aller Arbeiten, mit Einschluß der Schüttung des Salzes nach den Magazinräumen, für die Darstellung des getrockneten feinkörnigen Salzes:

1) Einschließlich des zur Befeuerung der Pfannen erforderlichen Personals:

a) wenn die Trocknung des Salzes auf Lattenhorden erfolgt, 130 Lasten zu 2000 Kilogramm,

b) wenn das Salz auf gußeisernen Darren getrocknet wird, 185 Lasten.

2) Ausschließlich des zur Befeuerung der Pfannen erforderlichen Personals:

a) wenn die Trocknung des Salzes auf Lattenhorden erfolgt, 195 Lasten,

b) wenn das Salz auf gußeisernen Darren getrocknet wird, 260 Lasten.

Diese Leistungen müssen, mehr noch bei der Darstellung des grobkörnigen Salzes, ohne besondere Anstrengung der Arbeiter erreichbar sein. In England fällt auf den einzelnen Mann des Siederpersonals durchschnittlich ein größeres Produktionsquantum; allein es ist dabei zu berücksichtigen, daß einmal der englische Arbeiter doppelt so hoch bezahlt wird als der deutsche, auch der Salinbetrieb in England weniger sorgfältig als in Deutschland gehandhabt wird, und zweitens nur ein geringer Bruchtheil des von den englischen Salinen gesottenen Salzes getrocknet wird.

Die Magazinräume für gedörrtes Salz liegen zweckmäßig zu ebener Erde, unter den Trocknungsanstalten, um die bedeutende Belastung der Gebäude zu vermeiden, welche durch die Anbringung von Salzlagerräumen in den oberen Stockwerken der Siedehäuser herbeigeführt wird. Es werden dadurch kostspielige Konstruktionen starker Gebälke und deren Unterstützungen erspart. Außerdem wird die Aufschüttung des Salzes in den Lagerräumen durch das Herabstürzen desselben erleichtert und der Transport des Salzes der Höhe nach auf das geringste Maß beschränkt, weil die Siedepfannen mit den Ableckbühnen nöthigenfalls in die halbe Höhe des untern Stockwerks und noch höher gelegt werden können, so daß der für den aufwärts gehenden Transport des Salzes nach den Trocknungsanstalten übrig bleibende Weg etwa die halbe Höhe des Magazinraumes beträgt.

Die Siedepfannen der Salinen können nach Länge und Breite sehr abweichende Dimensionen und Formen erhalten. Minder groß sind die in Anwendung gekommenen Abweichungen ihrer Tiefen. Die zweckmäßigste und heute fast ausschließlich in Anwendung kommende Form der aus Eisenblech hergestellten Siedepfannen ist das Rechteck. Runde Pfannen, die früher mehrfach im Gebrauch waren, werden, außer in Oesterreich und Baiern, kaum noch angetroffen, weil dieselben den länglichen gegenüber keinerlei Vorzüge besitzen, welche die Mehrkosten ihrer Herstellung rechtfertigen könnten.[1] Es sind mit verschieden großen Pfannen mehrfach Versuche angestellt worden, um im Interesse der Brennmaterialökonomie die zweckmäßigste Größe der Siedepfannen und das angemessenste Verhältniß zwischen Länge und Breite, mithin die beste Form und Größe der Pfannenbodenfläche, zu ermitteln. Auf preußischen Salinen wollte man gefunden haben, daß quadratische Pfannen von 8,16 Meter Länge der Seiten, oder 66,58 Quadratmeter Bodenfläche, den geringsten Brennstoffaufwand verursachen; allein man hat diese Ansicht verlassen und ist auch hier zu einer verlängerten Form und theilweise zu größerem Flächeninhalte des Pfannenbodens übergegangen.[2]

Aus der Erfahrung dürften im Allgemeinen folgende Anhaltspunkte aufgestellt werden können:

1) Die längliche Form ist nicht nur der quadratischen vorzuziehen, sondern zur Erlangung der Bodenfläche für größere Pfannen unvermeidlich, weil das Maß der Pfannenbreite durch die im Salzsiedebetriebe nothwendigen Arbeiten seine Grenze findet. Es darf jedoch erfahrungsmäßig das Verhältniß der Pfannenlänge zur Breite nicht über 1,5 : 1 hinausgehen, ohne den Heizeffekt durch unvortheilhaftere Herdverhältnisse, und die Gleichmäßigkeit des Salzkorns in

[1] In alter Zeit wurde die Soole meistens in kleinen bleiernen Pfannen, die durch Aufkrempen gegossener Bleitafeln erhalten wurden, versotten. Die Saline zu Lüneburg hatte noch im Jahre 1797 . . . 216 dieser Pfannen im Betriebe. Jede derselben faßte 160 Kilogramm 25,5 prozentiger Soole und wurde innerhalb 2 Stunden bei Darstellung des feinkörnigen Salzes leer gesotten.

[2] Mit welcher Willkür und mit welchem gänzlichen Mangel bestimmter Grundsätze die Dimensionen der Siedepfannen bisher gewählt worden, kann aus der nebenstehenden Zusammenstellung, welche die Pfannengrößen einiger englischer und deutscher Salinen angibt, ersehen werden.

Folge Temperaturverschiedenheit der soggenden Soole über dem Feuer und am entgegengesetzten Pfannenende zu benachtheiligen. Man hat zwar bei langen Pfannen versucht, das am hinteren Ende derselben fallende grobkörnigere Salz durch Anbringung einer Blechwand von

Namen der Salinen	Siedepfannen			
	Länge	Breite	Tiefe	Bodenfläche
	Meter	Meter	Meter	Quadratmet.
England.				
Stoke	6,10	4,88		29,768
"	7,32	5,49		40,1868
"	41,175	7,625		313,959
National-Patent-Salzwerk (Windsford)	15,25	5,49		83,722
" " "	24,40	2,44		59,536
" " "	30,50	3,05	0,45	93,025
" " "	30,50	6,10	bis	186,050
British-Salt-Company (Northwich) .	24,40	6,10	0,61	148,840
Winnington-Salzwerk (Northwich) .	21,96	3,05		66,978
" " "	21,96	6,10		133,956
Blackwell-Salzwerk (Windsford) .	19,52	7,32		142,886
New-bridge-Salzwerk . . .	9,15	5,49		50,233
" "	18,30	7,32		133,956
Deutschland.				
Lüneburg	9,36	7,72	0,30	72,259
"	9,36	4,82	bis	45,115
"	7,00	4,96	0,40	34,720
Halle	10,36	4,55		47,138
"	11,17	8,94	0,383	99,860
"	11,61	8,47		98,336
Schönebeck	8,16	8,16	0,383	66,585
"	8,789	8,789	0,383	77,246
"	11,61	8,47	0,383	98,336
"	10,45	9,42	0,383	98,439
"	6,90	7,53	0,356	51,957
Dürrenberg	8,16	8,16	0,345	66,585
"	11,45	7,06	bis	80,837
"	12,08	4,24	0,383	51,219
"	17,26	6,90		119,094
Schwäbisch-Hall	12,89	9,36	0,358	120,650
Ebensee am Gmundener See . .	20,86	10,43	0,395	217,569
Schweizerhall	10,50	9,00	0,375	94,500

dem feinkörnigeren Salze des vordern Pfannentheils getrennt zu halten, also durch Herstellung zweier Abtheilungen zwei Sorten Salz in derselben Pfanne darzustellen; aber die Nachtheile, welche aus den sich ungünstig gestaltenden Herdformen sehr langer Pfannen entstehen, wenn die Feuergase vor der Entweichung nach den Trockenräumen, oder vor ihrem Eintritt in den Schornstein, durch Züge zur Zirkulation unter dem Pfannenboden gezwungen werden sollen, machen dieses Verfahren nicht empfehlenswerth, es sei sonst, daß solchen Pfannen eine ungewöhnlich geringe Breite und solche Länge gegeben würde, daß behufs der ausreichenden Wärmeabtretung der Feuergase von der mehrmaligen Zirkulation derselben unter dem Pfannenboden Abstand genommen werden kann.

2) Die Größe der Siedepfannen soll nicht unter 45 und nicht über 100 Quadratmeter Bodenfläche betragen. Kleinere Siedepfannen sind unvortheilhaft wegen Vermehrung des Brennmaterialaufwandes und ungünstigerer Gestaltung der Arbeitsverhältnisse. Uebersteigt dagegen die Bodenfläche 100 Quadratmeter, so sind, durch das bedeutende Gewicht der Siedepfannen, größere Reparaturen derselben und des Herdraumes schwieriger. Auch können die Siedepfannen ohne Erschwerung der Siedearbeiten höchstens 8,5 Meter Breite erhalten, so daß mehr als 100 Quadratmeter Bodenfläche nur durch eine der Gleichmäßigkeit des Salzkorns nachtheilige Verlängerung der Pfanne zu erreichen sein würde.

3) Die Tiefe oder Bordhöhe der Siedepfannen betrage 0,30 bis 0,40 Meter. Nur in besonderen Fällen und Soggezuständen der Soole, etwa wenn es sich um die Darstellung eines würfelig groben, schweren Salzes handelte, würde es angemessen sein, mit einem höheren Soolstande zu arbeiten. Abgesehen von dem ungünstigeren Einflusse, den ein hoher Soolstand der Pfannen auf die Konsumtion an Brennmaterial ausübt, ist solcher bei der Feinsalzsiedung unzweckmäßig, wenn ein ansehnliches, lockeres und nicht schweres Salzkorn erhalten werden soll. Die Soolhöhe von 0,25 bis 0,35 Meter wird beim Soggen des feinkörnigen Salzes am zweckmäßigsten sich erweisen, wozu die Höhe der Pfannenborde 0,30 bis 0,40 Meter betragen muß.

4) Für die Darstellung des feinkörnigen Salzes wähle man weniger große Pfannen als für die Siedung der grobkörnigen Salzsorten.

Die Siedepfannen werden aus Eisenblech angefertigt. Die Blechtafeln zur Herstellung der Böden erhalten oberhalb des Feuers 6 bis 7, und an den übrigen Stellen 5 bis 6 Millimeter Dicke, und die aus entsprechend stärkeren, etwa 10 Millimeter dicken Platten gefertigten, an ihrem oberen Rande mittelst angenieteter Leisten verstärkten Borde sind mit den Pfannenböden durch Winkeleisen, in der Taf. 106, Fig. 6, ersichtlichen Weise, verbunden. Es kann nicht genug empfohlen werden, zu den Feuerblechen, d. h. denjenigen Theilen des Pfannenbodens, die der direkten Einwirkung der Stichflamme ausgesetzt sind, das vorzüglichste Material zu verwenden; denn das weichste und zäheste Blech wird in diesem Falle, selbst bei den höchsten Preisen, jederzeit das billigste sein. Jedoch können für die hintern und seitlichen Theile der Pfannenböden härtere, minder gute Bleche verwandt werden, zumal dieselben weniger als weichere Bleche der Abnutzung durch Verrosten unterworfen sind, die sich besonders bei niederer Soggetemperatur, in der Grobsalzsiedung, wenn auch erst nach Jahren, bemerkbar macht. Die Bodenplatten werden 0,65 Meter quadrat und noch kleiner genommen, weil es nicht angebracht ist, denselben große Dimensionen zu geben; denn einmal wird der Pfannenboden durch die größere Anzahl Nähte an Steifigkeit gewinnen und zweitens die Auswechselung verbrannter oder gänzlich geworfener Tafeln mit einem geringern Aufwand an Blechen, als es bei Anwendung großer Tafeln der Fall sein würde, sich beschaffen lassen. Aus demselben Grunde und um die Auswechslung schadhaft gewordener Tafeln zu erleichtern, verbindet man die Platten, wie auf Taf. 106, Fig. 5 gezeigt ist, wobei die drei unten liegenden Ecken der Kreuznaht durch Ausstrecken etwas verschwächt sind. Die obenliegende Blechecke bleibt selbstverständlich unabgeschärft, um nach der Nietung des Kreuzes verstemmt werden zu können. Die Nietung der Salzpfannen bietet nichts Besonderes dar. Die mittelst der Lochmaschine durchzudrückenden Nietlöcher können unter Benutzung einer Lehre, die der einmal adoptirten Blechgröße entsprechend hergestellt ist, angezeichnet werden. Man lasse den Oberschlag der Blechtafeln, d. h. den oben vor den Nietlöchern bleibenden Blechrand, nicht mehr als den Durchmesser des Nietlochs betragen, weil andernfalls der vor den Nietköpfen liegende größere Blechvorstand durch Pfannenstein und zwischenbrennendes Salz abgezogen wird. Der Unterschlag kann den

1,5 bis 1,7fachen Durchmesser des Nietlochs als Breite erhalten. Behufs Erwärmung der Niete in der Esse oder Feldschmiede, bis zur hellrothen Glühhitze, können dieselben in gelochte Blechabfälle gesteckt werden. Beim Nieten selbst bedient man sich statt des Vorhalters einer starken Nietwinde mit flachem Schraubengange. Das Gewicht des Vorhalters oder der Nietwinde muß mindestens das 10 bis 15fache von jenem der Hämmer betragen. Die ersten Schläge, vor dem Stauchen des mittelst der Winde fest angepreßten Nietes, sind neben dasselbe, oder auf einen Setzhammer zu geben, dessen Ausbohrung den vortretenden Nietschaft umfaßt. Nach den Stauchschlägen wird alsdann der Kopf des Nietes durch den aufgesetzten Schallhammer vollendet, bevor das Niet unter die dunkle Glühhitze erkaltet ist.

Gußeiserne Borde werden nicht zusammengenietet, sondern besser unter einander durch Falze und Schrauben verbunden und an dem Winkeleisen des Pfannenbodens ebenfalls mit Schrauben befestigt. Zur sichern Dichtung bediene man sich dabei dünner angefeuchteter Pappe und eines Kittes, der aus zu Staub gelöschtem Aetzkalk, Rockenmehl und Ochsenblut zusammengesetzt ist. Sind an den Siedepfannen Reparaturen vorzunehmen, so müssen die schadhaften Stellen der Bleche jederzeit mit dem Schrotmeißel beseitigt werden, weil größere Flächen doppelter Blechlagen sehr bald zerstört sein würden. Zur Herstellung der Nietlöcher wird man alsdann, statt des zeitraubenden Bohrens, mit Vortheil der auf Taf. 106, Fig. 7 gezeichneten kleinen schmiedeisernen Handlochpresse mit festem Lochstempel sich bedienen können. Viele der deutschen Salinen fertigen und repariren ihre Pfannen in althergebrachter Weise noch heute mit kalt geschlagenen Nieten; allein es gibt keine Gründe, welche dies mangelhafte, zeitraubende und, genau betrachtet, kostspieligere Verfahren rechtfertigen könnten.

Verschiedentlich ist es versucht worden, den Siedepfannen längs der beiden Ziehseiten eine sackartige Vertiefung zu geben, um das Aufbrennen des an den Pfannenbord gezogenen Salzes zu verhüten; während andere Salinen zum offenbaren Nachtheile des Heizeffekts den gleichen Zweck durch 0,60 Meter breite blinde Züge unter der Pfanne, an beiden Seiten des Pfannenherdes (wodurch die Heizfläche in erheblicher Weise vermindert wurde) zu erreichen suchten.

Die Kosten der Herstellung und Unterhaltung der Siedepfannen werden durch diese Konstruktion in unnöthiger Weise vermehrt, denn die Aufbrennung des Salzes, soweit dieselbe verhütet werden soll und kann, wird im schärfsten Betriebe der Feinsalzsiedung nur in dem Falle stattfinden, wenn das Salz längs des Pfannenbordes längere Zeit hindurch zu solcher Höhe angekrückt ist, daß es aus der Soole hervorragt. Würde es anders sein, so könnte auch die sackähnliche Vertiefung der Pfanne längs der Borde nichts nutzen. Vermeidet man das vorzeitige Anhäufen des Salzes zu dieser Höhe und verrichtet das Ankrücken desselben an den Pfannenbord erst dann, wann die hinlänglich steif gewordene Pfanne ausgeschlagen werden soll, so wird dieser meistens durch Nachlässigkeit im Betriebe sich ergebende Uebelstand vermieden werden.

Die Konstruktion der Feuerungsanlagen zur Heizung der Siedepfannen muß sich nach der Beschaffenheit des in Anwendung kommenden Brennmaterials richten. Steinkohle, derbe Braunkohle und guten Torf wird man in Feuerungen mit Planrosten; wenig backendes Kohlenklein, erdige Braunkohle und leicht zerfallenden Torf auf Treppenrosten; Holz und losen Torf in Pultfeuerungen verbrennen. Die Bedeutung des zur Versiedung der Soolen erforderlichen Brennmaterialbedarfs, unter den Ausgaben der Salinen, verlangt, daß diese Ausgabe durch sorgfältige Beachtung zweckmäßiger Heizungsanlagen nach Kräften verringert werde, um dieselbe Menge trocknen Salzes mit dem geringsten Aufwand an Feuerungsmaterial darstellen zu können.

Jede gute Heizungsanlage hat zweierlei Aufgaben zu erfüllen. Dieselbe muß erstens aus dem gegebenen Brennmaterial die höchstmögliche Wärmemenge entwickeln, und zweitens die möglichst vollständige Benutzung der entwickelten Wärme in dem Sinne ihres Anlagezweckes bewirken. Im Salinbetriebe wird der nützliche Effekt des verbrannten Heizmaterials nach der damit beschafften Wasserverdampfung bemessen werden müssen.

Zur vollständigen Entwickelung der Wärmemengen, welche die Heizmaterialien zu liefern im Stande sind, müßten durch die Feuerungsanlagen diejenigen Bedingungen erfüllt werden, welche für die Erzielung einer vollkommenen Verbrennung der Heizstoffe nothwendig sind. In der Praxis ist dies bisher unerreichbar geblieben, weil die zwei Hauptbedingungen für die völlige Verbrennung, nämlich die vollkommen gleichmäßige Zuführung eines genügenden Luftquantums, neben der ungestörten Erhaltung einer hohen Temperatur im Verbrennungsraume, durch unsere Feuerungsanlagen bekanntlich nicht erfüllbar sind.

Es ist in neuerer Zeit eine Rostdisposition, für ein patentirtes Lokomotivsystem des Maschineningenieurs Behne,[1] zur zweckmäßigen Befeuerung dieser Maschinen mit Steinkohle, bekannt geworden, welches die zeither ausschließlich in Anwendung befindlichen noch bei dem berühmten Preisausschreiben für die österreichischen Semmeringsmaschinen als unentbehrlich gehaltenen kurzen Feuerkisten der Lokomotiven beseitigt und diese Uebelstände zu vermeiden sucht, deren Anwendung auch für die Befeuerung größerer Siedepfannen besondere Vortheile verspricht. Die Anordnung dieses Rostes zerfällt in eine obere horizontale oder wenig geneigte Rostfläche, den Vorverbrennungsrost; in eine zweite, nach der feinern oder gröbern Beschaffenheit der anzuwendenden Kohle mehr oder weniger tiefer liegende schräge Rostenlage, den Nachverbrennungsrost; und in eine dritte untere und horizontale kleine Rostfläche, den Schlackenrost, welcher durch Hebelvorrichtungen beliebig geöffnet werden kann. Die Heizöffnung ist zur Beschickung und Wartung der Feuerung mit zwei Thüren, und der Aschenraum mit zwei Klappen versehen, welche die Regelung des Luftzutritts zum Verbrennungsroste bezwecken. Im Betriebe wird das rohe Brennmaterial in einer nach seiner Beschaffenheit zulässigen Schichthöhe auf den oberen Rost gebracht und bei neuer Beschickung dieses Rostes in entsprechender Weise auf den schrägen, nach hinten geneigten Nachverbrennungsrost geschoben. Die Steinkohle, welche solchergestalt den Zusammenbackungsprozeß schon durchgemacht hat, oder das entgasete Brennmaterial darf nun auf dem Nachverbrennungsroste, ohne die für den guten Verbrennungsprozeß benöthigte gleichmäßige Berührung mit der durchströmenden atmosphärischen Luft ferner noch beeinträchtigen zu können, in hoher Schüttung gehalten werden. Durch die ungestörte Erhaltung der hohen Temperatur im hintern Theile des Verbrennungsraumes gelangen die vom Vorverbrennungsroste ruhig und langsam

[1] Von demselben seit 1846 vorgeschlagen.

abziehenden Gase, bei der Durchstreichung dieses Raumes, zur vollständigen Verbrennung.

Die zweite Bedingung, welche Feuerungsanlagen erfüllen sollen, ist die höchstmögliche Nutzbarmachung der entwickelten Wärme, in der dem Zwecke der Feuerung entsprechenden Weise. Auch hierbei treten Verhältnisse auf, welche den Effekt des Brennmaterials beeinträchtigen. Bei den zur Wasserverdampfung bestimmten Heizanlagen, wie im Salzsiedebetriebe, wird die in dem Verbrennungsofen entwickelte Wärme sowohl durch Strahlung, als durch die abziehenden glühenden Gase an die zu verdampfende Flüssigkeit übertragen, entweder mittelbar durch die Wandungen der Abdampfgefäße, oder unmittelbar bei oberschlägigen Feuerungen. Die Quellen der Wärmeverluste, welche den nutzbaren Effekt der Heizung hierbei vermindern, bestehen erstens in der Fortführung unbenutzter Wärmemengen durch die abziehenden heißen Feuergase; ein Wärmequantum, welches theilweise für die Erhaltung des zur Verbrennung benöthigten Luftwechsels nothwendig ist; zweitens in der Wärmezerstreuung des Herdes und der Oberflächen des Verdampfungsgefäßes; und drittens in der mehr oder minder schlechten Wärmeleitungsfähigkeit wässriger Flüssigkeiten. Um diese Verluste zu begrenzen, wird man die Geschwindigkeit des Zuges, soweit es die gute Verbrennung erlaubt, verringern; die Wärme der abziehenden Feuergase möglichst benutzen; den Herd aus schlechten Wärmeleitern erbauen und die der Abkühlung ausgesetzten Oberflächen der Verdampfungsgefäße gegen Wärmezerstreuung schützen müssen.

Es ist im Vorstehenden darauf Gewicht gelegt, daß die Konstruktion der Feuerungsanlage das ungestörte Vorhandensein einer möglichst hohen Temperatur im Verbrennungsraum herbeizuführen im Stande sein müsse.

Die Abgabe der entwickelten Wärme an den zu erhitzenden Körper kann durch die Erhöhung der Temperatur im Verbrennungsraume ebenfalls nur begünstigt werden; denn die Uebertragung der Wärme erfolgt desto leichter, je größer die Temperaturdifferenz der Wärmequelle, gegenüber dem zu erhitzenden Körper, sich geltend macht.

Bis jetzt ist es, selbst unter den günstigsten Verhältnissen des Wärmeverbrauchs, nicht gelungen, mittelst Feuerungen, die für gewerbliche Zwecke praktisch brauchbar sind, über 60 bis 70 Prozent des Wärmequantums, welches die Brennstoffe zu liefern im Stande sind, als Nutzeffekt zu erzielen. Für die Beurtheilung des Nutzeffekts der Brennmaterialien bei Versiedung der Kochsalzsoolen ist noch zu berücksichtigen, daß konzentrirte Salzauflösungen schwieriger verdampfen als Wasser, die Verdunstungsfähigkeit der Soole daher geringer als die des reinen Wassers ist. Andererseits sind durch die flache Form der Salzpfannen große Heizflächen und günstige Verhältnisse für den Absatz der Wärme dargeboten. Im Salzsiedebetriebe werden mittelst guter Pfannenfeuerungen, wenn die Siedepfannen mit Dampfmänteln zum Schutz der Soolspiegel versehen sind, durch ein Kilogramm englischer Steinkohle 6,75 bis 7 Kilogramm Wasser zu verdampfen sein.

Die Größe der zum Befeuern der Siedepfannen benöthigten Rostfläche richtet sich nach der Beschaffenheit des Brennmaterials. Kennt man vom anzuwendenden Brennstoff das Verhältniß seines Heizwerths zum Heizeffekt guter Steinkohle, so wird die, innerhalb einer bestimmten Zeit aufzuwendende Quantität von diesem Brennstoff durch das zu verdampfende Wasserquantum sich berechnen lassen, um danach die benöthigte Rostfläche ermitteln zu können. Bei Steinkohlenfeuerungen können auf 1 Quadratmeter Rostfläche, bei 8 bis 12 Centimeter Schüttungshöhe, pro Stunde 30 bis 45 Kilogramm Steinkohle verbrannt werden. Es sind ferner bei Anwendung von Planrosten auf 1 Quadratmeter Rostfläche zu verbrennen:

an Torf von mittlerer Dichtigkeit und Qualität 60 bis 75 Kilogr.
„ Holz von lufttrockner Beschaffenheit 80 bis 100 Kilogramm.

Die für die Pfannenfeuerungen im Salinbetriebe erforderlichen Rostflächen werden, abhängig von der Beschleunigung des Betriebes und der Beschaffenheit des Brennmaterials, für Steinkohle, Braunkohle und Torf $^1/_{26}$ bis $^1/_{18}$ der Pfannenbodenflächen betragen müssen.

Für die gute Verbrennung, namentlich unentgaseter roher Brennmaterialien, ist das Verhältniß der Länge des Rostes zu seiner Breite keinesweges gleichgültig. Würden z. B. zur Verbrennung eines bestimmten Brennstoffquantums 1,44 Quadratmeter Rostfläche nothwendig sein, so ist es für den Effekt der Feuerung nicht einerlei, ob diese Fläche durch die quadratische Form der Rostenlage von

1,2 Meter Seitenlänge, oder mittelst größerer Längen und geringerer Breiten des Rostes, etwa im Verhältniß wie 2:1 oder 4:1, also durch 1,697×0,848 Meter und im letztern Falle 2,4×0,6 Meter Längen- und Breitenmaß hergestellt wird. Breite und kurze Rostflächen werden die Bedingungen für die vollständigere Verbrennung am wenigsten zu erfüllen im Stande sein, und es ist deshalb zweckmäßig den Rostflächen die $3^1/_2$ bis 4fache Breite zur Länge zu geben. Die Oeffnungen zwischen den Roststäben für den Durchlaß der atmosphärischen Luft sollen ein Fünftel bis ein Viertel der gesammten Rostfläche betragen. Für Feuerungen mit Planrosten wird oftmals die Anwendung querliegender und auf ihrer Oberfläche mit Zahnschnitten versehener Roststäbe von Nutzen sein. Der Abstand des Pfannenbodens vom Roste muß die vollständige Entwickelung der Flammen gestatten. Man legt deshalb die Böden der Siedepfannen bei Befeuerung mit Steinkohlen, Braunkohlen und Torf 0,70 bis 0,80 Meter und für Holzfeuer noch weiter vom Roste entfernt, vermindert aber diesen Abstand auf 1 Meter horizontaler Entfernung von der Feuerbrücke durch die Steigung des Herdes auf 0,45 bis 0,55 Meter und späterhin noch mehr, damit die Flamme allmählich gegen den Pfannenboden gedrängt wird.

Um die aus dem Verbrennungsraume abziehenden Feuergase zur Wärmeabgabe zu veranlassen, werden dieselben zur Zirkulation unter dem Pfannenboden, dessen ganze Fläche als Heizfläche zu benutzen ist, gezwungen; wobei der Abstand des Pfannenbodens von der Herdsohle, bevor die Gase den Herd verlassen, auf 0,25 bis 0,30 Meter verkleinert wird und die zu ihrer Führung dienenden schwachen Zungen gleichzeitig zum Tragen des Pfannenbodens bestimmt sind. Die vom Siedepfannenherde abgehenden Kanäle erhalten $^1/_5$ bis $^1/_4$ der Rostfläche zum Querschnitt und werden zur Regulirung des Zuges mit stellbaren Schiebern versehen.

Die zum Versieden der Soolen in Anwendung kommenden Brennstoffe sind: Holz, Torf, Braunkohle und Steinkohle.

Wird unter Wärmeeinheit diejenige Wärmemenge verstanden, welche nothwendig ist, damit die Temperatur von 1 Kilogramm Wasser um 1° C. erhöht werde, so erhält man durch Ermittelung der Anzahl Wärmeeinheiten, welche 1 Kilogr. der Brennstoffe bei vollständiger Verbrennung entwickelt, das Verhältniß ihrer Heizwerthe.

In der nachstehenden Tabelle wird die Heizkraft der für industrielle Zwecke benutzten Brennstoffe und einiger anderer brennbarer Körper, durch die Anzahl der aus 1 Kilogramm dieser Stoffe bei deren vollständigen Verbrennung, zu erzielenden Wärmeeinheiten bezeichnet.

Name des Brennstoffs	Wärmeeinheiten für 1 Kilogramm	Beobachter
Vollkommen trockenes Holz [1]	3600	Péclet.
Lufttrockenes Holz, 20 % Wassergehalt . . .	2945	Clément.
„ „ 25 % „	2600	Péclet.
Leichter Torf	1500	Clément.
Guter Torf	3000	Péclet.
Braunkohle, mittlerer Qualität	5400	„
Anthrazit	7800	„
Steinkohle erster Qualität	7050	Clément.
„ mit 20 % Asche	5955	„
Holzkohle	7050	„
Torfkohle mit 18 % Aschegehalt	6400	Péclet.
Koke, 10 % Aschegehalt	6345	Clément.
Wasserstoffgas	22125	„
„	34188	Favre und Silbermann.
Leichtes Kohlenwasserstoffgas	13000	Scheerer.
Schweres „	12000	„

Die Brodenfänge, welche über den Siedepfannen angebracht werden, sollen die verdampfende Soole vor dem schädlichen Einflusse des Zutritts kalter Luft schützen und die entbundenen Wasserdämpfe mittelst eines Dampfschlots zum Dache des Siedehauses hinausführen. Es sind leicht aus Holz konstruirte, flach zeltdachförmige Bedeckungen der Siedepfannen mit abgestumpfter Spitze, um an dieser Stelle den aus dem Dache des Siedehauses tretenden Dampfschlot aufstellen zu können. Zur Verrichtung der, während des Siedebetriebes, vorzunehmenden Pfannenarbeiten ist es nothwendig, dem unteren Viergespann des Mantels, auf welches die Sparren gestellt werden, einen Abstand von 0,90 Meter vom

[1] Gleiche Gewichte verschiedener Holzarten besitzen gleichen Heizwerth.

Pfannenboden zu geben und dasselbe 0,70 Meter vom Pfannenbord in die Pfanne hineintreten zu lassen. Der dadurch gebildete Zwischenraum wird mittelst beweglicher hölzerner, auf dem Pfannenbord ruhender Klappen verschlossen. Das obere Viergespann, dessen Dimensionen von der dem Dampfschlot zu gebenden Größe abhängig sind, ist von Eichenholz und gekehlt, damit das an den innern Rohrflächen herablaufende kondensirte Wasser, ohne in die Siedepfannen zurückzufallen, abgeleitet werden kann. Die ganze Vorrichtung wird mittelst Hängeeisen, die durch das untere Viergespann gezogen sind, vom Gebälk des Siedehauses getragen.

Stärkere Konstruktionen werden erforderlich, wenn die Mantelflächen des Brodenfangs zur Abtropfung des aus den Siedepfannen gezogenen Salzes dienen sollen, wie aus dem bei Besprechung der Tropfbühnen gegebenen Querschnitt ersichtlich ist. Die beiden Hauptträger werden alsdann nicht nur von eisernen Hängsäulen, welche an der mit starken Hängwerken versehenen Gebälkslage befestigt sind, unterstützt, sondern auch an ihren über die Pfannenlänge hinausreichenden Enden von gemauerten Pfeilern oder Steinsockeln getragen. Der Querschnitt des Dampfschlots beträgt etwa $^1/_{32}$ der Pfannenbodenfläche.

Auf Tafel 106, 107, 108 ist ein Siedegebäude mit 4 großen Siedepfannen zur jährlichen Produktion von 4160 Lasten oder 8,320,000 Kilogramm getrockneten feinkörnigen Kochsalzes, bei Verarbeitung 25prozentiger Siedesoole, dargestellt.

Taf. 107, Fig. 1 zeigt den Grundriß des Gebäudes; Taf. 106, Fig. 8 den Längendurchschnitt desselben; Taf. 106, Fig. 9 einen Querschnitt durch den Siedepfannenraum; Taf. 107, Fig. 2 einen Querschnitt durch den Magazinraum. — Es bedeutet

a die Siedepfannen. Jede derselben ist 10,25 Meter lang, 7 Meter breit, 0,35 Meter tief und faßt rund 25 Kubikmeter Soole, bei 71,75 Quadratmeter Bodenfläche.

b Die Brodenfänge.

c Die Ableckbühnen.

d Die Fahrbahnen im Siederaume.

e und f Krahn und Winde für den Transport des Salzes von den Tropfbühnen nach den Trocknungsanstalten. Die Windekette geht durch die hohle drehbare Krahnsäule über Rollen nach der Trommelwelle der Winde f.

g Die gußeißernen Darren. Jede derselben hält bei 18 Meter Länge und 3 Meter Breite 54 Quadratmeter Darrfläche. Die ganze Darrfläche verhält sich zur Bodenfläche der Siedepfannen wie 1,5 : 1.

h Fahrbahnen im Darrraume. Zwischen den Fahrgleisen sind an passenden Stellen Oeffnungen zum Stürzen des Salzes nach den Magazinräumen angebracht. Der Vorsicht halber können diese Oeffnungen 5 bis 6 Decimeter unter dem Gebälk mit Schirmplatten, welche für das herabstürzende Salz einen genügenden seitlichen Durchlaß gestatten, geschlossen werden.

i Pfannenfeuerungen mit Behne'schem Rost (S. 186). Die Pfannen haben zwei Feuerungen von 2 Quadratmeter Rostfläche, so daß für jede Pfanne insgesammt 4 Quadratmeter Rostfläche vorhanden sind. Es sollen in 320 Arbeitstagen oder 7680 Stunden Betriebszeit mit einer Pfanne $\frac{8320000}{4} = 2080000$ Kilogramm Kochsalz dargestellt werden, wozu bei Verarbeitung 25prozentiger Siedesoole 904800 Kilogramm guter Steinkohle erforderlich sind. Bei 4 Quadratmeter wirksamer Rostfläche müssen demnach pro Stunde $\frac{904800}{4 \times 7680} =$ rund 30 Kilogramm Steinkohle auf 1 Quadratmeter des Rostes verbrennen. Für die wirksame Benutzung der strahlenden Wärme können die den Rost theilweise überspannenden, von feuerfesten Steinen herzustellenden Gewölbe mehr verkürzt werden. Der Siedepfannenherd zeigt die Einrichtung eines Zirkulirherdes, und es läßt sich der unter den Ableckbühnen hinlaufende, mit Platten bedeckte Außenzug nach Bedürfniß zur Erwärmung des abtropfenden Salzes benutzen. Die Feuergase treten nach dem Verlassen des gleichmäßig ansteigenden Pfannenherdes durch

k, die vertikalen Kanäle, unter die ebenfalls mit Zirkulirherden versehenen Darren. Die nach dem Schornstein führenden Kanäle sind, zur Vermeidung schädlicher Stöße seitens der abströmenden Gase, mittelst gußeiserner Platten getheilt.

l Ein vom Pfannenherde direkt nach dem Schornstein führender Zug, dessen Benutzung während des Störens der Soole und bei Reinigung der Darrenzüge nothwendig werden kann. Soll die Erhitzung des in den Magazinräumen gelagerten Salzes durch diesen direkten Zug vermieden werden, so lege man den Scheitel des Gewölbes 0,80 bis 1 Meter unter die Pflasterhöhe. — Zur Sicherung des Gebäudes gegen Feuersgefahr sind hölzerne Gebälke vermieden und an deren Stelle Eisenkonstruktionen in Anwendung gebracht.

m Gußeiserne Säulen zur Unterstützung der schmiedeisernen Unterzüge.

n Gewalzte schmiedeiserne Doppel-T-Träger.

Taf. 108, Fig. 1, Grundriß einer Hordentrocknungsanstalt für dasselbe Siedehaus; Fig. 2, Querschnitt durch den Trockensaal; Fig. 3, Längenschnitt durch den Trockensaal.

a Die in den Gerüsten liegenden beweglichen Horden.

b Die zur Aufnahme der Horden dienenden Ständer, in deren Larven die Horden mittelst zweier Zapfen beweglich sind.

c Gußeiserne Heizröhren, deren Erhitzung durch die von den Siedepfannenherden abziehenden Feuergase bewirkt wird, welche aus den vertikalen Kanälen k durch diese Röhren nach dem Schornsteine geleitet werden.

d Mit gußeisernen Deckeln verschlossene Reinigungsöffnungen in den Röhrenzügen.

e Kanal, aus welchem die nach den Wärmeröhren führenden vertikalen Kanäle k aufsteigen.

f Kanal von Eisenblech zur Wiedervereinigung der Feuergase, nachdem dieselben die Heizröhren c, welche sämmtlich in diesen Kanal ausmünden, verlassen haben.

g Abzugrohr, vom Kanale f nach dem Schornsteine führend.

h Der Schornstein.

i Verschließbare Oeffnungen zum Hinabstürzen des getrockneten Salzes nach den Magazinräumen.

k Gußeiserne Tragsäulen, deren Form die Aufnahme der Röhrenzüge gestattet.

E. Gewinnung des Meersalzes.

In den warmen Küstenländern, deren Klima die rasche freiwillige Verdunstung begünstigt, ist durch den Salzgehalt des Meerwassers die reichste und billigste Quelle für die Produktion des Kochsalzes dargeboten. Die geringen Kosten der Meersalzgewinnung, wenn die Natur zur Ausscheidung des Kochsalzes die Verdunstung des Wassers übernimmt, und die durch die günstige Lage der Meersalinen dargebotene billige Verfrachtung erheben die Gewinnung des Meersalzes in vielen Ländern, deren Küstenbildung für die dazu benöthigten Anlagen sich geeignet zeigt, zu einem bedeutenden und wichtigen Erwerbszweige. Die Betheiligung an dem Betriebe der Meersalinen erstreckt sich in den am atlantischen Ozean gelegenen europäischen Ländern bis zum 48. Grade nördlicher Breite. In Europa kann daher die Salzgewinnung aus dem atlantischen Meere nur von Spanien, Portugal und Frankreich betrieben werden, und es findet der Betrieb künstlich angelegter Meersalinen seine Grenze in den französischen Küstendepartements Loire inférieure und Morbihan, da die ungünstigern klimatischen Verhältnisse höherer Breiten der Sicherstellung der Salzernte entgegentreten. In Frankreich sind es namentlich die Meersalinen in der Charente inférieure und überhaupt die am Busen von Biscaja gelegenen Departements, welche das größte Quantum des französischen Meersalzes liefern. Die stärkste Salzproduktion Spaniens aus dem atlantischen Meere wird an der Südküste des Landes, am Busen von Cadiz, betrieben. Die Gewinnung des portugiesischen Salzes, welches im Allgemeinen in dem Rufe besonderer Güte steht, erfolgt an den westlichen Küsten, vorzugsweise bei Oporto, Aveiro, in der Nähe von Lissabon und am Meerbusen von Setuval in den Salinen von St. Ubes und Alcacer do Sal. Die außerordentlich zahlreichen Salinen zu St. Ubes 2c. am Setuvaler Meerbusen liefern dasjenige Salz, welches wegen seines sehr groben Korns und der guten weißen Farbe vorzüglich geschätzt und im Handel gesucht wird. Das von der ersten Ernte erhaltene Setuvaler Salz zeigt sich besonders grobstückig, in großen festen Würfeln krystallisirt, und wird beim Nachpöckeln des zum Proviant für lange Seereisen bestimmten Fleisches in den Schifffahrt treibenden Ländern als unentbehrlich gehalten. Nach dem Setuvaler Salz gilt dasjenige von Lissabon als die beste Qualität des in Portugal gewonnenen Meersalzes.

Außer an den Küsten des atlantischen Ozeans wird von Seiten Spaniens und Frankreichs die Meersalzgewinnung am mittelländischen

Meere betrieben. Der Betrieb Frankreichs erstreckt sich längs der Küste über alle Departements, welche dieses Meer berühren. Es erfolgt jedoch derselbe hier nicht immer in künstlich hergerichteten Meersalinen, sondern auch aus Seen und Salzsümpfen, die in der Nähe der Küste gelegen sind und vom Meere gespeiset werden. Von den Mittelmeersalinen Spaniens in den Provinzen Andalusien, Murcia, Valencia und Catalonien sind die Salzgärten von Torrevieja, bei Alicante in Valencia, wegen der Güte ihres Produkts, welches dem portugiesischen Setuvaler Salz gleichgestellt wird, berühmt. Ferner werden auf den Balearen, namentlich auf Iviza und Formentera, Salzgärten für die Gewinnung des Meersalzes unterhalten. An der Salzproduktion aus dem mittelländischen Meere betheiligen sich alle diejenigen europäischen Staaten, deren Küsten dieses Meer und seine Buchten begrenzen. Die natürliche Bildung von Salzsümpfen und Seen längs der Küsten macht für diese Länder die künstliche Anlage der Meersalinen oft überflüssig oder einfacher, falls die vor denselben gelegenen Dünen und Küstenwälle von den Fluthhöhen des Meeres nicht überstiegen werden. Es betheiligen sich an dieser Meersalzgewinnung, theils aus Salzgärten, theils aus natürlichen Lagunen und Salzsümpfen, neben Spanien und Frankreich: Neapel, die Inseln Sizilien, Sardinien und Elba unter Benutzung von Lagunen und Sümpfen; der Kirchenstaat aus Lagunen und Salzsümpfen am Tyrrhenischen Meere; Oesterreich aus dem adriatischen Meere in Venetien, Istrien und Dalmatien mittelst künstlich angelegter Meersalinen; endlich, in weniger bedeutendem Maßstabe, Griechenland.

Die *Meersalinen* oder *Salzgärten* bestehen in ihrer vollkommensten Einrichtung aus einem mit dem Meere verbundenen Hauptbassin zur vorläufigen Aufnahme des Meerwassers, mehreren flachen Erdbehältern zur Konzentrirung desselben, und einer größeren Anzahl kleiner flacher Bassins oder *Salzbeete*, die zur Aufnahme des konzentrirten Meerwassers und zur krystallinischen Absonderung des Kochsalzes bestimmt sind.

Diese Anlagen werden, um gegen den unerwünschten Zutritt des Meeres gesichert zu sein, entweder in hinlänglicher Entfernung vom Strande ausgeführt, oder erforderlichen Falls durch Dämme gegen das Eindringen des Meerwassers zur Zeit eintretender Sturmfluthen künstlich geschützt. Die Verbindung des Hauptbassins mit dem Meere wird mittelst einer in dem Zuflußgraben angebrachten Schleuse nach Bedürfniß hergestellt und unterbrochen.

Das zu verdunstende Meerwasser gelangt aus dem Hauptbassin zuvörderst in die unter einander durch offene Leitungen verbundenen Vorteiche, und aus diesen in die Salzbeete. Unter dem günstigen Einflusse der Sommerwärme geht in den niederen Breiten die Verdunstung in den flachen Becken und Leitungen der Vorteiche und Konzentrirungsbassins so rasch von Statten, daß der Salzgehalt des Meerwassers, bei der dargebotenen großen Berührungsfläche desselben mit der Luft, sehr bald bis zum Sättigungsgrade gestiegen ist und die Salzbeete mit gesättigter Meersoole versorgt werden können. In einzelnen Fällen beträgt der Weg, den das Meerwasser vom Hauptbassin bis nach den Salzbeeten, zur Beförderung der Verdunstung, zu durchlaufen hat, mehrere tausend Meter. Die Salzbeete sind mit möglichst fettem Thon sorgfältig ausgekleidet und geebnet, um die Verunreinigung des auskrystallisirten Kochsalzes beim Herausnehmen desselben zu verhüten.

Sobald in den Krystallisationsbehältern hinreichende Mengen Salz abgesondert sind, werden die Beete trocken gelegt, um mit der Ernte des Salzes zu beginnen. Beim Ausschlagen des Salzes sucht man Beschädigungen an den Thonverkleidungen der Beete zu vermeiden, schüttet das Salz vorläufig auf den Dämmen neben den Bassins in Haufen zusammen und läßt es hier einige Zeit lagern, damit dasselbe von der anhängenden Mutterlauge und, unter dem Einflusse der atmosphärischen Feuchtigkeit, von einem Theile seines Gehalts an zerfließlichen Salzen befreit werde. Der Ertrag der Ernte wird alsdann auf die neben den Salzgärten befindlichen Lagerplätze getragen und daselbst in große runde oder abgedachte viereckige Haufen gebracht, die, zum Schutz des Salzes gegen Regen, mit Stroh bedeckt werden.

Der Betrieb der Meersalzbereitung dauert jährlich 5 bis 6 Monate hindurch und es können aus den Salzgärten, je nach der Gunst der Witterung, zwei bis drei Ernten in einem Jahre erzielt werden. Wegen der großen Menge von Bittererdesalzen, die neben dem Kochsalze im Meerwasser angetroffen werden, ist der Erfolg des Betriebes wesentlich von der rechtzeitigen Entfernung der in reichlichem Maße zurückbleibenden Mutterlauge abhängig, und aus diesem Grunde liefert die erste Ernte gewöhnlich das beste Meersalz, nicht nur hinsichtlich der Größe und Festigkeit der Kochsalzwürfel, als der beim Meersalze besonders geschätzten Eigenschaft, sondern auch in Bezug auf die Reinheit des Produkts.

Bei der fortschreitenden Verdunstung des Meerwassers in den Konzentrationsbassins wird aus demselben zuerst der kohlensaure Kalk mit Spuren von Eisenoxyd, wie es auch im Gradirbetriebe salzarmer Soolen stattfindet, alsdann der Gyps ausgeschieden; die leichter auflöslichen schwefelsauren Salze werden in Verbindung mit dem Chlormagnesium und den Bromüren größtentheils von der Mutterlauge zurückgehalten, welche nach der Krystallisation des Kochsalzes übrig bleibt.

Die Fig. 6 auf Taf. 113 versinnlicht das Prinzip der Einrichtung und des Betriebes der Meersalinen, welche jedoch nach den örtlichen Verhältnissen in den Dispositionen der Verdunstungsbehälter die mannichfachsten Abänderungen erleiden:

a Die Schleuse in dem vom Meere kommenden Zuflußgraben.

b Das Hauptbassin.

c Eine Anzahl flacher Verdunstungsteiche, die mit dem Hauptbassin durch Zuflußleitungen in Verbindung stehen.

d Ein Graben, welcher von den Behältern c nach der Zisterne e führt.

e Eine Zisterne, aus welcher die in den Teichen c angereicherte Soole in den Graben f gehoben wird.

f Ein Graben, durch welchen das aus der Zisterne e gehobene angereicherte Meerwasser nach den Konzentrationsbassins h geleitet wird.

h Die Konzentrationsbassins, in denen der Salzgehalt des in den Teichen c vorbereiteten Meerwassers bis zum Sättigungspunkte gesteigert wird und der Gypsgehalt des Meerwassers zur Abscheidung gelangt. Das in der zweiten Abtheilung der Behälter h fallende Kochsalz wird auf den Damm g zum Abtrocknen in Haufen gebracht.

i Kanal, welcher nach der Zisterne k führt.

k Eine mit den Konzentrationsbassins h in Verbindung stehende Zisterne, aus welcher das gesättigte Meerwasser in den Kanal l m gehoben wird.

l m Kanal, durch welchen das aus k gehobene gesättigte Meerwasser nach den Salzbeeten geführt wird.

n Die Salzbeete oder Krystallisationsbehälter.
o Breite Dämme für die Verrichtung des Salzziehens und zur Aufnahme des Salzes.
pq Salzhaufen.
r Graben zur Ableitung der Mutterlauge aus den Salzbeeten.
s Schleuse in diesem Graben.

Je vollkommener die Anlagen hergerichtet sind und je sorgfältiger man mit der rechtzeitigen Entfernung der Muttersoolen aus den Salzbeeten verfährt, desto weißer von Farbe und freier von fremden Salzen wird das Kochsalz aus dem Meerwasser gewonnen. Von besonderer Wichtigkeit ist daher die Trennung des Verdampfungsprozesses durch die Einrichtung der Konzentrationsbassins, in welchen der Gehalt des Meerwassers an kohlensaurem Kalk, Eisenoxyd und Gyps zur Ausscheidung gelangt, bevor durch die weitere Verdunstung die krystallinische Absonderung des Kochsalzes in den Salzbeeten bewerkstelligt wird. Wo diese Trennung der Verdunstungsperioden unberücksichtigt bleibt, wird jederzeit ein weit unreineres und unansehnlicheres Produkt erhalten.

Die Veränderungen, denen der Salzgehalt des Meerwassers bei der fortschreitenden Verdunstung unterworfen ist, sind von Usiglio untersucht. Das für die Versuche benutzte Meerwasser war aus dem mittelländischen Meere, in der Nähe von Cette, bei etwa 4000 Meter Entfernung vom Ufer und in 1 Meter Tiefe geschöpft worden.

Das Wasser enthielt bei $3\frac{1}{2}$ Grad Baumé Schwere (1,0258 spezif. Gewicht) 3,7655 Prozent Rohsalzgehalt und zeigte folgende Zusammensetzung:

Chlornatrium	2,9424
Bromnatrium	0,0556
Chlorkalium	0,0505
Schwefelsaure Kalkerde . . .	0,1357
Schwefelsaure Magnesia . . .	0,2477
Chlormagnesium	0,3219
Kohlensaure Kalkerde	0,0114
Eisenoxyd	0,0003
Feste Bestandtheile . . .	3,7655
Wasser	96,2345
	100,0000

Die Verdunstung lieferte folgende Resultate:

Schwere der Salzlösung. Grad Baumé	Verminderung des Volumens. Liter	Abgeschiedenes Salz (Gramm)						
		Eisenoxyd	Kohlensaurer Kalk	Schwefelf. Kalk mit Hydratwasser	Chlornatrium	Schwefelsaure Magnesia	Chlormagnesium	Bromnatrium
(Meerwasser) 3,5	1,000	—	—	—	—	—	—	—
7,1	0,533	0,003	0,064	—	—	—	—	—
11,5	0,316	—	Spur	—	—	—	—	—
14,0	0,245	—	Spur	—	—	—	—	—
16,75	0,190	—	0,053	0,560	—	—	—	—
20,60	0,144	—	—	0,562	—	—	—	—
22,00	0,131	—	—	0,184	—	—	—	—
25,00	0,112	—	—	0,160	—	—	—	—
26,25	0,095	—	—	0,051	3,261	0,004	0,008	—
27,00	0,064	—	—	0,148	9,650	0,013	0,036	—
28,50	0,039	—	—	0,070	7,896	0,026	0,043	0,073
30,20	0,030	—	—	0,014	2,624	0,017	0,015	0,036
32,40	0,023	—	—	—	2,272	0,025	0,024	0,052
35,00	0,016	—	—	—	1,404	0,538	0,027	0,062
Summe Gramm		0,003	0,117	1,749	27,107	0,624	0,153	0,222

In 1 Liter der Salzlaugen waren bei nachstehenden Dichtigkeiten an festen Bestandtheilen enthalten:

	25° B. = 1,210 spez. Gew.	30° B. = 1,261 spez. Gew.	35° B. = 1,320 spez. Gew.
	Gramm		
Schwefelsaurer Kalk	2,07	—	—
Schwefelsaure Magnesia	22,64	78,76	114,48
Chlormagnesium	29,55	101,60	195,31
Chlorkalium	4,90	18,32	32,96
Bromnatrium	5,23	14,72	20,39
Chlornatrium	268,90	212,80	159,79
Summe	333,29	426,20	522,93

Das aus dem Meerwasser in den Salzgärten gewonnene Kochsalz erreicht, wegen des langsamen Krystallisationsprozesses, denselben Grad der Reinheit wie das durch die Versiedung der Kochsalzsoolen im gewöhnlichen Salinenbetriebe dargestellte Siedesalz, wie aus den nachstehenden Resultaten einiger Meersalzsorten ersichtlich ist.

Zusammensetzung einiger Meersalzsorten.

Bestandtheile	Portugal				Frankreich		Sizilien	Oesterreich
	St. Ubes nach Karsten			Figueras nach Berthier	Charente inférieure nach Berthier		Trapani nach Berthier	Felice bei Venedig nach Schrötter und Pohl
	1	2	3		Oléron	Marennes		
Chlornatrium . .	96,50	95,86	92,46	91,14	96,425	97,20	96,35	95,91
Chlormagnesium	0,32	0,24	0,55	0,70	0,200	0,40	0,50	0,46
Schwefels. Natr.	—	—	—	—	—	—	0,51	0,40
Schwefels. Magnesia	0,25	0,35	0,66	3,54	0,425	0,50	—	—
Schwefels. Kalk .	0,88	1,30	2,28	0,33	1,950	1,20	0,45	0,49
Unlösliche Beimengungen . .	0,10	0,15	0,95	—	1,000	0,70	0,07	0,16
Wasser	1,95	2,10	3,10	4,29	—	—	2,12	2,58
Summe	100	100	100	100	100	100	100	100

Die Verwerthung der in den Meersalinen abfallenden Muttersoole ist von der Benutzung der im gewöhnlichen Salinbetriebe erhaltenen Mutterlaugen nicht verschieden. Die Reihefolge, nach welcher die in den Muttersoolen in Auflösung befindlichen Salze zur Abscheidung gelangen, wenn durch systematische Abdampfung und Krystallisation die Trennung derselben herbeigeführt wird, ist von Usiglio studirt worden. Die von demselben erlangten Resultate sind mit dem längst bekannten Verhalten der Salinenmutterlaugen übereinstimmend.

Der Gang der kontinuirlichen Verdampfung des Meerwassers in den Salzgärten bleibt bis zur Dichtigkeit von 25°, selbst bis zu 30° B., immer derselbe. Man erhält eine Reihe regelmäßiger sich gleichbleibender Ablagerungen, und der Prozeß gleicht demjenigen der langsamen Salzsiedung im Salinbetriebe. Nach Ueberschreitung dieses Konzentrationspunktes, namentlich sobald die Dichtigkeit der Salzlauge auf 35° Baumé gestiegen ist, bewirken aber die Temperaturunterschiede von Tag und Nacht die ungleichmäßige Beschaffenheit der nun folgenden Salzablagerungen, die aus sehr veränderlichen Gemengen von Kochsalz mit schwefelsaurer Magnesia und Chlormagnesium gebildet sind. Mit zunehmender Konzentration über 35° B. hinaus werden die Resultate noch komplizirter. Die sich absetzenden Salzgemenge wechseln regellos in ihrer Zusammensetzung, und außer den erwähnten Salzen enthalten sie noch sehr wechselnde Beimengungen von Chlorkalium und schwefelsaurem Kali.

Bezüglich der Trennung der im Meerwasser enthaltenen Salze ist im Allgemeinen zu bemerken:

1) Das Kochsalz oder Chlornatrium, welches in der Kälte und Wärme nahezu gleich auflöslich ist, wird durch die Konzentration der Salzlösung vorzugsweise während des Tages abgeschieden.

2) Die schwefelsaure Magnesia, als ein Salz, welches in der Wärme weit auflöslicher ist als in der Kälte, befindet sich in der bis zu 35° Baumé konzentrirten Salzlauge in großer Menge aufgelöst. Zur Krystallisation dieses Salzes ist die Temperaturerniedrigung der Salzlauge nothwendig. In den Salzbeeten der Meersalinen gelangt deshalb die schwefelsaure Magnesia nach plötzlichem Wechsel der Temperatur, oder in Folge einer während der Nächte oftmals eintretenden Temperaturerniedrigung in beträchtlichen Quantitäten zur Ausscheidung.

3) Das aus 1 Aequivalent schwefelsaurer Magnesia mit 1 Aeq. schwefelsaurem Kali und 6 Aeq. Wasser bestehende Doppelsalz (schwefelsaure Kali-Magnesia) ist minder auflöslich als Bittersalz und krystallisirt in großen zwei- und eingliedrigen Säulen.

4) Das Chlorkalium-Chlormagnesium, als Doppelsalz, krystallisirt nach Usiglio in Dodekaëdern mit folgender Zusammensetzung.

Chlorkalium .	26,64	
Chlormagnesium	34,38	2 (Mg, Cl) + K, Cl + 12 H_2O
Wasser . . .	38,98	

Das Salz ist zerfließlich, zersetzt sich leicht und liefert beim Umkrystallisiren Chlorkalium.

5) Das Chlormagnesium ist sehr zerfließlich und häuft sich in den Salzlaugen zu immer größeren Mengen an, je konzentrirter dieselben werden.

Wegen der Schwierigkeit, das in den Muttersoolen enthaltene Salzgemisch vollständig zu trennen und die niedrig im Preise stehenden

Salze in genügend reinem Zustande zu erhalten, findet auch bei den Mutterlaugen des Meerwassers eine allgemeine Benutzung derselben nicht Statt.

Das Meer, welches nach v. Humboldt fast drei Viertel, nach Andern etwas mehr als zwei Drittel der Erdoberfläche bedeckt, enthält alle diejenigen Salze in Auflösung, welche in den Salzsoolen angetroffen werden. Die Größe und die Zusammensetzung des Salzgehalts im Wasser der Meere ist vielfach untersucht worden. Es kann nicht befremden, daß durch diese Untersuchungen, je nachdem das Wasser aus verschiedenen Meeren, nahe dem Festlande oder von hoher See untersucht wurde, Abweichungen im Salzgehalte nachgewiesen sind. Das Binnenmeer, welches durch nur schmale Meerzungen mit dem Ozean in Verbindung steht, welches ferner der Einwirkung der Meeresströmungen entzogen ist, von denen die gleichmäßige Mischung und die konstante Zusammensetzung des Meerwassers herbeigeführt wird, muß in seinem Salzgehalte von den Zuflußmengen des süßen Wassers und den Verdunstungsverhältnissen beeinflußt werden. Der Salzgehalt des Weltmeers muß an den Küsten, in der Nähe großer Ströme, in Meeresbuchten, ferner im Bereiche sowohl der zahllosen Meeresströmungen als des schmelzenden Polareises, und in verschiedenen Meerestiefen bemerkbare Abweichungen zeigen. Das mittelländische Meer bietet einen besonderen Fall. Das Wasser desselben zeigt einen größeren Salzgehalt als das der übrigen Meere. Die trocknen heißen Winde, welche von Süden her über die dürren Flächen Afrikas kommend ihren Weg über das mittelländische Meer nehmen, sättigen sich auf diesem Wege mit Wasser und nehmen dabei so bedeutende Mengen Wasserdampf mit sich, daß die dadurch bewirkte Verdunstung des mittelländischen Meeres weit größer ist als der Wasserzufluß, welcher von den in dieses Meer fallenden Strömen geliefert wird. Wenngleich die Erniedrigung des Meeresspiegels durch die Verbindung des mittelländischen Meeres, einerseits mit dem großen Ozean und anderseits mit dem schwarzen Meere, mithin durch zwei in dasselbe tretende Strömungen, ausgeglichen wird; so muß dennoch der Salzgehalt des Mittelmeeres, wenn auch äußerst langsam, beständig zunehmen; dagegen der Salzgehalt des schwarzen Meeres, bei welchem die vom Festlande einfallenden Wassermassen die Verdunstung überwiegen, beständig sich vermindern.

Der Einfluß, welchen die vom Festlande einfallenden Mengen süßen Wassers auf den Salzgehalt der Binnenmeere und Meeresbuchten ausüben, zeigt sich in besonderem Maße bei der Ostsee, deren Salzgehalt auffallend gering ist. Für das Weltmeer verschwinden solche Einflüsse gänzlich oder machen sich höchstens nur in der Nähe des Festlandes bemerkbar.

Die Abweichungen im Salzgehalte des Meerwassers können aus der nachstehenden Zusammensetzung, welche die spezifischen Gewichte des Wassers einiger Meere angibt, ersehen werden.

Art des Meerwassers.	spez. Gewicht.
Aus dem nördlichen Polarmeere . .	1,02664.
Wasser aus Meereis	1,00057.
Aus der Tiefe erhaltenes Wasser . .	1,02705.
Vom Aequator	1,02785.
Aus dem südl. atlant. Ozean . . .	1,02882.
„ „ nördl. atlant. Ozean . .	1,02829.
Weißes Meer	1,01901.
Schwarzes Meer	1,01418.
Ostsee	1,00490.
Gelbes Meer	1,02291.
Mittelländisches Meer	1,02930.

Das Rohsalz des Meerwassers besteht im Wesentlichen aus Kochsalz, Bittersalz, Gyps und Chlormagnesium; oder, bei anderer Vertheilung der darin enthaltenen Halogene und Säuren an die Metalle und Basen, aus Kochsalz, Glaubersalz, Chlorkalzium und Chlormagnesium.

Die folgenden Analysen zeigen die Mischungsverhältnisse dieser Verbindungen, und es sind die Resultate der von Marcet gegebenen Analyse für das vom Kapitän Hall unter 25,3 ⁰ nördlicher Breite und 32,3 ⁰ westlicher Länge von Greenwich geschöpfte Meerwasser in zweierlei Weise geordnet.

Bestandtheile in 100 Theilen	Ozean				Nordsee	Mittelmeer	Schwarz. Meer	Azow'sches Meer
	Hohes Meer nach Marcet		Küsten von Frankreich nach Vogel	Golf von Leith nach Murray	nach Clemm	nach Laurens	nach Göbel	
Chlornatrium	2,66	3,0457	2,5100	2,1800	2,4840	2,7220	1,4019	0,9658
Chlorkalium.	—	—	—	—	0,1350	0,0010	0,0189	0,0127
Chlormagnesium . . .	0,5154	0,3221	0,3500	0,4860	0,2420	0,6140	0,1304	0,0887
Brommagnesium . . .	—	—	—	—	—	—	0,0005	0,0003
Doppeltkohlensaur. Kalk	—	—	0,0200	—	—	0,0010	0,0354	0,0022
Kohlensaure Talkerde .	—	—	—	—	—	0,0190	0,0208	0,0128
Schwefelsaurer Kalk .	—	0,1508	0,0150	—	0,1200	0,0150	0,0104	0,0287
Schwefels. Magnesia .	—	0,2460	0,5780	—	0,2060	0,7020	0,1470	0,0764
Chlorkalzium	0,1232	—	—	0,0870	—	—	—	—
Schwefelsaures Natron	0,466	—	—	0,3500	—	—	—	—
Kohlensäuregas	—	—	0,0230	—	—	—	—	—
Summe des Rohsalzgehalts	3,7646	3,7646	3,4960	3,1030	3,1870	4,0740	1,7653	1,1876

Das Rohsalz aus dem Weltmeere würde nach den Untersuchungen von Marcet demnach in 100 Theilen enthalten:

100 Theile Rohsalz des Weltmeeres	1.	2.
Kochsalz	70,658	80,90
Schwefelsaures Natron	12,379	—
Schwefelsaure Magnesia	—	6,55
Schwefelsaurer Kalk	—	4,00
Chlorkalzium	3,272	—
Chlormagnesium	13,691	8,55
	100,000	100,000

Mulder ist der Ansicht, daß die Salze des Meerwassers allenthalben ein fast gleiches Verhältniß zeigen, und findet in 100 Theilen des Rohsalzes:

Kochsalz	78,5
Chlormagnesium	9,4
Schwefelsaure Magnesia	6,4
Schwefelsauren Kalk	4,4
Chlorkalium	1,0
Brommagnesium	0,17
Kohlensauren Kalk	0,04
Kieselsäure	0,009
Ammoniak	0,013
	99,932.

Aus diesen Untersuchungen geht hervor, daß unter Zutheilung der stärkeren Basen an die stärkeren Säuren, wie es bei der Analyse von Marcet unter 1 geschehen ist, 100 Theile Kochsalz im Meerwasser von

	17,52 Theilen	schwefelsauren Natrons
	19,37 „	Chlormagnesiums und
	4,63 „	Chlorkalziums
Zusammen	41,52 Theilen	fremder Salze begleitet sind.

In solchem Verhältniß werden diese Beimengungen in den Steinsalzablagerungen und den durch dieselben gebildeten Kochsalzsoolen nirgend gefunden, und es kann das Meerwasser deshalb weniger mit einer 3,75 prozentigen Kochsalzsoole, als vielmehr mit einer verdünnten Mutterlauge, wie solche im Salinbetriebe erhalten wird, verglichen werden.

Fr. Behne.

Krahn.

(Bd. VIII. S. 502.)

Seit Abfassung des Artikels „Krahn" im Hauptwerke hat diese wichtige Lasttransportmaschine nicht nur den Kreis ihrer Verwendung außerordentlich erweitert, sondern auch ihre Gestalt mit den allgemeinen Fortschritten des Maschinenbaus höchst vortheilhaft verändert, vor allem aber hat das zur Konstruktion benutzte Material bereits eine Zwischenstufe übersprungen, indem der damals als neu geltende gußeiserne Krahn bereits mehr oder weniger von dem schmiedeisernen verdrängt wurde.

Hierzu kommt noch, daß man die zum Betriebe der Krahne erforderliche Kraft nicht mehr ausschließlich auf Gewicht und Muskelkraft der Menschen beschränkt, sondern auch gelernt hat Wasserdruck und Expansivkraft des Dampfes zweckmäßig zu verwenden.

Nach solchen Veränderungen kann es nicht auffallend erscheinen, wenn zur Zeit des Erscheinens von Bd. 8 der Encyklopädie (1837) Gattungsnamen des Krahnes fast ganz unbekannt waren, welche jetzt an der Tagesordnung sind, wie Laufkrahn, Schiebekrahn, Schwing- (Balancier-) krahn, Dampfkrahn, Hydraulischer Krahn u. dgl. m.

Konstruktionsdisposition, Form und Verwendung des heutigen Krahnes lassen für diese Maschine gegenwärtig folgende Klassifikation aufstellen, die zugleich den Gang bezeichnen mag, nach welchem die Besprechung des Gegenstandes im Nachfolgenden geschehen soll.

I. Krahne
für fortschreitende und Dreh-Bewegung der Last.

A. Drehkrahne

a) feststehender Krahn.

α) freistehender oder Uferkrahn,
1) mit unbeweglicher kurzer Säule,
2) mit unbeweglicher langer Säule,
3) mit beweglicher Säule (Drehsäule),

β) Gebäudekrahn,
1) mit konstantem Ausleger,
2) mit veränderlichem Ausleger (Katze).

b) Transportabler Krahn (Roll- oder Wagenkrahn).

B. Schwingkrahne Balancierkrahn (Droops).

II. Krahne
für vertikale und horizontale fortschreitende Bewegung der Last.

C. Laufkrahn.

a) Aufstellung im Freien (Brücken- oder Gerüstkrahn).

b) Aufstellung in Gebäuden (Gießereikrahn, Maschinenschoppenkrahn 2c.)

D. Schiebekrahn.
(Zwei- oder Dreifuß, Masting-Crane).

A. Drehkrahne.

Einen freistehenden Krahn mit unbeweglicher vertikaler Säule oder Axe, für Hublasten bis zu 10 Tons (200 Zentner) und von einer kleinen Dampfmaschine betrieben, die unter der Quai-Oberfläche an dem Clydeflusse in entsprechend ausgespartem Raume placirt ist, stellen die Figuren 1 und 2, Tafel 109, dar.

Es ist dieser Krahn von Thale und Wilkie in Glasgow erbaut, im Hafen letzterer Stadt aufgestellt und wird zum Aus- und Einladen der Schiffe benutzt.[1]

Das ganze Krahngerüst mit seinen Schildern w, Traversen und der Auslegerstütze q, dreht sich vermöge der ausgedrehten Hülse t um den unbeweglichen Säulenschaft y, der mit der Platte z aus einem Ganzen gegossen ist.

Letztere hat man äußerst sorgfältig und sicher durch starke und gehörig tief herabgehende Schraubenbolzen im Mauerwerke des Quai befestigt.

Ferner ruht das ganze Krahngerüst (welches in seiner Horizontalprojektion ein Rechteck bildet, dessen lange Seite Fig. 1 erkennen läßt, während sich aus Fig. 2 die schmale Seite ergibt) noch auf mit Spurkränzen versehenen Laufrollen, denen ein starker gußeiserner Kranz r zur Basis dient.

Die von der Dampfmaschine im Quaiquaderwerke fortgeleitete Triebkraft wird durch ein Kegelradpaar a (Fig. 1) auf die vertikale Welle b übertragen, die in der Höhlung des Säulenschaftes y ungehindert empor steigt und auf deren Fortsetzung über die Platform r r hinaus drei lose Kegelräder c, d und e gesteckt sind, die jedoch den Zwecken entsprechend durch Kuppelmuffe mit den in Fig. 1 sichtbaren Handhebeln oder Rückgabeln auch mit der Welle b gehörig fest verbunden werden können.

Hat man beispielsweise das Rad c mit der Welle b verkuppelt, so wird bei der Bewegung dieser Welle (b) die Umdrehung des Kegelrades f, ferner des mit letzterem auf einerlei Axe steckenden Getriebes g und endlich die des großen Stirnrades h bewirkt, welches letztere ohne Weiteres die Drehung der in Fig. 2 sichtbaren Kettentrommel veranlaßt.

[1] The Practical Mechanic's Journal. Vol. II, p. 108.

Wie hiedurch die mit einem Ende bei l am Ausleger u befestigte und über die lose Rolle k geschlungene Hauptkette auf der gedachten Trommel auf- oder abgewickelt und eine an den Haken von k gehangene Last emporgehoben oder herabgelassen werden kann, bedarf keiner weiteren Erklärung.

Besonders hervorzuheben dürfte jedoch sein, daß die zweite in Fig. 1 vorhandene, über eine feste Rolle v am Auslader u geführte Kette den speziellen Zweck hat, bis zu gewisser Höhe aufgewundene Lasten an entsprechender Stelle mehr oder weniger zu kippen, wie dies z. B. mit der in der Abbildung angegebenen Tonne der Fall ist, welche man zum Ausladen von Steinkohlen aus Schiffen benutzt. Zum Auf- und Abwickeln dieser zweiten Kette ist, wie aus Fig. 1 erhellt, auch eine zweite etwas tiefer liegende Trommel vorhanden, die durch ein besonderes Zahnradvorgelege in Umdrehung gesetzt werden kann.

Beim Herablassen der Lasten macht man gewöhnlich von einer Bandbremse Gebrauch, deren Scheibe in den Figuren 1 und 2 mit β bezeichnet ist.

Verkuppelt man mit der Welle b eins der Räder d oder e, so wird die Bewegung der Welle b auf ein Kegelrad m übergetragen, weiter auf ein Stirnrad o und endlich auf ein Kegelradgetriebe, welches letztere mit zwei Kegelrädern zugleich in Eingriff befindlich ist, deren Wellen am äußersten Ende mit je einem Laufrade versehen sind. Mit diesen Laufrädern läßt sich das ganze Krahngerüste auf der Kreisbahn r rollen und eine an k hängende Last mit dem Auslader u um die Vertikalaxe bo beliebig nach links oder rechts drehen.

Daß die Arbeiter, welche an den Aus- und Einrückhebeln oder an der Kurbel des Vorgeleges zum Aufwickeln der Hülfskette thätig sind, auf der Plattform ihren Standort zu nehmen haben und demzufolge bei der Kreisdrehung des Ausladers mit bewegt werden, versteht sich von selbst.

Eine andere Disposition zu einem freistehenden Krahne läßt Fig. 7 auf Taf. 113 erkennen.

Die Säule A steht hier ebenfalls in einer mit Rippen versehenen und mittelst langer Schraubenbolzen B, B' im Mauerwerke gehörig verankerten Grundplatte C, erhebt sich jedoch hoch über die Basis dieser Platte C und endet oben in einen vertikalen Zapfen. Auf letzteren ist mittelst einer nach abwärts gekehrten Pfanne D das bewegliche Drehgerüst E (aus Schildern und Traversen gebildet) gehangen, während es sich gleichzeitig unterwärts vermittelst Rollen F gegen einen zylindrisch abgedrehten Hals G der Säule A stützt.

Damit bei dieser Konstruktion das Mauerwerk von den (hinlänglich stark berechneten) Bolzen B, B′ nicht aufgehoben werden kann, muß man diese Bolzen gehörig tief in das Mauerwerk hinabgehen lassen. Für gewöhnliche Fälle erreicht man genug, wenn man das Gewicht des betreffenden Mauerwerks (welches gewöhnlich unter einem Winkel von 45 Grad gegen die Bolzenaxe zerbricht) doppelt so groß als den Druck macht, welcher auf den Bolzen kommt.[1]

Zuweilen verlängert man die feste Krahnsäule nach unten, läßt die Verlängerung Z in einen gemauerten Schacht Y hinabgehen und befestigt das untere Ende unbeweglich im Schachtboden.[2] Die Grundplatte C wird dann zu einem bloßen Befestigungskreuze, welches man ohne Bolzen einmauert.

Bei dieser Anordnung fällt das vertikale Aufheben des Mauerwerkes allerdings (ganz oder doch zum Theil) hinweg, dagegen erwächst ein neues und in der Regel bei weitem größeres Uebel, nämlich ein verhältnißmäßig gewaltiges horizontales Ausschieben des Mauerwerkes. Letztere Thatsache ist jedenfalls wesentlicher Grund, daß diese Konstruktionsdisposition gegenwärtig nur selten in Anwendung gebracht wird.

Die kurze unbewegliche Säule eignet sich ganz besonders für die bereits oben angeführten hydraulischen Krahne, welche 1846 von dem englischen Mechaniker Armstrong in Newcastle-upon-Tyne erfunden wurden und seit dieser Zeit vielfache Verbreitung erlangt haben.[3]

[1] Gefällige Dispositionszeichnungen zu Krahnen mit kurzer unbeweglicher Drehsäule finden sich in Glynn's „Construction of Cranes" (J. Weale's Rudimentary Treatise).

[2] Nach Maßstab gezeichnete Abbildungen und Beschreibung eines Krahnes mit langer, jedoch unbeweglicher Säule im gemauerten Schachte, der zugleich manche hübsche Konstruktionsverhältnisse besitzt, findet man in den Polytechnischen Mittheilungen von Volz und Karmarsch, Band 1 (1844), S. 91.

[3] Eine Abbildung des Armstrong'schen hydraulischen Krahnes ist dem

Fig. 1 auf Tafel 110 enthält die Abbildung eines der (1857) für die steuerfreie Niederlage zu Harburg konstruirten und heute daselbst noch mit Erfolg benutzten (fünf) hydraulischen Krahne, für je 20 Ztnr. Tragkraft und 33 Fuß englisch Hubhöhe, zum Ent- und Beladen der Schiffe nach und von dem Perron des Eisenbahn-Güterschoppens.

Dabei ist a der horizontal festliegende gußeiserne Zylinder einer hydraulischen Presse oder einer sogenannten Wasserdruckmaschine, in welchem sich unter Anwendung gehöriger Dichtungsmittel ein Kolben b von $6^1/_2$ Zoll Durchmesser (und folglich von 29 Quadratzoll Querschnittsfläche) bewegt, und zwar unter einem Wasserdrucke von 400 Pfd. pro Quadratzoll.

Letzterer Druck wird dadurch hervorgebracht, daß eine Dampfmaschine Wasser in zwei andere zur Seite stehende hydraulische Pressen pumpt, deren Kolben so belastet sind, daß sie das Wasser unter dem angegebenen Drucke zu halten vermögen und gleichzeitig auch als Kraftsammler dienen. Letzterer Umstand hat Armstrong veranlaßt, derartige hydraulische Pressen mit dem Namen „Accumulatoren" zu bezeichnen. Einer der beiden Harburger Accumulatoren ist Fig. 4, Taf. 110, abgebildet.

Damit der nur 8 Fuß 3 Zoll betragende Hub des Treibkolbens b beim einmaligen Herauspressen die am äußersten Ende der Krahnkette e aufgehangene Last um 33 Fuß hebt oder senkt, hat man einen Flaschenzug $\alpha\beta$ eingeschaltet, der den Treibkolbenweg viermal vergrößert. Erforderlich dürfte kaum die Bemerkung sein, daß bei α die feste, bei β die lose Flasche (mit parallel neben einander liegenden Rollen) befindlich ist, sowie daß die Kette e zur Uebertragung der Bewegung durch die hohle feststehende gußeiserne Krahnsäule c geht, und zwar frei nach dem oberen (in unserer Abbildung weggelassenen) Ende des in bekannter Weise mit einer festen Rolle ausgerüsteten Auslegers d.

Referenten zuerst im Practical Mechanic's Journal Vol. II (Juli 1849), p. 109, Plate 34, zu Gesicht gekommen.

Eine ausführliche, mit Abbildungen begleitete und von Armstrong selbst verfaßte Beschreibung der hydraulischen Krahne enthalten erst die Proceedings of the Institution of Mechanical Engineers 1858, p. 126, woselbst sich auch die Bemerkung findet, daß Armstrong im Jahre 1846 den ersten hydraulischen Krahn am Quai von Newcastle errichtet habe.

Wie aus der Abbildung erhellt, steht der Treibkolben b mit einem Gegenkolben f in unmittelbarer Verbindung, welcher letztere ebenfalls wasserdicht in einem Zylinder g arbeitet und dessen Zweck ist, den Treibkolben b wieder in seinen Zylinder a zurück- und das Wasser des letztern in eine besondere Zisterne zu drücken, was in Harburg eine Druckkraft von 14 Pfd. pro Quadratzoll erfordert und die Dimension von zwei Zoll für den Durchmesser des Gegenkolbens bestimmt. Daß die Hubhöhe der Kolben b und f gleich groß ist, bedarf wohl kaum der Erwähnung.

Die Steuerung oder die Mechanismen, welche die Vertheilung des Druckwassers, sowohl in dem Treibzylinder a wie in dem Gegenzylinder g veranlassen, erfolgt durch eben solche Schieber, wie man für gleiche Zwecke gewöhnlich bei doppeltwirkenden Dampfmaschinen in Anwendung zu bringen pflegt.

Der Ort des Schieberkastens für beide Zylinder ist in Fig. 1 mit dem Buchstaben h, die Steuerungsstange mit i, und der Steuerhebel mit l bezeichnet. Um die Krahnkette auf- und abzubewegen, braucht man nur das Händel l vor- oder rückwärts zu stellen.

Steht beispielsweise das Händel l vertikal (in der Mitte), so sind die Wasserzugänge für beide Zylinder geschlossen, und Treibzylinder wie Krahnkette bleiben unbeweglich. Bringt man dagegen das Händel in die Lage, welche es in Fig. 1 einnimmt, so tritt das Triebwasser in den Zylinder a, der Kolben b wird nach auswärts geschoben und die betreffende Last wird aufgezogen 2c.

Um in Fällen sicher zu sein, wo das Händel nicht rechtzeitig umgelegt oder auf die Mitte gestellt würde, ist die Steuerstange i (auch Fig. 2 in der Seitenansicht erkennbar) mit Knaggen k versehen, welche diese Arbeit selbstthätig veranlassen.

Die zweite Hauptbewegung des Krahnes, die Drehung des Auslegers um die feste Säule c, um Lasten von der Wasserseite A nach dem Perron B zu bringen, erfolgt mit Hülfe eines ähnlichen Mechanismus wie der vorherbeschriebene.

In zwei nebeneinander liegenden Treibzylindern m (Fig. 1 einer, Fig. 3 beide sichtbar) verschieben sich die betreffenden Kolben n (jeder von $4\frac{1}{2}$ Zoll Durchmesser) immer gleichzeitig, jedoch nach stets entgegengesetzten Richtungen, der eine geht nach außen, während sich der andere einwärts bewegt, wodurch die Drehung einer gezahnten Kettenscheibe o beziehungsweise nach links oder rechts, und dadurch auch eine eben solche Drehung des Auslegers d erfolgt, der mit gedachter Scheibe in entsprechender Weise verbunden ist.

Die Uebertragung der Bewegung von den Kolben n auf den Zylinderhals o des Auslegers geschah bei Armstrongs ersten Krahnen immer direkt durch Zahnstangen, und Zahnrad an o, während hierzu später, und auch bei dem abgebildeten Krahne Fig. 1, ebenfalls Ketten in Anwendung gebracht wurden.

Um dabei mit geringem Hube der Kolben n eine gehörig große Umdrehung des Auslegers d hervorzubringen, hat man ebenfalls einen Flaschenzug eingeschaltet, dessen bei ε befestigte Kette über die Rollen an den Stangen der beweglichen Kolben geschlagen, und am andern Ende δ mit der hierzu gehörig gezahnten Scheibe o in Verbindung gebracht ist. Ein Apparat w hält die Drehkette in der erforderlichen Spannung.

Bei den Harburger Krahnen bewirkt der Flaschenzug der Drehkette eine zweifache Uebersetzung, so daß der ganze Kolbenhub von 3 Fuß 9 Zoll einen Weg der Zugkette von 7 Fuß 6 Zoll veranlaßt. Da ferner die Kettenscheibe o einen Radius von einem Fuß hat, so erhellt, daß der Ausleger circa $1^1/_5$ Umgang macht, wenn die Kolben n ganz herausgezogen sind.

Die Steuerschieberkasten sind in unseren Abbildungen mit p und p′, die Steuerstange mit q und das zugehörige Händel mit r bezeichnet. Wird letzteres nach rechts verlegt, so kommunizirt der eine Zylinder m mit dem Druckwasser, und gleichzeitig der andere mit dem Rücklaufwasser, der Kolben n des erstern geht heraus, der des andern hinein und der Ausleger wird nach rechts gedreht. Umgekehrt erfolgt auch die Drehung des Auslegers nach links, wenn das Händel nach links verlegt wird.

Die Mittelstellung entspricht dem Ruhestande.

Zum völligen Verständnisse der ganzen Anordnung dürfte jetzt nur noch erforderlich sein zu bemerken, daß t das Zuführrohr des Druckwassers ist, welches einerseits durch die Zweigröhren u und v fortwährend mit den Höhlungen der Schieberkasten h (der Hubzylinder) und der Schieberkasten p′ (der Drehzylinder), sowie anderseits durch seine Rohrfortsetzung z ebenso mit den Accumulatoren in Kommunikation steht.

In ähnlicher Weise befinden sich die Schieberhöhlungen mit dem Rohre y in Verbindung, in welchem das verbrauchte Wasser nach einem Sammelbehälter geleitet wird, woraus die von einer Dampfmaschine bewegten Betriebspumpen das für die ganze Anlage erforderliche Speisewasser entnehmen.

Bei der Harburger Anlage sind 5 hydraulische Krahne und 4 andere hydraulische Aufzüge (für den Transport von Waaren im Innern der Speicher) vorhanden, welche alle neun zusammen 13,200 Kubikzoll Wasser pro Minute erfordern, sobald beim gleichzeitigen Gebrauche die Maximalhubhöhen (33 Fuß bei den Krahnen und 54 Fuß bei den Speicheraufzügen) nicht ausgenutzt, sondern beziehungsweise nur 23 Fuß und 26 Fuß als mittlere Hubhöhen in Rechnung gebracht werden.

Für diese 13,200 Kubikzoll Wasser pro Minute hat man auch die (drei) Druckpumpen ($2^5/_8$ Zoll Kolbendurchmesser und 12 Zoll Hub) angeordnet. Da jedoch immerhin die Möglichkeit vorliegt, daß sämmtliche Krahne und Aufzüge einmal zu gleicher Zeit ihren größten Hub zu machen haben, wozu circa 30,000 Kubikzoll Wasser erforderlich sein würden, so müssen die Accumulatoren das dann noch fehlende Wasserquantum von 30,000 — 13,200 = 16,800 Kubikzoll, oder in runder Zahl 10 Kubikfuß, Wasser pro Minute liefern.

Um recht sicher zu gehen, hat man bei der Harburger Anlage zwei Accumulatoren, jeden von $6^1/_2$ Kubikfuß oder zusammen von 13 Kubikfuß Fassungsraum, in Anwendung gebracht.

Die Anordnung eines solchen Accumulators läßt Fig. 4, Taf. 110, erkennen, wobei der vertikalstehende Zylinder mit a und der 10 Zoll im Durchmesser haltende hohle Kolben (von 12 Fuß Hubhöhe) mit b bezeichnet ist. Auf dem obern Ende des letztern hat man einen großen zylindrischen Eisenblechkasten c befestigt und seinen hohlen Raum mit Eisenstücken ausgefüllt, auch überdies dem Kasten eine entsprechende Führung ertheilt, um beim Auf- und Absteigen desselben jedes nachtheilige Schwanken zu verhindern.

Das Speisewasser, welches die oben erwähnten von einer Dampfmaschine getriebenen Pumpen liefern, wird dem Accumulator durch das Rohr f zugeführt, während g das Abflußrohr des gepreßten Wassers ist, welches mit dem Rohre z, Fig. 1 entsprechend kommunizirt und den hydraulischen Pressen das Betriebswasser zuführt. In Fig. 4 sind m und n i endlich Vorrichtungen, um die Dampfmaschine beziehungsweise selbstthätig in Ruhe zu setzen, wenn der Wasservorrath groß genug ist, oder in den Gang zu bringen, wenn der Accumulatorkolben b seinen Niedergang beginnt.

Gewöhnlich beträgt das Totalgewicht des Kolbens (Belastungs- und Selbstgewicht) 31400 Pfund, so daß der Quadratzoll einen Druck von $\frac{31400}{78,54} = 425$ Pfd. oder von circa 28 Atmosphären erfährt.

Bemerkenswerth dürfte noch sein, daß der Accumulatorkolben b nicht willkürlich, sondern absichtlich hohl hergestellt und unten offen gelassen worden ist, wodurch derselbe nicht nur die Stelle eines Windkessels für die Druckrohrleitung vertritt, sondern auch dazu dient, das stoßweise Arbeiten der Druckpumpen für den Gang des Accumulators weniger empfindlich zu machen. Endlich ist noch ein Sicherheitsventil zwischen Accumulator und Pumpen angebracht, welches das Wasser bei gefülltem Accumulator direkt in die Zisterne oder die Pumpenrohre fließen läßt.

Von den beiden überhaupt vorhandenen Accumulatoren der Harburger Anlage ist der eine im Waarenspeicher, der andere in dem etwas entfernteren Dampfmaschinenhause aufgestellt. Während des regelmäßigen Betriebes wird zunächst aus dem Accumulator im Maschinenhause so viel Verbrauchswasser entnommen, als die von der Dampfmaschine bewegten Pumpen nicht direkt zu liefern vermögen. Reichen diese beiden Quellen nicht mehr aus, so liefert auch der Accumulator sein Wasserquantum in die Druckrohrleitung.

Schließlich ist noch auf eine hochwichtige Anordnung aufmerksam zu machen, wodurch schädliche Stöße beim raschen Abschließen der betreffenden Wasserzuflüsse, wenn die in Bewegung befindlichen Massen der Krahne und Aufzüge plötzlich in Ruhe versetzt werden sollen, vermieden werden, und ohne welche es kaum möglich sein dürfte, mit einem unzusammendrückbaren Körper, wie das Wasser ist, bei den hydraulischen Aufzügen aller Art zu operiren. Es besteht diese Anordnung in dem Einschalten von sogenannten Entlastungsklappen (Relief-Clacks) in dem Kommunikationsrohre zwischen Schiebern und Zylindern der hydraulischen Betriebspressen, welche sich entsprechend öffnen, je nachdem der Druck in den Preßzylindern größer wird als er werden darf, oder, wenn Ruhe eintreten soll, beim Stellen der Händel r oder l auf die Mitte, wo der Preßkolben vermöge der Trägheit der Massen noch einen Weg macht, zufolge dessen ein luftleerer Raum im Preßzylinder gebildet, ein Abreißen des Wassers veranlaßt und damit ein Stoß erzeugt wird. Im ersten Falle entladet sich der Wasserüberfluß in die Druckrohrleitung, während im zweiten Falle die Preßzylinder Wasser aus der Rücklaufrohrleitung saugen.

Aus der Wirksamkeit dieser Entlastungsklappen erklärt es sich auch, weshalb alle durch Wasserdruck bewegten Krahne und Aufzüge sich gerade durch eine besondere Sanftheit ihres Ganges auszeichnen.

Ausführliche Beschreibung dieser Entlastungsklappen und deren Anordnung, mit Abbildungen begleitet, findet sich in der Zeitschrift des Architekten- und Ingenieur-Vereins für das Königreich Hannover, Jahrg. 1857 (Bd. III), Seite 33 und von Armstrong selbst in den bereits oben citirten Proceedings der Birminghamer Institution of Mechanical Engineers von 1858, Plate 31. Ueber die Harburger Anlage handelt ausführlich ein auch hier benutzter Aufsatz im Jahrgange 1860 (Bd. VI), Seite 443 der erstgenannten Zeitschrift. [1]

Von Krahnen mit langer unbeweglicher Säule hat in neuester Zeit keine Konstruktion so viel von sich reden gemacht als die 1855 in Frankreich einem Beamten der Paris-Orleans-Eisenbahn, Camille Neustadt patentirte, wobei man die gewöhnliche hohle Kettentrommel durch eine Zahntrommel, richtiger durch ein Kettengetriebe a (wie Fig. 8 auf Taf. 113 erkennen läßt) ersetzt und statt der gewöhnlichen Gliederketten (mit elliptischen oder ovalen Schaken) die Gelenk- oder Triebketten, insbesondre die Galle'sche Kette b in Anwendung bringt. [2] Diese Anordnung besitzt unläugbar mancherlei Vortheile. Es fällt die große Kettentrommel und mit ihr der gegen ihre Axe schief gerichtete Zug der Kette ganz weg, die Zugrichtung liegt fortwährend in der Vertikalebene, in welcher sich die Kette befindet, die plötzlichen Erschütterungen und Stöße kommen nicht vor, welche beim

[1] Ein sehr schöner, kürzlich im Hafen von Genua errichteter hydraulischer Krahn findet sich beschrieben und abgebildet in Erbkam's Zeitschrift für das Bauwesen. Bd. XI, Jahrg. 1861, Blatt 66.

[2] Armengaud Publication Industrielle, Vol. XII, p. 489, Planche 39.

Verdrehen der Glieder gewöhnlicher Lastketten oft unvermeidlich sind, die Länge der aufzuwickelnden Kette hängt nicht von den Dimensionen der Aufwindetrommel ab, sondern kann beliebig sein, die Zahnradübersetzung für die Betriebskraft wird vereinfacht,, da der Durchmesser des Kettengetriebes a ungefähr dreimal kleiner ist, als jener der gewöhnlichen Trommeln 2c.

Ungeachtet aller dieser Vorzüge und seiner Verbreitung in Frankreich hat sich dieser sogenannte Neustädter Krahn (Système Neustadt) weder in England noch in Deutschland, wenigstens bis jetzt, rechten Eingang verschaffen können, höchst wahrscheinlich deshalb, weil die ganze Konstruktion wieder Uebelstände mit sich führt, wodurch die angeführten Vortheile mehr oder weniger aufgehoben werden. Dahin gehört vor Allem die große Reibung in den vielen Bolzen der Galle'schen Kette und deren Schleifen in der Röhre d, welche zur Aufnahme des frei werdenden Kettentheils erforderlich ist.

Um so verbreiteter sind dafür fast überall die sogenannten Fairbairn-Krahne (Tubular Cranes) Fig. 7, Tafel 109 (von William Fairbairn in Manchester 1850 zuerst konstruirt), wobei die Krahnsäule und der gebogene Ausleger aus genietetem Eisenblech hergestellt sind, letzterer mit der Zugstange ein kontinuirliches Ganzes bildet, und endlich die Querschnitte überall aus hohlen Rechtecken bestehen, welche nach oben hin an Größe abnehmen, wobei die Aufzugskette a i im hohlen Rohre läuft u. s. w.

Unsere Zeichnung Fig. 7 stellt speziell einen von Fairbairn für den Keyham Dock zu Devenport (Plymouth) konstruirten Blechkrahn dar, der zum Heben und Senken von Lasten bis zu 60 Tons (1200 Zentner) dient, bis zum Anfange des Jahres 1859 zu den größten der Welt in seiner Art gezählt wurde, und überdies zur Gattung freistehender Uferkrahne mit beweglicher langer Säule gehört.[1]

Der Querschnitt des schmiedeisernen Auslegers bildet hierbei in der Horizontalen der Plattform ein Rechteck von 9 Fuß Länge und $5\frac{1}{2}$ Fuß Breite, am äußersten Ende dieselbe geometrische Figur von

[1] In Frankreich hat sich Cavé in Paris um die Konstruktion und Ausführung von freistehenden Krahnen mit beweglicher langer Drehsäule und mit geradem Ausleger aus Eisenblech, durch direkte Dampfmaschine bewegt (als Dampfkrahn), verdient gemacht. Abbildungen und Beschreibungen hiervon finden sich in Armengaud's Publication Industrielle. Vol. 11, Pl. 13.

$3^1/_2$ Fuß Länge und 2 Fuß Breite. Die Drehsäule f reicht 23 Fuß unter der Plattform in den gemauerten Schacht b hinab, woselbst sie am untersten Ende einen quadratischen Querschnitt hat, dessen Seitenlänge $1^2/_3$ Fuß beträgt. Der höchste Punkt des Ausladers liegt 60 Fuß über der Plattform und beschreibt bei der Umdrehung einen Kreis von 53 Fuß Radius. Vom Ebbewasserspiegel an gerechnet, lassen sich damit die schwersten Lasten bis auf nicht weniger als 80 Fuß Höhe heben. Wie schon erwähnt, ist der ganze Krahn nach Art der Röhrenblechbrücken konstruirt, wobei Fairbairn die betreffenden Dimensionen nach Versuchsmodellen bildete, die man so lange belastete, bis sie brachen.

Da er hiernach die Elastizitätsgrenze überschritt und für den Bruchfall das Schmiedeisen größern Widerstand gegen Ausdehnen als gegen Zusammendrücken zeigt, so erhellt hieraus, weshalb er (fehlerhaft) die sogenannte Druckseite e e stärker als die Zugseite c c machte. Er theilte hierzu durch eine von der Innenseite e nur um 12 Zoll abstehende Zwischenwand f die ganze Krahnröhre in zwei Abtheilungen, und gab überdies dem schmalen Raume zwischen e und f durch stegförmige radial und aufrecht gestellte Zwischenplatten die Zellengestalt.

Die Aufzugskette i geht am Ende des Ausladers über zwei lose und über zwei feste Rollen, von letzteren aus aber über Leitwalzen k zur Kettentrommel, welche sich ebenfalls im innern hohlen Raume des Krahnkörpers befindet. Die zugehörigen Zahnräder und Getriebe werden außerhalb der Blechwände von einem gußeisernen Lagergerüste getragen und wird durch diese Räder der Druck der Arbeiter, welche an den Kurbeln wirken, auf das 158fache vergrößert, wenn man von den betreffenden Zahn- und Zapfenreibungen absieht.

Unmittelbar unter der horizontalen Plattform hat man an den Krahnkörper einen kräftigen, kreisförmigen, gußeisernen Ring befestigt, der außerhalb gemessen einen Durchmesser von $11^1/_4$ Fuß hat.

Ein zweiter gußeiserner, ebenfalls gut ausgedrehter Ring p p ist am obern Rande des Schachtes b im Mauerwerk eingelassen und durch kräftige Bolzen r befestigt. Den schmalen freien Raum von 10 Zoll Weite, welcher zwischen diesen beiden Ringen verbleibt, hat man mit 12 starken zylindrischen Rollen ausgefüllt, um die Halsreibungen beim Umdrehen der Krahnsäule möglichst herabzuziehen. An dem unbeweglichen Ringe p ist ferner ein Zahnkranz befestigt, in welchen ein Getriebe faßt, das mit einem Schraubenrade v auf derselben Vertikalwelle steckt. An der horizontalen Axe der zugehörigen endlosen Schraube sind an beiden Enden Handräder angebracht, durch deren Bewegung die beabsichtigte Umdrehung des ganzen Krahnes bewirkt werden kann. Die dabei an den Kurbeln arbeitenden Menschen nehmen ihre Stellung auf der Plattform w ein, die mit dem Krahnkörper fest verbunden ist.

Ausführlichere Abbildungen dieses Krahnes hat Referent selbst in der Zeitschrift des Architekten- und Ing.-Vereins für das Königreich Hannover Jahrg. 1859 (Bd. 8), S. 56, Blatt 132, geliefert.

Einen ähnlichen schmiedeisernen Krahn für noch größere Hublasten als der vorherbeschriebene, nämlich für 80 engl. Tons (1600 Zentner), wobei ebenfalls Ausleger und Zugstange ein Ganzes bilden, jedoch in einer sogenannten Gitterwerkkonstruktion vereint sind, hat in allerjüngster Zeit Rennie in London für die Woolwicher Dockyards ausgeführt, worüber sich Abbildungen in Mallets „Record of the Great-Exhibition 1862“ Seite 261 vorfinden. Auf der ebenfalls mit dem Hauptkörper verbundenen Plattform dieses Krahnes (mit überdies langer, drehbarer Säule), hat man rückwärts Kessel und Dampfmaschine zur Hervorbringung der größtmöglichen Betriebskraft placirt und diese Theile auch gleichzeitig als das erforderliche Gegengewicht benutzt.

Die Lastkette läuft hier außerhalb des Krahnkörpers auf dem Rücken desselben, sowie auch die Kettentrommel außerhalb angebracht und überdies das mit ihr verbundene Räderwerk so angeordnet ist, daß auch Lasten durch an Kurbeln arbeitende Menschenhände aufgezogen und herabgelassen werden können.

Ein eigenthümlicher freistehender Krahn mit beweglicher Drehsäule ist noch in Fig. 8 und 9, Taf. 109, dargestellt. Derselbe hat zugleich die größte Aehnlichkeit mit einem Taf. 166, Fig. 15 im Hauptwerke (Bd. 8, S. 512) abgebildeten Krahn, insofern die vertikalstehende Krahnsäule um zwei Zapfen an deren Enden drehbar ist und bis zum obern Ende reichende Streben diese Säule in der erforderlichen Lage erhalten. Indeß unterscheidet sich der Krahn unserer Abbildung (Taf. 109) von dem genannten (älteren) wesentlich dadurch, daß die Krahnsäule aus zwei gebogenen und zusammengespannten Hölzern x x Fig. 8 und 9 besteht, der ebenfalls hölzerne jedoch einfache Ausleger y aber seine schräge Lage verändern, d. h. gehoben und gesenkt werden kann, welcher letztere Zustand in unserer Abbildung (Fig. 9) durch punktirte Linien angedeutet ist. Um diese Lageveränderung des Auslegers y eben so sicher wie vortheilhaft bewirken zu können, hat man an seinem oberen Ende in geeigneter Weise eine lose Rolle a befestigt und über dieselbe eine Kette geschlagen, deren eines Ende nahe dem oberen Zapfen der Krahnsäule x eingebunden ist, während man das andere Ende über eine feste Rolle oben an der Krahnsäule und von da niederwärts einer Windetrommel q (Fig. 8) zugeführt hat, woselbst sich die Kette je nach Erforderniß auf- und abwickeln kann. Die Trommel q ist dabei als Conoid so konstruirt, daß mit der Senkung des Auslegers und mit dem dadurch zunehmenden statischen Momente der am Ausleger hängenden Last, die Hebelarme des Kettenangriffpunktes an der Windetrommel abnehmen, mithin hierdurch der Druck an der Kurbel, welche zur Bewegung der Windetrommel q vorhanden ist, konstant bleiben kann. Uebrigens wird die Windetrommel q für den Ausleger mit einer zweiten Trommel r für die Lastkette zugleich bewegt, und zwar durch das Zusammengreifen zweier Zahnräder s und t (Fig. 8), wovon s auf der Axe der Windetrommel r für gewöhnlich lose sitzt, jedoch auch fest verkuppelt werden kann, sobald der Ausleger bewegt werden soll. Auf der Welle der Lastkettentrommel r sitzt ferner noch das große Stirnrad o, welches entweder direkt oder durch ein vorgelegtes Räderpaar n und m mittelst der Kurbeln u und v in Umdrehung gesetzt werden kann. Bei direkter Umdrehung bringt man durch Verschiebung der Kurbelwelle u v das Getriebe m außer Eingriff mit n und setzt dagegen m in Eingriff mit dem großen Rade o, wodurch ein einfaches, für geringere am Ausleger hängende Lasten besser geeignetes Rädervorgelege zur Wirkung kommt. — Bemerkt zu werden verdient vielleicht noch, daß das Fußlager der Krahnsäule x an zwei Schwellen befestigt ist, in deren Verlängerung auch die untern Enden der beiden Streben z ruhen, welche die nothwendige Stütze der Krahnsäule bilden.

Vorbeschriebener in mehrfacher Beziehung beachtungswerther Krahn steht auf dem Hofe der Wöhlert'schen Maschinenfabrik in Berlin und wird daselbst zum Verladen und Ortsverändern schwerer

Maschinentheile benutzt. Ausführliche Beschreibung und zwei große Blatt Zeichnungen desselben enthält das zweite Heft (1858) des Skizzenbuchs für den Ingenieur und Maschinenbauer vom Professor Wiebe.

Einen der in unserer Klassifikation bemerkten Gebäudekrahne und zwar mit veränderlichem Ausleger (mit sogenannter Katze) versehen, läßt die Abbildung Fig. 1, Taf. 167 des Hauptwerkes hinlänglich erkennen. Diese besonders in den Eisengießereien beliebten Krahne werden noch heute in den meisten Fällen aus starken Hölzern konstruirt, [1] da man meint, dies Material eigne sich wegen der vielen vorkommenden Stöße besser als Eisen, was wohl für Gußeisen, nicht aber für Schmiedeisen richtig sein dürfte.

Erwähnung verdienen bei dieser Krahngattung noch die französischen Krahne von Georg Lasseron und Legrand, bei welchen die gehobenen Lasten zugleich gewogen werden können, und wovon sich einer des Mechanikers George in Paris bereits im Hauptwerke Artikel Waage Seite 106 beschrieben und Fig. 143, 144, Taf. 449 abgebildet findet. [2]

Ein der neuern Zeit angehöriger Gebäude- oder Wandkrahn, wie er mehrfach in den Reparaturwerkstätten der Hannoverschen Eisenbahnverwaltung mit Erfolg verwandt wird, ist Fig. 10, Taf. 109, abgebildet. Dabei stellt a den Fußboden des betreffenden Gebäudes, b einen der nothwendigen hölzernen Ständer zum Tragen der Gebälke c, d, sowie ff schmiedeiserne Ringe dar, welche sowohl oben bei e als auch unten, in gehöriger Höhe über dem Fußboden, am Ständer b befestigt sind, um die drehbaren Halslager für den Ausleger g und die Strebe l zu bilden. Diese Halslager hat man übrigens durch schmiedeiserne Zugstangen derartig mit einander verbunden, daß ein Dreieckgebilde e g l entsteht, welches um die Säule als ein System beliebig gedreht werden kann, ohne daß eine bei k angehangene Last ein nachtheiliges Klemmen oder Kanten in den Lagerstellen e (oben und unten) zu erzeugen im Stande ist.

[1] Abbildungen eines neuern hölzernen Gebäudekrahns finden sich in Hart's (Carlsruher) „Konstruktionen und Entwürfe aus dem Gebiete des Maschinenwesens." Mannheim 1862, Blatt III.

[2] Wegen Lasseron und Legrand's „Grue dynamométrique" sehe man Armengaud's Publication Industrielle. Vol. IV, Pl. 13.

Der Ausleger g besteht aus zwei im Abstande von 6 Zoll parallel neben einander liegenden schmiedeisernen Schienen von 3/4 Zoll Dicke, deren jede von einer der beiden eisernen Streben l (in der Abbildung ebenfalls nur eine sichtbar) gestützt wird, die wieder mit einander durch Querbolzen vereinigt sind. Die feste Rolle h dient zur Aushülfe als zweckmäßiger Aufhängepunkt, wenn schwere Gegenstände: Räder, Axen 2c. auf Drehbänke oder auf andere Werkzeugmaschinen gebracht oder davon entfernt werden sollen. Das große an der Kettentrommelaxe befestigte Stirnrad q hat 36 Zoll, das zugehörige Trieb r aber 6 Zoll Durchmesser, Dimensionen, die auch aus der nach Maßstab gezeichneten Fig. 10 direkt entnommen werden können. Diese Krahne haben sich zur Bewegung von Lasten bis zu 50 Zentner überall bewährt.

Einen sehr hübschen der allerjüngsten Zeit angehörigen Wandkrahn, welcher von einer direkt wirkenden Dampfmaschine betrieben wird, von F. Wöhlert in Berlin erbaut und für 20 Zentner Tragfähigkeit berechnet ist, zeigt Fig. 5, Taf. 110, wozu auch die in größerem Maßstabe gezeichnete Detailfigur 6 gehört.

Der ganze Krahn ist mittelst starker gußeiserner Platte A an einer gehörig stabilen, vertikalen Mauer befestigt. Die Ankerbolzen der Platte A dienen gleichzeitig zum Festhalten der Tragkonsolen B und C für die Drehzapfen des Auslegers E. Letzterer wird von zwei Eisenblechwänden E gebildet, welche durch Querplatten D (Fig. 6), Querleisten, Schrauben und Stehbolzen entsprechend vereinigt sind.

Die Betriebsdampfmaschine ist so zwischen beiden Platten E placirt, daß die Axe des Zylinders F mit der Axe der von B und C getragenen Drehzapfen des Auslegers E zusammenfällt. Die Dampfzuführung erfolgt ferner durch eine unterwärts am Zylinder F (Fig. 6) gebildete Stopfbüchse, von welcher aus ein Rohr Z die Kommunikation mit dem Schieberkasten herstellt. Hierdurch hat man erreicht, daß der Dampfzylinder die Drehungen des Auslegers ohne Störung mitmache kann. Die Steuerung des Dampfschiebers wird durch Hebelwerk α, β, γ hervorgebracht. Das Dampfabführrohr ist mit y bezeichnet.

Die Uebertragung der Bewegung auf die Welle des Schwungrades G geschieht von der Dampfmaschine aus in bekannter Weise durch Lenkstange j und Kurbel i (Fig. 6).

Auf der Welle der letzteren befindet sich ein Getriebe von 13 Zähnen (und $1\frac{1}{2}$ Zoll Theilung), welches in das große Stirnrad M mit 88 Zähnen greift, dessen Axe N die Windetrommel O trägt.

Das gedachte Getriebe steckt jedoch lose auf der Schwungradwelle und ist mit einer konischen konkaven (hohlen) Bremsscheibe aus einem Stücke gegossen. Festgekeilt auf der Schwungradwelle ist dagegen eine (erhabene) zur erstgenannten konzentrisch konvex abgedrehte und mit ihr überhaupt korrespondirende Bremsscheibe. Durch geeignete Verschiebung der losen (mit dem Getriebe verbundenen) Bremsscheibe gegen die auf derselben Welle sitzende feste Scheibe und unter Ausübung des erforderlichen Druckes erzeugt die so gebildete Kegelbremse die erforderliche Reibung, um die Umdrehung der Schwungradwelle auf die Windetrommel O überzutragen.

Durch diese Kegelbremskupplung wird der Vortheil herbeigeführt, die Last zu jeder Zeit niederlassen zu können, ohne den Gang der Dampfmaschine unterbrechen oder umkehren zu müssen.

Die Anordnung des Lastseiles V, der Katze S und die Vereinigung der letzteren mit der losen Lastrolle T, erhellt ohne Weiteres aus der Abbildung Fig. 5 (Taf. 110).

Zur vollständigen Kenntniß der ganzen Krahnanordnung ist jetzt nur noch erforderlich, Einiges über die Betriebsweise der Speisepumpe t (Fig. 5) des zugehörigen Dampfkessels zu sagen.

Die Uebertragung der Bewegung erfolgt allerdings von der Dampfmaschine aus auf einen Hebel r, dessen rechter Arm jedoch nicht direkt mit der Kolbenstange der Dampfmaschine verbunden ist, sondern wobei die Vereinigung durch eine Hülse q vermittelt wird, welche die Kolbenstange lose umschließt, so daß sich die letztere mit dem Ausleger E zugleich drehen kann, ohne den Hebel r zu nöthigen, an dieser Drehung Theil zu nehmen. Anderseits ist die Hülse q wieder so eingeklemmt, daß sie an der auf- und abgehenden Bewegung der Dampfkolbenstange Theil nehmen muß und folglich den Hebel r in den Stand setzt, seine Schwingungen mittelst Zugstange auf den Speisepumpenhebel s zu übertragen. Daß übrigens das Auge des Bolzens, welcher die Verbindung der Hülse q mit dem

Hebel r bewirkt, in der Hülse etwas länglich geschlitzt ist, um die gradlinige Bewegung der Hülse q und die gleichzeitig schwingende des Hebels r nicht zu stören, bedarf wohl kaum der Erwähnung.

Hinsichtlich vollständiger Abbildungen und besonders zum Studium der betreffenden Details dieses Wand-Dampfkrahnes, müssen wir auf unsere Quelle, die Zeitschrift des Vereins deutscher Ingenieure, Bd. III. Jahrg. 1859, Seite 168, Taf. XI und XII, verweisen.

B. Schwingkrahne.

Unserer Klassifikationstabelle entsprechend gehören hierher die mit schwingendem Balancier ausgerüsteten Maschinen, deren man sich in England vorzugsweise zum Einladen der Kohlenschiffe bedient und die dort unter dem allgemeinen Namen Gehängekrahne oder Droops bekannt sind.

Hierbei werden in der Regel gefüllte Kohlenwagen blos durch die Wirkung der Schwerkraft in die zu beladenden Schiffe hinabgelassen, die leeren Wagen durch ein entsprechendes Gegengewicht wieder in die Höhe gehoben und in beiden Fällen eine möglichst gleichförmige Bewegung durch gehörig angebrachte Bremsen erzeugt.

Fig. 9 auf Taf. 113 läßt die Anordnung eines Kohlen-Droops von der Art erkennen wie sie in der Umgegend von Newcastle, Sunderland, Grimsby ꝛc. allgemein im Gebrauche sind.

Zwei sehr starke große gußeiserne (parallel zu einem Ganzen vereinigte) Balanciers a, die sich um eine gemeinsame Axe b drehen, sind an dem einen Ende mit einer wagschalähnlichen Plattform d, an dem andern Ende f mit einem Gegengewicht q belastet. Auf die Plattform fahren (von einem korrespondirenden unbeweglichen Gerüste g aus) in geeigneter Weise die beladenen Kohlenwagen, wenn jene vorher auf die größte Höhe erhoben und festgestellt ist. In der Regel liegen auf der Plattform Eisenbahnschienen, die mit andern auf dem festen Gerüste befindlichen Schienen g korrespondiren. Zwischen den Schienen besitzt dann die Plattform d eine große Oeffnung, wodurch die Kohlen beim Oeffnen der Bodenklappe des betreffenden Wagens hindurchfallen. Auf der Balancierwelle sind zwei starke gußeiserne verzahnte Kreisbögen h befestigt, deren Zähne in Getriebe i fassen, welche mit der Bremsscheibe k auf derselben Welle sitzen. Die Bremse l selbst ist eine sogenannte Bandbremse, die in bekannter Weise wirkt und oben vom festen Gerüste g aus mittelst Hebel m und Zugstange p in Thätigkeit gesetzt oder gelöst werden kann.[1]

C. Laufkrahne.

Einen sogenannten Lauf- oder Rollkrahn, zum Transporte von Lasten auf Eisenbahnen bestimmt, einen fahrbaren Bahnhofskrahn und zwar nach Fairbairn aus einem gekrümmten Blechträger gebildet, welcher Auslader und Zugstange in sich vereinigt, zeigen die Fig. 7 und 8, Taf. 110, der mit Recht als eine beachtenswerthe Konstruktion in der Zeitschrift des Vereins deutscher Ingenieure Bd. 5, (Jahrg. 1861) S. 299 empfohlen wird.

Der Fairbairn'sche Blechträger mit überall vierseitigen Querschnitten ist hier durch angenietete Winkeleisen mittelst Schrauben auf einer starken, runden, gußeisernen Platte b befestigt, die sich zwischen zwei horizontalen von ihr völlig unabhängigen Rollkränzen ee Fig. 8 um einen Zapfen k drehen kann, der jedoch nur zur Sicherung der Bewegung dienen soll.[2]

Die Wagenplattform f ist viereckig, aus Gußeisen hergestellt und mit ihr ein rippenartiger aufrechtstehender eiserner Rand g zusammengegossen, auf dessen oberer Kante ein kreisförmiger Ring, eine Art von Randdeckel i, mittelst Schrauben befestigt werden kann. An die Innenseite dieses Ringes ist ein Zahnkranz h gegossen. Wie aus Fig. 8 erhellt, bildet der Randdeckel i mit g und dem äußeren Umfange der Wagenplatte f einen hohlen kastenförmigen Raum, in welchem man Kegelrollen c und zwar (in gleichen Abständen) fünfzehn über, und ebenfalls fünfzehn unter dem keilförmig auslaufenden Umfange der Tragplatte b, placirt hat. Dabei drehen sich diese Rollen um ihre eigenen Axen, die in zwei konzentrischen zu einander gitterförmig verstrebten Ringen aus Flacheisen eingenietet sind.

[1] Noch andere derartige Schwingkrahne findet man abgebildet in Delaunay's Mécanique §. 104 und mit den erforderlichen Berechnungen in Weisbach's Ingenieur-Mechanik Bd. 3, S. 470.

[2] Ob dies konstruktiv richtig sei, möchten wir bezweifeln. Jedenfalls ist diese Zapfenanordnung eine schwache Seite des sonst lobenswerthen Baues.

Daß die Axhalter l für die Laufräder des ganzen Krahnwagens mit der Grundplatte f aus dem Ganzen gegossen sind, mag unter Bezugnahme auf Fig. 7, als beiläufige Bemerkung hier angereiht werden.

Nachdem jetzt alle stützenden und führenden Theile des gekrümmten Krahnblechkörpers beschrieben wurden, kehren wir zu ihm selbst zurück und machen vor Allem darauf aufmerksam, daß auch hier für die hohle Fläche n n dickere Bleche verwandt und zur Versteifung der Seitenwände in entsprechenden Abständen Winkeleisen o aufgenietet wurden, endlich daß das äußerste Ende von einem gußeisernen Kopf p gebildet wird, mit dem man zugleich die Lastkettenscheibe q in Verbindung gebracht hat.

An der konkaven Rückseite des Krahnkörpers hat man bei ε das gußeiserne Gerüst befestigt, welches die mit spiralförmigen Kettenspuren versehene Windetrommel r, sowie zwei Zahnradvorgelege trägt, wovon jedes einer Uebersetzungszahl von $\frac{16}{80} = \frac{1}{5}$ entspricht. Daß übrigens die Einrichtung getroffen ist, beliebig mit einem Vorgelege oder gleichzeitig mit beiden, also mit der Uebersetzungszahl $\frac{1}{25}$ arbeiten zu können, bedarf wohl nur der Erwähnung.

Zur Drehung des ganzen Krahnkörpers um die Axe k braucht man nur die Kurbelwelle s u s mit dem Zahngetriebe soweit nach rechts (in Fig. 7) zu verschieben, daß die beiden Kegelräder t zusammengreifen, worauf durch Drehen an einer der Kurbeln die schräge Welle w und mit ihr das an ihrem Ende sitzende Getriebe x in Bewegung gesetzt wird. Da aber letzteres Triebrad in die Zähne des unverrückbaren Kranzes h faßt, so folgt, daß x eine doppelte Bewegung, nämlich eine Drehung um die eigene Axe w und eine zweite Bewegung um die Axe k annehmen wird, an welcher letztern Drehung der ganze Krahnkörper Theil nimmt.

Die erforderliche Bremsvorrichtung des Krahnes (Bandbremse mit Hebelwerk) befindet sich (mit Bezug auf Fig. 7) zur linken Hand zwischen der Wand des Krahnkörpers und dem dortigen Zahnradvorgelege. In Fig. 8 bezeichnet dann y den Handgriff der Bremse, α einen Sperrhaken und Z eine Verlängerung des letzteren.

Tritt der Arbeiter mit dem Fuße gegen Z und erhebt er gleichzeitig den Hebel y, so wird der Sperrhaken α ausgelöst und das Herablassen der Last erfolgt ohne irgend welche Schwierigkeit.

Statt des sonst bei Rollkrahnen (ihrer Stabilität wegen) erforderlichen verschiebbaren Gegengewichtes[1] hat man hier ein festes Gewicht δ angeordnet, welches von zwei gußeisernen Trägern (Fig. 8 nur einer sichtbar) aufgenommen wird, die mit der Platte b durch Schrauben verbunden sind und mit armförmigen Ausläufen zugleich ein Gerippe bilden, welches den dicken Holzbohlen a zur Unterlage dient, worauf die an den Kurbeln thätigen Arbeiter ihren Platz nehmen.

Zur Sicherung der Gegengewichtsträger hat man die äußersten Enden derselben durch Zugstangen π mit dem Gestelle der Lastkettenleitrolle η in geeigneter Weise verbunden.

Um die Einflüsse klar zu machen, welchen die Rollenkränze ausgesetzt sind, so wie auch die Stabilitätsbedingungen der ganzen Konstruktion aufzustellen, enthält unsere (oben angegebene Quelle) beachtungswerthe Rechnungen.

Einen ebenfalls für Eisenbahnen bestimmten Laufkrahn, jedoch mit direktem Dampfmaschinenbetriebe (einen fahrbaren Dampfkrahn), stellen die Fig. 9 und 10, Taf. 110 dar, wobei bemerkt werden mag, daß dieser Krahn zugleich zu jener Gattung gehört, welche eine unbewegliche kurze Drehsäule besitzt.

Auf der gußeisernen Plattform A des Transportwagens ABD, welcher durch geeignete Zangen C mit den Bahnschienenköpfen unverrückbar verbunden werden kann, ist die unbewegliche senkrechte Drehsäule E befestigt, auf welcher in bekannter Weise (Figur 7, Taf. 113) das drehbare aus Schildern F und Traversen gebildete Krahngerüst nebst Ausleger K, Betriebsdampfmaschine G und deren Kessel M, gehangen ist. Letzterer ist ein senkrechtstehender Röhrenkessel mit kreisförmigem Roste, Schornstein N und allem sonstigen bekannten Zubehör. Kessel M und Schilder F sind oben und unten durch vier Arme in gehöriger Weise (wie hinlänglich Fig. 10 erkennen läßt) zu einem Ganzen vereinigt. Ein Behälter M' für das nothwendige Speisewasser des Kessels umgibt letztern beinah auf die Hälfte seines Umfanges.

[1] Schöne und vollständige Zeichnungen eines vortrefflich konstruirten gußeisernen Lauf- oder Rollkrahns mit verschiebbarem Gewicht, für Eisenbahnen, finden sich besonders in Le Blanc's „Recueil des Machines" etc. 4e Partie, Pl. 39 et 40.

Die Betriebsdampfmaschine G steht durch zwei (in Fig. 10 sichtbare) Röhren einerseits mit dem Dampfbehälter des Dampfkessels, anderseits mit dem Schornsteine N in Verbindung.

Das niedrige von M ausgehende Rohr führt der Maschine den frischen Kesseldampf zu, während das höhere hinaufgehende mit N in Verbindung stehende Rohr den Dampf abführt, welcher in der Maschine seine Arbeit verrichtet hat und bei seinem Abströmen in einem von N umschlossenen Blasrohre den Zug des Schornsteines derartig befördert, daß nur eine geringe Höhe desselben erforderlich ist.

Mit Hülfe von Kurbel und Lenkstange (beide in Fig. 9 sichtbar) wird durch die Dampfkolbenbewegung in bekannter Weise die Umdrehung des kleinen Zahngetriebes veranlaßt, welches in das große Zahnrad K faßt, an dessen Welle die Trommel T zum Auf- oder Abwickeln der Aufzugskette L befestigt ist. Das Links- oder Rechtsdrehen der Trommel T wird durch das Wechseln des Auf- und Abganges des Dampfmaschinenkolbens veranlaßt, zu welcher Umsetzung die Maschine mit der bekannten Stephenson'schen Coulisse ausgestattet ist, deren geeignete Stellung durch einen Steuerhebel H, Fig. 10, erzeugt werden kann.

Auf der Kettentrommelaxe steckt auch noch die abgedrehte Scheibe R' für eine Bandbremse, deren bekannte Hebelanordnung hinlänglich in Fig. 10 sichtbar ist.

Wie aus Fig. 9 erkannt wird, hat man auf das äußerste Ende der Krummzapfenwelle überdies eine Handkurbel W gesteckt, um erforderlichen Falles den Betrieb auch durch Menschen bewirken zu können.

Endlich befindet sich am andern entgegengesetzten (linken) Ende der Krummzapfenwelle ein Kettengetriebe zur Aufnahme einer Galle-schen Gliederkette, die ihr zweites Getriebe auf der hintern Axe des vierrädrigen Gestellwagens findet, durch welche Anordnung es möglich wird, die Betriebskraft der Dampfmaschine direkt zum Hin- und Herfahren des ganzen Krahnes auf der betreffenden Eisenbahn zu benutzen.

Schließlich mag noch erwähnt werden, daß der Ausleger k aus zwei hohlen, rinnenförmig gebogenen zusammengenieteten Eisenblechen von der Art besteht, daß der betreffende Querschnitt wie eine kreisförmige Röhre mit zugehörigen Verbindungsflantschen erscheint.

Alle sonstigen Theile des Krahnes werden einer besondern Erklärung nicht bedürfen.

Für den Fall, daß der vorbeschriebene Rollkrahn zum Transporte von so bedeutenden Lasten benutzt werden soll, daß der Kessel kein hinlängliches Gegengewicht für die erforderliche Stabilität des Ganzen zu bieten vermag, verlängert der Konstrukteur (der franz. Mechaniker Quillacq in Anzin) die unteren horizontalen Verbindungsplatten zwischen dem Kessel M und den Schildern E derartig, daß sie den Kessel zwischen sich fassen und in der weiteren Fortsetzung (nach links von Fig. 10) sowohl zur Aufnahme der erforderlichen Gegengewichte als auch zu Trägern einer Plattform dienen, welche der Maschinenwärter zu seinem Standorte nimmt.

Recht zweckmäßig konstruirte derartige Lauf- oder Rollkrahne mit direktem Dampfmaschinenbetriebe fanden sich auf der Londoner Industrieausstellung von 1862 vor. Besonders bemerklich machten sich die transportablen Dampfkrahne von Chaplin in Glasgow und von Worsdell in Birmingham. Von beiden enthält der offizielle illustrirte Katalog gedachter Ausstellung Abbildungen unter Klasse VIII, S. 14 und S. 89, auf welche wir hinsichtlich Spezialitäten verweisen müssen, indem wir im Allgemeinen nur erwähnen, daß die Krahne beider Aussteller nicht zum selbstthätigen Fortschaffen oder zu Ortsveränderung auf den Schienen der betreffenden Eisenbahn mittelst der Betriebsdampfmaschine (wie der vorher beschriebene französische Krahn) dienen, dafür aber so angeordnet sind, daß die Drehung des ganzen Krahnes um die unbewegliche Gestellsäule durch die Dampfmaschine verrichtet werden kann und hierzu der ganze Bau auf Rollkränzen des Transportwagens gelagert, d. h. eine Disposition getroffen ist, die Aehnlichkeit mit der Fig. 8, Taf. 110 hat.

Chaplin's transportabler Dampfkrahn war überdies mit beweglichem Ausleger derartig angeordnet, daß man die steifen Zugstangen (K' Fig. 10, Taf. 110) durch Ketten (ähnlich wie bei dem Krahne Fig. 9, Taf. 109) ersetzt hatte. Ein solcher Chaplin'scher 10 Tons Krahn leistete in Western-Annex der Londoner Ausstellung zum Transportiren und Montiren der dortigen großen Maschinerien höchst wesentliche Dienste und wurde als ein ebenso unentbehrliches wie zuverlässiges Werkzeug betrachtet.

Einen Laufkrahn, der speziell zum Abheben der Wagenkasten (oder anderer Lasten) von den betreffenden Radgestellen gewöhnlicher Straßenfuhrwerke und zum Transporte dieser Kasten (oder sonstiger Lasten) auf Eisenbahnwagen bestimmt ist, zeigen Fig. 5 und 6, Taf. 109.[1]

Auf eisernen Schienen zweier horizontaler Träger C, die durch Querriegel F in einer Entfernung von 1,8 Meter (lichte Weite) gehalten und vereinigt werden, läuft ein vierrädriger kleiner Wagen (eine sogenannte Katze) D Fig. 5, der mit Hülfe eines endlosen Galle'schen Kettensystems, wovon überdies D selbst ein Glied bildet, in geeigneter Weise durch einen an einer Kurbel α thätigen Arbeiter hin und herbewegt werden kann. Aus dem Anblicke von Fig. 5 erhellt ferner, wie mit dem Wagen eine Last k horizontal zu transportiren ist, die, unter Einschaltung einer losen Rolle f, an Ketten m hängt, und welche man über besondere, mit den Rädern des Wagens D auf derselben Axe sitzende Rollen geschlagen hat.

Zum Heben und Senken der Last k hat man die Gliederketten m über mit spiralförmigen Nuthen ausgestattete Trommeln l geführt und wickelt sie dort beziehungsweise auf oder ab. Zwei Paar Zahnradvorgelege ε, δ und γ, β dienen zur Uebertragung der bewegenden Kraft von den Kurbeln α, α aus auf die Kettentrommel l.

Zur Regulirung oder Vernichtung der betreffenden Bewegungen ist jedes Windewerk mit einer Bandbremse o p q von bekannter Art ausgestattet.

Aehnliche im Freien aufzustellende und zu benutzende Laufkrahne wendet man auch viel bei Brücken, monumentalen und andern großartigen Bauten an.[2]

Für das Innere von Gebäuden, beispielsweise für Eisengießereien, Maschinenfabriken &c. konstruirt man diese Krahne gewöhnlich so, daß

[1] In Armengaud's Publication Industrielle, Vol. 7, p. 83, planche 6. ist dieser Krahn (grue de transbordement) eigentlich nicht als Laufkrahn, sondern mit unverrückbaren Ständern B, ohne Eisenbahnräder A dargestellt. In neuerer Zeit wendet man jedoch diese Disposition auch für Laufkrahne an, versieht die Räder A mit Zahnradvorgelege, erweitert aber auch das Gestell in der Seitenansicht derartig, daß es seitlich verstrebt werden kann, der ganze Bau also stabiler wird. Beispiele letzterer Art finden sich namentlich in Le Blanc's Recueil des Machines etc., 5e Partie, Pl. 27 et 28.

[2] Recht brauchbare, nach Maßstab gezeichnete Skizzen eines Laufkrahnes mit beweglichem Untergestelle enthält die bereits früher zitirte Abhandlung von Glynn: „On the Construction of Cranes."

man nur den oberen Träger, aber nicht die vertikalen Ständer bewegt, wie unsere Abbildungen Fig. 3 und Fig. 4 erkennen lassen, welche einen solchen Laufkrahn von 450 Zentner Tragfähigkeit darstellen, wie er seit Jahren in der neuen Hannoverschen Eisengießerei mit Erfolg im Gebrauche befindlich ist. Obwohl beide Figuren 3 nach größerem, und 4 nach kleinerm Maßstabe gezeichnet sind, so dürfte es doch, um die wirkliche Größe bei Betrachtung der Queransicht Fig. 4 kräftiger hervorzuheben, nicht ohne Nutzen sein zu bemerken, daß hier die Spannweite des Fahrgerüstes 32 Fuß hannov., oder 29 Fuß 9 Zoll rheinl. beträgt.

Das ganze Fahrgerüst wird aus Eisenblechträgern gebildet, deren Höhe (30 Zoll rheinl., Länge 29 Fuß 2 Zoll) ungefähr $^1/_{10}$ der Länge ausmacht. Die Entfernung der mittleren Tragwände Fig 3 ist $4^1/_2$ Fuß, die der äußeren Träger (oder die Breite des ganzen Fahrgerüstes) $7^1/_2$ Fuß rheinl.

Zum gehörigen Ueberblicke des Ganzen werde vor Allem nun bemerkt, daß überhaupt eine derartige Disposition getroffen ist, einer zu transportirenden Last, welche an der losen Rolle Fig. 4 aufgehangen wird, drei verschiedene Bewegungen ertheilen zu können.

Erstens kann die Last durch Aufziehen oder Niederlassen der gedachten losen Rolle mittelst eines Windewerkes gehoben oder gesenkt werden. Zweitens ist der ganze Bau, der Karren, worauf dies Windewerk placirt ist, der Längenausdehnung des Trägers (w w Fig. 4) nach (rechtwinklig auf die Gebäudelänge) zu bewegen. Drittens ist man im Stande, das ganze Fahrgerüst dem Gebäude entlang fortzuschaffen, in welchem man das ganze Werk aufgestellt hat.

Das Windewerk besteht aus einer gußeisernen Trommel a Fig. 3 von 18 Zoll Durchmesser und 2 Fuß $1^7/_8$ Zoll Länge. Mit ihr auf derselben Welle steckt ein Stirnrad b von $3^1/_2$ Fuß (Theilriß-) Durchmesser, in welches ein Getriebe c von 9 Zoll Durchmesser greift. Auf die Welle des letzteren hat man ein zweites großes Stirnrad f von 3 Fuß Durchmesser gekeilt und solches in Eingriff mit einem Getriebe d (Fig. 4) gebracht, dessen Durchmesser 7 Zoll beträgt. Die Welle des Getriebes d trägt an einem Ende (rechts von Fig. 3) die (16 Zoll hohe) Betriebskurbel i, am anderen linken Ende aber ein Sperrrad δ, um mögliche rückgängige Bewegungen zu verhindern. Ein eben solches Sperrrad befindet sich auf der Welle der Trommel a (Fig. 3

unmittelbar unter f sichtbar), so wie an dem äußersten Ende rechts derselben Welle überdies die zu einer Bandbremse gehörige Scheibe g aufgesteckt ist. (Auch in Fig. 4 angegeben.)

Zum Quertransporte des Windewerkes mit seinem Gestelle und mit der betreffenden Nutzlast dient folgende Anordnung. Vier mit Doppelspurkränzen versehene Laufrollen η tragen das ganze Windegerüst und lassen eine leichte Verschiebung desselben auf einer Eisenbahn zu, welche auf dem großen Eisenblechträger ws ws Fig. 4 gelagert ist. Von diesen Rollen η von 17 Zoll Durchmesser wird nur das in Fig. 4 links befindliche Paar durch Kurbel und Rädervorgelege in Bewegung gesetzt, und zwar deshalb, weil es dasjenige Paar ist, auf welchen der größte Druck lastet.

Auf der Axe dieses Räderpaares, innerhalb des Windegerüstes, ist ein Stirnrad von 16 Zoll (Theilriß-) Durchmesser befestigt, welches in ein Getriebe π (Fig. 4) von 8 Zoll Durchmesser greift, auf dessen Welle gleichzeitig ein größeres Zahnrad von 16 Zoll Durchmesser sitzt, wovon die Umdrehung durch Eingreifen eines $4\frac{1}{2}$ zölligen Getriebes bewirkt wird, das mit der betreffenden Kurbel auf dieselbe Welle λ gekeilt ist.

Zum Transporte des ganzen Fahrgerüstes nach der Längenrichtung des Gebäudes hat man den großen Blechträger mit vier Spurrädern u ausgestattet, deren kurze Wellen w innerhalb des Trägers bei x besonders sorgfältig gelagert sind. Die Eisenbahnschienen, worauf diese zwei Räderpaare laufen, sind auf Balken befestigt, welche auf dem Mauerwerke des Gebäudes ruhen.

Wie aus Fig. 3 und 4 erhellt, ist auf dem äußersten Axende eines jeden dieser Eisenbahnräder v (von 26 Zoll Durchmesser) ein Stirnrad u (von 30 Zoll Theilriß-Durchmesser) befestigt, wovon jedes mit einem 8zölligen Getriebe t im Eingriffe befindlich ist. Diese Getriebe sitzen an den äußersten Enden einer langen Welle S Fig. 4, die in vier Lagern läuft, wovon die beiden mittlern β beweglich, d. h. mit ihrem Gestell $\alpha\gamma$ um einen Zapfen α drehbar gemacht sind und zwar aus dem Grunde, um betreffende Theile des Windewagens an der fortschreitenden Bewegung nicht zu hindern.

Auf der langen Welle SS befindet sich ein Kegelrad r, welches in ein anderes Kegelrad q faßt. Mit letzterem auf derselben Vertikalaxe sitzt ein drittes Kegelrad p, das mit einem vierten Kegelrade m im Eingriffe steht, an dessen horizontaler Welle die Kurbel aufgesteckt wird, an welcher die Arbeiter wirken müssen, um den Längentransport des ganzen Fahrgerüstes zu veranlassen.

Außerdem ist auf der Welle S deren ganzer Länge nach in gerader Linie eine Nuth eingehobelt, in welche das Kegelrad r mit einem Schlüssel derartig greift, daß es mit der Welle S zwar umgedreht werden kann, jedoch ohne dabei an einer Längenverschiebung auf der Welle gehindert zu werden. Diese Anordnung ist durchaus nothwendig, weil die vertikale Welle mit den zwei Kegelrädern p und q (welches letztere die Bewegung des Wagens nicht stören darf) am Windewagen selbst befestigt ist.

Nunmehr erklärt sich auch noch die Nothwendigkeit zweier schwingender Lager $\beta\alpha$, da diese Lager offenbar für die kurze Zeit weggedrückt (entfernt) werden müssen, damit das konische Rad r ungehindert vorbeipassiren kann. Ist letzteres erfolgt, so bringen Gegengewichte γ den Lagerarm wieder in die erforderliche Stellung zurück.

D. Schiebekrahne.

Unter dieser Krahngattung hat man diejenigen, eigenthümlich angeordneten Maschinen zur Bewegung von Lasten zu verstehen, welche bisher unter dem Namen der Zweifüße oder Mastenmaschinen (Masting Sheers, Machines à mâter) bekannt waren, die hauptsächlich aus zwei geneigten hölzernen oder eisernen (röhrenförmigen) Bäumen bestehen und durch nach verschiedenen Seiten hingehende Seile oder Ketten gehalten werden, die man vermittelst Anker im Erdboden befestigt.

Derartige Maschinen benutzte man vorzugsweise zur Ausrüstung der Segelschiffe, zum Aufstellen der Maste, zum Montiren der Dampfschiffe ꝛc. und konnte mittelst derselben die betreffenden Lasten nur in vertikaler Richtung heben und senken, nicht aber zugleich in horizontaler Richtung transportiren.[1]

[1] Hinsichtlich der Anordnung gewöhnlicher Zweifüße muß auf folgende Werke verwiesen werden.

Redtenbacher: „Der Maschinenbau.“ Erster Band, Seite 466.

Armengaud: Publication Industrielle. Vol. 6, Pl. 3.

Glynn: On the Construction of Cranes, p. 84, Pl. 6.

In allerjüngster Zeit hat man aber auch angefangen, den Zweifuß letzteren Zwecken entsprechend, d. h. so zu konstruiren, daß er gleichzeitig zum Vertikal- wie Horizontaltransport dienen kann. Erreicht wird dies, wie Fig. 10 (Taf. 113) erkennen läßt, dadurch, daß man die Stangen a des Zweifußes als Ausleger beibehalten, die Ankerketten oder Seile aber in einer Stütze d vereinigt hat, deren Fuß i verschoben und dadurch die vertikal bewegte Last auch in horizontaler Richtung transportirt werden kann. Daß dabei die beiden oben durch eine Traverse vereinigten Auslegerstangen a sowohl unten am Boden bei b als auch oben an der Verbindungsstelle c mit der Schiebestütze d um Bolzen beweglich gemacht sind, versteht sich fast von selbst.

Unsere Dispositionsskizze ist speziell einer neuern Krahnanordnung entnommen, die sich seit Kurzem am sogenannten Steinwärder bei Hamburg aufgestellt und im Gebrauche befindet und aus England stammt, wo dieselbe Anordnung bereits vielfach im Gebrauche sein soll.

Eine bei r auf gehörigem Fundamente gelagerte Dampfmaschine liefert die zu sämmtlichen Bewegungen erforderliche Kraft.

Zum Heben und Senken der Lasten wird die Arbeit der Dampfmaschine auf ein Schraubenradvorgelege und von letzterem aus weiter auf die Kettentrommel t übergetragen, deren Zugketten u unten bei v über feste Rollen geschlagen sind und von hier aus weiter über andere Rollen an der Traverse c des Ausladers laufen.

Der fortschreitende Transport der Last in horizontaler Richtung erfolgt durch eine kolossale Schraube g,[1] deren Mutter i im Schuhe des Fußes der Stütze d befindlich ist. Zwischen dieser Schraube und der Kurbelwelle der Dampfmaschine ist ebenfalls ein Schraubenradvorgelege eingeschaltet. Durch geeignete Umdrehung der großen Schraube g kann die Schraube a in die durch eine punktirte Linie angedeutete Lage q kommen und die zugehörigen Auslegerstangen in die senkrechte Richtung p gelangen, so daß beispielsweise eine vorher

[1] Obwohl sich manche nicht unbegründete Einwendungen gegen diese Schraubentransmission machen lassen, so hat sich die ganze Konstruktion bis jetzt so bewährt, daß man auch für Bremerhafen dergleichen Krahne auszuführen im Begriffe steht.

aus einem Schiff bis w^1 emporgehobene Last durch die fortschreitende Bewegung des Fußpunktes i nach w_2 gelangen kann.

Einiges über Berechnung der Krahne.

Es sei ABCD, Fig. 11, Taf. 113, eine unverrückbare Verbindung völlig starrer Stäbe, die einer bestimmten Krahndisposition entspricht, wobei die Zugstange BC mit der verlängerten vertikalen Axe des Hauptständers AB einen Winkel α bildet, während die Axe des Auslegers DC dieselbe Vertikale unter einem Winkel β schneidet.

Am Ende C des Auslegers hänge eine Last Q, der Ausleger selbst habe ein Gewicht $= q_1$ und seine Länge DC sei $= a_1$. Ferner sei q_2 das Gewicht der Zugstange, a_2 deren Länge BC, sowie endlich q_3 das Gewicht des Ständers AB, und a_3 dessen Länge.

Unter der Annahme, daß die angegebenen Gewichte der Stäbe, welche die Krahnverbindung bilden, in der Mitte ihrer Längen wirken, ergibt sich der Vertikaldruck $= R$ in A, sobald man sich die Gewichte parallel ihren ursprünglichen Richtungen in die Vertikale BB versetzt denkt:

$$(1) \quad R = Q + q_1 + q_2 + q_3$$

Gleichzeitig erhält man aber auch drei Kräftepaare, deren Arme beziehungsweise sind: $a_1 \sin \beta$ (für Q), $\frac{1}{2} a_1 \sin \beta$ (für q_1) und $\frac{1}{2} a_2 \sin \alpha$ für q_2. Da man diese Paare als in einerlei Ebene liegend und in einerlei Sinne wirkend annehmen kann, so ergibt sich für das resultirende Paar $= M$:

$$(2) \quad M = (Q + \frac{1}{2} q_1) . a_1 \sin \beta + \frac{1}{2} q_2 . a_2 \sin \alpha.$$

Bringt man letzteres auf die Breite $\overline{AE} = b$, so findet man die Horizontalpressungen $= S$ in E und A:

$$(3) \quad \pm S = \frac{M}{b}$$

Ferner ergibt sich die Pressung $= U$ in der Richtung CD des Auslegers, wenn man M auf die Breite $\overline{BF} = a_2 . \sin (\alpha - \beta)$ bringt:

$$(4) \quad U = \frac{M}{a_2 \sin (\alpha - \beta)},$$

sowie für den Zug = V in der Richtung $\overline{BC}$ der Zugstange, sobald M auf die Breite $\overline{DG}$ (normal auf die verlängerte Gerade BC) gleich $a_1 \sin \beta$ gebracht wird:

$$(5) \quad V = \frac{M}{a_1 \sin \beta}.$$

Hinsichtlich U und V kann man noch das Parallelogramm CKIH bilden, um recht augenscheinlich darzuthun, daß V ziehend und U drückend wirkt, d. h. die Zugstange $\overline{BC}$ ausgedehnt, dagegen der Ausleger CD zusammengedrückt wird, weshalb man auch erstere gewöhnlich aus Schmiedeisen und letztere aus Holz oder Gußeisen herstellt.

Für einen bereits konstruirten, ausgeführten, also vorhandenen Krahn kann man das Totalgewicht = W aller beweglichen Theile (Ausleger, Zugstange, Schilder, Räderwerke rc.) sowie den Abstand = s des betreffenden Schwerpunktes von der Vertikale AB, als bekannt annehmen und dann mit Redtenbacher[1] setzen:

$$(6) \quad P\,L = W\,s + Q a_2 \sin \alpha,$$

wenn P den Druck im Lager bei B und h die Höhe AB der Krahnsäule bezeichnet.

Nimmt man ferner an, daß Q^1 die Spannung der Lastkette zwischen der Windetrommel und der festen Rolle bei C darstellt, so ergibt sich für die Kraft = K, womit der Auslader zusammengedrückt wird, der Ausdruck:

$$K = Q^1 + Q \cos \beta + V \cos (\alpha - \beta),$$

oder wenn man (annäherungsweise) $Q^1 = Q$ annimmt:

$$(7) \quad K = Q\,(1 + \cos \beta) + V \cos (\alpha - \beta).$$

Hiernach läßt sich der Querschnitt des Auslegers aus der Formel berechnen:

$$(8) \quad K = \frac{\pi^2}{i\, a_1{}^2}\, ET,$$

[1] „Der Maschinenbau," Bd. 1, S. 460. Redtenbacher gibt ferner in seinen „Resultaten für den Maschinenbau" für gußeiserne Krahne nachstehende Tabelle, woraus das Gewicht des Krahnes entnommen werden soll, wenn die zu hebende Last vorgeschrieben ist:

Hublast . . .	1000 Kilogr.	2000	3000	4000	5000	6000	7000	8000	10000	15000	20000
Krahngewicht	1000 Kilogr.	1500	2000	3000	4500	5600	6800	8000	9800	13000	17000

wenn E den Elastizitätsmodul des betreffenden Materials bezeichnet, T das Trägheitsmoment des mittleren Querschnitts vom Ausleger, $\pi = 3{,}14$ und $i = \frac{1}{10}$ bis $\frac{1}{20}$ ist.[1]

Bei der Berechnung eines sogenannten Fairbairn-Krahns wird es (für praktische Fälle) angemessen sein, zuerst den unteren geraden Theil AB (Fig. 12, Taf. 113) und nachher den oberen, gekrümmten Theil BC vorzunehmen.

1) Berechnung des geraden Theils AB.

Es sei R der Halbmesser der, einen Kreisquadranten bildenden Mittellinie des gekrümmten Theiles BC, so erhält man, wenn übrigens die vorigen Bezeichnungen beibehalten werden und mit Bezug auf Fig. 12 (Taf. 113)

$$(9)\quad QR = S\,b, \text{ sowie ferner:}$$

$$(10)\quad S\,b = m\,\frac{r^3\pi}{4},$$

wenn m die (zulässige) Biegungsspannung (500 Kilogr. pro Quadratcentimeter) und r den Halbmesser des kreisförmig gedachten Querschnittes bei B bezeichnet. Für einen in der Höhe $AI = b_1$ liegenden Querschnitt würde man zu setzen haben:

$$(11)\quad S\,b_1 = m\,\frac{{r_1}^3\pi}{4}, \text{ woraus}$$

sich für den dortigen Kreishalbmesser r_1 offenbar ein kleinerer Werth als aus 10 ergibt.

Nach Berechnung einer hinlänglichen Menge solcher Vollkreis-Querschnitte zwischen A und B hat man dieselben naturgemäß auf die wirklich vorhandenen hohlen (kreisförmigen oder rechteckigen) Querschnitte zu reduziren.

2) Berechnung des gekrümmten Theils BC.

Versetzt man Q parallel zu sich selbst nach einem beliebigen Punkte N der Krahnbogenmittellinie, woselbst der Halbmesser des Vollquerschnitts $= \varrho$ ist und die Gerade NO mit der Vertikalen QO einen Winkel α bildet, so entsteht gleichzeitig ein Kräftepaar, dessen Drehenergie $Q \,.\, R \sin \alpha$ ist. Die in N verbleibende Einzelkraft Q

[1] Hinsichtlich der Zahlenbeispiele muß auf Redtenbachers „Maschinenbau" Bd. 1, S. 463—465 verwiesen werden.

zerlegt sich aber nach der Tangente NM in $Q \sin \alpha$ und nach der Radiusrichtung NO in $Q \cos \alpha$, welche letztere Kraft die sogenannte Abscheerungsfestigkeit des Materials (Schmiedeisens) in Anspruch nimmt. Vernachlässigen wir diese, so erhält man aus der gleichzeitigen Wirkung der Einzelkraft $R \sin \alpha$, welche Zusammendrückung erzeugt, und dem auf Biegung wirkenden Momente $Q \,.\, R \sin \alpha$ des bemerkten Kräftepaars, nach der bekannten Navier'schen Gleichung für zusammengesetzte Festigkeit:[1]

$$(12) \quad S = \frac{Q \sin \alpha}{\varrho^2 \pi} + \frac{\varrho \, Q \, R \sin \alpha}{\frac{1}{4} \pi \varrho^4}.$$

Hier bezeichnet S die größte im gefährlichen Querschnitte eintretende zusammengesetzte Spannung (etwa 1000 Kilogr. pro Quadratcentimeter für Schmiedeisen).

Nimmt man nun für ϱ bestimmte Größen an, so läßt sich nach (12) leicht der korrespondirende Werth des zugehörigen Winkels α berechnen.

Diese so ermittelten Querschnittsradien sind für den Fall der Ausführung noch entsprechend zu vergrößern, da im Vorstehenden sowohl die auf Abscheerung wirkende Komponente $Q \cos. \alpha$, sowie der Zug in der Lastkette vernachlässigt wurde.

Schließlich hat man auch hier alle in angegebener Weise ermittelten Vollkreisquerschnitte auf die wirklich bei der Konstruktion zu ertheilenden Formen, hohle Kreise, Rechtecke ꝛc. zu reduziren.

Rühlmann.

Lampe.

(Bd. IX. S. 128.)

Die hier zu liefernden Nachträge beziehen sich ausschließlich auf Lampen, welche zur Beleuchtung dienen, und werden schon des Raumes halber auf das Nothwendigste einzuschränken sein.

I. Ueber verschiedene Brennmaterialien für Lampen.

In Deutschland und Frankreich wird unter allen fetten Oelen vorzugsweise, ja fast ausschließlich, das Rüböl in Lampen gebrannt.

[1] Aus des Verfassers „Grundzüge der Mechanik" ꝛc. §. 127.

Bei hohen Preisen desselben ist nicht selten eine Verfälschung durch zugesetztes Leinöl vorgekommen. Eine solche Beimischung gestattet zwar eine Preiserniedrigung, führt aber den wesentlichen Nachtheil mit sich, daß das Oel in den Lampen raucht und schnell eine starke Schnuppe an dem Dochte absetzt. Unter diesen Umständen ist zuweilen die Anwendung der geringen Sorten des Olivenöls als eines Surrogats für raffinirtes Rüböl empfohlen und gelegentlich die Behauptung aufgestellt worden, das Baumöl brenne ökonomischer als Rüböl, d. h. erzeuge in den Lampen eine größere Menge Licht, als ein gleiches Gewicht Rüböl. Diese Angabe ist durch entscheidende Versuche von Karmarsch und Heeren widerlegt worden, indem sich ergab, daß — Verbrennung unter völlig übereinstimmenden Umständen vorausgesetzt und die Leuchtkraft des reinen raffinirten Rüböls = 1000 gesetzt — die Leuchtkraft des Baumöls auf 991 bis 1008 angenommen werden muß, also durchschnittlich eine völlige Uebereinstimmung beider Statt findet.

Wenngleich nun hiermit rücksichtlich anderer fetter Oele nichts entschieden ist, so wird doch — die beinahe gleiche quantitative Elementarzusammensetzung im Auge gehalten — die Vermuthung berechtigt erscheinen, daß sehr große Verschiedenheiten in der Leuchtkraft unter den fetten Oelen (vegetabilischen wie thierischen Ursprungs) überhaupt nicht vorhanden seien. Demnach dürften Resultate, welche Ure gefunden haben will, mit großer Vorsicht aufzunehmen sein. Dieser Chemiker brannte in einer Lampe nach Parker's Konstruktion (wobei das Oel im Vorrathsbehälter durch die Lampenflamme erhitzt wird, bevor es zum Brennen gelangt) folgende Oelgattungen und gibt an, daß für gleiche Lichtstärke die beigesetzten Mengen stündlich verzehrt worden seien:

	Englische Gran		Verhältnißzahl
Wallrathöl	576	—	1000
Olivenöl	840	—	1458
Südseethran	911	—	1581
Kokusnußoleïn	1277	—	2217

Die Anwendung ätherischer Oele und solcher Flüssigkeiten, welche man ihren Haupteigenschaften nach zu diesen rechnen kann, ist in neuerer Zeit vielfach versucht worden und hat zum Theil eine erhebliche praktische Bedeutung gewonnen, nachdem entsprechende

Lampenkonstruktionen dafür erfunden wurden. Es sind hierunter vorzugsweise das Kamphin, das Harzöl, das Photogen, das Solaröl und das amerikanische Erdöl (Petroleum) anzuführen.

Kamphin. — Mit dieser Benennung ist, etwa um das Jahr 1844, von England aus das höchst gereinigte Terpentinöl als Brennmaterial für Lampen empfohlen und eingeführt worden. Um dasselbe zu bereiten, wird Terpentinöl mit Zusatz einer gleichen Menge Wasser und ein halb Prozent seines Gewichts frischgebranntem Kalk destillirt, wodurch es weit vollkommener von harzigen Theilen zu befreien ist, als bei Destillation mit Wasser ohne Kalk. Das Kamphin, von dem mit übergangenen Wasser abgenommen, erscheint gewöhnlich durch eingemengtes Wasser getrübt, wird deshalb mit zerzupftem Löschpapier (2 bis 3 Bogen auf je 10 Pfund Oel) geschüttelt, bis es ganz klar ist, und schließlich noch durch Löschpapier filtrirt. Seine Menge beträgt 90 bis 95 Pfund aus 100 Pfund rohem Terpentinöl. Um es vor der verharzenden Einwirkung des atmosphärischen Sauerstoffs zu schützen, muß man es in wohlverstopften und thunlichst vollen Flaschen aufbewahren. Das spezifische Gewicht des Kamphins ist 0,872.

Ein sehr ähnliches Produkt kann aus dem Kienöl gewonnen werden, welches letztere durch Destillation des mit Wasser gemischten Theers der Nadelhölzer bereitet ist und wohlfeiler zu stehen kommt, als das Terpentinöl. Man zerrührt in 100 Pfund Wasser 5 bis 10 Pfund Chlorkalk, setzt 100 Pfund Kienöl zu, schüttelt einige Zeit recht gründlich, und destillirt schließlich zwei Drittel der ganzen Masse bei thunlichst geringer Feuerung ab.

In zweckmäßig angeordneten Lampen mit Behutsamkeit gebrannt entwickelt das Kamphin ein außerordentlich starkes und schön weißes Licht ohne allen Rauch und Geruch. Man kann auf diese Weise mit einem 21 bis 22 Millimeter weiten Hohldochte eine konstante Helligkeit gleich der von 13 bis 14 Talgkerzen (6 aufs Pfund) erzeugen, während die besten Rüböllampen mit eben so großem Dochte nur die Hervorbringung einer Helligkeit von 9 bis 10 Talglichten zulassen. Ohne Vergrößerung des Lampenkalibers gestattet also die Anwendung des Kamphins eine etwa um die Hälfte stärkere Beleuchtung, welcher Umstand in gewissen Fällen einen Vorzug begründen kann. Zugleich gibt eine bestimmte Gewichtmenge Kamphin um ein Drittel mehr Licht aus, als ein gleiches Gewicht raffinirten Rüböls, indem bei Versuchen von Karmarsch und Heeren die Leuchtkraft des Kamphins = 1341 gefunden wurde, jene des Rüböls zu 1000 angenommen. Trotzdem hat der Gebrauch der Kamphinlampen eine sehr große Ausdehnung nicht erlangt, weil 1) das Kamphinlicht (wenigstens nach deutschen Preisen der Materialien) theurer zu stehen kommt, als das von guten Rüböllampen; 2) die Instandhaltung der Kamphinlampen viel Aufmerksamkeit und Mühe erfordert, und die kleinste Nachlässigkeit hierin sich sogleich durch ein von unerträglichem Geruch begleitetes Rußen der Flamme straft; 3) das Einsetzen eines neuen Dochtes, bei der eigenthümlichen Konstruktion der Kamphinlampe, eine unbequeme Arbeit verursacht; endlich 4) wegen der hohen Leichtentzündlichkeit des Kamphins das allgemeine und tägliche Umgehen damit nicht frei von Gefahr ist.

Harzöl (Pinolin). — Bei der trockenen Destillation des Kolophoniums geht im Anfange ein saures Wasser nebst einem flüchtigen Oele (letzteres nur etwa 2 Prozent vom Gewichte des Harzes betragend) über. Vom Wasser getrennt, mit Aetznatronlauge gemischt und mittelst Wasserdampf aufs Neue abdestillirt, stellt dieses Oel das Harzöl dar, welches als Brennmaterial für Lampen vor mehreren Jahren sehr gerühmt und, wie es scheint, zuerst in Amerika hierzu angewendet wurde. Es ist farblos oder schwach gelblich, hat einen nicht unangenehmen, an Thymian erinnernden Geruch; verhält sich im Brennen ungefähr wie Kamphin, d. h. leuchtet sehr stark und weiß; raucht und riecht aber leicht, wenn die Lampe nicht angemessen eingerichtet ist oder nicht mit besonderer Sorgfalt gehandhabt wird. Nach einer Angabe von Benkler soll man mit einem Aufwande von 23 bis 29 Gramm Harzöl in 1 Stunde eine Helligkeit gleich der von 5 Stearinsäurekerzen erlangen. Dabei ist über das Kaliber dieser Kerzen nichts angegeben; aber man wird sich nicht weit von der Wahrheit entfernen, wenn man, gestützt auf sonstige Erfahrungen, die Helligkeit der Stearinkerze als übereinstimmend mit jener eines wohlgeputzten Talglichts (6 Stück im Pfunde) annimmt; und dies vorausgesetzt, würde das Harzöl gleiche Leuchtkraft entwickeln mit Rüböl in den besten Lampen, also die Erleuchtung mittelst Harzöl in demselben Verhältnisse billiger zu stehen kommen, wie das Harzöl wohlfeiler ist als Rüböl. Leider haben vielfältige Bestrebungen nicht dahin geführt, den großen Uebelstand zu beseitigen, daß das Harzöl sehr schnell das brennende Ende des Dochts mit einer kohligen Kruste bekleidet, wodurch die Aufsaugung gestört, die Flamme verdunkelt und Rauch wie übler Geruch herbeigeführt wird. Deshalb allein sind, so viel bekannt, die Harzöllampen nicht zu einer dauernden Anwendung gelangt und gegenwärtig wohl gänzlich wieder verschwunden.

Photogen. — Bei der trockenen Destillation der Steinkohlen, der Braunkohlen, der bituminösen Schiefer, des Asphaltsteins und des Torfs wird ein mehr oder weniger dickflüssiger Theer von brauner Farbe gewonnen, dessen Menge desto größer ausfällt, je mehr die angewendete Hitze gemäßigt wird. Unterwirft man diesen Theer unter sehr langsam gesteigerter Temperatur einer erneuerten Destillation, so geht zuerst ein dünnes, leichtes, sehr flüchtiges, sehr entzündliches und stark riechendes Oel (A) über; später folgt ein dickflüssigeres, schwereres, minder flüchtiges und minder entzündliches (B), und zuletzt ein noch dickeres und schwereres (C), welches im geringsten Grade flüchtig und brennbar ist. Durch verschiedene Reinigungsprozesse kann man diese Destillate fast oder völlig farblos darstellen. Sie sind sämmtlich chemische Zusammensetzungen aus 85,7 Prozent Kohlenstoff und 14,3 Prozent Wasserstoff, wiewohl in ihren physischen Eigenschaften bedeutend verschieden. Die sich folgenden Destillationsprodukte treten nicht scharf geschieden auf, sondern die Zunahme der Dickflüssigkeit und des spezifischen Gewichts, die Abnahme der Flüchtigkeit und der Entzündlichkeit, findet in unmerklichen Abstufungen während der ganzen Dauer der Destillation Statt; die bemerkte Unterscheidung gerade dreier Produkte ist demnach eine rein willkürliche, nur der praktischen Zwecke wegen eingeführte, und jedes dieser Produkte stellt in der That ein Gemenge mehrerer flüssiger Kohlenwasserstoffe zwar von gleicher quantitativer Elementarzusammensetzung, aber von ungleichen physischen Eigenschaften dar. Fügt man nun hinzu, daß diese Destillate aus den verschiedenen, Eingangs genannten, natürlichen Rohstoffen etwas verschieden sind, so erklärt sich zur Genüge das Schwankende in ihrer Beschaffenheit. Man pflegt das Produkt (A) unter den Namen Photogen, Hydrokarbür, Mineralöl, Schieferöl, Kohlennaphta, Benzin, als Brennmaterial für Lampen zu benutzen, das Produkt (B) unter der

Benennung Solaröl zu gleichem Zwecke zu gebrauchen, das Produkt (C) aber nur als Maschinenschmiere anzuwenden.

Das Photogen ist eine dünne, zuweilen farblose, gewöhnlich aber bräunliche Flüssigkeit von lange anhaftendem, unangenehmem, Kopfweh erregendem Geruche, deren spezifisches Gewicht zwischen 0,740 und 0,835 schwankt, und welche bei 90 bis 100° C. ins Sieden geräth, obschon sie auch bei gewöhnlicher Lufttemperatur bedeutend verdunstet, so daß sie stets in gut verschlossenen Gefäßen aufbewahrt werden muß, weil ihr Dampf, mit der atmosphärischen Luft in gewissem Verhältnisse gemengt, bei Annäherung einer Flamme mit Explosion verbrennt. Die Flüssigkeit selbst läßt sich gleich Weingeist oder Terpentinöl leicht entzünden und brennt ohne Docht, unter Ausstoßung eines starken Rauches. Wegen der besonders großen Feuergefährlichkeit der leichteren Sorten sollte man nie ein Photogen in Verbrauch nehmen, dessen spezifisches Gewicht geringer als 0,815 ist. In Lampen von besonderer Konstruktion gebrannt, die aber einer aufmerksamen Behandlung bedürfen, gibt das Photogen eine stark leuchtende, blendend weiße Flamme ohne Rauch und Ruß. Ueber die Leuchtkraft desselben liegen nur erst wenige Beobachtungen vor. Nach Karsten scheint es, daß die in Photogenlampen zu entwickelnde Lichtmenge 1155 beträgt, wenn die in den besten Oellampen aus einem gleichen Gewichte Rüböl erzeugte Lichtmenge = 1000 gesetzt wird. Einer andern Angabe zufolge verzehrte eine Oellampe mit Brenner von 9 Linien Durchmesser[1] in 1 Stunde 27,4 Gramm Rüböl, dagegen eine Photogenlampe mit eben so großem Brenner nur 14,4 Gramm Photogen, wobei die Flamme der letztern (in einem nicht bestimmten Verhältniß) stärker leuchtete als die Oelflamme. Demzufolge müßte man dem Photogen wenigstens die doppelte Leuchtkraft des Rüböls zuschreiben, was gerade nicht sehr wahrscheinlich ist. Endlich fand Marx in Stuttgart bei Vergleichung der Erleuchtung mittelst Rüböl (in einer Moderateurlampe), Photogen aus sächsischer Braunkohle und Schieferöl von Reutlingen (letztere beide in einer Lampe mit flachem Dochte gebrannt) Folgendes:

[1] Der Durchmesser des Dochtes ist nicht genannt, mag aber wohl 17 bis 18 Millimeter betragen haben.

	Verzehrung in 1 Stunde	Helligkeit (Wachskerzen 4 aufs Pfund)	Leuchtkraft
Rüböl	19,9 Gramm	2,8	100
Photogen . . .	14,3 „	3,0	148,6
Schieferöl . . .	14,5 „	3,0	147,0

Das spezifische Gewicht des Photogens war 0,810, des Schieferöls 0,817 — beide bei + 14,5° R.

Solaröl. — Dieses neben dem Photogen gewonnene Oel (s. oben) unterscheidet sich von letzterem vortheilhaft durch seine Dickflüssigkeit, sein größeres spezifisches Gewicht (0,850 bis 0,895), seinen viel schwächern Geruch und seine weit geringere Flüchtigkeit; es siedet erst bei 220 bis 260° C. und läßt sich nicht ohne Docht entzünden, ist also im Gebrauche nicht wie das Photogen gefahrdrohend. In gut eingerichteten und sorgsam gehaltenen Lampen brennt es mit schöner weißer Flamme, ohne bemerkbaren Geruch und mit unbedeutender Kohlenabsetzung am Docht. Ueber seine Leuchtkraft sind einige Beobachtungen von Heeren mitzutheilen:

a) In einer Lampe brannte das Solaröl mit der Helligkeit von 8,1 Sechser-Stearinkerzen (welche eben so vielen Sechser-Talgkerzen gleichzusetzen sind) und betrug die Verzehrung pro Stunde 29,52 Gramm.

b) In einer zweiten Lampe war die Helligkeit = 3,7 Kerzen, der stündliche Verbrauch = 16,22 Gramm.

c) In einer dritten Lampe betrug die Helligkeit = 3 Kerzen, der Verbrauch 15,80 Gramm, und wurde hierbei die Bemerkung gemacht, daß eine kleine und sehr gute Kolben- (Moderateur-) Lampe mit Rüböl bei derselben Lichtstärke genau ebenfalls 15,8 Gramm Oel verzehrte.

Wenn durch Letzteres direkt sich ergibt, daß die Leuchtkraft des Solaröls gleich groß ist mit jener des Rüböls in den besten Lampen, so folgt sehr nahe dasselbe Resultat aus den übrigen vorstehenden Angaben. Man findet nämlich den Verbrauch an Solaröl für die Helligkeit einer (im besten Brennen begriffenen) Sechser-Talgkerze

$$\text{nach a} = \frac{29{,}52}{8{,}1} = 3{,}64 \text{ Gramm,}$$

$$\text{„ b} = \frac{16{,}22}{3{,}7} = 4{,}38 \text{ „}$$

$$\text{„ c} = \frac{15{,}80}{3} = 5{,}27 \text{ „}$$

$$\text{im Mittel} = 4{,}43 \text{ Gramm,}$$

während von Rüböl in den besten Lampen 4,09 bis 5,81 — durchschnittlich 4,98 — Gramm für die Helligkeit einer solchen Kerze aufgehen, mithin hiernach dem Solaröl eine nur wenig größere Leuchtkraft zuzuschreiben ist, als dem Rüböl.

Petroleum. — Das unter diesem Namen neuerlich in großen Mengen aus Nordamerika kommende Erdöl ist in seinem natürlichen (rohen) Zustande — bei einem spezifischen Gewichte = 0,800 — äußerst entzündlich und dadurch gefährlich; durch eine fraktionirte Destillation desselben werden Flüssigkeiten von sehr verschiedenem Grade der Flüchtigkeit und Entzündlichkeit dargestellt, von welchen eine der später übergehenden nicht gefährlicher ist als das Solaröl und demnach für den Gebrauch in Lampen bereits Eingang gefunden hat. Es sind z. B. Rektifikationsprodukte des amerikanischen Erdöls von folgenden spezifischen Gewichten und Siedepunkten vorgekommen:

Spez. Gew.	0,665	—	Siedep.	40°	C.
„ „	0,686	—	„	50°	„
„ „	0,749	—	„	100°	„
„ „	0,785	—	„	130°	„
„ „	0,802	—	„	165°	„
„ „	0,825	—	„	?	„ [1]

Von diesen können nur die beiden letztgenannten unbedenklich statt

[1] Andere Beobachtungen weichen hiervon, zum Theil bedeutend, ab. — Pelouze und Cahours haben aus dem rohen amerikanischen Erdöle folgende elf (sämmtlich aus Kohlenstoff und Wasserstoff, aber in verschiedenen Verhältnissen zusammengesetzte) Flüssigkeiten abgeschieden:

	Spezif. Gewicht.			Siedepunkt.
a)	0,628 bei 17° C.	—	30° C.	
b)	0,669	—	68° „	
c)	0,699 bei 16° C.	—	92 bis 94° C.	
d)	0,726 „ 15° „	—	116 „ 118° „	
e)	0,741 „ 15° „	—	136 „ 138° „	
f)	0,757 „ 15° „	—	160 „ 162° „	
g)	0,765 „ 16° „	—	180 „ 184° „	
h)	0,776 „ 20° „	—	196 „ 200° „	
i)	0,792 „ 20° „	—	216 „ 218° „	
k)	?	—	236 „ 240° „	
l)	?	—	255 „ 260° „	

Außerdem enthält, nach ihnen, das rohe Oel einen äußerst flüchtigen, schon bei wenig Graden über Null siedenden Theil, und stets auch Paraffin.

Solaröl (mit welchem Namen man sie bereits theilweise im Handel bezeichnet) empfohlen werden.

Die Leuchtkraft des rektifizirten Erdöls scheint der des Photogens gleichgestellt werden zu können, wenigstens fand Marx (in Stuttgart) bei Vergleichung von Rüböl in einer kleinen Moderateurlampe und Erdöl vom spezifischen Gewicht 0,808 (bei $14\frac{1}{2}^0$ R.) in einer Lampe mit flachem Dochte gebrannt:

	Verzehrung in 1 Stunde	Helligkeit (Wachskerzen 4 aufs Pfund)	Leuchtkraft
Rüböl	19,9 Gramm	2,8	100
Erdöl	15,1 „	3,2	150,6

II. Neuere Lampen-Einrichtungen.

A. Verbesserte Zuggläser.

Durch das Innere eines hohlen Dochtes zieht während des Brennens eine Menge Luft, welche meist sehr viel größer ist, als die zur vollkommenen Verbrennung des Oeles erforderliche; derjenige Theil hiervon, dessen Sauerstoff nicht zur Unterhaltung der Flamme Verwendung findet, wird nutzlos erhitzt, entzieht also der Flamme einen entsprechenden Antheil Wärme, kühlt mithin dieselbe ab, stört die Vollkommenheit der Verbrennung, vermindert folglich die Lichtentwicklung und gibt zum Entstehen von Rauch Veranlassung. Es ist sehr leicht, sich Rechenschaft von diesem Uebel zu geben, welches durch zwei Umstände ganz unvermeidlich wird. Zuerst muß klar sein, daß von der Luftmasse, welche im Innern des Dochtes und der hohlen Flamme aufsteigt, nur ein Theil — nämlich der äußere — überhaupt Gelegenheit findet, mit der Flammenwand in Berührung zu treten und seinen Sauerstoff an die brennbaren Gase abzugeben. Wäre aber auch eine Einrichtung möglich, bei welcher die gesammte Masse der inwendig durchziehenden Luft an die Flamme gelangte, so ist zweitens erkennbar, daß selbst dann noch aus einem andern Grunde fast in allen Fällen zu viel Luft vorhanden sein müßte.

Denkt man sich nämlich einen Docht (— wir wollen ihn den Normaldocht nennen —) von solchem Durchmesser, daß sein zylindrischer Hohlraum genau der richtigen Luftmenge Durchgang böte, so wird bei jedem kleinern oder größern Dochte (wenn die Geschwindigkeit des Luftzuges dieselbe bleibt und die zur Verzehrung gelangende Oelmenge im Verhältniß des Dochtdurchmessers steht) nicht mehr derselbe günstige Zustand vorhanden sein können, weil die Querschnittsgröße des Dochthohlraumes — also die durchziehende Luftmenge — nach dem Quadrate seines Durchmessers ab- oder zunimmt, während der Luftbedarf im Verhältnisse des Dochtumfanges oder Dochtdurchmessers sich verändert. Hätte z. B. ein Docht 0,8 oder 0,5 vom Durchmesser des Normaldochtes, so würde das erforderliche Luftquantum auch 0,8 oder 0,5 von jenem des Normaldochtes betragen, indessen aber das wirklich durchziehende Quantum nur = 0,64 oder 0,25 von dem sein, welches der Normaldocht durchläßt; d. h. die Flamme bekäme nur vier Fünftel oder die Hälfte derjenigen Luftmenge, welche zu ihrem richtigen Brennen verlangt wird. Andererseits würde bei Dochten von größerem Durchmesser als der Normaldocht die durchgeführte Luftmenge beträchtlich das Erforderliche überschreiten, wie folgende kleine Aufstellung in Zahlen darthut:

Docht-Durchmesser (Normaldocht = 1)	Nöthige Luftmenge	Zutretende Luftmenge	Luft-Ueberschuß, Prozent
1,25 . . .	1,25 . .	1,5625 . .	25
1,5 . . .	1,5 . .	2,25 . .	50
1,8 . . .	1,8 . .	3,24 . .	80
2 . . .	2 . .	4 . .	100
2,5 . . .	2,5 . .	6,25 . .	150
3 . . .	3 . .	9 . .	200

Es gibt ein vortreffliches Mittel, diesem Uebermaße des innern Luftzuges zu steuern; dasselbe besteht darin, vermöge eigenthümlicher Anordnung des Zugglases den äußern Luftzug in der untern Gegend der Flamme horizontal einwärts abzulenken und dadurch gewaltsam in den Flammenkörper hineinzudrängen. Auf diese Weise erhält die Flamme eine enger zusammengezogene Gestalt und der innere Luftzug, bis zu einem gewissen Grade durch die hindernde Gewalt des äußern Zuges unterdrückt, liefert nicht nur weniger Luft, sondern gelangt auch zu innigerer Vermischung mit den brennbaren Gasen der Flamme. Auf dieser Grundlage beruht die als vorzüglich bewährte Einrichtung der von Ruhl und Benkler zu Wiesbaden im Jahre 1840 zuerst in Umlauf gesetzten und nachher theils von ihnen selbst, theils von Andern verbesserten Lampengläser, welche bei jeder

Art Lampen mit hohlem Docht erfolgreich angewendet werden können.

Die ursprüngliche Ruhl-Benkler'sche Anordnung zeigt Fig. 4 auf Taf. 108, wo AA den Lampenbrenner und BB eine auf demselben verschiebbare (daher nach Bedürfniß höher oder niedriger zu stellende) mit großen Oeffnungen durchbrochene Messingscheibe vorstellt. Auf diese letztere wird eine unten ganz offene Kapsel CC von dünnem Messingblech gesetzt, welche (vergleiche die obere Ansicht Fig. 5) in der Mitte ihres obern Bodens aa eine runde Oeffnung b enthält. Der Durchmesser dieser Oeffnung ist jenem des hohlen Dochtes nn gleich, oder auch um 1 bis 2 Millimeter kleiner. Das Zugglas G steht auf der Kapsel C ohne weitere Verbindung mit derselben, erfordert deshalb oben einen Drahtring zur Stütze. Der durch die Oeffnungen der Scheibe B eintretende äußere Luftzug streicht durch das Innere der Kapsel C, ist wegen des Bodens aa derselben genöthigt, sich in eine fast horizontale Richtung zu wenden und rings am Umkreise der Oeffnung b in das Glas G auszutreten. Indem so die Luft sich rund um die Flamme durch die Oeffnung der Kapsel drängt, wird die Flamme f zu einer schlanken pfriemenähnlichen Gestalt gebildet und der schon oben angedeutete Erfolg erreicht, daß der in der Höhlung des Brenners A aufsteigende innere Luftzug bis zu einem gewissen Maße gehemmt und zur Vermischung mit den brennbaren Gasen gezwungen ist. Man hat die gesteigerte Lichtentwicklung, welche hieraus hervorgeht, wohl davon abgeleitet, daß die äußere Zugluft, bevor sie an die Flamme tritt, sich an der heißen Metallkapsel erhitze und demnach eine Speisung der Flamme mit heißer Luft Statt finde; aber diesem Umstande dürfte doch schwerlich eine andere als untergeordnete Mitwirkung zuzuschreiben sein.

Die Seitenwand der undurchsichtigen Kapsel CC (Fig. 4) verbirgt einen kleinen Theil der Flamme und raubt dem Totallichteffekt der Lampe einen entsprechenden Bruchtheil, welcher jedoch nach eigens darüber angestellten Versuchen auf höchstens $7\frac{1}{2}$ Prozent angeschlagen werden kann. Um sowohl diesen Uebelstand, als auch den von der Kapsel geworfenen Schatten zu beseitigen, wurde von den Erfindern die aus Fig. 6 zu ersehende Abänderung getroffen. Es ist hier an die Stelle der Blechkapsel ein kurzer, oben und unten offener Glaszylinder CC gesetzt, und dieser mit einer Messingblechscheibe aa bedeckt, worin die schon bekannte Oeffnung b sich befindet und deren äußerer, ein wenig nach unten umgebogener Rand cc das Festsitzen sichert. Alles Uebrige bleibt wie vorher.

Der unsichere Stand des Zugglases, sofern dasselbe in beschriebener Weise frei und lose auf den Oberboden der blechernen oder gläsernen Kapsel gestellt wird, hat ferner Veranlassung gegeben, die Anordnung nach Fig. 7 zu treffen. Es wurde nämlich (von Lade, dem Geschäftsnachfolger Benklers) der auf dem Glaszylinder CC liegende Blechdeckel aba durch einen an seinem Rande festgelötheten Messingreif ee verstärkt, die äußere Seite dieses Reifes mit Schraubengängen versehen und hierüber ein breiter messingener Ring DD aufgeschraubt, welcher das Zugglas G an seinem ausgeschweiften und etwas verdickten untern Rande festhielt, wie die Zeichnung ohne Weiteres erkennen läßt.

Der letzte Schritt zur Verbesserung der Benkler'schen Erfindung geschah dadurch, daß man den untern Theil C und den obern Theil G des Zugglases (Fig. 7) in ein Ganzes vereinigte, die zwischen beiden befindliche Metallplatte aa beseitigte und deren Oeffnung b durch eine Verengerung (Einschnürung) des Glases selbst ersetzte. Derartige eingeschnürte Zuggläser sind zuerst durch Bammel in Braunschweig mit entschiedenem Erfolge angewendet worden, und werden daher oft nach ihm benannt, obschon Ruhl und Benkler selbst den Gedanken dazu gefaßt hatten. Gegenwärtig ist das Bammel'sche Zugglas — Fig. 8, Taf. 108 — die gebräuchlichste unter allen hier beschriebenen Formen des Ruhl-Benkler'schen Lampenapparates, und die anfänglich gehegte Besorgniß vor häufigem Zerspringen dieser Gläser hat sich als völlig unbegründet erwiesen. Die eben genannte Abbildung ist von einer Moderateurlampe (s. unten) entnommen und zeigt nur eine von den verschiedenen Befestigungsarten des Glases. Der Glasträger E — ein durch vier Spalte wie z elastisch gemachter dünner Messingblechzylinder — ist vermöge eines in seiner Mitte konzentrisch angebrachten kleinern Weißblechzylinders auf den Brenner A gesteckt und kann daran auf- und niedergeschoben werden, um die Stellung des Glases zur Flamme zu reguliren; er bewegt sich dabei innerhalb des Lampenhalses F, der stets an seinem Platze bleibt. Der untere Theil CC des Zugglases steckt in E, durch dessen Federkraft sanft eingeklemmt, und ruht auf drei radial eingelötheten Blechstreifen, welche den Zylinder E mit dem erwähnten kleinen innern Zylinder verbinden. Der innere (lichte) Durchmesser des Glases an der Einschnürung n′ n′ ist gerade so groß, wie der Durchmesser des Dochtes n, oder auch um 1 bis 2 Millimeter mehr; die Höhe des Glasobertheiles G, von der Einschnürung n bis ans obere Ende beträgt, je nach Größe der Lampe, 20 bis 23 Centimeter. Für die gute Wirkung ist es sehr wesentlich, die richtige Stellung des Glases zu treffen, und deshalb ziehen manche Fabrikanten vor, den Glasträger unbeweglich in der angemessensten Höhe zu befestigen; hierbei wird jedoch vorausgesetzt, daß die Höhe des Glasuntertheiles C bei allen Gläsern genau übereinstimmend sei, und daß man die Lampe nie anders als mit ihrer größten zulässigen Flamme brennen lasse. Steht die Einschnürung zu hoch, so brennt die Flamme lang, gelb und rußend, steht sie zu niedrig, so wird die Flamme zwar weiß und hell, aber klein, und das Glas ist eher dem Zerspringen ausgesetzt.

Als Ergebniß zahlreicher vergleichender Versuche mit Lampen nach Benkler's Prinzip, in den verschiedenen so eben erklärten Ausführungen, sind folgende Sätze aufzustellen:

1) In der Flamme einer gut adjustirten Benkler'schen Lampe findet die Verbrennung des Oeles auf sehr vollkommene Weise, mit blendend weißem Lichte, ohne Rauch oder Qualm Statt. Dabei zeichnen sich die mittleren und kleinen Kaliber dieser Lampen (mit Dochten von 15 Millimeter Durchmesser und darunter) durch eine merkwürdige Stetigkeit der Flamme aus, indem letztere selbst beim Hin- und Hertragen der Lampe ihre gerade Gestalt und ihre Ruhe behält.

2) Eben diese mittleren und kleinen Kaliber geben auch ein dauerhaft gleichbleibendes Licht, welches namentlich innerhalb der ersten 4 bis 5 Stunden nach dem Anzünden nur einer sehr unbedeutenden Verminderung unterworfen ist.

3) Um gleich viel Licht hervorzubringen, wird in den Ruhl-Benkler'schen Lampen zwar durchschnittlich eben so viel Oel verbraucht, als in sehr gut eingerichteten Lampen mit gewöhnlichen Zuggläsern; aber bei gleichem Durchmesser des Dochtes gestattet das Ruhl-Benkler'sche Zugglas eine höhere Flamme, also eine stärkere (mit entsprechend größerem Oelverbrauch verbundene) Erleuchtung als das gewöhnliche Zugglas.

B. Kolbenlampe.

Es ist höchst wesentlicher Vorzug einer Lampe, wenn deren Docht eine so reichliche Oelzufuhr erhält, daß diese nicht gänzlich verzehrt werden kann, sondern zum Theil stetig aus der oberen Brennermündung überfließt. Hierbei wird nämlich durch das überquellende Oel der Docht verhindert, bis an den Brennerrand herab sich zu entzünden, der Brenner bleibt rein und setzt keinen kohligen Schmutz an, welcher letztere immer mehr oder weniger zu einer gelben qualmigen Flamme Anlaß gibt. Den gedachten Vorzug haben unter allen im Artikel „Lampe" des Hauptwerks beschriebenen Lampen nur die mit Uhrwerk versehenen, die sogenannten „Uhrlampen" (s. daselbst S. 198), deren allgemeinerer Anwendung aber ihre große Kostspieligkeit entgegensteht, und welche auch häufigen Reparaturen ihres künstlichen Mechanismus unterworfen sind. Denn man könnte zwar leicht auch bei den Lampen mit Sturzflasche (Hauptwerk Bd. IX. S. 176 ff.) ein stetes Ueberfließen des Brenners herbeiführen; aber hier wäre vor Allem der Umstand hinderlich, daß für das abfließende Oel ein großes Sammelgefäß nöthig sein würde, dessen Anbringung unthunlich ist, während bei der Uhrlampe dieses Oel ohne Weiteres in den Vorrathsbehälter zurückläuft, aus welchem es gekommen ist. Außerdem wäre die Regulirung des Abflusses schwierig, die Lampe würde sich daher schnell erschöpfen; und die geringste Neigung der Lampe würde das Ueberlaufen entweder verhindern oder ungebührlich steigern.

In neuester Zeit hat man mit Glück eine weit einfachere mechanische Vorrichtung, als jene der Uhrlampen ist, zur Hervorbringung des in Rede stehenden Erfolges benutzt, nämlich einen im Oelbehälter langsam niedersinkenden großen Kolben, welcher direkt auf das Oel drückt und dasselbe in regulirtem Uebermaße zum Dochte hinaufhebt. Nach diesem wesentlichen Bestandtheile heißen solche Lampen Kolbenlampen; sie kommen auch unter der Benennung Federlampen vor, weil das Mittel zur Ausübung des Druckes auf den Kolben in einer Feder besteht; in Frankreich werden sie lampe à modérateur (Moderateurlampe) genannt (nach einem die Ansteigung des Oeles mäßigenden Bestandtheile), und Néo-Carcel

(Neu-Carcel-Lampe, weil sie an die Stelle der Uhr- oder Carcel-Lampen getreten sind).

Der Gedanke, das Oel aus einem im Fuße der Lampe befindlichen Vorrathsbehälter durch Kolbendruck zum Brennen zu heben, ist zwar in früherer Zeit mehrmals zur Ausführung gebracht worden (von Spooner 1813, Portefais 1817, Brion 1819); aber auf nicht genügend praktische Weise. Erst Franchot in Paris hat (1836) die Aufgabe befriedigend durch seine Erfindung der Moderateurlampe gelöset, welche letztere gegenwärtig — mit allerlei Abänderungen in Einzelheiten ausgeführt — durch die Vereinigung einer vorzüglichen Leistung mit Einfachheit, Dauerhaftigkeit und bequemer Handhabung den obersten Platz unter allen Lampen einnimmt.

Fig. 9 auf Taf. 108 zeigt eine Kolbenlampe mittlern Kalibers, nach dem Maßstabe von einem Drittel des wirklichen gezeichnet, im senkrechten Durchschnitte, nur die obersten Theile — von A bis B — in der Ansicht. In die durch punktirte Linien ausgedrückte, von beliebigem Metall, Porzellan &c. in willkürlicher Gestalt verfertigte Umhüllung D ist der Oelbehälter E, ein Zylinder von Weißblech, eingesetzt, dessen Verschluß von unten ein aufgelötheter Boden CC bildet, während er oben sich in einem weiten Rohre FF fortsetzt. G ist der eigenthümlich konstruirte Kolben, bestehend aus einer ringsum kappenartig nach unten umgekrempten Lederscheibe, deren Rand aa vermöge seiner Elastizität ein wenig nach außen strebt und sich so dichtschließend an die Wandung des Zylinders EE legt. Der etwas gewölbte Boden cc dieser ledernen Kappe ist, um die nöthige Steifheit zu erlangen, zwischen zwei Weißblechscheiben eingeschlossen, welche man durch die unter und über ihm bemerkbaren dicken Linien ausgedrückt findet. Von diesem Kolbenboden erheben sich, fest mit demselben verbunden, neben einander die messingene Kolbenstange bbb und ein Rohr dd, welches letztere den Kolbenboden durchdringt und eine der Höhe des Zylinders EE fast gleichkommende Länge hat. Die Stange b enthält auf dem größten Theile ihrer Länge eingeschnittene Zähne, in welche die Zähne eines am Griffe K umzudrehenden Getriebes eingreifen. Zwischen dem Kolben G und dem obern Ende des Zylinders E steht eine aus dickem Eisendrahte in Form dreier an einander gefügter abgestutzter Kegel gewundene Feder H, welche — indem sie sich oben gegen E stützt — auf die Kolbenplatte cc einen abwärts gerichteten Druck ausübt und den Kolben bis auf den Boden C hinabtreiben kann, ohne sich völlig ausgedehnt zu haben, also ohne gänzlich ihre Spannung zu verlieren.

AL ist der zu einem hohlen Dochte auf gewöhnliche Weise eingerichtete Brenner, dessen unteres, kranzförmig verbreitertes Ende gg durch zwei hohle Körper oder Kapseln M, N mit dem messingenen Ringe o zusammenhängt. Letzterer wird mittelst des außen auf ihm befindlichen Schraubengewindes in den Hals B der Umhüllung DD eingeschraubt, welcher bei hh eine Art Trichter bildet. In der Kapsel N steckt die Zahnstange i der Dochtwinde, durch welche auf bekannte Weise mittelst eines am Knopfe P zu drehenden Getriebes der Docht gehoben und herabgelassen wird. Die Kapsel M enthält das schon erwähnte Getriebe für die hindurchgehende gezahnte Kolbenstange b; unten aber geht von derselben ein Rohr ff' aus, welches bis ein wenig innerhalb des Zylinders E hinabreicht und an seinem Ende f' mit einem Lederfutter versehen ist, um das früher genannte Rohr d des Kolbens G öldicht einzulassen. Dieses Rohr d schiebt sich demnach, beim Auf- und Absteigen des Kolbens, durch f' ein oder aus, und bildet, zusammengenommen mit ff', stetig (wo immer der Standort des Kolbens für den Augenblick sein mag) einen ununterbrochenen Kanal für das nach dem Brenner hinaufsteigende Oel.

Ist die Lampe leer und sich selbst überlassen, so ruht der Kolben G auf dem Boden CC; die Feder H hat sich so lang ausgedehnt, als der Raum ihr gestattet. Gießt man nun in den Trichter hh (oder allenfalls durch die obere Oeffnung des Brenners A) Oel ein, so läuft dieses durch die große Oeffnung des Ringes o und das sich hieran schließende Rohr FF in den Zylinder EE, wo es sich auf dem Kolben sammelt. Um die Lampe in Thätigkeit zu bringen, muß man sie aufziehen, d. h. durch Umdrehen des Griffes K die Zahnstange bb und mit ihr den Kolben G emporheben. Jede Erhebung des letztern aber strebt zwischen ihm und dem Boden C eine Luftverdünnung zu erzeugen; daher preßt der äußere Luftdruck das Oel zwischen dem biegsam nachgiebigen Kolbenrande aa und der Wandung des Zylinders EE hindurch abwärts, bis nach und nach alles Oel (oder so viel desselben als Platz hat) unter den Kolben getreten ist. Die Erhebung des Kolbens hat eine Zusammenpressung, also Spannung, der Feder H zur unmittelbaren Folge gehabt; diese Feder fängt mithin sogleich nach Loslassung des Griffes K an, durch ihr Ausdehnungsbestreben mittelst des Kolbens auf das Oel zu drücken; die Lederkappe a a wird demzufolge durch das widerstehende Oel selber dicht an die Zylinderwandung E getrieben, und läßt hier keinen Rückweg offen. Der einzige Weg, auf welchem das Oel dem Drucke ausweichen kann, ist der durch das Röhrchen d d und weiter durch dessen Fortsetzung f' f, endlich durch die Kapsel M bis an die Mündung A des Brenners A L. Die Menge des so während einer bestimmten Zeit gehobenen Oeles muß stets größer sein, als die in derselben Zeit von der Flamme verzehrte Menge; was nicht verbrennt, fließt theils inwendig theils auswendig am Brenner herab und tröpfelt in den Behälter E zurück, wo es sich auf dem Kolben G wieder sammelt. Der auf der Innenfläche des röhrenförmigen Brenners ablaufende Theil gelangt ohne Weiteres an den bezeichneten Ort; die äußerlich herabfließende Portion aber kommt zunächst in die rinnenförmig vertiefte Oberfläche des Kranzes g g und tröpfelt von hier vermittelst des Schnabels l in den trichterartigen Raum h h, um endlich ebenfalls durch die Oeffnung des Ringes o niederzufließen.

Wenn auf diese Weise nach mehreren Stunden der Kolben G den Boden C erreicht hat, hört die Oelhebung auf; man muß schon etwas früher (gleichgültig übrigens zu welcher Zeit) das Aufziehen mittelst des Griffes K wiederholen, wobei der Vorgang von Neuem so Statt findet, wie er bereits beschrieben worden ist.

Könnte — wie bisher stillschweigend angenommen wurde — das Oel ohne alle Erschwerung von unterhalb des Kolbens her durch das Röhrchen d d emporsteigen, so würde die Lampe zu schnell erschöpft und das Wiederaufziehen nach sehr kurzen Pausen nöthig werden, ja wohl gar dem Oele eine dermaßen große Geschwindigkeit beigebracht werden, daß es oben aus dem Brenner mit Ungestüm hervorströmte, statt sanft und fast unmerklich überzuquellen. Deshalb ist eine besondere einfache Vorrichtung, der Moderateur, angebracht, von welcher die Benennung „Moderateurlampe“ herrührt. Es besteht dieser Apparat aus einem vom Boden C senkrecht in die Höhe stehenden, am obern Ende zugespitzten Drahtstengel e e, welcher mit seiner Dicke die Weite des Röhrchens d d fast ausfüllt, jedoch seiner ganzen Länge nach eine Furche enthält (angedeutet durch den schmalen weißen Raum an der rechten Seite von e), und hiermit einen sehr engen, den Durchgang des Oeles zweckmäßig erschwerenden und verzögernden Kanal darbietet. Zugleich entsteht der nicht zu verachtende Vortheil, daß der Kolben eine Geradführung gewinnt, indem dessen Röhrchen d sich einerseits in dem obern feststehenden Rohre f f', andererseits auf dem ebenfalls unbeweglichen Stengel e e schiebt.

Beim Aufziehen der Lampe sind ein Paar wesentliche Vorsichtsmaßregeln zu beobachten. Man hat nämlich darauf zu sehen, daß es nicht zu spät geschieht und daß der Kolben nicht zu hoch gehoben wird. Schon einige Zeit vor dem gänzlichen Ablaufen nimmt (wegen verminderter Druckkraft der schon sehr ausgestreckten Feder) die Geschwindigkeit des Kolbens, also die aufsteigende Oelmenge, so beträchtlich ab, daß die Oelzufuhr nicht mehr zur vollkommenen Speisung des Dochtes hinreicht; dann brennt der Docht bis auf den Brennerrand an, die Flamme wird dadurch momentan größer und leuchtender, aber sogleich tritt auch eine starke Verkohlung des Dochtes und eine ansehnliche Verringerung der Flamme ein, welche endlich bis zu dem — mit sehr üblem Geruche begleiteten — Erlöschen geht. Wird nun erst bei diesem schnellen Dunkelwerden das Aufziehen vorgenommen, so ist damit zwar der Oelzufluß wieder herzustellen, aber die Verkohlung des Dochtes nicht ungeschehen zu machen, und man erhält von da an nicht eher wieder eine schöne Flamme, als nachdem der Docht abgeschnitten worden ist. Denn stellt man den vorher zu weit herab angebrannten Docht in die gewöhnliche Höhe, so saugt der zunächst am Brenner liegende Theil zufolge seiner kohligen Beschaffenheit schlecht das Oel auf, die Flamme brennt kümmerlich und qualmig; stellt man ihn aber höher, so geräth ein zu langer Theil desselben in Brand und entsteht eine langgezogene, rothe, ebenfalls rauchende Flamme. — Wird beim Füllen der Lampe das Gefäß EE ganz voll Oel gegossen (wie es sein soll), so kann man unbedenklich beim Aufziehen den Griff K so lange umdrehen, bis ein unüberwindlicher Widerstand sich fühlbar macht; man kommt nicht in die Gefahr, zu viel aufzuziehen, weil im rechten Augenblicke diejenige Stelle der Kolbenstange b b, wo deren Verzahnung aufhört, an das Getriebe des Griffes K gelangt, und damit jede weitere Erhebung des Kolbens unmöglich wird. Hat man hingegen die Lampe unvollständig gefüllt, oder muß man aufziehen nachdem ein bedeutender Theil der Oelfüllung weggebrannt ist, so läßt sich der

Kolben auch dann noch weiter erheben, wann bereits alles auf ihm befindlich gewesene Oel unter ihn hinabgesunken ist; sein fortgesetztes Aufsteigen veranlaßt dann, daß Luft neben dem Kolbenrande aa abwärts dringt, was mit einem sehr hörbaren schlürfenden Geräusche geschieht. Diese nun unter dem Kolben, über dem Oele, stehende Luft wird zuerst durch das Steigrohr dd u. s. w. in den Brenner getrieben, und am Dochte erscheint während einer Weile schaumartig ein Gemenge von Oel mit vielen kleinen Luftbläschen; der Docht ist unvollkommen genährt und es tritt Verkohlung desselben mit allen den schon beschriebenen üblen Folgen ein, welche bei verspätetem Aufziehen Statt finden. Auch schleudern die an der Brenneröffnung zerplatzenden Luftbläschen kleine Oeltröpfchen seitwärts und aufwärts an das Zugglas, durch dessen Hitze dieselben schnell verkohlt werden, so daß sie ungemein fest anhaftende braunschwarze Punkte oder Fleckchen bilden. Man muß deshalb beim Aufziehen der Lampe sorgfältig jenes oben erwähnte Schlürfen vermeiden, indem man lieber mehrmals — und dafür jedesmal nur mäßig — aufzieht, sofern man eines gehörig großen Oelvorraths nicht versichert ist.

Von solchen Einrichtungen der Kolbenlampe, welche Abweichungen gegen unsere Abbildung darbieten, sollen nur ein Paar, Beispiels halber, angeführt werden.

Der Moderateur ee wird sehr gewöhnlich — statt von unten aufstrebend — von oben herabhängend angebracht. Er ist dann im Fuße des Brenners in der Gegend von L, oder im untern Theile der Kapsel M, befestigt und reicht soweit hinab, daß sein zugespitztes Ende gleich steht mit dem untern Ende f' der Röhre ff', in deren Mitte er freihängend sich befindet. Hierdurch beabsichtigt man eine Regulirung der Oelhebung in der Art, daß trotz der mit fortschreitender Ausdehnung (Streckung) der Feder H verminderten Druckkraft späterhin nicht weniger Oel, als anfangs (in gleicher Zeit) gehoben wird. Da nämlich beim höchsten Stande des Kolbens G (Fig. 10), dessen Röhrchen d fast ganz in dem Rohre ff' hinaufgeschoben ist, so füllt dann der Moderator e eben jenes Röhrchen d beinahe in dessen voller Länge aus, und das Oel muß sich durch die Furche von e hindurchdrängen, wobei es einen großen Widerstand erzeugt und wegen Enge des Kanals selbst unter starkem Drucke nur in sehr gemäßigter Menge aufsteigen kann. In dem Maße aber, wie der Kolben sinkt, erleichtert sich der Durchgang des Oeles, weil d sich von e mehr und mehr abzieht; es wird deshalb mit abnehmendem Drucke nicht weniger Oel hinaufgefördert. Wenn schließlich beim tiefsten Stande des Kolbens G (Fig. 11) das Röhrchen d beinahe gänzlich aus f f' herausgetreten ist, findet das Oel am wenigsten Hinderniß, indem die nun freie Höhlung von d und in f f' der Raum rund um den Moderateur e einen verhältnißmäßig sehr geräumigen Durchgangskanal darbieten. Es ist schwer, vielleicht gar nicht möglich, die Dimensionen aller in beschriebener Weise zusammenwirkenden Theile so genau abzustimmen, daß wirklich eine ganz gleichmäßige Hebung des Oeles Statt findet; es bleibt stets entweder eine Abnahme der Oelzufuhr fühlbar, oder wird umgekehrt eine Steigerung derselben bemerklich, wie weiter unten an Beispielen nachgewiesen werden soll. Es darf demnach auf den Gedanken dieser Regulirung nicht ein zu großer Werth gelegt werden, zumal man durch Anwendung einer Feder mit vielen Windungen erreichen kann, daß diese auch beim tiefsten Stande des Kolbens noch eine bedeutende Spannung behält, also deren Druckkraft nicht in einem die genügende Speisung des Dochts gefährdenden Grade abnimmt, selbst wenn keine Erweiterung des Steigkanals mit dem Verlaufe der Zeit Statt findet.

Aus Fig. 9 ist zu erkennen, daß das obere Ende der gezahnten Kolbenstange b b beim tiefsten Stande des Kolbens noch im Eingriff mit dem an K befindlichen Getriebe bleiben muß, und daß dasselbe beim höchsten Stande des Kolbens nicht über die Brennermündung bei A herausragen darf (weil es sonst die Flamme stört). Es ergibt sich mithin, daß das Maximum des Kolbenhubes beim Aufziehen der Lampe gegeben ist durch den Abstand M A. Da nun von dem Kolbenhube die Brenndauer der Lampe abhängt, durch eine bedeutende Erhöhung des Brenners L A aber die Flamme in eine unpassend große Höhe über der Standfläche versetzt würde oder eine schlechte Form der Lampe hervorginge; so ist man bei der gewöhnlichen Bauart in der Nothwendigkeit, entweder das Oelgefäß E niedrig zu machen, oder den Kolben nicht den ganzen Weg durchlaufen zu lassen, welchen der vorhandene Raum gestatten würde, jedenfalls also die Brenndauer zu beschränken. Neuburger in Paris hat (s. Dingler's Polytechnisches Journal, Bd. 136, S. 258) diesem Uebelstande auf sinnreiche Weise abgeholfen. Statt an dem Kolben das untere Ende der Zahnstange zu befestigen, löthet er auf demselben ein Rohr oder eine metallene Scheide an, worin der untere Theil der Zahnstange sich frei auf- und niederschieben kann. Ein Metallscheibchen verhindert die Stange, sich durch das obere Ende der Scheide gänzlich herauszuziehen. Die Länge der Scheide ist fast so groß als der Abstand zwischen dem Getriebe und dem zu seinem höchsten Standpunkte aufgezogenen Kolben. Befindet der Kolben sich auf dem Boden des Oelbehälters, so greift das obere Ende der Zahnstange eben noch in das Getriebe ein, die Zahnstange ist so weit aus der Scheide nach oben herausgezogen, als dies überhaupt Statt finden kann. Fängt man unter diesen Umständen an, das Getriebe umzudrehen, so hebt dasselbe die Zahnstange, letztere zieht die Scheide und folglich den Kolben nach sich. Wenn dann der Kolben bis ganz oben in dem Oelbehälter gelangt ist, steht allerdings der oberste Theil der Stange weit oben aus dem Brenner hervor; aber man dreht nun sofort das Getriebe einige Male links um, und schiebt hierdurch — da der Kolben von dem unter ihm befindlichen Oele gehalten wird — die Zahnstange in die Scheide hinab. Es ist auf diese Weise möglich, für gleiche Gesammthöhe der Lampe einen fast doppelt so großen Kolbenhub zu erlangen, als durch die gewöhnliche Einrichtung, mithin die Brennzeit in einem Aufzuge um mehrere Stunden zu verlängern. — Neuburger hat mit seiner Lampe auch eine sehr empfehlenswerthe Einrichtung verbunden, um Unreinigkeiten des Oeles (z. B. beim Abschneiden des Dochtes hineingefallene Schnuppe) vom Steigrohre abzuhalten, in welchem sie sehr störende Verstopfungen veranlassen können. Er bringt nämlich eine Art blechernen Trichters mit seiner weiten Oeffnung auf der unteren Fläche des Kolbens an. Diese weite Trichteröffnung enthält eine Siebscheibe, durch welche das Oel filtriren muß, um ins Steigrohr zu gelangen. Die nach unten gerichtete engere Oeffnung aber berührt, wenn der Kolben seinen tiefsten Standpunkt einnimmt, den Boden des Oelbehälters und wird dann durch denselben verschlossen, so daß das im Brenner und im Steigrohre befindliche Oel nicht zurückfließen kann. Auf diese Weise entsteht der Vortheil, daß die Lampe im Augenblicke nach dem Aufziehen angezündet werden kann und das unangenehme, mehrere Minuten lange, Warten auf das Ankommen des Oeles nicht nöthig ist.

Bei einer Vergleichung der Kolbenlampen mit den Uhrlampen,

als deren Stellvertreter sie sich geltend machen, treten als Vorzüge der ersteren ihre Einfachheit hervor, wodurch größere Wohlfeilheit und Dauerhaftigkeit (Ersparung eben so unangenehmer wie kostspieliger Reparaturen) bedingt werden. In Ansehung der Wirkung, nämlich der schönen, gleichmäßig anhaltenden Lichtentwicklung und vortheilhaften Verbrennung des Oeles, stehen beide Lampengattungen einander gleich. Eine unleugbare Unvollkommenheit der Kolbenlampen aber liegt in der Möglichkeit eines zu weit gehenden Aufziehens, wodurch Luft zum Oele kommt (s. oben); eine andere in der kurzen Dauer ihres Ganges, wodurch die Nothwendigkeit des Aufziehens schneller wiederkehrt und die Gefahr der (bereits erörterten) Nachtheile, welche aus Versäumung des rechtzeitigen Aufziehens hervorgehen, sich ansehnlich steigert. Eine Uhrlampe (Carcel-Lampe) größten Kalibers, d. h. mit 21 bis 22 Millimeter Dochtdurchmesser, geht 12 bis 16 Stunden in einem Aufzuge, eine Kolbenlampe derselben Sorte höchstens 8 Stunden. Diese bedeutende Verschiedenheit hat ihren Grund darin, daß das unverbrannte vom Brenner ablaufende Oel in den Uhrlampen ohne Weiteres nach dem Vorrathsbehälter zurückfließt, aus welchem es neuerdings in die Höhe gepumpt wird, bei den Kolbenlampen hingegen von dem übrigen Vorrathe abgesondert bleibt und erst durch erneuertes Aufziehen wieder dahin kommt, von wo es dem Brenner zugeführt werden kann. Durchschnittlich speisen Uhr- wie Kolbenlampen den Docht mit einer etwa doppelt so großen Menge Oel, als er verzehren kann; es fließt folglich ungefähr die Hälfte der Zufuhr zurück: hiernach folgt — übereinstimmend mit Obigem — daß, gleich starke Füllung vorausgesetzt, die Uhrlampe etwa doppelt so lange gehen kann als die Kolbenlampe.

Bei einer Carcel'schen Uhrlampe, welche 15½ Stunden in einem Aufzuge ging und stündlich 39 Gramm Oel verzehrte, habe ich die aufgepumpte Oelmenge Stunde für Stunde gefunden, wie folgt: [1]

In der	1. Stunde	100,5	Gramm
„ „	2. „	99,8	„
„ „	3. „	99,2	„

[1] S. im Hauptwerke Bd. IX, S. 201—202, von wo die Zahlen, nur auf Gramme umgerechnet, entnommen sind.

In der	4. Stunde	99,2	Gramm
„ „	5. „	92,5	„
„ „	6. „	90,2	„
„ „	7. „	85,8	„
„ „	8. „	85,5	„
„ „	9. „	85,5	„
„ „	10. „	80,8	„
„ „	11. „	77,9	„
„ „	12. „	71,4	„
„ „	13. „	63,5	„
„ „	14. „	58,7	„
„ „	15. „	49,3	„

Die regelmäßige stufenweise Abnahme entspricht der Verminderung, welche in der Spannkraft der Triebfeder eintritt. Das Verhältniß zwischen Verzehrung und Zufuhr ist in der ersten Stunde = 1 : 2,57 und in der letzten Stunde = 1 : 1,26. Die Oelmenge, welche in 15 Stunden verbrannt sein würde, beträgt 15 × 39 = 585 Gramm, während 1239,8 oder abgerundet 1240 Gramm gehoben worden sind, sehr nahe das 2,12fache der erstern Menge. Eine Füllung von 585 Gramm (nach Abrechnung des Restes, den die Pumpe nicht mehr ansaugen kann) hätte also zu 15stündigem Brennen hingereicht. Wäre aber das übergelaufene Oel nicht wieder zum Vorrathe gelangt, so würde die Lampe mit 585 Gramm Füllung schon nach 6stündigem Gange erschöpft gewesen sein; denn in den ersten 6 Stunden sind zusammen 581,4 Gramm aufgepumpt worden.

Ich habe in gleicher Weise, wie diese Uhrlampe, auch zwei Kolbenlampen auf ihr Lieferungsvermögen geprüft, indem ich sie — ein wenig geneigt aufgestellt — unangezündet gehen ließ und durch einen am Brenner befestigten papierenen Schnabel das heraufkommende Oel ableitete.

Die erste dieser Lampen, mit Docht von 21,3 Millimeter Durchmesser, hat 117 Millimeter Differenz zwischen dem höchsten und dem niedrigsten Stande des Kolbens und geht genau 8 Stunden in einem Aufzuge. Sie hob

in der 1. Stunde	74	Gramm
„ „ 2. „	80	„
„ „ 3. „	83	„
„ „ 4. „	90	„
„ „ 5. „	91	„
„ „ 6. „	95	„
„ „ 7. „	88	„
„ „ 8. „	79	„
im Ganzen	680	Gramm

oder stündlich, im Durchschnitte, 85 Gramm. Eine solche Lampe verbrennt im Mittel, stündlich 42 Gramm Oel, während 8 Brennstunden also 336 Gramm, so daß die Zufuhr unbedeutend mehr als das Doppelte des Bedarfs beträgt (in den einzelnen Stunden schwankte sie zwischen dem 1,76fachen und dem 2,26fachen). Eine Uhrlampe mit 680 Gramm Füllung (ungerechnet den der Pumpe nicht erreichbaren Rest) würde bei gleich großer stündlicher Verzehrung 16 Stunden in einem Aufzuge brennen, wenn ihr Triebwerk dazu vorgerichtet wäre, so lange die Bewegung zu unterhalten.

Auffallend ist das regelmäßige Wachsen der Stunde um Stunde geförderten Oelmenge bis zum Ende der 6. Stunde; die Ursache desselben liegt in einem schon (S. 256) erörterten Umstande. Noch beträchtlicher als hier zeigte sich die gleiche Erscheinung an der zweiten Lampe, deren Docht 18,2 Millimeter Durchmesser hat und deren Kolben einen Weg von 96 Millimeter durchläuft, wobei der Gang in einem Aufzuge $4^1/_2$ Stunden dauert. Es wurden gehoben:

in der 1. Stunde	70	Gramm
„ „ 2. „	79	„
„ „ 3. „	113	„
„ „ 4. „	123	„
„ „ letzten halben Stunde	47	„
im Ganzen	432	Gramm

oder stündlich, im Durchschnitte, 96 Gramm. Eine Lampe dieses Kalibers verzehrt höchstens 39 Gramm Oel pro Stunde oder in $4^1/_2$ Stunden 175 Gramm, wonach die Zufuhr im Ganzen das 2,47fache des Bedarfs erreichte (in den einzelnen Stunden das 1,8fache bis 3,1fache). In einer Uhrlampe, wo von dem Oele nichts als das wirklich verbrannte der wiederholten Einwirkung des Pumpwerks entgeht, würde die Füllung von 432 Gramm bei 39 Gramm stündlichen Consums auf 11 Stunden genügen und so lange das Brennen ohne Wiederaufziehen fortdauern.

C. Kamphinlampe.

Zum Brennen des Kamphins, Photogens und Solaröls (S. 239 ff.) werden Lampen von wesentlich gleicher Konstruktion angewendet, da diese Flüssigkeiten im Allgemeinen einander sehr ähnlich sich verhalten. Eine Haupteigenthümlichkeit aller dieser Lampen besteht darin, daß der Brenner direkt in den unter ihm befindlichen Vorrathsbehälter eingesteckt ist, also die brennbare Flüssigkeit allein durch die aufsaugende Kraft des Dochtes zur Verbrennungsstelle gehoben wird. Für einen flachen Docht bietet sich hierin keine Schwierigkeit; aber der runde Docht erfordert zur Herstellung des inwendigen Luftzuges (wozu die Luft von außerhalb des Behälters ins Innere des rohrförmigen Brenners zugeführt werden muß) eine ziemlich umständliche und nichts weniger als bequeme Einrichtung, worüber das Nähere bei Beschreibung der Photogen- und Solaröllampen vorkommen wird. Die erwähnte Anordnung des Behälters, unter dem Brenner und ohne mechanische Vorrichtung zum Heben der Flüssigkeit, würde zum Brennen fetter Oele (z. B. des Rüböls) unanwendbar sein, weil diese wegen ihrer Dickflüssigkeit nicht leicht und reichlich genug auf die erforderliche Höhe vom Dochte aufgesogen werden; bei den hier in Rede stehenden brennbaren Flüssigkeiten hingegen, welche dünnflüssig sind, findet dieses Hinderniß nicht Statt und wird das gute Brennen weder durch die schon anfänglich ziemlich große senkrechte Entfernung zwischen der Flüssigkeit und der Flamme, noch durch das spätere Sinken des Niveau im Behälter gestört. Der Behälter wird, damit man stets sehen könne, ob genug Flüssigkeit darin sei, von Glas gemacht; man gibt ihm eine runde linsenartige Gestalt, d. h. einen großen horizontalen Durchmesser und eine beziehungsweise geringe Höhe, um zu bewirken, daß bei fortschreitender Verzehrung der Flüssigkeit deren Niveau nicht zu bedeutend sinke, d. h. nicht zu sehr von der Flamme sich entferne. Wesentliche Bedingung ist ferner, daß der Docht nur sehr wenig aus dem Brenner hervorrage, also die Flamme klein gehalten, und daß der letztern eine reichliche Menge

Luft in günstiger Richtung zugeführt werde; bei Verabsäumung dieser Punkte würde man kein weißes, rauchfreies, geruchloses Licht gewinnen.

Kamphinlampen sind zuerst von England aus bekannt geworden, und zwar in zweierlei Einrichtung mit besonderen Benennungen: die Paragonlampe von Roberts (patentirt auf den Namen von Rayner und Carter), und die Vestalampe von W. Young. Ueber letztere (die am meisten verbreitete), welche wesentlich der nachher zu beschreibenden Photogenlampe mit hohlem Dochte gleicht, sollen hier einige Angaben nach einem in Hannover geprüften Exemplare beigebracht werden.

Der Behälter für das Kamphin hält 49 Millimeter in der Tiefe und 122 Millimeter im größten Durchmesser. Das brennende Ende des Dochtes ist 122 Millimeter hoch über dem Boden des Gefäßes belegen; mithin beträgt die Höhe, zu welcher das Kamphin angesogen werden muß, 73 Millimeter wenn der Behälter ganz gefüllt, und 120 Millimeter wenn er fast leer ist. Der hohle Docht hat 21,3 Millimeter im Durchmesser; in 9 Millimeter Entfernung über dem obersten Rande des Brenners, konzentrisch mit demselben, ist eine horizontale messingene Scheibe angebracht, deren Durchmesser 22 Millimeter beträgt, und an welcher der senkrecht aufsteigende innere Luftzug sich dergestalt stößt, daß er horizontal nach auswärts abgelenkt wird und die Flamme genöthigt ist, sich zur Gestalt eines Schälchens oder einer weit geöffneten Tulpe auszubreiten, gerade wie bei der mit gleicher Einrichtung versehenen Liverpoollampe (Hauptwerk Bd. IX., S. 181, 228). Das Zugglas hat, gleich dem von Bammel für Oellampen angewendeten (oben, S. 248) eine Einschnürung nahe über der Brennermündung, ist aber zunächst oberhalb dieser Verengerung — um der ausgebreiteten Flamme Raum zu geben — sehr weit, und zieht sich von hier bis ans obere Ende, in abgestutzt kegelförmiger Gestalt, stark zusammen. Wenn der Docht dieser Lampe nicht zu hoch gehoben wird (und er darf, wie schon gesagt, nur sehr wenig aus dem Brenner hervorstehen), so ist die Flamme völlig rauchfrei, ohne jede Spur von Geruch und dabei von höchst ausgezeichneter blendender Weiße.

Um die Lampe zu prüfen, wurde sie ganz mit Kamphin gefüllt und 6 Stunden lang ohne Berührung des Dochtes im Brennen erhalten; in jeder Stunde ein Mal, und zwar in der Mitte der Stunde, verglich man sorgfältig die Lichtstärke der Kamphinflamme mit jener einer Talgkerze (6 aufs Pfund) beim besten Zustande ihrer Flamme. Die Helligkeit der Lampe fand sich in der ersten und zweiten Stunde übereinstimmend 13,2 Mal so groß als die der Kerze; in der 3. Stunde 9 Mal, in der 4. Stunde 7,3 Mal, in der 5. Stunde 5,7 Mal, in der 6. Stunde endlich nur noch 4,35 Mal so groß: die durchschnittliche Lichtstärke kann also gleich der von 8,79 Talgkerzen der erwähnten Art angenommen werden. Dabei waren 228,4 Gramm Kamphin verzehrt worden, was für die einfache Lichtstärke der Talgkerze 4,33 Gramm stündlich beträgt. Der während 6 Brennstunden nicht berührte Docht hatte an seinem obersten Rande einen feinen Ring von Kohle gebildet; dieser allein — nicht die Erniedrigung des Kamphinniveau im Behälter — war die Ursache der in den letzten 4 Stunden eingetretenen stufenweisen Schwächung der Flamme, wie durch einen Gegenversuch entscheidend dargethan wurde. Ein von Zeit zu Zeit vorgenommenes geringes Nachstellen des Dochtes reicht hin, um die Flamme der Kamphinlampe in unveränderter Lichtstärke zu erhalten.

D. Harzöllampe.

Da das Harzöl (S. 240) als Brennstoff für Lampen überhaupt kein Glück gemacht hat, so wird eine nähere Beschreibung der dazu empfohlenen Lampen hier übergangen werden dürfen. Es mag nur so viel bemerkt werden, daß die von Benkler in Wiesbaden konstruirte Harzöllampe (s. Mittheilungen des Gewerbevereins für das Königreich Hannover, 1856, S. 131, und Dingler's Polytechn. Journal, Bd. 142, S. 96) eine gewöhnliche Lampe mit Sturzflasche, hohlem Dochte und eingeschnürtem Zugglase (S. 248) ist, zu welcher ein einziger Bestandtheil hinzugefügt wurde, nämlich eine ganz gläserne Kapsel, wesentlich von der Gestalt der Blechkapsel C a a C (Taf. 108, Fig. 4); diese Kapsel wird in den Glasträger E (Taf. 108, Fig. 8) innerhalb des Zugglasuntertheiles C C so gestellt, daß sie — gleichweit von C C und vom Brenner A entfernt, mit beiden konzentrisch — nicht bis zu der Einschnürung n n des Zugglases hinauf reicht. Es entsteht dadurch ein dreifacher Luftzug zur Flamme: der innere, wie gewöhnlich durch die zylindrische Höhlung des Brenners; der mittlere, zwischen dem Brenner und der Kapsel, welcher durch die Oeffnung der letztern rund um die Flamme einen Ausweg ins Zugglas sich bahnt; und der äußere, zwischen der Kapsel und dem untern Theile des Zugglases, wodurch nur der obere (aus der Kapsel hervorbrennende) Theil der Flamme getroffen wird.

E. Photogenlampen.

Derartige Lampeneinrichtungen zu hohlem, zu flachem und sogar zu vollem Runddochte (welcher letztere indessen wohl schwerlich in Wahrheit geeignet sein möchte) finden sich in den Mittheilungen des Gewerbevereins für das Königreich Hannover, 1856, S. 129, und daraus in Dingler's Polytechn. Journal, Bd. 142, S. 19, beschrieben und abgebildet. Ferner ist in den genannten Mittheilungen, 1859, S. 75 und im Polytechn. Journal Bd. 153, S. 255, über eine Benzin- (Photogen-) Lampe von R. Holiday in Huddersfield nachzuschlagen, welche das Eigenthümliche hat, daß mittelst derselben das dampfförmige Benzin ohne Docht und ohne Zugglas gebrannt wird. Ich begnüge mich hier mit der Aufnahme zweier bewährter Photogenlampen, von welchen die eine mit flachem, die andere mit hohlem Dochte versehen ist.

a) Photogenlampe mit flachem Dochte. — Auf Taf. 108 stellt Fig. 12 die Generalansicht dieser Lampe in ein Viertel der wirklichen Größe vor; Fig. 13 den senkrechten Durchschnitt des Brenners und Fig. 14 die obere Ansicht desselben, diese beiden in der Hälfte wirklicher Größe. A ist der gläserne Flüssigkeitsbehälter, welcher mit seinem angekitteten blechernen Zapfen r auf einen säulenförmigen Fuß gesteckt wird, und in seiner kurzen Halsöffnung bei a mit einer messingenen Fassung versehen ist. Letztere nimmt die Tülle bb des Brennergehäuses p auf, durch dessen Oberboden u und Unterboden v der Brenner (das flache Dochtrohr cd) fest eingelöthet hindurchgeht. Ein Stück Docht ist bei q in Fig. 12 angedeutet; zum Heben und Herablassen dienen die mittelst f umzudrehenden Getriebe e, welche mit ihren Zähnen direkt in den Docht fassen, wie dies auch sonst bei Lampen mit plattem Dochte üblich ist. Der obere Boden u des Brennergehäuses bildet mit seinem breiten vorspringenden Rande ein Tellerchen nn zum Aufsetzen einer messingenen Kapsel, welche in ihrer Mitte eine flache, auf das Dochtrohr cd zu schiebende Tülle ss enthält, übrigens innerhalb ihrer ringförmigen Wandung kk eine

Art Kuppel lgl, und außerhalb einen Schirm mm enthält. Die Wölbung g ist mit einer Oeffnung hh (Fig. 14) versehen, etwas länger und breiter als die Mündung d des Dochtrohrs. In den Raum i zwischen l und k wird das Zugglas gestellt (B, Fig. 12). Die Ringwand kk ist in ihrem untern Theile in der Gegend oo rundum mit Löchern versehen, durch welche nach der mittelst punktirter Pfeile (Fig. 13) angedeuteten Weise die Zugluft eintritt, um sich innerhalb der Kuppel g dicht an die Flamme zu drängen und mit dieser durch die verhältnißmäßig enge Oeffnung hh in das Zugglas herauszutreten. Es findet sonach fast eine Vermengung der Luft mit dem brennenden Photogendampfe Statt, worin gerade das Mittel zur kräftigen Sauerstoffzuführung und Verhinderung des Rauchens liegt.

b) Photogen- (und Kamphin-) Lampe mit hohlem Dochte. — Fig. 15 (Taf. 108) Ansicht der ganzen Lampe im vierten Theile wirklicher Größe; Fig. 16 senkrechter Durchschnitt des Brenners in der Hälfte seiner wahren Größe. Flüssigkeitsbehälter A und Zugglas B gleichen den entsprechenden Bestandtheilen der vorstehend beschriebenen Lampe. Auf den Halsrand a des Behälters ist zunächst die messingene Fassung bc gekittet, in welche mittelst seines ringförmigen untern Endes d der Brenner eingeschraubt wird. Dieser bildet zunächst eine Art Teller ef mit vier sehr großen Oeffnungen in der Gegend g, g, um die Zugluft eintreten zu lassen, wie der Pfeil bei 1 andeutet. Auf den breiten Rand f des Tellers wird die zur Dämpfung des Lichts dienende matte Glaskugel gesetzt; mitten von dessen Boden ee erhebt sich der doppelwandige Zylinder hn, hn, von welchem man unten — auf etwa 12 Millimeter von ee aufwärts — die Hälfte derartig weggeschnitten hat, daß nur der Theil ii bis zu ee hinabreicht und hier in eine entsprechend gestaltete halbringförmige Oeffnung eingelöthet ist. Dadurch entsteht ein freier Zugang der Luft für den innern Zug, welcher nach Andeutung der Pfeile 2,2 durch den Zylinder hh aufsteigt. Das Dochtrohr i′ i′ umschließt oben mit einem kurzen zylindrischen Theile (auf welchen der Docht k aufgeschoben und durch einen herumgewickelten Zwirnfaden befestigt ist) direkt den Zylinder h; der größte Theil seiner Länge aber bis ans untere Ende ist halbrund, geht durch ii und die Oeffnung des Tellerbodens ee, nimmt den Docht in platt zusammengelegtem Zustande auf, und ist mit der Zahnstange q (Fig. 15) versehen, welche auf gewöhnliche Weise durch ein Getriebe mittelst C auf oder ab bewegt werden kann. Diese eigenthümliche und nichts weniger als bequeme Anordnung des Dochtes erfordert, daß derselbe an jener Stelle, wo er von der hohlen Schlauchform in die platt zusammengelegte Gestalt übergeht, durch einen Längenschnitt aufgeschlitzt wird (was freilich in unserer Zeichnung nicht angegeben werden konnte); ohne diesen Umstand würde der von der Seite bei i kommende Luftzug nicht in den innern Raum des Brennerrohrs hh eintreten können.[1] Besser und gebräuchlicher ist die sogleich bei der Solaröllampe zu beschreibende Einrichtung, wonach der Docht aus zwei Theilen zusammengesetzt wird.

Die äußere Wandung nn des Brennerzylinders trägt einen ringsum vorspringenden Schirm o mit vielen runden Löchern, durch welche (s. die Pfeile bei 3,3) der äußere Luftzug aufsteigt. In das obere Ende von nn wird ein Mundstück pp eingeschoben, welches vermöge seiner oben zusammengezogenen Gestalt hier den Dochtraum bis nahe an den Docht verengert. Endlich steht auf der Platte ee ein Draht l, welcher in der Achsenlinie des Zylinders hh bis zur Brennermündung hinaufreicht und oben den darüber geschobenen Stiel einer messingenen Scheibe m trägt.

Zur Vervollständigung des Brenners gehört nun noch die lose aufgesetzte messingene Kapsel rstu mit dem Träger vv des Zugglases. Sie enthält in der Gegend r (also nahe über dem Tellerboden ee, auf dem sie ruht) rundum Löcher, durch welche die von g her ankommende Luft (s. Pfeil 1) eintritt, um sich sofort in zwei Portionen zu theilen, welche den Luftzug innerhalb und außerhalb des Dochtes herstellen. Der innere Zug geht bei 2,2 durch den Zylinder h, stößt sich oben beim Austritt an der Scheibe m und ist demnach genöthigt, nach Angabe der Pfeile 5,5 rund herum auszuweichen, wobei er die Flamme zur Gestalt eines Schälchens oder einer kleinen weit geöffneten Tulpe ausbreitet (vergl. S. 262). Der äußere Zug drängt sich (Pfeile 3,3) durch die Löcher des Schirmes oo, ferner zwischen dem Zylinder np, np und der Kapselwand stu, stu

[1] Man webt wohl für die in Rede stehende Anwendung eigene Dochte, welche in der ganzen Länge wechselweise auf 50 bis 70 Millimeter rund geschlossen und auf eine eben so lange Strecke offen sind, und zerschneidet sie in Stücke, von welchen jedes aus diesen zwei verschiedenen Theilen besteht.

hinauf, und wird vermöge der Einziehungen bei u, p etwa im Sinne der Pfeile 4,4 nach innen getrieben. Beide Luftzüge stoßen also, sich begegnend, gleichsam in die Flamme hinein und bewirken diejenige Vermengung der brennenden Dämpfe mit sauerstoffhaltiger Luft, wodurch allein eine qualmfreie gute Flamme aus Photogen oder Kamphin zu gewinnen ist.

F. Solaröllampe.

Das Solaröl (S. 243) ist wegen seiner geringern Flüchtigkeit weit geneigter zu einer rauchfreien Verbrennung mittelst hohlen Dochtes, als Photogen und Kamphin; es erfordert demnach keine so weit gehenden besonderen Anstalten hinsichtlich des Luftzuges: die einzigen wesentlichen Abweichungen des Brenners der Solaröllampe von jenem der Lampen für fette Oele bestehen demnach in der Art, wie die Luft für den innern Zug von der Seite her zugeführt wird, und in der Anbringung des Dochtes, da in beiden Beziehungen der Umstand von Einfluß ist, daß der Brenner direkt auf dem Halse des Flüssigkeitsbehälters steht.

Fig. 17 (Taf. 108) zeigt einen senkrechten Durchschnitt der ganzen Lampe (ohne ihren Fuß und mit abgekürztem Zugglase); Fig. 18 einen andern senkrechten Durchschnitt rechtwinkelig gegen erstern genommen und mit Weglassung des Behälters sowie des Zugglases und dessen Trägers. Beide Abbildungen sind nach einem Maßstabe gleich der Hälfte des wirklichen gezeichnet.

Der gläserne Behälter für das Solaröl, A, ist mit seinem massiven Zapfen x mittelst einer Masse von Glaserkitt in dem Blechzylinderchen r befestigt, welches letztere in den säulenförmigen Fuß oder Ständer gesteckt wird. Den Hals des Behälters umschließt eine aus Messingblech gefertigte Fassung aa, deren innerer Theil bb ein Schraubengewinde bildet; eine Hinterstopfung von Kitt füllt den Raum zwischen b und dem gläsernen Halse selbst. Der Brenner (vergleiche beide Abbildungen) besteht aus drei durch Löthung fest mit einander verbundenen Haupttheilen, nämlich einem kurzen mit Schraubengängen versehenen Rohre c, welches in b eingeschraubt wird und sich oben zur Form eines Tellers dd ausbreitet; dem äußern Zylinder ee, der an seinem obern Ende den ringförmigen, durch eine Schweifung seines Randes enger zusammengezogenen

Einsatz ff aufnimmt; und dem innern Zylinder g. Letzterer bildet unten ein Knie und mündet mit diesem an einem großen runden Loche i des Außenzylinders e, welches die Luft für den innern Zug einläßt. Ein kleines Loch l stellt die Verbindung mit dem Behälter A her, damit in diesen Luft an die Stelle des verbrauchten Solaröls eintreten kann. Auf dem Zylinder g steckt der Dochthalter mm, ein kurzes Rohr von Messingblech, an welchem die gewöhnliche Zahnstange zum Hoch- und Niedrigstellen des Dochtes sich befindet. k bedeutet die blecherne Scheide, in welcher die Zahnstange geht; v (Fig. 18) das Getriebe und w den Knopf zu dessen Umdrehung. Der Docht besteht bei dieser Lampe aus zwei Theilen: dem Brenndochte, der allmählich verbraucht wird, und dem Saugdochte, welcher beständig in der Lampe verbleibt. Der Brenndocht nn, ein gewöhnlicher hohler Docht, wird über den Dochthalter mm gezogen und daran mittelst eines mehrfach herumgewickelten Zwirnfadens befestigt. Dieselbe Zwirnbewickelung umfaßt aber auch den Saugdocht op, dessen oberes Ende o man ein wenig über das untere des Brenndochtes heraufgreifen läßt (s. Fig. 18), damit keine Störung des Aufsaugens eintreten kann. Der Saugdocht ist ein hohler Docht von wenig größerem Durchmesser als der Brenndocht, aber flach zusammengelegt (doppelt liegend), umschließt daher den Zylinder g nur etwa zur Hälfte seines Umkreises; unten hängt derselbe durch die Oeffnung von c in den Behälter A hinein und liegt zu beträchtlichem Theile auf dessen Boden.

Es erübrigt nun noch die Beschreibung des Glasträgers mit dem Zugglase (Fig. 17). Ersterer besteht aus einem weiten aber niedrigen Blechrohre tt, welches oben zur Gestalt eines Tellers qq sich verbreitert und mit seinem untern Rande lose auf dem Boden des unbeweglichen Tellers dd steht. Der untere Theil von tt enthält rundum viele Oeffnungen wie u, u zum Eintritt der Zugluft, welche dann ferner theils inwendig durch i und g, theils auswendig um den Zylinder ee herum aufsteigt. Auf den Teller q wird das Zugglas B gestellt, ein gewöhnliches eingeschnürtes Glas, welches von der Einschnürung hh aus nach oben zylindrisch sich fortsetzt und von h bis ans Ende 0,175 Meter lang ist. Um dem Glasträger einen festen Stand zu sichern, nöthigenfalls auch das Glas ein wenig höher stellen oder herablassen zu können, ist konzentrisch mit tt ein engeres Blechrohr rr vorhanden, welches sich mit sanfter Klemmung auf dem

Außenzylinder ee des Brenners schiebt und mit tq, tq durch einen Boden ss zusammenhängt, wobei zu bemerken ist, daß letzterer eine Anzahl geräumiger Löcher enthält, um den äußern Luftzug von u her nach f durchzulassen. Aeußerlich an tt, zwischen q und d, können drei Drahtarme angelöthet werden, welche in der Höhe der Brennermündung ff einen horizontalen Reif tragen, um hierauf eine Glaskugel zu setzen.

Man kann die äußere Form der Kolbenlampen (S. 250) zum Brennen des Solaröls in Anwendung bringen und erlangt dadurch den Vortheil, daß der gläserne Oelbehälter beseitigt wird und demnach nicht nur die Gefahr eines Zerbrechens desselben, sondern auch der von ihm nach unten geworfene Schatten vermieden ist. Zu diesem Zwecke muß jedoch in der halben Höhe des Oelzylinders EE (Taf. 108, Fig. 9) — aus welchem Kolben und Feder nebst allem Zugehör fern bleiben, wogegen der Saugdocht darin hinabhängt — ein Blechboden eingelöthet und der Hals D so kurz als möglich gemacht werden, weil man dem Dochte nicht eine zu hohe Aufsaugung des Materials zumuthen darf. — Endlich kann man die Kolbenlampe in unveränderter Gestalt mit Solaröl gebrauchen, welches letztere dann durch den Kolbendruck gehoben wird, so daß ein Saugdocht nicht erforderlich ist. Die einzige in diesem Falle nöthige Modifikation besteht darin, daß im äußern Brennerrohre, nahe an dessen oberem Ende, seitwärts, ein Loch angebracht werden muß, um den Ueberfluß des Oeles ablaufen zu lassen, ehe er die Brennermündung und das brennende Ende des Dochtes erreicht; denn sonst würde letzteres — da es stets nur höchst wenig den Brennerrand überragt — ersäuft und die Flamme ausgelöscht werden. Dabei ist zu bemerken, daß eine mit fettem Oele schon gebrauchte Kolbenlampe für Solaröl nicht benutzt werden kann, weil der geringste Rückstand fetten Oeles (am Kolben oder sonst wo) den Docht unfähig macht, die Aufsaugung des Solaröls gehörig zu verrichten.

G. Erdöllampen.

Zum Brennen des amerikanischen Erdöls sind, je nachdem man mit mehr oder weniger flüchtigen Sorten dieses Produktes zu thun hat, dieselben Lampen brauchbar, welche zu Photogen und Solaröl dienen. Am meisten wendet man diejenige mit flachem Dochte an, nach Art der Fig. 12, 13, 14 auf Taf. 108 oder von ähnlicher, jedenfalls wesentlich hiermit übereinstimmender Konstruktion.

III. Vergleichung verschiedener Oellampen.

Um Anhaltspunkte zur Beurtheilung sowohl der Lichtstärke und des absoluten Oelverbrauchs verschiedener Lampen, als ihrer relativen Leuchtkraft zu gewähren, kann folgende Tabelle dienen. Sie wiederholt theilweise, jedoch in anderer Form, den Inhalt der beiden im Hauptwerke (Bd. IX., Seite 224; 231) gegebenen Tabellen, enthält aber außerdem viele neuere Erfahrungsresultate. Die mit einem vorgesetzten P bezeichneten Angaben betreffen Lampen, welche von Peclet geprüft wurden; alle übrigen gründen sich auf Untersuchungen, die ich selbst in Gemeinschaft mit Heeren angestellt und ausführlich zu verschiedenen Zeiten bekannt gemacht habe.

Zur Erläuterung muß Folgendes bemerkt werden:

1) In allen Lampen ist raffinirtes Rüböl gebrannt worden.

2) Die Lampen brannten mit der größten ohne Rauchbildung zulässigen Flamme; wobei bekanntlich die Leuchtkraft des Oeles am vollständigsten entwickelt, d. h. aus gegebenem Gewichte Oel die größte (auf einer bestimmten Lampe überhaupt erreichbare) Menge Licht erzeugt wird.

3) Rücksichtlich des Oelstandes im Brenner unterscheidet man Lampen mit sinkendem, mit intermittirendem und mit konstantem Niveau.

Die Lampen der ersten Gattung haben einen unbeweglich mit dem Brenner verbundenen Oelbehälter und das hierin nach Maßgabe der fortschreitenden Verzehrung Statt findende Sinken des Oelniveaus hat eine entsprechende stetige Erniedrigung des Oelstandes im Brenner selbst zur Folge, so daß der Docht successiv auf größere und größere Höhe das Oel aufsaugen muß, um es in die Flamme zu bringen. Der Oelbehälter ist entweder ein breites seitwärts von dem Brenner angebrachtes Gefäß, oder ein den Brenner umgebender Ring (Kranz), wovon Lampen dieser zweiten Art „Kranzlampen“ genannt werden.

Ein intermittirendes Oelniveau haben diejenigen Lampen, bei welchen der Abfluß des Oeles aus dem Vorrathsbehälter in den Brenner periodenweise und zwar jedes Mal in dem Augenblicke Statt findet, wo der Oelstand im Brenner zufolge der Verzehrung auf einen gewissen Grenzpunkt gesunken ist. Unmittelbar nach einem solchen Oelzuflusse steht das Oel im Brenner am höchsten; es sinkt allmählich bis zu der erwähnten Grenze, und steigt dann, mit dem nächsten Zuflusse, plötzlich wieder auf den höchsten Punkt. Die Verminderung des Oeles im Behälter äußert keinen Einfluß auf den Stand im Brenner; die Schwankung des Oelniveaus im Brenner kann in sehr enge Grenze eingeschlossen werden. Meist ist der Oelbehälter dieser Lampen ein flaschenähnliches Blechgefäß, welches umgestürzt in ein seitwärts neben dem Brenner befindliches Kästchen gesetzt wird (Flaschenlampen); seltener wird der Behälter in Kranz- oder Ringform ausgeführt.

Mit konstantem Niveau sind nur diejenigen Lampen versehen, bei welchen das Oel aus einem viel tiefer als die Flamme liegenden Vorrathsbehälter durch ein ununterbrochen thätiges Pumpwerk, den Druck eines langsam niedergehenden Kolbens, den hydrostatischen Druck einer Hülfsflüssigkeit oder die Druckkraft eines zusammengepreßten Luftvolumens dermaßen in den Brenner hinaufgetrieben wird, daß beständig ein Ueberfluß desselben über den obersten Rand des Brenners abläuft.

4) Der für die hohlen Dochte angegebene Durchmesser ist bei Peclet's Versuchen so wie bei einem Theile der von Heeren und mir angestellten, nicht direkt gemessen; wo eine solche Messung fehlte, habe ich dafür das Mittel zwischen dem innern und dem äußern Durchmesser des Brenners, oder des ringförmigen Dochtraumes in demselben, angenommen, welches von dem wirklichen Dochtdurchmesser nicht bedeutend verschieden sein kann. Die Hälfte des Umfanges eines hohlen Dochtes ist gleich seiner Breite im flach zusammengelegten Zustande.

5) Die Angabe über die Lichtstärke und über den Oelverbrauch pro Stunde sind als Durchschnittszahlen für eine längere (meist 5 bis 7stündige) Brennzeit aufzufassen, während welcher der Docht weder geputzt noch gestellt worden ist; woraus von selbst folgt, daß die Lichtstärke im Allgemeinen zu Anfang größer und gegen das Ende geringer war, als die hier angegebene mittlere.

6) Die als Maßstab für die Lichtstärke der Lampen gebrauchte Helligkeit eines Talglichts (6 Stück im Pfunde) ist als

diejenige Lichtstärke zu verstehen, welche eine Talgkerze im Momente ihres besten Leuchtens (bei nicht zu kurz, aber rein geputztem Dochte) darbietet. Man darf die Unsicherheit, welcher die Größe dieser Lichteinheit unterworfen ist, nicht außer Acht lassen: die bei den zahlreichen, zu verschiedenen Zeiten und von verschiedenen Personen angestellten Versuchen benutzten Talgkerzen konnten nicht von übereinstimmender Beschaffenheit sein; auch gibt eine und dieselbe Kerze, selbst bei umsichtigster Adjustirung ihres Dochtes, nicht stets genau dieselbe Lichtstärke. [1]

7) In der letzten Spalte der Tabelle ist angegeben, wie viel Milligramm Oel stündlich auf 1 Millimeter der Dochtbreite (bei flachen und halbrunden Dochten) oder des Dochtumfanges (bei hohlen Dochten) verzehrt wurden. Es ist eine natürliche Voraussetzung, daß bei zwei Dochten von ganz gleicher Beschaffenheit, welche gleich hoch aus dem Brenner hervorragen, die Mengen des zur Verbrennung gelangenden Oeles im Verhältnisse der Dochtbreite, beziehungsweise des Dochtumfanges, stehen. Die in Rede stehenden Zahlen geben daher den Weg an die Hand, um für irgend eine Lampe — ohne

[1] Ueber diesen, allen Kerzen ohne Ausnahme anhängenden Uebelstand vergleiche man den letzten Abschnitt (D) des Artikels Kerzen im gegenwärtigen Bande. Die in England zur Vergleichung von Lichtstärken viel angewendete Normal-Wallrathkerze, wovon 6 Stück auf 1 Pfund gehen, verzehrt bei einer Höhe der Flamme = 41,3 Millimeter stündlich 7,2 Gramm Wallrath. Zufolge der an ebengenannter Stelle mitgetheilten Beobachtungen Heeren's über die Helligkeit verschiedener Kerzenflammen bei schwankender Flammenhöhe betrug bei Kerzen (6 Stück aufs Pfund) von

	Die Flammenhöhe Millimeter		Die Helligkeit (in Normalkerzen)	
	Grenzen	Mittel	Grenzen	Mittel
Wallrath . . .	41—54	46 . . .	0,88—1,17	1,01
Wachs	45—57	50 . . .	0,79—1,08	0,97
Stearinsäure . .	54—70	58 . . .	0,95—1,24	1,06
Paraffin . . .	48—60	53 . . .	1,03—1,40	1,24

Wallrath, Wachs und Stearinsäure zeigen also hier eine ziemliche Uebereinstimmung der durchschnittlichen Helligkeit. Wenn nun andererseits nach Beobachtungen von Karmarsch und Heeren die Sechser Stearinsäurekerzen ganz gewöhnlich an Helligkeit ihrer Flamme fast genau mit den Sechser Talgkerzen übereinstimmen, so wird man ohne erheblichen Fehler die „Talgkerze" in Spalte 2, 3 und 4b der im Texte folgenden Tabelle durchschnittlich als gleichbedeutend mit der „englischen Normal-Wallrathkerze" ansehen dürfen.

Versuche anzustellen, bloß durch Berechnung aus der Größe des Dochtes — den Oelbedarf pro Stunde annähernd zu ermitteln, unter der Annahme, daß der Docht mit einer so hohen Flamme brennt, als ohne Rauchentwickelung zulässig ist (vergleiche oben 2).

Auf die Zahlen dieser Spalte hat die Beschaffenheit der Lampe und jene des Dochtes Einfluß. Je vollkommener zufolge der Konstruktion die Verbrennung des Oeles bewerkstelligt wird, desto höher kann die Flamme sein (ohne zu rauchen), und desto höher kann daher der Docht aus dem Brenner hervorragen, womit natürlich die Menge des in gleicher Zeit verzehrten Oeles steigt. Je dicker der Docht ist, desto mehr Oel wird, bei gleich hoher Stellung und gleicher Breite oder gleichem Umfange desselben, aufgesogen und der Verbrennung zugeführt. Daher das Schwankende in den Zahlen dieser Kolumne, welche indessen doch einer gewissen Regelmäßigkeit nicht entbehren, wie nachher gezeigt werden soll.

		1	2	3	4		
Nr.	Benennung der Lampen	Docht	Lichtstärke in Talglichten	Millimeter Dochtbreite pro 1 Talglicht	Oelverbrauch pro Stunde		
		Breite, Millimeter			a im Ganzen, Gramm	b pro 1 Talglicht, Gramm	c pro 1 Millimeter Docht, Milligr.
	I. Flacher Docht.						
	A. Sinkendes Niveau.						
1	Seitwärts angebrachter Oelbehälter; kein Zugglas	20	1,25	16,0	9,44	7,55	472
2	Ebenso; aber mit Zugglas . . .	19	1,67	11,4	12,18	7,29	641
	B. Intermittirendes Niveau.						
P 3	Flaschenlampe	18	1,17	15,4	11,00	9,40	611
4	Desgleichen	21	1,68	12,5	14,31	8,52	681
	II. Halbrunder Docht.						
	A. Sinkendes Niveau.						
5	Kranzlampe	31	3,21	9,6	20,71	6,45	668
	B. Intermittirendes Niveau.						
6	Flaschenlampe	32,5	3,27	9,9	21,31	6,52	655
7	Desgleichen	38	4,00	9,5	24,88	6,22	655

Nr.	Benennung der Lampen.	1 Docht: Durchmesser, Millimeter	Docht: Umfang, Millimeter	2 Lichtstärke in Talglichten	3 Millimeter Dochtumfang pro 1 Talglicht	4 Oelverbrauch pro Stunde: a im Ganzen, Gramm	b pro 1 Talglicht, Gramm	c pro 1 Millimeter Docht, Milligr.
	III. Hohler Docht.							
	A. Sinkendes Niveau.							
8	Kranzlampe (Astrallampe)	15,2	48	4,64	10,3	24,30	5,24	506
9	„ „ („)	15,2	48	5,40	8,9	29,12	5,39	607
P 10	„ „ („)	16,5	52	2,91	17,9	26,71	9,18	514
11	„ „ (Sinumbralampe) . .	17	53	3,73	14,2	24,97	6,69	471
12	„ „ (Astrallampe)	18,2	57	4,95	11,5	33,07	6,68	580
13	„ „ („)	19	60	3,67	16,3	28,32	7,72	472
P 14	„ „ (Sinumbralampe) . .	22	69	5,25	13,1	37,15	7,08	537
15	Seitwärts angebrachter Oelbehälter . } mit Blechkapsel und darauf stehendem zylindrisch. Zugglase nach Ruhl-Benkler.	7,6	24	1,58	15,2	12,22	7,73	509
16	Desgleichen . . .	7,6	24	2,01	11,9	15,44	7,68	643
17	Desgleichen . . .	10,6	33	2,91	11,3	18,36	6,31	556
18	Kranzlampe (Sinumbralampe) . . . } mit eingeschnürtem Zugglase nach Bammel.	15,2	48	5,47	8,8	28,87	5,28	601
19	Kranzlampe (Astrallampe)	18,2	57	6,40	8,9	39,28	6,14	689
	B. Intermittirendes Niveau.							
P 20	Flaschenlampe	22	69	8,44	8,2	43,00	5,09	623
P 21	„ „	22	69	7,97	8,7	43,00	5,40	623
22	„ „	21,3	67	9,09	7,4	45,12	4,96	673
23	„ „	21,3	67	8,89	7,5	49,44	5,56	738
24	„ „	21,3	67	8,52	7,9	47,87	5,62	714
25	„ „	21,3	67	7,48	8,9	42,48	5,68	634
26	„ „	21,3	67	6,40	10,5	36,91	5,77	551
27	„ „	21,3	67	5,11	13,1	30,45	5,96	454
28	„ „	21,3	67	5,06	13,2	35,35	6,98	528
29	„ „	21,3	67	—	—	43,85	—	654
30	„ „	21,3	67	—	—	40,92	—	611
31	„ „	13,7	43	2,84	15,1	15,72	5,53	366
P 32	„ „	11,8	37	3,84	9,6	18,00	4,79	487
33	„ „	10,6	33	1,22	27,0	9,87	8,09	299
34	„ „ (Liverpoollampe) .	18,2	57	3,83	14,9	26,19	6,84	459

Nr.	Benennung der Lampen.	1 Docht Durchmesser, Millimeter	Docht Umfang, Millimeter	2 Lichtstärke in Talglichten	3 Millimeter Dochtumfang pro 1 Talglicht	4 Oelverbrauch pro Stunde a im Ganzen, Gramm	b pro 1 Talglicht, Gramm	c pro 1 Millimeter Docht, Milligr.
35	Flaschenlampe mit Regulator (Bd. IX, S. 183)	17	53	7,23	7,3	35,02	4,84	661
36	„ „ mit Blechkapsel und darauf gestelltem zylindrischem Zugglase nach Ruhl-Benkler.	21,3	67	9,89	6,8	54,29	5,49	810
37	„ „	18,2	57	6,71	8,5	39,28	5,85	689
38	„ „	15,2	48	5,64	8,5	31,97	5,67	666
39	„ „	13,7	43	4,48	9,6	26,03	5,81	605
40	„ „	13,7	43	2,81	15,3	22,75	8,09	529
41	„ „	13,7	43	2,80	15,4	20,10	7,18	467
42	„ „	10,6	33	2,69	12,3	16,90	6,28	512
43	„ „ Zugglas aus 2 Theilen mit dazwischen liegender Metallplatte nach Ruhl-Benkler.	18,2	57	6,18	9,2	38,37	6,21	673
44	„ „	15,2	48	3,02	15,9	21,35	7,07	445
45	„ „	15,2	48	2,44	19,7	19,91	8,16	415
46	„ „ mit eingeschnürtem Zugglase, nach Bammel.	15,2	48	3,85	12,5	25,12	6,52	523
47	„ „	13,7	43	3,62	11,9	22,61	6,25	526
48	„ „	13,7	43	2,91	14,8	20,37	7,00	474
49	„ „	10,6	33	2,76	12,0	19,09	6,92	578
	C. Konstantes Niveau.							
P 50	Statische Lampe, nach Girard . .	17	53	5,97	8,9	34,71	5,81	655
51	Hydrostatische Lampe, nach Thilorier	20,4	64	7,81	8,2	35,63	4,56	557
P 52	„ „ „ „	22	69	10,10	6,8	51,14	5,06	733
P 53	„ „ „ „	18	57	7,50	7,6	36,61	4,88	642
P 54	„ „ „ „	14	44	7,05	6,2	31,86	4,52	724
P 55	„ „ „ „	11,8	37	4,22	8,7	17,26	4,09	467
P 56	Uhrlampe, nach Carcel.	22	69	9,37	7,4	42,00	4,48	609
57	„ „ „	21,3	67	8,70	7,7	45,31	5,21	676
58	„ „ „	21,3	67	7,81	8,6	42,93	5,50	641
59	„ „ „	20,4	64	7,57	8,5	38,97	5,15	609
60	Kolbenlampe (Moderateurlampe) . . mit eingeschnürtem Zugglase nach Bammel.	21,3	67	7,62	8,8	42,32	5,55	632

Interessante Folgerungen lassen sich aus dem Inhalte vorstehender Tabelle ziehen:

1) Die Nr. 1 und 2 zeigen aufs Einleuchtendste den großen Nutzen des Zugglases. Die betreffenden beiden Lampen waren von völlig gleicher Bauart und mit beinahe gleich breitem (flachem) Dochte versehen; aber die Lampe mit Zugglas gestattete das Verbrennen einer um ein Drittel größern Oelmenge in der Stunde und die Entwicklung einer in gleichem Verhältnisse gesteigerten Helligkeit, als die Lampe ohne Zugglas, bei welcher der Docht sehr niedrig gehalten werden muß, wenn nicht Rauch entstehen soll. Die Weglassung des Zugglases ist daher auch eine sehr seltene Ausnahme.

2) Seit Peclets Versuchen pflegt man als ausgemacht anzunehmen, daß unter Lampen gleicher Art diejenigen mit größeren Dochten eine minder vortheilhafte Verbrennung des Oeles bewirken, als die mit kleineren Dochten. Man sehe hierüber Bd. IX. des Hauptwerks, S. 212—213, wo für die Erscheinung eine natürliche Ursache angegeben ist. In unserer Tabelle treten die vier hydrostatischen Lampen, auf deren Beobachtung Peclet seinen Satz stützte, als Nr. 52 bis 55 auf, und sie zeigen allerdings, daß mit einer stufenweisen Vergrößerung des Dochtes von 11,8 auf 22 Millimeter die zur Erzeugung der Lichteinheit [1] erforderliche Oelmenge pro Stunde ganz regelmäßig von 4,09 Gramm auf 5,06 Gramm sich erhebt. Aehnliches zeigt sich an den von Karmarsch und Heeren geprüften Astrallampen (Nr. 8, 9, 12, 13), indem bei

15,2 Mill.	Dochtdurchmesser	im Mittel	5,31 Gr. Oel
18,2 „	„	aber . .	6,68 „ „
19 „	„	gar . .	7,72 „ „

für die Lichteinheit aufgewendet wurden. Indessen erleidet das Gesetz wesentliche Ausnahmen, die sich leicht erklären lassen. Die weniger vollkommene Wirkung größerer Hohldochte leitet Peclet, ohne Zweifel richtig, von der übermäßigen Luftmenge des innern Luftzuges ab; sie muß also verschwinden, sobald gar kein innerer Luftzug Statt findet, oder der innere Zug durch einen besonders kräftig einwirkenden, die Flamme zusammendrängenden äußern Zug in gewissem Grade unterdrückt wird: das erstere ist bei flachen und halbrunden Dochten, das letztere bei Lampen mit der Ruhl-Benkler'schen und Bammel'schen

[1] Unter diesem Namen wird im Folgenden immer die Helligkeit einer wohlgeputzten Talgkerze (6 aufs Pfund) verstanden.

Einrichtung des Zugglases der Fall. Alsdann tritt das natürliche Verhältniß in seine Rechte, wonach in einer größern Flamme eine vollkommenere Verbrennung Statt findet, weil die einzelnen Theile der Flamme sich selbst gegenseitig mehr erhitzen und die abkühlende Wirkung der fremden Umgebungen mindere Kraft hat. Folgende Belege hierzu liefert die Tabelle:

Mit plattem Docht von 18 bis 21 Millimeter Breite (Nr. 1—4) waren zur Erzeugung der Lichteinheit 7,29 bis 9,40 — durchschnittlich 8,09 — Gramm Oel pro Stunde erforderlich; mit eben solchen (der größern Breite wegen gekrümmten, also halbrunden) Dochten von 31 bis 38 Millimeter (Nr. 5—7) nur 6,22 bis 6,52 — durchschnittlich 6,39 — Gramm.

Flaschenlampen mit hohlem Dochte und Ruhl-Benkler'scher Einrichtung (Nr. 36—41) erforderten für die Lichteinheit bei folgenden Dochtdurchmessern die nebenstehenden Oelmengen:

21,3 Millimeter	. . . .	5,49 Gramm
18,2 „	. . . .	5,85 „
15,2 „	. . . .	5,67 „
13,7 „	(durchschnittlich) . .	7,02 „

Zu analogen Bemerkungen geben Gelegenheit Nr. 15, 16 gegenüber Nr. 17; und Nr. 44, 45 gegenüber Nr. 43.

3) Wenn Lampen von gleicher Art und mit gleich großen Dochten mit verschieden großen Flammen, also mit niedrigerer und höherer Dochtstellung brennen, so gewährt die größere Flamme eine vortheilhaftere Ausnutzung der Leuchtkraft des Oeles. Recht entscheidend geht dies aus Nr. 22—28 hervor, wo mit einer stufenweisen Abnahme der Helligkeit von 9,09 auf 5,06 Einheiten der Oelverbrauch für die Lichteinheit eben so stufenweise von 4,96 auf 6,98 Gramm steigt. In ähnlicher Weise verhalten sich zu einander die Nr. 39, 40, 41; — Nr. 44, 45; — Nr. 47, 48; — Nr. 57, 58.

4) Der Oelstand (ob sinkend, intermittirend oder konstant), welcher von so wesentlichem Einflusse auf die Stetigkeit des Lichts bei längerem Brennen der Lampen ist (indem die Helligkeit der Flamme am stärksten und raschesten bei sinkendem Niveau, weniger bei intermittirendem, und am wenigsten bei konstantem Niveau abnimmt), äußert auch seine Wirkung auf die Summe des aus dem Oele entwickelten Lichts. Denn wenngleich nach theilweiser Verkohlung des

Dochtes (welcher die Lampen mit konstantem Niveau am wenigsten unterliegen) weniger Oel aufgesogen und eben dadurch hauptsächlich die Verminderung der Helligkeit herbeigeführt wird, so findet doch an einem so veränderten Dochte auch die Verbrennung minder vollkommen Statt. Aus der Tabelle ist zu entnehmen, daß der Oelverbrauch für die Lichteinheit betragen hat:

a) bei 15 Lampen mit sinkendem Niveau (Nr. 1, 2, 5, 8—19) von 5,24 bis 9,18 Gramm, durchschnittlich 6,83 Gr.
b) bei 32 Lampen mit intermittirendem Niveau (Nr. 3, 4, 6, 7, 20—28, 31—49) von 4,79 bis 9,40 Gramm, durchschnittlich . . . . 6,38 „
c) bei 11 Lampen mit konstantem Niveau (Nr. 50—60) von 4,09 bis 5,81 Gramm, durchschnittlich . . . . 4,98 „

Es wird hierbei nicht von erheblichem Einflusse gewesen sein, daß die Lampen mit konstantem Niveau meist solche von großem Kaliber waren. Hebt man aber, um dieses Bedenken zu beseitigen, von allen drei Klassen der Lampen nur diejenigen aus, deren Docht über 50 Millimeter im Umfange mißt, so ergibt sich:

a) für 6 Lampen mit sinkendem Niveau 6,14 bis 9,18 Gramm, durchschnittlich . . . . 7,25 Gr.
b) für 14 Lampen mit intermittirendem Niveau 4,84 bis 6,98 Gramm, durchschnittlich . . . . 5,73 „
c) für 9 Lampen mit konstantem Niveau 4,48 bis 5,81 Gramm, durchschnittlich . . . . 5,13 „

womit das Vorige nur seine Bestätigung erhält.

5) Die untersuchten Lampen waren überhaupt solche mit flachen und halbrunden Dochten von 18 bis 38 Millimeter Breite, deren (durchschnittliche) Lichtstärke gleich jener von 1,17 bis 4,00 Talgkerzen betrug; und solche mit hohlen Dochten von 7,6 bis 22 Millimeter Durchmesser, womit ein Licht gleich dem von 1,22 bis 10,10 Einheiten (Talgkerzen) entwickelt wurde.

6) Spalte 3 gibt die Anzahl von Millimeter der Dochtbreite (bei flachen und halbrunden Dochten) oder des Dochtumfanges (bei hohlen Dochten), aus welcher eine Helligkeit gleich jener eines Talglichtes entwickelt worden ist. Diese Größe schwankt zwischen 6,2 und 27,0 Millimeter. Auf dieselbe hat das Kaliber des Dochtes einen entschiedenen Einfluß, wie folgende gruppenweise Zusammenstellung zeigt:

Dochtdurchmesser, Millimeter.	Zahl der Versuche.	Millimeter Dochtumfang für die Lichteinheit. Grenzen.	Mittel.
22, 21,3, 20,4	18	6,8—13,2	8,9
18,2, 18, 17	9	7,3—14,9	10,1
15,2	7	8,5—19,7	12,1
13,7	6	9,6—15,3	13,7

Sondert man die Lampen nach der Beschaffenheit des Oelstandes, so findet sich die Dochtgröße zur Entwickelung der Lichteinheit wie folgt:

bei 15 Lampen mit sinkendem Niveau 8,8 bis 17,9 und im Mittel . . . . 12,4 Millim.
bei 32 Lampen mit intermittirendem Niveau 6,8 bis 27,0 im Mittel . . . . 11,8 „
bei 11 Lampen mit konstantem Niveau 6,2 bis 8,9 im Mittel . . . . 7,9 „

Wird aber diese Vergleichung auf die Dochte von mehr als 50 Millimeter Umfang beschränkt, um zu große Verschiedenheiten in dieser Beziehung auszuschließen, so hat man:

6 Lampen mit sinkendem Niveau 8,9 bis 16,3 und im Mittel . . . . 13,6 Millim.
14 Lampen mit intermittirendem Niveau 6,8 bis 14,9 im Mittel . . . . 9,4 „
9 Lampen mit konstantem Niveau 6,8 bis 8,9 im Mittel . . . . 8,0 „

7) Der stündliche Oelverbrauch überhaupt (Spalte 4, a) betrug von 9,44 bis 54,29 Gramm: ersterer für 1,25 und letzterer für 9,89 Lichteinheiten.

8) Der stündliche Oelaufwand für die Lichteinheit (Spalte 4b) hat zwischen 4,09 und 9,40 Gramm variirt; der Gesammtdurchschnitt beträgt 6,23 Gramm. Wie sich dieser Aufwand bei Dochten von verschiedener Größe und bei verschiedenen Gattungen der Lampen verhält, ist schon unter 2) und 4) auseinandergesetzt.

9) Die stündliche Oelverzehrung für 1 Millimeter der Dochtbreite

oder des Dochtumfangs (Spalte 4, c) gibt einen Maßstab für die relative Verbrennungsfähigkeit der verschiedenen Lampenanordnungen. Sie variirte überhaupt zwischen 299 und 810 Milligramm; der allgemeine Durchschnitt stellt sich auf 600 Milligramm. Im Besondern ist man zu folgenden zwei Schlüssen berechtigt.

a) Kleinere (engere) Hohldochte, welche eine minder hohe Flamme gestatten, da bei ihnen die Flamme sich leichter in eine rauchende Spitze zusammenzieht, konsumiren eine geringere Menge Oel auf 1 Millimeter Docht, weil man genöthigt ist, sie niedriger zu halten, als größere Dochte. Dies zeigen z. B. recht entschieden die Nr. 36 bis 42. Hier hat man für einen Docht von

21,3 Millimeter	. . . .	810 Milligramm.
18,2 „	. . . .	689 „
15,2 „	. . . .	666 „
13,7 „	durchschnittlich . .	534 „
10,6 „	. . . .	512 „

Wenn dies an anderen Stellen der Tabelle weniger oder gar nicht hervortritt, auch wohl in das Gegentheil sich verkehrt, so muß die Ursache hiervon verschiedenartigen Nebenumständen zugeschrieben werden. Da letztere, zum Theil von entgegengesetzter Einwirkung, ihre störende Bedeutung größtentheils verlieren, wenn eine gewisse Anzahl von Fällen kombinirt wird, so ist erklärlich, wie der aufgestellte Satz durch nachstehende gruppenweise Betrachtung aufs Klarste bewahrheitet erscheint.

Dochtdurchmesser, Millimeter.	Zahl der Versuche.	Milligramm Oel verbrannt durch 1 Millimeter Docht.	
		Grenzen.	Mittel.
22, 21,3, 20,4	20	454—810	631
18,2, 18, 17	9	459—689	613
15,2	7	415—666	538
13,7	6	366—605	494
11,8, 10,6	6	299—578	483

b) Lampen mit intermittirendem oder gar mit konstantem Niveau haben eine größere Verbrennungsfähigkeit als solche mit sinkendem Niveau, weil bei letzteren der Docht schnell verkohlt und eines Theils seines Auffaugungsvermögens beraubt wird. Stellt man aus der Tabelle — um den Einfluß der Größe des Dochtes (s. vorstehend) auszuschließen — nur diejenigen Lampen aller drei Klassen, welche annähernd gleich große Dochte (von 52 bis 69 Millimeter Umfang) haben, neben einander, so findet sich der stündliche Oelverbrauch auf 1 Millimeter Docht wie folgt:

bei 6 Lampen mit sinkendem Niveau 471 bis 689 — im Mittel . . . . 544 Milligr.

bei 16 Lampen mit intermittirendem Niveau 454 bis 810 — im Mittel . . . . 631 „

bei 9 Lampen mit konstantem Niveau 557 bis 733 — im Mittel . . . . 639 „

K. Karmarsch.

Mühlen.

(Bd. X. S. 1.)

A. Getreidemahlmühlen überhaupt.

Der betreffende Artikel im Hauptwerke schließt mit dem Jahre 1840 und enthält namentlich eine vollständige Zusammenstellung der bemerkenswerthesten, bis dahin in Europa und im zivilisirten Nordamerika bekanntgewordenen Konstruktionen von Mahlmühlen und den verschiedenen Verfahrungsarten bei der Verarbeitung des Getreides zu Mehl. Diesem gemäß ist hier zunächst die Absicht, in kurzen Umrissen diejenigen hauptsächlichen Veränderungen und Verbesserungen übersichtlich hervorzuheben, welche diese wichtige Gattung von Maschinen seit jener Zeit erfahren hat.

Vor Allem hat sich das Eisen als Konstruktionsmaterial Eingang verschafft, so daß nicht nur die hölzernen Wellen, Räder und Getriebe verschwunden sind, sondern auch das eiserne Mühlgerüst den alten Holzbau als Stütz- und Tragmittel beinah ganz verdrängt hat. Eben so hat sich die Aufstellung der Mahlgänge in gerader Linie oder (wie man zu sagen pflegt) in

Reihen wieder geltend gemacht, jedoch mit dem großen Unterschiede, daß man nicht wie sonst jeden Mahlgang, oder höchstens zwei Gänge von demselben Beweger (namentlich Wasserrad), sondern viele Gänge von derselben Arbeitsquelle aus treiben läßt, unter andern bei einer für Taganrog (Südrußland) von W. Fairbairn in Manchester konstruirten Mühle 36 Gänge in einer Reihe, sämmtlich bewegt von einer in der Mitte (jedoch außerhalb des Mühlgebäudes) aufgestellten Dampfmaschine.[1]

Nächstdem haben sich die vervollkommneten horizontalen Wasserräder (Turbinen) als die (bei vorhandenen Wasserkräften) für Mahlmühlen besonders geeigneten Bewegungsmittel herausgestellt und zugleich eine Art von Reaktion gegen die Dampfmaschine hervorgerufen, welche man längere Zeit hindurch als für die rechte Mehlfabrikation allein geeigneten Motor betrachtete und deßhalb selbst an solchen Orten „Dampfmühlen" ins Leben rief, wo sich schlecht benutzte Wassergefälle von sonst hinreichender Mächtigkeit vorfanden. Gegenwärtig hat die Erfahrung hinlänglich gelehrt, daß Dampfmühlen neben Wassermühlen mit hinlänglicher Triebkraft schwer oder gar nicht bestehen können und daß sie, unter sonst gleichen Umständen, eigentlich nur dort vortheilhaft sind, wo lebendiges Wasser gänzlich fehlt oder unzureichend vorhanden ist, dafür aber Speisewasser und Brennmaterial für Dampfkessel in rechter Weise zur Disposition stehen.

Ein ferneres, bezeichnendes Merkmal der Mahlmühlenveränderungen seit 1840 ist das Treiben der Läuferwellen (Mühlspindeln) durch Riemen statt durch Zahnräder, eine Anordnung, die sich namentlich bei fabrikmäßigem Betriebe und bei ziemlich gleichbleibenden Widerständen, wegen Einfachheit des Aus- und Einrückens der Mahlgänge und wegen mancher Dispositionsvortheile, mehrfach Eingang verschafft hat, ohne jedoch den direkten Zahnradbetrieb gänzlich zu verdrängen. Bei beiden Transmissionsmethoden sind die ersten Anschaffungskosten ziemlich gleich, während die Unterhaltung der Riemen etwas theurer ist, wofür aber der Riemenbetrieb wieder die Vortheile eines ruhigen Ganges und der Nichtfortpflanzung

[1] Fairbairn: Mills and Millwork. Part. II. pag. 127. (London, 1863.)

von Erschütterungen und Stößen von den Mahlgängen aus auf den Motor darbietet.

In den Kreis der Besprechung gehören ferner auch die zu jener Zeit mit großen Hoffnungen und Erwartungen eingeführten eisernen Mahlkörper zum Ersatze der Steine, eiserne zentrische oder exzentrische Mahlscheiben oder zylindrische Walzen.

Hinsichtlich der Mahlscheiben hat man gelernt, daß sie zwar viel zu schaffen vermögen, nicht aber zum Mehlmachen, sondern höchstens zum Schroten geeignet sind, weil ihnen die natürliche Porosität und Struktur guter (namentlich französischer) Mühlsteine fehlt. Bei den Walzenmühlen hat sich herausgestellt, daß sie sehr kostspielige Unterhaltung (viel Reparatur und Aufsicht) erfordern und endlich die Körner nicht rein ausmahlen, so daß derartige Mühlen ohne gleichzeitig vorhandene Steingänge zum Mehlmachen gar nicht zu verwenden sind.

Nicht geringere Aufmerksamkeit und Mühe hat man ferner auf das Kaltmahlen des Getreides zu Mehl verwandt, weil dies auf die Güte der besseren Mehlsorten von vortheilhaftem Einflusse ist und ohne Weiteres bei dem gewöhnlichen Flachmahlen, oder verhältnißmäßig engen Zusammenstellen der Steine, vollständig gar nicht zu erreichen ist. Zuerst hat man diesem Uebel dadurch zu begegnen gesucht, daß man Ströme frischer (kalter) atmosphärischer Luft zwischen die Steine führte und zwar durch Blasen oder Saugen oder durch beides zugleich; sodann hat man schmale, ringförmige Steine (Steine mit sehr erweitertem Läuferauge) statt sogenannter Vollsteine (mit gewöhnlichen, engen Läuferaugen) in Anwendung gebracht, wobei nur das äußerste Drittel oder Viertel der ganzen Steinfläche zum Mehlmachen verwandt, das Vorarbeiten (grobe Zerkleinern) der Körner aber durch vorhergehende Walzen besorgt wird, bis man endlich die völlige Lösung der Aufgabe in der erweiterten Anwendung der Griesmüllerei (dem Hochschroten, Hochmahlen) erkannte, worüber der Hauptsache nach bereits im Hauptwerke (Bd. X. Seite 52 ꝛc.) ausführlich gehandelt wurde.

Endlich verdient noch das Bestreben erwähnt zu werden, vervollkommnete Getreide-Sortir- und Reinigungsmaschinen herzustellen, von denen die wirksamsten der letzteren Gattung immer mehr den Charakter der Maschinen zum Graupenmachen (der

Abreibe- und Polir-Maschinen Bd. X. Seite 196) angenommen haben, ohne jedoch die Aufgabe völlig zufriedenstellender Schälmaschinen zu lösen.

Nach dieser Uebersicht wenden wir uns zur Besprechung spezieller Getreide-Mühlen-Konstruktionen und jetzt gebräuchlicher Mahlmethoden, und beginnen mit der Beschreibung der Touaillon-Darbly-schen Mahlmühle zu St. Maur bei Paris (als Musterwerk für ganz Frankreich bekannt), die zur Zeit der Abfassung des Artikels „Mühlen" im Hauptwerke noch nicht ganz vollendet war, dort auch (Bd. X. S. 123—127) nur kurz erwähnt wird und zwar ohne eine Abbildung der damaligen Einrichtung beizugeben.

Fig. 1 und 2, Taf. 117, stellen eine von vier vorhandenen Gruppen dieser schönen Mahlmühle dar, die überhaupt aus vier Systemen, in Kreisen zu je 10 aufgestellter Steinpaare, also überhaupt aus 40 Mahlgängen besteht. Zum Betriebe jeder der vier Ganggruppen ist eine Fourneyron'sche Turbine vorhanden, welche durchschnittlich eine Arbeit von 40 Maschinenpferden (bei 50 bis 60 Umläufen pro Minute) auf die Hauptbetriebswelle E der Mühle überträgt, die nur eine unmittelbare Fortsetzung der von einer Hülse P umschlossenen Turbinenwelle ist.[1] Auf der angeführten Hauptwelle E hat man (in der ersten Zeit) das große Stirnrad F mit 288 eisernen Zähnen (bei 3,4 Meter Theilrißdurchmesser) befestigt, in welches die 10 Getriebe G der in Bütten M eingeschlossenen Läufersteine griffen. Jedes dieser mit 84 hölzernen Zähnen ausgestatteten Getriebe G hatte dabei einen Durchmesser von 0,985 Meter, so daß die Mühlsteine (von 1,10 M. Durchmesser) pro Minute 170 bis 200 Umläufe machten.[2]

Sämmtliches von den Mühlsteinen kommende Mahlgut lief damals in viereckigen Röhren oder Schlotten R in einen großen

[1] Der Marnefluß wird dabei als Aufschlagwasser benutzt und von diesem gewöhnlich 4,8 bis 5,2 Kubikmeter Wasser pro Sekunde bei etwa 3,5 Meter Gefälle zum Betriebe verwandt.

[2] Die Art und Weise der kontinuirlichen Zuführung der zu vermahlenden Getreidekörner durch Röhren und trichterförmige Gefäße N, mit dem darauf folgenden Conti'schen Aufschütter, ist von ähnlicher Anordnung wie die Durchschnittsfigur 7 (einer Fairbairn-Mühle angehörig) erkennen läßt. Der Conti'sche Aufschütter wurde bereits im Hauptwerke S. 71 (Note) besprochen.

Behälter S, auf dessen Boden sich eine kolossale Harke oder der Hopperboy (Hauptwerk Bd. X. S. 116) T langsam im Kreise bewegte. Um letzteres in direkter Weise zu Stande zu bringen, hatte man auf der Königswelle E, unmittelbar über dem Fußboden des Behälters S, ein kleines Stirnrad a von 26 Centimeter Durchmesser befestigt, welches in ein größeres Rad b von 62 Centimeter Durchmesser griff, worauf ein zweites Vorgelege (von gleicher Uebersetzungszahl) folgte, dessen größeres Rad d jedoch auf der Welle E nicht befestigt, sondern nur lose aufgeschoben war. Mit der verlängerten Nabe des Rades d waren unmittelbar die Arme f des Hopperboy's verbunden, der nun auch demzufolge pro Minute durchschnittlich nur 10 Umläufe machte. Alles vom Hopperboy gekühlte Mahlgut fiel durch eine Oeffnung U einer Transportschraube V zu, die es einem Kasten überlieferte, aus welchem es die Eimerchen eines Elevators schöpften, der es unmittelbar den Beutelmaschinen zuführte.

Am Ende der 1840er Jahre nahm Darbly mit der Mühle zu St. Maur wesentliche Veränderungen vor, die hauptsächlich im Tieferlegen der Mühlsteine (aus der ersten Etage ins Parterre), in der Anordnung des Läuferbetriebes von oben (statt sonst von unten), in der Verwendung größerer Mühlsteine (von 1,30 Meter Durchmesser statt früher 1,10 Meter), so wie in der Entfernung sämmtlicher Zahnräder F G G und Ersatz derselben durch eine vollständige Riementransmission bestanden.

Mit diesen Veränderungen ist die Mühle Fig. 3 im Vertikaldurchschnitte und Fig. 4 im Grundrisse dargestellt, wobei zugleich bemerkt werden mag, daß die Turbinenanordnungen, deren Schützenmechanismen y y, z z, etc. und Zubehör dieselben geblieben sind.

Die Aufstellung der Mühlsteinpaare in Gruppen zu je 10 ist gleichfalls beibehalten, auch bildet von beiden Mühlsteinen der obere A noch den Läufer, während der untere B festliegt. Neu ist jedoch die Anordnung einer durch Saugen wirksamen Ventilation, wozu von den Steinbütten C C aus Röhren H H nach einem hohen zylindrischen Behälter K K führen, der mit in obern Stockwerken befindlichen Ablagerungsbehältern in Kommunikation steht. Die Betriebswellen F der Läufersteine A A sind hohl und dienen gleichzeitig zur Zuführung der Getreidekörner, weßhalb sie auch mit höher gelegenen, unbeweglichen Blechröhren I in Verbindung gesetzt sind.

Die aktive, direkt auf der verlängerten Turbinenwelle befestigte Riemenscheibe, für alle zehn Mahlgänge einer Gruppe, bildet eine gußeiserne aus zwei Theilen M_1 und M_2 zusammengeschrobene Trommel von 2,6 Meter Durchmesser und 1,30 Meter Höhe, während jede der passiven Scheiben L_1 L_2 L_3 einen den Mühlsteinen gleichen Durchmesser von 1,30 Meter hat, so daß die Läufersteine (bei 60 Umläufen der Turbine) 120 Umgänge pro Minute machen. Um sich letzterer Umdrehzahl möglichst zu vergewissern, wirkt gegen die schlaffe Hälfte jedes Treibriemens R eine sogenannte Spannungsrolle l, wovon im Grundrisse Fig. 4 eine im eingerückten und die andere, punktirt angegebene, im ausgerückten (unwirksamen) Zustande gezeichnet ist. Die Axlager jeder Spannrolle befinden sich in den Enden zweier Arme a b c, die um eine Vertikalwelle a drehbar sind, während am äußersten freien Ende c eine Schnur m angebracht und in ihrer Fortsetzung mit einem Spanngewichte belastet ist.

Sinnreich, wenn auch etwas komplizirt, ist die Bewegungsübertragung von der hohlen Welle F aus auf die im Läufer A befestigte Haue e, weßhalb zum besseren Verständniß noch die ganze Anordnung Fig. 5 im vergrößerten Maßstabe (im Vertikaldurchschnitt) gezeichnet ist. Auf dem untern Ende der hohlen Betriebswelle F hat man zunächst eine Hülse i befestigt, die unterhalb eine zweizinkige Gabel bildet, welche die prismatische Haue zwischen sich faßt, ähnlich wie man von jeher den Oberbetrieb bei den Windmahlmühlen mittelst des sogenannten Klüvereisens anordnete.[1] Die untere Parthie der Haue e ruht auf einem Kuppelstücke g und dieses wieder (gehörig befestigt) auf dem oberen Ende h der kurzen Welle k (dem eigentlichen Mühleisen), welche durch die Büchse (das Halslager) m im unbeweglichen Bodensteine B geht, sich in der Büchse m frei drehen kann und mit seinem Spurzapfen p bei q in bekannter Weise gelagert ist. Daß die mit der Höhlung a der Welle F kommunizirenden Seitenkanäle b, so wie endlich die Ansatzröhren c zur Zuführung der Körner dienen, bedarf wohl kaum der Erwähnung.

Bei guter Erhaltung aller Theile und beim regelrechten Gange der Mühle hat der Zapfen d gar keine eigene Bewegung, läuft

[1] Ausführlich in Meißner's Anleitung zum Bau der Mahlmühlen, Hamburg 1835, S. 151 &c.

nicht in der Pfanne e, sondern mit dieser als ein Ganzes herum, was dem Zwecke der ganzen Anordnung entspricht, nämlich gleichzeitig eine sogenannte schwebende Haue zu Stande zu bringen. Für letzteren Zweck ist noch ausdrücklich zu bemerken, daß das Zwischenstück g (Fig. 5) nach oben hin so ausgeschnitten ist, daß es mit dem korrespondirenden unteren Theile der Haue e eine sogenannte Quadratenkupplung bildet.[1]

Das unter der gußeisernen Fundamentplatte D im besondern Raume E angebrachte Stellzeug für den Läuferstein besteht aus einer Art von Kronrad s mit 16 Einschnitten (Kerben) und aus einem Einklinkhebel t, welcher frei den zylindrischen Körper r umfaßt, in welchem die Mutter einer Schraube befindlich ist, deren Kopf q gegen die Spurplatte des Zapfens p der Mühlspindel k gepreßt werden kann, sobald man nur das Kronrad s in entsprechender Weise, mit Hülfe des Hebels t, in Umdrehung versetzt.

Schließlich dürfte noch auf die von Darbly angeordnete Kühlvorrichtung für das von den Mühlsteinen ablaufende Mahlgut aufmerksam zu machen sein. Es ist diese unterhalb der Fundamentplatte an der zylindrischen Außenseite des Grundmauerwerkes in Fig. 3 sichtbar und besteht hauptsächlich aus einer drehbaren, horizontalen, hölzernen Plattform a′, welche einen ebenfalls hölzernen Ring b′ konzentrisch umgibt, womit das Mauerwerk bei V außerhalb bekleidet ist. Eine gehörige Anzahl gußeiserner Träger c′, ebenfalls am Mauerwerke befestigt, sind mit vertikalen und horizontalen Friktionsrädern ausgestattet, gegen welche sich beziehungsweise die untere Kante und die innere Seite eines Randes lehnt, womit die große Plattform a′ nach unten hin versehen ist. Zur Plattformdrehung, um NP als Axe, ist unterhalb a′ ein kreisförmiger Zahnring befestigt, in welchen zwei Getriebe greifen, die ihre Bewegung von der Turbinenwelle aus durch Kegelräder g′ h′ empfangen. Der mittlere Durchmesser der Plattform ist 5,2 Meter und pro Minute verrichtet sie einen Umlauf, so daß ihre Peripheriegeschwindigkeit pro Sekunde 0,274 Meter beträgt.[2] Das von den Steinen

[1] Mit ausführlichern Detailzeichnungen findet man dieselbe Hauenanordnung in der Allgemeinen Maschinenlehre des Verfassers Bd. II. S. 115.

[2] Diese beschriebene offene Kühlvorrichtung ist der Hauptsache nach keine andere als die, welche bereits 1833 von Feray in Anwendung gebracht wurde

kommende Mahlgut fällt durch Röhren auf die Plattform a', bei deren Umdrehung es der atmosphärischen Luft exponirt, zuletzt von einem Elevator aufwärts gehoben und zur ferneren Kühlung einem Hopperboy überliefert wird.

Der gegenwärtige Reinigungsprozeß der Mühle zu St. Maur soll [1] folgender sein: Das in einen Rumpf a, Fig. 11, geschüttete Getreide fällt zuerst auf ein ebenes Siebwerk b, dem man pro Minute etwa 200 hin- und hergehende (schüttelnde) Bewegungen ertheilt, wobei Staub, verkrüppelte oder zerbrochene Getreidekörner, ferner Sämereien rc. durch die Maschen des Siebes gehen, während die guten und schweren Körner in einen Trog d fallen, wobei zugleich ein Ventilator v alle leichten Theile hinwegbläst. Aus dem Troge d hebt ein Elevator e die Körner auf eine Reinigungsmaschine (von Corrège) f g h z, die hier in vier übereinander befindlichen Etagen oder Fächer getheilt ist und woran die Fächer 1 bis 6 von einem mit Reibeisenblech ausgeschlagenen Mantel umgeben sind. Im ersten oder obersten Fache dreht sich an der gemeinsamen Vertikalwelle z ein Schläger α mit vier dreieckigen, radial gestellten, aus Reibeisenblech gebildeten Flügeln. Im zweiten Fach dreht sich ein ähnlicher, vierarmiger Flügel β, dessen äußere Kanten jedoch nicht geradlinig, sondern von irgend einer konkaven Kurve begrenzt sind, während im dritten Fache 3, 4, 5, 6 gar keine Flügel vorkommen, vielmehr ein kurzer Kreiszylinder γ eingebracht und dessen Mantel ebenfalls aus Reibeisenblech gebildet ist. An den Uebergangsstellen von einer Etage zur andern, die in Fig. 11 mit den Ziffern 1 und 2, ferner 3 und 4, und zuletzt mit 5 und 6 bezeichnet sind, hat man niedrige Ringe am äußeren unbeweglichen Zylinder befestigt und solche ebenfalls mit Reibeisenblech beschlagen.

Nachdem die Körner die dritte Etage 3,6 passirten, gelangen

und wovon sich Abbildung und Beschreibung in Le Blanc „Recueil des Machines“ etc. T. II. Planche 51 und 52 vorfindet. Offenbar führt dieselbe das Verbreiten von Mehlstaub als Uebelstand mit sich. Nichts desto weniger wird ihre Wirksamkeit bei der St. Maur-Mühle gerühmt! Man sehe deshalb unsere Quelle, nämlich: Armengaud, Publication industrielle, Vol. 10, p. 250, Pl. 18.

[1] Wenigstens nach Benoît „Guide du Meunier“ (Auflage von 1863) Partie II. §. 330.

sie in die Abtheilung δ, auf deren Boden 7,8 sich ein ebenfalls an der stehenden Welle z z befestigter Bürstenapparat herum bewegt. Damit die Körner beim Herablaufen von γ nach δ sämmtlich nach einer Oeffnung in der Mitte der Bürstenscheibe 7,8 geführt werden, ist unter dem Boden der Abtheilung γ ein Trichter η angebracht, der über der Bürstenscheibe mündet.[1]

Aus dem Raume δ fallen die Körner durch ein Rohr h auf eine schiefe Fläche k und gelangen nach zwei Gattungen von Rollsieben l und p, wobei kaum erforderlich sein wird auf die Wirkung des Ventilators i und auf die Nothwendigkeit der Ablenkungswände m und n aufmerksam zu machen. Die Welle z z macht gewöhnlich 280 Umläufe pro Minute (während der Zylinder γ einen Durchmesser von 48 Centimeter hat), jedes der Rollsiebe l und p etwa 30 in derselben Zeit.

Durch keine der hier und im Hauptwerke (Bd. X, S. 72, 79, 111 und ferner) beschriebenen Reinigungsmaschinen wird das Getreide von runden Unkrautsamen (namentlich den Raden oder Trespen) so getrennt, wie dieß durch eine von Vachon (Vater und Sohn) in Lyon bereits vor dem Jahre 1845 angegebene und ausgeführte Maschine in der That geschieht. Die Erfinder haben dieser Maschine den Namen Trieur (Ausleser) gegeben, weil sie zuletzt die runden (schlechten oder doch fremden) Samentheile von den guten länglichen Getreidekörnern fast wie durch Auslesen mittelst Menschenhänden zu trennen sucht. Fig. 9, Taf. 117, stellt Vachon's Maschine im Längendurchschnitte dar, während Fig. 10 ein zugehöriges Detailstück in wahrer Größe ist. Den Haupttheil der Maschine bildet ein Blechzylinder a, der in seinem ersten Drittheil b (links) mit Längenlöchern von solcher Größe völlig durchbrochen ist, daß nur verkümmerte oder zerkleinte Getreide- und ähnliche fremde Körner hindurch fallen können. Die andern $^2/_3$ der mit c bezeichneten Blechzylinderlänge sind inwendig nur mit kreisrunden Vertiefungen, nicht mit durchgehenden Löchern versehen, wie solche aus Fig. 10 zu erkennen sind.

Auf die Welle des Zylinders a a, die beiläufig gesagt, an der Umdrehung des Zylinders nicht Theil nimmt, indem ihr

[1] Eine ausführlichere Zeichnung der Reinigungsmaschine von Corrège findet man in Rollet's „Mémoire sur la Meunerie" Pag. 4.

vielmehr nur eine hin- und hergehende Bewegung gestattet ist, hat man eine muldenförmige Schale α gehangen, die also ebenfalls der Umdrehung des Zylinders a a nicht folgen kann. Zum Stützen und Erhalten des Zylinders a a in der erforderlichen (etwas gegen den Horizont geneigten) Lage dienen Arme f f, die sich mit ihren Naben e frei um die unbewegliche Welle d zu drehen vermögen. Um dem Zylinder a a die erforderliche Umdrehbewegung ertheilen zu können, hat man das obere Ende q desselben zur Aufnahme eines Treibriemens pq geeignet gemacht. Uebrigens werden die beiden Enden der Welle d besonders gestützt, das eine (rechts) durch einen elastischen Ständer y, das andere (links) durch eine entsprechende Rolle ρ. Um der Längenverschiebung der Welle d, welche 10 Centimeter beträgt, nicht hinderlich zu sein, muß sich daher das obere Ende der Stütze y nach beiden Seiten hin ohne großen Widerstand um 5 Centimeter biegen lassen.

Die Quelle für sämmtliche Bewegungen der Maschine ist die Welle i, auf welcher ein Zahnrad k und eine kleine Schnurscheibe befestigt ist. Ersteres ist in Eingriff mit einem Zahngetriebe gesetzt, das sich mit der Kurbel h auf derselben Axe befindet. Bei Umdrehung der letzteren wird mit Hülfe der Lenkstange g die Bewegung auf die Welle d übertragen und deren bereits besprochener Hin- und Hergang bewirkt. Der Schnurlauf im pflanzt gleichzeitig die Bewegung auf die unten befindliche Horizontalwelle mp fort, von welcher aus durch eine Riemenanordnung pq die Umdrehung des Zylinders a hervorgebracht wird. Eine dritte Bewegung von i aus wird auf einen Ventilator v durch einen Riemen xx übertragen. Die Welle i macht gewöhnlich 200 bis 210 Umläufe pro Minute, das Rollsieb abc dagegen in derselben Zeit nur 5 bis 6.

Der Arbeitsgang ist hiernach folgender: Nach Herstellung der Bodenöffnung in dem mit Getreidekörnern gefüllten Rumpfe u läuft die ganze Masse auf ein ebenes, mit dreieckigen Oeffnungen versehenes Sieb r, durch welches alle kleinen Sämereien und Getreidekörner fallen, sämmtliche größeren, leichteren Körper aber durch den Wind des Ventilators v weggeblasen oder seitwärts von der Siebfläche r entfernt werden können. Ein gehörig gebogener Ausguß s leitet die Getreidekörner und fremden (meist runden) Samen in das Innere des etwas geneigt liegenden Zylinders a, wobei durch die rektangulären Oeffnungen des Zylindertheiles b, alle kleineren Körner und andere fremde Körperchen von entsprechender Größe (auch Erdtheilchen) hindurch fallen, während sich die übrige Masse in den Theil c des Rollzylinders begibt, dessen Wände nur runde Vertiefungen (Fig. 10), nicht aber durchgehende Oeffnungen besitzen.

Unter Zusammenwirkung der geneigten Lage des Zylinders a und der doppelten Bewegung desselben verbreiten sich sämmtliche Körner derartig über seine innere hohle Mantelfläche, daß sich nach und nach die vertieften, kreisrunden Zellen mit den mehr oder weniger kugelförmigen Körnern (namentlich der schwarzen Trespe, Raps ꝛc.) füllen, während die länglichen Getreidekörner über die runden Oeffnungen weggleiten, nach und nach bei δ herauslaufen und sich im Gefäße η sammeln. Die in gedachten Zellen befindlichen runden Körper gehen anfänglich mit dem Zylindermantel, wie zu einem Ganzen verbunden, herum, und zwar so lange, bis sie auf eine derartige Höhe gelangt sind, daß ihr Druck (vermöge der Schwerkraftrichtung) das Verbleiben in der Zelle unmöglich macht, vielmehr ihr Herabfallen erfolgt. Bei gehöriger Ausdehnung der muldenförmigen Schale $\alpha\alpha\beta$ (nach beiden Seiten gegen die Zylindermantelfläche hin) die ja an der Zylinderumdrehung nicht Theil nahm, fallen diese runden Samentheile auf die Schale $\alpha\alpha\beta$, oder werden von ihr aufgefangen und gelangen bald nachher, selbstverständlich durch die schüttelnde Bewegung des Zylinders a, woran die Schale $\alpha\alpha\beta$ Theil nimmt, bei β zum Ausflusse, um sich im zweiten Gefäße ε zu sammeln.[1]

Noch andere französische Getreidemühlen mit Riemenbetrieb, namentlich solche, wobei die Gänge geradlinig, in zwei parallelen Reihen aufgestellt sind, finden sich in folgenden Werken:

Le Blanc „Recueil etc." 3. Partie, p. 67 bis 71 (die 20gängige Darbly'sche Mühle zu Corbeil) und Bulletin de la Soc. d'encouragement ect. 49. Année (1850) p. 152, Pl. 1137 (eine

[1] Bemerkt zu werden verdient vielleicht noch, daß die dem Zylindermantel c zugekehrten Längenkanten der Schale $\alpha\alpha\beta$ mit Lederstreifen und Fingern besetzt sind, womit sie an der Mantelfläche gleiten und eine Art von Dichtung bewirken. Die beste uns bekannt gewordene (genaue) Abbildung eines (neueren) Vachon'schen Trieurs findet sich in Petitcolin's und Chaumont's „Atlas Universel", Vol. I. p. 19.

schöne 12-gängige Mühle von Calla in Paris für Odessa erbaut). Die allgemeine Anordnung letzterer Mühle stimmt mit der 6-gängigen Dresdener Mühle überein, welche sich Fig. 1 und 2, Tafel 119, abgebildet und weiter unten beschrieben findet.

Zu den mehrfachen Bemühungen französischer Mühlenbauer und Mechaniker um Verbesserung der Mahlmühlen gehört auch die Uebertragung einer bewegenden Elementarkraft auf die Mühlspindeln, statt durch Zahnräder oder Riemen, durch sogenannte Friktionsscheiben, d. h. durch kreisrunde, zylindrische, um parallele Axen drehbare Scheiben, die man mit einander in Berührung bringt und derartig gegen einander preßt, daß sich beide mit gleicher Peripheriegeschwindigkeit drehen. Durch diese Methode umgeht man allerdings die bekannten Uebelstände der Räder- und Riemen-Transmission und trägt die betreffenden Bewegungen regelmäßig und gleichförmig über. Dafür wird aber die Erzeugung von verhältnißmäßig großen Pressungen zwischen den Scheiben erforderlich, was um so nachtheiliger hervortritt, je größer bei einer überzutragenden Arbeit die Kräfte und je kleiner die Geschwindigkeiten sind.[1]

Um daher bei Getreidemühlen mit Friktionsscheibenbetrieb die Peripheriegeschwindigkeit dieser Scheiben möglichst groß zu machen, haben die wohlbekannten Mühlenbauer Foutaine, Fromont und Brault in Chartres die passive Friktionsscheibe nicht direkt an der Mühlspindel angebracht, sondern auf einer parallelen Nebenwelle, so daß überhaupt ein Zahnradvorgelege eingeschaltet wird.[2] Obwohl

[1] Bezeichnet man die Größe des zu überwältigenden Widerstandes oder der durch die Friktionsscheiben überzutragenden Kraft mit P, die erforderliche Pressung zwischen beiden Scheiben, damit sich diese mit einerlei Peripherie-Geschwindigkeit drehen, mit D und mit f den Koeffizienten der betreffenden gleitenden Reibung, so ist $P = fD$ und folglich $D = \frac{P}{f}$. Setzt man nun f recht groß, beispielsweise $\frac{1}{3}$, so ergibt sich $D = 3P$, was eben nicht vortheilhaft genannt werden kann.

[2] Ausführlich handelt über diese Mühle mit Friktionsräderbewegung Armengaud in seiner „Publication Industrielle," Vol. 9. p. 230. Die betreffende Mühle besitzt noch einige andere Eigenthümlichkeiten, nämlich den Betrieb des Läufersteines von oben, wodurch, wie bei der St. Maur-Mühle, eine sehr kurze Mühlspindel möglich wird, und eine vom Bodensteine völlig isolirte Büchse (Halslager) ꝛc.

hierdurch die Konstruktion etwas komplizirt wird, so verdient doch die ganze Transmissionsart im Auge behalten zu werden.

Besondere Aufmerksamkeit haben Franzosen und Engländer, namentlich seit dem Jahre 1846, auf die Bewegung des Bodensteines, statt des Obersteines, so wie auf Ventilation der arbeitenden Mühlsteinflächen verwandt.

Wenn man den Bodenstein sich umdrehen läßt, während gleichzeitig der Oberstein ruht, wird zunächst unstreitig der Vortheil des bessern Auswerfens des Mehles erreicht, weil sich dasselbe auf der Läuferfläche nicht leicht festsetzen kann; ferner fällt die Verengung des Steinauges durch die Haue weg und das Halslager (die Büchse) im Bodensteine läßt sich durch ein weit einfacheres, zugänglicheres Lager ersetzen. Indessen hat diese Anordnung auch Nachtheile, wohin namentlich gehört, daß eine sogenannte schwebende Haue (Hauptwerk Bd. X, §. 38, §. 70 und §. 111), nicht wohl Anwendung finden kann.

Die Priorität der Anwendung von Ventilation beim Vermahlen des Getreides nimmt bekanntlich Cartier (für das Jahr 1835) in Anspruch,[1] dem später in Frankreich Debaune, Cabanes u. A. folgten. Train in Laferté-sous-Jouarre erhielt 1843 ein Brevet auf Mühlsteine mit Luftkanälen (meules aérifères), welche auf der Mahlfläche des Läufers ausmünden.[2] Bei aller Flachmüllerei hat eine wirksame Ventilation den Vortheil, daß kalt gemahlen und gleichzeitig der sich bei der Erwärmung des Mahlgutes bildende Wasserdunst vortheilhaft abgeführt wird, was Beides auf die Erzeugung guten Mehles von nicht geringem Einflusse ist.

Eine Mahlmühle mit beweglichem Untersteine und gleichzeitiger Ventilation hatte Buisson aus Tullins (Departement Isère) zur Londoner Industrieausstellung von 1862 gesandt, wovon Fig. 5, Tafel 118, den Vertikaldurchschnitt in $\frac{1}{40}$ wahrer Größe darstellt.

Der festliegende, unbewegliche Oberstein, mit a bezeichnet, ist in einer gußeisernen Schale bc befestigt und mittelst Schrauben auf dem Mühlengerüste e stellbar gemacht, während der untere Stein g mit der Büchse h auf dem Mühleisen i festgekeilt ist. Der gußeiserne Sammelbehälter (die Bütte) für die von den Steinen

[1] Armengaud „Publication industrielle," T. V. (1847) p. 263.

[2] Rollet a. a. O. S. 211.

ablaufende Masse umgibt beide Steine konzentrisch und ist an der linken Seite mit einem Abfallrohre versehen, wodurch das Mahlgut einem Gefäße η zugeführt wird. Das Mühleisen i nimmt hier die ganze Höhe der Maschine ein, läuft an beiden Enden in gehörigen Lagern und macht dadurch die Bewegung des Läufers g sehr stabil, so wie gleichzeitig durch die Fortsetzung der Welle i nach oben ein Mittel geboten ist, durch einen am Schuhe w des Rumpfes y angebrachten Arm v die erforderliche Schüttelbewegung von w zu erzeugen. Der untere oder Spurzapfen ist ähnlich wie bei den Fourneyron-Turbinen angeordnet und von einem mit Stopfbüchse versehenen Gehäuse k umschlossen. Der kurze Zylinder l nimmt dabei an der Umdrehung nicht Theil, sondern kann nur beim Stellen des Läufers mit auf- und abbewegt werden.

Das Hebelstellzeug m n p q erklärt sich aus der Abbildung von selbst.

An der untern Fläche des Läufers g ist zu dessen Betriebe sowohl die Riemenscheibe z, als auch ein Spurring α für einen Schnurlauf $\alpha \beta$ befestigt, und zwar letzterer zur Umdrehung des vom Gehäuse u eingeschlossenen (horizontalliegenden) Ventilators, der kalte Luft durch die Röhre t und die Kanäle s s, r r zwischen die Mahlflächen treibt.[1]

Mehr zu den Seltsamkeiten und zu den Beispielen sinnreicher, wenn auch komplizirter Konstruktion, gehören die namentlich von Franzosen wiederholt versuchten Anordnungen von Mühlen, wobei sich Ober- und Unterstein zugleich und zwar nach entgegengesetzten Richtungen drehen, was zur Folge hat, daß zur Erreichung der erforderlichen Peripherie-Geschwindigkeit jeder Stein für sich nur halb so viel Umläufe in derselben Zeit zu machen hat, als wenn sich nur einer dreht, der andere aber still steht.[2]

Der vorgenannte Mühlenbauer Buisson aus Tullins theilte

[1] Hiernach wirkt der Ventilator durch Einblasen (Pulsation), was bei Mahlmühlen sich nicht so vortheilhaft gezeigt hat, als wenn die Luft ausgesogen wird (der Ventilator durch Aspiration wirkt). Eine Anordnung letzterer Art ist auf Taf. 117, Fig. 7 gezeichnet, worauf wir später zurückkommen werden.

[2] Spezielles über diese Mühlen findet sich in Armengaud Publication Industrielle, Vol. VII. Planche 3, (wo die Steine durch Zahnräder bewegt werden) und in dessen Génie Industriel, Vol. 22, p. 288 (Steine mit Riemenbewegung).

dem Verfasser folgende Versuchsresultate (in einer als Manuskript gedruckten Abhandlung) mit, die zur Leistungsbeurtheilung seiner vorher beschriebenen Mahlmühle, so wie der Mühle mit zwei nach entgegengesetzten Richtungen laufenden Steinen dienen können.

Mit einer Triebkraft von 6 Maschinenpferden und unter sonst gleichen Umständen (französische Steine von einerlei Durchmesser und derselben Schärfung, Getreide von gleicher Beschaffenheit ꝛc.) will Buisson erhalten haben:

	Kilogramm per Stunde.	
1) Wenn der obere Stein allein lief und keine Ventilation angewandt wurde	91	Das Mehl gewöhnlich.
2) Wenn der obere Stein allein lief und ventilirt wurde ..	125	Das Mehl schöner als bei Nr. 1.
3) Wenn der untere Stein allein lief und ebenfalls ventilirt wurde	166	Das schönste Mehl aller Versuche.
4) Wenn beide Steine zugleich, aber nach entgegengesetzten Richtungen umliefen und gleichfalls ventilirt wurde	207	Noch weniger gutes Mehl als bei Nr. 1.

Zu Nr. 4 bemerkt Buisson noch, daß dieß Maximum von Arbeitsleistung außerordentlich durch Abnutzung und durch die ungewöhnliche Aufmerksamkeit kompensirt wurde, welche die Erhaltung der komplizirten Konstruktion erforderte.

Die gegenwärtig in Frankreich üblichen Mahlprozesse (beim Vermahlen des Weizens) sind wenig verschieden von den zur Zeit in Deutschland gebräuchlichen.

Je nachdem man die besseren Mehlsorten durch einmaliges oder mehrmaliges Aufschütten, durch ganz- oder halb-Flachmahlen erzeugt, die Kleie unmittelbar mit fein mahlt, oder Schalen durch Hochschroten, Putzen und Sortiren trennt, überhaupt Gries (Gruaux) bereitet und aus letzterem allein das gute und schöne Mehl herauszieht, unterscheidet man (im Allgemeinen) jetzt in Frankreich die mouture américaine, mouture française und mouture à gruaux.

Nach Rollet [1] können dann u. A. die Mengen der verschiedenen Mahlprodukte nach Prozenten folgende sein:

[1] A. a. O. S. 199.

Mouture américaine			Mouture française			Mouture à gruaux		
Mehl erster Sorte . . .	64,0	75,0	Mehl erster Sorte . . .	36,0	76,0	Feinstes Nudelmehl . .	20,52	78,22
„ zweiter „ . . .	3,0		Griesmehl Nr. 1 . . .	18,0		Griesmehl Nr. 1 . .	20,52	
„ dritter „ . . .	6,0		„ „ 2 . . .	10,0		„ „ 2 . .	6,41	
„ vierter „ . . .	2,0		Mehl zweiter Sorte . .	6,0		Weißmehl	11,54	
Grobe Kleie	6,0	23,0	„ dritter „ . .	3,5		Schwarzmehl	19,23	
Feine „	7,0		„ vierter „ . .	2,5		Grobe Kleie	6,05	20,16
Schwarzes Kleienmehl .	6,0		Grobe Kleie	5,0	22,0	Kleienmehl	6,45	
Stein- und Staubmehl	4,0		Feine „	6,0		Stein- und Staubmehl	7,66	
Verlust . . .		2,0	Schwarzes Kleienmehl .	6,0		Verlust . . .		1,62
Summe		100,0	Stein- und Staubmehl	5,0		Summe		100,00
			Verlust . . .		2,0			
			Summe		100,0			

Jüngere Angaben, namentlich aus Versuchen, welche im Jahre 1856 in der mit dem Pariser Bürgerhospitale verbundenen Bäckereimühle angestellt wurden, liefert Benoît.[1]

Aus neuem Weizen, wenn das Hektoliter 80 Kilogramm wog, erhielt man nach der mouture française 58,314 Prozent Mehl erster Qualität, überhaupt aber an weißem Mehle 73,899 Prozent. Aus altem Weizen von mittlerer Güte, je nachdem das Hektoliter 78 und 66 Kilogramm wog, gewann man beziehungsweise 74,30 und 72,06 Prozent weißes Mehl.

B. Die englischen Getreidemahlmühlen der Gegenwart.

Von englischen Mühlen mit besondern Eigenthümlichkeiten kann man nach den Erfahrungen des Verfassers nur die von William Fairbairn in Manchester aufführen und zwar charakterisiren sich diese durch Aufstellung der Gänge in Reihen (geraden Linien), durch gußeiserne, tulpenartig geformte Mühlgerüste, wodurch zugleich jedes Steinpaar als isolirtes System auftreten kann, und durch den Betrieb der Mühlspindel mittelst konischer Räderpaare.

Fig. 6, Taf. 117, zeigt (in $^1/_{96}$ wahrer Größe) den Längendurchschnitt einer dreigängigen, im Jahre 1842 für den Seraskier Halil Pascha in Konstantinopel konstruirten Getreidemahlmühle Fairbairn's, wobei das betreffende Gebäude, der häufigen Brände in der türkischen Hauptstadt wegen, zugleich ganz feuerfest hergestellt wurde.[2]

Die äußeren Begrenzungen des Gebäudes werden von Eisenplatten A A, eisernen Pfeilern B B, so wie eben solchen Trägern C C gebildet, das Gerippe für den Ausbau im Innern durch ebenfalls eiserne Durchzugsbalken C′ C′ und Stützsäulen in der Mitte, endlich das Dach D D aus gewelltem (corrugated) Eisenbleche. Zum Betriebe des Werkes dient eine sogenannte Säulendampfmaschine G G, deren Kolbenbewegung mittelst Kurbel und Lenkstange H auf die horizontal liegende Schwungradwelle I übertragen wird. Das Schwungrad K ist am Umfange verzahnt und trägt die

[1] Guide du Meunier (Ausgabe von 1863), S. 802.

[2] The Engineer and Machinists Assistant. Von Blakie in Glasgow (1853) herausgegeben. Plates XCVIII bis CI.

Bewegung direkt auf das Rad L über, durch dessen Umdrehung die horizontale Hauptwelle M, die Kegelradpaare und endlich die in P eingeschlossenen Läufersteine p bewegt werden. Auf letztere kommen wir bei Besprechung der Detailfigur 7 zurück, während jetzt nur die weitere Anordnung der Mühle und deren Betriebsgang in's Auge gefaßt werden soll.

Die vorher sorgfältig (durch in Seitenräumen des Mühlengebäudes aufgestellte Maschinen) gereinigten Getreidekörner werden von einer Transportschraube Y Y den großen Rumpfkästen Z Z zugeführt, von wo aus sie durch Blechröhren a in Trichter b und weiter nach einem sogenannten Conti'schen Zentrifugalvertheiler (Taf. 117, Fig. 7) geleitet und endlich von den Steinen erfaßt werden.

Das von letzteren ablaufende Mahlgut fällt durch Weißblechröhren v v v in einen oben ganz offenen Kasten w w, worin sich ebenfalls eine Transportschraube bewegt, wodurch alles Mehl nach rechts hin geschafft und dort endlich von einem Elevator x aufwärts gehoben und den Beutelmaschinen übergeben wird. Zum Betriebe der letzteren sowie der erwähnten Reinigungsmaschinen pflanzt das Räderpaar $\alpha\,\beta$ die Bewegung von der horizontalen Hauptwelle M auf die stehende Welle γ fort, und von hier aus weiter das Kegelradpaar $\varepsilon\,\eta$ nach den Aufstellungsplätzen der genannten Maschinen.

Wir kehren nunmehr zu den Mahlgängen zurück, um deren Anordnung speziell kennen zu lernen, wozu der in $1/_{28}$ wahrer Größe gezeichnete Vertikaldurchschnitt (Fig. 7.) dienen wird.

Der untere Theil des gußeisernen, kastenförmigen Gerüstes s s ist mittelst Bolzen an den Steinfundamenten (F F, Fig. 6) gehörig befestigt. In den drei etagenförmigen Abtheilungen dieses Gerüstes befinden sich Lager für die horizontale Hauptwelle M und für die Mühlspindel A, so wie das erforderliche Stellzeug der Steine und die Mechanismen zum Ausrücken der Mühlspindelgetriebe. Auf der Deckplatte des Gerüstes s s hat man das Rohr r aufgeschroben, dessen tulpenförmige Erweiterung, zuletzt den horizontalen Steinboden. Stellschrauben $\varphi\,\varphi$ dienen sowohl zum Festhalten als Justiren des Bodensteines q.

Die Haue zur Verbindung des Mühlsteines mit der Betriebswelle A (dem Mühleisen) ist Fig. 8 besonders (in $1/_{18}$ wahrer Größe) gezeichnet, wobei der obere muschelförmige Theil des Mittelkörpers π die Conti'schen, sogenannten Streuschälchen für die einlaufenden Getreidekörner enthält, die untern horizontalen Arme $\eta\ \eta$ die Schwingzapfen bilden, auf welchen der Läuferstein p liegt, zu welchem letzteren Zwecke man Lagerschalen (Pfannen) $\lambda\ \lambda$ in demselben befestigt. Um 90 Grad von $\eta\ \eta$ entfernt ist außerdem die Haue π mit zwei Lagerstellen ε ausgestattet, worin die (ebenso bezeichneten) zylindrischen Warzen des Mühleisens A (Fig. 12 in ebenfalls $^1/_{18}$ der wahren Größe dargestellt) Platz finden. Der verstärkte Theil δ des Mühleisens geht übrigens durch das Halslager (die Büchse) H im Bodensteine q, dessen Anordnung der Hauptsache nach mit der übereinstimmt, welche sich im Hauptwerke, Taf. 204, Fig. 12, gezeichnet vorfindet. Zum Höher- und Tieferstellen des Läufers p dient der mit einer Stellschraube t verbundene Hebel u t, während für die Ausrückung des Getriebes n nachbemerkte Einrichtung getroffen ist. Die Nabe eines sogenannten Handrades E ist mit einer Mutter ausgestattet, wozu die Schraube F G gehört. Auf der obern, ganz eben abgedrehten Außenfläche dieser Nabe ruht ferner ein dreiarmiger Steg D, durch dessen Mitte die Schraube F G völlig ungehindert durchtreten kann. In jedem der Arme ist eine vertikal aufwärts gerichtete Schubstange C befestigt, die alle drei mit ihrem oberen Ende in einem horizontalen Ringe B vereinigt sind, der sich bei hinlänglichem Aufsteigen der Stangen C unter das Getriebe n lehnt und dieß endlich außer Eingriff bringt, sobald nur E mit gehöriger Kraft in Umdrehung gesetzt wird.

Der Zuführapparat für das zu vermahlende Getreide erhellt fast von selbst aus der Abbildung, Fig. 7. Man erkennt nämlich bald, daß der gabelförmige, kürzere Arm vom Hebel d das weite Rohrstück c zwischen sich faßt, dasselbe schwebend erhält und gestattet, daß sich der untere Rand höher oder tiefer über den vertieften Obertheil (die Schälchen) der Haue π stellt und die Ausflußöffnung für die Körner, je nach Bedarf, vergrößert oder verkleinert. Ein Kettenzug e dient dazu, die Stellung des Hebels d vom Parterreraume der Mühle aus vornehmen zu können. Daß bei solcher Stellung, sowohl der Sammeltrichter b, wie dessen Rohr b' in unveränderlicher Lage verharren (unverrückbar sind), erhellt ohne Weiteres gleichfalls aus der Abbildung.

Die unserer Fig. 7 beigefügte Ventilationsanordnung der Mühlsteinmahlflächen RVTS$\alpha\beta$ hat Fairbairn selbst nicht angebracht; sie findet sich jedoch an vielen neuern Mühlen seines Systemes.[1] Die Bütte (oder der Lauf) OO, wovon die Mühlsteine umschlossen sind, ist dabei möglichst dicht gemacht, so wie man sich auch alle Gegenstände unterhalb des Bodensteines q verschlossen zu denken hat. Im Deckel N mündet ein Saugrohr R, während TV ein sich rasch umdrehender Flügel ist, der Luft, Mehlstaub und Feuchtigkeit (Wasserdünste) nach höher gelegenen Räumen der Mühle jagt, woselbst sich alle noch guten Theile ablagern können. Frische atmosphärische Luft kann durch ein Rohr Q von außen angesogen werden, wobei überdieß im Innern von Q eine Ventilklappe P angebracht ist. Zur Dichtung der Läuferaugenstelle ist die Bütte N oben gehörig ausgeschnitten und darin ein zylindrisches Blech β befestigt, welches mit seiner untern Kante in eine mit Mehlabfall gefüllte Kreisrinne α taucht.

Von englischen Maschinen, welche gegenwärtig zum Zwecke der Mehlfabrikation Arbeiten vor und nach dem eigentlichen Mahlprozesse (zwischen den Mühlsteinen) zu verrichten haben, sind hier noch solche zur Reinigung der Körner von Schmutz und andern dem Mehle schädlichen Theilen, so wie Mehlsieb- oder Beutelmaschinen zu besprechen.

Was die Reinigungsmaschinen anlangt, so erinnern wir an das S. 288 beschriebene und Fig. 11, Taf. 117 abgebildete System der Mühle zu St. Maur, wobei sich herausstellt, daß der ganze Prozeß überhaupt in drei Abtheilungen zerfallen muß, nämlich in das Trennen der mit den Körnern nur gemengten, ihnen selbst nicht anhängenden Theilen (Staub, Stroh und Erdtheile, Sand, Erbsen, Wicken und andere größere fremde Körper), zweitens in das

[1] Nach Wissen des Referenten ist in Deutschland zuerst die schöne zwölfgängige Bromberger Mahlmühle (die sogenannte Rother-Mühle) mit Fairbairnschen Mühlgerüsten ausgestattet worden, wovon sich ausführliche Beschreibungen und Abbildung vorfinden in Erbkam's Zeitschrift für Baukunst, Jahrgang V. (1855) S. 11.

In England wurde das erste Patent auf Ventilation der Mühlsteine im Jahre 1849 einem gewissen Bovil ertheilt, welcher zuerst das „Blassystem" anwandte. Später gieng man zu dem in unserer Abbildung gezeichneten „Saugsysteme" über, das in England von einem Ingenieur Hadley verbreitet wurde. Ausführliches hierüber, so wie auch über den Prioritätsstreit zwischen Bovil und Hadley enthält der Londoner Mark Lane Express vom 11. April 1864.

Abreiben und Spitzen der gesonderten Körner selbst, und drittens in das Trennen der völlig rein gemachten (von Schmutz, Keim und Bärten befreiten) Körner von den abgeriebenen und weggenommenen fremden oder nachtheiligen (zur Nahrung unbrauchbaren) Stoffen.

Für die erste Arbeit wendet man auch neuerdings in England vorzugsweise ebene oder zylindrische, mit Bläsern verbundene Siebe an, während die zweite durch Maschinen verrichtet wird, die vorzugsweise amerikanischen Ursprunges sind. Das Prinzip derselben beruht darauf, die Schalen der Körner weder zu beschädigen noch zu zertrümmern, sondern zufolge recht regellosen Durcheinanderwerfens der Körner, und gleichzeitigen Reibens an gehörig zugerichteten Metallflächen, die Oberhäute möglichst als ganze Schalen, so wie die Bärte wegzuschaffen und endlich durch kräftiges Schlagen auf die Enden die sogenannten Keime zu entfernen. Hierzu müssen, außer der bemerkten Flächenbeschaffenheit von Wänden und Böden der betreffenden Reinigungsmaschinen, diese auch geeignet sein ein öfteres Wechseln der Lagen und Bewegungsrichtungen beim Durchgange der Körner zu veranlassen. Zu den wirksamsten Maschinen dieser Gattung, welche der Verfasser zugleich während ihres Arbeitens zu beobachten Gelegenheit hatte, gehört besonders die von J. Walworth und R. Harrowby in Bradford, [1] welche auf Taf. 118, Fig. 4, im Vertikaldurchschnitte dargestellt ist.

Zwischen gußeisernen vertikalen Säulen auf gehörigem Fundamente ist ein kräftiger Drahtzylinder a a befestigt, welcher die arbeitende Maschine überall konzentrisch umgibt. Letztere besteht hauptsächlich aus vier Abtheilungen, die aus eisernen, kegelförmigen, gerippten (fluted oder corrugated) Flächen gebildet sind. Die verkörperte geometrische Axe der ganz symmetrisch angeordneten Maschine, die schmiedeiserne Welle z, läuft oben und unten in gehörig stellbaren Lagern und ist am äußersten Ende mit einer Betriebsriemenscheibe ausgestattet. Mit dieser Welle z sind die kegelförmig gestalteten Reibflächen (Rubbers) c_1, c_2, c_3 und c_4 fest vereinigt, so daß sie sich mit der Welle unmittelbar umdrehen. Umgeben werden diese Flächen von gleich weit abstehenden, aber unbeweglichen

[1] Patent Specification Nro. 2578 (14. November 1859), „Improvements in Smut Machines or Corn Screens."

Mänteln d_1, d_2, d_3 und d_4, die mit ähnlichen, umgekehrt gestellten Gefäßen e_1, e_2, e_3 und e_4, beziehungsweise aus einem Stücke gegossen sind, wobei die letzteren offenbar die Rolle von Zuführrumpfen übernehmen. Ebenfalls auf der Welle z befestigt sind Flügel f_1, f_2 und f_3, welche beim raschen Umlaufe als Ventilator wirken, wobei jedoch noch aufmerksam gemacht werden muß, daß auch die nach unten hin weit genug verlängerten Arme i_1, i_2, i_3 und i_4 der Kegelflächen $c_1 .. c_4$, ebenfalls Ventilation bewirken. Die zylindrischen, vertikalen Mäntel der Reiber (Rubbers) g_1, g_2 und g_3, sind von Drahtnetzen gebildet, die mit jenen als ein Ganzes umlaufen und verhindern, daß Körner von den Ventilatorflügeln ergriffen und zerschlagen werden. Daß der Einlauf für die zu reinigenden Körner zwischen dem mit umlaufenden zylindrischen Halse n und dem unbeweglichen Kegelmantel m erfolgt, bedarf wohl eben so wenig besonderer Auseinandersetzung, wie die Art der Abführung des Arbeitsproduktes der Maschine durch die Röhren r und t. Mit letzteren steht ein saugender Ventilator u in Verbindung, der alle Körper entfernt, welche leichter als gute Getreidekörner sind und dessen stehende Welle v ihre Bewegung durch ein Riemenvorgelege w y von der Hauptwelle z empfängt.

Fairbairn in seinem Werke: „Mills and Millwork" theilt Bd. 2, S. 146, leider nur eine äußere Ansicht der Walworth'schen Maschine mit,[1] bemerkt jedoch dabei, daß die stehende Welle bis 500 Umläufe pro Minute verrichten müsse und daß sie sich mit geringer Abänderung auch ganz vorzüglich zum Entkörnen des türkischen Weizens (Maises) eigne.

Mit Recht werden in jüngster Zeit die Walworth'schen Maschinen andern von Childs und Owen,[2] so wie denen von Ashby[3] vorgezogen, deren Hauptkörper nicht Kegel, sondern aufrecht stehende, unterbrochene (Childs und Owen) oder ununterbrochene (Ashby) Zylinder bilden und beziehungsweise mit festen und beweglichen Schlägern ausgestattet sind. Indem wir hinsichtlich

[1] Eine von der Fairbairn'schen nur an Größe verschiedene Abbildung der Walworth'schen Maschine enthält auch der offizielle illustrirte Katalog der Londoner Industrie-Ausstellung von 1862 unter Nr. 2132, Klasse IX.

[2] Patent Specification Nro. 1815 (6. August 1859).

[3] Dinglers polytechnisches Journal, Bd. 151, S. 103.

der allerdings auch in Deutschland viel gerühmten Ashby'schen Maschine,[1] auf die unten angegebene Quelle verweisen, wenden wir uns zur oben bezeichneten dritten Gattung von Reinigungsmaschinen, wodurch ein Trennen der bereits bearbeiteten (gereinigten) guten Körner von den kranken und zerbrochenen, so wie von Schalen, Spreu, Erdklümpchen ꝛc. bewirkt wird. Nach der Erfahrung des Referenten gibt es zur Zeit keine derartige Maschine, welche mit so viel Erfolg, wie die des Amerikaners Childs (zu Rochester im Staate Newyork), gleichzeitig als Reinigungs- und Sortirmaschine arbeitet, die in England bereits sehr verbreitet ist und auch auf der Londoner Industrieausstellung von 1862 (unter Nr. 2092, Klasse IX) zu finden war.[2]

Das Prinzip der Maschine besteht darin, zuerst durch gewöhnliche Siebe die Getreidekörner von allen beigemengten fremden Körpern, wie Steine, Spreu, Trespe, Rade, Sand, Staub ꝛc. zu trennen, sodann aber einen künstlich erzeugten Luftstrom gegen die auf einer schiefen Fläche herablaufenden Körner zu blasen und dadurch zu veranlassen, daß sich diese nach ihrem spezifischen Gewichte in verschiedene Fächer ablagern.[3]

Fig. 19, Taf. 118, stellt Childs' Maschine im Längendurchschnitte dar, wobei mit a und b die erwähnten Reinigungssiebe bezeichnet wurden und die Maschen von a so groß, aber auch nicht größer sind als erforderlich ist, um die stärksten und kräftigsten Getreidekörner noch durchfallen zu lassen. Beim Herabgleiten von der Fläche des freien Siebes b werden Staub und alle leichten Körner von dem aus c entgegenblasenden Luftstrome des Ventilators v weggejagt, während die schweren, guten Körner die schiefe Ebene e

[1] Försters Bauzeitung, Jahrgang 1861, S. 220, Tafel 441.

[2] Nicht mit Unrecht bezeichneten sie die Aussteller Childs und Owen in London (481 New Oxford Street) als (ihrer Art) „the most perfect machine extant“ mit dem Zusatze: „over 6000 now in operation.“ Unvollständige Abbildungen enthält der illustrirte mechanische Katalog unter Nr. 2092, Klasse IX, so wie Pintus' Zeitschrift für das landwirthschaftliche Maschinen- und Geräthewesen „der Pflug“ vom 1. September 1859. Vollständige Zeichnungen finden sich zuerst in den Mittheilungen des Gewerbevereins für das Königreich Hannover, Jahrg. 1863, Tafel VIII.

[3] In der Regel haben Getreidekörner derselben Art bei gleicher Dicke auch gleiches Gewicht.

hinabgehen und in einen Kanal f treten, aus welchem allein der Ventilator die erforderliche Luft zu saugen im Stande ist. In dieser Saugkammer f setzen vollwichtige Körner ihre fallende Bewegung fort und gelangen endlich an der tiefsten Stelle bei m zum Austritte, während die Schwerkraftswirkung der Körner geringeren Gewichtes vom Luftstrome überwunden und daher dieß leichtere Getreide in den Raum g geworfen wird, aus welchem es seitwärts zu entfernen ist. Zur Regulirung des Luftstromes dient eine Art Ventil i, während k die Klappe ist, durch welche man den Getreidezufluß absperrt, wenn man den Raum g entleert, weil dann der Ventilator seinen Wind durch die geöffnete Thür (von g) nehmen wird. Endlich sind h Oeffnungen, durch welche man den Hauptvorgang der Trennungsarbeit beobachten kann, die man aber mittelst durchsichtiger Glasscheiben geschlossen hat. Das Gestell l der Maschine wird keiner besondern Erklärung bedürfen, jedoch dafür anzuführen sein, daß man (in der Regel) dem feinen Siebe b eine schüttelnde Bewegung ertheilt, die demselben durch Kurbel und Lenkstange, unter Einschaltung eines Riemenvorgeleges, von der Ventilatorwelle aus mitgetheilt wird.[1]

Wir wenden uns nun zu den in England am meisten benutzten, ganz eigenthümlichen Beutelmaschinen. Indem man mit fast unglaublicher Zähigkeit an Drahtgeweben, statt der in Amerika, Deutschland und Frankreich ausschließlich benutzten Seidengaze als Mantel der Beutelmaschinen festhält, werden zum Reinhalten der Drahtmaschen zum Befördern des Durchsiebens, sowohl im Innern wie Aeußern, Bürstenapparate erforderlich. Da ferner sowohl der Drahtzylinder wie jede der beiden Bürsten mit verschiedenen Geschwindigkeiten herumzudrehen sind, so werden diese englischen Beutelmaschinen verhältnißmäßig sehr komplizirt.

Am meisten Verwendung finden zur Zeit (in England) die Maschinen eines gewissen John Smith in Bradford,[2] wovon Fig. 17 und 18, Taf. 118, Abbildungen sind. Den völlig steifen Theil des Zylinders bilden eiserne Rippen a a, die aus zwei Theilen zusammengeschroben und vermittelst durchgehender Stäbe b b sowohl unter einander

[1] Man sehe deshalb den bereits citirten illustrirten Katalog der Londoner Industrie-Ausstellung, Klasse IX, S. 17.

[2] Patent Specification Nro. 5799. (1829. den 4. Juni).

vereinigt, als in den entsprechenden Abständen gehalten werden. Im Innern dieser Rippen wird das erwähnte Drahttuch befestigt und überhaupt ein an beiden Enden offener Zylinder gebildet, der jedoch lose auf seine verkörperte Axe (Welle) c c gesteckt ist. Fest mit der Welle verbunden ist der achtarmige Bürstenapparat d d, wobei wohl kaum die Bemerkung erforderlich ist, daß sich die Bürsten f f parallel der Axe c c durch die ganze innere Länge des Drahtzylinders erstrecken und dessen Mantel berühren. Die Umdrehung des Bürstenapparates d f erfolgt mit sehr großer Geschwindigkeit und direkt von dem gangbaren Zeuge der Mühle aus durch ein Riemenvorgelege, woran die passive Scheibe auf die rechts hin zu denkende Verlängerung der Welle c gekeilt ist.[1] Die sehr langsame und entgegengesetzt gerichtete Drehung des Zylinders a b (in der Minute gewöhnlich ein Umlauf) wird auf folgende Weise zu Stande gebracht: Auf der Welle c (Fig. 17) hat man ein kleines Getriebe h befestigt, welches in das große Stirnrad i faßt, das mit einem ebenfalls sehr kleinen Getriebe k auf derselben Axe sitzt. Letzteres Trieb k steht aber mit dem großen Zahnringe l (Fig. 18) im Eingriffe, welcher randförmig gleichsam die Begrenzungskante der obern Endfläche des Zylinders a a bildet.

Es erübrigt nunmehr noch anzugeben, wie die Drehung der außerhalb liegenden sogenannten Zylinderbürste t (wovon nur die Hälfte ihrer ganzen Länge gezeichnet ist) zu Stande kommt. Seitwärts dem bereits beschriebenen Theile hat man eine Vorgelegewelle placirt, auf welcher ein mit i zusammengreifendes Zahnrad m, sowie eine Schnurscheibe p befestigt ist. Eine gleiche Scheibe r wurde auf das obere Ende der Bürstenwelle gesteckt und über beide der gekreuzte Riemen s geschlagen. Um die Bürste vor Beschädigungen durch die Zugstäbe b b, sowie Verbindungsflantschen und Schrauben y y zu schützen, wird sie allemal vom Mantel des Zylinders a abgehoben, sobald letzterer eine Drehung um 90 Grad verrichtet hat, indem die erwähnten Hindernisse in korrespondirenden Abständen auftreten. Entsprochen wird dieser Anforderung dadurch, daß am äußern Mantel (in der Mitte) des Zylinders a vier Knaggen x x

[1] Nach Fairbairn (Mills, P. II, p. 165) 500 bis 650 Umläufe pro Minute.

befestigt sind, welche zeitweise gegen einen Arm w treffen, der das kürzere Ende eines krummen Hebels u bildet und dessen Drehpunkt v ist. Von zwei solchen Armen u v wird die Zylinderbürste t getragen, woraus leicht erkannt wird, daß durch die getroffene Anordnung der nothwendigen Forderung Genüge geleistet ist.

Später hat Smith seine Maschine noch zu verbessern gesucht durch Veränderungen in der Zusammensetzung des zylindrischen Gerippes a a, durch Einführung einer Schraube ohne Ende in die Riemen- und Zahnradtransmission, Verändern der Mechanismen zum Abheben und Drehen der außerhalb liegenden Zylinderbürste t t und durch Zufügung eines verstellbaren Speiseapparates.[1]

Von den manchfachen neueren Bemühungen der Engländer, die Maschinen zur Mehlfabrikation zu verbessern, verdient besonders Folgendes erwähnt zu werden:

Da die eigentlichen mehlmachenden Stellen der Mühlsteinflächen erst etwa in der Hälfte des Radius (von der Mitte aus gerechnet) beginnen und kein Mittel unversucht gelassen wurde, um das Kaltmahlen so viel wie möglich herbeizuführen, hat man mehrfach Ringsteine statt Vollsteine, d. h. solche Mühlsteine in Anwendung gebracht, wobei das gewöhnliche Läuferauge etwa bis zur Hälfte des Radius erweitert ist und wobei man zum vorausgehenden Brechen und Quetschen der Körner besondere eiserne Walzen verwendet, deren Arbeit bei Vollsteinen die erste Hälfte der Fläche, der sogenannte Schluck, verrichtet. Von durchgreifenden Erfolgen mit derartigen Mühlen ist uns nichts bekannt geworden; Thatsache ist, daß ihre allgemeinere Verwendung immer noch auf sich warten läßt, woran zum großen Theil die fast unvermeidliche Komplikation ihrer Anordnung Ursache sein mag. Abbildungen und Beschreibung derartiger Mühlen finden sich im zweiten Bande der allgemeinen Maschinenlehre des Verfassers, so wie in der unten stehenden Quelle.[2]

[1] Mit diesen verschiedenen Veränderungen findet sich Smith's Beutelmaschine als perspektivisches Bildchen in dem illustrirten Kataloge der Londoner Industrieausstellung von 1862 (Klasse VIII, Nr. 1828 und Klasse IX, Nr. 2132), geometrisch, in großem Maßstabe gezeichnet, in der betreffenden Patent Specification, Nr. 1870 (4. Juli 1857), endlich auch in der allgemeinen Maschinenlehre des Verfassers, Bd. 2, S. 106.

[2] Proceedings of the Institution of Mechanical Engineers 1856, p. 140.

Mit besserem Erfolge, namentlich was Handmühlen und kleinere transportable Getreidemühlen (für landwirthschaftliche Zwecke) betrifft, hat man in England das bereits oben erwähnte französische System eingeführt, wobei der Oberstein unbeweglich, dagegen der Unterstein (Bodenstein) zum Läufer gemacht ist. Auf der Londoner Industrieausstellung von 1862 [1] fanden sich viele derartige Mühlen, von denen besonders wegen vortheilhafter Einfachheit, kräftigen Baues und sehr guter Ausführung die eines gewissen Neal angeführt zu werden verdient, hinsichtlich deren spezieller Anordnung auf das unten stehende Citat verwiesen werden muß. [2]

Die im Hauptwerke (Bd. X, S. 162—168) erwähnten sogenannten exzentrischen Mühlen mit Metallscheiben statt der Steine, oder mit letzteren ausgestattet, haben sich auch später zum Mehlmachen als unbrauchbar herausgestellt, wie man namentlich aus Nottebohm's Berichte (über Mahlmühlen mit zwei exzentrisch gelegten Steinen von Sharp und Roberts in Manchester) in den Verhandlungen des Vereins zur Beförderung des Gewerbfleißes in Preußen, Jahrgang 1842, Seite 86 entnehmen kann. Ganz dasselbe Resultat erhielt der Verfasser mit einer (eisernen) Mahlscheibenmühle von Bogardus in Newyork, zugleich ergab sich aber auch, daß diese Mühlen zum Zerkleinern von Steinkohlen, Kalkstein, Droguen, Knochen u. s. w., so wie als Farbmühlen, sich recht wohl benutzen lassen. [3]

Wir schließen hiermit das Kapitel über englische Getreidemahlmühlen der Gegenwart und fügen nur noch einen sogenannten Mahlzettel bei, der zur Beurtheilung des Mengenverhältnisses (von Mehl, Kleie und Abfall) dienen kann, welches sich in einer vom Verfasser besuchten Mühle in Hull (der sogenannten Patrik-Mill) ergab.

100 Bolls Weizen, von 214 Zentner 1 Quarter (à 28 Pfund) und 4 Pfund oder 24,000 Pfund Gewicht, wurden zu nachbemerkten Produkten vermahlen:

[1] Klasse VIII, Nr. 1940.

[2] Patent Specification Nr. 2640 (29. October 1860).

[3] Notizblatt des Gewerbevereins für das Königreich Hannover, Jahrgang 1848, S. 84, Taf. II.

	Ctr.	Qtrs.	Pfd.	
Mehl erster Sorte (was durch die Beutel ging)	147	2	—	oder 68,830 Prozent
Gries (der nicht durch die Beutel ging).	—	3	8	„ 0,383 „
Mehl zweiter Sorte ꝛc. . . .	25	—	—	„ 11,670 „
Gries ꝛc.	—	2	20	„ 0,317 „
Mehl dritter Sorte ꝛc.	12	—	—	„ 5,600 „
Gries ꝛc.	—	3	—	„ 0,350 „
Also an Mehl überhaupt . .	186	3	—	„ 87,150 „
Ueberdies an Kleie . .	22	2	24	„ 10,600 „
Verlust	4	3	8	„ 2,250 „
	214	1	4	„ 100,000 „

C. Die Schweizer Walzenmühlen.

(Mühlen der Frauenfelder Gesellschaft.)

Im Hauptwerke (Bd. X, S. 172 und 177) wird diesen seiner Zeit von Sulzberger in der Schweiz angegebenen Mühlen, wobei man die Mühlsteine durch eiserne (verstählte) Walzen zu ersetzen bemüht war, noch mit aller Hoffnung auf Erfolg gedacht, wozu die ersten Ergebnisse derselben, im Anfange der 1840ger Jahre berechtigten, dabei aber, §. 176, ausdrücklich bemerkt, „daß ihre Konstruktion noch geheim gehalten werde." Gegenwärtig ist weder die Konstruktion derselben ein Geheimniß, noch ist das Urtheil über ihre Leistungsfähigkeit ein ungewisses. Was zunächst die erstere anlangt, so geben Fig. 2 und 3, Taf. 118, hierüber hinlänglich Auskunft, wozu wir noch bemerken, daß die erstere Figur einen Vertikaldurchschnitt, letztere den Grundriß eines sogenannten Stuhles (aus drei übereinanderliegenden Walzenpaaren bestehend) darstellt und zwar beide in $^1/_{24}$ wahrer Größe. Leicht wird erkannt, daß immer zwei der Walzen f f horizontal neben einander liegen und mit ihren Zapfen g g in entsprechenden Lagern laufen. Ein unter jedem Walzenpaare befindlicher keilförmiger Körper h umgibt konzentrisch mit seinen hohlen Flächen die Walzen in ihrer ganzen Länge auf ungefähr $^1/_4$ ihres Umfanges. Die hohlen Flächen der Keile h sind raspelartig und zwar so gehauen, daß die Schärfen der Walzenbewegung zugekehrt sind. Um nach Umständen den Keil h dem korrespondirenden Walzenpaare entsprechend nahe stellen zu können, ist eine Vertikalschraube i angebracht, wovon die Spindel nur eine drehende, die auf den Keil h einwirkende Mutter dagegen allein eine fortschreitende Bewegung anzunehmen vermag. Die Umdrehung der Schraube wird durch ein Stellrad m bewirkt, an dessen Axe sich ein konisches Rad befindet, welches in ein zweites an der Schraubenspindel als Axe befestigtes Kegelrad eingreift. Die Stellung der Walzen bewirkt man mit Hülfe von Schrauben n n. Das vorher gehörig gereinigte Getreide wird von b aus (als Sammelbehälter) zugeführt, von wo es in einen verengten Raum tritt (in welchem sich ein Flügel c c zur gleichförmigen Vertheilung der Masse in Umdrehung befindet) und weiter auf den schiefen Flächen d d herabgleitend, zwischen die Walzen gelangt.

Immer zwei solcher Stühle wie a a, bilden ein zusammengehöriges System, indem die Walzen des einen zum Schroten und Griesmachen, die des andern zum Mehlmachen dienen. Die Walzen eines Schrotstuhles sind sämmtlich, nur nach verschiedenen Feinheitsgraden, kannelirt, wobei die Furchen parallel, ihre Kanten oder Schneiden aber unter einem spitzen Winkel gegen die Walzenaxe gerichtet sind. Von den Walzen im Mehlstuhle ist nur das unterste Paar mit sehr feinen Riffeln versehen, die beiden obersten Paare sind völlig glatt, eine Anordnung, die zum Zweck hat, das von den glatten Walzen ablaufende zusammenhängende Mehlband entsprechend zu zertheilen. Damit beim Arbeiten der Walzen nicht ein bloßes Plattdrücken, sondern ein Zerreiben eintritt, laufen diese mit etwas verschiedener Geschwindigkeit um, indem das Getriebe r der einen Walze (Fig. 3) mit 16, das andere mit 17 Zähnen ausgestattet ist und demzufolge die eine Walze 229½, die andere 216 Umläufe pro Minute macht.

Leider haben sich die Erwartungen, welche man von den Erfolgen der Walzenmühlen hegte, nicht erfüllt, vielmehr hat die Erfahrung gelehrt, daß sie in ihrer Anschaffung, besonders aber Unterhaltung viel zu kostspielig sind, um mit den mit französischen Steinen ausgestatteten und sonst gut eingerichteten Getreidemühlen konkurriren zu können, zumal sie auch außer Stande sind, rein auszumahlen, vielmehr für letzteren Zweck immer noch Steingänge gleichzeitig vorhanden sein müssen. Von der im Hauptwerke, Seite 178, besonders hervorgehobenen Münchener Ludwigs-Walzenmühle ist dem Referenten speziell bekannt geworden, daß man die Walzen gänzlich entfernt hat, weil die Reparaturen endlos waren und die quantitativen Leistungen durchaus nicht befriedigten.

D. Die deutschen Getreidemühlen der Gegenwart.

Die gegenwärtigen, verbesserten Mahlmühlen Deutschlands sind konstruktiv als Resultate vereinter Einwirkungen zu betrachten, welche amerikanische, englische, französische und schweizerische Muster auf die alte deutsche Mühle ausübten, ohne daß sich dabei eine ganz entschiedene Selbständigkeit herausgebildet hätte. Vornehmlich hat sich seit dem Jahre 1840 das eiserne Mühlgerüst immer mehr Eingang verschafft und zwar weniger das von Fairbairn (S. 298) als die Konstruktion von Escher und Wyß in Zürich, die fast selbstverständlich auch unter der Benennung „Schweizer Mühlen" mit einbegriffen wird. Ebenso hat die rationell konstruirte Turbine in neuerer Zeit der Dampfmaschine eine wichtige Konkurrenz bereitet, indem allerdings die „Dampfmühle" immer noch unentbehrlich ist, wo es an Aufschlagwasser fehlt, keineswegs aber (wie längere Zeit hindurch dafür gehalten wurde) wenn es sich einfach um die Bereitung vortrefflichen Mehles handelt.

Was die Art und Weise des Getreidemahlens betrifft, so hat die deutsche Müllerei immer noch sehr mit Bannrechten und Zunftzwang, vor Allem aber mit dem sogenannten Postenmahlen (Pungeln in Norddeutschland genannt) zu kämpfen, weil man sich noch lange nicht überall zum Tausche von Mehl gegen Körner und noch weniger allgemein zum direkten Kaufe von Mehl verstehen will. Hierdurch wird aber sowohl die mechanisch vollkommene Anordnung der Mühle und der rationelle Betrieb derselben beschränkt, als auch die zur Mehlfabrikation durchaus erforderliche kaufmännische Disponirung, die dem Müller gestattet, aus dem Kreise der Kleingewerbe in den des Fabrikanten überzutreten. Diejenigen Mühlen, welche bereits ganz oder theilweise zu Mehlfabriken geworden sind, wenden entweder die sogenannte amerikanische Flachmüllerei an, wobei man das beste (und die größte Menge) Mehl beim erstmaligen Durchmahlen, unter Verwendung sehr feiner Beutel, zu gewinnen bemüht ist; oder sie adoptiren die österreichische Griesmüllerei, wo man durch Entferntstellen oder Hochstellen der Steine (Hochschroten) das Kleinmahlen der Schalen möglichst vermeidet, zuerst sehr wenig und auch nur ordinäres Mehl gewinnt, die äußerste Sorgfalt auf die Griesbereitung verwendet und erst aus den gewonnenen Griesen die besten Mehlsorten zu erhalten sucht.

Erstere Mahlmethode wendet man vorzugsweise zur Massenproduktion und zur Fabrikation von Dauermehl, letztere zur Erzeugung der allervorzüglichsten Mehlsorten an, welche man eigentlich als Luxusartikel bezeichnen muß.

Ein (für jetzt noch) vorzugsweise zur Flachmüllerei bestimmtes, sonst aber mit Allem versehenes Werk, womit der neuere rationelle Maschinenbau die Mühlen auszustatten im Stande ist, stellen die Figuren 6, Taf. 118, im Vertikaldurchschnitte und Fig. 7 im Grundrisse ($1/72$ wahrer Größe) in ihren Haupttheilen dar. [1]

Zwei derartige Gruppen von je acht Gängen bilden den vorzugsweise zum fabrikmäßigen Betriebe bestimmten Theil der ganzen Mühle, während die andern Gänge den Anforderungen der sogenannten Postenmüllerei Genüge leisten. Die hauptsächlichste Anordnung der letzteren erkennt man aus der Grundrißfigur 4, Taf. 119, worauf wir nachher zurückkommen werden. Jede der beiden Gruppen des Hauptwerkes wird von einer Henschel-Jonval'schen Turbine (von 6 Fuß 10 Zoll Durchmesser bei 6 Fuß 3 Zoll Gefälle des Aufschlagwassers) in Bewegung gesetzt, welche bei regelrechtem Gange und gewöhnlichem Wasserstande 39 Umläufe pro Minute macht. Von der betreffenden Turbine ist in unsern Abbildungen nur die stehende Welle δ und deren Fortsetzung d und d_1 nach oben sichtbar, ferner die Radschützenaufzugsstangen p q, sowie die Schützenanordnung S R Q Q^1 für das Gerinne, und der sogenannte Schacht der Turbine.

Die erwähnte Vertikalwelle d ist mit dem großen Stirnrade E (156 Zähne) ausgestattet, in welches gleichzeitig die vier

1 Godehardi-Mühle zu Hildesheim, wozu Richard Hartmann in Chemnitz die Maschinen lieferte.

Getriebe D (mit je 52 Zähnen) fassen, so daß die Läufersteine A A (von 4 Fuß 2 Zoll Durchmesser) pro Minute $39 \cdot \frac{156}{52} = 117$ Umläufe machen.

Das Gebälke der acht gußeisernen Säulenständer m m wird von der ebenfalls gußeisernen sogenannten Steinplatte t t gebildet, welche auf Taf. 119, Fig. 4 besonders dargestellt ist. Es ist diese Platte in der Mitte aus zwei Theilen zusammen geschroben, und sind in ihr vier Oeffnungen für die Bodensteine B B ausgespart, während zur Lagerung und Stellung der letztern die dreieckigen Steinkreuze r vorhanden sind.

Die Mechanismen (G F, Fig. 6, Taf. 118) zum Stellen der Läufer A und zum Ausrücken der Getriebe D sind von ähnlicher Anordnung, wie bereits oben bei der Fairbairn-Mühle ausführlich erörtert wurde, weßhalb ein spezielles Eingehen auf solche hier nicht erforderlich sein wird. Dasselbe gilt von der Art und Weise des kontinuirlichen Zuführens des zu vermahlenden Getreides aus den Rümpfen K in die Röhren I und H, wovon letztere (zum Conti'schen Zentrifugalaufschütter gehörig) in entsprechender Weise stellbar gemacht ist.

Ausdrücklich muß jedoch bemerkt werden, daß der Pächter dieser (Godehardi-)Mühle, Herr Lüders, die Steinmahlflächen mit besonderem Erfolge ventilirt und zwar mittelst einer Anordnung, welche fast ganz jener gleicht, die bereits oben (S. 300) beschrieben und durch Fig. 7, Taf. 117, erläutert wurde.

Bei dem bereits erwähnten Nebenwerke der Godehardi-Mühle (zur Postenmüllerei bestimmt) hat man eine kombinirte Zahnrad- und Riementransmission angeordnet, welche mit Hülfe von Fig. 3, Taf. 119 (ebenfalls in $^1/_{72}$ wahrer Größe gezeichnet) im Grundrisse dargestellt ist. Auch hier dient eine Henschel-Jonval-Turbine zur Bewegung der Mahlgänge, und zwar ist der Ort der Turbinenwelle mit dem Buchstaben a bezeichnet. Auf der Verlängerung der letzteren nach oben ist das große Stirnrad b (102 Zähne) befestigt, wodurch die entsprechende Drehung auf die beiden Getriebe c c (von je 52 Zähnen) übertragen wird, welche beziehungsweise auf den Spindeln der Läufersteine m_1 und m_2 festgekeilt sind.

Ein dritter Gang m_3 wird von derselben Turbine auf folgende

Weise betrieben: Auf einer neben der gußeisernen Steinplatte Z Z vertikal aufgestellten Welle steckt zuerst ein Stirnrad r, welches mit dem großen Zylinderzahnrade b im Eingriffe befindlich ist. Sodann ist auf dieselbe Welle noch eine Riemenscheibe d gekeilt, welche mit einer gleich großen Scheibe e auf der Spindel des Läufers m_3 eine Riementransmission d f e f bildet, wozu überdies die vom Winkelhebel h i k getragene Spannrolle g gehört. Während der Drehpunkt des Hebels h i k in i befindlich ist, hat man das Ende k zur Aufnahme einer Schubstange k l geeignet gemacht, durch deren Verschiebung das erforderliche Spannen und Schlaffmachen des Riemens f bewirkt, also auch der Läuferstein m_3 in Betrieb gesetzt oder zum Stillstande gebracht werden kann. Diese Anordnung ist offenbar besser, als hätte man die aktive Riemenscheibe d auf der Spindel des Ganges m_2 angebracht, weil dann der dritte Gang m_3 auch stillstehen mußte, wenn die Umstände das Ausrücken des mittleren Ganges m_2 erforderten.[1] Zum Reinigen des Getreides für die acht Hauptgänge der Godehardi-Mühle verwendet man die besten, der zur Zeit bekannten englischen und amerikanischen Maschinen unter Beobachtung nachbemerkten Ganges:

Mittelst eines Elevators hebt man das rohe ungereinigte Getreide aus einem Sammelrumpfe in die höchst gelegene, unter dem Dache des Mühlgebäudes befindliche Etage, woselbst es auf ein gerades, in schüttelnder Bewegung befindliches Sieb fällt und dadurch von den gröbsten Verunreinigungen befreit wird. Die ganze gute Körnermasse fällt sodann auf eine, in der nächst tiefer liegenden Etage placirte, vertikalstehende zylindrische Reinigungsmaschine, mit durch kegelförmige Flächen unterbrochenen (drei) Abtheilungen von ähnlicher Anordnung, wie die bereits oben Seite 301 beschriebene und Taf. 118, Fig. 4 dargestellte Walworth'sche Maschine,[2] woselbst durch das

[1] Bemerkt zu werden verdient noch, daß die zusammengreifenden Zahnräder b c c, 40 Millimeter Theilung haben, jede der Riemenscheiben d und e einen Durchmesser von 266 Millimeter besitzt und die Mühlsteine (von 4 Fuß 2 Zoll Durchmesser) pro Minute 115 Umläufe machen, vorausgesetzt, daß die Turbine (von $5^1/_2$ Fuß Durchmesser) in derselben Zeit 50mal umläuft. Der Doppelriemen f f hat 178 Millimeter Breite.

[2] Es unterscheidet sich die Godehardi-Reinigungsmaschine von der Walworth'schen besonders dadurch, daß der Ventilator nicht seitwärts, sondern unter der dritten und zugleich tiefsten der überhaupt gebildeten Horizontal-

Wechseln der Lagen- und Bewegungsrichtungen der einzelnen Körner und gleichzeitiges Ausüben von Schlägen auf dieselben, ihre Epidermis, Bärtchen und Keime entfernt werden. Die drei erwähnten Schlägerabtheilungen nehmen dabei eine Höhe von circa 26 Zoll ein, bei 20 Zoll mittlerem Durchmesser und bei circa 500 Umdrehungen pro Minute.

Die gesammte schwere durchgearbeitete Masse geht durch eine Bodenöffnung in einen Sammelkasten, woraus man sie mittelst eines Elevators wieder in die nächst höhere Etage hebt, und einer Childs'schen Maschine (Fig. 19, Taf. 118) übergibt, wodurch sowohl Schmutz, Staub, Schalentheile 2c. von den gereinigten guten Körnern getrennt werden, als auch ein Sortiren der Körner unter einander selbst erfolgt. Im Falle Weizen verarbeitet wird, übergibt man diesen (nach dem Sortiren auf Childs' Maschine) direkt einem Walzenpaar zum Plattdrücken, von wo aus die Masse zum Vermahlen zwischen die sorgfältig ventilirten Steine fällt. Roggen geht in der Regel von der Childs'schen Reinigungsmaschine ohne Weiteres auf die Steine.

Wir benutzen die Gelegenheit und machen noch auf eine vom Techniker Jacobi angegebene Reinigungsmaschine aufmerksam, [1] welche auf einem ähnlichen Prinzipe, wie die Walworth'sche beruht, mit Erfolg arbeitet und bereits zwölf Jahre lang zur Zufriedenheit der Besitzer ausgeführt sein soll. Auch hier benutzt man nicht ununterbrochene vertikal stehende Zylinder von großer Höhe, wobei die Körner, ihrer Schwere folgend, die Maschine in Spiralen bei starkem Falle unaufgehalten durchjagen, sondern in horizontale Abtheilungen getrennte, und nur durch die gemeinsame Betriebswelle mit einander verbundene Zylinder- und Kegelflächen, wobei bei der Bearbeitung der Körner ein „buntes Durcheinanderwerfen" und gleichzeitiges Reiben an kannelirten eisernen Flächen zur Hauptaufgabe gemacht ist.

abtheilungen der Maschine placirt ist, sowie, daß ferner von zwei Seiten der Ventilatorwände aus vertikal aufwärts Röhren gehen, in welchen vom Winde die leichten Theile ausgeblasen, die schwereren gleichsam abgewogen werden und nach unten zurückfallen, während alle gewichtigen, guten Körner direkt in einen tiefer liegenden Behälter gelangen.

[1] Dingler's Polytechnisches Journal, Bd. 161, S. 410 und daraus im polytechnischen Zentralblatte, Jahrgang 1862, S. 499.

Fig. 5, Taf. 119, stellt die Jacobi'sche Maschine im Aufrisse und Fig. 6 im Grundrisse dar. Zunächst erkennt man leicht, daß der ganze Apparat durch gußeiserne, kegelförmige und unbewegliche Platten a_1, a_2, a_3 und deren horizontale Ränder in drei Etagen getheilt ist, die äußerlich durch Flantsche und Schrauben b b mit einander vereinigt sind. In den zwischen diesen Platten gebildeten Räumen bewegen sich Schlägerklötze c_1, c_2, c_3, die an sogenannten Nabenscheiben d d befestigt und durch diese mit der stehenden Welle e zu einem Ganzen vereinigt sind.

Die Turbinenwelle e erhält ihre obere Führung in einem stellbaren Lager f, dessen Büchse mit dem Deckel g des Apparates aus dem Ganzen gegossen ist. Zwischen je zwei der Etagenplatten a_1, a_2 und a_3 sind gußeiserne Wandstücke k befestigt, deren Innenseiten halbkreisförmige Kannelirungen besitzen, die ganz besonders dazu bestimmt sind, Geschwindigkeit und Gleichförmigkeit der Bewegungsrichtung der gejagten Körner zu verändern. Zu gleichem Zwecke sind auch die Außenflächen der Kegelmäntel a_1, a_2, a_3 mit eben solcher Kannelirung versehen, wie besonders aus der Hälfte nach rechts unsers Grundrisses, Fig. 6, erkannt wird.

Zwischen je zwei der Mantelstücke k hat man hölzerne Rahmen m eingepaßt, welche in den Höhen der Etagenplatten mit Stegen versehen und mit gehörig geformten Eisenblechtafeln i ausgefüllt sind. Letztere hat man mit 1 Zoll langen und $1/_{16}$ Zoll weiten Oeffnungen (Schlitzen) durchbrochen, deren Grath wieder niedergeschlagen ist, so daß die Bleche von Innen und Außen vollkommen glatt sind. Die aus hartem Holze gebildeten Schlägerklötze c_1, c_2 und c_3 hat man auf ihrer Stirn ebenfalls mit $1/_{16}$ Zoll starken Eisenblechen beschlagen, die jedoch in Zwischenräumen von $3/_4$ Zoll durchlocht sind, damit man in das darunter liegende Holz Drahtstifte r ohne Kopf (von etwa $3/_{16}$ Zoll Dicke) gehörig einzutreiben und zu befestigen im Stande ist. Diese Stifte stehen gleichmäßig $3/_4$ Zoll vor, so daß ihre Enden sämmtlich in ganz gleichen Kreisen rund laufen.

Die von groben Beimengungen, Sand und Staub bereits befreiten Körner gelangen beim Betriebe durch den Trichter h zur ersten Etage der Maschine, von da aus durch die einzige in der Platte a_1 ausgesparte Oeffnung p_1 in die zweite Etage a_2, von hier durch eine eben solche Oeffnung p_2 in die dritte Etage a_3, und endlich nach dem Abführrohre q. In letzterem läuft die ganze Masse einem geeigneten Drahtzylindersiebe zu, wodurch die nothwendige Absonderung der feineren (abgeriebenen) Verunreinigungen, so wie der kranken, flachen und zerbrochenen Körner von den guten erfolgt.

Nach Jacobi's Versicherung ist die Abnutzung aller zusammen arbeitenden Theile der Maschine äußerst gering. Binnen 1³/₄ bis 2 Stunden soll eine derartige Maschine einen preußischen Wispel Körner reinigen und nicht mehr als circa 1¹/₂ Maschinenpferdekräfte erfordern.

Zur rechten Würdigung der Verdienste deutscher Mechaniker um die Verbesserung einzelner, aber wesentlicher Theile der Getreidemühlen müssen wir noch der vervollkommneten Mühlsteinhaue und Büchse des Mühlbaumeisters Nagel in Hamburg gedenken.

So viel Gutes die sogenannten beweglichen oder Bügelhauen (Schienen) und namentlich die Fairbairn'schen Kompaßhauen (Seite 298 und Taf. 117, Fig. 8) an sich haben, so lassen diese sämmtlich doch noch Manches zu wünschen übrig, wohin namentlich gehört, daß das Reiben und Klemmen der Treibklaue ein freies Spiel des Läufers zuweilen unmöglich macht, und das Höher- oder Tieferstellen der Lagerpunkte nur durch ein zeitraubendes und mühsames Einspitzen der Schuhe und deren Befestigung durch Blei möglich wird. Aehnliches läßt sich auch von den Halslagern der Mühlspindeln sagen, wo Schrot, Sand 2c. leicht an die Metallbacken kommen kann, so daß die aus Gußeisen mit Bronzefuttern an manchen Orten sogar wieder von den alten Holzbüchsen verdrängt werden.

Von allen diesen und noch anderen Uebelständen ist Nagels Hauen- und Halslageranordnung frei, und dürfte es nur Unkenntniß oder Hängen am Gewohnten, auch wohl die Scheu vor den etwas hohen Anschaffungskosten sein, wenn sie bis jetzt noch nicht die verdiente Verbreitung gefunden hat.

Auf Taf. 118 ist Nagels Haue und Büchse von Fig. 8 bis Fig. 15 abgebildet, wobei gleiche Theile überall mit denselben Buchstaben bezeichnet wurden. Vor Allem dürfte zu bemerken sein, daß bei dieser Haue ein völlig neuer Körper, nämlich ein gußeiserner Hohlzylinder A (Fig. 8 im Durchschnitte und Fig. 13 in der Ansicht von außen dargestellt) hinzukommt, welcher im Auge R des Läufers P gehörig festgekeilt wird und einzig und allein zur Aufnahme der Zapfen x x der Kompaßhaue und der zugehörigen Lagerschalen y y (Fig. 14 im Detail) bestimmt ist. Die Räume für letztgenannte Theile werden in A durch besonders geformte hohle prismatische Ansätze v v (Fig. 9 und 13) gebildet, während A äußerlich selbst ein wenig kegelförmig gestaltet ist. Die freibleibenden Räume der Verstärkungen über den Lagerschalen y y werden anfänglich mit hölzernen Klötzchen z z ausgefüllt, die leicht vermindert oder entfernt werden können und ohne Weiteres eine Verstellung der Haue zulassen, wenn mit dem Abarbeiten der Steine ein Höherstellen der Lagerpunkte erforderlich wird. Die schwingende Haue B ist Fig. 8 im Vertikaldurchschnitte und Fig. 12 im Grundrisse sichtbar, und zwar an beiden Stellen in Verbindung mit dem sogenannten Treiber C. Letzterer ist unverrückbar auf dem obersten, viereckig gestalteten Theile m des Mühleisens N befestigt und mit zwei Zapfen p p versehen, deren Lagerstellen q q sich in der halbkugelförmigen Haue B (Fig. 12) befinden und zwar um je 90 Grad von den Zapfen und Pfannen x y der letzteren entfernt.

Die Einrichtung der Büchse oder des Halslagers im Bodensteine Q, wovon Fig. 11 den Grundriß darstellt, ist folgende: Zwei Bronzefutter (Schalen) r und t umgeben die Mühlspindel N konzentrisch und sind in Nuthen des Hohlzylinders D verschiebbar und zwar so, daß sie niemals seitlich ausweichen oder wegen verdrehter oder verrenkter Lage ungewöhnlich raschen Abnutzungen unterliegen, wie dies bei allen übrigen bisher bekannt gewordenen Hauen sehr leicht der Fall ist. Das Futterstück r ist durch Keil s und Schraube w stellbar gemacht, so wie die freien Räume u u zwischen r und t (Fig. 11) zum Einbringen besonderer Stopfzeuge benutzt werden können. Ein zweiter wesentlicher Vortheil dieser Büchse liegt darin, daß sie sich um den beträchtlichen Theil D K (Fig. 8) über die Arbeitsfläche S S des unbeweglichen Bodensteines Q Q erhebt und damit ziemlich weit in das Auge R des Läufersteines P hineinreicht, so daß es fast unmöglich ist, daß Schrot, Mehl ꝛc. an die Metallbacken r t des Lagers kommen kann.

Zum entsprechenden Schließen der Büchse oben und unten dienen beziehungsweise die Metallscheiben K K und I I, welche durch Schrauben mit versenkten Köpfen festgehalten werden. Die Befestigung der Büchse im Bodensteine Q erfolgt durch drei Schrauben E (in der

Durchschnittsfigur 8, der Schnittrichtung nach 1, 2 von Fig. 11 wegen nur eine sichtbar), deren Köpfe einerseits (oben) in den verbreiterten Rand von D versenkt sind, während anderseits (unten) ihre Muttern gegen einen schmiedeisernen Ring F gepreßt werden.

Noch dürfte der Bemühungen deutscher Müller und Mechaniker zu gedenken sein, die bisher allgemein angewandten amerikanischen Zylinderrollbeutel (wie sich solche schon im Hauptwerke Taf. 206, Fig. 13 und 14, abgebildet vorfinden) durch andere zu ersetzen.

Erstens wird behauptet, daß sie der Gewinnung von gleichförmigem Mehle hinderlich sind; zweitens ist es Thatsache, daß das Auswechseln des Gazeüberzuges sehr zeitraubend ist; und endlich sind Kostspieligkeit und Raumerforderniß offenbar unverkennbare Uebelstände derselben.

Mit der Ausführung entsprechender Ersatzkonstruktionen scheinen mehrere sächsische Mühlenbauer [1] ziemlich glücklich gewesen zu sein, obwohl erst längere Erfahrungen über diese Neuerungen entscheiden können. Nach eigenen Beobachtungen des Verfassers scheint für nicht zu feine Müllerei namentlich folgende Fig. 9 und Fig. 10 auf Taf. 119 abgebildete Anordnung (von Kunath und Lüders) empfehlenswerth. Ein hölzernes Gerippe b c, an beiden Enden durch nach unten hin halbkreisförmig gestaltete Brettstücke geschlossen, bildet den steifen Grundkörper des Beutels, an welchem halbkreisförmig die Gaze a a befestigt ist. Zu letzterem Zwecke sind besonders zwei hölzerne Rahmenstücke (Fig. 11) vorhanden, die man mittelst Oesen d d und Keile e e befestigt und wodurch man in den Stand gesetzt wird, die Gaze mit Leichtigkeit auswechseln zu können. Die obere ebene Begrenzungsfläche des Beutelkörpers wird von einem Stück ausgespannter Leinwand h, Fig. 11, gebildet, wodurch man das Herumstreuen und nicht beabsichtigte Herauswerfen von Mehl und Schrot verhindern will. Mit den Brettstücken, welche die Endflächen des Beutelkörpers bilden, ist derselbe

[1] Näheres über diese Mehlbeutel findet man in den Mittheilungen des hannoverschen Gewerbevereins vom Jahre 1862, S. 33 und Jahrgang 1863, S. 106.

Mühlenbesitzer Lucas in Dresden liefert Zeichnung und Beschreibung seines Beutels (wobei ein beweglicher Schraubenflügel das Mahlgut gegen eine ebene ausgespannte Gazefläche wirft) in Dingler's polytechnischem Journale Bd. 167 (Jahrgang 1863), S. 19.

an Schubstangen ff befestigt und mit diesen wieder einerseits an den Kröpfen oder Kurbeln nn der Welle m, anderseits an Pendelarmen ST aufgehangen. Hieraus erkennt man leicht, daß dem Beutel durch Umdrehung der außerhalb auf der Welle w befestigten Riemenscheibe p eine schwingende Bewegung ertheilt (eigentlich das Prinzip der alten Sackbeutel wieder in Anwendung gebracht) wird. Diese Art der Bewegung scheint allerdings dem Aussieben gleichartigen Mehles deshalb günstiger zu sein, weil sich hier die drei Hauptmassen des Mahlgutes, Mehl, Schrot und Kleie nach ihrem spezifischen Gewichte über einander lagern können, so daß das Mehl die Gaze unmittelbar bedeckt, während bei den amerikanischen Rollbeuteln das Mahlgut stets durch einander geworfen wird.

Daß die zu beutelnde Masse in einem Rohre rr der Maschine zugeführt wird, bedarf wohl ebenso wenig besonderer Erörterung, wie die Art des Ablaufens des Grieses und Schrotes (auf geneigter Fläche), deren Körner zu groß sind, um durch die Gazemaschen fallen zu können.

Von sonst in Deutschland zur Zeit durch besondere Eigenthümlichkeiten sich auszeichnenden und in weiteren Kreisen bekannt gewordenen Getreidemahlmühlen dürfte besonders die der königlich preußischen Seehandlung gehörige Mühle zu Bromberg, die Rothermühle genannt, anzuführen sein. Nach Wissen des Referenten ist diese Mühle die erste in Deutschland, wobei die Mahlgänge nach Fairbairn's System (Seite 297) mit ganz eisernen Gerüsten angeordnet, und in eine Reihe neben einander gelegt wurden.

Zur Kühlung der Mahlflächen und zum Abführen der durchs Mahlen frei werdenden Wasserdünste hat man (im ausgedehntesten Maße) Ventilatoren und Exhaustoren in Anwendung gebracht. Von den jetzt vorhandenen zwölf Gängen setzte man acht bereits im Jahre 1848 in Betrieb, die übrigen vier aber erst 1852.

Indem wir hinsichtlich der Konstruktionsdetails, der Reinigungsmaschinen, Mehlkühler (Hopperboys), Beutelmaschinen, Hebwerke (Elevatoren), Transportschrauben, Winden 2c., auf die unten angezeigte Quelle verweisen, [1] müssen wir Notiz von Probevermah-

[1] Erbkam: „Zeitschrift für Bauwesen" Jahrgang V (1855), S. 12, mit Zeichnungen auf Blatt 7 bis 11.

lungen nehmen, die vom Erbauer und Administrator des schönen Werkes, Mühlenbaumeister Wulff, auf den zuerst ausgeführten acht Mahlgängen vorgenommen wurden.

Zuvor werde jedoch bemerkt, daß die Mühlsteine 4½ Fuß preußisch Durchmesser haben, 120 Umläufe pro Minute machen und sieben Paar französische Burrsteine (von La-Ferté) und nur das achte Paar Sandsteine sind. Zum Betriebe des Werkes dienen zwei kolossale, vom Braheflusse (bei 7½ Fuß Gefälle) getriebene Kropfräder (Pansterräder), die so viel mechanische Arbeit übertragen, daß man zum Betriebe eines jeden Mahlganges sieben Maschinenpferde disponibel machen konnte.

Das erwähnte Probemahlen wurde zuerst mit Weizen, nachher mit Roggen in nachbemerkter Weise vorgenommen, und damit folgendes Resultat erlangt:

1. Weizenvermahlung.

Der gehörig gereinigte und nachher sorgfältig gewogene Weizen wurde gleichförmig über sechs Mahlgänge (mit französischen Steinen) vertheilt und ziemlich fein (nach dem Verfahren der Flachmüllerei, bei enggestellten Steinen) geschroten, um so viel Mehl als möglich und nur wenig Gries zu erhalten.

Das gewonnene Schrot ging durch drei Exhaustoren nach der Schrotmehlschraube, welche dasselbe dem Schrotelevator zuführte, von dem es nach zwei Hopperboy's und endlich in die Beutelmaschinen gelangte. Letztere bestehen aus zwei Paar über einander liegenden, mit Seidengaze überspannten Rollzylindern von bekannter Anordnung.

Die ersten Drittel der obern beiden Beutelzylinder gaben die beste mit Nr. 1 bezeichnete Mehlsorte, die andern zwei Drittel derselben, sowie die untern Zylinder gaben Mehl Nr. 2. Der übrigbleibende Rest (Gries und Kleie gemengt) wurde dem Grieselevator zugeführt und von diesem auf den Hopperboy über die Griesbeutel gebracht. Die dazu gehörigen obern Beutel gaben feinen Gries, die untern beiden Beutel groben Gries und feine Kleie; als Rest erhielt man grobe Kleie.

Hiernach wurde der feine Gries auf dem 7ten Gange vermahlen und mittelst eines Elevators auf einen Hopperboy gebracht. Auf zwei zugehörigen, unter einander liegenden Beuteln wurde ferner aus dem feinen Griese Mehl Nr. 2 und Nr. 3 gezogen und der Rest mit dem groben Griese vermengt auf dem 8ten Gange vermahlen. Letzteres Mahlgut ging wieder auf einen Hopperboy und auf zwei unter einander liegende Beutel und gab Mehl Nr. 3 und Nr. 4. Der Rest mit der feinen Kleie gemengt, lieferte sogenannte feine Kleie.

Die überhaupt erhaltenen Produkte in Proz. waren zuletzt folgende:

Mehl Nr. 1	23,97	Also Mehl überhaupt: 80,92.
„ „ 2	47,04	
„ „ 3	7,83	
„ „ 4	2,08	
Feine Kleie	6,27	Also Kleie überhaupt: 16,44.
Grobe Kleie	10,17	
Verstaubung	2,64	
	100,00.	

2. Roggenvermahlung.

Die gereinigten Roggenkörner wurden auch hier über 6 Mahlgänge mit französischen Steinen gleichmäßig vertheilt, geschroten und auf einen Hopperboy geschafft. Von dem ersten Drittheil der Länge der obern zwei Beutel wurde Mehl Nr. 1 gewonnen, während die andern $^2/_3$ Mehl Nr. 2 gaben.

Der Rest wurde auf dem Schüttboden in Säcken aufgefangen (erstes abgebeuteltes Schrot) und nochmals auf 6 oder allen 8 Gängen gemahlen. Durch dieselben Zylinderbeutel geführt, gab dieses Mahlgut Mehl Nr. 2, während der Ueberrest (zweites abgebeuteltes Schrot) auf dem 7ten und 8ten Gange gemahlen, dann durch die Zylinder eines 4ten Beutelkastens geführt, Mehl Nr. 3 lieferte. Der hier verbleibende Rest wurde auf dem Hopperboy und über die Griesbeutel geführt, Mehl Nr. 4 gewonnen und Kleie erhalten.

Die Mahlprodukte in Prozenten waren nachstehende:

Mehl Nr. 1	14,67	An Mehl überhaupt: 79,45.
„ „ 2	40,30	
„ „ 3	13,03	
„ „ 4	11,45	
Kleie	16,73	
Verlust	3,82	
	100,00.	

Aus diesen Wulff'schen Versuchen hat Wiebe[1] unter der Annahme, daß für die Mahlarbeit allein pro Gang 5 Maschinenpferde (à 500 Fußpfund preußisch) verwandt wurden, nachstehende Tabelle berechnet, die mit dessen anderweitigen Beobachtungen und Erfahrungen übereinstimmen soll und die wir noch auf Hektoliter und hannoversche Himten erweiterten.

Mahlquantum pro Pferdekraft pro Stunde.

	Ohne Ventilation				Mit Ventilation			
	Pfunde	Scheffel Preußisch	Hektoliter	Himten	Pfunde	Scheffel Preußisch	Hektoliter	Himten
I. Weizen.								
1. Einmal fein geschroten	53	0,60	0,330	1,058	71	0,85	0,467	1,499
2. Mit Einschluß des ersten Gries fein gemahlen .	45	0,53	0,292	0,935	60	0,72	0,396	1,270
3. Mit Einschluß des ersten und zweiten Gries fein gemahlen . . .	40	0,48	0,264	0,847	53	0,64	0,252	1,128
II. Roggen.								
1. Einmal fein geschroten	52	0,65	0,357	1,146	70	0,87	0,478	1,535
2. Zweimal gemahlen .	31	0,40	0,220	0,705	42	0,53	0,291	0,935
3. Dreimal gemahlen .	25	0,31	0,171	0,547	33	0,42	0,231	0,741
4. Viermal gemahlen .	23	0,29	0,159	0,511	30	0,38	0,209	0,670

Daß Erfahrungswerthe wie die vorstehenden nicht ohne Weiteres auf andere Mühlen bezogen werden können, versteht sich eigentlich von selbst, da Güte und Trockenzustand des Getreides, Zustand und Einrichtung des ganzen Werkes, Art der Steinschärfung u. s. w., so wie endlich auch die Ansprüche des Publikums bei betreffender Schätzung in Betracht gezogen sein wollen.

In der von Baurath Hagen in Hannover neu erbauten Brück-

[1] „Die Mahlmühlen" S. 279.

mühle [1] daselbst vermahlt man für gewöhnlich den Weizen in nachstehender Weise:

	Es geht	
	durch die Beutelgaze	in der Axenrichtung des Beutels fort
Erstes Aufschütten	Mehl Nr. 0 Mehl Nr. 1 Mehl Nr. 2 Gries	Etwas grobes Schrot und Mehlkleie
Zweites Aufschütten (Gries)	Mehl Nr. 3	Mehlkleie
Drittes Aufschütten (Schrot und Mehlkleie vom ersten und zweiten Aufschütten)	Schwarz- oder Luffenmehl	Reine Kleie

Durch dies Verfahren erhält man aus 100 Pfund guten Weizens 72 bis 75 Prozent gutes weißes Mehl, 5 bis 8 Prozent Luffenmehl, 16 Prozent Kleie und 4 Prozent Abfall.

E. Deutsche Mühlen zur Griesmüllerei.

Der im Hauptwerke (Bd. X, §. 43 und 44 und besonders §. 58) noch 1840 vorzugsweise für österreichische (namentlich Wiener-) Mühlen in Anspruch genommene Griesprozeß, d. h., dasjenige Mahlverfahren (des Weizens) wo man bei den ersten Aufschüttungen so wenig wie nur möglich Mehl und dann nur von ganz geringer Güte zu gewinnen sucht, dafür Griese von großer Vollkommenheit bereitet und aus diesen erst das beste und zugleich größte Quantum Mehl darstellt — hat sich bereits so über ganz Deutschland verbreitet, daß er jetzt als eine allgemeine, für sich bestehende und eigenthümliche Mahlmethode betrachtet werden kann.

Mit Bezug auf das, was an den bereits angeführten Stellen

[1] Abbildungen und Beschreibung dieser Mühle enthält des Verfassers „Allgemeine Maschinenlehre" Bd. 2, §. 20.

des Hauptwerkes sowohl über die erforderlichen Maschinen, als über die Mahloperation der Griesmühlen mitgetheilt wurde, kann hier sofort zur Dispositionsbeschreibung einer Art von Mustermühle geschritten werden, deren Mittheilung der Verfasser dem Herrn Kommerzrath Richard Hartmann in Chemnitz verdankt, dessen Maschinenfabrik sich neuerdings in der Konstruktion und Ausführung von Mühlwerken zum Griesprozesse rühmlichst auszeichnet.

Fig. 1, Taf. 118, stellt die erwähnte Disposition im Aufrisse und unter der Voraussetzung dar, daß der Betrieb durch eine Turbine erfolgt. Die vertikale Welle der letztern ist mit A bezeichnet, während B B das Gewölbe über dem Zufuhrkanale des Aufschlagwassers ist. Auf die Fortsetzung von A nach oben hat man ein großes Stirnrad C gekeilt, das mit den Getrieben der verschiedenen (in einer Kreisgruppe aufgestellten) Mahlgänge zusammengreift und wobei die erforderlichen Detailanordnungen, wie die Konstruktion des eisernen Mühlgerüstes D der Hauptsache nach von der Art ist, wie Fig. 6 (in größerem Maßstabe) erkennen läßt.

Da mit Ausnahme der sogenannten Putzmaschine (Hauptwerk Bd. X, §. 44) die Griesmühle weniger in konstruktiver Einrichtung, als eigentlich nur im Mahlprozesse von den nach amerikanisch-englischer Weise eingerichteten Getreidemühlen verschieden ist, so wenden wir uns sogleich zu letzterem.

Die in I angesammelten und durch einen Elevator II nach III gehobenen Weizenkörner gelangen zuerst auf den Sortirzylinder a, welcher die gröberen Verunreinigungen (Steine, Bohnen, Strohtheile ꝛc.) von den guten Körnern scheidet. Sodann gehen letztere durch das Rohr b auf die Putzmaschine c, wo ihnen Epidermis, Bärte und Keime abgerieben werden, worauf sie durch eine Schlotte d in den Staubzylinder e e gelangen, mit welchem in entsprechender Weise ein Ventilator f in Verbindung steht. Nach dieser Manipulation wird der reine Weizen mit Hülfe des Elevators (Körneraufzugs) h h, dessen Ausgußrohr i ist, in einen Behälter k gefördert, der in unserer Abbildung größtentheils durch andere Maschinen $\alpha\beta$ (Beutelmaschinen) verdeckt wird. Aus k gleiten die Körner in einer Röhre n auf die Mühlrumpfe q′ und weiter zwischen die in m′ eingeschlossenen Steine, um daselbst in Schrot (Hochschrot) zerkleinert zu werden. Das hierdurch gewonnene Schrot wird von einem zweiten Elevator r r bis unter das Dach des Mühlgebäudes gehoben, daselbst in ein Rohr s ausgeschüttet und den sogenannten Schrotzylindern t t überliefert, welche die Schrotkleie vom Griese und Mehle scheiden. Die Schrotkleie geht in einem Rohre p p auf die Mühlsteine m zurück um dort nochmals gemahlen zu werden, während der mit Mehl gemengte Gries durch i auf die Mehlzylinder $\alpha\alpha$ geführt wird, deren Axenrichtung durch die Linie 2,3 angedeutet ist.

Durch die Mehlzylinder wird Mehl vom Griese gesondert, indem ersteres durch die Maschen der Seidengaze geht, letzterer in der Axenrichtung des Beutels fortgleitet, dem Griessortir- oder Dunstzylinder $\beta\beta$ (dessen Achsenrichtung durch 4, 5 angedeutet ist) zugeführt und in verschiedene Sorten getrennt wird. Nach diesem Prozesse passirt der Gries einen sogenannten Abreiter oder Absaubrer x x (aus Schüttelsieben gebildet) und gelangt endlich durch die Zuführrumpfe y y auf die Griesputzmaschine z z, die im Wesentlichen so eingerichtet ist, wie die Abbildungen, Fig. 1 und 2, Taf. 204, des Hauptwerkes erkennen lassen. Der zum Klarreinigen erforderliche Luftstrom wird von einem in o befindlichen Ventilator geliefert, der den Wind in den Sammelkasten γ, sodann in die Luftkanäle $\delta\delta$ und von hier endlich in die Horizontalfächer bläst.[1]

Die nähere Anordnung der erwähnten, mit $\alpha\alpha$ bezeichneten Mehlzylinder, so wie der Dunstzylinder $\beta\beta$ erhellt aus den Figuren 7 und 8, Taf. 119, wobei vorerst der Umstand in's Auge fällt, daß die Mehlzylinder a a doppelt, die Dunst- oder Griessortirzylinder b aber nur einfach vorhanden sind. Jedem der Zylinder a wird das Mahlgut durch ein Rohr c zugeführt, während diese mit feiner Seidengaze (gewöhnlich Nr. 11 der Bodmer'schen Skale)[2] bekleideten Zylinder in bekannter Weise in Umdrehung gesetzt werden und Mehl durch die Gazemaschen gehen lassen, was (die schiefen Flächen e e, Fig. 7 passirend) in Säcke g g läuft, die man an den kurzen Ausfluß-

[1] Abbildungen einer neueren Griesputzmaschine findet man in des Verfassers allgemeiner Maschinenlehre, Bd. 2, §. 23, so wie in den Mittheilungen des Gewerbevereins für das Königreich Hannover, Jahrgang 1864, S. 144, Taf. 5.

[2] Herr Direktor Karmarsch hat die Güte gehabt, das Beuteltuch der Bodmer'schen Skale sorgfältig zu messen und dabei zu bemerken, daß es durchgehends mit gekreuzter Kette gewebt sei. Es enthält:

röhren ff befestigt und gleichzeitig auf den betreffenden Fußboden gestellt hat. Alles in der Axenrichtung der Zylinder fortgehende Mahlgut wird in einer doppelt gekrümmten Röhre d in den Dunstzylinder b[1] geleitet, der meistentheils in der obern Hälfte b mit Gaze Nr. 7, in der untern Hälfte mit solcher von Nr. 3 bespannt ist. Die hier gewonnenen Dunstsorten fallen Oeffnungen h und h' zu, vor welchen man entweder Säcke anbringt oder den Dunst in tiefer liegende Behälter leitet und bis zum Weitervermahlen aufbewahrt. Sämmtliches in der Axenrichtung von b b' fortgehendes Gemenge (Gries und Kleie von gleicher Feinheit) wird dem Kanal i zugeführt, von wo aus es ohne Weiteres den Schüttelsieben (Saubrer) x x, Fig. 1, Tafel 118, und darunter befindlichen Griesputzmaschinen z z übergeben wird. Zuletzt werden die gewonnenen Griese theils als

Nr.	Oeffnungen auf 1 Pariser Zoll (27 Millimeter)		Oeffnungen in 1 Pariser Quadratzoll
	in der Breite	in der Länge	
000	18	19	342
00	24	26	624
0	30	38	1140
1	40	44	1760
2	54	54	2916
3	62	62	3844
4	65	67	4355
5	70	70	4900
6	80	78	6040
7	88	86	7568
8	94	96	9024
9	102	104	10680
10	110	120	13200
11	120	122	14640
12	126	126	15876
13	130	132	17160
14	140	132	18480

[1] Unter Dunst wird ein Mittelding zwischen Gries und Mehl verstanden, das später mit Gries vermengt, zu feinem Mehle vermahlen wird.

Tafel- oder Speise- (Markt-) Griese verwandt, größtentheils aber zu Mehl vermahlen, wobei man zuletzt Beutelmaschinen von der Fig. 7 und 8 abgebildeten Anordnung verwendet.

Die Disposition einer sehr zweckmäßig eingerichteten, den Gebrüdern Roßner in Dresden gehörigen (gleichfalls von R. Hartmann in Chemnitz konstruirten und ausgeführten) und von einer 30-pferdigen Balancierdampfmaschine bewegten, sechsgängigen Griesmühle mit Riemenbetrieb, stellt auf Taf. 119, Fig. 1 im Aufrisse und Fig. 2 im Grundrisse und zwar in $1/_{60}$ wahrer Größe dar. Die Fundamentirungen A, das eiserne Gerüst B mit der Bodensteinplatte C, die auf letzterer vorhandenen Steinkreuze D, ferner Bodenstein E, Läufer F, Bütten G und zugehöriges Stellzeug bedürfen, nach dem, was bereits vorher über derartige Gegenstände ausführlich mitgetheilt wurde, keiner besonderen Erklärung. Ebenso dürfte aus dem Anblicke der Abbildungen erhellen, daß jede der drei stehenden Wellen der Riemenvorgelege mit zwei aktiven Scheiben I und L ausgestattet ist, wodurch je einer der beziehungsweise rechts und links der Mittellinie in zwei parallelen Reihen aufgestellten Mahlgänge K und M betrieben wird, so wie daß zu jedem der Riemen N N und N′ N′ eine entsprechende Spannrolle r und r′ gehört, die durch Zahnbogen a, Schraube b und Handrad c ausgelöst und den Umständen entsprechend angepreßt werden kann.

Jede der drei stehenden Vorgelegwellen H der aktiven Riemenscheiben I und L macht (im normalen Gange) pro Minute 123 bis 124 Umläufe (bei Mühlsteinen von 4 Fuß englisch Durchmesser), was von der Dampfmaschine aus durch nachbemerkte Zahnradübersetzungen zu Stande gebracht wird. Auf der 27 Umdrehungen pro Minute machenden Schwungradwelle ist ein 96er Stirnrad (70 Millimeter Zahntheilung) befestigt, dessen Zähne in ein 42er Getriebe greifen, das an dem einen Ende der ersten Vorgelegwelle U befestigt ist und diese zu 56,3 Umläufen pro Minute veranlaßt. Am andern (in unseren Abbildungen allein sichtbaren) Ende der letzteren Welle befindet sich ein 66er Kegelrad R (65 Millimeter Theilung), welches in die Zähne des kleinen Rades Q von 44 Zähnen faßt und wodurch der zweiten Vorgelegwelle S pro Minute 84,45 Umgänge ertheilt werden. Durch die drei gleichen Kegelradpaare PPP und OOO von beziehungsweise 60 und 41 Zähnen

(48 Millimeter Theilung) wird endlich jede der stehenden Wellen H zu $84{,}45 \cdot \frac{60}{41} = 123{,}6$ Umläufen pro Minute gezwungen.

Zur Zeit meines Besuches der Roßner'schen Mühle (1863) vermahlte dieselbe (wenn die zugleich vorhandene Oelmühle außer Thätigkeit gesetzt wurde) in 6 Tagen (à 24 Stunden) 50 bis 60 Wispel Weizen, jeden Wispel zu 12 Sack und den Sack zu 170 Pfund Korngewicht gerechnet, was mit Bezug auf die 30-pferdige Dampfmaschine eine Leistung pro Stunde pro Pferd von $23^2/_3$ bis $28^1/_3$ Pfund gibt. Dabei waren die gelieferten Mahlprodukte nach Art und Menge in Gewichtsprozenten folgende:

Kaiserauszugmehl	20,5
Grieslerauszug	20,5
Semmelmehl	18,0
Griesler Mundmehl	16,5
Nachmehl	4,0
Futtermehl	3,0
Griesklele	6,5
Schalenkleie	7,0
Ausgesiebte Kleie	0,6
Verlust	3,4
	100,0.

Begreiflicher Weise sind die beim Vermahlen des Weizens zu erzielenden Mehlgattungen nach Ort, Bedürfniß und Gewohnheit verschieden. So liefert u. A. die gräflich Thun'sche Kunstmühle zu Tetschen an der Elbe gewöhnlich folgende Mahlprodukte in Prozenten ausgedrückt: [1]

[1] Im Kataloge der österreichischen Abtheilung auf der Londoner Industrie-Ausstellung wird S. 36 (unter Nr. 377) von dieser 12gängigen Thun-Hohensteiner Kunstmühle bemerkt, daß sie von je 100 Pfund Weizen erzeugt:

An feinen Mehlsorten	41,64%
„ mittleren Mehlsorten	18,80%
„ ordinären Mehlsorten	20,08%
„ Kleie	16,20%
Verstaubung	3,28%
	100,0

Kaiserauszugmehl	9,61
Grieslerauszug	22,95
Griesler Mundmehl	13,65
Griesler Griesmehl	7,95
Tafelgries	1,59
Bäckermehl	5,22
Bäckermundmehl	6,95
Pohlmehl	6,85
Fußmehl	6,59
Kleie	15,67
Verlust	2,97
	100,0.

Komplizirter als die Vermahlung des Weizens in den beiden zuletzt angeführten Griesmühlen (nach der sogenannten Prager Methode) ist der Wiener Mahlprozeß, wovon wir hier (als Beispiel und als Kommentar zu dem, was hierüber bereits im Hauptwerke, Bd. X, S. 50, §. 58, aus älterer Zeit angeführt wurde) das Mahlverfahren der k. k. privilegirten Dampfmühle am Schüttl in Wien mittheilen.

Zuvörderst werde bemerkt, daß dieses schöne Etablissement gegenwärtig 22 Gänge (mit vierfüßigen Steinen) im Betriebe hat,[1] welche ihre Bewegung von zwei Woolf'schen Dampfmaschinen von zusammen 200 Pferdekraft erhalten und in 24 Arbeitsstunden mindestens 1100 niederösterreichische Metzen oder 1047,20 Zentner Zollgewicht Weizen vermahlen. Der Vermahlungsprozeß selbst wird in seinen einzelnen Stadien auf je fünf Garnituren Steinen durchgeführt, wobei die einzelnen Arbeiten (unter Voraussetzung gereinigten Weizens) bestehen:

1) In dem Spitzen (Koppen) und nachherigem Schroten des Weizens.

2) In dem Auflösen (Wiedervermahlen) der sogenannten Streifen (d. h. größeren Theile des übriggebliebenen Weizenschrotes, an welchem die allenfalls noch nicht getrennte Kleie hängt, die noch viele Griestheile enthält).

[1] Arenstein: Oesterreich auf der internationalen Ausstellung in London 1862, S. 35 unter Nr. 365.

3) In dem Auflösen der kleinern Auflösungsgriese, die von den obigen Gattungen abfallen und zu geringeren Griesen geschlagen werden.

4) In dem Vermahlen der reinen Griese (Weißmahlerei).

5) in dem Ausmahlen aller Abfälle in Dunst und Kleie.

Beim Spitzen (Koppen) wird außer dem gespitzten Weizen noch gewonnen:

a. Eine grobe Gattung Mehl, welche zum sogenannten braunen Pohl verwandt wird.
b. Koppspitzen (Kuhfutter).
c. Abfall, welchen man zu Schweinefutter verwendet.

Bei der fernern Manipulation wird nun im Allgemeinen darauf Rücksicht genommen, das Getreide möglichst oft in kleinere Theile aufzulösen, um als Hauptprodukt für weißes Mehl die wirklichen Griessorten zu erhalten, während man als Nebenprodukt bis in die einzelnen Stadien herab die geringern Mehlsorten und die Kleie gewinnt.

Jeder größere Theil des Getreides, den man als Ueberfall von den andern Sorten, die dem Kerngriese am nächsten sind, ausscheidet, wird daher immer wieder aufgelöst, weil im andern Falle die ordinären Mehlsorten zu weiß und daher die Ausbeute an Weißmehl zu gering würde.

Auf die weitere Vermahlung wieder übergehend, kommt nun das Schrot zwischen französischen La Ferté-Steinen zum Auflösen. Nachdem die Trennung der einzelnen Theile durch Zylinder, Sauberer und Griesputzmaschine vollzogen ist, erhält man als Produkt:

1) Mehl, zur Mehlgattung IV (Semmelmehl) gehörig.
2) Dunstsorte Nr. 5, welcher Dunst feiner als Gries und noch kein Mehl ist, und in seinen 5 Nummern vom weißen I bis schwarzen V übergeht.
3) Streifen, das sind die größten Theile vom Weizenschrote, die übrig bleiben, an welchen noch die etwa nicht getrennte Kleie hängt, und die viele Griestheile enthalten.
4) Grobes Auflösen.
5) Feines Auflösen, beides Sorten, die dieselben Eigenschaften, wie die Streifen haben, nur etwas kleiner sind.
6) 1ter Gries zum Auflösen.

7) 2ter Gries zum Auflösen, beides Griessorten, die näher an der Hülse als am Kern liegen und zu feinen Sorten verarbeitet werden müssen.
8) Reine 2te, 3te und 4te Griese, die selbst wieder einer separaten Reinigung unterzogen werden und leichtere Abfälle ausscheiden.

Auf diese Art hat nun die erste Zerkleinerung (Schrotung) des Weizens stattgefunden, und bleibt jetzt die Aufgabe, die einzelnen Gattungen davon wieder der Prozedur des weitern Auflösens durch Steine zu unterwerfen.

Hierbei erhält man aus der Vermahlung der Streifen als Produkt:

1) Mehl zur Gattung III (Mundmehl) gehörig.
2) Dunstsorte.
3) Feines Auflösen.
4) 2ter Auflösgries.
5) Reiner 1ter Gries, der separat zu feinern Gattungen Griesen aufgelöst wird.
6) Reine 2te, 3te, 4te und 5te Griese, vom groben zum feinen.
7) Klein Ausschrot, d. i., diejenige Gattung, aus welcher allein die grobe Kleie gewonnen wird, und von der noch feinere Griessorten ausgeschieden werden können, was auch von der folgenden Sorte gilt.
8) Kleines Auflösen, welches nur kleiner als Ausschrot ist und die feinere Kleie abwirft.

Wird das grobe und das feine Auflösen der Vermahlung unterzogen, so erhält man als Produkt:

1) Mehl zur Gattung III gehörig.
2) Dunstsorte I und II.
3) Auflösgries.
4) Reine 2te, 3te und 4te Griese.

Kommt der 1te, so wie der 2te Auflösgries zur Vermahlung, so erhält man als Produkt:

1) Mehl zur Gattung III gehörig.
2) Dunstsorte Nr. 1.
3) Reine 3te, 4te und 5te Griese.
4) Kleines Auflösen.

Durch Vermahlung des Kleinausschrots erhält man als Produkt:

1) Mehl zur Gattung III gehörig.
2) Dunstsorte Nr. 3.
3) Reine Griese, 3te, 4te und 5te, zum geringen Auszugmehle.
4) Kleie Nr. 2, d. i. die sogenannte Pferdekleie, welches die größtblättrige ist.
5) Kleie Nr. 1, d. i. die andere kleinere Sorte, Dunstkleie, die in Dunstform gewonnenen Kleientheile.

Endlich erhält man durch Vermahlung des Klein-Auflösens als Produkt:

1) Mehl, zur Gattung IV gehörig.
2) Dunstsorte Nr. 3 und 4.
3) Griese 3te, 4te und 5te zum geringen Auszug.
4) Kleie Nr. 1.
5) Dunstkleie.

Bis hierher ist nun die Zerkleinerung und Auflösung des Weizens so weit vorgeschritten, daß man daraus folgende Hauptprodukte erhalten hat:

1) Mehl von verschiedener Gattung.
2) Dunstsorten von Nr. 1 bis 5.
3) Griese zu verschiedenem Auszugmehle.
4) Kleie verschiedener Gattung.

Dagegen sind noch geringere Auflössorten, welche durch Reinigung von den groben Auflössorten abfallen, vorhanden, aus denen, wenn man sie weiter verarbeitet, erhalten wird:

1) Mehl zur Gattung VI gehörig.
2) Dunstsorte Nr. 2.
3) Gries Nr. 4 und 5 zum geringern Auszug.

Zuletzt werden noch die Abfälle von allen geputzten Griesen und Auflösesorten, die den Namen Schwartelgriese führen (mit der äußeren Kleienhülse behaftet) vermahlen und geben:

1) Mehl Nr. IV
2) Mehl Nr. V
3) Mehl Nr. VI

} je nachdem sie weißeres oder schwärzeres Aussehen haben.

4) Dunstkleie.

Die gereinigten Griessorten, die nun zur Vermahlung kommen, geben das Auszugmehl und zwar:

1) Kaiserauszug Nr. 0 ⎫
2) Bäckerauszug Nr. 1 ⎬ aus dem reinsten Kerngriese Nr. 2, 3 und 4,
oder Kaiserauszug Nr. 2 ⎭

nur mit dem Unterschiede, daß der Kaiserauszug feiner gemahlen wird, während der Bäckerauszug kerniger, griffiger ist und zu den sogenannten Wiener Kaisersemmeln verbacken wird. Aus den andern reinen Griesen erhält man Bäckerauszug Nr. II.

Durch das Vermahlen der Griessorten entstehen aber auch als Abfälle Dunste, die abermals gereinigt und gemahlen ein Mehl geben, das zum Auszug Nr. II geschlagen wird, während die andern früher erhaltenen Dunstsorten liefern:

Nr. 1	Auszugmehl Nr. II.
Nr. 2	Mundmehl Nr. III.
Nr. 3 u. 4	Semmelmehl Nr. IV.
Nr. 5	Weiße Pohl Nr. V.

Der Abfall von diesen Dunstsorten nämlich: Dunst Nr. 6, wird zur Mehlgattung Nr. VI, braune Pohl, verwendet.

Was die Kleie betrifft, so kommt die 2te und 1te Sorte so, wie sie erhalten wird, zum Verkauf, während die Dunstkleie auf eigenen Steinen als sogenannter Extradunst und ordinärer Dunst verarbeitet, und so gröber und feiner ausgeschieden wird.

Durch den bis jetzt näher beschriebenen Entwicklungsprozeß ist der Weizen im Ganzen in nachstehende Sorten umgeschaffen worden und beziffern sich diese hinsichtlich der Ausbeute in Prozenten wie folgt:

Gries Nr. 0 und Nr. 1 kann in eine Kategorie geworfen werden, da Gries Nr. 0 nur im Verhältnisse des Bedarfs, der sehr gering ist Angesichts der großen Erzeugungsmenge der Dampfmühle, zum Verkaufe gelangt.

Aus 100 Pfund Weizen in rohem Zustande erhält man:

1) Marktgries Nr. 2 und 3 . .	circa	0,5
2) Kaiserauszug Nr. 0	„	1
3) Bäckerauszug Nr. I	„	30 bis 33
4) Bäckerauszug Secunda Nr. II	„	8 bis 12
5) Mundmehl Nr. III	„	20 bis 26
6) Semmelmehl Nr. IV	„	8 bis 9
7) Weiße Pohl Nr. V ⎫ 8) Braune Pohl Nr. VI ⎭ . . .	„	8 bis 10

9) Dunstkleie . . . . circa 7 bis 8
10) Kleie Nr. 1 . . . . „ 6 bis 9
11) Kleie Nr. 2 . . . . „ 0,5 bis 1,0
12) Kleinweizen . . . . . . „ 1 bis 3,5
13) Fußmehl . . . . „ 1
14) Koppstaub . . . . „ 1,5 bis 2.

Was noch die Art und Weise der Vermahlung mittelst der Steine selbst anbetrifft, so ist schließlich zu erwähnen, daß, je näher die Prozedur dem förmlichen Ausmahlen kommt, die Temperatur des Mehles zwischen den Steinen immer höher wird, daher die Luftdurchzüge in den Steinen möglichst breit und tief gehalten werden müssen.

Uebrigens ist es Aufgabe des Müllers, zu verhüten, daß sich das Mahlgut stark erhitzt, und dieß kann man aus der Erfahrung, ohne künstliche Ventilation, wenn eben die innern Steinöffnungen groß genug gehalten und die Steinfurchen rationell eingehauen werden.

Das Mehl, ehe es in den Handel kommt, wird in einer Kammer je nach Bedarf gemischt und in Säcke gefüllt, die ein Quantum von $1\frac{1}{2}$ Wiener Zentner fassen.

Was nun den bis jetzt noch unerörterten Finanzpunkt der Griesmüllerei, gegenüber dem Vermahlen nach amerikanischer Methode betrifft, so wird diese Frage durch nachstehende Mahl-Kalkulation beantwortet, welche von einem der intelligentesten Griesmühleninhaber des Königreichs Sachsen aufgestellt ist und womit zugleich Auskunft über die verschiedenen Arten der Mahlprodukte ertheilt wird, welche letztere begreiflicher Weise nach Gewohnheit und Bedarf verschieden sind.

Mahl-Kalkulation.

Vermahlung von 500 Sack Weizen à 168 Pfund Brutto = 84000 Pfund,[1] den Körnerpreis pro Wispel oder 2016 Pfund zu 73 Thlr. angenommen.

[1] 12 Sack = 1 Wispel, daher 1 Wispel = 2016 Pfund Gewicht, 1 Wispel = 24 Scheffel preußisch, folglich 1 Scheffel = 84 Pfund. Letztere Zahl (84) ist zugleich das gleichgeltende Gewicht der österreichischen Metze in Wiener Pfunden, da 1 preußischer Scheffel = 0,894 österreichischen Metzen und 1 Wiener Pfund = 1,12 Zollpfund, das Produkt 0,894 × 1,12 aber gleich 1,00128 ist.

Mahlprodukte der Griesmühle.

Kaiserauszug	15000 Pfd.	17,8	Proz.
Grieslerauszug . . .	13600 „	16,2	„
Bäckermundmehl . . .	12000 „	14,2	„
Griesler Mehl . . .	20550 „	24,5	„
Nachgänge	3325 „	4,0	„
Schwarzmehl	2262 „	2,7	„
Kleie	13533 „	16,1	„
Geringe Körner . . .	483 „	0,5	„
Verlust	3247 „	3,8	„
	84000 Pfd.	99,8	Proz.

NB. Semmelmehl ist eine Mischung aus

$^2/_3$ Griesauszug . . . . . . 10 Proz.

$^1/_3$ Bäckermundmehl . . . . 5 Proz.

Verkaufspreise der Mahlprodukte.

	Ctr.		Thlr.	Gr.		Thlr.	Gr.	Pf.
Kaiserauszug . . .	150,00	à	6	2	. .	910	—	—
Grieslerauszug . .	136,00	à	5	18	. .	761	18	—
Bäckermundmehl . .	120,00	à	4	20	. .	560	—	—
Grieslermehl . . .	205,50	à	4	3	. .	842	16	5
Nachgänge	33,25	à	3	—	. .	99	22	5
Schwarzmehl . . .	22,62	à	1	25	. .	41	14	—
Kleie	135,33	à	1	5	. .	157	26	5
Geringe Körner . .	4,83	à	Pfd. 6 Pf.			9	19	5
					Summe	3382	27	—

Hiernach:

500 Sack Weizen = 84000 Pfd. pro 2016 Pfd.			
73 Thlr.	3041 Thlr. 20 Gr.		
Mahlgeld pro 2016 Pfd.			
4 Thlr.	166 Thlr. 20 Gr.		
		3208	10
	Netto-Gewinn	174	17

oder per Wispel = 4 $^1/_5$ Thlr. Netto-Gewinn.

Werden vorstehend berechnete 500 Sack = 84000 Pfd. Netto oder 41,66 Wispel nach amerikanischer Methode vermahlen, so ergibt sich:

Mahlprodukte nach Prozenten.

				Ctr.	Thlr.	Gr.		Thlr.
50 Proz.	bestes Mehl	=	420	à 5	10	=	2240
10 „	2te Sorte	=	84	à 5	—	=	420
10 „	3te Sorte	=	84	à 4	—	=	336
25 „	Kleie und ordinäres Mehl	=	210	à 1	5	=	245[1]
5 „	Verlust						
						Summe	3241.

500 Sack Weizen per 2016 Pfd. 73 Thlr. = 3041 Thlr. 20 Gr.
Mahlgeld per 2016 Pfd. 4 Thlr . . . . = 166 Thlr. 20 Gr.
3208 Thlr. 10 Gr.

Daher: Netto-Gewinn 32 Thlr. 20 Gr.
oder per Wispel = circa 24 Gr. Netto-Gewinn.

So vortheilhaft sich hiernach finanziell der Griesprozeß gegen die amerikanische Methode herausstellt, so ist doch vor Allem erforderlich, daß die betreffenden Fabrikate auch Absatz finden. Unter allen Umständen wird man die vorzüglichen Tafelgriese und allerfeinsten Mehlsorten (Kaiser- und Griesler-Auszug) als Luxusartikel betrachten und hiervon nur den Bedürfnissen entsprechende Mengen zu erhalten streben müssen, dann aber auch sich so lange mit einer geringern Rente zu begnügen haben, bis das Publikum den Werth dieser schönen Produkte, namentlich beim Kochen und Backen im Küchenofen, gehörig kennen gelernt hat.

In Norddeutschland ist Letzteres zur Zeit noch nicht der Fall, weßhalb auch hier nur sehr wenige Griesmahlmühlen existiren und neue Anlagen solcher deßhalb mit besonderer Vorsicht unternommen werden müssen.

F. Verschiedene Gegenstände, Getreidemahlmühlen betreffend.

1) Mühlsteine. Seit Behandlung des Mühlsteinkapitels auf S. 17 und 105, Bd. X, des Hauptwerkes, hat sich bestimmter herausgestellt als es zu jener Zeit möglich war, daß für Getreidemühlen eigentlich zwei Gattungen von Steinen allen Anforderungen zu entsprechen im Stande sind, nämlich gewisse Sandsteinsorten

[1] Dieser Werth ist jedenfalls zu gering geschätzt, da an reiner Kleie höchstens 16% zu rechnen sind, das übrige aber höher zu verwerthendes Mehl ist. Sodann wird aber auch der berechnete Netto-Gewinn größer!

(a. a. O. S. 16 speziell aufgeführt) zum Brechen, Schroten, Schälen und Abreiben (Spitzen oder Vergraupen) der Körner, und die Steine der Süßwasserquarzbildungen des Marnethales von La Ferté-sous-Jouarre, sowie seit 1858 die von Fony im Abaujvárer Komitate (Ungarns) [1] zur Gries- und Mehlbereitung.

Die leichte Bezugsweise, die größere Härte und der verhältnißmäßig geringe Preis dieser beiden letzteren Steinsorten haben namentlich die sogenannten rheinischen Steine (Mühlsteinlava aus dem Gebiete der Eifel unweit Andernach), mindestens für die Weizenmüllerei in weiteren Kreisen, fast ganz verdrängt, woran die schwärzliche Farbe dieser Steine wohl auch einige Schuld mit tragen mag.

Hinsichtlich Hauschlägegestalt der Mühlsteine sind leider die erfahrensten Praktiker immer noch uneinig, während der Theorie der ganze Gegenstand so lange gänzlich entzogen bleiben muß, als nicht gehörig vielseitige und durch gleichzeitige dynamometrische Messungen unterstützte Versuche als Grundlage vorliegen.

So rühmt Schwahn [2] noch immer die nach Evans gekrümmten Hauschläge, wobei die Schnittwinkel vom Läuferauge aus nach dem Umfange hin abnehmen, während Nagel bei seinen früheren Behauptungen beharrt, daß diese Winkel (gerade umgekehrt) vom Läuferauge aus nach dem Steinumfange hin wachsen müßten. [3]

Ganz neuerdings hat Wiebe [4] eine eigene Mühlsteinschärfe angegeben, wobei die Furchen nahe dem Läuferauge nach einer geraden Linie, weiterhin aber und bis zur Steinperipherie fort, nach logarithmischen Spiralen gebildet sind, welche letzteren Hauschläge sich dann überall unter den konstanten Winkeln von 39 Grad schneiden.

So richtig es übrigens auch sein mag, daß vortheilhaft gekrümmte Hauschläge noch besser als exzentrisch gestellte gerade Hauschläge wirken, namentlich erstere besser ausstreichen, so wird dieß doch mehr oder weniger dadurch wieder aufgehoben, daß gekrümmte

[1] Ein ausführlicher Bericht über Fony'er Mühlsteine befindet sich in der vom Professor Arenstein verfaßten Schrift: „Oesterreich auf der internationalen Ausstellung (in London) 1862, S. 16, unter der Katalognummer 69.

[2] Lehrbuch der Mühlenbaukunst. Dritte Abtheilung, Berlin 1849. §. 46.

[3] Ein Brief des Mühlenbaumeisters Nagel, vom 21. Juni 1864 aus Hamburg an den Verfasser gerichtet, bestätigt die angeführte Behauptung von Neuem.

[4] „Die Mahlmühlen.“ Stuttgart 1861, S. 109.

Hauschläge niemals so leicht herzustellen und in gutem Zustande zu erhalten sind, wie dieß bei geraden Hauschlägen der Fall ist, was besonders bei größeren Betrieben der Beachtung werth sein dürfte.

Nach von mir gesammelten Notizen (nach Angaben erfahrener und rationell gebildeter Müller) kann ich über die geradlinige Schärfung (wobei übrigens die Kreuzungswinkel vom Läuferauge aus nach dem Steinumfange hin stets abnehmen) Nachstehendes mittheilen.

Die Zahl der Felder oder sogenannten Viertel wie abc und abd Fig. 12, Tafel 119, in welche man die Steinfläche theilt, kann von 12 bis 15 variiren (je dichter die Steinmasse, desto mehr Felder und um so schmäler die Balken), wobei man auf jedem Felde 4 bis 5 Bahnen oder Furchen von höchstens $^3/_8$ Zoll (engl.) größter Tiefe gibt. Auf die Breite der Furchen i und der zwischen ihnen stehenbleibenden Theile, der sogenannten Balken, hat die Größe des Steines wenig Einfluß.

Bei einem Steine von 5 Fuß (englisch) Durchmesser, wie der Figur 12, macht man Furchen i von $1^1/_4$ Zoll Breite und läßt Balken k von $1^5/_8$ Zoll Breite stehen, während bei einem 4füßigen Steine die Furchen 1 Zoll Breite und die Balken $1^5/_{16}$ Zoll Breite erhalten können.

Die Exzentrizität oder der Zug (in der Müllersprache) $\overline{m}$d, Fig. 12, kann man für jeden Fuß Steindurchmesser zu $^1/_2$ Zoll annehmen, so daß die Exzentrizität bei einem $4^1/_2$füßigen Steine $4^1/_2 \cdot {}^1/_2 = 2^1/_4$ Zoll beträgt.

Indeß richtet sich die Exzentrizität auch nach der Umlaufsgeschwindigkeit der Steine.[1]

So werden bei 100 Umläufen pro Minute eines 5füßigen Steines $2^1/_2$ Zoll Exzentrizität ausreichen, dagegen bei 80 Umgängen desselben Steines schon $3^3/_4$ Zoll erforderlich sein. Letztere Größe wurde in unserer Fig. 12 angenommen, welcher Stein für 80 bis 85 Umläufe pro Minute bestimmt ist.

Luftventilation hat den umgekehrten Einfluß.

Bemerkenswerth ist dabei noch, daß der Stein Fig. 12 bei einem Läuferauge pq von 13 Zoll Durchmesser ein eingesetztes sogenanntes Herzstück rrr (ein regelmäßiges Achteck bildend) aus

[1] Man sehe deshalb auch die dem Reiseberichte von Wulff und Ganzel entlehnte Tabelle, S. 24, Bd. X des Hauptwerkes.

festem Sandsteine von solcher Größe besitzt, daß die eigentliche aus La Ferté-Stein gebildete Mahlfläche (von r bis s) etwas weniges mehr als 12 Zoll Breite hat.

Diese Anordnung, ein Herzstück aus einer minder edlen, aber zum Brechen und Vorarbeiten geeigneten Steinsorte herzustellen, wird neuerdings bei französischen Mühlsteinen fast allgemein in Anwendung gebracht, da hierdurch der Stein wohlfeiler wird und das eigentliche Mehlmachen doch erst im letzteren Drittheile des Steinhalbmessers stattfindet.

Zur Bildung der Furchen auf den ebenen Flächen hat man bereits mehrfach Maschinen in Vorschlag und auch hin und wieder in Anwendung gebracht, bei welchen als arbeitendes Werkzeug entweder ein einziger hammerartig wirkender Meißel gesetzmäßig, der herzustellenden geraden Furche entsprechend, fortbewegt wird, oder ein System von Meißeln, welches man nach dem Laufe der zu erzeugenden krummen Furchen aufgestellt hat und gegen das man Hämmer oder Stempel in geeigneter Weise wirken läßt.

Maschinen ersterer Gattung finden sich u. A. vollständig abgebildet und beschrieben in Armengaud's „Publication Industrielle" Vol. III, p. 1, und im „Atlas Universel" von Petitcolin & Chaumont, Tom. I, p. 12, während die zweite Gattung in den Mittheilungen des Gewerbe-Vereins für das Königreich Hannover, Jahrgang 1857, S. 163, ebenfalls abgebildet enthalten ist. Zur Zeit haben sich jedoch alle diese Maschinen immer noch nicht recht Eingang verschaffen können, weil sie mehr oder weniger zu wünschen übrig ließen, und wozu Seitens der Müller Gewohnheit, Vorurtheil und Hängen am Alten wohl auch das Seinige beigetragen haben mag.

2) Betriebsarbeit und Mahlquantum. Die Aufgabe, durch mathematische, wissenschaftlich begründete Formeln den Widerstand des zwischen Steinflächen zu vermahlenden Getreides und damit zusammenhängend die Größe der erforderlichen Betriebsarbeit, sowie das Mahlquantum darzustellen, ist jetzt eben so ungelöst wie dieß bei Abfassung des Artikels „Mahlmühlen" im Hauptwerke der Fall war, da es noch immer an den erforderlichen Beobachtungen verbunden mit gleichzeitigen dynamometrischen Messungen fehlt.

Dafür hat Professor Wiebe[1] die empirischen Formeln des

[1] „Die Mahlmühlen" §. 67.

Hauptwerkes (Seite 41 und Seite 193) durch nachstehende zu ersetzen sich bemüht:

$$\text{I.} \quad S = k\, N_m$$

$$\text{II.} \quad N = \frac{6}{5} N_m + \frac{i}{4} \text{ und}$$

$$\text{III.} \quad \frac{N}{i D V} = \text{Constant.}$$

Hierbei bezeichnet N_m die lediglich zum Vermahlen des Getreides zwischen den Steinen erforderliche Anzahl Pferdekräfte, S das damit pro Stunde erzeugte Mahlquantum, k einen aus der Tabelle S. 322 zu entnehmenden Erfahrungskoeffizienten, N die Zahl der Pferdekräfte, welche die Totalarbeit (einschließlich Reibung und Hülfsmaschinen) erfordert, i die Zahl der vorhandenen Mühlsteinpaare (Gänge), D den Durchmesser der Steine und V die Peripheriegeschwindigkeit der letzteren pro Sekunde.

Die Konstante der Formel III. ist nach Wiebe:

$$\frac{1}{22{,}5} \text{ für französische Steine und}$$

$$\frac{1}{37{,}5} \text{ für Sandsteine,}$$

unter der Voraussetzung, daß man die Entfernung der Steine von einander konstant nimmt, d. h. einerlei Grad von Feinheit des Mahlgutes annimmt, Durchmesser der Steine und deren Peripheriegeschwindigkeit in Fußen ausdrückt, alle Maße preußische sind und die Größe der Maschinenpferdekraft zu 500 Fuß-Pfund pro Sekunde angenommen ist. [1]

[1] Beispielsweise werde die Aufgabe gelöst, daß man die Größe der Betriebsdampfmaschine einer zwölfgängigen Getreidemahlmühle, die erforderlichen Steindurchmesser und deren Umlaufszahl unter der Voraussetzung angeben soll, daß in 24 Stunden 600 preußische Scheffel (oder 536 Wiener Metzen = 329 Hektoliter) Weizen unter Anwendung französischer und zwar ventilirter Steine nach amerikanischer Weise (Flachmüllerei) in feines Mehl umgewandelt werden sollen.

Zuerst ist hier $S = \frac{600}{24} = 25$ und wenn k (kleiner nach meinen Erfahrungen, als in Wiebe's Tabelle auf S. 322) zu 0,54 angenommen wird:

$$N_m = \frac{25}{0{,}54} = 46{,}3 \text{ folglich}$$

Bei richtiger Wahl der Koeffizienten geben diese Formeln verhältnißmäßig gut mit der Erfahrung stimmende Werthe.

Zur Vergleichung des unten (in der Note) nach den Formeln berechneten Beispiels diene Folgendes:

Armengaud[1] berichtet, daß man in der Umgegend von Paris, wo nicht geringe Anforderungen hinsichtlich Feinheit und Weiße des Mehles gemacht werden, pro Stunde und pro Pferdekraft 20 bis 22 Kilogr. Weizen vermahlt, was, das Hektoliter zu 75 Kilogr. gerechnet,

0,28 Hektoliter = 0,51 preuß. Scheffel
= 0,455 österreichische Metzen gibt.

In der Darbly'schen 40gängigen Mühle zu St. Maur[2] (mit 160 Maschinenpferden-Betriebskraft der Turbine), deren Mehl in Frankreich als das vorzüglichste seiner Art betrachtet wird, soll man mit Steinen von 1,3 Meter Durchmesser pro Gang in 24 Stunden wenigstens 20 Hektoliter Weizen vermahlen.

Da indeß von je 6 Gängen immer einer wegen Steinschärfung oder Reparatur still steht,[3] so lassen sich zu 5 Gängen von der überhaupt vorhandenen Betriebsarbeit verwenden: $\frac{6}{40} \cdot 160 = 24$

die Größe der Betriebsdampfmaschine in (Brems-) Pferdekräften, wegen $i = 12$:

$$N = \frac{6}{5} \cdot 46{,}3 + \frac{12}{4} = 58{,}6,$$ wofür

in runder Zahl 60 angenommen werden mag.

Nimmt man ferner die Peripheriegeschwindigkeit $V = 28$ Fuß, so ergibt sich der Steindurchmesser zu

$$D = \frac{22{,}5 \,.\, 60}{12 \,.\, 28} = 4{,}01$$ Fuß und

die Zahl der Umläufe pro Minute, wenn $D = 4$ gewählt wird, zu

$$U = \frac{60\ V}{D\,\pi} = \frac{60 \,.\, 28}{4 \,.\, 3{,}14} = 133.$$

Das Mahlquantum pro Stunde pro Pferdekraft ergibt sich überdies noch zu $\frac{25}{60} = 0{,}41$ preuß. Scheffel $= 0{,}366$ Wiener Metzen $= 0{,}225$ Hektoliter.

[1] Publication Industrielle T. VI, p. 324.

[2] Ebendaselbst T. X, p. 260.

[3] Das monatliche Mahlquantum der St. Maur-Mühle wird in unserer Quelle, indem man von 40 nur 33 Gänge in Rechnung bringt, angegeben zu

$$33 \,.\, 20 \,.\, 30 = 19800$$ Hektoliter Weizen,

welcher zu feinem Mehle vermahlen wird.

Pferde, so daß die Leistung pro Stunde und pro Pferdekraft beträgt:

$$\frac{5 \,.\, 20 \,.\, 75}{24 \,.\, 24} = 13 \text{ Kilogr.} = \frac{13}{75} \text{ Hektoliter} = 0{,}186 \text{ Hektoliter}$$

= 0,338 preuß. Scheffel = 0,302 österreichische Metzen.

3) Bedarf an Getreide und Brot. Der Getreidebedarf eines Volkes ist offenbar nach der Ernährungsart desselben verschieden, hängt von Klima, Sitte und Gewohnheit desselben, sowie vom gleichzeitigen Genusse von Fleisch, Kartoffeln und Obst, und endlich auch von den dabei eingenommenen geistigen Getränken ab. Bei der Abschätzung dieses Bedarfes ist überdieß zu beachten, ob man ausschließlich die eßbaren Nahrungsmittel der Menschen und den Verbrauch derselben zu Getränken, wie Bier und Branntwein, im Auge hat, oder auch die Fütterung der Hausthiere mit inbegreift.

So rechnet Malchus [1] in deutschen Weinländern $4^1/_2$ preußische Scheffel (= 2,47 Hektoliter), in Bierländern $5^1/_2$ preuß. Scheffel (= 3,02 Hektoliter) Getreide aller Art pro Kopf der Bevölkerung, mit Hinsicht auf die gleichzeitig zu ernährenden Thiere aber durchschnittlich 8 preuß. Scheffel (= 4,4 Hektoliter) pro Kopf, wonach sich der Bedarf für ganz Deutschland (44 Millionen Einwohner gerechnet) zu 352 Millionen preuß. Scheffel oder zu 193,6 Millionen Hektoliter pro Jahr herausstellt.

In Frankreich soll nach Benoît [2] der jährliche Bedarf an Getreide aller Art pro Kopf 3,25 Hektoliter, also für die ganze französische Bevölkerung (von 36 Millionen Menschen) 117 Millionen Hektoliter, d. i. 213 Millionen preuß. Scheffel betragen. Speziell für Paris rechnet derselbe Schriftsteller pro Kopf jährlich 171 Kilgr. Weizenbrot oder 131,5 Kilgr. Weizenmehl. [3]

[1] Rau: „Grundsätze der Volkswirthschaft.“ Erste Abtheilung 1862, S. 289.

[2] „Guide du Meunier,“ Ausgabe von 1863. T. II, p. 673.

[3] Nach Benoit sind die Pariser Bäcker verpflichtet, aus 100 Kilogr. Weizenmehl nicht mehr als 130 Kilogr. Brot zu fabriziren. Heeren hat für Hannover ermittelt, daß 100 Pfund Weizenmehl mindestens 125 bis 126 Pfund Brot, dagegen 100 Pfund Roggenmehl 131 Pfund Roggenbrot geben. (Mittheilungen des Gewerbevereins für das Königreich Hannover, Jahrgang 1853, S. 290.) Aus Versuchen in der Hospitalbäckerei zu Metz erhielt man, unter Benutzung guter Teigknetmaschinen, aus 100 Pfund Weizenmehl 136,37 Pfund Brot. (Ebendaselbst, Jahrgang 1854, S. 168.)

Für England rechnet Roscher [1] als jährlichen Getreidebedarf pro Kopf 2,06 bis 2,20 Quarter Weizen, d. i. 10,88 bis 11,60 preuß. Scheffel oder 5,97 bis 6,38 Hektoliter, was für die Gesammtbevölkerung Großbritanniens und Irlands (von 30 Millionen Menschen) durchschnittlich den jährlichen Bedarf zu 185 Millionen Hektoliter herausstellen würde.

4) Aufbewahrung von Getreide. Zur Zeit sind es besonders zwei Systeme, welche man zur Aufbewahrung von Getreide in Anwendung bringt.

Entweder wird das Getreide in geschlossenen Räumen unter der Erde (in Korngruben, Silos genannt) [2] oder über derselben ohne Bewegung der Masse und ohne Lufterneuerung aufbewahrt; oder man benutzt Speicher oder andere entsprechende Räume, in welchen das Getreide wiederholt gelüftet und bewegt wird und zwar entweder durch Umschaufeln oder unter Anwendung mechanischer Mittel.

Indem wir hinsichtlich des ersten Systemes auf die bereits zitirten Quellen verweisen, werde über das zweite System Nachstehendes angeführt: Beachtungswerthe Speicher des zweiten Systemes sind gegenwärtig die von Vallery, Huart und Devaux. Vallery's [3] bewegliche Kornspeicher (grenier mobile oder magasin-tonneau) besteht aus zwei konzentrisch in einander gesteckten Zylindern, die sich um dieselbe horizontale Axe drehen und deren Mäntel mit rektangulären, durch Drahtnetze verschlossenen Oeffnungen versehen sind. Während der Drehung dieser Zylinder und des dadurch erzeugten Schüttelns des hineingebrachten Getreides saugt ein Ventilator Luft durch die bemerkten Wandöffnungen, deren Drahtmaschen von solcher Größe sind, daß zwar Kornwürmer und Staub, kleinere Körner 2c., nicht aber gute Getreidekörner herausfallen können.

[1] „System der Volkswirthschaft" Bd. 2, S. 402.

[2] Doyer: „Ueber die Aufbewahrung des Getreides in Silos." Dinglers polytechnisches Journal Bd. 165 (Jahrgang 1863), S. 311. Derselbe „Neue Einrichtung und Behandlung der Silos" in den Mittheilungen des hannoverschen Gewerbevereins, Jahrgang 1858, S. 35. Endlich Försters Bauzeitung, Jahrgang 1852, S. 223 und Jahrgang 1856, S. 231.

[3] Rollet: „Mémoire sur la Meunerie" p. 112, Pl. X. Auch Försters Bauzeitung 1856, S. 250.

Huart's [1] feststehende Speicher (grenier vertical), worin jedoch die Körner in steter Bewegung erhalten werden und dabei mit kalter Luft in Berührung kommen, sind unterhalb mit trichterförmigen Ansätzen versehen, in deren Innerem man Streuleisten angebracht hat, um einen möglichst gleichförmigen Ausfluß zu erzeugen. Die aus den untern Mündungen tretenden Körner werden durch Becherelevatoren wieder gehoben, passiren Windfegen und gelangen durch obere Oeffnungen wieder in den Speicher zurück. In Frankreich und Deutschland (Berlin und Stettin) wendet man Huart's Speicher mit Erfolg an.

Devaux [2] in London „Patent Granery" besteht aus vertikal stehenden Gefäßen, deren Wände von durchlochten Blechplatten, Siebgeflechten &c. gebildet werden und worin in ebenfalls vertikaler Richtung durchlöcherte Röhren aufgestellt sind, in welche Ventilatoren atmosphärische Luft von solcher Pressung treiben, daß die ebenfalls vertikal geschichteten Getreidemassen in horizontaler Richtung durchdrungen werden und die Körner überall, von außen und innen, mit der atmosphärischen Luft in Berührung stehen. In den Londoner West-India Docks und in Triest soll man von Devaux's Speicher erfolgreiche Anwendung machen.

G. Graupenmühlen.

Wegen fehlender Abbildungen von Graupenmühlen im Hauptwerke (S. 186) und einiger beachtenswerthen Neuerungen soll diesem Gegenstande hier eine kurze Darstellung gewidmet werden.

Unter der Voraussetzung, daß die Gerste, woraus man die Graupen bereitet, in bekannter Weise bereits von Hülsen und Spitzen befreit, aber doch noch sehr unrein ist, stellt Fig. 13, Taf. 119, den Vertikaldurchschnitt einer Maschine zum Vergraupen der Gerste, eine sogenannte Schälmaschine nebst zugehörigem Schraubenwerke, und ferner Fig. 14 den betreffenden Grundriß des arbeitenden Steines

[1] Armengaud: „Publication Industrielle" T. IX, p. 23, sowie Försters Bauzeitung, Jahrgang 1856, S. 251.

[2] The Practical Mechanics' Journal, Vol. XVI (1 Mai 1863), p. 33. Eine Notiz (ohne Abbildungen) von Devaux's Speicher enthält auch Dinglers Polytechnisches Journal, Bd. 169, S. 471.

vor. Die wie vorbemerkt vorbereitete Gerste wird in den Mahlrumpf A geschüttet, aus dessen Schüttelschuh a die Körner, noch mit Hülsen und Staub gemengt, auf den Sichteschuh b gelangen, wovon der obere Boden c aus grobem Drahtgeflechte gebildet ist. Letzteres Sieb läßt alle Gerstenkörner von bestimmter Größe durchfallen, alle größeren Theile aber, wie Strohhalme, Erdklöse 2c. in die Rinne d treten, welche nach der Seite hin so viel Neigung besitzt, daß die abzuführenden Gegenstände von selbst abwärts gleiten können. Gleichzeitig fallen sämmtliche durch das Schütteln der Siebe gelösten Hülsen, ferner Staub u. dergl. durch die Siebmaschen des zweiten Bodens e in den Raum f hinab. Die vom unteren Siebe e geschiedenen guten Gerstenkörner treten in den Sammelrumpf g, der in seinem Abflußrohre mit einem Schieber h ausgestattet ist, womit man für gewöhnlich die Austrittsöffnung verschließt. Sobald ein geeignetes Quantum in dem Sammelrumpfe g angehäuft ist, wird der Schieber h geöffnet und werden die Gerstenkörner dem Läufersteine (Graupensteine) B, und zwar auf der oberen Seite desselben, zugeführt.

In unserem Beispiele hat der aus körnigem und festem Sandsteine bestehende Läufer B bei 1 Fuß Höhe einen Durchmesser von $5^1/_2$ Fuß und eine mittlere Peripheriegeschwindigkeit von 50 Fuß pro Sekunde, so daß er für gewöhnlich $173^3/_4$ Umläufe pro Minute macht. Der Betrieb des Steines erfolgt durch ein Windrad, von dessen schräger Welle aus die stehende Welle D bewegt wird, deren Fortsetzung die Mühlspindel m bildet, welche man mit ihrem untern Ende (Spurzapfen) E gehörig gelagert hat. Zur möglichst sichern und stabilen Verbindung des Steines B mit der Welle m hat man doppelte und zugleich auf der Mühlspindel feste dreiflügelige Hauen $\lambda\lambda$ angebracht, wobei die eine in die der unteren, die andere in die obere Steinfläche eingelassen ist. Die den Läufer B umgebende Bütte oder Zarge (Lauf) besteht aus 8 durch Schrauben und Haken vereinigten bogenförmigen Rahmenstücken i i, zwischen denen reibeisenförmige Bleche eingesetzt sind, wobei zwischen dem Steinmantel und dem Blechzylinder (der seine Bärte nach innen kehrt) ein freier Raum von $^3/_8$ bis $^3/_4$ (selten 1) Zoll verbleibt. An einer passenden Stelle hat man die Bütte mit einer Oeffnung k versehen, die mittelst eines (ebenfalls mit Reibeisenblech beschlagenen) Schiebers n n nach Belieben geschlossen werden kann.

Auf der Fig. 14 von unten gesehenen Fläche des Läufersteines hat man sechs bogenförmige Luftkanäle oder Windfugen (Ingern, Windfedern) l von $^1/_2$ bis 2 Zoll Breite und $^3/_4$ Zoll Tiefe ausgearbeitet und deren Enden mit 8 Zoll langen Stahlschienen armirt. Der Zweck dieser Anordnung ist ein doppelter, nämlich sowohl einen Luftzug zur Abkühlung des Mahlgutes hervorzurufen, als auch das Anhäufen und Zerschlagen der Körner im Raume zwischen Steinfläche und Boden F zu verhüten.

Das Abreiben (Vergraupen) der Körner mittelst des Steines B wird durch dessen Mantelfläche unter Mitwirkung der bemerkten Reibeisenbleche des Läufers i (und durch Abschleifen der Körner unter einander selbst) bewirkt, indem die vom Rumpfe g aus zwischen Stein und Lauf eingebrachten Körner so lange in spiralförmigen Bahnen herumgejagt werden, bis sie den Boden F erreicht haben. Besitzt der Steinmantel für die Arbeit des Abreibens nicht genug natürliche Rauhheit, so versieht man denselben wohl auch mit Hauschlägen.

Bei der hier beschriebenen Gattung Vergraupungsmaschinen, deren Stein um eine Vertikalaxe in horizontaler Ebene umläuft, kann man nur immer ein bestimmtes Quantum Körner aufbringen, so daß während des Abreibungsprozesses keine frische Körner zugeführt werden dürfen. Die Größe des bemerkten Quantums ist je nach Beschaffenheit der Gerste und der beabsichtigten Graupensorte verschieden, sowie auch abhängig von der Größe des Läufers und der Schärfe seines Steinkornes. Als allgemeine Regel gilt es, daß das jedesmalige Mahlquantum höchstens $^7/_8$ des Raumes einnehmen darf, welcher zwischen Steinumfang und Bütte frei geblieben ist. Ebenfalls verschieden ist die Zeit, welche man zur Vergraupungsarbeit bedarf. Gewöhnlich sucht man sie durch Versuche, bei jeder besondern Gerste und Graupe, vorher (durch das sogenannte Probejagen) zu ermitteln. Annäherungsweise läßt sich diese Zeit zu 10 bis 20 Minuten angeben. Während der Arbeit verschließt man begreiflicherweise beide Schieber h und n. Um sodann die als zweckmäßig erkannte Arbeitszeit oder vielmehr Umlaufszeit des Steines genau abmessen zu können, bedient man sich des sogenannten Weckers, dessen Anordnung aus Fig. 13 erhellt.

Auf der verlängerten Mühlspindel n hat man eine Schraube x angebracht, welche in ein sogenanntes Schneckenrad faßt, auf dessen

Wellfortsetzung eine längere Schraube z eingeschnitten ist. Ueber letztere hat man eine durch ein Gewicht α gespannte Drahtschlinge β derartig gehangen, daß das Gewicht α bei jeder Umdrehung der Schraube z um die Ganghöhe der letztern in horizontaler Richtung fortgeschoben wird. Zuletzt stößt der Draht β gegen den Arm γ einer Glocke G, wodurch die Glocke derartig verrückt wird, daß der Arm γ auf den kleinen Krummzapfen δ fällt, durch dessen Umdrehung in Bewegung gesetzt und so lange im Läuten erhalten wird, bis man Glocke G und Gewicht α mit Draht β wieder in die ursprüngliche Stellung versetzt.[1] Sobald die Glocke das Signal der vollendeten Vergraupung gibt, zieht man den Schieber n auf, so daß die Graupen durch eine Oeffnung k nach dem Rohre o und weiter zum sogenannten Sauberwerke gelangen können. Vom Sammelschuh q aus geht die Masse zunächst auf das ebene Schüttelsieb r, wobei Mehl, zerbrochene Körner, Grütze, Staub ꝛc. durch die Siebmaschen nach ϱ fallen, während Graupen und andere gleich große Theile der Masse auf der schiefen Fläche r nach s herabrollen, die Rohrmündung t eines Ventilators u passiren und sich hierdurch wieder in schwerere und leichtere Körper trennen, wovon sich die ersteren im Behälter v, die letzteren in w sammeln.

Graupenmühlen der beschriebenen Art richtet man bei etwas größerem Betriebe gewöhnlich noch so ein, daß eine **Selbstbedienung** derselben stattfindet. Durch Räderwerke, Schubzeuge und Hebel bewegt man nämlich in bemessenen Zeitabschnitten sowohl den Einlaßschieber h, sowie auch den Austrittsschieber n, wobei überdieß auch das Ausschütten der Gerste selbstthätig erfolgt. Abbildungen

[1] Soll beispielsweise der Vergraupungsprozeß 20 Minuten dauern und macht die stehende Welle D m pro Minute 174 Umläufe, also in 20 Minuten 3480, hat das mit x zusammengreifende Schneckenrad 87 Zähne, verrichtet es also und mit ihm die Welle z in 20 Minuten 40 Umdrehungen, so gibt man z auch 40 Einschnitte oder Schraubenwindungen und beim Anfange der Arbeit wird der Draht β in den 40. Einschnitt, unmittelbar bei x eingehangen. Will man dagegen die Vergraupung schon nach Verlauf von 5 Minuten beenden, so hängt man Draht und Gewicht $\alpha\,\beta$ in den 10. Einschnitt der Welle z, von G aus gerechnet. Nach 870 Steinumgängen wird wieder der Draht β gegen den Arm γ stoßen, die Glocke G auf den Krummzapfen δ geschoben und demzufolge zum Läuten veranlaßt.

und Beschreibungen derartiger Anordnungen finden sich in den unten zitirten Werken.[1]

Um den Prozeß des Vergraupens so viel wie möglich kontinuirlich zu machen und das in unangenehmer Weise auftretende Stauben zu vermeiden, läßt man neuerdings die Graupensteine sehr oft in vertikaler Ebene, also um horizontale Axen nach Art der Schleifsteine laufen, versetzt auch die konzentrische Bütte (den Graupenring) in eine Drehbewegung (jedoch nach entgegengesetzter Richtung des Steines), und umschließt die ganze Maschine vollständig mit einer unbeweglichen Holzbütte. Die gehörig verarbeitete Gerste wird hier an einer Seite der Steinmitte durch eine Oeffnung im Verschlußkasten und der Bütte eingeführt und durch die entgegengesetzte und ungleichmäßige Drehung von Mühlstein und Bütte bearbeitet, wobei man die längere oder kürzere Zeit des Verbleibens der Graupen in der Maschine durch Veränderung der Ausflußöffnung in der Bütte bestimmen kann. In der eingängigen Graupenmühle mit vertikal umlaufenden Steinen (von 4 Fuß Durchmesser und 12 Zoll Breite) der unten zitirten Quelle[2] macht die Bütte pro Minute 5 Umläufe, während der Mühlstein in derselben Zeit 220 nach entgegengesetzter Richtung macht.

Je nach Feinheit der zu erzielenden Graupen erfolgt ein einmaliges oder mehrmaliges Aufschütten. Für ordinäre Graupen genügt ein einmaliges, für Mittelgraupen ein zweimaliges, für feine Mittelgraupen ein dreimaliges ꝛc., während extrafeine und Perlgraupen ein 6- bis 7maliges Aufschütten erfordern.

Nach dem Vergraupen reibt man die Körner zwischen sogenannten Polirläufen, indem man den Graupenlauf (mit Reibeisenbeschlägen) abnimmt und einen glatten Lauf aufsetzt; oder man bringt ganz besondere Polirmaschinen in Anwendung, die gewöhnlich aus mit Leder bezogenen Kegeln bestehen und sonst so eingerichtet sind, wie die Reinigungsmaschinen, welche bereits im Hauptwerke Seite 113 unter dem Namen „aufrechtstehende Rubbers“ beschrieben und auch

[1] Zeichnungen für die Hütte, Jahrgang 1859, S. 10, Blatt 2[a] bis 2[d] (Graupen- und Oelmühle bei Erfurt).

Rühlmann: „Allgemeine Maschinenlehre“ Bd. 2, S. 205 (Schiebezeuge zur Selbstbedienung der Graupenmühle zu Sarstedt).

[2] Sammlung von Zeichnungen für die Hütte. Jahrgang 1862. Danneuberg's Graupenmühle, Taf. 30[a] und 30[b].

Taf. 206, Fig. 9 abgebildet wurden. Die allerletzte Arbeit besteht in dem Sortiren der Graupen.

Ein preußisches Wispel (= 24 Scheffel = 21½ österreichische Metzen) roher Gerste von circa 17 Zentner Gewicht, liefert etwa 16 Zentner geschälte Gerste, aus welchem Quantum durchschnittlich 11 bis 12 Zentner ordinäre, oder 7 bis 8 Zentner Mittel- oder 5 bis 6 Zentner extrafeine Graupen, oder 3 bis 4 Zentner Perlgraupen gewonnen werden. [1]

Bei nur einigermaßen feinen Graupen reibt oder schleift man jetzt die Gerstenkörner nicht mehr ohne Weiteres bis zur verlangten Größe ab, sondern bricht oder schneidet dieselben vor dem Vergraupen in zwei oder mehrere Stücke, um ein Minimum von Abfall herbeizuführen. Hierzu verwendet man entweder gewöhnliche Mahlgänge (Reißgänge), wobei man ähnlich wie beim Grobschroten (der Griesmüllerei) die Gerstenkörner zerbricht, oder Maschinen nach Art der Kaffeemühlen (Reißmaschinen), [2] oder vollständige Schneidewerke (Spaltmaschinen), [3] wodurch die Gerstenkörner vermöge sinnreich angeordneter Messer rechtwinklich zu ihrer Länge halbirt, oder zwei- bis dreimal durchschnitten werden.

So sinnreich auch die letztere Maschinengattung genannt zu werden verdient, u. A. die von Luckhardt [4] und Schertzenstaller, [5] so haben sie bis jetzt doch nicht in dem Maße den Anforderungen entsprochen, daß sie eine allgemeine Verwendung gefunden hätten. Meistentheils haben diese Messer-Spaltmaschinen sehr viel Reparaturen im Gefolge.

Am meisten bewährt (wenigstens im Kreise des Verfassers) hat

[1] Sammlung von Zeichnungen für die Hütte. Jahrgang 1859, S. 10.

[2] Schwahn (Lehrbuch der Mühlenbaukunde. Sechste Abtheilung, Berlin 1852, S. 20) beschreibt und empfiehlt eine Gerstenreißmaschine, welche besonders zu Glauchau, im Königreiche Sachsen, gut hergestellt werden soll.

[3] Spaltmaschinen, welche im Königreiche Hannover Anwendung finden, hat der Verfasser beschrieben im Gewerbeblatte für das Königreich Hannover, Jahrgang 1843, S. 61 und in dem Handbuche der Gewerbekunde von Karmarsch und Heeren, Bd. 2, S. 709.

[4] Mittheilungen des Gewerbevereins für das Königreich Hannover, Jahrgang 1854, S. 287.

[5] Kunst- und Gewerbeblatt für Bayern, Jahrgang 1855, S. 163.

sich noch die Taf. 119, Fig. 18, im Vertikaldurchschnitt abgebildete (Klindworth'sche) Spaltmaschine.

Dieselbe besteht außer Gestell A, Gehäuse B, Deckel C, Aufschütterumpf D und einem Vertheilungsprisma E, aus zwei wohlgehärteten Stahlwalzen F und G, welche beide geriffelt, die Richtungen der Riffel jedoch rechtwinklich zu einander gerichtet sind, nämlich bei G parallel zur Axe und bei F rechtwinklig dazu, d. h. in der Richtung der Umdrehbewegung beider Walzen. Zur Reinigung der geriffelten Spaltwalzen dienen von unten aus wirkende Bürsten HH, sowie zum geeigneten Stellen der Walzen Schrauben I, die entsprechend gegen die Wellenaxe wirken. Bei 150 bis 200 Umläufen der Walzen pro Minute spaltet ein solches Werk in 24 Stunden ungefähr 68 preuß. Scheffel oder 120 Himten vorgearbeitete Gerste. Ausführliches enthält die umstehend in der Note Nr. 3 angegebene Quelle.

H. Reismühlen.

Seit Abfassung des Artikels „Mühlen" im Hauptwerke ist der Reis als mächtiger Konkurrent der Graupen aufgetreten und hat sich jetzt auch in den nördlichen Theilen Deutschlands als ein für Kochgerichte wie Backwerke gleich beliebtes Getreide heimisch gemacht. Aber auch die Maschinen zum Enthülsen dieser Frucht sind für Deutschland wichtig geworden, seitdem man in Erfahrung gebracht hat, daß ein langer Seetransport (bei ost- und westindischem Reis) auf den rohen Reis von weniger nachtheiligem Einflusse ist als auf geschälten, und seitdem sich ferner gewisse Zollverhältnisse für diese Verarbeitung günstiger gestalteten.

Je nachdem man amerikanischen oder ostindischen Reis zu enthülsen hat, verwendet man (den Schalenhärten entsprechend) zur ersten Arbeit Stampfwerke (Pochwerke) oder Mühlsteine. [1]

Die Stampfwerke sind im Allgemeinen so angeordnet, wie die zum Enthülsen der Graupen und zum Zerkleinern der Oelsamen,

[1] Die ostindischen Reiskörner haben (in der Regel) eine geringere Bruchfestigkeit als die amerikanischen (westindischen). Wollte man daher bei ersteren ebenfalls Stampfen verwenden, so würde eher ein Zerkleinern als Abhülsen der Körner entstehen. Eine der allerwichtigsten Aufgaben jeder rentabeln Reismühle muß aber die Erzeugung von so wenig Bruch wie nur möglich sein.

wovon sich Beschreibungen und Zeichnungen bereits im Hauptwerke, Bd. 16, Artikel Stampfwerke, Seite 3 und Seite 95, Taf. 380 ꝛc. vorfinden. Speziell sind diese Reisstampfen am untern Ende mit einem glatten Kopfe versehen, sowie ihr Gewicht selten über 112 Pfd. beträgt, weil man damit kein Zerstoßen, sondern nur das Enthülsen des Reises vornehmen will.

Die Maschinen zum Spitzen und Schälen des Reises stimmen der Hauptsache nach mit denen überein, welche man zum Vergraupen der Gerste anwendet. In manchen Hamburger Reismühlen benutzt man u. A. zum Schälen auch niedrige abgestutzte Kegel aus rauhem aber festem Sandsteine, wobei die größere nach oben gekehrte Endfläche einen Durchmesser von 6 Fuß englisch, die kleinere (untere) Endfläche aber etwa $5^1/_2$ Fuß Durchmesser hat, bei 15 Zoll Höhe des Steines oder Abstand beider Flächen. Innerhalb des diesen Stein umgebenden, mit Reibeisenblech oder Drahtgewebe ausgeschlagenen Laufes dreht sich der kegelförmige Schälstein mit durchschnittlich 150 Umläufen pro Minute. Je nach Umständen wird auch hier der Reis mehrere Mal aufgeschüttet.[1]

Der gehörig geschälte Reis wird in der Regel einer ferneren Verarbeitung, dem Poliren und Sortiren unterworfen. Im Allgemeinen gleicht die Polirmaschine dem Schälwerke, jedoch mit dem Unterschiede, daß der innere drehbare Hauptkörper mit Schaffell, Leder oder Kork bekleidet, der Mantel aber wieder aus Drahtgewebe gebildet ist, indem man hier nur die Absicht hat, der Außenfläche des Reises Glätte, Glanz und Ansehen zu geben.[2] Falls die Ware

[1] Abbildungen und Beschreibungen einer vollständigen deutschen Reismühle findet man in des Verfassers „Allgemeiner Maschinenlehre," Bd. 2, §. 28. Eine nach französischer Art eingerichtete Reismühle beschreibt Armengaud in seinem Werke „Publication Industrielle" 9e Vol. Pl. 36, p. 4 et 5.

Zum Nacharbeiten (als Polirgang) wendet man oft eine Maschine an, wobei der Stein durch einen hölzernen Zylinder ersetzt und dieser mit einem Sandsteinmantel umgeben ist. Den Zylinder benagelt man mit Lappen von Schaffell (etwa 4 Zoll lang), die während der Arbeit die Reiskörner gegen den Steinmantel treiben.

[2] Der Polirprozeß ist fast in jeder Reismühle verschieden. In vielen Fällen verbindet man damit Bürstenapparate, wie solche bereits im Hauptwerke bei den Reinigungs- und Beutelmaschinen beschrieben wurden. Man sehe auch hierüber des Verfassers bereits zitirte „Allgemeine Maschinenlehre," Bd. II. S. 214.

gefärbt werden soll, was in der Regel durch Indigo geschieht, wird der Farbstoff auf nassem Wege (seltener trocken durch Staubbeutel) mit in die Polirmaschine geführt, zu welchem Ende man über letzterer gewöhnlich besondere Flüssigkeitsgefäße mit Leckhähnen aufstellt. Durch die Drahtmaschen der Polirmaschinenbütte geht Mehl und Dunst, welche beide zu landwirthschaftlichen Zwecken als Viehfutter oder Düngmittel benutzt werden. Die sämmtlichen von der Polirmaschine ablaufenden Reiskörner fallen auf die Sortirmaschine, die aus ebenen Schüttelsieben besteht, aus Drahtgewebe verschiedener Feinheit gebildet.

In einer der vorher erwähnten Hamburger Mühlen hat das 10 Fuß lange, unter $^1/_{12}$ gegen den Horizont geneigte Schüttelsieb drei Abtheilungen, wobei beziehungsweise auf 1 Zoll Länge 15, 10 und $8^1/_2$ Maschen kommen. Demzufolge geht durch die höchsten Theile dieses Siebes der feinste Bruch, durch die Mitte der Mittelbruch und durch die tiefsten Stellen der grobe Bruch, während der ganze Reis, ohne durch ein Sieb zu gehen, der Längenrichtung der Maschine nach abgeführt wird. Bei Arracan- (ostindischem) Reis rechnet man gewöhnlich nach der Bearbeitung $53^1/_3$ Prozent Ganzreis, $26^2/_3$ Bruchreis und 20 Prozent Abfall.

In der speziell angeführten (in der Maschinenlehre des Verfassers abgebildeten) Hamburger Reismühle, einem verhältnißmäßig kleinen Werk, verarbeitet man in zwölf Stunden, je nach Beschaffenheit der Frucht, 50 bis 60 Sack Reis, den Sack zu 180 Pfund Gewicht gerechnet, wobei die Betriebsdampfmaschine eine Arbeit von 12 bis 15 Maschinenpferden zu entwickeln hat.

J. Mühlen zu verschiedenen Zwecken.

I. Knochenmühlen. Die zur Bereitung von Knochenmehl als Düngmittel in Anwendung kommenden Maschinen sind verschieden, je nachdem man die Knochen roh oder gedämpft verarbeitet.

Rohe Knochen stampft man entweder aus dem Groben, oder bringt sie sofort unter Walzen, die mit Brech- oder Schlagzähnen ausgestattet sind. Den Haupttheil einer Knochenmühle mit zahnradähnlichen Brechwalzen, in England unter dem Namen „Yorkshire Knochenmühle“ bekannt, zeigen die Figuren 14 bis 16 auf Taf. 119, indem sie die Anordnung einer dieser immer paarweise zusammenarbeitenden Walzen in verschiedenen Ansichten darstellen. Auf einer starken, horizontalliegenden Welle a mit den Lagerstellen b, c sind Stahlscheiben befestigt, wovon jede aus zwei verschiedenen Theilen, nämlich aus am Umfange verzahnten Ringen d d und aus glatt abgedrehten Ringen e e von geringerem Durchmesser besteht. Sämmtliche auf die Welle a gesteckte Scheiben werden zwischen festen Rändern g g durch vier Bolzen f f zu einem einzigen Körper vereinigt, und bilden sodann mit der Axe a ein vollständiges Ganzes. In Bezug auf Fig. 14 dürfte kaum die Bemerkung erforderlich sein, daß von den Ringpaaren d e nur die nächst den Enden der Welle a aufgebrachten gezeichnet, die mittlern aber, der Deutlichkeit halber, weggelassen sind.

Die zweite, mit der beschriebenen zusammenarbeitende Walze, hat im Allgemeinen dieselbe Gestalt und Größe, jedoch mit dem Unterschiede, daß, während erstere (Fig. 14) neun Ringpaare d, e enthält, auf der zweiten zehn derselben und zwar derartig befestigt sind, daß die Zahnringe d d der einen Welle in die glatten zylindrischen Räume e e der andern Welle eingreifen können.

Meistentheils sind zwei Paar solcher Zahnwalzen über einander angebracht, wovon das obere Paar zum rohsten Brechen, das zweite Paar zum Feinbrechen und Mehlmachen bestimmt ist. Ueber dem ersten oder oberen Walzenpaare ist ein entsprechendes Rumpfzeug zur Aufnahme und Zuführung der rohen Knochen aufgestellt, während man seitwärts des zweiten, tieferliegenden Walzenpaares ein rotirendes Zylindersieb aufgestellt hat, um das Mahlgut in feinere und gröbere Theile gehörig zu trennen.

Am besten gefertigt werden derartige Knochenmühlen zur Zeit immer noch in der Croßkill'schen (jetzt The Thrustees of W. Crosskill) Maschinenfabrik zu Beverly, unweit Hull in England. Von einer zehnpferdigen Dampfmaschine betrieben, soll eine derartige (aus zwei Walzenpaaren bestehende) Mühle — wofür man franko Hull im Sommer 1862 den Preis von 185 Pfund Sterling berechnete — täglich 15 bis 20 Tons (300 bis 400 Zentner) Knochen zu Mehl verarbeiten können.

Für kleineren Betrieb sind zum Verarbeiten roher Knochen die Maschinen mit Schlagzähnen recht sehr zu empfehlen, welche der

Maschinenfabrikant T. Zeise in Altona konstruirt, und wovon sich Zeichnung und Beschreibung in den Mittheilungen des Gewerbevereins für das Königreich Hannover, Jahrgang 1860, Seite 19 vorfindet.

Gedämpfte [1] und nachher gehörig getrocknete Knochen verarbeitet man entweder zwischen den ebenen Flächen französischer Mühlsteine oder zwischen aufrecht gehenden Steinen (§. 196, Bd. X des Hauptwerkes) aus Granit, auch wohl ebenso gestalteten gußeisernen Zylindern.

Eine derartige, im Königreiche Hannover arbeitende Maschine zum Mahlen der gedämpften Knochen, wobei die Granitsteine a a von 5 Fuß Durchmesser und 15 Zoll Breite pro Minute 13 Umläufe verrichten, stellt Fig. 17, Taf. 119, im Vertikaldurchschnitte dar. Wie aus der Zeichnung erhellt, ist der Herd b, worauf die Steine a arbeiten, unbeweglich, so daß letztere (wie bei den Oelmühlen) zwei Drehbewegungen zugleich machen, eine um die Vertikalwelle c, c und eine andere um die Horizontalaxe m, m.

Die erforderliche Betriebsarbeit wird von einer Dampfmaschine aus mittelst der beiden Kegelräder e und d auf die Steine übertragen. Das vom Herde b ablaufende Mahlgut fällt in den Rumpf f und von da, ein Schüttelsieb passirend, durch ein Rohr r in den Rollzylinder g g, dessen Mantel mit Eisendrahtgewebe von derartiger Feinheit überzogen ist, daß 64 Maschen auf den Quadratzoll gehen. Alles hierbei abgesiebte Mehl führt eine Schnecke h nach einem Vorrathsbehälter, worin es als fertige Handelsware entsprechend aufbewahrt wird. Sämmtliches nicht durch das Sieb gegangene Gut verarbeitet man auf einem gewöhnlichen Mahlgange mit horizontalen Steinen, die man einander derartig nähert, daß das als Produkt (durch abermaliges Absieben) gewonnene Mehl fast Staubform hat.

II. Zement-, Traß- und Mörtelmühlen. Das Mahlen des vorher gebrannten Zementsteines erfolgt ebenfalls am vortheilhaftesten zwischen französischen Steinen, wobei man dem Läufer ein verhältnißmäßig großes Auge gibt und den Bügel der Haue so anordnet, daß deren Unterkante mit zum Erfassen der eingeführten

[1] Ueber das Dämpfen der zum Vermahlen bestimmten Knochen handeln mit Abbildungen begleitete Artikel des Verfassers im Celler Journal für Landwirthschaft, Jahrgang 1856, S. 337 und in den Mittheilungen des Gewerbevereins für das Königreich Hannover, Jahrgang 1860, S. 20.

groben (zuweilen vorher durch Handhämmer etwas zerkleinerten) Steinstücke benutzt werden kann.

Bei einer dem Verfasser bekannten Hannover'schen Zementmühle haben die französischen Steine 4 Fuß 9 Zoll Durchmesser, der Läufer ein Auge von 22 Zoll Weite, wobei letzterer an der untern Augkante, zur Bildung eines sogenannten Schlucks, etwas abgeschrägt ist. Auf der ebenen Läufersteinfläche hat man Furchen von 1/8 Zoll, auf der Bodensteinfläche aber solche von 1/4 Zoll Tiefe angebracht. Bei 80 Umläufen des Steines pro Minute soll man, unter Verwendung eines Wasserrades von acht Pferden Nutzarbeit, pro 24 Stunden bis 50 Tonnen (à 400 Pfund) Zement fein mahlen und sieben, überhaupt verkaufsfertig herstellen können.

Zum Vermahlen des Traß verwendet man gewöhnlich Stampfwerke und auf der Stirnfläche rollende Mühlsteine von der Art, wie solche zur Fabrikation des Knochenmehles vorher empfohlen und Taf. 119, Fig. 17 abgebildet wurden. In sehr vielen Fällen will man die Arbeit jedoch vortheilhafter gefunden haben, wenn man den Herd in Umdrehung versetzt, die Steine aber nur um ihre horizontale Axe rotiren läßt. Abbildungen derartiger Steingänge finden sich u. a. in der allgemeinen Maschinenlehre des Verfassers, Bd. 2, S. 231.

Mörtelmühlen oder Maschinen zum Mengen und Durcheinanderarbeiten der Materialien, aus welchen man Mörtel bildet (Kalk, Sand, Traß, Zement 2c.), ordnet man entweder nach Art der Thonmühlen an, indem man an einer stehenden Welle oberhalb Rühreisen und weiter unten sternförmige, rechenartige Zinken befestigt, wovon letztere gegen andere, ähnlich gestaltete arbeiten, welche an der Umfassungstrommel der Maschine befestigt sind; oder man stellt Göpelwerke mit drei oder vier, unter verschiedener Spurweite arbeitenden Wagenrädern her, die in einem kreisrunden ausgemauerten Troge laufen.

Eine bewährte Mörtelmaschine erster Art findet sich abgebildet und beschrieben im Notizblatte des Hannover'schen Architekten- und Ingenieurvereins, Bd. II. (1852), Seite 11; dagegen Maschinen des Wagenradsystems in Heusinger von Waldegg's „Kalk-, Ziegel- und Röhrenbrennerei," Leipzig 1861, Seite 63, in den Verhandlungen des Gewerbevereins für das Großherzogthum Hessen, achter Jahrgang, Seite 100, und besonders mit sich selbst verstellenden, in Spiralen (statt konzentrischen Kreisen) laufenden Rädern in „Muspratt-Stohmann's technischer Chemie," Artikel „Aluminium".

Verbesserte Mühlen zum Vermahlen der steinigen Materialien bei der Porzellanfabrikation (Porzellanmühlen) finden sich abgebildet und beschrieben in den Verhandlungen des niederösterreichischen Gewerbevereins vom April 1841 (3. Heft), Seite 116 ꝛc.

III. Bleiweißmühlen neuester Art, aus Walzen (zum Vorarbeiten), auch nach Art der Kaffeemühlen und mit horizontalen Mühlsteinen (zum Schroten und Mehlmachen) finden sich mitgetheilt in gegenwärtigen Supplementen, Bd. I, S. 502 und 503, Taf. 32, sowie im Polytechn. Zentralblatte, Jahrg. 1853, S. 113, Taf. 2.

IV. Gypsmühlen. Im Hauptwerke (Bd. X, §. 221) findet sich nur eine einzige Maschine zum Zerkleinern des Gypses abgebildet, nämlich die des Amerikaners Evans, zum Brechen und Vorbereiten des Rohgypses, wenn derselbe zu Mehl zwischen gewöhnlichen, horizontalen Steinen vermahlen werden soll.

Seit dieser Zeit hat man zur Fabrikation von Gypsmehl mehrfach andere Maschinen mit Erfolg in Anwendung gebracht, wovon die vorzüglichsten sind: Gezahnte oder geriffelte gußeiserne Walzen, sowie auch eiserne exzentrische Mahlscheiben zum Vorarbeiten, und Rollsteine oder Kaffeemühlen zum Mehlmachen, letztere beide Maschinen wohl auch allein, wenn es sich ausschließlich um das Mahlen gebrannten Gypses handelt.

Von den gedachten Maschinen, zum Brechen und Grobmahlen des Rohgypses, finden sich solche mit geriffelten Walzen abgebildet und beschrieben in Heusingers „Gypsbrenner" ꝛc., Leipzig 1863, S. 52, dagegen die im Hauptwerke (a. a. O., S. 168) erwähnten Mühlen mit eisernen, exzentrischen Mahlscheiben, unter der Aufschrift: „Bogardus exzentrische Universalmühle" im Notizblatte des Gewerbevereins für das Königreich Hannover, Jahrgang 1848, S. 84 mit ausführlichen Abbildungen auf Taf. II.

Von Maschinen zur Gypsmehlbereitung verdienen zunächst die von Fauconnier in Paris und von Reinhardt in Offenbach Erwähnung; beide, mit Rollsteinen ausgestattet, die auf festliegendem Herde laufen (wie die bekannten Oelmühlsteine), haben zugleich das Eigenthümliche, daß sie den gemahlenen Gyps selbstthätig durch Siebwerke sortiren. Fauconnier hebt zu diesem Zwecke das Mahlgut mittelst eines sogenannten Tympanons (nach Art der Wasserschöpfräder gleichen Namens) unmittelbar von der Herdbahn und schüttet dasselbe über ein Kegelsieb aus, welches die stehende Betriebswelle mantelförmig umgibt. Reinhardt ersetzt dagegen das bemerkte Schöpfrad durch einen zweiten Läufer, der in anderer Entfernung von der stehenden Betriebswelle, als der erste Läufer, auf der Herdbahn rollt. In der Mitte des Herdes, um die stehende Welle herum, hat er ferner ein ebenes Siebblech horizontal ausgespannt, über welches hinweg das Mahlgut durch einen gekrümmten Streicher geführt wird 2c. Spezielles hierüber, sowie betreffende Abbildungen, enthält Dinglers Polytechnisches Journal, Bd. 143, S. 321.

Bei den königlichen Gypswerken der Stadt Lüneburg, im Königreiche Hannover, wendet man (nach den jüngsten Verbesserungen) zum Mahlen des gebrannten Gypses ebenfalls im Kreise rollende Walzen, jedoch in der Gestalt gußeiserner, kegelförmiger und im Mantel geriffelter (gezahnter) Mahlringe von 5 Fuß englisch Durchmesser und von 18 Zoll Breite an, wovon sich zwei (jeder 4000 Pfund wiegend) in einem Abstande von Mitte zu Mitte von 20 Fuß 4 Zoll in dem kreisförmigen, 2 Fuß breiten Mahltroge umwälzen und den Kreis von 63,84 Fuß Umfang pro Minute viermal durchlaufen. Den gemahlenen Gyps hebt ein Elevator auf geeignete Zylindersiebe mit Drahtmänteln. Als Betriebskraft ist eine Dampfmaschine von $9\frac{1}{2}$ Zoll (englisch) Durchmesser, 20 Zoll Hub vorhanden, deren Schwungradwelle 56 Umdrehungen pro Minute macht, während die Dampfspannung $4\frac{1}{2}$ Atmosphären (Ueberdruck) vorhanden ist. In zehn- bis zwölfstündiger Arbeitszeit mahlt man 15 Lasten Gyps, die Last zu $72\frac{8}{11}$ Kubikfuß.

Gypsmühlen nach dem Kaffeemühlensysteme (ähnlich wie die im Hauptwerke Taf. 209, Fig. 11 abgebildete Lohmühle) haben neuerdings die Franzosen Claude Contenot und Bechu empfohlen und in Anwendung gebracht. Bechu bringt unter der Kaffeemühle noch einen Herd mit vier oder acht Läuferkegeln (nach Art der älteren Chokolademühlen, Taf. 211, Fig. 4 des Hauptwerkes) an, so daß die Kaffeemühle das Feinschroten, die Kegelmühle das Vermahlen zu feinem Mehle verrichtet. Beschreibungen und Abbildungen dieser französischen Gypsmühlen enthält das bereits zitirte Heusinger'sche Werk „der Gypsbrenner," S. 60 u. 63 und Armengaud's Génie Industriel. T. I, p. 16.

V. Lohmühlen. Die im Hauptwerke (a. a. O. §. 210) empfohlenen eigenthümlichen eisernen Kaffeemühlen, zum Vermahlen der Eichenrinde zu Gerberlohe, sind mindestens in Deutschland sehr viel durch solche verdrängt worden, welche aus einem Paar gewöhnlicher Mühlsteine mit groben Hauschlägen (ohne Sprengschläge) gebildet sind, denen man durch Schneiden der Rinde auf kräftig gebauten Häckselschneidmaschinen mit gebogenen Messern vorarbeitet.[1] In einer solchen, dem Verfasser bekannten Mühle, welche durch eine vier- bis fünfpferdige Dampfmaschine betrieben wird, vermahlt man in der Zeit von zehn bis elf Stunden 40 Zentner Eichenrinde zu brauchbarer Lohe, unter Anwendung von Mündener Sandsteinen, deren Durchmesser 4 Fuß beträgt.

Die Ursache des geringen Lobes, welches die eisernen Kaffeemühlen oft erfahren, scheint eine doppelte zu sein. Erstens die Schwierigkeit des Schärfens der eisernen gerippten Kegelmäntel und zweitens die Thatsache, daß die Lohe nicht faserig genug dargestellt, oder wie der Gerber sagt: „zu hart" wird.

Für kleinere Betriebe wendet man im Königreich Hannover zum Feinmahlen der bereits grob zerkleinerten Rinde einen Schneidapparat an, der aus etwa 30 Kreissägen, jede von 15 Zoll Durchmesser, gebildet ist, die auf dieselbe horizontale Axe geschoben und daselbst gemeinsam befestigt sind, so daß überhaupt ein Zylinder von 18 Zoll Länge und 15 Zoll Durchmesser gebildet wird. Dabei ist die Ebene jeder Kreissäge gegen die Zylinderaxe ein wenig geneigt, so wie man auch zwischen je zwei Sägen einen freien Raum von etwa $^1/_2$ Zoll Breite gelassen hat. Am Ende eines hölzernen Zuführkastens (ähnlich wie bei den Häckselschneidmaschinen) sind Speisewalzen angebracht, und vor denselben eine scharfe Kante (ein Messer), wogegen die Kreissägen arbeiten, und zwar mit einer beträchtlichen Geschwindigkeit, indem der gedachte Zylinder (von 15 Zoll Durchmesser) pro Minute 320 Umläufe verrichtet. Durch ein höchst

[1] Die quantitative Leistung der Kegel- oder Glocken- (Kaffee-)Mühlen zum Lohmahlen ist jedenfalls größer, als bei gewöhnlichen Steinen, weshalb erstere immer noch ihre Verehrer finden. Man sehe u. a. den illustrirten Katalog der Londoner Industrieausstellung vom Jahre 1862, Klasse VIII, Nr. 1893 und die „Neue amerikanische Patentlohmühle" von Pintus in Dinglers Polytechnischem Journale, Bd. 173 (1864), S. 20.

einfaches Mittel reinigt man während der Arbeit die Räume zwischen den Kreissägen kontinuirlich. Von einer kalorischen Maschine betrieben, deren Kolbendurchmesser 27 Zoll beträgt, bei einer Temperatur der heißen Luft von 180° C. soll man mittelst dieser Lohmühle pro Stunde 3 Zentner Eichenrinde zu ziemlich fein gemahlener Lohe verarbeiten können.

VI. Farbmühlen. Zum Reiben von Malerfarben (Oelfarben) verwendet man gegenwärtig mit Nutzen eine Art von eisernen Kaffeemühlen, wovon sich u. a. Abbildung und Beschreibung in des Verfassers allgemeiner Maschinenlehre, Bd. 2, S. 242, vorfindet. Für Buchdruckerfarben haben sich die Maschinen mit horizontalliegenden Zylindern (von Bollinger in Wien, Herrmann in Paris und von Werner in Leipzig) als vorzüglich bewährt. Man sehe hierüber das Polytechnische Zentralblatt, Jahrgang 1850, S. 961, Taf. 16 und gegenwärtigen Werkes 22. Bd. (zweiter Supplementband), Artikel Buchdruckerkunst, S. 145 und 146. Zum Zerreiben von Mineralfarben aller Art benutzt man mit Erfolg die bereits Seite 356 erwähnten Bogardusmühlen mit exzentrisch gestellten Mahlscheiben. Statt der im Hauptwerke (a. a. O. §. 213) beschriebenen und empfohlenen Indigmühlen mit Kugeln benutzt man jetzt mit größerem Erfolge die von Stephan in Berlin eingeführten englischen Mühlen (Verhandlungen des Vereines zur Beförderung des Gewerbfleißes in Preußen, Jahrgang 1844, S. 125, mit Abbildungen auf Taf. IX), welche aus einer hohlen zylinderförmigen Trommel bestehen, in welcher inwendig schwere gußeiserne (für ätzende Stoffe granitene) Walzen liegen, die sich beim Herumdrehen der Trommel fortwährend gegen den untern Theil derselben wälzen und auf diese Art sowohl zwischen sich, als auf dem Mantel die Masse zerreiben.

Hinsichtlich der im Hauptwerke (a. a. O. §. 222) besprochenen Zuckermühlen muß der Verfasser auf seine spezielle Mittheilung über „Rohrzuckermühlen“ der Londoner Industrieausstellung vom Jahre 1862 verweisen, die sich im amtlichen Berichte des Zollvereins, Heft IX, S. 343, abgedruckt vorfindet.

Rühlmann.

Nadelfabrikation.

(Bd. X. S. 268.)

I. Fabrikation der Stecknadeln.

Die im Hauptwerke Bd. X, S. 291 bis 293 erwähnte Maschine Wright's zur vollständigen Fabrikation der Stecknadeln ist eben so wenig wie eine später (1844) in England patentirte, zu dauernder Anwendung gelangt. Diese Maschinen sollten 40 bis 60 Nadeln in einer Minute fertigen. Nimmt man die Mittelzahl 50 an, so gehen in einer Stunde ungestörter Arbeit 3000 Nadeln hervor und es sind zur Darstellung von einer Million Nadeln 333⅓ Arbeitsstunden erforderlich, welche Zahl man aber gewiß auf 500 erhöhen muß, um den unvermeidlichen Störungen und Stockungen in dem Gange eines so verwickelten Maschinenwerkes gehörig Rechnung zu tragen.

Vergleicht man hiermit den Zeitaufwand zur Herstellung einer Million Stecknadeln nach alter Art, wie er sich nach Durchschnittszahlen für die quantitative Leistung der Handarbeit ergibt, so findet sich folgendes:

	Arbeitsstunden.
1) Richten des Drahtes, stündlich zu 28,800 Nadeln	35
2) Schneiden der Drähte, zu 90,000 Nadeln in einer Stunde	11
3) Spitzen, stündlich 3800	263
4) Zerschneiden in einzelne Nadellängen, stündlich 12,000	83
5) Spinnen des Kopfdrahtes, 36,000 in einer Stunde	28
6) Schneiden der Köpfe, stündlich 30,000	33
7) Ankopfen, 1100 Stück in einer Stunde	909
Summe:	1362 St.

Die sämmtliche Handarbeit verlangt also an Zeit fast das Dreifache von dem, was die Arbeit der Maschine in Anspruch nehmen würde. Zugleich aber geht hervor, daß das Anfertigen und Aufsetzen der Köpfe 28 + 33 + 909, d. h. überhaupt 970 Stunden erfordert, also völlig 71 Prozent oder nahe an drei Viertel des gesammten Zeitaufwandes. Dieser Antheil ist gegenüber den vorausgehenden Arbeiten so überwiegend; dabei kann das Anstauchen der Köpfe allein so relativ schnell und leicht von einer Maschine

verrichtet werden; endlich ist eine Maschine, welche nur dieses eine Geschäft zu verrichten hat, so sehr viel einfacher herzustellen als eine die Nadeln von Grund aus fertigende, daß man wohl einsehen mochte, es sei weit besser, die Handarbeit für das Anfertigen der Nadel-Schäfte beizubehalten, und nur die Köpfe durch Stauchung auf einer Maschine zu bilden. Dies ist in der That der Weg, welchen man gegenwärtig bei der Maschinen-Stecknadelfabrikation in England (Birmingham) einschlägt. Man hat dort Maschinen für große Nadeln, welche 112, und solche für kleine Nadeln, welche 160 Köpfe in einer Minute machen: es wird jedoch, wegen Ausschusses und unvermeidlicher Störungen in der Thätigkeit der Maschinen, nur auf 40,000 bis 48,000 Köpfe in einem Tage von 10 Arbeitsstunden gerechnet, wonach im Mittel 4500 Stück auf die Stunde kommen. Es erfordern also die Maschinen zum Anköpfen von 1,000,000 Nadeln überhaupt . . . . 222 Stunden.
Rechnet man hierzu (laut obigem) für Richten, Schneiden, Spitzen und abermaliges Zerschneiden (35 + 11 + 263 + 83) . . . . 392 "
so ergibt die Summe: 614 Stunden,
d. h. nur um ein Fünftel mehr als die Zeit, welche eine der komplizirten und theuren Maschinen zur gänzlichen Anfertigung der Nadeln bedürfen würde; immer aber noch weniger als die Hälfte jenes Zeitaufwandes, den die reine Handarbeit verlangt. Dazu kommt eine beträchtliche Ersparung an Arbeiterpersonal; denn da die Anfertigung und Befestigung von 1,000,000 gewöhnlicher Köpfe 970 Arbeitsstunden in Anspruch nimmt, so müßte man, um diese Arbeiten in einem Tage zu vollbringen, 97 Personen anstellen, während 23 Maschinen von 8 bis 10 Mädchen gewartet und bedient das Gleiche leisten würden.

Die Gestalt der Stecknadeln mit angestauchtem Kopf ist aus Fig. 14 (Taf. 112), zu ersehen. Auf der Kopfmaschine werden die Nadelschäfte regelmäßig — parallel und die Spitzen alle nach derselben Seite hin gerichtet — in einen kleinen eisernen, mühlrumpfartigen Trichter a (Taf. 112, Fig. 15) gelegt, dessen innere Breite gleich der Nadellänge ist. Darunter befindet sich eine eiserne Walze b von 20 Millimeter Durchmesser mit 24 Längenfurchen, wie n, n, deren jede eine Nadel aufzunehmen vermag. Eine schrittweise Drehung dieser Walze führt Nadel nach Nadel heraus, diese fällt nach t herab in den Winkel zwischen dem Kopfe einer Eisenplatte u und den freien Enden zweier schwachen Stahlfedern, wie v w; eine Zange ergreift die Nadel, zieht sie unter den leicht nachgebenden Federn heraus und führt sie — parallel mit ihrer ursprünglichen Lage bleibend — vor eine größere Zange, in welche sie von einem auf die Spitze drückenden, horizontalen Stempel hineingeschoben wird. Sogleich schließt sich diese große Zange und packt die Nadel fest, worauf der (zur Formung der Kopfoberseite mit einem Grübchen versehene) Kopfstempel drei rasch nach einander folgende kleine Stöße gibt und hierdurch das stumpfe Ende zum birnähnlichen Kopfe aufstaucht. Die zwei Stahlbacken, zwischen welchen während dieser Operation die Nadel festgehalten wird, haben eine Versenkung, worin sich die konisch nach dem Schafte zu verjüngte Unterseite des Kopfes bildet; auf dieser konischen Fläche bemerkt man stets zwei feine, einander gegenüber stehende Näthe, welche durch das nicht völlig scharfe Zusammenschließen der Backen entstehen. Oeffnet sich nun ferner die große Zange, so überläßt sie die fertige Nadel an eine zweite kleine Zange, welche dieselbe wegführt und mit Hülfe einer besondern Vorrichtung fallen läßt. Während dem aber ist eine folgende Nadel bereits auf dem Wege zur Kopfbildung, so daß alle Theile des Mechanismus fortwährend ihre in einander greifenden Verrichtungen ausüben.

Die Walze b unter dem Rumpfe a enthält vier ringartig herumgehende, tiefe Rinnen c, c (s. Längenansicht, Fig. 16), über welchen die in die Furchen n gelangenden Nadeln hohl liegen, wodurch die freiwillige Einlagerung leichter Statt findet als mit ununterbrochenen Längenfurchen der Fall sein würde. Die Bewegung des Kopfstempels und anderer Theile geschieht mittelst mehrerer Exzentrika auf einer horizontalen Welle, welche an einem Ende der Maschine quer neben derselben liegt, zum Theil unter Mitwirkung von Federn. Der Vorgang der Kopfbildung an sich ist hier wesentlich eben so, wie er auf den Maschinen zur Verfertigung der Drahtstifte Statt findet (vergl. den Artikel Drahtstifte im II. Bd. der Supplemente, S. 549 bis 551). Das successive Aufstauchen des Kopfes durch drei Stempelstöße trägt entschieden zur Regelmäßigkeit und Schönheit desselben bei.

II. Nähnadelfabrikation.

Die Fabrikation der Nähnadeln hat in neuerer Zeit mehrere wesentliche Verbesserungen erfahren, deren Darstellung hier unter steter Beziehung auf das im Hauptwerke (Bd. X, S. 298 fg.) Vorgetragene und mit Hülfe der Abbildungen auf Taf. 111, gegeben wird. Hiernach ist die Reihe der Operationen folgende:

1) Zerschneiden des Drahtes (Bd. X, S. 299 bis 300). — Ein englisches Schachtmodell, um die Drähte in Stücke von wenig mehr als der doppelten Nadellänge mittelst der Schrotschere zu zertheilen, ist in Fig. 1 nach einem auf das Drittel verkleinerten Maßstabe abgebildet, und zwar in der Seitenansicht A, in der Oberansicht B und in einer Endansicht C. Es besteht aus einem Stahlblechstreifen abc, an welchem das eine Ende ab rechtwinkelig aufgebogen ist. Durch ein Loch dieses Theiles ab geht die Schraube de, welche einerseits eine Flügelmutter f, andererseits die sechseckige Gegenmutter g trägt und mit der beweglichen stählernen Wand h fest verbunden ist. Letztere umfaßt mittelst eines Schlitzes das Blech bc, kann nach Bedürfniß auf demselben verschoben und in jeder ihr gegebenen Stellung mittelst Anziehens der beiden Muttern f, g und der Druckschraube i befestigt werden. Man weiset ihr für jeden einzelnen Fall einen solchen Platz an, daß die Entfernung von dem Blechrande c bis an h gleich der Länge der zu schneidenden Schachte ist. Ueber den Gebrauch dieses Werkzeugs ist nichts hinzuzufügen.

2) Richten (Bd. X, S. 300 bis 302).

3) Spitzen (Bd. X, S. 302 bis 305). — Die jetzt in England gebräuchlichen Apparate, um die Schleifer so viel möglich vor dem Einathmen des Stein- und Stahlstaubes zu bewahren, bestehen aus einem starken Eisenblechkasten, der den Stein gänzlich umhüllt bis auf eine Oeffnung, durch welche die Nadeln eingehalten werden; aus einem von diesem Kasten — dem Schleifer gegenüber — ausgehenden Trichter, und aus einem saugenden Flügelgebläse (Ventilator) dessen Gehäuse an das verlängerte Rohr des Trichters sich anschließt. Die Anzahl der auf ein Mal zum Spitzen in die Hand genommenen Drähte (Schachte) beträgt oft 50 bis 100. Der vor dem Schleifsteine sitzende Arbeiter breitet dieselben dicht neben einander in einer Fläche auf einer seiner Hände aus, legt die andere

Hand schräg darüber, so daß nur der kleinste Theil von der Länge der Drähte herausragt; stößt die Enden der letzteren an einer Eisenplatte gleich und hält sie auf den Schleifstein, während er durch ein geringes Hin- und Hergleiten der oben liegenden Hand veranlaßt, daß jeder Draht sich hin und her um seine Achse dreht oder vielmehr eine kleine rollende Bewegung annimmt, wodurch die Spitzen rund ausfallen und in die Achsenlinie der Nadeln zu liegen kommen. Mit Zwischenzeiten von nur wenigen Sekunden wird das Gleichstoßen wiederholt und werden die Spitzen zur Abkühlung in Wasser getaucht. Eine Prise Schachte von 70 bis 100 Stück kann ein recht fertiger Arbeiter in einer Minute an beiden Enden spitzen, so daß binnen einer Stunde 8000 bis 10,000 Nadelspitzen gemacht werden.

Ungeachtet dieser wahrhaft erstaunlichen Leistung ist man bedacht gewesen, nicht nur dieselbe noch beträchtlich zu erhöhen, sondern auch zugleich die Arbeit des Spitzens ohne direkte Mitwirkung der Menschenhand durch eine selbstthätige Schleifmaschine ausführen zu lassen. Diese Erfindung rührt von dem Nähnadelfabrikanten Schleicher zu Schönthal bei Langerwehe (in der Nähe von Aachen) her und hat sich bei einer umfangreichen praktischen Anwendung bewährt. Fig. 4 ist ein Aufriß der Maschine von vorn, Fig. 5 ein Aufriß von der Seite (in beiden Ansichten sind einige Theile als durchschnitten angenommen), Fig. 6 der Grundriß; der diesen Abbildungen zu Grunde gelegte Maßstab ist ein Zwölftel des wirklichen. Man hat sich jedoch erlauben müssen, die Dicke der Nähnadelschachte unverhältnißmäßig groß darzustellen, weil sonst dieselben kaum sichtbar sein würden.

Das Hauptgestell wird durch zwei gußeiserne Ständer A, A gebildet, welche durch vier lange Bolzen a fest mit einander verbunden sind. Die Welle eines auf der Mantelfläche hohlkehlartig geschweiften Schleifsteins B dreht sich zwischen zwei Spitzenschrauben, deren Muttern in senkrechte Schlitze der Ständer A, A eingeschoben sind und mittelst der Stellschrauben C, C nach Bedarf gehoben oder herabgelassen werden. D ist eine eiserne Platte, welche durch den Handhebel E in die Höhe gehoben werden kann. Sie trägt zwei Lagerböcke H, H, worin die Muttern für zwei andere Spitzenschrauben F, F vermittelst der Stellschrauben K, K adjustirt werden. Die Spitzen von F, F nehmen eine zweite Welle zwischen sich, auf welcher die Scheibe I sitzt. Etwa die halbe Breite dieser Scheibe ist mit einem Kautschukringe J umkleidet, und unter ihr befindet sich ein gleichfalls mit Kautschuk bekleidetes, bogenförmiges Stück L, dessen Krümmung mit I J konzentrisch ist.

Eine schräge Fläche M vor der Scheibe I dient zum Vorlegen der parallel angeordneten und an ihren Enden gleichgestoßenen Drähte (Schachte), wie man bei N sieht. Zwei kleine Wände, deren Entfernung von einander der Länge jener Drähte entspricht, sichern deren richtige Lage. Der Scheibe I J wird drehende Bewegung ertheilt von einem Riemen oder einer Schnur G; die bei N in großer Zahl vorräthig liegenden Schachte werden dadurch einzeln zwischen die Kautschukflächen J und L hineingezogen, in dem Zwischenraume beider fortgewälzt, kommen an dem entgegengesetzten Ende von L heraus und fallen hier nach O hinab. Während dieses Ganges durch die Maschine tritt ein Ende der Schachte in Berührung mit dem Schleifsteine B, wodurch die Spitze erzeugt wird. Der Schleifstein selbst wird durch einen Riemen d umgetrieben, welcher auf einer der Scheiben b, b liegt, er bewegt sich mit großer Geschwindigkeit (ungefähr 1500 Umläufe in einer Minute), wogegen die Scheibe I J nur ein Mal in der Minute um ihre Axe sich dreht. Die Axen dieser beiden Hauptbestandtheile liegen nicht völlig rechtwinkelig gegen einander (s. Fig. 6), damit der vorderste Theil der an den Schachten entstehenden Spitze zuerst — sogleich beim Eintritte zwischen J und L — mit dem Schleifsteine in Berührung kommt, der hintere Theil erst später, kurz vor dem Austritte. Diese Anordnung entspricht der Nothwendigkeit, zu Bildung einer Spitze vom Ende der Drähte mehr als von dem weiter hinten liegenden Theile wegzuschleifen. Die Thätigkeit der Maschine kann in jedem Augenblicke gehemmt werden, indem man mittelst des Hebels E die Platte D aufhebt: die Nadeln werden hierdurch, von dem Schleifsteine weg, emporgehoben; der Schleifstein allein fährt fort sich zu drehen, die Scheibe I J aber steht sofort still, weil ihr Riemen G schlaff geworden ist. — Die Maschine kann an Nadeln von gewöhnlicher Größe ungefähr 500 Spitzen in einer Minute, oder 30,000 in einer Stunde machen.

4) Prägen oder Pressen. — In den auf das Spitzen der Schachte zunächst folgenden Operationen liegt der wesentlichste Unterschied zwischen dem frühern (im Hauptwerke, Bd. X, beschriebenen)

und dem jetzigen Verfahren bei der Nähnadelfabrikation. Nach der ältern Art wurden die an beiden Enden mit Spitzen versehenen Schachte in der Mitte durchschnitten (halbirt), und dann jede Hälfte als selbständige Nadel weiter bearbeitet, namentlich zuvörderst und zwar durch Handarbeit mit dem Oehre versehen. Die Länge des beim Halbiren aus der Mitte jedes Schachtes abfallenden Drahtstückchens (Bd. X, S. 306) betrug zwischen 3 und 7, durchschnittlich etwa 5 Millimeter oder 5 bis 9 Prozent des verarbeiteten Drahtes. — Nach der neuern Methode bleiben die Schachte oder Doppelnadeln fürs Erste noch ungetrennt, und es werden auf der Mitte eines jeden Stückes zwei Oehre neben einander gebildet, wodurch eine sehr beträchtliche Kostenersparung eintritt, weil nicht nur der so eben erwähnte, beim Halbiren entstehende Abfall fast völlig umgangen, sondern auch (nach der jetzt üblichen Anfertigungsweise der Oehre unter Maschinen) die Bildung eines Doppelöhrs nicht mehr Zeit und Arbeit in Anspruch nimmt, als jene eines einzelnen Oehres.

An den meisten im Handel vorkommenden Nähnadeln befindet sich unterhalb des Oehrs und von diesem auslaufend auf jeder Seite eine kleine Furche, welche die Bestimmung hat, beim Einfädeln den Faden nach dem Oehre hinzuleiten, zugleich aber auch oberhalb des Oehrs bis ans Nadelende sich fortsetzt, damit hier beim Nähen der Faden sich hineinlegen kann, um nicht durch seine eigene Dicke die Dicke der Nadel zu sehr zu vergrößern und den Gang der Nadel durch den Arbeitsstoff übermäßig zu erschweren. Diese Furchen (Fuhren genannt) werden bei Anfertigung des Oehres mit ausgearbeitet, und nach der alten Fabrikationsmethode war der Arbeitsgang in Ansehung des Oehrs und überhaupt des Kopfendes der Nadel derjenige, welcher im Hauptwerke (Bd. X, S. 306 bis 309) beschrieben ist. Die neuere Fabrikationsart zielt durch mehr als eine Eigenthümlichkeit auf Vereinfachung und Beschleunigung, zum Theil selbst Ersparung der dort angegebenen Operationen ab. Sie besteht in Folgendem:

Zuerst wird unter einem kleinen Fallwerke — welches Aehnlichkeit mit der bei Verfertigung der Stecknadeln gebräuchlichen Wippe (Bd. X, S. 283) hat, und dessen Hammer 12 bis 25 Pfund wiegt — zwischen zwei stählernen Stempeln mittelst eines einzigen Schlages der mittlere Theil jedes einzelnen Schachtes geprägt, wobei derselbe sich etwas abplattet, von oben und von unten her Eindrücke von der Gestalt des Oehrs, sowie gleichzeitig die Fuhren empfängt, links und rechts aber auf 3 bis 6 Millimeter Länge ein Bart (Grath) herausgetrieben wird. Ein Arbeiter prägt in einer Stunde 2000 (angeblich sogar bis 4000) Schachte, ungeachtet er einen nach dem andern auf den Unterstempel legen und zugleich jedes Mal mittelst eines Fußtrittes und Hebels den mit dem Oberstempel verbundenen Hammer aufheben muß, welcher beim Loslassen des Trittes herabfällt. Die richtige Lage des Schachtes auf dem Unterstempel wird leicht dadurch gefunden, daß man erstern so weit einschiebt, bis sein vorderes Ende gegen ein an gehöriger Stelle angebrachtes Eisenstück stößt. Jeder der beiden Stempel enthält selbstverständlich eine Rille zum Einlegen des Drahtes, zwei kleine Wärzchen zur Vorzeichnung der Oehre und eine Art Rippe zum Eindrücken der Fuhren.

Um die bis zu diesem Zeitpunkte eingetretenen Veränderungen an den Schachten bildlich dargestellt zu sehen, betrachte man die Fig. 2 und 3. Fig. 2 zeigt die stufenweise Ausbildung der Nadeln, wie letztere gewöhnlich sind; Fig. 3 gibt eine ähnliche Reihe von Abbildungen in Beziehung auf die von Abel Morrall zu Studley erfundenen, als sehr praktisch bewährten Nadeln ohne Fuhren, welche dagegen große eiförmige Oehre haben. Hier wie dort stellt A einen gerichteten Schacht, B die Gestalt desselben nach dem Spitzen, und C denselben im geprägten Zustande vor. Die noch ferner folgenden Abbildungen D, E, F kommen später zur Sprache. In C bemerkt man neben den Oehren den (oben schon erwähnten) breiten Grath c, c; diese Stelle ist durch das Prägen breit und so dünn geworden, daß sie gleichsam ein zartes längliches Plättchen darstellt, auf dessen beiden Flächen die Gestalten der zwei Nadelköpfe als Erhöhungen, und hierin wieder die Oehre (desgleichen in Fig. 2 die Fuhren) als Vertiefungen erscheinen. Der Theil zwischen den einander zugekehrten Kopfenden ist sehr kurz und hat dieselbe geringe Dicke, wie der Rand c, c.

5) Lochen oder Oehren. — Die nächste Arbeit ist das Durchdrücken der beim Prägen schon völlig vorgezeichneten Oehre, welches im Herausstoßen eines kleinen Metallstückchens von der Größe und Gestalt des Oehrs besteht. Das Ansehen der Nadeln

wird hierdurch nicht weiter verändert, als daß das Oehr — welches vorher nur als eine Vertiefung auf jeder Seite sich darstellte — jetzt ein durchgehendes Loch ist; weshalb die Abbildung C (Fig. 2 und 3) auch noch die Beschaffenheit nach dem Lochen vollkommen ausdrückt.

Das Lochen geschieht mittelst eines kleinen Durchschnittes, dessen Oberstempel mittelst einer Schraubenspindel und eines Handgriffes, wie bei den gleichartigen, für andere Zwecke bestimmten Maschinen, von einem Arbeiter bewegt wird. Der Unterstempel, in welchem sich, neben einer entsprechenden Furche zum richtigen Einlegen der Doppelnadel, zwei kleine Löcher von der Gestalt und Größe der Nadelöhre befinden müssen, wird in den schwalbenschwanzförmigen Raum zwischen zwei innerlich abgeschrägten Leisten eingeschoben; am untern Ende des Oberstempels (welcher nahe über dem Unterstempel eine sehr genaue Führung hat) befinden sich zwei senkrechte Stifte oder Punzen, welche beim Niedergange das Durchstoßen der Oehre verrichten und sodann in die erwähnten Löcher des Unterstempels eintreten, indem sie die kleinen Theilchen, welche bisher noch die Oehre verschlossen hatten, lostrennen und vor sich her treiben. Die rechte Hand des Arbeiters ist beständig an dem Griff der Schraube, um durch Vor- und Rückwärtsdrehen derselben dieses Spiel des Oberstempels zu veranlassen; die linke Hand hält mehrere Drähte (Doppelnadeln) fächerartig angeordnet und legt mit großer Behendigkeit, unter genauem Daraufsehen, ein Stück nach dem andern auf den Unterstempel. So kann eine Person leicht 4000 Oehre (an 2000 Schachten) in einer Stunde durchstoßen.

6) Feilen. — Es muß nun der durch das Prägen entstandene Grath c, c (Fig. 2 und 3, C) mittelst der Feile weggeschafft werden — s. Fig. 2, D. Hierzu wird eine Anzahl von 50 bis 100 Doppelnadeln auf ein Mal vorgenommen. Man fädelt dieselben dicht zusammengedrängt auf zwei parallele Stahldrähte an, welche durch die Oehre geschoben werden und für runde Oehre rund, für längliche Oehre platt sind. In Fig. 3 bei D sieht man eine derartige Gruppe von Nadeln vorgerichtet und bereits abgefeilt; die herausragenden Enden der Drähte erscheinen bei a a und b b. So ist den Nadeln jede Drehung um sich selbst verwehrt. Nun wird das Ganze auf ein Holz gelegt und durch zwei über die Nadeln gedeckte Eisen- oder Messingschienen festgehalten. Dies zeigt die

Profilzeichnung Fig. 7, aus welcher man zugleich entnimmt, daß die Oberfläche des Holzes A A in der Längenrichtung der Nadeln, von den Oehren nach den Spitzen zu, ein wenig abgedacht ist, und daß die Schienen B, B den größern mittlern Theil der Doppelnadeln frei lassen. Beide diese Umstände sind nothwendig, um bequem mit der flachen Feile ankommen zu können, welche zum Abfeilen der Grathe c gebraucht wird. Im Besondern entsteht durch die sattelförmige Gestalt des Rückens von A der Erfolg, daß die Oehre etwas höher und daher zugänglicher liegen, indem durch den Druck der Schienen B, B die Nadeln in geringem Grade sich biegen, was sie vermöge ihrer Elastizität ohne Schaden vertragen. Uebrigens stehen die Schienen B, B mit einem unter dem Werktische befindlichen Tritte in Verbindung, den der Fuß des Arbeiters so lange niedergezogen hält als das Feilen dauert; beim Loslassen des Trittes heben die Schienen sich vermittelst Federn von selbst so hoch, daß man die Nadeln herausnehmen und eine neue Portion einlegen kann. Es bedarf kaum der Erwähnung, daß das Nadelbüschel, nachdem es auf der einen Seite gefeilt ist, umgedreht werden muß, damit dieselbe Behandlung auf der andern Seite vorgenommen werden kann.

7) Halbiren oder Theilen. — Sogleich nachdem die oben beschriebene Operation Statt gefunden hat, wird die ganze Gruppe von Doppelnadeln dergestalt in einen dazu hinlänglich breiten hölzernen Feilkloben eingeklemmt, daß nur die eine Hälfte ihrer Länge herausragt; diese wird nun mit der Hand hin und her gebogen, bis an der dünnen Stelle zwischen den beiden Oehren der Bruch erfolgt und somit zwei Portionen einfacher Nadeln hervorgehen, deren jede auf einem der Drähte angefädelt ist. Ein Paar durch dieses Abbrechen getrennte Nadeln sieht man bei E in Fig. 2 und 3.

8) Feilen der Köpfe. — Die eine im Feilkloben zurückbleibende Portion wird ohne Weiteres an dem etwas herausstehenden Kopfende mit der Feile abgestrichen, um die Bruchstellen sämmtlich zu glätten und abzurunden. Die andere Portion spannt man dann besonders ein und unterwirft sie der gleichen Behandlung. So fertig gefeilt erscheinen die Nadeln in F der Fig. 2 und 3. Ihre Gestalt erleidet von nun an keine Veränderung mehr. — Ein Arbeiter kann in einem Tage von 10 Arbeitsstunden die Operationen 6, 7, 8 (Feilen, Halbiren und Wiederfeilen) an 40,000 Nadeln ausführen.

9) Poliren der Oehre. — Die Oehre haben vom Lochen her (Operation 5) mehr oder weniger scharfe Ränder, welche beim Nähen den Faden rauh machen und schwächen, oder gar abschneiden würden. Zur Beseitigung dieses Fehlers pflegt man rundöhrige Nadeln in einem spätern Zeitpunkte der Fabrikation auszubohren, wovon weiter unten (Operation 16) die Rede sein wird. Bei Nadeln mit stark länglichen Oehren ist dieses Verfahren nicht ausführbar; für solche hat Morrall eine wesentlich verschiedene, ganz vortreffliche, übrigens auch auf runde Oehre anwendbare Methode und zu deren Vollziehung eine schöne kleine Maschine erfunden. Er nimmt die sogleich zu beschreibende Behandlung unmittelbar nach dem Feilen der Köpfe vor, und deshalb muß sie hier ihren Platz finden.

Das Prinzip der Erfindung besteht darin, die Nadeln in großer Anzahl (100, 200 oder mehr) neben einander auf dünne gehärtete und gelb oder violett angelassene, entweder kantige oder vor dem Härten mittelst einer Feile rauh gemachte Stahldrähte zu reihen; diese Drähte angespannt zu befestigen und der dazu dienlichen Vorrichtung eine rasche schwingende Bewegung (alternirende Drehung) zu geben, vermöge welcher die Nadeln auf den Drähten sich schwenken und das Ausschleifen der Oehre durch die Kanten oder Rauhigkeiten der Drähte erfolgt.

Es zeigt Fig. 8 eine Vorderansicht der Maschine, Fig. 9 eine Endansicht und Fig. 10 einen vertikalen Durchschnitt derselben. Diese Abbildungen können als nach einem auf das Viertel verjüngten Maßstabe gezeichnet angenommen werden; für größere Sorten ist die Maschine etwa sechs Mal so groß als die Zeichnung. Die ganze Vorrichtung ist in einem hölzernen Kasten a a eingeschlossen, dessen obere Hälfte gleich einem Deckel an Scharnieren wie x (Fig. 9) aufgeschlagen werden kann. In zweien der Wände dieses Kastens befinden sich die Lager einer Welle b, welche drei Räder c c — davon an dem einen Ende zwei nahe bei einander — trägt. Durch die Kränze der Räder gehen an jedem Ende der Maschine acht Zapfen oder kurze Axen g, welche darin leicht drehbar sind; je zwei korrespondirende Zapfen werden durch einen eisernen Bügel h zu einem Ganzen verbunden. Zur Aufnahme und Befestigung der acht mit Nadeln besetzten, parallel zur Welle b gespannten Stahldrähte sind die Zapfen g gebohrt und jeder mit einer Druckschraube l (Fig. 8) versehen. Wird die Welle b durch einen geeigneten Mechanismus in eine sehr rasche, hin- und herschwingende Bewegung gesetzt, d. h., so getrieben, daß sie stets denselben kleinen Theil einer Umdrehung vorwärts und rückwärts macht, so schwingen die Nadeln auf den durch ihre Oehre gezogenen Drähten unregelmäßig, ja wahrhaft verwirrt durch einander, indem sie bald auf pendelartige Schwingungen sich beschränken, bald aus der hängenden Stellung in die aufrechte kommen und entweder nach derselben Seite zurückfallen oder auf die andere Seite überstürzend eine ganze Drehung um ihren Draht vollbringen. Zugleich empfangen sie oftmals — da die Drähte in den Oehren Spielraum haben und die Nadeln nicht ganz gedrängt aufgereiht sind — vorübergehend eine schiefe Richtung gegen das eine oder das andere Ende der Welle b hin; kurz es zeigen sich in den Bewegungen der Nadeln die buntesten Kombinationen des Zufalls, wie gerade erwünscht ist, damit das Innere und die Randkanten der Oehre sich an den harten Stahldrähten glattreiben.

Die erwähnte oscillirende Bewegung der Welle b kann bei Handbetrieb mittelst der Scheibe f und der Schnur eines Bogens von der Art, wie man beim Bohren mit der Rolle oder beim Drehen auf dem Drehstuhle gebraucht, erzielt werden; sonst, und namentlich bei Benutzung von Elementarkraft ist es am besten, die Welle mit einer ziemlich langen Kurbel zu versehen, deren Warze durch eine Lenkstange mit einer viel kürzeren Kurbel zusammenzuhängen, und diese letztere mittelst einer auf ihrer Axe befindlichen Riemenscheibe in schnelle kontinuirliche Drehung zu versetzen.

Es ist bis jetzt eines Hauptumstandes noch nicht gedacht worden, nämlich daß gleichzeitig mit der Umdrehung der Räder c c, (wodurch die Drähte mit den angefädelten Nadeln in einem Kreisbogen hin und zurück gehen) die Drähte eine Drehung um sich selbst, aber in entgegengesetztem Sinne, empfangen. Um dies zu erreichen, sitzt an derjenigen Seite der Maschine, wo zwei der Räder nahe neben einander angebracht sind, und zwischen diesen letzteren, auf jeder der kurzen Axen g eine Rolle o; um alle diese Rollen ist eine Schnur i k geschlungen, deren Enden, unter gehöriger Anspannung, bei p, p (Fig. 9) in den Wänden des Kastens a befestigt werden: indem nun die genannten Rollen innerhalb des von der Schnur gebildeten Kreises herumgehen, reiben sie sich an derselben, sind dadurch zu der beabsichtigten Drehung genöthigt und übertragen diese mittelst der Bügel h auf die Zapfen g der andern Seite, folglich auf die zwischen g und g eingespannten Drähte. In solcher Weise wird die polirende Reibung zwischen den Nadelöhren und den Drähten durch die eigene Drehung der letzteren vermehrt, mithin die Dauer der Arbeit abgekürzt. — Man kann im Allgemeinen annehmen, daß durch 1- bis 1½ stündige Bearbeitung das Poliren der Oehre vollendet wird; mit einer großen Maschine oder mehreren verbundenen kleinen Maschinen, worin 12,000 Nadeln gleichzeitig enthalten sind, vermag demzufolge der einzige sie bedienende Arbeiter täglich gegen 100,000 Nadeln zu behandeln.

10) Härten (Bd. X, S. 310 bis 311). — Die Bleche, auf welche die Nadeln zum Behufe des Härtens mittelst zweier kleiner Kellen in regelmäßig paralleler Lage ausgebreitet werden, fassen oft nur Portionen von 10,000 bis 15,000 Stück. Das Härtegefäß wird zweckmäßig als eine Art Seiher konstruirt, d. h., mit vielen kleinen Löchern versehen. Dieses Gefäß befindet sich in einem Kübel mit Wasser untergetaucht, aus welchem es nachher herausgehoben werden kann, wobei es die Nadeln zurückhält, während das Wasser abläuft.

Zum Einsetzen der aus Eisendraht gemachten (geringeren) Nadeln pflegt man 200,000 bis 300,000 Stück derselben in einem irdenen oder gußeisernen Topfe mit sogenannter Härte (Bd. X, S. 311) zu verpacken, einen Deckel mit Lehm aufzukitten und die Glühung 7 bis 8 Stunden anhalten zu lassen.

Einige ziehen es vor, die Nadeln in Oel (statt in Wasser) zu härten und meinen, daß dabei nicht so viele sich krummziehen (was jedoch keineswegs erwiesen zu sein scheint); jedenfalls erzeugt Oel eine geringere Härte und wird daher gegenwärtig bei den besseren Sorten kaum angewendet, wogegen es für geringe Waare sehr gebräuchlich ist.

11) Anlassen, Ablassen oder Nachlassen (Bd. X, S. 311 bis 312). — Es wird oft mit einer größeren Menge Nadeln auf ein Mal so vorgenommen, daß man auf der geheizten horizontalen Eisenplatte des dazu bestimmten Ofens aus den (vom Härten noch nassen) parallel gelegten Nadeln einen regelmäßigen Haufen von etwa 0,50 Meter Länge und 0,008 bis 0,010 Meter Höhe bildet,

der dann mit zwei kleinen Kellen sorgfältig durchgearbeitet wird bis alle Stücke den nöthigen Hitzegrad angenommen haben. Einige Fabriken bedienen sich des Verfahrens, eine große Menge Nadeln in eine kupferne Trommel zu geben, welche dem zylindrischen Kaffeebrenner ähnlich ist, und diese über Feuer umzudrehen; um hierbei ein Durcheinanderrühren des Inhalts zu bewirken, versieht man die Trommelwand inwendig mit eingenieteten Drahtspitzen.

12) Geraderichten (Bd. X, S. 312). — Eine Person kann höchstens 500 Nadeln in einer Stunde auf etwaige Krümmung prüfen und die darunter befindlichen krummen geraderichten.

13) Scheuern (Bd. X, S. 312 bis 317). — Zum Einfetten der Ballen wendet man neben Oel (Rüböl oder Baumöl) auch weiche Seife an. Das Scheuern wird bei den besten Nadeln 10 Mal, bei ordinärer Ware weniger oft (selbst nur 5 Mal) wiederholt.

14) Aussuchen und Gleichlegen. — Bei den Arbeiten des Härtens, Nachlassens und Scheuerns kommt es durchaus nicht darauf an, daß die Nadeln alle ihre Oehre nach derselben Seite hin kehren; wohl aber ist dieses für die ferner folgenden Operationen nöthig. Daher muß, bevor man weiter fortschreitet, in dieser Beziehung die vollkommenste Uebereinstimmung herbeigeführt werden. Gewöhnlich sind damit Mädchen oder kleine Knaben beschäftigt, welche an Tischen vor einer Fensterreihe sitzen und der letztern ihr Gesicht zuwenden. Sie haben vor sich einen Vorrath Nadeln, welche durch Zusammenstoßen (Bd. X, S. 309) völlig parallel gelegt sind, rollen daraus Portionen von 10 oder 12 Stück nach sich zu, ziehen alle Stücke, welche mit dem Oehre nach der rechten Seite liegen, rechts heraus und schieben die übrigen links zurück. Bei dieser Gelegenheit werden zugleich alle beschädigten Nadeln ausgelesen und bei Seite gelegt, deren Zahl nicht gering ist; denn es kommt wohl zuweilen vor, daß von 100,000 Nadeln 15,000 bis 20,000 unter der gewaltsamen Behandlung beim Scheuern brechen; im Durchschnitt soll man 10 Prozent abgebrochene und 5 Prozent verbogene rechnen können, wenn das Scheuern 10 Mal wiederholt wurde. Durch das Wiederanschleifen derjenigen, von welchen nur ein Weniges an der Spitze abgebrochen ist, entstehen die Nadelsorten, welche im Handel als „halblange" (Betweens) und „kurze" (Blunts) bezeichnet werden.

15) Anlassen der Köpfe. — Diejenigen Nadeln, deren Oehre nicht schon früher (s. Operation 9) polirt worden sind, müssen nunmehr einer Behandlung unterzogen werden, welche die Schärfen der Oehrränder beseitigt, sofern nicht (wie bei allen geringen Gattungen der Fall ist) eine solche Verbesserung des Oehres überhaupt gänzlich unterbleibt. Dies besteht in dem Nachbohren der Oehre (Operation 16), wozu aber eine Vorbereitung stattfinden muß durch das Anlassen der Kopfenden, um dieselben in solchem Grade weich zu machen, wie es nicht nur zu guter Wirkung des Bohrers erforderlich, sondern zugleich zu größerer Haltbarkeit des Oehrs (als eines an sich schwachen und keiner großen Härte bedürftigen Theils der Nadel) sehr dienlich ist.

Eine Menge Nadeln wird in einer Reihe (allenfalls auf einem Drahte angefädelt) auf einem Holzstücke ausgebreitet, über dessen Rand die Kopfenden hinausragen, und man nähert dann den letzteren von unten her eine — durch eine Art Schaukel erhobene — rothglühende Eisenstange, wobei sie blau anlaufen (daher diese Arbeit auch das Blaumachen heißt).

16) Bohren der Oehre. — Wie schon gesagt, beabsichtigt man hiermit nur eine Vollendung des Oehres, durch welche dessen scharfe Ränder weggenommen werden, damit sie nicht beim Nähen den Faden beschädigen. Man widmet diese Bemühung nur den besseren Nadelgattungen, welche dann gewöhnlich als „drilled eyes, warranted not to cut the thread" (gebohrte Oehre, als nicht den Faden schneidend verbürgt), auf deutschen Etiketten „gesichert gegen Fadenschneiden" bezeichnet werden, obschon sie dieser Versicherung nicht immer entsprechen. Der Grund dieses letzteren Umstandes liegt theils darin, daß oft genug die erwähnte Angabe auch solchen Nadeln beigefügt wird, welche keinen Bohrer gesehen haben; theils darin, daß nach unbehutsamem Bohren leicht die Oehre rauher sind als vorher. Wenn nämlich der Bohrer nicht sehr scharf ist oder unter zu starkem Drucke wirkt, nimmt er zwar die Rauhigkeiten der äußeren Oehrränder weg, treibt aber vor sich her einen Grath auf, der nun im Innern des Oehres, an der schlimmsten möglichen Stelle, sich befindet.

Durch die eben erwähnte Benennung „gebohrte Oehre" ist wahrscheinlich die irrige Angabe veranlaßt, daß an einigen Nadelgattungen die Oehre von Grund aus durch Bohren angefertigt seien. Es mag dies in früherer Zeit vielleicht der Fall gewesen sein; gegenwärtig geschieht es niemals und werden auch runde Oehre stets auf die oben beschriebene Weise (Operation 5) unter dem Durchschnitte gemacht.

Zu dem Bohren, wovon hier die Rede ist, bedient man sich einer Art kleiner Drehbank, in deren Spindel nach der linken Seite des Arbeiters hin (entgegengesetzt der Anordnung einer wirklichen Drehbank) ein 0,075 bis 0,10 Meter langes stählernes Werkzeug, ähnlich einer vierkantigen Reibahle, eingesteckt ist. Nur das äußerste Ende dieses Bohrers kommt mit der Nadel in Berührung und wirkt vermöge seiner niedrig pyramidalen Zuspitzung als ein Senker (s. Supplemente Bd. I, S. 566, 571), wenn ein Nadelöhr gegen die Spitze angehalten wird; hierzu ist gar nicht nöthig, daß das Oehr kreisrund sei, es kann auch viereckig oder oval, darf nur nicht sehr länglich sein. Eine Reihe der erwähnten drehbankartigen Vorrichtungen ist längs eines Tisches angebracht, jede einzelne wird von einer Person bedient, während die Spindeln durch Riemen oder Schnüre ohne Ende von der Dampfmaschinenkraft mit großer Geschwindigkeit umgetrieben werden. Man nimmt eine Anzahl (öfters wohl 30 bis 40) Nadeln zwischen Daumen und Zeigefinger der linken Hand fächerartig ausgebreitet, die Spitzen aufwärts oder auch niederwärts gekehrt, und bewirkt durch geschicktes Streichen mit einem Messer, daß sämmtliche Oehre sich nach außen kehren. Jedes Oehr wird nun einen Augenblick an die Spitze des Bohrers gehalten; dann läßt man durch eine kleine gleitende Bewegung des Daumens und Fingers alle Nadeln gleichzeitig eine halbe Drehung um sich selbst machen, und bearbeitet die andere Seite der Oehre in derselben Weise. Die Arbeit pflegt so hastig (aber dabei freilich auch schlecht) betrieben zu werden, daß das beiderseitige Ausbohren von 1000 bis 1200 Oehren pro Stunde noch nicht die höchste erreichte Leistung ist.

17) Vergolden der Oehre. — Manche Nadeln (und gerade nicht immer die allerbesten!) kommen mit vergoldeten Oehren in den Handel. Sofern diese völlig nutz- und werthlose Verzierung angebracht werden soll, geschieht es im gegenwärtigen Zeitpunkte der Fabrikation und zwar dadurch, daß man die Kopfenden der Nadeln in eine der bekannten Vergoldungsflüssigkeiten (chlorgoldhaltigen Aether oder

Goldsud, Bd. X, S. 543) eintaucht; auch auf galvanischem Wege. Beim folgenden Schleifen (Operation 18) geht die Vergoldung äußerlich auf den Nadelköpfen verloren und bleibt dieselbe schließlich nur im Innern der Oehre.

18) Schleifen (diese und die nachstehende Operation 19 zusammen an der Stelle des „Braunirens", Bd. X, S. 318). — Der Zweck dieser Arbeit ist, kleine Unregelmäßigkeiten oder Rauhigkeiten am Kopfende, welche das Scheuern etwa nicht entfernt hat, zu beseitigen, und die durch das Scheuern merklich abgestumpften Spitzen in ihrer vollen Schärfe wieder herzustellen. Auf einem niedrigen Stuhle sitzend, hat jeder damit beschäftigte Arbeiter eine in 0,60 Meter Höhe vom Fußboden auf horizontaler Achse befindliche und mittelst endlosen Riemens schnell umgetriebene Schmirgelwalze (von Holz, mit trockenem feinem Schmirgel versehen) vor sich. Diese Walzen sind etwa 0,22 Meter lang, haben 0,050 bis 0,075 Meter Durchmesser und machen 3000 Umdrehungen pro Minute. Eine Anzahl Nadeln wird parallel liegend, in einer Reihe ausgebreitet, zwischen Daumen und Finger beider Hände gefaßt und unter drehender Bewegung um sich selbst (wie beim Spitzen, Operation 3) an die Schmirgelwalze gehalten; zuerst hält man sie bei den Spitzen, um die Kopfenden zu schleifen, dann bei den Köpfen, um die Spitzen zu schärfen.

19) Poliren. — Um nach dem Schleifen einen gehörigen Glanz den Nadeln zu geben, werden sie polirt. Dabei behandelt man sie völlig wie beim Schleifen, nur daß statt der Schmirgelwalze eine mit Büffelleder überzogene Scheibe in Anwendung kommt, auf welche ein wenig Zinnasche oder Kolkothar aufgetragen wird. Auch hier wird die Bearbeitung zuerst an der Kopfhälfte und dann an der Spitzenhälfte vorgenommen. Ein Arbeiter polirt ungefähr 1000 Nadeln in einer Stunde. Die Polirer sitzen so nahe bei den Schleifern, daß erstere von letzteren fort und fort die Nadeln bequem übernehmen können.

Abgang bei der Fabrikation. — Mit dem Poliren sind die Nadeln bis zum Verpacken fertig. 100 Pfund Draht (Schachte) würden bei großen und mittleren Sorten (42 bis 48 Millimeter Länge) durchschnittlich 75 Pfund fertige Nadeln geben, wenn nicht so manches Stück während der Fabrikation durch Zerbrechen in den

Abfall oder auch ganz verloren ginge. Die stufenweise Gewichtsänderung durch die verschiedenen Bearbeitungen stellt sich bei den genannten Sorten ungefähr folgendermaßen, wenn das Gewicht der rohen Schachte zu 1000 angenommen wird:

Schachte, roh	1000
„ geglüht (also oxydirt) und gerichtet .	1020
„ gespitzt	887
„ geprägt und gelocht	876
„ gefeilt	855
Nadeln, an den Köpfen gefeilt	842
„ gescheuert	769
„ ganz vollendet	750

Eigenschaften guter Nähnadeln. — Die Vollkommenheit einer Nähnadel besteht in völlig gerader Gestalt (sofern nicht bei besonderen Arten eine Krümmung absichtlich gegeben ist); in ihrer schlanken Zuspitzung, wobei die Spitze genau in der Achsenlinie liegen muß; in der Schärfe der Spitze (welche dadurch sich erprobt, daß die Nadel ein gespanntes Blatt Schreibpapier ohne Geräusch durchsticht); in der guten Gestalt und Glätte des Oehrs (welches einen darin hin- und hergezogenen Faden nicht rauh machen darf); in der genügenden Stärke am Kopfe und an den Seitenwänden des Oehrs, damit letzteres beim Nähen nicht ausreißt; in der feinen Politur der ganzen Oberfläche; endlich in dem gehörigen Grade von Härte und Elastizität (die man daran erkennt, daß die Nadel erst bei sehr merklicher Biegung abbricht, aber niemals eine Biegung behält, wenn man sie vor dem Abbrechen wieder freiläßt).

Verpackung der Nähnadeln (Bd. X, S. 319—320). — Bekanntlich werden die Nadeln in sogenannte Briefe eingelegt, kleine Papierpäckchen, von denen jedes 25, 50 oder 100 Stück enthält. Das Papier zu einem Briefe wird als ein Rechteck geschnitten, dessen Länge $1\frac{1}{2}$ bis $2\frac{1}{2}$ Mal so groß als die Breite ist, und das $2\frac{1}{3}$ bis $2\frac{2}{3}$fache der Nadellänge beträgt. Man läßt diese Blättchen durch Kinder auf die bekannte Weise brechen oder zusammenfalten, legt die bestimmte Anzahl Nadeln hinein, klebt außen auf jeden Brief die Etikette, trocknet in einem erwärmten Raume und verpackt schließlich eine gewisse Menge Briefe zusammen in größere Packete.

Das Abzählen der Nadeln für die Briefe geschieht von den damit beschäftigten Arbeiterinnen mit solcher Behendigkeit, daß eine Person in einer Stunde 3000 Nadeln zählt und einschlägt. Noch schneller geht dieses Geschäft durch das Abwägen oder durch Benutzung mechanischer Vorrichtungen, wie eine solche im Hauptwerke beschrieben ist. Die größte Beschleunigung des Zählens wird durch die Nadelzählmaschine von Milward erreicht, von welcher ich Beschreibung und Zeichnungen aufs Vollständigste in den Mittheilungen des hannoverschen Gewerbevereins (Jahrgang 1862, S. 346) gegeben habe. Hier theile ich nur einen senkrechten Durchschnitt dieser interessanten Vorrichtung in Fig. 17 auf Taf. 112 mit (halbe Größe).

Die Grundlage des Ganzen bildet eine viereckige gußeiserne Platte A, welche mittelst vier Ohren wie a, a auf dem Arbeitstische festgeschraubt wird. Durch vier von unten eindringende Schrauben ist mit dieser Platte ein Holzklotz B C D verbunden, der hinten die Höhe C D hat, vorn bei C B hingegen ganz niedrig ist und demzufolge eine stark geneigte Oberfläche darbietet. Den mittlern Theil desselben hat man so ausgestemmt, daß sich eine breite, von hinten bis vorn völlig durchgehende Vertiefung mit horizontaler Bodenfläche bildete, welche durch den hineingeschobenen hölzernen Keil E F wesentlich wieder ausgefüllt wird. Die schräge Oberfläche des Keils ist unter demselben Winkel geneigt, wie jene der zu beiden Seiten befindlichen Reste des Klotzes B C D, liegt aber ein wenig niedriger als diese, und ist mit einer geschliffenen und polirten Glasplatte c c bedeckt, welche durch einen vorgeschraubten Messingblechstreifen b gehalten wird.

Quer über die bisher beschriebenen Theile erstreckt sich eine horizontale stählerne Welle G, deren Lager auf dem Klotze B C D befestigt sind. In der Mitte der Maschine trägt diese Welle ein stählernes Rädchen I, dessen Beschaffenheit und Zweck weiterhin erhellen wird; an dem einen Ende ist sie mit einer Kurbel versehen; nahe dem andern Ende sitzt auf ihr eine (durch I verdeckte) stählerne Sperrscheibe, welche auf ihrer übrigens ganz glatt abgedrehten Randfläche vier, um 90 Grad von einander abstehende Kerben enthält. Ein federnder Sperrhaken f gleitet bei Umdrehung der Welle G auf dem Rande der Sperrscheibe, fällt aber nach jedem vollbrachten Viertel einer Umdrehung in eine der Kerben und hält die Welle an, verhindert jedoch nicht, daß man mit mäßiger Krafteinwirkung auf die Kurbel weiter drehen kann, weil er sich in diesem Falle von selbst wieder aushebt.

Hinterhalb des Rädchens I steht eine Wand g h von Stahlblech, deren unterer Rand nicht auf die Glasplatte c c niedergeht, sondern reichlichen Raum zum Hervortreten einer schmälern Stahlplatte i k l läßt, welche hinterhalb einen Bogen k bildet und bei l am obern Rande der Wand g h durch zwei Schräubchen befestigt ist. Vom Ende i bis gegen h hin ist die Platte i k l gabelförmig gespalten, und durch diesen Spalt tritt der unterste Theil des Rädchens I derart hindurch, daß er beinahe die Glasfläche c berührt.

In den Winkel, welchen die Rückseite der Wand g h mit der Glasplatte c bildet, ist eine zweite Blechwand M eingepaßt, welche die Gestalt eines Kreisausschnittes hat und auf dem Holzklotze BCD verschoben werden kann, um der Mittellinie der Maschine, in welcher das Rädchen I sich befindet, mehr oder weniger nahe zu stehen.

Es ist nun Zeit, die Beschaffenheit des schon wiederholt erwähnten Rädchens I näher zu erörtern. Dasselbe enthält auf seinem Umkreise 100 zur Achse parallele Furchen von der Gestalt, welche aus der vergrößerten Zeichnung Fig. 18 sich ergibt, mit dazwischen stehenden Zähnen, deren Enden sanft abgerundete spitzwinkelige Kanten ohne merkliche Breite darstellen. Die Breite und Tiefe der Furchen muß der Dicke der abzuzählenden Nadeln in solcher Art entsprechen, daß eine Nadel bequem bis über die Hälfte versenkt in jeder Furche liegen kann; der Durchmesser des Rädchens muß hierzu mindestens das 43fache und höchstens das 49fache der Nadeldicke sein. Die Breite oder Dicke des Rädchens kann 8 bis 10 Millimeter betragen.

Um von der Maschine Gebrauch zu machen, legt man hinterhalb der bogenförmigen Stahlplatte k einen Haufen Nadeln auf die Glasplatte c, wie durch die Punktirung bei O angedeutet ist. Die Nadeln müssen sämmtlich parallel angeordnet sein und mit ihren Kopfenden die Wand M berühren. Dann gleiten die vordersten Nadeln von selbst zwischen der Platte k i und der Glasfläche c hinab, bis die erste an das Rädchen I gelangt, von dem sie aufgehalten wird. Wird nun das Rädchen in dem Sinne des eingezeichneten Pfeils mittelst der Kurbel seiner Welle G umgedreht, so nimmt jede Furche desselben eine Nadel mit, welche dann unterhalb i herauskommt und bei b in das auf der Platte A untergelegte Papier herabfällt. Neue Nadeln gleiten dabei aus dem Vorrathe bei O stetig von selbst nach; man hat sich, außer dem Drehen der Kurbel, nur mit dem Hin- und Weglegen der Papiere (Briefe) und mit rechtzeitigem Zulegen neuen Vorraths bei O zu beschäftigen. Sobald das Rädchen ein Viertel seiner Umdrehung gemacht und 25 Nadeln herausgefördert hat, mahnt der durch das Einfallen des Sperrhakens f in die Sperrscheibe entstehende Widerstand an das Wechseln des Papiers; man hält also einen Augenblick an, legt ein neues Papier unter, und dreht weiter bis zum nächsten Einfallen des Hakens.

Damit die Wirkung gut von Statten gehe, ist erforderlich

a) daß der mittlere Theil der Nadeln das Rädchen I trifft; um dieser Bedingung zu genügen, muß der Wand M mit Rücksicht auf die Länge der Nadeln die richtige Stellung gegeben sein.

b) Daß zwischen der Platte k i und der Glasfläche c die Nadeln nur einzeln nach einander sich legen, ohne in ihrem Hinuntergleiten Widerstand zu finden; hierzu muß der Abstand der Platte k i von c, dort wo beide mit einander parallel sind, nur sehr wenig mehr als die Dicke einer Nadel betragen, was man durch entsprechendes Heben oder Herablassen der Wand g h mittelst Stellschrauben erreicht.

c) Daß das Rädchen I fast auf der Glasplatte c aufstreift, um das Einklemmen der auf die mitgenommene folgenden Nadel zu verhindern. Wegen dieser Forderung muß die Glasplatte c gehoben und gesenkt werden können, was im größten Maße dann nöthig ist, wenn man (für dünnere oder dickere Nadeln) ein kleineres oder größeres Rädchen I einsetzt. Man erreicht den genannten Zweck durch Verschiebung des ganzen Keils E F innerhalb des Holzklotzes B C D, wozu folgende Vorrichtung dient. Quer vor dem hintern Ausgange der Vertiefung, in welcher der Keil steckt, ist an dem Klotze eine Messingschiene p festgeschraubt, in welcher die gegen ein Metallplättchen s pressende Druckschraube q ihr Muttergewinde findet, wogegen für zwei Zugschrauben wie r die Muttern t in den Keil versenkt sind.

Mit einiger Uebung kann eine Person in einer Minute 12 bis 15 Portionen Nadeln, von je 25 Stück, oder 7 Portionen, von je 100 Stück, in die Papiere einzählen, was also pro Stunde eine runde Zahl von 20,000 Nadeln im erstern Falle, und von 40,000 Nadeln im zweiten Falle ergibt; woneben dann noch eine Person zum Schließen der Briefe erforderlich ist.

Nähnadeln-Sortimente. — Die Unterscheidung der gewöhnlichen Nähnadeln in sharps, betweens und blunts (Bd. X, S. 321) ist auch in den deutschen Fabriken gebräuchlich, deren Sortiment überhaupt dem englischen mehr oder weniger vollkommen nachgebildet wird. Für gleiche Nummer pflegt stets und in allen drei Gattungen die Dicke übereinstimmend zu sein (so weit dies wegen praktischer Schwierigkeiten erreicht werden kann). — Ein vollständigeres englisches Sortiment enthält folgende acht Gattungen:

1) Sharps, Nr. 1 bis 12, die gewöhnlichsten Nähnadeln,

2) Short sharps oder Short, Nr. 1 bis 10, etwas kürzer, für stärkere Arbeit bei Schneidern und im Haushalte;

3) Ground downs, Nr. 1 bis 10, kürzer als die vorigen, ebenfalls noch für Schneider;

4) Betweens, Nr. 1 bis 10, kürzer und ein wenig dicker als Ground downs, auch stärker in der Spitze, zu starker Leinwand, zur Korsettnäherei und dergl.

5) Blunts, Nr. 1 bis 10, ein wenig kürzer und auch etwas dicker als Betweens, mit noch stärkeren Spitzen, die größeren zum Teppichnähen und die kleineren zum Einfassen der Hüte ꝛc.;

6) Straw, Nr. 1 bis 10, dünn und viel länger als alle vorstehenden, zu Putzmacherei und anderer sehr leichter Arbeit;

7) Darners (Stopfnadeln), Nr. 1 bis 10;

8) Double long darners (lange Stopfnadeln), Nr. 1 bis 10.

Zu näherer Kenntniß der gebräuchlichsten Gattungen gibt folgende Tabelle, die an einem englischen sehr regelmäßigen Sortimente vorgefundenen Maße und Gewichte.

(Siehe Tabelle S. 382.)

Nähnadeln für Blinde und Schwachsichtige. — Blinde lernen zwar oft das Einfädeln beim Nähen durch das Gefühl bewerkstelligen, indem sie das Nadelöhr und den Faden an die Unterlippe legen und hier die Lage des Oehrs erkennen sowie dem Faden seinen Weg anzuweisen wissen. Für sie, sowie für Schwachsichtige, gibt es ferner verschiedene Nadeleinfädler, kleine Instrumente,

Nr.	Sharps			Betweens			Blunts			Darners			Double long Darners		
	Lang Millim.	Dick Millim.	1000 Stück Gramm	Lang Millim.	Dick Millim.	1000 Stück Gramm	Lang Millim.	Dick Millim.	1000 Stück Gramm	Lang Millim.	Dick Millim.	1000 Stück Gramm	Lang Millim.	Dick Millim.	1000 Stück Gramm
1	48	1,19	338,7	42	1,19	294,9	36	1,19	255,4	63	1,16	444,2	80	1,12	528,0
2	46	1,05	248,5	40	1,04	222,3	34,5	1,04	187,8	60	1,04	343,9	75	1,01	412,0
3	44	0,92	181,8	38	0,93	165,3	33	0,92	140,0	57,5	0,95	265,0	72	0,92	320,0
4	42	0,84	146,0	36	0,84	129,8	31,5	0,84	113,0	56	0,85	215,5	70	0,85	268,5
5	40	0,78	119,5	34,5	0,78	104,3	30	0,78	91,4	54	0,78	168,9	66	0,77	208,0
6	38	0,69	93,7	33	0,69	80,0	28	0,69	69,8	52	0,69	126,5	63	0,69	161,0
7	36	0,61	70,2	31,5	0,61	58,9	26	0,61	50,9	48	0,62	95,6	61	0,59	114,5
8	34,5	0,54	55,9	30	0,54	47,0	24,5	0,54	38,1	46	0,54	68,6	58	0,54	91,0
9	33	0,48	42,6	28	0,48	35,1	23	0,48	28,5	44	0,49	58,6	56	0,48	69,4
10	31,5	0,42	30,4	26	0,42	24,7	22	0,42	20,9	42	0,42	41,4	54	0,42	51,4
11	30	0,38	23,5	24,5	0,38	19,0	—	—	—	—	—	—	—	—	—
12	28,5	0,34	18,1	23	0,34	14,4	—	—	—	—	—	—	—	—	—

worin der Faden mittelst eines Trichters in das auf mechanischem Wege richtig gestellte Oehr gewiesen wird. Man hat jedoch für Personen der beiden genannten Kategorien auch Nadeln von solcher eigenthümlicher Beschaffenheit, daß das Einfädeln ohne Hülfe des Auges direkt geschehen kann, wenn nur das Gefühl der Fingerspitzen in Anspruch genommen wird. Fig. 19 (Taf. 112) ist die vergrößerte Zeichnung des Kopfendes einer solchen Nadel. Das Oehr hat eine eiförmige Gestalt und eine viel größere Länge als bei gewöhnlichen Nadeln gleicher Größe; die eine Seitenwand desselben wird von b bis a dünnzulaufend von außen abgefeilt, dann bei a durch eine feine Kerbe geöffnet. So entsteht eine biegsame und elastische Zunge, welche, wenn man den Faden straff gespannt bei a quer darunter legt und einen geeigneten Druck anwendet, nachgibt und den Faden ins Innere des Oehrs schlüpfen läßt, von wo er nicht wieder entweichen kann. Diese Nadeln haben sich im Allgemeinen wohl brauchbar gezeigt; nur ist das Oehr ziemlich zerbrechlich und es geschieht zuweilen, daß das freie Ende der Zunge eine bleibende Biegung nach innen hin annimmt, wo es alsdann inwendig im Oehre einen Vorsprung bildet, der den Faden abnutzt oder gar zerreißt.

K. Karmarsch.

Nägelfabrikation.

(Bd. X. S. 325.)

Die Anwendung geschnittener Maschinennägel (Bd. X. S. 337), von den kleinsten an bis zu etwa 0,17 Meter Länge, hat in neuerer Zeit eine mehr und mehr steigende Ausdehnung gewonnen, weil dieselben — wenngleich von geringerer Regelmäßigkeit und Güte als gute geschmiedete Nägel — wohlfeil in der Herstellung und zu den meisten Zwecken sehr brauchbar sind. Ein sehr gewöhnlicher Hauptfehler bleibt zur Zeit noch der Mangel einer eigentlichen Spitze, und bei den kleinen Sorten mit dünnen platten Köpfen das leichte Abbrechen dieser letzteren unter dem Hammer beim Einschlagen; dagegen trägt die meist auffallende Unregelmäßigkeit und Rauhigkeit der Kanten wie der Flächen (während sie allerdings das Eindringen in das Holz erschwert) nicht unerheblich zum Festsitzen bei.

Die neueren Nägelmaschinen sind von solcher Einrichtung, daß sie das Schneiden und das Anköpfen in unmittelbarer Folge selbstthätig verrichten, also den Nagel sogleich ganz fertig machen, und zwar mit so großer Schnelligkeit, daß von 40 bis 60 Millimeter langen Nägeln 120 bis 150 in einer Minute geliefert werden. Das Wesentliche der jetzt gebräuchlichen Methode bei Verfertigung der geschnittenen Maschinennägel besteht darin, daß man gewalzte flache Eisenschienen von einer der Nageldicke entsprechenden Stärke und einer (um Material zum Kopfe zu bieten) die Nagellänge ein wenig übersteigenden Breite auf einer Schneidvorrichtung in schmale Streifchen querdurch zerschneidet, dann nach jedem Schnitte sofort das abgetrennte Stück durch Druck eines Stempels mit dem Kopfe versieht. Die Schnitte müssen — um eine Art Zuspitzung, wenigstens eine verjüngte Gestalt, zu erzeugen — in einer Zickzacklinie mit sehr spitzem Winkel geführt werden, siehe Fig. 1, Taf. 112, woraus sich ohne Weiteres ergibt, daß aus jedem der beiden langen Ränder der Schiene abwechselnd das Kopfende und die Spitze eines Nagels genommen wird. Nimmt man die Linie ab als diejenige an, nach welcher das Durchschneiden geschieht, so ist die wechselweise verschiedene schiefe Richtung des Schnittes gegen die Achse der Schiene auf zweierlei Weise zu erreichen. Entweder wird die Schiene bei jedem neuen Vorrücken zu einem folgenden Schnitte ein wenig links oder rechts gewendet, so daß sie abwechselnd die Lage cd und die andere durch punktirte Linien ausgedrückte Lage ef annimmt; oder sie bleibt stetig in der Lage ef, wird aber zu jedem neuen Schnitte dergestalt umgedreht, daß die eben unten gewesene Fläche sich nach oben kehrt. Im ersten Falle entstehen die Kopfenden wechselweise an der linken und rechten Seite, im zweiten Falle immer auf der rechten, d. h. in der Linie bf, in welcher einmal der eine und einmal der andere Rand der Schiene liegt. Die zweite Anordnung ist jedenfalls dann erforderlich, wenn (wie gewöhnlich) zur Kopfbildung nur ein Stempel vorhanden ist, weil das Kopfende aller entstehenden Nägel diesem Stempel zugewendet sein muß. Uebrigens gibt es zwar Maschinen, welche die erwähnten Bewegungen selbstthätig ausführen; in der Regel aber ist ein Arbeiter dazu angestellt, welcher dieselben mit den Händen bewerkstelligt.

In den Fig. 2 bis 13 der Taf. 112 ist eine von mir schon an

anderem Orte[1] bekannt gemachte Nägelmaschine in verschiedenen Ansichten und mit den nöthigen Details vorgestellt. Fig. 2 zeigt den Aufriß von vorn, wo der Arbeiter steht; Fig. 3 einen Seitenaufriß, links vom Arbeiter genommen, mit Weglassung der Riemenscheibe und des zunächst hinter dieser befindlichen Lagerständers; Fig. 4 die vollständige Ansicht von oben; Fig. 5 die Oberansicht eines Theils der Maschine; Fig. 6 einen senkrechten Durchschnitt der wichtigsten Bestandtheile; Fig. 7 bis 13 einzelne Theile. Die Fig. 5, 6, und 8 bis 13 sind in einem doppelt so großen Maßstabe gezeichnet, als die übrigen.

Das Gestell der Maschine besteht aus einem starken gußeisernen Rahmen A A, welcher durch vier Bolzen a auf einem Holzklotze befestigt ist, und von dem sich hinten die zwei Ständer B, C mit den Lagern für die Betriebswelle D. erheben. Auf dieser Welle sitzt am linken Ende die Scheibe E, welche mittelst eines Riemens in Umdrehung gesetzt wird, am rechten Ende aber eine Krummzapfenscheibe F; ihr mittlerer Theil enthält zwei verschieden geformte, mit der Welle selbst aus dem Ganzen gearbeitete Daumen G, H (Fig. 3), von welchen letzterer in Fig. 2 und 4 durch andere Bestandtheile verdeckt wird.

Die einzelnen nach einander zur Wirkung kommenden Apparate sind folgende: 1) die Schneidvorrichtung; 2) die Vorrichtung zum Festhalten des von der Eisenschiene abgeschnittenen Stiftes während der Kopfbildung; 3) der Mechanismus zur Bildung des Kopfes.

1) Schneidvorrichtung. — Sie besteht wesentlich aus dem fast horizontal liegenden unbeweglichen Untermesser I und dem schräg gestellten, auf und nieder gehenden Obermesser J. Letzteres hat am unteren Ende seine Schneide, welche bei b (Fig. 4) der Schneide des Untermessers begegnet.

Das Untermesser I liegt in der kastenförmigen Vertiefung eines vom Gestelle A sich erhebenden Aufsatzes A', und wird darin durch zwei Seitenschrauben d, sowie durch eine vordere Schraube o festgehalten, auch mittelst der letztern nach Bedarf gegen das Obermesser vorgerückt. Die linke Seitenwand des erwähnten Kastens

[1] Technisches Wörterbuch von Karmarsch und Heeren, 2. Aufl. II. 728.

(durch welche die Schrauben d hineingehen) ist etwas höher als die rechte, deren Oberfläche selbst etwas niedriger liegt als jene des Messers I. Dagegen ist oben auf dieser rechten Wand ein stellbarer Backen e angebracht, den man so adjustirt, daß zwischen ihm und der linken Kastenwand gerade die Breite der zum Zerschneiden eingeführten Eisenschiene Platz hat, wodurch die stets richtige Lage dieser Schiene gegen die Messerschneide gesichert wird.

Das Obermesser J befindet sich in einem Kasten K, worin vier Seitenschrauben f, eine Oberschraube g und zwei von hinten drückende Schrauben wie i (Fig. 3) es richtig festhalten; jener Kasten streckt aber nach beiden Seiten Arme L, L aus, deren Enden zwischen starken, durch die Schrauben h, h stellbaren Stahlspitzen gelagert sind. Der rechtsausgehende Arm L setzt sich durch eine Kröpfung als Hebel M fort (s. Fig. 3, 4), welcher durch die Zugstange N (Fig. 2) mit der Krummzapfenwarze der Scheibe F verbunden ist. Auf solche Weise bewirkt die Umdrehung der Betriebswelle D ein Oscilliren des Körpers L K L um die zuvor erwähnten Spitzen, mithin ein Auf- und Niedergehen des Messers J. Während des Hinaufgehens wird vom Arbeiter die zur Anfertigung der Nägel bestimmte Eisenschiene um sich selbst gedreht (die untere Fläche nach oben gebracht) [1] und zwischen die Messer eingeschoben; beim Niedergehen schneidet das Obermesser ein schlank keilförmiges Streifchen (den künftigen Nagel) davon ab. Die Breite dieses abgeschnittenen Theils wird durch ein Hinderniß bemessen, welches sich dem zu weit gehenden Einschieben der Schiene entgegensetzt. Als solches Hinderniß dient das untere schnabelförmige Ende eines schlanken Stahlstäbchens k l m, welches letztere hinter dem Messer J in einer Nuth des Kastens K liegt, oben durch ein Loch der kleinen Welle n geht, und darin mittelst der Druckschraube p (Fig. 3) festgehalten wird. Indem nun n drehbar zwischen den Spitzenschrauben o, o hängt und eine bei q (Fig. 6) angebrachte Feder den untern Theil des Stäbchens k l m gegen die Messer I, J hervortreibt, lehnt sich bei aufgehobenem Obermesser der Schnabel k sanft gegen die Schneide des Untermessers. Man sieht

[1] Um dies leicht zu bewirken, auch die Schiene bis auf einen sehr kleinen Rest aufarbeiten zu können, wird letztere am äußersten Ende in eine Zange eingeklemmt, deren Stiel ein etwa 1 Meter langer runder Holzstock ist und auf einer halbrund ausgehöhlten Unterlage ruht.

ihn so, zwischen den beiden Messerschneiden hervorblickend, unter dem Buchstaben k in Fig. 2. Beim Einschieben der zu zerschneidenden Eisenschiene drängt diese den Schnabel k zurück, so weit derselbe ausweichen kann. Sobald aber dann, vermöge der schon beschriebenen Oscillation des Körpers LKL, das Obermesser herabgeht, macht klm als Bestandtheil dieses Apparates die Bewegung mit und dient nun dazu, den eben geschnittenen Nagel zu halten (vor dem Hinunterfallen zu bewahren) bis die Presse ihn gefaßt hat, welche ihn während der Kopfbildung einklemmen muß. Hierüber kann Fig. 6 am besten die noch nöthige Erläuterung geben: sie zeigt unter der Gestalt eines kleinen schraffirten Quadrats, etwas oberhalb des Buchstaben k, den Querschnitt des Nagels, welchen das Obermesser J von der Schneide b des Untermessers I an bis hierher niedergeschoben und der Schnabel k dabei gehalten hat. In dieser Lage ist der Nagel bereit, die zur Entstehung seines Kopfes dienende Einwirkung zu empfangen.

2) Presse zum Festhalten des Nagels während des Anköpfens. — Das Einklemmen des Nagels beim Anstauchen des Kopfes muß mit einer weit größern Kraft geschehen, als das Stäbchen klm mittelst seiner schwachen Feder q ausüben kann; außerdem muß während der Kopfbildung der ganze Kasten K seine Oscillation aufwärts machen, um das Messer J zum nächsten Schnitte vorzubereiten, wobei also auch klm in die Höhe geht und den Nagel verläßt. Dieß geschieht in einem Augenblick, wo die Presse den Nagel bereits gefaßt hat, so daß dieser durchaus nicht eher losgelassen wird, als wann er gänzlich fertig ist.

Die Presse besteht aus zwei getrennten Vorrichtungen, von welchen die eine in der Nähe des Kopfendes, und die andere mehr nach der Spitze zu den Nagel faßt; wir wollen erstere die große Presse, letztere die kleine Presse nennen.

Jede der beiden Pressen wird gebildet durch zwei Haupttheile, von welchen der vordere unter dem Messer I in dem Kasten A′ liegt, der hintere aber von der Welle D in Bewegung gesetzt wird.

Die Beschaffenheit der Vordertheile ergibt sich aus dem Grundrisse Fig. 5, wo nicht nur das Untermesser beseitigt, sondern auch der darunter im Innern des Kastens liegende Apparat von seiner Deckplatte befreit ist, um die sonst verborgenen Bestandtheile zu zeigen; ferner aus den Detailzeichnungen Fig. 8 bis 13. In der länglich viereckigen, gegen das Obermesser J hin offenen Vertiefung des Kastens A' liegt zuvörderst, als Vordertheil der **großen** Presse, ein der Hauptsache nach parallelepipedisches Stahlstück R (Fig. 8 Oberansicht, Fig. 9 Seitenansicht), welches am herausgekehrten Ende eine kleine horizontale Hohlkehle r (Fig. 9) enthält, am andern Ende durch die Stellschraube s unbeweglich gehalten wird. Der Vordertheil der **kleinen** Presse (vergleiche hierbei auch Fig. 6) ist weit weniger einfach: er stellt eine Art Kästchen dar, welches durch die Schraube a' nach Bedürfniß in seiner Längenrichtung ein wenig verschoben werden kann, dann aber auf dem richtigen Orte unbeweglich liegt. Dieses Kästchen besteht aus der Bodenplatte t mit zwei gleich hohen Rändern u, v, einem noch höhern von v stufenartig aufsteigenden Rande w und einer Deckplatte z, welche letztere in der Endansicht Fig. 11 angegeben, in der Oberansicht Fig. 5, 10 aber entfernt ist. Die Befestigung dieses Deckels geschieht durch zwei Schrauben (4, 4, Fig. 6), weche von unten durch die länglichen Löcher 3, 3 des Bodens eingeführt werden. Zwischen t u v und z liegt ein Stahlplättchen x (Fig. 5, 12), welches sich wegen seines länglichen Loches 2 auf der hier durchgehenden Deckelschraube schieben kann und, von der hinter ihm befindlichen starken Feder y gedrückt, nur unter einer ziemlich bedeutenden Kraftanwendung ein wenig ins Innere des Kästchens zurückweicht.

In Fig. 5 sieht man bei 1 den in Arbeit befindlichen Nagel, wie er vor dem oben beschriebenen Stahlstücke R und dem Plättchen x, in unmittelbarer Berührung mit beiden, liegt.

Der Hintertheil der **großen** Presse ist an dem starken gußeisernen Hebel O P Q (s. besonders Fig. 7) angebracht und besteht in einem Stahlstäbchen S, ganz ähnlich dem beschriebenen Vordertheile R und namentlich auch mit einer kleinen Hohlkehle bei e' versehen. Dieses Stück wird, an der Seitenfläche des Hebels liegend, durch einen mittelst der Schraubenmutter d' anzuziehenden Haken c' gehalten und durch eine von hinten drückende Stellschraube b' nicht nur in seiner Stellung adjustirt, sondern zugleich noch besser am Zurückweichen verhindert. Das untere Ende des großen Hebels dehnt sich in horizontaler Richtung zur Form einer dicken Welle Q aus, welche zwischen zwei starken, mittelst der Schraube f', g' zu stellenden Stahlspitzen sich dreht. Das obere Ende O liegt vermöge seines eigenen Gewichtes auf dem Daumen H der Betriebswelle D (Fig. 3), welches so gestaltet ist, daß im rechten Augenblicke der Hebel plötzlich aufgehoben wird, etwa während eines Drittels des Wellenumganges in der aufgehobenen Stellung verharrt, dann aber schnell wieder sinkt. Das Aufheben bei O hat zur Folge, daß der Preßbacken S sich dem Preßbacken R nähert und beide vermöge ihrer Hohlkehlen ein rundes Loch bilden, von welchem der Nagel 1 (Fig. 5) nahe seinem Kopfende umschlossen wird. Da R dem hierbei von S ausgeübten Drucke nicht nachgibt, so muß der Nagel diesen Druck empfinden, in Folge dessen sich an ihm ein runder Hals bildet und ein so festes Halten stattfindet, daß der Nagel unter dem sogleich eintretenden Anstauchen des Kopfes nicht ausweichen kann.

Die **kleine** Presse braucht den Nagel nicht so sehr kräftig zu halten, da sie eigentlich keine andere Aufgabe hat, als ihm die horizontale Lage zu sichern, damit der Kopf nicht schiefsitzend ausfällt; deßhalb ist ihr schon beschriebener Vordertheil x (Fig 5, 12) vermöge der Feder y (Fig. 5, 10) etwas nachgiebig. Der Hintertheil wird durch eine horizontale Eisenschiene i′ k′ l′ gebildet, welche in Fig. 5 zur Hälfte und in Fig. 2 zur andern Hälfte, dagegen in Fig. 4 beinahe ganz und in Fig. 3 in der Endansicht zu sehen ist. Der innere Theil dieser Schiene, schmal und beinahe spitz auslaufend, steht bei i′ dem vordern Preßbacken x gegenüber und enthält eine Längenausfurchung, um den Nagel 1 (Fig. 5) in der Nähe seiner Spitze sicher zu fassen. Zwischen den Punkten k′ und l′ steckt die Schiene in einem Loche der kreuzförmigen Stütze h′ (siehe vorzüglich Fig. 2), worin sie durch zwei Stellschrauben o′, o′ so adjustirt ist, daß sie nicht nur sehr fest damit zusammenhängt, sondern auch genau die Lage erhält, bei welcher das Ende i′ (Fig. 5) auf der richtigen Höhe in Bezug zum Backen x sich befindet. Das Kreuz h′ bildet eine vertikale Drehachse für i′ k′ l′, indem dessen aufrechter Stamm unten in einem Zapfenloche des Gestells A steht, während er oben von der Spitze der Schraube m′ gestützt wird. Letztere geht durch das Eisen n′ p′, welches auf dem Gestelle A festgeschraubt ist (Fig. 3, 4). Bei k′ hängt in einem Loche der Schiene i′ k′ l′ der aus zwei Eisenstängelchen bestehende Bügel k′ q′, um andererseits sich dem aufrechten Hebel r′ t′ anzuschließen (s. hauptsächlich Fig. 3). Drehachse dieses Hebels ist eine horizontale Welle s′ (Fig. 3, 4), deren Enden mit Spitzen zwischen zwei in den Ständern B, C befindlichen Schrauben lagern. Ein etwas unterhalb s' und fast damit parallel angebrachtes horizontales Eisenstängelchen u' (Fig. 3) dient — da es an einem seiner Enden an dem Ständer C festsitzt, mit dem andern freien Ende aber sich gegen r' t' lehnt — als Feder, um den untern Arm s' t' dieses Hebels in der Richtung des beigesetzten Pfeils zu drücken; demzufolge ruht das Ende r' an dem Daumen G der Betriebswelle D, bei deren Umdrehung daher eine oscillirende Bewegung des Hebels r' t', ferner mittelst q' k' eine Oscillation der Schiene l' k' i' um die Achse h' entsteht, wobei das als Preßbacken dienende Ende i' wechselweise dem vordern Preßbacken x genähert und wieder von demselben entfernt, folglich der in Arbeit befindliche Nagel beziehungsweise eingeklemmt und losgelassen wird. Das Einklemmen erfolgt (vermöge der Verschiedenheit der Daumen G, H) ein wenig früher als das Packen des Nagels durch die große Presse R, S, und eben so läßt die kleine Presse ein wenig früher los als die große.

3) Kopfquetsche. — In dem Momente, wo nach Vorstehendem die große Presse sich geschlossen und den Nagel am Halse kräftig eingeklemmt hat, tritt gegen das aus der großen Presse RS (Fig. 5) etwas hervorragende dicke Ende des Nagels 1 ein stählerner Stempel T heran, welcher dasselbe durch einen kurzen aber kraftvollen Druck staucht, breitquetscht und so zum Kopfe bildet. Dieser Stempel ist mittelst der Schraube v' (Fig. 2, 4, 5) in dem mittlern Theile eines großen Gußeisenstücks U V W X Y befestigt, welches der Hauptsache nach die Gestalt einer Klammer (⌐¬) hat und mit seinen Enden an Stahlspitzen sich dreht, deren Stellschrauben man bei w', x' sieht. An dem Eisenkörper L des obern Messerkastens K, und zwar an der nach vorn gerichteten Verlängerung von dessen Hebelarm M, befindet sich ein Ansatz B' (Fig. 2, 4), der unter dem vorspringenden Theile W der Kopfquetsche U V W X Y hervorreicht. Die obere Fläche von B' und die untere von W enthalten Pfannen, worin die kugelförmigen Enden eines kurzen aber starken Stahlstabes Z spielen. Während nun der Hebel M durch die Lenkstänge N der Scheibe F niedergedrückt wird, also das Obermesser J nach eben geschehenem Schnitte in die Höhe steigt, geht auch B' empor, hebt mittelst Z den Theil W und dreht folglich das ganze Stück U V W X Y dergestalt um die schon erwähnten Spitzen, daß der Kopfstempel T

sich einwärts bewegt und auf das Kopfende des Nagels drückt. Bei der rückgängigen Bewegung des Ansatzes B' sinkt W vermöge des eigenen Gewichtes der großen Eisenmasse, von welcher es einen Theil ausmacht, ohne sonstige Hülfe nach, wie man leicht aus Fig. 2 entnimmt, wenn berücksichtigt wird, daß der Punkt w' in U den Ort der Drehungsachse bezeichnet. Der Stempeldruck auf den Nagel erfolgt kurz nach dem Momente, wo beide Pressen den Nagel festgenommen haben; ist aber die Bildung des Kopfes erfolgt, so entfernt sich der Stempel T während gleichzeitig die kleine Presse losläßt, worauf denn endlich auch die große Presse sich öffnet und der Nagel hinabfällt, um durch einen unterhalb des Kastens A' durchgehenden Kanal in einen vor der Maschine stehenden Behälter zu gelangen. Sollte je der Nagel an den Theilen x oder R der Pressen hängen bleiben, so löset der sofort beim nächsten Schnitte niedergehende Schnabel k (Fig. 6) ihn ab.

K. Karmarsch.

Nähmaschine.

I. Einleitung.

Als im Jahre 1840 derjenige Band des Hauptwerkes erschien, in welchem die Nähmaschine hätte abgehandelt werden müssen, war diese erst in ein solches Stadium der Entwicklung getreten, daß sich eine Zukunft dafür noch nicht erkennen ließ mit der Bestimmtheit, wie sie für die Aufnahme in das vorliegende Werk zur Bedingung gemacht werden muß. Dieses Stadium ist jetzt überschritten, und zwar in solcher Weise, daß die Nähmaschine zu den wichtigeren und erfolgreichsten Erfindungen der Neuzeit um so mehr zu rechnen ist, als sie so vollendet ausgebildet dasteht, daß sie die erregten Hoffnungen weit übertrifft. Der Zweck vorliegender Maschine, die Arbeit des Nähens mit größerer Schnelligkeit und wenigstens derselben Güte, sowie mit geringer Kraftanstrengung der Handnäherei gegenüber, zu verrichten, konnte erst dann als erreicht betrachtet werden, als die darauf hinzielenden Konstruktionen einfach genug geworden waren, um den Händen derer anvertraut zu werden, denen sie jetzt ein so brauchbares, ja mitunter fast unentbehrlich gewordenes Arbeitsgeräth sind.

Eine nicht unbedeutende Zahl von Versuchen, die schon seit Anfang dieses Jahrhunderts gemacht sind, konnte so lange kein günstiges Resultat liefern, als man eine getreue Nachahmung der gewöhnlichen Handnäherei durch Maschinen erstreben wollte. Das Ablassen von dieser und das Zuwenden zu der Idee, welche noch jetzt den verschiedenen Konstruktionen zu Grunde liegt, war die Bedingung zur Erfindung brauchbarer Apparate.

Nähen nennt man bekanntlich diejenige Operation, durch welche zwei oder mehrere Stoffe (Gewebe, Leder, Filz ꝛc.) vermittelst eines andern hindurch zu schlingenden Stoffes (Faden) zu einem Ganzen vereinigt werden, und das Produkt dieser Operation die Naht. Je nach der Art und Weise, wie der Faden durch die Stoffe gezogen wird, bilden sich verschiedene Nähte, wovon die Reihnaht, die Steppnaht, die Kettennaht und die einfache oder doppelte überwendliche Naht die bekanntesten sind. Sie werden sämmtlich dadurch erzeugt, daß ein Faden, dessen Länge 18 bis 20 Zoll nicht überschreitet, mit einer gewöhnlichen Nähnadel (deren Stelle bei der Schuhmachernaht eine steife Schweinsborste vertritt) bei jedem Stich der ganzen Länge nach durch das Zeug gezogen wird. Das Durchziehen des ganzen Fadenvorraths beim Bilden jedes einzelnen Stiches, im Verein mit dem sich sehr häufig wiederholenden Einfädeln verursacht einen sehr großen Zeitaufwand, wovon nur ein sehr geringer Theil wirklich zur Stichbildung verwendet wird. Zur Vermeidung dieses Zeitverlustes ersann man besonders für Maschinen geeignete Nähte, da ja sonst der Hauptzweck, möglichst große Schnelligkeit, verfehlt worden wäre.

Drei Nähte sind es hauptsächlich, welche man zu dem Zwecke erdacht und dauernd zur Anwendung gebracht hat. Sie werden durch folgende Stiche gebildet:

1) Kettenstich oder Tambourinstich (chain stitch, tambour-stitch);
2) Hakenstich oder Steppstich (lock stitch, shuttle stitch);
3) Doppelter Kettenstich, doppelter Tambourinstich, Knotenstich, Grover- und Baker-Stich (knotted stitch).

Die Kettenstichnaht, Fig. 1 und 2, Taf. 114, hat ihren Namen von dem kettenartigen Ansehen auf der einen Seite des Zeuges, während die andere Seite den Steppstich zeigt. Sie kann auf zweierlei Weise erzeugt werden. Entweder geht eine Nadel mit dem Oehr an der Spitze, zur Aufnahme des Fadens, bei jedem Durchgange durch das Zeug durch eine vorher von ihr gebildete, auf irgend eine Weise von einem andern Instrumente zurechtgelegte und gehaltene Schleife, wo dann durch den Rückzug der Nadel die Schleife angezogen wird und den Stich bildet. Oder es zieht eine Nadel mit einem an der Spitze befindlichen kleinen Haken, nachdem sie gleichfalls erst durch eine vorher gebildete Schleife getreten ist, den ihr dargebrachten Faden durch das Zeug. Beiden Methoden, namentlich der zweiten, liegt das Prinzip des Häkelns zu Grunde. Sie unterscheiden sich übrigens nicht allein durch die verschiedenen Nadeln und die andern bei der Stichbildung nöthigen Apparate, sondern auch dadurch, daß sich im ersten Falle die Kette an der Seite des Zeuges bildet, wo die Nadel heraus-, im zweiten Falle an der Seite, wo sie eintritt.

Die so gebildete Naht verbraucht eine große Menge Garn und ist in Folge dessen sehr elastisch, so daß sie bei der Behandlung in der Wäsche, beim Plätten 2c. dem Zerplatzen oder Zerreißen großen Widerstand leistet. Sie zieht sich aber sehr leicht auf, wenn eine Stelle verletzt ist, weßhalb sie da, wo es auf Festhalten der Naht ankommt, unanwendbar wird. Dennoch hat sie große Aufnahme deßwegen gefunden, weil ihr kettenartiges Ansehen sich in hohem Grade zur Zierde eignet. Ihre Hauptanwendung findet sie denn auch da, wo eine Naht in die Augen fallen soll, und man wählt aus dem Grunde zu ihrer Bildung häufig einen Faden, der in Farbe absticht von dem unterliegenden Zeuge. Beispiele von solcher Arbeit liefern viele Modeartikel: Handschuhe, Kravatten, Mützen, Zeugstiefel u. s. w.

Mitunter gibt man der Kette noch ein anderes, der Ziffer 8 ähnliches Ansehen dadurch, daß man die Schleife vor dem Durchtritt der Nadel um 180 Grad dreht, also die Schleifenfäden ins Kreuz legt.

Die Hakenstichnaht, Fig. 3 und 4, hat ihren Namen von der hakenartigen Verschlingung zweier Fäden, die bei einem richtigen Stich zwischen den sich berührenden Zeugflächen liegen muß. Da sie auf beiden Seiten der Stoffe das Ansehen der Handsteppnaht besitzt, so hat man sie auch nach dieser „Steppstichnaht“ genannt.

Man bildet sie dadurch, daß man durch die, von einer Nadel mit dem Oehr in der Spitze beim Rückziehen aus dem Zeuge hinterlassene Schleife einen zweiten Faden bringt, der das vollständige Herausziehen des Schleifenfadens verhindert, und damit straff angezogen die in Fig. 3 sichtbare Verschlingung hervorbringt.

Zu dieser Naht wird offenbar, unter Voraussetzung gleicher Zeugdicke und Stichlänge, bedeutend weniger Garn erfordert, als bei der Kettenstichnaht. Sie ist in Folge dessen weniger elastisch und wohl etwas leichter dem Zerplätzen, beim Bügeln z. B., ausgesetzt. Die Verschlingung beider Fäden macht ein Aufgehen der Naht viel weniger leicht, um so mehr als sich die der äußeren Verletzung ausgesetzte Fadenstrecke um ungefähr $^1/_3$, gegenüber der Kettennaht, verkleinert und hervorragende Punkte, die so leicht verletzt werden, ganz wegfallen.

Die in Fig. 5 und 6 dargestellte doppelte Kettenstichnaht ist eine Verbindung des einfachen Kettenstichs mit dem Steppstich. Sie wird ebenfalls aus zwei Fäden gebildet, und zwar so, daß der zweite Faden sich erst mit einer Schleife um die neu gebildete Schleife des ersten Fadens legt, dann zurückkehrend durch die vorhergehende Schleife des ersten Fadens und hierauf durch die neu gebildete Schleife des ersten Fadens geht. Sie bildet demnach auf der einen Seite zwei über einander liegende Ketten und auf der andern Seite den gewöhnlichen Steppstich.

Diese Naht hat durch den außerordentlich beträchtlichen Fadenverbrauch große Nachgiebigkeit gegen Druck und wegen der vielen Verschlingungen eine sehr bedeutende Sicherheit gegen das Aufgehen. Gegen äußere Verletzungen bietet sie jedoch die wenigste Garantie, weil sie zu große Fadenstrecken und zu viele Knotenpunkte an der Zeugoberfläche liegen hat. Dieß ist hierbei um so mißlicher, als aus gewissen Gründen der zweite Faden, der ganz aufliegt, aus bedeutend schwächerem Garn besteht. Das wulstige Ansehen macht sie aber noch mehr zur Ziernaht geeignet als die Kettenstichnaht, weßhalb sie hierzu denn auch die allgemeinste Anwendung gefunden hat.

Von diesen drei Nähten nimmt unbedingt die Hakenstichnaht den ersten Rang ein. Sie hält gewissermaßen zwischen den beiden andern die Mitte in Betreff der Festigkeit, übertrifft sie aber beide durch den geringeren Verbrauch an Garn, so daß sie aus diesen

Gründen zur Maschinennäherei von allen die größte Verbreitung erlangt hat.

II. Allgemeine Darstellung.

Betrachtet man die beschriebenen Nähte und die Art ihrer Bildung näher, so findet man bald, daß der letzteren ein ganz anderes Prinzip zu Grunde liegt, als das, worauf die Handnäherei beruht. Die erste Abweichung besteht darin, daß die Nadel immer nur in einer gewissen Länge durch das Zeug geht und nicht den ganzen eingefädelten Fadenvorrath, sondern nur einen verhältnißmäßig sehr kurzen Theil davon durchbringt; und die zweite Abweichung liegt in der Bedingung, daß der vorhergehende Stich immer mit zur Bildung des folgenden, und zu diesem die Herstellung einer Schleife erfordert wird. Man weiß jetzt, daß diese Abweichungen überhaupt die Möglichkeit bilden, mit Erfolg die Maschine an die Stelle der Hand zu setzen. Es ist aber auch dabei nöthig, der Nadel eine Beschaffenheit und Bewegung ganz anderer Art zu geben, um die Bildung einer Schleife zu veranlassen.

Die Nadel der Nähmaschine unterscheidet sich von der gewöhnlichen Nähnadel ganz wesentlich sowohl in Größe als äußerer Beschaffenheit. Ein runder, je nach Bedürfniß mehr oder weniger langer und dicker Stahldraht (Fig. 7 und 8) wird an einem Ende kurz zugespitzt und bekommt etwa 2 bis 3 Millimeter von der Spitze ein zylindrisches nach beiden Seiten sich etwas konisch erweiterndes Oehr a (Durchschnittsfigur 8) von sehr glatter Beschaffenheit zur Aufnahme des Fadens, und an einer Seite vom Oehr aufwärts eine lange Furche i, an der andern eine sehr kurze. Die Furche i hat den Zweck, beim Durchgange der Nadel durch das Zeug dem Faden einen Platz zu verschaffen und gleichzeitig denselben etwas zu führen. Wegen der stoßweisen Wirkung und wegen des Oehrs muß die Nadel nämlich sehr stark sein, in Folge dessen verhältnißmäßig zu große Stichlöcher entstehen würden, wenn man den Faden auch noch doppelt damit durchbringen müßte. Dabei soll aber der Faden auch noch mit einer gewissen Reibung sich an das Zeug andrücken, und hierdurch bildet sich zwischen der Tiefe der Furche i und der Dicke des Fadens ein gewisses Verhältniß, welches festzuhalten ist. — Der Nadelkopf, d. h.

das obere Ende b der Nadel pflegt gewöhnlich bedeutend stärker zu sein als der Schaft, was theils den Zweck hat, eine größere und bessere Fläche zum Festhalten zu schaffen, theils die durch den Stoß entstehenden Schwingungen vermindert. Je nach der Art der Bewegung, ob diese nämlich geradlinig oder im Bogen geschieht, ist die Nadel grade oder nach dem Schwingungshalbmesser gekrümmt, weil sie nämlich bei jeder Stellung die Mitte des Stichlochs inne halten muß. Um eine bestimmte Lage gegen den Führer leicht zu treffen, wird der Kopf mitunter an einer Seite flach gefeilt und mit dieser Fläche angelegt.

Zum Querschnitt dient im Allgemeinen die Kreisform; die auch vorkommende quadratische Form mit abgerundeten Ecken und die Lanzenform mit zwei förmlichen Schneiden können, namentlich die letztere, unter Umständen von Vortheil sein, bilden aber nicht die Regel.

Wenn nun diese Nadel durch das Zeug gestochen wird, so geht der durch das Oehr gezogene Faden mit und legt sich, durch das Loch im Zeuge geführt, an zwei diametral gegenüber liegende Seiten der Nadel an. Geht letztere zurück, so kann entweder der Faden sich gleichfalls wieder mit zurückziehen, oder er kann, wenn die Reibung zwischen Faden und Zeug groß genug ist, zum Theil zurückbleiben. Im letzteren Falle bildet der durchgebrachte Fadentheil die Schleife oder Masche. Es liegt hierbei in der Natur der Sache, daß diejenige Fadenstrecke, welche an der nicht gefurchten Seite der Nadel herunterkommt, mehr Reibung verursacht als die in der Nadelfurche liegende, und daher den Anfang zur Schleifenbildung macht. Dieses Fadenstück biegt sich denn auch bei der geringsten Hebung der Nadel nach außen ab, wodurch für das zweite Fadenstück die Tendenz entsteht, die Nadel über sich weggleiten zu lassen, also auch nach der Seite zu treten, wo die Schleifenbildung beginnt. Dieser Vorgang ist sehr wichtig und eine Folge davon, daß die eine Fadenstrecke in einer Furche liegt, welche sie führt und ein Ausbauchen erschwert, das an der nicht gefurchten Seite der Nadel sofort eintritt. Auf solche Weise entsteht auf einer Seite *eine* größere Schleife, während, wenn sich gleichzeitig auf beiden Seiten der Faden ausbauchte, zwei durch das Nadelöhr getrennte Maschen sich bilden würden. Es erklärt sich hieraus, daß die Nadel nur *eine* aufwärts gehende

Furche besitzt, und daß diese so tief sein muß, daß der eingelegte Faden noch vorsteht, um durch die Reibung an dem Zeuge den beschriebenen Vorgang zu ermöglichen.

In Fig. 9, Taf. 114, sind der Reihe nach die verschiedenen Stellungen der Nadel und die damit korrespondirenden Lagen des Fadens dargestellt. Bei a beginnt die Nadel das Zeug zu durchstoßen, was bei b so weit geschehen ist, daß sofort ein Aufsteigen derselben und die Schleifenbildung beginnt, welche bei c zum Theil, bei d ganz vor sich gegangen ist. Ein weiteres Heben der Nadel und nun folgendes Wiedermitnehmen des Fadens (welches letzteres die Nadel selten allein bewirkt) zieht die Schleife zu, wie e zeigt, und würde sie natürlich ganz wieder aus dem Zeuge herausziehen, wenn nicht während desselben Vorganges ein Faden durch die Schleife, gewissermaßen als Riegel, vorgebracht würde.

Je nachdem nun ein und derselbe Faden zur Schleife und zum Durchbringen durch die Schleife gebraucht wird, oder für diese zwei Zwecke zwei verschiedene Fäden dienen, unterscheidet man zwei Hauptklassen von Nähmaschinen, die man I. Einfädige und II. Zweifädige nennen kann.

Es ist hierbei zu bemerken, daß es allerdings auch solche Maschinen gibt, die mit 3, 4, ja 5 Fäden nähen. Diese sind jedoch zur praktischen Anwendung sehr wenig gelangt, einmal weil sie den andern gegenüber wohl entbehrt werden können, und dann, weil der hierbei erforderliche Mechanismus zu komplizirt wird.

Wenngleich die genannten zwei Klassen von Nähmaschinen sehr wesentlich in ihrem organischen Zusammenhange von einander abweichen, so haben sie doch viele gleiche oder gleichnamige Theile gemeinschaftlich, weßhalb es zur Vermeidung von Wiederholungen zweckmäßig ist, diese in einer allgemeinen Beschreibung zusammen zu fassen und dann später zu einigen vollständigen Maschinen zu kombiniren.

Das Zeug, welches genäht werden soll, wird auf eine feste Unterlage gelegt, die an der Stelle, wo die Nadel durchtritt, eine Oeffnung hat und Stichplatte, Nähplatte oder auch Tisch genannt wird. Bei der von oben her[1] durchtretenden Nadel bildet sich

[1] Man hat allerdings auch kleine Maschinen, bei denen eine Hakennadel

also unterhalb dieser Platte die Schleife, es liegt daher über derselben der die Nadel bewegende Apparat und unter ihr der Mechanismus zum Durchbringen des Fadens durch die Schleife. Nach jedem Stich wird das Zeug um eine Stichlänge weitergeschoben, während des Nadeldurchtritts aber fest auf die Platte gedrückt; das letztere erfordert eine Vorrichtung, die wieder über der Platte liegt, das erstere eine solche, die sowohl darüber als darunter sich befinden kann. Dazu kommen noch die Vorrichtungen zur Erzeugung der Bewegung überhaupt, zum Reguliren des Vorschubs, zur Führung und Spannung des Fadens 2c., so daß man folgende Haupttheile zu unterscheiden hat:

1) das Gestell,
2) den Nadelführer,
3) den Zeughalter,
4) den Zeugschieber mit Stichsteller,
5) die Vorrichtung zum Festhalten der Schleife, oder zum Durchbringen des zweiten Fadens,
6) die Vorrichtung zur Führung und Spannung des Fadens.

Dazu kommen noch als nicht direkt der Maschine angehörende Nebentheile:

7) die Vorrichtung zum Aufspulen des Fadens und zum Einsetzen neuer Nadeln,
8) die Vorrichtung zum Aufnähen von Litzen und Korden,
9) die Vorrichtung zum Einfassen mit Band,
10) die Vorrichtung zur Führung des Zeuges,
11) die Vorrichtung zur Umsetzung der Bewegung,
12) die Vorrichtung zum Säumen.

So interessant es auch ist, alle Anordnungen dieser Theile und ihre verschiedenen Kombinationen, die man ersonnen hat, zu kennen, so ist doch die Zahl derselben zu groß und eine nicht geringe Menge davon so unwesentlich, daß es außerhalb der Grenzen dieses Werkes liegt, sie selbst nur andeutungsweise anzuführen. Es wird daher im Folgenden nur dasjenige mitgetheilt werden, was besonders von

von unten her durch das Zeug tritt und einen Kettenstich erzeugt. Da diese jedoch mehr als Spielerei anzusehen sind, so ist weiter keine Rücksicht hier darauf genommen.

Wichtigkeit ist, und hiervon nur das wirklich von praktischer Bedeutung Gewordene detaillirt beschrieben werden.

1) Das Gestell, welches die eigentliche Maschine zu tragen bestimmt ist und zugleich zur Anbringung der Urbewegungsmechanismen die passendste Gelegenheit bietet, besteht aus zwei mehr oder weniger geschmackvoll durchbrochenen gußeisernen Böcken, die durch Querstangen und eine darüber gelegte hölzerne Platte mit einander verbunden sind. Die Höhe der Böcke ist verschieden und richtet sich danach, ob die Arbeit an der Maschine von den daran arbeitenden Personen stehend oder sitzend vorgenommen wird, in welchem letzteren (gewöhnlicheren) Falle dieselbe mit der Höhe eines gewöhnlichen Tisches übereinstimmt. Zwischen diesen Böcken, deren Entfernung von einander so bemessen wird, daß die Beine des Arbeiters genügend Platz dazwischen haben, befindet sich eine Axe mit Schwungrad, die gewöhnlich zwischen Schraubenspitzen läuft, und einen Krummzapfen zur Aufnahme einer, von dem darunter liegenden Fußtritt kommenden, Zugstange hat. Die Axe, um welche sich der Fußtritt bewegt, wird von der unteren Stange gebildet, die das Gestell verbindet, und der Fußtritt selbst ähnlich dem des Spinnrades angebracht, nur daß die Verbindung eine solidere, eiserne, ist. Die früher für nöthig gehaltene Anschnürung des Fußes durch einen Riemen oder einen kurzen Schuh läßt man jetzt meistens weg. An der Seite des Fußtritts befindet sich ein krummer Haken zur Aufnahme der Zugstange, die mit ihrem Kopfe um den Krummzapfen der Welle faßt. Das zur Regulirung der Bewegung nothwendige Schwungrad nimmt nun entweder selbst die Schnur oder den Riemen zur Uebertragung der Bewegung auf, oder es ist damit eine Schnur-, resp. Riemenscheibe verbunden. Mitunter geschieht die Bewegungsübertragung durch bloße Friktion, aber nie mehr durch Verzahnung. Die aufgeschraubte hölzerne Platte hat die Größe eines kleinen Tisches und zum Durchlassen des unteren Maschinentheiles entsprechende Oeffnungen. Das Maschinengehäuse liegt mit vortretendem Rande und mitunter mit zwischenliegenden Kautschukstücken auf. Zum Aufbewahren von Nähutensilien 2c. ist unter der Platte eine kleine Schieblade angebracht.

Abänderungen hiervon kommen mancherlei vor. Namentlich pflegt man oft das Schwungrad einseitig zu lagern, wo dann die Zugstange an einem Zapfen angreift, der in eine der Radspeichen eingesetzt ist. Auch hat man das ganze Gestell aus einem kleinen Schranke mit Thür in Form einer Kommode konstruirt.

2) Der Nadelführer ist derjenige Theil der Maschine, welcher der Nadel die Befestigung und Bewegung ertheilt. Aus dem Vorhergehenden ist bekannt, daß die Nadel eine auf- und niedergehende Bewegung macht. Diese kann nun gradlinig sein oder in einem Bogen erfolgen, und hiernach richtet sich die Einrichtung des Nadelführers.

Ist die Bewegung eine vertikale gradlinige, so wird die Nadel in den meisten Fällen an einem Schieber befestigt, der in einem festen Bügel entsprechende Führungen bekommt und durch einen schwingenden Hebel oder einen exzentrischen Zapfen bewegt wird. In Rücksicht darauf, daß dieser Schieber leicht und dabei ohne das geringste Schlottern gehen muß und selbst möglichst leicht zu machen ist, wird die Wahl seines Querschnitts nicht ganz gleichgiltig. Am meisten nimmt man zur Querschnittsform ein Trapez oder ein Rechteck mit eingehobelter dreieckiger Nuth zur Aufnahme gleich geformter Führungen, weil bei diesen Formen durch Nachstellen der Führungen am vollständigsten ein, durch die Abnutzung unvermeidliches, Schlottern beseitigt werden kann. Am unteren Ende besitzt der Schieber eine, genau seiner Vertikalaxe parallele, seichte Nuth oder eine Bohrung, in welche die grade Nadel gelegt und durch eine Schraube festgeklemmt wird.

Wenn dieser Nadelschieber seine Bewegung von einem um einen bestimmten Punkt schwingenden Hebel erhält, so bringt man auf seiner Rückseite einen Zahn an, welcher zwischen zwei an dem Ende des Hebels sitzende Zähne greift; oder man versieht den Hebel am Ende mit einer Gabel, zwischen deren Zacken, die durch einen Schlitz im Schieber treten, ein runder am Schieber befestigter Stift liegt. Statt von einem Hebel kann die Bewegung auch von einer horizontal liegenden Welle ausgehen, die rechtwinklig gegen den Schieber gelagert, an der diesem zugekehrten Endfläche einen Zapfen trägt, welcher dem Nadelhube angemessen exzentrisch eingesetzt ist. Nach dem eigenthümlichen Gesetze der Nadelbewegung erhält der Schieber dann an der Rückseite, an einem besonderen Theile, eine herzförmige Nuth, in welcher der Zapfen gleitet. So zweckmäßig und der Bogenbewegung vorzuziehen auch die eben angeführten

Konstruktionen sind, so leiden sie doch an Uebelständen, welche Ursache werden, daß, wenn nur irgend thunlich, man dieselben nicht wählt, obwohl sie bei schweren Maschinen doch den Vorzug verdienen. Selbst bei genauem Eingriff der Verzahnung, regelrechter Herstellung der Herznuth und möglichst großer Leichtigkeit des Schieberkörpers ist die Reibung ziemlich bedeutend, weil ein festes Anliegen an den Führungen durchaus erforderlich ist. Um nun wenigstens die Reibung auf ein Minimum zurückzuführen, wird eine nicht ganz unbedeutende Oelung angewendet, die zur Folge hat, daß das an dem Schieber herunterlaufende Oel Garn, Nadel, Zeug u. s. w. stark beschmutzt, da bei dem schnellen Gange der Maschine ein Fortschleudern der Oeltheile fast unvermeidlich ist. Theils um diesen Uebelstand zu beseitigen, theils aber auch um die Konstruktion zu vereinfachen, hat man den Schieber vielfach ganz fortgebracht und die Nadel am Ende eines schwingenden Hebels befestigt. Leider läßt sich diese einfachste Art der Nadelbewegung nur bei kleineren Maschinen anwenden. Es ist nämlich unter allen Umständen erforderlich, daß die Nadel mit jedem ihrer durchtretenden Theile genau an derselben Stelle des Stichloches bleibe, weil im andern Falle entweder, wenn der Drücker nachgibt, ein seitliches Verschieben des Zeuges oder, wenn kein Nachgeben des Drückers stattfindet, eine Ausdehnung, Erweiterung des Stichloches, oder eine Verbiegung der Nadel die Folge sein würde. Zur Vermeidung dieser Uebelstände krümmt man die Nadel nach dem Schwingungsbogen. Dadurch entstehen jedoch wieder Nachtheile, die verschieden sind nach der Stellung, in welcher die Nadel zum Nadelhebel steht. Steht sie so, daß ihr Oehr der Hebelaxe parallel ist, so wird der innere Faden, da er straff angezogen wird, eine, wenn auch kurze, Sehne zu der gebogenen Nadel bilden und deßhalb ein Bestreben haben, das Stichloch zu erweitern oder, wenn das Zeug zu fest dafür ist, sich stark zu reiben. Steht das Nadelöhr rechtwinklig zur Hebelaxe, so wird zwar die Sehne etwas kürzer, allein beide Fadenstrecken bilden dann eine solche, vergrößern die Reibung und keine von ihnen kann sich in die Nadelfurche legen, woraus Uebelstände hervorgehen, die erst später erklärt werden können. Bei kleinen Maschinen, die mit schwachen Fäden arbeiten und einen geringeren Nadelhub haben, sind die gerügten Nachtheile weniger fühlbar, weßhalb diese daher sehr viel mit schwingenden Nadelhebeln versehen werden.

Das Beschmutzen des Zeuges sowohl als die Anwendung gebogener Nadeln fällt weg bei derjenigen Führerkonstruktion, bei welcher weder ein Schieber bewegt wird, noch eine schwingende Bewegung stattfindet, sondern der Führer, seiner ganzen Länge nach eine vertikale gradlinige, auf- und niedergehende Bewegung bekommt. Diese letzte Art der Nadelführung ist neu, aber sicherlich den vorhergehenden vorzuziehen.

Die Befestigung der Nadel an dem Führer ohne Schlitten geschieht entweder dadurch, daß man dieselbe unter den Kopf einer kleinen Schraube steckt, oder daß man um Nadel und Führer einen ringartigen Körper legt, der mit einer Klemmschraube fest angezogen wird. Ueber Bewegung und Größe des Nadelführers ist noch zu bemerken, daß das vordere Ende, welches die Nadel trägt, beim tiefsten Stande so hoch über der Nähplatte sich befinden muß, daß das dickste unterhergehende Zeug von demselben nicht berührt wird, und daß ebenso um das Stichloch herum ein möglichst großer Raum, zum Regieren des oft sehr voluminösen Zeuges, bleiben muß. Aus diesem Grunde ist der Nadelführer keine grade Stange, sondern ein mehr oder weniger bogenförmig gestalteter Arm, der über die Platte hinausragt und seinen Drehpunkt in ziemlicher Entfernung (durchschnittlich 10 Zoll) von dem Stichloche hat, wodurch zugleich eine geringere Krümmung der Nadel erreicht wird.

3) Der Zeughalter besteht aus einem, dem Nadelführer ähnlichen, aber unbeweglichen an das Maschinengehäuse angeschraubten oder angegossenen Arm, der mitunter hohl ist und dann den Nadelhebel oder die Welle mit Schieber in sich aufnimmt. An seinem vorderen Ende befindet sich unmittelbar neben dem Nadelführerende der Apparat zum Andrücken des Zeuges an die Platte. Dieser Apparat besteht aus einem sogenannten Drücker, der durch eine Spiralfeder auf das Zeug aufgepreßt wird. Der auf das Zeug auszuübende Druck darf nämlich kein fester sein, sondern muß bei jedem Stiche nachgeben, weil mit dem Fortschieben des unterliegenden Zeuges ein geringes Heben desselben verbunden ist, das der Drücker mitmachen muß, um eine verhältnißmäßig zu große Pressung und somit Reibung des Zeuges zu vermeiden. Der Drücker selbst besteht entweder aus einem oder zwei Theilen. Im ersteren Falle wird eine

schmale dünne Stahlschiene so gebogen, daß der untere Theil horizontal, der obere vertikal steht. Der vertikale Theil endigt in eine zylindrische Stange, die mit einer Spiralfeder umgeben ist, welche oben gegen den festen Arm, unten gegen einen Vorsprung der Stange wirkt, diese letztere also mit nachgiebiger Kraft herunter drückt. Im zweiten Falle ist statt der Schiene ein besonderes Stück in Form eines Schuhes aus Messing oder Glas vermittelst einer Druckschraube mit der genannten runden Stange verbunden. Beim Unterschieben oder Wegnehmen des Zeuges wird der Drücker dadurch außer Thätigkeit gesetzt, daß man ihn in die Höhe zieht und auf irgend eine Weise, z. B. durch Auflegen eines daran sitzenden Stiftes auf einen Vorsprung des festen Armes, durch Drehen einer exzentrischen Scheibe oder zweier schiefen Ebenen gegen einander, festhält. Der untere Theil des Drückers liegt unmittelbar über dem Stichloche und besitzt daher zum Durchgange der Nadel einen längeren Einschnitt, weil dieser mehr als eine kleine runde Oeffnung die Besichtigung der Stichbildung zuläßt.

4) Der Zeugschieber dient, wie der Name sagt, zum Vorschieben des Zeuges bei jedem Stiche um dessen Länge. Die Schnelligkeit, mit welcher vorliegende Maschinen zu arbeiten pflegen, macht es unsicher, wenn nicht unmöglich, die Verrückung des Zeuges mit der Hand so regelmäßig zu beschaffen, als die Genauigkeit der Arbeit es verlangt, weßhalb dieser Theil der Näherei auch durch die Maschine selbst zu verrichten ist. Der dazu erforderliche Apparat besteht immer in einem Theile, der an der Oberfläche mit Kerben oder feinen Spitzen versehen ist, mit welchen er sich in das Zeug sanft eindrückt und, sich selbst fortbewegend, dieses mitnimmt. Er kann entweder über oder unter der Nähplatte liegen. Im letztern Falle ist der mit den Kerben versehene Theil entweder ein Plättchen, das an ein größeres Stück angeschraubt wird, oder das obere Ende eines schwingenden Hebels ist fein gezahnt, oder eine runde Scheibe ist auf der ganzen Umfläche mit kleinen Einkerbungen ausgestattet. Unter allen Umständen ist die gekerbte Fläche so klein als möglich zu machen, um dem häufig vorkommenden Drehen des Zeuges nicht hinderlich zu werden, und die Einschnitte müssen so beschaffen sein, daß sie, trotz ihrer geringen Anzahl und ohne das Zeug zu verletzen, dieses leicht und sicher mitnehmen. Sie haben demnach die Gestalt

eines stumpf- oder rechtwinkligen Dreieckes, dessen längste Seite nach der Richtung ansteigt, in welcher das Zeug vorgeschoben wird. Zum Eintreten in das Zeug muß, wenn der Schieber unter der Nähplatte liegt, die gekerbte Fläche aus einer entsprechenden Oeffnung dieser Platte heraustreten und zum Vorschieben sich dann um die Länge eines Stiches fortbewegen, hierauf aber wieder zurück und nieder gehen. Seine ganze Bewegung setzt sich demnach zusammen aus einer hebend vorgehenden und einer fallend rückgehenden. Diese Bewegung wird durch eine kreisförmige Scheibe ohne weitere Mithülfe als die einer ruckweisen Drehung hervorgebracht, wenn nur die Umfläche etwas aus der Nähplatte hervorragt. Es erfordert aber diese absetzende Drehung einen ziemlich komplizirten Mechanismus von Bremsen, Hebeln und Federn, wodurch die Ausführung weitläufig wird, und außerdem gestattet ein solches Rad, wegen des ununterbrochenen Hervortretens seines oberen Theiles, nur das Nähen grader Nähte mit wünschenswerther Leichtigkeit, und findet daher nur bei solchen Maschinen noch Anwendung, von denen krumme Nähte nicht genäht werden. Viel häufiger wird die Vorschiebung durch das Plättchen erzeugt, das seine Bewegung auf sehr einfache Weise durch besonders geformte Exzentrika erhält, oder durch einen schwingenden Hebel mit gleichzeitiger Hebung und Senkung mittelst eines exzentrischen Zapfens. — Wenn der Apparat zum Vorschieben über der Nähplatte liegt, so bildet der Zeugdrücker zugleich den Schieber, indem seine Sohle die Einkerbungen besitzt. Die nöthige Bewegung geht dann von dem Nadelschieber aus. Diese Anordnung wird jedoch jetzt nur noch selten ausgeführt, da sie den Raum zu sehr beengt und die Beobachtung der Arbeit erschwert.

Als wesentlicher Theil gehört zu dem Vorschiebapparat noch die Vorrichtung, welche die Größe des Vorschubs genau bestimmt und zwischen gewissen Grenzen veränderlich macht. Dieselbe (der so genannte Stichsteller) besteht darin, daß man dem Zeugschieber bei seiner Bewegung ein Hinderniß entgegensetzt, welches so zu verschieben und fest zu stellen ist, daß man die Stichlänge genau der Zeugdicke und andern Verhältnissen anpassen kann. Entweder, und gewöhnlich, dient als solches Hinderniß eine vor und zurück zu drehende Schraube mit einem Zeiger am Kopfe zum leichten Wiederfinden einmal bekannter Stellungen; oder eine runde um einen exzentrischen

Zapfen drehbare Scheibe, die sich durch Reibung an jeder Stelle festhält; oder ein Hebel, der seinen festen Drehpunkt am Maschinengehäuse hat und wovon eine gewisse Stelle dem anstoßenden Theile des Schiebers näher oder ferner gerückt wird durch die Drehung um den festen Punkt. Bei dem Pendelschieber wird die Stichlänge durch Verlegung des Drehpunktes verändert und bei dem Scheibenschieber durch Veränderung des Drehwinkels.

5) Je nachdem die Nähmaschine mit einem Faden oder mit zwei Fäden arbeitet, hat man es mit der Vorrichtung zu thun, die nur die gebildete Schleife festhält bis zum Durchtritt der Nadel, oder mit einer solchen, die den zweiten Faden durch die Schleife bringt. Die letztere ist die wichtigste wegen der entstehenden Naht, und mag daher ihre Anordnung um so mehr zuerst abgehandelt werden, als die zur Bildung der andern Nähte daraus sich leicht ableiten lassen.

Zwei zur Bildung eines Hakenstichs ersonnene Vorrichtungen haben sich so vollständig bewährt, daß sie überwiegend in Gebrauch gekommen sind und alle andern Erfindungen in diesem Theile der Nähmaschine jetzt gänzlich verdrängt haben, weßhalb diese hier einer eingehenderen Betrachtung unterworfen werden müssen.

Die erste Vorrichtung dieser Art beruht auf dem Prinzip des Webens, indem nämlich durch die Schleife des ersten (Nadel-) Fadens, als Fach, eine kleine Schütze (speziell Schiffchen genannt) mit einer Spule, auf welche der zweite (Schuß-) Faden aufgewickelt wird, durchschießt und beide Fäden kreuzt. Dieses Schiffchen, welches eine Länge von 6 Centimeter selten überschreitet, wird ganz aus Stahl durch Schmieden in Gesenken hergestellt, hat aber, abweichend von der Weberschütze, nur eine Spitze, weil es nur stets in einer Richtung die Schleife durchfährt. Dasselbe ist in natürlicher Größe durch die Fig. 10 bis 15 auf Taf. 114 dargestellt. Ausgenommen die massive Spitze ist die Wandung so dünn wie möglich, um einen großen Raum für die Spule zu gewinnen. Letztere ist immer eine sogenannte Abrollspule, die mit über den Spulenrand hinaus verlängerter Axe gelagert wird, da eine Durchbohrung der an und für sich sehr dünnen Spulenaxe sehr mißlich und raumverschwendend sein würde. Die Axenverlängerungen sind entweder zugespitzt oder zylindrisch. Im ersteren Falle werden die zwei Spitzen in Grübchen eingesetzt, wovon sich das eine in der massiven Spitze des Schiffchens befindet und daher unwandelbar an einer bestimmten Stelle fest liegt. Da nun aber die Spule aus dem Schiffchen herausgenommen werden muß, wenn sie neu zu bewickeln ist, so ist das zweite Grübchen so anzuordnen, daß man es verschieben kann, und zwar in der Axenrichtung. Zu dem Ende befindet es sich in einem kleinen Stahlzylinder c Fig. 13, der in eine durchbohrte Schraube a eingesteckt ist. Das Ende dieser Durchbohrung wird durch eine Spiralfeder verschlossen, auf welche der eben erwähnte Stahlzylinder aufstößt und in Folge dessen stets mit einer geringen Kraft gegen die Spitze der Spulenaxe zurückwirkt. Drängt man daher umgekehrt die Spule mit dem Drucke eines Fingers zurück, so tritt ihre vordere Spitze aus dem Grübchen heraus und ermöglicht das Wegnehmen, resp. Einsetzen derselben, wenn die deßhalb nothwendige Bedingung erfüllt wird, daß die Spiralfeder wenigstens so viel sich zusammendrücken läßt, als die Länge beträgt, um welche die Spitze in das Grübchen eintritt. Zum Reguliren des Abstandes zwischen beiden Grübchen ist die Hülse a als Schraube konstruirt und in den Steg b eingeschraubt, gewöhnlich dann noch mit einer Gegenmutter versehen. Sind die Axenverlängerungen zylindrisch, so ergibt sich folgende in Fig. 14 und 15 (Durchschnitt und Ansicht) dargestellte, durch ihre Einfachheit sehr zu empfehlende Einrichtung. Die kleinen Zapfen laufen in Bohrungen des Schiffchens, wovon die eine nach der flachen Seite des Schiffchens frei gemacht werden kann zum Herausnehmen der Spule, und geschlossen wird durch ein kleines Plättchen, welches um den punktirten Stift c Fig. 15 sich dreht, und beim Zudrehen sich auf den Zapfen legt. Die äußere Form des Schiffchens, welche aus den Fig. 10, 11, 12 (Seitenansicht, Grundriß und Durchschnitt) zu erkennen ist, wird durch das Manöver bedingt, welches es ausführt und den folgenden während dieses stattfindenden Vorgang. Wenn die Nadel den tiefsten Stand erreicht hat und die Schleifenbildung durch ein geringes Aufsteigen beginnt, steht die Spitze des Schiffchens an der Stelle der Schleifenbildung, um, sobald ein Theil der Schleife entsteht, in diesen eintreten zu können. Um dieß Eintreten vollständig zu sichern, gleitet das Schiffchen an einer vertikalen ebenen Wand, Fig. 20 im Aufriß, Fig. 21 im Grundriß, die an der Stelle n, wo die Nadel herunterkommt, geschlitzt und abgeschrägt ist, so daß die innere Wandfläche mit der

Berührungsebene der Nadel zusammenfällt. Steht nun die Nadel richtig, d. h. liegt ihre lange Furche an der vom Schiffchen abgewendeten Seite, so nimmt dieses die gebildete Schleife auf, welche sich von jetzt an vergrößert, bis sie den dicksten Theil des Schiffchens umfaßt. In dieser Größe bleibt sie so lange, bis das Schiffchen beinahe durchgetreten ist, verschwindet dann aber sehr rasch und rutscht von dem Schiffchen ab, wodurch sie den Schußfaden zwischen sich genommen hat. Um das Abrutschen zu erleichtern, ist das Schiffchen am hinteren Ende stumpf abgerundet. Bei dieser Operation erleidet der Faden eine nicht ganz geringe Anspannung, weßhalb, um die Folgen der Reibung auf seine Festigkeit so günstig wie möglich zu machen, es besonders darauf ankommt, daß das Schiffchen recht glatt ist und sein größter Umfang die Länge der Schleife nicht übersteigt. Diese Gestalt erhält das Schiffchen, wenn seine Bahn gradlinig ist. In den Fällen, wo es in einem Bogen sich bewegt, wird es sowohl wie die genannte Wand nach diesem Bogen gekrümmt.

Das Schiffchen durchfährt mit einer bedeutenden Geschwindigkeit die Schleife, demgemäß wird auch der Faden von der Spule schnell abgezogen. Eine Folge hiervon würde sein, daß sich die Spule fortdreht, während Garn nicht mehr verbraucht wird, folglich mehr Garn als nöthig abgewickelt und Verwirrung veranlaßt wird. Es ist daher nothwendig, entweder die Spule, oder das Garn, oder beide zusammen zu bremsen. Zum Bremsen des Fadens besitzt das Schiffchen an der einen Seite einige, gewöhnlich 4 bis 7, kleine Löcher und diesen gegenüber auf der andern Seite einen kleinen Schlitz. Man zieht den Faden zickzackförmig durch diese Löcher und läßt ihn durch den Schlitz aus dem Schiffchen heraustreten, oder umgekehrt. Hierbei legt sich aber der Faden auf die Oberfläche der bewickelten Spule und verursacht unnöthige Reibung, der man dadurch abzuhelfen ersonnen, daß man an derselben Seite, wo die Löcher sitzen, in dem Schiffchen einen Drahtsteg angebracht und den Schlitz ganz weggelassen hat. Der Faden wird dann über den Steg durch die Löcher aus dem Schiffchen geleitet, welche letzte Anordnung aus den Fig. 10, 11, 12 zu ersehen ist, wo d den Steg und e die Löcher bedeutet. Soll die Spule gebremst werden, so geschieht dieß entweder, wenn sie in Grübchen läuft, durch die in der Längenrichtung wirkende Spiralfeder; läuft sie mit kleinen Stirnzapfen in gebohrten Lagern, so drückt eine schwache Blattfeder b auf eine der Spulenscheiben, Fig. 14.

Die Art und Weise, wie das Schiffchen durch die Schleife gebracht wird, weicht natürlich ab von der beim Weben; denn während die Schütze des Webers in dem Fache, welches sie durchschießt, durch die Kettenfäden ohne Weiteres die richtige und sichere Führung bekommt, muß das Schiffchen der Nähmaschine gewissermaßen die Schleife, mit seiner Spitze sie auffassend, in die passende Lage bringen. Da nun aber die Schleifenbildung muthmaßlich bei jedem Stiche auf dieselbe Weise vor sich geht, so wird auch die Stelle, wo die Schiffchenspitze in die Schleife eintritt, eine bestimmte, die Führung des Schiffchens mithin eine sichere, feste sein müssen. Gleichzeitig mit dieser festen Führung muß der Bedingung genügt werden, daß das Schiffchen leicht durch die Schleife geht. Diese sichere und zugleich lose Lagerung des Schiffchens erreicht man durch folgende sinnreiche Einrichtung. Das Schiffchen, welches mit einer Seite, wie schon erwähnt, an einer vertikalen ebenen Wand anliegt, wird mit dem unteren Rande, wie die in Fig. 20, 21 gezeichnete Lage angibt, auf einen Schlitten A gelegt, der zwei kleine Knaggen a und b von solcher Gestalt trägt, daß das Schiffchen von ihnen gehalten und an die gerade Wand sanft angedrückt wird, daß aber zwischen diesen Knaggen und der äußeren Begrenzung des Schiffchens noch Raum zum Durchgange des Nadelfadens bleibt. Die Knaggen selbst bekommen demnach eine Form, die sich dem Theile des Schiffchens anpaßt, welcher davon umfaßt wird, und übrigens eine abgerundete sehr geglättete (polirte) Oberfläche, um ein Abscheuern und somit Schwächen des Fadens zu vermeiden. Der genannte Schlitten A wird dann weiter mit zwei Schrauben an dem Theil befestigt, der von der Hauptwelle aus die Bewegung erhält, und es sind, um die Stellung des Schiffchens genau reguliren zu können, diese Schrauben durch Löcher c c gezogen, die größer sind als der Schraubendurchmesser.

Man hat die Form und Einrichtung des Schiffchens auf manchfaltige Weise modifizirt, z. B. so, daß die Spule aus zwei, ziemlich nahe liegenden, größeren runden Scheiben bestehen konnte, die Art der Spulenlagerung, die Einrichtung zum Ausnehmen und Einsetzen der Spule häufig verändert, ebenfalls den Schlitten und die Art das Schiffchen darin zu lagern anders hergestellt: alles Sachen jedoch, die im Prinzip auf dasselbe hinauslaufen und hier übergangen werden müssen.

Die oben kurz angegebene Bewegung des Schiffchens steht in so innigem Zusammenhange mit der Nadelbewegung und der Zeugschiebung, daß dieser Zusammenhang hier einschaltungsweise erklärt werden mag. Wenn die Nadel anfängt niederzugehen, beginnt das Schiffchen von seinem Endpunkte aus seinen Lauf; kommt es mit der Spitze an die Stelle, wo die Schleife gebildet wird, so muß diese fertig, also die Nadel bereits um ein Geringes gestiegen sein. Beim Fortschreiten des Schiffchens muß die Schleife unverändert groß bleiben, also die Nadel so lange entweder ganz still stehen oder doch nur wenig sich aufwärts bewegen. Verläßt hierauf das Schiffchen die Schleife, so muß diese vernichtet werden. Diese Vernichtung geschieht theils durch die Nadel, theils durch besonders angebrachte Mechanismen, und zwar muß sie geschehen sein, wenn das Schiffchen seinen Lauf von Neuem beginnt. Es muß also die Nadel während der letzten Periode des Schiffchenvorlaufs und während seines Rücklaufs zur Anfangsstellung, auch zu ihrer höchsten Stellung gelangt sein. Hierauf beginnt dieser Vorgang von Neuem, jeder Vorgang bildet einen Stich, erfordert also die Vorschiebung des Zeuges um die Stichlänge. Dieser Vorschub kann nur geschehen, wenn die Nadel nicht im Zeuge sitzt, also in dem Zeitraum, welcher zwischen dem Austritt und dem Eintritt der Nadel in das Zeug liegt. Die Bewegung des Schiffchens kann eine gleichförmige hin- und hergehende sein, die der Nadel hingegen muß sich theils verzögern, theils beschleunigen, woraus sich die relative Stellung beider zu einander ergibt, wie sie in den Figuren 16 bis 19 gezeichnet ist. Selten pflegt man jedoch die Schiffchenbewegung gleichförmig zu machen, sondern gewöhnlich diese mit der der Nadel zu kompensiren, weil dies zu einem leichteren Gange der Maschine und vereinfachter Konstruktion führt. Die Hervorbringung der ungleichförmigen Bewegung von der gleichförmig sich drehenden Hauptwelle aus kann auf verschiedene Weise erfolgen. Früher und auch jetzt, obgleich seltener, dienten dazu Einrichtungen folgender Art, wenn die Bewegung durch Hebelsysteme übertragen wurde. Auf der Hauptwelle befand sich ein zylindrischer Eisenkörper, in welchem auf der Mantelfläche

Nuthen eingearbeitet waren, in welche der Zapfen oder das Ende eines Hebelarmes einfaßte, so daß bei Umdrehung der Welle der eine Hebelarm dieser Nuth folgen mußte, und somit auch der andere Hebelarm, nur in den Größenverhältnissen davon abweichend, nach dem Verhältniß der Armlängen. Die Kurve, nach welcher die natürlich in sich selbst zurücklaufende Nuth verläuft, kann leicht nach dem oben angegebenen Bewegungsgesetz empirisch bestimmt werden. Es hat jedoch diese Art der Bewegungserzeugung viel gegen sich. Will man den Durchmesser des Zylinders nicht sehr groß machen (und man ist darin aus andern Rücksichten in enge Grenzen eingeschlossen), so werden die Krümmungen sehr stark (d. h. die Krümmungshalbmesser sehr klein); der eingreifende Zapfen muß denselben schnell folgen, die Bewegung wird stoßartig, die Abnutzung eine starke, und mit der letzteren tritt eine andere als erwünschte Bewegung ein. Man versieht zwar den eingreifenden Zapfen gewöhnlich mit einer Friktionsrolle und drückt die Reibung durch gute Schmierung herunter, allein immer gibt es Gründe genug, diese Konstruktion zu vermeiden. Dasselbe gilt da, wo die Nadel an einem Schlitten sitzt, welcher auf der Rückseite eine herzförmige Nuth hat, in welcher ein im Kreise bewegter Zapfen läuft. Man hat daher diese Bewegungserzeugungen umgangen, wo es möglich war, um so mehr, als man fand, daß die geradlinige Bewegung, welche aus Umsetzung der gleichförmig rotirenden entsteht, sich dem Bewegungsgesetz der Nadel vollständig genügend nähert (da ja bekanntlich bei konstanter Winkelgeschwindigkeit eines Krummzapfens die geradlinige Bewegung der Schubstange abwechselnd verzögert und beschleunigt wird), wenn man auch dem Schiffchen auf dieselbe Weise die Bewegung ertheilt. Nach diesem letzten Prinzipe gebaute Maschinen sind durch ihre große Einfachheit bemerkenswerth.

Die mit der beschriebenen Vorrichtung eines Schiffchens versehenen Maschinen nennt man Schiffchenmaschinen, zum Unterschiede von denjenigen, welche man mit dem Namen Greifermaschinen belegt hat, wegen der greifenden Wirkung des den zweiten Faden durchbringenden Instruments, des sogenannten Greifers. Es wird sich bald ergeben, daß, streng genommen, die letzteren nur eine Abart der ersteren sind, und daß beide sich nur unterscheiden durch eine abgeänderte Gestalt des Schiffchens und die daraus entstehende Art der Wirkung. Während nämlich das eigentliche Schiffchen wie die Weberschütze arbeitet und durch einen Schlitten lose, zwischen Knaggen liegend, geführt wird, ist bei den Greifermaschinen der Schiffchenkörper fortgelassen und statt dessen der Schlitten in einen rotirenden Apparat verwandelt, welcher die Spule zwischen sich nimmt und sonach die Funktionen des Schiffchens mit denen des Schlittens vereinigt. Es wird dabei nicht die Spule durch die Schleife geschossen, sondern die Schleife über die Spule weggezogen.

Damit die Möglichkeit eintreten kann, die Schleife über die Spule wegzuziehen, muß die erste bei dem Schiffchen schon entwickelte Bedingung erfüllt sein: Es ist die Spule so zu lagern, daß sie von allen Seiten frei liegt, um zwischen sich und den Unterstützungen Spielraum für den Faden zu haben; sie muß eine Gestalt haben, die ein leichtes Hinüberrutschen der Schleife gestattet, ohne den Faden zu reiben oder gar zu verletzen; zur Ersparung von Zeit, die zum Aufspulen zu verwenden ist, gibt man ihr eine Größe, die ein Aufwickeln möglichst vielen Garns zuläßt, wählt diese und die Gestalt jedoch so, daß die Schleife, welche die Spule durchläßt, nicht über Gebühr erweitert wird. Diese und noch einige später zu erwähnende Rücksichten haben die Gestalt und Lagerung der Spule so verändert, daß man die eigentliche Abrollspule nur in der Wirkung wieder erkennt. Es ist daraus ein kreisrunder, bauchig hohler Körper geworden, bestehend aus zwei verhältnißmäßig sehr großen Scheiben, mit sehr kleinem Zwischenstück an Stelle der Axe. Diese Scheiben treten an der Peripherie sogar so nahe zusammen, daß zwischen ihnen nur ein kleiner Spielraum bleibt, eben noch groß genug, um den Faden mit Leichtigkeit durchzulassen. Von dem Rande her erweitert sich der Abstand zu einer bauchigen Höhlung; nach dem Mittelpunkt verringert er sich wieder. Die Verbindung beider Scheiben erfolgt durch einen glatten, der Länge nach durchbohrten, an beiden Enden konzentrisch abgesetzten Stahlzylinder, indem man die auf der Drehbank gedrückten Messingscheiben mit entsprechenden Oeffnungen konzentrisch auf die Absätze dieses Zylinders steckt und damit zusammenlöthet. Die Axenbohrung des Zwischenstückes dient zum Aufstecken der Spule auf einen sich drehenden Dorn, behufs Aufspulens. Aus dieser Beschreibung erklärt sich die Zeichnung der Spule in Fig. 22

(Vorderansicht) und Fig. 23 (Durchschnitt) von selbst. a ist der erwähnte Zylinder mit der Durchbohrung und den abgesetzten Enden; c und d sind die darauf gelötheten Scheiben, wovon die vordere d jedoch gewöhnlich etwas weniger als die hintere gewölbt ist.

Diese Spule kann weder mit Spitzen in Grübchen, noch mit Zäpfchen in Lagern eines zweiten Körpers liegen, weil diese Anordnung als Hinderniß für das Hinüberziehen der Fadenschleife auftreten würde. Dabei wird sie mit ihrer größten Ausdehnung so gestellt werden müssen, daß diese mit der natürlichen Richtung der Schleife zusammenfällt, weil nur dann eine übermäßige Ausdehnung und Anspannung des Fadens zu vermeiden ist, wenn diese in die Richtung der Nadel gelegt wird. Es bleibt dabei die Schleife schmal, aber lang, demnach kann auch die Spule nur dünn aber hoch sein, sie fällt in die Vertikalebene mit der Längenausdehnung: demnach muß die Spule auf den Rand gestellt werden, weshalb sie auch stehende Spule genannt wird. Da sich die Bewegung der stehenden Spule lediglich nur auf eine sehr geringe Axendrehung, behufs Hergabe des zum Stiche nöthigen Unterfadens, beschränkt, so ist eine Unterstützung derselben nur so anzubringen, daß einmal ein seitliches Schwanken und dann ein Schwanken nach oben und unten verhindert wird. Theoretisch würde dazu genügen, wenn man an beiden Seiten und dann an drei Punkten der Peripherie, die so liegen, daß sie davon etwas mehr als 180 Grad umfassen, Unterstützungen anbrächte. Zwischen der Spule und den Stützpunkten selbst ist aber eine Wandelbarkeit durch einen Spielraum herzustellen, um die Schleife leicht passiren zu lassen. Durch diesen Umstand wird ein Festlegen zwischen Punkten deshalb mißlich, weil eine schnelle Abnutzung und dadurch eine zu große Beweglichkeit der Spule eintreten würde; es ist aber gerade bei der Nähmaschine ein Schlottern einzelner Theile für den ganzen Gang derselben sehr gefährlich und deshalb dieses und der Grund der Gefahr, die Abnutzung, nach Kräften zu vermeiden. Aus dem Grunde legt man denn auch die Spule nicht an Spitzen, sondern an Flächen, indem man sie in einen Ring bringt, der sich mit einer flachen Vertiefung um dieselbe anschließt, und in welchen sie ein von der einen Seite vorgeschobener Körper sanft einpreßt. Dieser Ring umfaßt die Spule an ungefähr $^3/_4$ ihrer Peripherie; es ist daher ein Einsetzen derselben nur von der Seite möglich, und erforderlich, daß der vorgeschobene Körper zum Einsetzen und Herausnehmen der Spule aus dem Ringe entfernt werden kann.

Zum Hinüberziehen der Schleife über die Spule dient der Greifer, ein hornähnlicher, hakenartig wirkender Körper, von dessen richtiger Gestalt und Stellung die Nähfähigkeit der Maschine abhängt, und dessen Konstruktion daher von der größten Wichtigkeit ist. Folgende Betrachtung über seine Funktion wird auf die Regeln führen, nach welchen er gearbeitet und angebracht werden muß.

Um die von dem Nadelfaden unter der Nähplatte gebildete Schleife über die stehende Spule hinüberzuziehen, könnte man einfach einen Haken anbringen, der die Schleife aufgreift, aus einander zieht bis zu einer Weite, die den Durchgang der Spule gestattet, und sie dann darüber wegschiebt. Hierauf müßte er sich aus der Schleife herausziehen und in die ursprüngliche Lage, zur Vorbereitung für einen zweiten gleichen Vorgang, zurückkehren, während ein anderer Apparat die Anziehung der Schleife zu einem Stiche vornimmt. Die erste Bewegung des Hakens wäre dabei das Eintreten in die Schleife, also horizontal; die zweite, zur Ausdehnung derselben, vertikal; die dritte, welche das Ueberwegziehen bewirkt, könnte wieder horizontal geradlinig oder kreisförmig sein. Die Aufeinanderfolge dieser Bewegungen, in Verbindung mit dem Rücklauf des Hakens, würde einen sehr komplizirten Mechanismus erfordern. Man findet auch bei näherer Betrachtung dieser Bewegungen, daß sie sich zu einer einzigen vereinigen lassen, wenn diese kreisförmig ist, wenn man den Haken diesen Kreis entlang führt. Dabei kann man nun den Haken, nach Vollendung der drei ersten Bewegungen, umkehren und von neuem wirken lassen, also die Bewegung zu einer schwingenden machen; oder, weil er durch eine kontinuirliche Drehung auch wieder an die ursprüngliche Stelle treten muß, die Bewegung im Kreise geschehen lassen. Als man anfing nach der beschriebenen Idee Greifermaschinen zu bauen, wählte man die erste Art der Bewegung. Diese wurde jedoch sofort verdrängt, als die zweite bekannt wurde, weil nicht allein der Mechanismus bei der letzteren viel einfacher sein konnte, sondern auch eine viel größere Sicherheit im Gange der Maschine dadurch erreichbar war. Es entstand der drehende Haken, der Greifer in seiner jetzigen Gestalt.

Es ist klar, daß auch die Lage der Spule zu der des Greifers in bestimmter Beziehung stehen muß: beide müssen nahe zusammenliegen, um die Größe der Schleife, welche die Spule passiren soll, auf das Minimum zu beschränken; sie dürfen nicht fest mit einander verbunden sein, weil sonst die Spule gegen ihren Zweck, sich mitdrehen und ihren Faden schnell abwickeln oder zerreißen müßte, und weil dann in dieser festen Verbindung die Schleife ein Hinderniß für den Durchgang der Spule fände. Man wird demnach die Spule nur konzentrisch und so in das drehende Instrument zu legen haben, daß zwischen beiden weniger Reibung stattfindet, als zum Mitnehmen der Spule erforderlich ist, und diese so unterstützen müssen, daß dem Durchgange durch die Schleife keine Schwierigkeiten bereitet werden.

Es ist ferner schon auf die zweckmäßigste Lage der Spule gegenüber der Schleife hingewiesen, und das Aufstellen derselben auf ihren Rand als solche dargethan. Ebenso folgt aus dem Vorhergehenden, daß die Drehung des Greifers in einer Vertikalebene stattfinden muß; es werden also Greifer und Spule in gleiche Ebene fallen. Hieraus ergeben sich ohne Weiteres zwei Vorzüge: Die Drehbewegung der horizontal liegenden Betriebswelle kann ohne alle Zwischenmittel zur Bewegung des Greifers benutzt werden, und der Greifer selbst läßt sich mit der ringartigen Hülse zum Tragen der Spule vereinigen.

Zur näheren Erläuterung über die Gestalt des Greifers mag noch Folgendes dienen. Gesetzt, ein einfacher, sich im Kreise beständig drehender Haken wäre so gebogen und befestigt, daß er eine vorgehaltene Schleife ausgriffe und mitnähme: die unausbleibliche Folge wäre ein Aufwickeln des Fadens auf den Haken oder dessen Axe. Beim Nähen will man aber ein Durchziehen des Fadens durch den Nähstoff, es ist demnach dies Aufwickeln unstatthaft. Zum Vorhalten der Schleife dient hier eine von oben kommende Nadel; diese muß demnach wenigstens sehr nahe an den Haken herantreten; wie sich später ergibt, tritt sie sogar in das Bereich, welches der Haken beherrscht. Dabei darf sie nicht verbogen oder gar zerbrochen werden. Endlich noch soll dieser Haken die Spule in sich aufnehmen und tragen, sowie mit Sicherheit die Schleife ausgreifen und über die Spule ziehen.

Aus allem diesem ergibt sich eine Form und Gestalt des Greifers, wie sie in wahrer Größe durch die Figuren 24 bis 27, Taf. 114, vorgestellt wird, wovon 24 die Vorder-, 25 und 26 zwei Seitenansichten und 27 den Grundriß darstellt. Der Haken besteht zunächst aus einem sichel- oder hornförmigen Stahlkörper a a mit einer konzentrisch eingedrehten seichten Vertiefung c c zur Aufnahme der Spule b b. Von den zwei Hörnern d und e ist d bestimmt, in die Schleife einzutreten, weshalb seine Gestalt spitzer und so endet, daß d etwas aus der Ebene heraustritt. Die beiden Seitenansichten lassen erkennen, daß die zwei Hörner Theile eines dicken ringartigen Körpers sind, der an einer Seite mit einem Ansatze f (in Fig. 24 ist die Begrenzung dieses Ansatzes durch eine punktirte Linie angezeigt) versehen ist, dazu bestimmt, die Befestigung an der Betriebswelle durch eine konzentrisch zu der Spule b sitzende Schraube zu vermitteln. Den beiden Hörnern d und e diametral gegenüber ist eine schräge Fläche m angefeilt, von der eine seichte Nuth o die eine Seite hinauf geht, bei i sich um die Dicke des Horns nach innen wendet und dann aufhört.

Denkt man sich dieses Instrument drehend, wie der Zeiger einer Uhr, und der Spitze d eine Schleife vorgehalten, so wird d in die Schleife eintreten und ohne Hinderniß darin sich fortbewegen, bis der Ansatz f gegen die Schleife tritt. In diesem Augenblicke wird letztere aber, durch die Abrundung von f gezwungen, in die Nuth i gleiten. Dreht sich der Greifer weiter, so legt sich der hintere Faden der Schleife nach und nach in die Nuth o, während der vordere Schleifenfaden immer noch vorn bleibt. Bei weiterer Drehung erreicht der hintere Faden die schräge Fläche m, in welche die Nuth o verläuft, und wird genöthigt an m hinabzurutschen. Die Wirkung dieses Vorgangs ist folgende. Beim Eintritt der Spitze d in die Schleife trat die Hälfte des Schleifenfadens vor, die Hälfte hinter das Horn. Hinter dem Horn, mit dem Ansatze, liegt aber die Betriebswelle, als rechtwinklig dazu stehende Verlängerung; vor demselben ist dahingegen alles frei: es muß der Faden der ganzen Schleife deshalb vor den Greifer gebracht werden, um beim Anziehen zu einem Stiche keinem Hindernisse zu begegnen, das sich hinter demselben in der Betriebswelle dargeboten hätte. Bei dem beschriebenen Vorgange ist jedoch keineswegs der ganze Faden vollkommen frei geworden, vielmehr sitzt die Schleife immer noch um das Horn, in der Vertiefung bei i, und wird durch dasselbe mit der

Drehung des Greifers weiter gezogen. Dies Mitziehen dauert bis zur größten Ausdehnung der Schleife, und diese findet Statt wenn letztere mit einem Durchmesser der Spule zusammenfällt, also wenn sie vertikal steht; wobei allerdings die thatsächliche Voraussetzung gemacht werden muß, daß die Nadelspitze genau vertikal über dem Mittelpunkt der Spule liegt. Ist die bezeichnete Lage erreicht, so bedarf es nur der geringsten Fortbewegung und die Schleife fällt ab, d. h. zieht sich von dem Horn herunter und in die Höhe, weil die Entfernung des Haltepunktes kleiner wird, als die Länge der straff gezogenen Schleife. Diese gleitet somit von demselben Horn wieder ab, das sie aufgegriffen hat und hängt sich lose unter das Zeug; zieht man sie daher von oben straff an, so würde sie aus dem Zeuge wieder herausgerissen, wenn nicht während desselben Vorganges ein zweiter Faden durchgebracht wäre. Wie dies Durchbringen des zweiten Fadens, die zweite Hauptsache zur Stichbildung, vor sich geht, wird sich aus Folgendem ergeben. Beim Eintritt der Spitze d in die noch kleine Schleife kommt der halbe Schleifenfaden vor, die andere Hälfte hinter das Horn zu liegen. Beide Hälften sind vermöge des Spannungsapparates stark gespannt und legen sich deshalb fest an das Horn an. Dreht sich der Greifer daher weiter, so streift die Unterkante der Schleife die Peripherie der in dem Greifer liegenden Spule und zwar so lange, bis der Ansatz f, respektive i, die Schleife mitzunehmen anfängt. Darauf verläßt diese den Spulenrand, in so fern als sie mit dem vornliegenden Theile in den Raum eindringt, der zwischen Greifer und Spule vorhanden ist. Beim Fortdrehen des Greifers legt sich dann dieser Faden hinter die Spule, als Sehne zu dem Spulenkreise, und drückt sie, durch seine stets erhaltene Spannung, nach vorn hinüber. Das gänzliche Herausfallen vermeidet dabei ein lose vorgeschobener Ring. Die genannte Sehne verlängert sich mit Fortdrehen des Greifers, weil die Schleife dadurch nachgezogen wird, bis sie in der senkrechten Lage mit dem Durchmesser zusammenfällt. Dies ist zugleich der Moment, bei welchem die Schleife auch die größte Ausdehnung erhält; unmittelbar darauf gleitet sie ab. Der zuerst beschriebene Vorgang, mit dem letzteren zusammen gebracht, liefert demnach kurz folgenden Prozeß: Die Spitze d dringt in die Schleife ein, der Ansatz f nimmt sie mit und dehnt sie aus, während der vordere Schleifenfaden hinter die Spule gleitet. Hat die Ausdehnung ihr Maximum erreicht, so rutscht die ganze Schleife zurück. Während dieser Periode ist der hintere Schleifenfaden ebenfalls vor den Greifer gelangt. Weil nun die Spule etwas weiter zurückliegt, als die vordere Fläche des Greifers, so muß der hintere Schleifenfaden ebenfalls vor die Spule gekommen sein. Der vordere Faden liegt also hinter, der hintere vor der Spule: die Schleife hat demnach die Spule zwischen sich.[1] Rutscht sie daher ab, so ist die Spule durchgebracht, oder weil ein Faden aus der Spule heraustritt: dieser (zweite) Faden durch die Schleife des ersten gezogen.

Die Vorarbeiten zur Herstellung eines Stiches sind durch diesen Prozeß gemacht, es kommt nur noch auf die Bildung des Stiches selbst an, welche durch das Anziehen der Schleife geschieht. Wenn diese Operation, wie bei den Schiffchenmaschinen, durch die Nadel allein ausgeführt werden sollte, so müßte ihr Hub natürlich so groß sein, als die Länge der ganzen Fadenschleife. Solche große Nadelhebungen sind jedoch unstatthaft und aus dem Grunde wird hier die Schleife durch den Greifer angezogen. Man läßt zu dem Zwecke die Schleife nicht sofort von dem Greifer abgleiten, sondern hält sie so lange fest, bis das Horn in eine neue hergehaltene eingetreten ist und gebraucht dann den Faden der ersten Schleife zur Bildung einer zweiten, wodurch von der Nadel nur soviel Faden hergegeben wird, als der Stich verbraucht. Bei der Bildung einer neuen Schleife wird somit immer die vorhergehende zerstört, d. h. ein Stich gebildet. Damit dabei die lose hängende Schleife nicht neuerdings in das Bereich der Hornspitze kommt und Verwirrung stiftet, wird sie durch ein Stück Leder oder eine kleine steife Borstenbürste an den Greifer angedrückt und zwar mit einer Kraft, die ohne Verletzung des Fadens von dem Greifer überwunden werden kann.

Der beschriebene Vorgang ist nach den Hauptperioden in Fig. 28 bis 32, Taf. 114, dargestellt. Fig. 28 zeigt den Augenblick, wo die Spitze d eben in die Schleife eingetreten ist. Die Nadel muß dabei schon wieder um ein geringes gestiegen, aber noch in solcher Lage sein,

[1] Es findet hierbei eine Kreuzung der Fäden statt, die jedoch ohne Einfluß auf die Verschlingung ist, weil sie sich, wenn die Schleife abgeglitten ist, in Folge des Garndrahts wieder auflöset.

daß ihr Oehr tiefer liegt, als die Greiferspitze. Zur Sicherung des Eintritts ist d etwas zurückgebogen. Das Maß dieser Biegung hängt ab von der Stellung der Nadel, die jedoch so zu wählen, daß die Biegung möglichst klein bleibt (um die Schleife nicht zu vergrößern); ganz ist sie nicht zu beseitigen, wegen des zweiten Horns e, das die Nadel nicht streifen darf, so daß sie wenigstens eine halbe Nadeldicke beträgt. Nach dem Eintritt fängt die Nadel an sich zu heben, damit sie nicht von dem Vorsprung i, Fig. 24, erfaßt und gebogen oder zerbrochen wird.

In Fig. 29 sieht man die Greiferstellung, bei welcher der Vorderfaden o schon als Sehne hinter die (der Deutlichkeit wegen in der Zeichnung weggelassene) Spule getreten ist und der hintere Faden n von der schrägen Fläche m abzugleiten anfängt. — In Fig. 30 ist die Stellung gezeichnet, wo die Schleife die größte Ausdehnung hat und ein geringes Weiterdrehen des Greifers das Rückgleiten bewirkt. Dabei ist die Nadel zur Vorbereitung eines neuen Stiches schon wieder mit der Spitze unter das Zeug getreten; beide Fäden liegen um das Horn d und vor dem Greifer, der Vorderfaden o hinter, der Hinterfaden n vor der Spule. — Fig. 31 zeigt, wie der Faden on zurückgeglitten ist und gebremst wird. Das Zurückhalten geschieht hier durch einen Lederstreifen x x x. Zur Anbringung dieses Streifens ist, unmittelbar unter dem Greifer an dem Maschinengestell eine Messingplatte s s angeschraubt, die rechtwinklig zu sich und konzentrisch zum Greifer einen Ansatz r r trägt. In diesen Ansatz ist durch zwei Schlitze das Stück Leder eingezogen und zwar an einer Stelle, die etwas links von der vertikalen Mittellinie des Greifers liegt. Zur Verschiebung des ganzen Instrumentes stecken die zwei Befestigungsschrauben in Schlitzen, die ebenfalls konzentrisch mit dem Greifer laufen. — Kommt die Schleife vor das Lederstück, so hat sie sich schon wieder etwas verkürzt. Sie hatte schon ohne Weiteres ein Bestreben dazu, vermöge ihrer Anspannung, wird aber besonders durch die Nadelthätigkeit darin unterstützt. Wie der Vergleich zwischen Fig. 30 und 31 zeigt, ist die Größe des Nadelniederganges bedeutend im Verhältniß zu der Größe der Greiferbewegung, so daß also, weil letztere konstant bleibt, die Geschwindigkeit der Nadel eine beschleunigte geworden ist, und ein rasches Anziehen der Schleife durch die Nadel erfolgen mußte. Letztere, welche hierbei schon so tief durchgetreten ist, als zum Eingriff der Spitze d in ihre Schleife verlangt wird, steht nun beinahe (eine geringe Hebung ausgenommen) so lange still, bis dieser Eintritt vor sich gegangen. In diesem Moment fängt der Greifer an, die Schleife auszudehnen, wobei die vorhergehende zugezogen wird, was um so leichter wird, als sie sofort, nachdem sie zwischen Leder und Greifer durchgeschlüpft ist, flott hängt. Eine Verwirrung kann jetzt nicht mehr eintreten, weil die Spitze d schon außer dem Bereich der losen Schleife sich befindet. Diesen Zustand ersieht man aus Fig. 32.

Zwischen den durch Fig. 30 und 31 dargestellten Momenten tritt die Nadel in das Bereich des Greifers, und zwar hinter das zweite Horn e. Um sie dabei nicht der Gefahr des Verbiegens oder Zerbrechens durch Aufstoßen auf den Greiferkörper auszusetzen, muß der offene Raum zwischen dem Horn e und dem Ansatz f vorhanden sein und zwischen beiden noch der in Fig. 24 punktirt angegebene Einschnitt n angebracht werden.

Endlich ist zu bemerken, daß das Horn e eigentlich gar keine Rolle bei der Stichbildung spielt, sondern nur zur Unterstützung der Spule und zur gleichmäßigen Vertheilung der Masse dient. —

Bei denjenigen Maschinen, die mit einem Faden nähen, tritt an die Stelle des Schiffchens oder des Greifers ein Mechanismus zum Festhalten der Schleife, bis zum neuen Durchtritt der Nadel. Diese Kettenstichmaschinen sind die ältesten, und daher gibt es eine unzählige Menge verschiedener Konstruktionen für den genannten Apparat. Im Wesentlichen ist ihre Einrichtung folgende. Wenn die Schleife sich unter der Nähplatte gebildet hat, kommt ein hakenartiges Instrument, tritt in die Schleife ein, zieht sie aus und legt sie gewöhnlich horizontal in die Richtung, welche der entgegengesetzt ist, in welcher das Zeug fortbewegt wird. Hierauf tritt die Nadel durch das Zeug und die Schleife, welche letztere nun losgelassen und durch die Nadel selbst zugezogen wird. Fängt die Nadel jetzt wieder an zu steigen, so beginnt die Schleifenbildung von neuem, der Haken fängt sie wieder auf; die Nadel steigt höher und verläßt endlich das Zeug, welches sich nun vorschiebt, um der Nadel eine neue Stelle zum Durchtritt zu bieten.

Die Bewegung eines solchen Hakens ist nun entweder eine geradlinig hin- und hergehende, oder eine in vertikalem oder horizontalem

Bogen schwingende, oder endlich eine rotirende. Als die zweckmäßigste und eine sehr schöne Naht liefernde, ist die letztere Einrichtung, also die eines drehenden Hakens, hier hervorzuheben. In den Fig. 54 bis 57, auf Taf. 116 ist dieser Haken in wahrer Größe, drei Ansichten und Grundriß (Fig. 57) dargestellt, sowie in den Fig. 58 bis 60 seine Wirkungsweise. Eine kreisrunde dünne Stahlscheibe n trägt einen eigenthümlich geformten Körper m, der aus einem radial stehenden Flügel r und einem sichelartigen Theile mit zwei stumpfen Spitzen o und s besteht. Konzentrisch mit einer sich in der Pfeilrichtung drehenden Welle befestigt, tritt die vorgehende Spitze o in die dargebotene Nadelschleife Fig. 58, während im Moment des Eintritts die vorhergehende Schleife, nachdem sie über den Flügel r auf die Spitze s geglitten, von dieser nach Vollendung einer Drehung abgegeben wird, wie Fig. 60 andeutet. In dem Augenblicke, in welchem die Schleife über r hinwegrutscht, kommt die Nadel wieder herunter, tritt durch diese Schleife und bringt ihre eigene wieder in das Bereich der ersten Spitze o. Beim darauf folgenden Aufsteigen zieht die Nadel den Stich an, wobei ihr der Haken zu Hülfe kommt. Der ganze Vorgang hat die größte Aehnlichkeit mit dem beim Greifer Statt findenden. Die Windung der Schleife um 180°, die hierbei eintritt, kann nicht zurückgehen, weil die Nadel nach der Bildung derselben eintritt, weshalb der Stich das Ansehen der Ziffer 8 hat und eine etwas größere Festigkeit, als die gewöhnliche Kettenstichnaht. Um das Eintreten der Nadel in das Bereich des Hakens möglich zu machen, besitzt letzterer eine Vertiefung, wie bei m Fig. 55 sichtbar ist. Ferner ist die vorgehende Spitze o seitlich zugeschärft, um das Eindringen in die Schleife zu sichern.

Zur Herstellung des doppelten Kettenstichs hat man ebenfalls eine Menge verschiedener Einrichtungen erdacht, die aber theilweise sehr komplizirter Natur sind. Das Wesentlichste der neuesten, einfachsten und daher gebräuchlichsten Konstruktionen besteht darin, daß das durch die Nadelschleife tretende und diese zum Durchtritt der Nadel zurechtlegende Instrument gleichzeitig einen zweiten Faden mit durchbringt, der durch Anziehen des ersteren wieder eine Schleife bildet, die demnach in der ersten (Nadel-) Schleife liegt und desgleichen der Nadel einen Durchtritt gestattet. Man gibt diesem

Instrumente entweder eine geradlinig hin- und hergehende Bewegung und dann auch eine gerade Gestalt, oder man läßt es im Kreise hin- und herschwingen und krümmt es nach einem Kreisbogen. Von allen Anordnungen hat sich die letztere am besten bewährt und mag hier daher die Beschreibung dieser genügen, um so mehr, da die andern daraus sich zum größten Theil von selbst ergeben.

Mit Hülfe der Fig. 48 bis 51, Taf. 116, welche das Instrument in wahrer Größe in zwei Seitenansichten 48, 49, dem Grundriß 50 und Durchschnitt 51 darstellen, wird die Beschreibung nicht schwer werden. Ein runder, nach Fig. 50 gebogener und bei r zugespitzter Stahldraht, welcher nach unten eine Verlängerung H zum Einstecken in eine vertikalstehende Welle hat, besitzt in der Spitze ein horizontal durchgehendes rundes Loch zum Einziehen des Fadens, und auf der äußeren Umfläche eine Nuth s, in welcher der bei t durch ein rundes Loch wieder austretende Faden liegt und gehalten wird, wozu noch ein über die Nuth gelegter Steg v beim Schlaffwerden des Fadens zu Hülfe kommt. Mit der Spitze r tritt diese Hakennadel in die, von der Nadel durch ein geringes Aufsteigen unter der Nähplatte gebildete Schleife, vermöge einer Drehung, die sie von der Welle empfängt, in welche sie eingesteckt wurde. Nach diesem Eintritt steigt die gerade Nadel weiter in die Höhe; es dreht sich desgleichen die krumme Nadel weiter und streift mit der inneren Kante dicht an der aufsteigenden Nadel her, bis letztere das Zeug beinahe verlassen hat (was nach etwas mehr als 180° Drehung der krummen Nadel geschehen ist). Die krumme Nadel steht hierauf eine Weile still, während welcher die andere auf den höchsten Punkt gelangt ist und ihre Schleife fest darum gezogen hat, etwa r diametral gegenüber. Die Nadelschleife hat dabei den zweiten Faden doppelt zwischen sich genommen und drückt denselben so an die krumme Nadel an, daß er mitgeschoben wird, wenn letztere sich entgegengesetzt dreht. Erfolgt also die entgegengesetzte Drehung der krummen Nadel, so wird aus dem Faden derselben eine Schleife gebildet, durch welche die Nadel, nun von oben herkommend, hindurchtritt, und zwar vor dem vollendeten Rücklauf der krummen Nadel.

6. Die richtige Fadenspannung ist zur Bildung einer guten Naht so unumgänglich nothwendig, daß von ihr größtentheils mit die Brauchbarkeit der Nähmaschine abhängt, so daß manche

Maschine bei Seite gesetzt sein mag, deren Verfertiger oder Besitzer die Wichtigkeit einer Einrichtung zum Spannen des Fadens nicht erkannte, und auf deren Herstellung oder Instandhaltung nicht die gehörige Sorgfalt verwendete. Es ist daher kein Wunder, daß, nachdem man diesem Umstande mehr Aufmerksamkeit widmet, eine so große Anzahl verschiedener Einrichtungen zu diesem Zwecke erdacht sind und noch immer erdacht werden, und fast jeder Nähmaschinenfabrikant andere Methoden dafür zur Anwendung bringt.

Bei einfädigen Maschinen ist natürlich auch nur eine Vorrichtung zum Spannen erforderlich, während die zweifädigen sowohl für den Nadel- als den Eintragfaden einer Spannung bedürfen. Was die Spannung des Eintragfadens anbetrifft, so ist dieser schon bei Beschreibung der Schiffchenspule und des Greifers gedacht, so daß hier nur noch diejenige der Kettenstichmaschine und des Nadelfadens überhaupt in Betracht zu ziehen sind.

Um die Nothwendigkeit der Spannung zu begründen, bedarf es jedoch einer Ergänzung der Kenntnisse über die Rolle, welche der Nadelfaden bei der Stichbildung zu übernehmen hat. Diese wird mit Hülfe der Fig. 9, Taf. 114, nicht schwer werden. Denkt man sich die Nadel im höchsten Stande, also in e, und den Faden, nach oben gehend, straff angezogen, so wird die Nadel beim Niedergange über den Faden weggleiten, ohne ihn in eine Bewegung mit hineinzuziehen, und zwar so lange, bis ihr Oehr an eine Stelle kommt, die etwas über der Oberfläche des Nähstoffes liegt, etwa wie in a sichtbar. Von dieser Stelle an muß der Faden nothwendig, wegen seiner relativen Lage zur Nadel, mitgenommen werden und zwar in einer Länge, welche gleich ist der doppelten Entfernung des Nadelöhrs von der Stelle, bei welcher die Mitnahme begann, also nahezu von der Zeugoberfläche. Bei der tiefsten Stellung b ist die Länge die größte: sie ist die überhaupt von dem ganzen Fadenvorrath hergegebene, zur Stichbildung erforderliche Strecke. Beginnt hierauf bei c das Aufsteigen, so bleibt diese ganze Strecke zunächst unter dem Nähstoffe, von dem untern Apparat gehalten, zurück, bis die Nadel etwa in die Stellung d gerückt ist. Während der weiteren Erhebung von d nach e muß aber der Faden, mit Hinterlassung des allein zum Stiche selbst erforderlichen Theiles, aus dem Zeuge herausgezogen werden. Dies kann von der Nadel offenbar nicht geschehen, weil ihre relative Lage zum Faden dies um so weniger gestattet, als ja nach früherem die Reibung des Fadens in dem Zeuge größer sein muß, als in dem Nadelöhr. Es ist demnach ein besonderes Instrument erforderlich, welches den Faden zurückzieht. Wenn sich nun aber zur Bildung des folgenden Stiches dieser Vorgang in derselben Weise wiederholen würde, d. h. wickelte sich bei jedem folgenden Stiche eine gleiche Länge Faden ab, so würde sich bald eine große Menge Garn abgerollt haben, und hiervon wäre nur eine sehr geringe Menge verbraucht. Demnach wird der Apparat zum Spannen so eingerichtet sein müssen, daß eine gewisse, zur Schleifenbildung nothwendige Länge in Thätigkeit bleibt, während von der Garnspule selbst nur so viel abgegeben wird, als die Bildung der Nath selbst erfordert. Das zur Schleifenbildung erforderliche Fadenstück muß, zur Erreichung dieses Zweckes, abwechselnd angezogen und losgelassen werden. Beim Anziehen entsteht eine Spannung im Faden, deren Größe von mancherlei Umständen abhängig ist, aber sich muß genau reguliren lassen können. Beim Hakenstich muß die Spannung z. B. so beschaffen sein, daß die Kreuzung beider Fäden genau in die Mitte des Nähstoffes oder an der Berührungsfläche zweier Zeugstücke zu liegen kommt. Im andern Falle entsteht ein unvollkommener Stich, der, wenn er den einen Faden gerade liegen läßt, wie in Fig. 3 durch d angezeigt ist, Schlupp oder todter Stich genannt wird. Die Ursache liegt in der falschen Fadenspannung, indem entweder der Unterfaden zu stark im Verhältniß zum Oberfaden, oder letzterer zu schwach im Verhältniß zum ersteren gespannt war. Bei gleichen Zeugdicken sollte hier die Spannung beider Fäden absolut gleich sein, wenn die Nähstoffe in der Dichtigkeit auch übereinstimmen, da offenbar bei größerer Dichtigkeit eine größere Kraft zum Anziehen des Fadens erfordert wird.

Aus Vorstehendem geht hervor, daß der Apparat zum Spannen des Nadelfadens aus zwei Theilen bestehen muß: einem der verhindert, daß sich von dem Garnvorrath mehr abwickelt, als wirklich verbraucht wird, und einem zweiten, der eine bestimmte Fadenlänge rechtzeitig anzieht und losläßt. Der erste Theil besteht gewöhnlich aus einer Bremsvorrichtung von verschiedener Konstruktion. Oftmals drückt nur eine Feder auf den Rand der Garnspule, oder man beschwert letztere mit einem aufgesetzten Gewicht. Auch befindet sich die Rolle mit Garn oft auf einem Dorn mit zwei konischen Stücken, wovon das eine durch eine Spiralfeder in die Bohrung eingeklemmt wird. Die allgemeinste Anwendung haben jedoch die Bremsscheiben gefunden. Dies sind zwei runde Scheiben aus Metall, Glas oder vulkanisirtem Kautschuk, die auf eine durch ihre Mitte gehende Axe gesteckt sind, und durch eine Spiralfeder so zusammengedrückt werden, daß sie von dem zwischen ihnen liegenden Faden umgedreht werden. Um diesen Druck zu reguliren, stemmt sich die um die Axe der Scheiben gelegte Spiralfeder gegen den Kopf einer Mutter, die sich auf derselben Axe bewegt und durch Vor-, respektive Rückwärtsschrauben die Federspannung verändert. Auch durch Umwickeln des Fadens in schlanken Schraubengängen um einen Stift, durch Einziehen in Ringe, Oesen u. s. w. hat man diese Bremsung erzeugt.

Was den zweiten Theil des Apparats anbetrifft, so ist derselbe entweder für sich ein besonderes Stück der Maschine mit eigenem Bewegungsmechanismus, oder mit dem schwingenden Nadelführer verbunden. Er kann entweder eine solche Bewegung erhalten, daß der Faden stets mit einer sich gleich bleibenden Spannung arbeitet, oder der Faden kann abwechselnd schlaff oder stramm angezogen werden. Die letztere Art ist die gebräuchlichste, weil ihre Herstellung am einfachsten und ihre Wirkungsweise, wenn auch nicht so vollkommen als bei der ersteren Methode, doch für den Zweck genügend ist. Zu den gebräuchlichsten Einrichtungen, welche zur Fadenspannung dienen, und deren Beschreibung und Wirkungsweise zweckmäßig bei den einzelnen Maschinen später abgehandelt wird, ist hier jedoch noch eine hinzuzufügen, die sich durch vorzügliche Wirkung auszeichnet. Sie besteht aus zwei horizontal übereinander liegenden flachen Stäbchen am vorderen oberen Theile des Zeughalters, die beide am Ende vertikal durchbohrt sind, und wovon das untere festliegt, das obere dahingegen so bewegt wird, daß das kleine Loch in einem horizontalen Kreise schwingt. Durch die Löcher beider Stäbchen, welche beim Ruhestande übereinander liegen, wird der Faden gezogen und durch die schwingende Bewegung des oberen Stäbchens abwechselnd horizontal gelegt, und dadurch gespannt.

Als unmittelbar zur Spannung gehörend ist noch die Fadenführung zu betrachten, das ist die Art und Weise, auf welche der Faden von der Garnrolle zur Nadelspitze geleitet wird. Ganz von dem Spannungsapparat abhängig, läßt sich im Allgemeinen nur so viel darüber sagen, daß der Lauf des Fadens von der Garnrolle horizontal, längs des festen Arms oder des Nadelführers durch den Spannungsmechanismus so nach der Nadel geht, daß Nadel und Faden unter einem möglichst kleinen Winkel zusammentreten.

Nebst diesen durchaus nothwendigen Theilen der Nähmaschine kommen noch Vorrichtungen an derselben vor, die ihre Brauchbarkeit sehr erhöhen, indem sie theils dazu dienen, die Vorarbeiten zu beschleunigen, theils den Zweck haben, Arbeiten besonderer Art (Säume, Einfassungen 2c.) damit herstellen zu lassen.

7) Zu den Vorarbeiten gehört das Aufspulen des Garns auf die Spule des Schiffchens oder die stehende Spule des Greifers; beides ist zeitraubend durch die häufige Wiederkehr, deshalb eine möglichst schnelle Ausführung erwünscht. Früher bediente man sich dazu einer besonderen kleinen Spulmaschine, die ganz nach dem Prinzipe des bekannten Handspulrades gebaut war, nur daß statt einer langen Spindel eine kurze Achse angebracht war, die in der Endfläche ein Grübchen zur Aufnahme der Schiffchenspulenspitze besaß. In einer gewissen Entfernung von der Stütze, die das Lager der kurzen Achse trägt, befindet sich eine zweite Stütze zur Aufnahme eines Stiftes, der, horizontal verschiebbar, durch eine Spiralfeder stets so vorgedrückt wird, daß die mit ihrer zweiten Spitze in ein Grübchen an der Vorderfläche dieses Stiftes eingesetzte Spule sich so einklemmt, daß die sich drehende Axe dieselbe mitnimmt, und ein vorgehaltener Faden aufgewickelt wird. Neuerdings vereinigt man diesen Spulapparat mit der Nähmaschine selbst insofern, als die beiden Stützen mit der Axe und dem verschiebbaren Stift an die untere Seite der hölzernen Maschinentischplatte angeschraubt werden, und die Axe durch eine Schnur von der Hauptwelle aus die Drehung bekommt. Die stehende Greiferspule empfängt ebenfalls, behufs Füllung, ihre Drehung von der Hauptwelle der Greifermaschine, die zu dem Zwecke in einen schlanken Dorn ausläuft, auf welche die Spule mit ihrem zentrischen Loche aufgeschoben wird.

Das Einsetzen neuer Nadeln gehört insofern mit zu den Vorarbeiten, als dieses nothwendig wird durch Stumpfwerden oder Abbrechen oder bei einer Auswechslung, da sich ja die Nadeldicke zum Theil nach dem Nähstoff richten muß. Auch zu dieser Arbeit bedient man sich sehr zweckmäßig eines kleinen Hülfswerkzeuges, weil die Stellung des Nadelöhrs und seine Entfernung von gewissen Theilen eine bestimmte sein muß. Dieser Sitz der Nadel wird vom Fabrikanten der Maschine genau durch Probieren ausgemittelt, wozu nicht wenig Uebung und Ausdauer oft erforderlich ist. Hat man denselben aber gefunden, so ist sein Wiederauffinden ein Leichtes, durch folgendes kleine Instrument. Eine kleine viereckige Platte von Messing erhält an einer schmalen Seite einen Stahlstift, der so dünn ist, daß er mit Leichtigkeit durch das Oehr der Nadel geht, und in solcher Entfernung von einer zweiten Kante der Platte angebracht ist, daß diese Entfernung gleich derjenigen zwischen Nadelöhr und der unteren Kante des Nadelschiebers wird, die man ausprobirt hat. Beim Gebrauch hält man diese Platte an den Schieber, so daß die Kante mit dem Stift in die Verlängerung des Schiebers fällt, steckt die Nadel ein und schiebt sie so weit vor, daß ihr Oehr auf den Stift geht, wodurch die Stellung fixirt ist.

8) Zum Aufnähen von Litze oder Korde ist erforderlich, daß man diese unmittelbar vor dem Nadeldurchgange auf das Zeug leitet und festdrückt. Sie wird zu dem Ende auf eine gewöhnliche hölzerne breitrandige Spule gewickelt, und diese auf einen Draht der Maschine gesteckt. Von dieser Spule wird sie nach dem Zeugdrücker (Schuh) und durch eine Oeffnung in diesem, die hinter derjenigen für den Durchtritt der Nadel sitzt, unter denselben in der Richtung geleitet, die mit dem Vorschub des Zeuges zusammenfällt. Das Mitnehmen geschieht ohne Weiteres von dem Zeuge selbst. Ist die Litze schmal und dick oder rund (Korde) und soll sie zwischen zwei Zeuge oder in ein umgeschlagenes Zeug eingenäht werden, so kann man den gewöhnlichen Schuh mit ebener Sohle nicht mehr gut anwenden, weil das Zeug dadurch hohl und nicht fest genug zu liegen kommt. In diesem Falle vertauscht man den Drücker besser mit einem solchen, der an der Stelle, wo die Korde hergeführt wird, rinnenartig ausgehöhlt ist.

9) Das Einfassen der Stoffe mit Band ist auch auf Maschinen möglich, seitdem man ein eigenes Instrument für diese Arbeit ersonnen hat. Dasselbe ist zwar auf verschiedene Weise ausgeführt, jedoch immer nach ein und demselben folgenden Prinzipe. Denkt man sich zwei Uförmig nach verschiedenen Krümmungshalb-

messern gebogene Blechstreifen so in einander geschoben, daß zwischen beiden ein Spielraum bleibt, und in diesen Spielraum ein Band von gewisser Breite eingezogen, so wird dieses sich nach Uform der Breite nach umbiegen, also sich so krümmen, wie es in der Wirklichkeit als Einfassung der Fall ist. Wird nun in dem inneren Raum des eingeschobenen Bleches das Zeug eingeführt, welches man mit der Bandeinfassung versehen will, so wird dasselbe sich dadurch auch zugleich zwischen das gebogene Band legen, und damit Zeug und Band in eine solche gegenseitige Lage gebracht, wie zum Festnähen erforderlich ist, wenn gleichzeitig das Band so geführt und umgelegt wird, daß es zur einen Hälfte auf die eine, zur anderen Hälfte auf die zweite Seite des Zeuges zu liegen kommt. Eine solche Lage ist einmal zu verlangen von der Einfassung als solcher, dann aber ist sie erforderlich als Bedingung zum Nähen, indem die Naht an der äußeren Kante des Bandes entlang geführt wird und zwar durch beide Kanten gleichzeitig, was dann nur möglich ist, wenn sie genau über einander liegen. Zu dieser Führung dienen kleine Stahlfedern, die am Ende ebenfalls Uförmig eingebogen werden und neben dem Biegeapparat liegen. Sie nehmen die Ränder des Bandes zwischen die durch die Umbiegung entstandenen Haken, sind je nach der Breite des Bandes gleichmäßig mehr oder weniger vorgeschoben und verhindern ein Ausweichen nach der Seite. Das ganze aus diesen Haupttheilen bestehende Instrument muß selbstverständlich nahe an der Stelle über der Stichplatte angebracht werden, wo die Nadel durchtritt, also da, wo der Zeugdrücker sich befindet, wodurch beide sich gegenseitig im Wege stehen. Aus letzterem Grunde pflegt man mit demselben den Zeugdrücker zu verbinden, und dann bei Anwendung des Einfaßapparats den Drücker oder Schuh von der Maschine fortzunehmen.

Wie ein solcher vollständiger Apparat konstruirt zu werden pflegt, wird eine genauere Beschreibung desselben, mit Hinzuziehung der Fig. 64—67, Taf. 116, deutlich machen. Fig. 64 zeigt eine, Fig. 67 eine zweite Seitenansicht, Fig. 65 den Grundriß, Fig. 66 die Vorderansicht; gleiche Theile sind mit denselben Buchstaben bezeichnet. In a erkennt man die Uförmigen Streifen, welche hier aus einem Stücke (und zwar aus einer dünnen Stahlfeder) zusammengebogen sind, wodurch dem innenliegenden Theile die Befestigung gegeben wird.

Dieses Stück ist mit dem Rücken an die durchbrochene Platte A (deren Begrenzung die punktirte Linie Fig. 65 angibt) angelöthet. Der innere Raum o nimmt das Zeug auf, der von der Feder selbst begrenzte Raum das Band, so daß zwischen beiden ein Abstand von der Dicke der zwischenliegenden Feder bleibt, welche letztere zur Verminderung dieses Abstandes möglichst dünn zu nehmen ist. Drei ebenso dünne, an den Enden umgebogene Federn c c c bilden die Führung für das Band. Zwei davon liegen unmittelbar beim Eintritt und Austritt desselben, die eine oben, die eine unten, die dritte aber befindet sich an der Stelle, wo die Nadel heruntergeht. Alle drei Federn müssen ihre Lage gegen das Biegungsinstrument ändern können, da dieselbe abhängt von der Breite des Bandes, und zwar muß diese Aenderung mit allen gleichmäßig sein. Um dies leicht ausführbar zu machen, sind sie sämmtlich an einer Platte B befestigt, welche auf dem Rahmen A liegt, und ist B gegen A verschiebbar eingerichtet. Damit die Verschiebung genau in der Axenrichtung erfolgt, besitzt die obere Platte B unterwärts eine kleine viereckige Schiene s, welche in einer entsprechenden Nuth n des Rahmens A liegt und beim Bewegen eines der beiden Theile darin gleitet. Die drei Schrauben d, e, f klemmen die an kleine, als Mutter dienende Klötzchen, angelötheten Federn c c c an die Platte B an, und sind zur genauen Gleichstellung der Federn in Schlitzen verstellbar. Die vierte sichtbare Schraube h hat ihre Mutter in dem Rahmen A und geht ebenfalls durch einen, mit den anderen parallelen Schlitz der Platte B, so daß beide Theile, nach richtiger Einstellung, auf einander festgeklemmt werden können. Die oben liegende Platte trägt außerdem noch den Zeugdrücker mit dem Gehäuse D. Dieser Drücker besteht aus der Stahlschiene l, mit dem rechtwinkeligen Querfuß m, welche in den zylindrischen Stahlkörper p eingelassen ist. Dieser Stahlzylinder endigt mit einem dünneren Theile, als Schraube zur Aufnahme der Mutter E. Der dünnere Theil ist mit einer, in dem Gehäuse D sitzenden Spiralfeder umgeben, die auf p niederdrückt. Außerdem befindet sich an dem Zylinder p noch ein viereckiger Ansatz i, der sich in einem Schlitze des Gehäuses D bewegt und zur Führung dient, beim Hinaufziehen des Drückers und einer kleinen Drehung desselben aber zum Festhalten in der Höhe auf den Vorsprung u gelegt werden kann. Seiner Bestimmung gemäß muß der Zeugdrücker sich stets auf der einmal bestimmten Stelle befinden und damit also auch die Platte B, an welcher er befestigt ist. Hieraus erklärt es sich, daß in diesem Falle die obere Platte B mit der Nähplatte zu verbinden und der untere Rahmen A, somit nicht die Federn c c c, sondern der Biegungsapparat a, gegen B verschiebbar einzurichten ist. Zur Verbindung von B mit der Nähplatte dient eine Kopfschraube, welche durch die Oeffnung G gesteckt wird und in der Nähplatte die Mutter hat; zur richtigen Lage des ganzen Instruments, sowie zur Verhinderung einer, um die Befestigungsschraube möglichen Drehung werden durch zwei kleinere Oeffnungen t t Stifte in damit korrespondirende Oeffnungen der Nähplatte gesteckt. Zwischen dem Zeuge und dem Bande befindet sich ein Abstand gleich der Dicke der zwischenliegenden Feder, wodurch ein Zusammennähen beider, unmittelbar an der Stelle des Zusammentretens, schlecht von Statten geht. In Folge dessen liegt die Durchgangsstelle der Nadel bedeutend weiter seitlich und zwar da, wo eine innige Berührung der zu nähenden Stoffe Statt findet. Um aber auf diesem Wege das Band nicht ganz ohne Führer zu lassen, ist es nöthig, die dritte Führungsfeder anzubringen, die sich durch eine über dem Drücker liegende Verlängerung von den andern unterscheidet und ihren Platz unmittelbar vor der Durchgangsstelle der Nadel hat, so daß letztere sich zwischen dieser Feder und dem Querfuß bewegt. Der Führungshaken an der Feder liegt dabei in einem entsprechenden Einschnitt des Drückers, wodurch die nothwendige Bedingung erfüllt wird, daß letzterer den Rand des Bandes fassen und auf das Zeug aufpressen kann.

10) Sehr häufig kommt man beim Nähen in die Lage, zu einer graden Zeugkante genau parallel eine Naht herzustellen, und es ist dabei sehr erwünscht, dem Zeuge durch eine Vorrichtung an der Nähmaschine eine *sichere Führung* zu geben, weil diese wegen der bedeutenden Geschwindigkeit des Vorschubs, durch die Hand der nähenden Person nur mit großer Geschicklichkeit zu erreichen ist. In Fig. 68 (Grundriß) und Fig. 69 (Seitenansicht) ist eine solche Vorrichtung dargestellt. Sie besteht einfach aus einem starken Messingblech, welches an einer Kante rechtwinkelig umgebogen ist und vermittelst einer Schraube auf die Stichplatte aufgeschraubt wird. Der aufgebogene Theil dient dann als Lineal, an welchem man das Zeug herzieht, und zur angemessenen Stellung geht die Befestigungsschraube

durch einen langen Schlitz Fig. 68. Die Größe kann natürlich ziemlich willkürlich genommen werden und richtet sich zum Theil nach der Größe der Maschine, 4^{cm} als Länge des Lineals ist eine mittlere gebräuchlichste.

11) Die Umsetzung der Bewegung, d. h., eine Zurückführung des Zeuges ohne Unterbrechung des Nähens, kann oft von großem Nutzen sein, da sie es vermeiden läßt, das Zeug, welches mit einer Naht versehen worden ist, herausnehmen und entgegengesetzt einführen zu müssen, um es in derselben Richtung wieder zu nähen. Ganz besonders wichtig ist eine solche Einrichtung für Maschinen, mit denen Litze nach vorgeschriebenen Mustern aufgenäht werden soll, da hier häufig der Fall eintritt, daß parallel oder unter sehr spitzen Winkeln zu dem bereits aufgenähten Stücke die Fortsetzung liegen muß. Obwohl es nur darauf ankommt, dem Zeugschieber eine Bewegung zu ertheilen, die der ersten entgegengesetzt ist, unabhängig von den Bewegungen der andern Theile, so fehlt doch den meisten Maschinen diese erwünschte Zugabe, weil es nicht immer leicht zu erreichen ist, diese Bewegungsumsetzung zu bewirken, wegen des Zusammenhangs zwischen den bewegten und den bewegenden Theilen. — Bei einigen Maschinen ist man im Stande durch entgegengesetzte Drehung des Schwungrades alle Bewegungen umzusetzen, ohne irgendwelche Störungen zu erzeugen. — Eine Vorrichtung, durch welche allein dem Zeugschieber eine entgegengesetzte Bewegung ertheilt wird, ist von Callebaut in Paris erdacht und in Fig. 70 dargestellt. Die Betriebswelle b, welche ihre Bewegung durch ein Getriebe e empfängt und in den Lagern f f ruht, hat einen Ansatz g, gegen welchen eine Spiralfeder h sich anlegt, die gegen eine in Fig. 71 besonders gezeichnete Büchse i drückt. Diese Büchse, welche sich auf der Welle b verschieben läßt, hat an dem einen Ende eine Spur j und am andern Ende einen Daumen k. In die Spur j greift ein Bolzen l, der an dem um n drehbaren Hebel m befestigt ist. Der Zeugschieber erhält nun seine Bewegung entweder von der Welle o oder p, von welchen die eine ihm die Bewegung nach links, die andere nach rechts ertheilt, und welche beide die schwingende Bewegung von rechtwinkelig daran sitzenden Armen erhalten. Es kommt daher nur darauf an, einen dieser Arme zu heben und dies geschieht durch den sich mit der Welle b

drehenden Daumen k, der durch eine Verschiebung des Hebels m nach links oder rechts, und das dadurch erfolgte Fortrücken der Büchse auf der Welle b, unter den zu o oder den zu p gehörenden Arm tritt und denselben hebt. Damit die Büchse i von der Welle mitgenommen wird, hat letztere eine Feder, die in eine Nuth der ersteren eingreift.

12) Säume werden ebenfalls durch einen kleinen Nebenapparat, den sogenannten Säumer oder Saumfalter gebildet, der an jeder Maschine leicht anzubringen ist. Derselbe wird aus einem dünnen polirten Stahlbleche, von der Gestalt, wie Figur 72 zeigt, gebildet, welches nach der Linie a b so zusammengebogen wird, daß die beiden langen, schmalen Lappen c und d, genau auf einander zu liegen kommen und etwa einen Zwischenraum von der Dicke eines starken Papiers zwischen sich lassen, während die größeren Lappen, e und g so gebogen werden, wie Fig. 73 zeigt. Die beiden Lappen c und d werden hierauf so strickartig gedreht, daß eine Art sehr steilen Schraubengewindes, von nur zwei Gängen auf 30mm, entsteht. Bringt man nun das Zeug zwischen die großen Lappen e und g und führt es in der Pfeilrichtung fort, so faltet es sich nach dem Laufe der hohlen Schraube, also, weil diese zwei Gänge hat, doppelt zusammen. Die Federung des kleinen Instruments ist groß genug, den Stoff, wenn er nicht unangemessen dick und steif ist, gehörig umzulegen, um sogleich festgenäht werden zu können. Der Säumer wird mit einem angelötheten Röhrchen auf einen Stift f geschoben, der an der Nähplatte angeschraubt ist, und kann somit leicht bei Nichtgebrauch weggenommen werden. Die Innenflächen werden zur sicheren Führung des Zeuges sehr zweckmäßig mit Längenfurchen versehen. — Statt vorbeschriebener Konstruktion wendet man neuerdings einen Säumer an, der nur aus einem tutenförmig zusammengedrehten Stück Messing- oder Neusilberblech besteht. — Auch verbindet man den Saumapparat sehr häufig mit dem Zeugdrücker, indem man eine ähnliche Schnecke in die Verlängerung desselben über das Stichloch hinaus einlöthet. Letztere Einrichtung ist aber wohl nicht so zweckmäßig, indem sie einmal viel theurer in der Herstellung sein wird, was namentlich bei Erneuerung zu beachten ist, und dann auch beim Nähen mehr hindert, da sie nicht entfernt werden kann, auch deshalb immer die Stelle, wo der Stich gemacht wird, dem Auge der Näherin entzieht.

III. Beschreibung einzelner Nähmaschinen.

Im Folgenden mag nun die Beschreibung einiger Nähmaschinen lehren, wie man die einzelnen im Vorhergehenden, genau oder andeutungsweise, dargestellten Mechanismen kombinirt, um zu einem brauchbaren Geräth zu gelangen. Es ist hierbei zu bemerken, daß nicht jede der vielen möglichen Kombinationen zum Ziele führt, und daß immer einer der nothwendigen Mechanismen sich nach der Wahl der andern fügen muß.

Was die Wahl der zu beschreibenden Maschinen anbetrifft, so wäre dieselbe nicht leicht gewesen, wenn die große Anzahl der verschiedensten Konstruktionen hätte berücksichtigt werden sollen; sie wurde aber nicht so schwer bei dem in der Wahl leitenden Gedanken, daß es hier nur darauf ankommt, praktisch bewährte Gegenstände und von diesen wieder diejenigen auszuwählen, welche das anschaulichste Bild, die deutlichste Vorstellung gewähren. Wenngleich es auch rathsam war, nur eine Maschine von jedem System anzuführen, so wird sich dabei doch genügend Gelegenheit bieten, die nöthigen Ergänzungen zu den früheren Darstellungen zu machen; namentlich was die Leistungsfähigkeit einzelner Maschinen betrifft.

1) Die Fig. 33 und 34, Taf. 115, führen eine Schiffchenmaschine in $^1/_3$ wahrer Größe von höchst einfacher Konstruktion und dabei ausgezeichneter Wirkung vor Augen, die, von Guinneß und Comp. in London erfunden, von dem Mechaniker Löhdefink in Hannover mit einigen Abänderungen nachgebaut wird. Sowohl in der Seitenansicht, Fig. 33, als in der Vorderansicht, Fig. 34, sind die den Mechanismus verdeckenden Theile fortgelassen und dieselben Theile mit gleichen Buchstaben bezeichnet. Der Tisch besteht aus einer gußeisernen Platte a, an welche der Kasten a' und ein Theil b angegossen und das Gehäuse b' angeschraubt ist, wovon a' zur Aufnahme des Schiffchens, sowie des Zeugschiebers und ihrer Bewegungsmechanismen, b zur Lagerung der Hauptwelle h, und b' zur Aufnahme des Nadelführers und der Vorrichtung zum Spannen des Nadelfadens dient.

Die Bewegung der Nadel ist eine geradlinig auf- und niedergehende und wird vermittelt durch den Nadelführer cccc, mit dem sie durch eine Hülse z mit einer Klemmschraube in feste Verbindung gebracht ist. Der Nadelführer liegt zum Theil in dem Gehäuse b', aus welchem er durch einen Schlitz heraustritt, und hat dort zwei genau parallele, vertikale Durchbohrungen, durch welche zwei Stäbe dd, dd hindurch gehen, die in dem Gehäuse befestigt sind und als Führungen dienen. Der Nadelführer bekommt nämlich auch eine geradlinig auf- und abwärts gerichtete Bewegung und zwar durch die Schubstange f, welche mit einem Kopfe um einen in den Nadelführer eingelassenen Zapfen e, und mit dem andern um einen Zapfen g faßt, der auf der Schnurscheibe k in einer Entfernung vom Mittelpunkte angebracht ist, welche der halben Nadelhubhöhe gleicht. Die Schnurscheibe k, welche von dem Schwungrade die Schnur und somit direkt die Bewegung entnimmt, ist auf die Hauptwelle h aufgekeilt; und von letzterer werden nun alle anderen nöthigen Bewegungen hervorgebracht. Zur Bewegung des Schiffchens befindet sich auf der Welle h zunächst ein Krummzapfen m, dessen Länge gleich dem halben Schiffchenwege ist, mit der Zugstange m', welche an einem Arm q des Schiffchenschlittens n angreift und diesen auf der horizontalen Stange p hin- und herführt. Auf den Schlitten n ist die Platte mit den beiden Knaggen i i zur Aufnahme des Schiffchens aufgeschraubt; die nothwendige gerade vertikale Wand (siehe Fig. 20, 21 nebst Beschreibung) wurde der Deutlichkeit wegen in der Zeichnung weggelassen. Der Zeugschieber besteht aus einem Messingstück p, das unten eine Hülse zum Aufstecken auf einen Zapfen o, oben eine Anzahl Zähne und der Länge nach einen sich nach der Innenseite erweiternden Schlitz hat. In diesen Schlitz ist durch die Erweiterung am unteren Ende ein konischer Zapfen r eingebracht, um welchen das Stück p sich schwingt und dessen Konizität das Festhalten bewirkt. Der an der Vorderfläche der Welle h sitzende Zapfen o befindet sich nicht im Mittelpunkte der Welle und verursacht demnach bei der Drehung eine schwingende Bewegung des Stückes p um den von r gebildeten Drehpunkt. Mit dieser Schwingung erfolgt gleichzeitig die nothwendige Hebung und Senkung, welche das Einstechen der Zähne in das Zeug erfordert. Während die Hebung eine konstante bleiben kann und in diesem Falle durch die Konstruktion konstant ist, muß die Größe der Schwingung veränderlich gemacht werden können. Da die Bogenbewegung der Zähne abhängt von der Entfernung des Drehpunkts r von den

Zähnen, weil der untere Punkt o festliegt, so hat man in der Verschiebbarkeit des Zapfens r das einfache Mittel, die Stichlänge zu verändern, indem diese sich vergrößert durch Herunter-, und verkleinert durch Hinaufschieben des Zapfens r, welcher zu dem Ende mit einer Schraube r' durch einen vertikalen Schlitz des Kastens a' geht und vermittelst einer Mutter festgezogen werden kann.

Zum Ausdrücken des Zeuges auf die Nähplatte dient der Schuh s, der an eine Stange s' angeklemmt wird und von der Spitze an einen Einschnitt zum Durchtreten der Nadel hat, sowie noch eine vertikale Durchbohrung zum Durchleiten der Litze. Die Stange s' sitzt, auf und nieder verschiebbar, in dem an das Gehäuse b' angegossenen festen Arm 11, und ist innerhalb einer rechteckigen Durchbrechung mit der Spiralfeder umgeben, welche ein stetes nachgiebiges Niederdrücken verursacht. Sie preßt sich aus dem Grunde einmal gegen die feste, obere Wand der Durchbrechung und dann auf einen Klotz u, der durch eine gleichbezeichnete Schraube, Fig. 34, auf die Stange aufgeklemmt wird und vermöge seiner viereckigen Gestalt zugleich ein Drehen der runden Stange verhindert; in der Verschiebbarkeit des Klotzes ist ferner ein Mittel zur Regulirung des Federdrucks gegeben. Soll der Zeugdrücker beim Einführen des Zeuges oder auf andere Veranlassung in der Höhe erhalten werden, so bewegt man zwei, während des Arbeitens auf einander liegende schiefe Flächen gegeneinander, durch Umdrehen der bei t sichtbaren, mit s drehbar verbundenen, gerändelten Scheibe.

Was die Faden-Führung und Spannung anlangt, so ist diese hier ganz eigenthümlich und von sehr guter Wirkung. Die käufliche Garnspule wird auf einen Stift am festen Arm 1 gesteckt und mit einem Bleigewicht B gebremst. Der Faden F geht von der Spule nach der Bremsscheibe V, welche durch eine Spiralfeder, die um einen aufrecht stehenden Stift gelegt ist und durch eine Mutter regulirt wird, die Pressung erhält. Von dieser Scheibe geht sie durch das Oehr eines zweiarmigen Hebels W W, von hier durch eine Oeffnung an dem festen Arm 11 und eine solche in der Hülse z nach dem Nadelöhr. Der Hebel W dreht sich um einen Zapfen y und kann vermittelst Anziehens einer Schraube C, und dadurch hervorgerufener Pressung einer in Fig. 34 punktirt angegebenen, um y liegenden Spiralfeder beliebig gebremst werden. Der in der Zeichnung horizontal liegende Arm des Hebels ist unten und oben mit Sohlleberstücken belegt, die durch umgewickelte Fäden gehalten werden. Gegen diese Lederstücke schlägt abwechselnd von oben und unten einer der beiden, mit dem Nadelführer c fest verbundenen Stifte x: und hierdurch wird die abwechselnde Fadenspannung herbeigeführt, indem das Oehr an dem aufrecht stehenden Arm dadurch eine sprungartige Bewegung nach links oder rechts macht, im ersten Falle den Faden schlaff werden läßt, im zweiten straff anzieht. Die Stifte x sind in den gezeichneten Schlitzen verschiebbar und festzuklemmen, wodurch man es in der Hand hat, den Ausschlag des Hebels beliebig zu verändern, was bei dem Montiren der Maschine nothwendig ist. Der an dem oberen Theile des Hebels sitzende Schnabel hat den Zweck, ein Umschlagen des Fadens, bei seinem Schlaffwerden, um den Hebel zu verhüten.

Bemerkenswerth ist bei dieser Maschine zuerst die geradlinige Bewegung der Nadel ohne Schieber, und dann, daß die Umsetzung der Bewegung direkt durch entgegengesetzte Drehung des Schwungrades erzeugt werden kann, weil, wie man durch Betrachtung aller Bewegungen in ihrem Zusammenhange erkennt, eine entgegengesetzte Bewegung nur dem Zeugschieber dadurch mitgetheilt wird. Dieser ist aus dem Grunde oben mit Zähnen versehen, wovon die eine Hälfte nach rechts, die andere nach links steht. Endlich ist noch eines Stiftes D in dem festen Arm l zu erwähnen, der zur Aufnahme einer Litzenrolle dient, und daß der Kasten a' durch seitlich eingeschobene Stahlplatten verschlossen wird.

2) In den Fig. 35 bis 45 ist eine Greifermaschine neuerer Konstruktion, nach dem System Wheeler und Wilson in ½ wahrer Größe dargestellt und zwar eine Seitenansicht durch Fig. 35, die Vorderansicht durch Fig. 36, der Grundriß durch Fig. 37 und einige Details durch Fig. 38 bis 45 (Taf. 115, 116).

Mit der hölzernen Tischplatte ist durch drei versenkte Schrauben fff, Fig. 37, eine aus Eisen gegossene Platte PP verbunden, die vier Ständer aaaa, zur Aufnahme zweier horizontal und parallel liegender Wellen cc und bb trägt. Ueber den vorderen Ständern aa liegt die stählerne polirte Stahlplatte hh als Nähtisch (in Fig. 37 fortgelassen), welche an den Stellen, wo die Nadel und der Zeugschieber durchtritt, mit Oeffnungen, und zum Einziehen des unteren Fadens beim Einleiten des Nähens von der Nadeldurchtritts-Oeffnung bis an den Rand mit einem feinen Schlitz versehen ist. Von den zwei eben erwähnten Wellen bekommt die vorn liegende cc die drehende Bewegung vermittelst eines über die rauhgemachte Rolle R geschlagenen Riemens, in der Richtung von links nach rechts. Von dieser Welle aus wird sowohl die Nadel als der Greifer und der Zeugschieber bewegt. Die Nadel n wird durch eine Schraube s, mittelst eines Stückes o, an den Führer q angeklemmt und macht mit diesem eine Bogenbewegung, welche auf folgende Weise hervorgebracht wird. Auf der Welle C, Fig. 40, sitzt exzentrisch die runde Scheibe i, um welche der Bügel d einer Zugstange k gelegt und durch die Schraube g so fest angezogen ist, daß kein Wackeln zwischen i und d Statt findet. Die Zugstange k greift mit dem andern Ende um einen Zapfen in dem gabelförmig endenden Hebel l, und dieser ist mit einer Schraube e an die zweite Welle b fest angeschraubt, Fig. 41. Mit dieser Welle b ist ebenfalls fest verbunden der Nadelführer q: es wird dieser also die durch das Kreisexzentrik i aus der rotirenden Bewegung der Welle c entstandene schwingende Bewegung der Welle b mitmachen müssen. Die Größe der Nadelschwingung hängt demnach ab von der Exzentrizität der Scheibe i, von der Länge des Hebels l und von der Entfernung der Nadelspitze vom Wellenmittel; soll jene also verändert werden, so kann das durch Veränderung dieser drei Größen geschehen. Die Stellung des Greifers bestimmt aber ein für allemal den Durchgang der Nadel durch die Nähplatte, somit auch die Länge des Nadelführers, welcher daher nicht beliebig verändert werden kann. Die Exzentrizität der Scheibe i zu vergrößern oder zu verkleinern würde ebenso umständlich als schwierig sein, zumal geringe Differenzen hier schon von großem Einfluß auf den Nadelhub werden. Die Verkürzung oder Verlängerung des Hebels l sind dagegen die Mittel, durch welche eine genaue Regulirung am sichersten und leichtesten möglich ist, und man erreicht sie, indem man die Befestigungsschraube e durch einen Schlitz des Hebels l steckt und mit dem Kopf über die Schlitzränder treten läßt. Eine Verkürzung vergrößert, eine Verlängerung verkleinert dabei den Nadelhub. — Während die Welle c in gewöhnlichen Lagern läuft, befindet sich b zwischen zwei in Grübchen eintretenden Spitzen der Schrauben mm. Diese haben ihre Muttern in den zwei Ständern und werden durch Gegenmuttern in unwandelbarer Lage erhalten. Man erreicht durch diese Anordnung außer einem leichten sicheren Gange noch die Möglichkeit, der Welle eine geringe Längenverschiebung zu ertheilen, die wegen des genauen Einstellens der Nadel erwünscht sein kann.

Auf dem rechts liegenden, hinteren Ständer ist mit einer Schraube der feststehende Arm p befestigt, welcher an seinem vorderen Ende die Vorrichtung zum Zeughalten trägt. Letztere ist in Fig. 42 besonders, mit dem Arm p im Durchschnitt, gezeichnet. Sie besteht aus dem eigentlichen Drücker a, in Gestalt einer gebogenen dünnen Stahlschiene mit einem zylindrischen Ansatz i, der in eine dünne runde Stange s endigt, welche den aufgeschraubten Kopf b trägt. Die Durchbohrung zur Aufnahme der Stange s ist von unten zylindrisch erweitert und in dieser Erweiterung sitzt die, stets auf i nach unten drückende, Spiralfeder. Durch Hinaufziehen des Kopfes b wird der Drücker von dem Zeuge abgehoben, eine mögliche Drehung dabei durch zwei Stifte oo verhindert, die an i sitzen und in einem Schlitze des Armes p auf und nieder gehen.

Der Apparat zum Vorschub des Zeuges liegt unter der Platte; er ist durch Fig. 38, in der Seitenansicht, Fig. 39 im Grundriß dargestellt, dagegen in Fig. 35 und 37 fortgelassen. Einen Theil davon bildet die lange schmale Stahlplatte a, die in Vertiefungen uu (Fig. 37) der beiden vorderen Ständer gelegt und durch die darüber liegende Platte h gehalten wird, ohne jedoch an einer Längenverschiebung behindert zu werden. Genannte Platte hat in ungefähr der Hälfte ihrer Länge einen Schlitz, der etwa die halbe Breite einnimmt und dazu dient, einer Stahlfeder n den Durchtritt zu gestatten. Diese Feder ist unten an der Platte a mit einem Ende festgelöthet, mit dem andern Ende aber frei beweglich. An diesem letzteren sitzt die Zahnung m, und zwischen beiden Enden bei x eine nach unten gehende Verdickung. Die bekannte, gleichzeitig hebende und schiebende Bewegung wird nun durch ein auf der Welle c sitzendes, in Fig. 43 bis 45, in wahrer Größe gezeichnetes Exzentrik t hervorgebracht, welches unmittelbar unter dem Theile x der Feder n liegt und zwar so, daß die Exzentrizität durch fortwährende Berührung der Feder mit der Scheibe, die Hebung veranlaßt. Die genannte exzentrische Scheibe ist jedoch nicht überall gleich dick, sondern auf der einen Seite aa mit einer ebenen, auf der andern bb mit einer krummen Fläche begrenzt, wie die beiden Seitenansichten Fig. 44 und 45 deutlich zeigen. Ein an die krumme Fläche angehaltener Körper muß bei unveränderter Lage und gleichzeitiger Drehung der Scheibe nach der Krümmung ausweichen, und zwar ist die Differenz zwischen der dicksten und der dünnsten Stelle das Maß für die Ausweichung, wenn die Berührung an der äußersten Kante vorausgesetzt wird. Es verschiebt sich daher der Zeugschieber um dieses Maß, wenn er mit dem daran sitzenden Vorsprung y gegen diese Scheibe gedrückt wird. Bei einer Drehung derselben wird also sowohl eine Hebung als eine seitliche Verschiebung erzeugt, allein die Bedingung zum Vorschub des Zeuges wird erst erfüllt, wenn beide Bewegungen gleichzeitig ausgeführt werden, und dies wird Statt finden, wenn die größte Exzentrizität der Scheibe an der Stelle liegt, wo sie am dicksten ist. Diese Rücksicht, verbunden mit der, daß während des Vorschubs die Feder unaufhörlich hinaufgedrückt erhalten werden muß, erklärt ohne Weiteres die Gestalt der Scheibe, wo bei c die Feder zu steigen anfängt bis d, von d bis nach der äußersten Stelle beinahe ruht, und von hier bis f schnell fällt. Nachdem das Zeug vorgeschoben ist, muß der Schieber in die alte Lage zurückkehren. Die Feder n thut dies vermöge ihrer Elastizität; die Platte a besitzt zu dem Zwecke einen rechtwinkelig nach unten gehenden Ansatz v, durch welchen ein Stift r geht, der, mit einem Schraubengewinde versehen, in den Ständer eingeschraubt wird. Am anderen Ende dieses Stiftes sitzt der Knopf z, der vor den Ansatz v stößt, und endlich zwischen v und A eine um r gewickelte Drahtfeder w, welche die Platte stets in der Richtung von A nach v zurückdrückt. Es bildet daher der Knopf z die Grenze für den Rückgang des Zeugschiebers und demnach zugleich das Mittel für die Veränderung der Stichlänge, weil der Vorschub stets bis zu einem bestimmten, von der Lage der festen Scheibe abhängigen Punkte geschieht, und eine Vergrößerung oder Verkleinerung des Vorschubs daher nur erreicht wird, wenn man den Knopf z von dem Ständer A weiter entfernt, oder ihm näher rückt, was durch Ein- oder Ausschrauben des mit dem Knopfe verbundenen Stiftes r geschieht. Dabei hat man mitunter zum Wiederfinden einer bekannten Stichlänge wohl mit dem Knopf einen Ziffernkreis und Zeiger verbunden.

Bei älteren Maschinen dieser Art trifft man noch sehr viel die Einrichtung, daß der Stift r in dem Ansatz y sitzt und in den rechten Ständer eintritt; da dann ein Knopf nicht anzubringen ist, so bedient man sich zum Stichsteller eines runden Exzentriks, welches am Ende der Platte a unter der Nähplatte befestigt ist und dem Rückschub je nach der Exzentrizität größere oder kleinere Grenzen setzt.

Was die Vorrichtung zum Durchbringen des zweiten Fadens betrifft, so bedarf es nur noch der Angabe, wie der oben vollständig erklärte Greifer angebracht wird. Seine Lage ist natürlich unter der Platte h an der Stelle, wo die Nadel durchtritt, und seine Befestigung geschieht durch eine Schraube genau im Zentrum der Betriebswelle c. Zur Sicherung dieser Lage wird der Greifer gewöhnlich mit einer genau konzentrisch ausgedrehten Vertiefung versehen, in welche das vordere Ende der Welle eingesteckt wird. Unstatthaft, wenigstens sehr unzweckmäßig würde es sein, wenn man die Welle mit einem Schrauben- und den Greifer mit einem Muttergewinde versehen wollte, um beide direkt zu vereinigen, weil man dann einmal wegen der Drehrichtung ein linkes Gewinde anwenden müßte und auch sich das Aufpassen des Greifers in Bezug auf seine Lage zu dem Stande der Nadel sehr erschweren würde.

Bei der Beschreibung des Greifers ist einer Vorrichtung kurz gedacht, welche das Herausfallen der Spule nach vorn hinüber verhindern muß. Diese Vorrichtung besteht aus dem Ringe B, der von der Seite her vor den Greifer A vorgeschoben und festgeschraubt wird, ohne letzteren jedoch zu berühren, damit der über die Spule zu ziehenden Schleife nichts im Wege steht. Der Ring B endigt in eine rechtwinkelig dazu stehende Platte C, welche an der unteren Seite mit einem Ansatze versehen ist, welcher in einer Nuth H der Grundplatte P gleitet. Eine Druckschraube D, welche ihre Mutter ebenfalls in der Platte P hat und durch einen langen Schlitz des Fußes l geht, klemmt das ganze Instrument fest. Der Schlitz gestattet eine seitliche Verschiebung zum bequemen Herausnehmen der Spule, der in H gleitende Ansatz eine sichere grade Führung. Ein Schraubenstift L, der durch den Ringträger geht, und gegen das feste Gestell a stößt, fixirt die ein für allemal aufgesuchte beste Stellung und vermeidet das zeitraubende wiederholte Vorpassen.

Sehr zweckmäßig ist die Führung und Spannung des Fadens

angeordnet. Ein an der Verlängerung des Führers q seitlich angebrachtes Stäbchen M nimmt die Garnrolle auf. Zwei an den Enden dieses Stäbchens angebrachte Kegelstücke, wovon das eine M' heruntergenommen werden kann, treten in die Bohrung der Rolle und bremsen dieselbe mit einer Kraft, welche von einer, um die Verlängerung des Stäbchens gewundenen und durch die Schraube N zu regulirenden Drahtfeder erzeugt wird. Von der Rolle geht der Faden nach den ebenfalls durch eine Spiralfeder, welche durch G' regulirt wird, zusammengedrückten Bremsscheiben G, von hier durch den Führungsstift i und eine vertikale Bohrung in dem Klemmer o, nach dem Nadelöhr. Sämmtliche Theile, welche der Faden berührt, sitzen also an dem Nadelführer und machen dessen Bewegungen mit, wodurch der Zweck der Fadenspannung auf sehr einfache und befriedigende Weise erfüllt wird.

Zu bemerken ist noch zu dieser Maschine, daß der Dorn S eine Verlängerung der Hauptwelle ist und den Zweck hat, das Aufspulen der stehenden Spule zu bewirken.

3) Eine einfädige (Kettenstich-) Maschine von vorzüglicher Wirkung ist in Fig. 52 bis 63, Taf. 116, dargestellt, und zwar vergegenwärtigt Fig. 52 eine Seiten-, Fig. 53 eine Vorderansicht (beide mit durchschnittener Nähplatte) in $1/3$ wahrer Größe, während Fig. 54 bis 60 in ganzer Größe den Fangapparat zeigen, der schon S. 420 ausführlich beschrieben ist. Mit dem runden Fuß H wird die ganze, sehr handliche Maschine durch eine Flügelschraube auf die größere Tischplatte aufgeschraubt. Von dem unter dieser Platte liegenden Schwungrade aus wird die Bewegung durch eine Schnur, welche auf eine, neben einem kleineren Schwungrade A sitzende Schnurscheibe geschlagen ist, auf die Hauptwelle B übertragen. Die Nadel sitzt in einem geradlinig sich bewegenden Schieber oder Schlitten C von Kreisquerschnitt und ist damit auf folgende sinnreiche Weise verbunden. Der unten der Länge nach aufgeschlitzte Schieber besitzt in der Axe ein rundes Loch zum Einstecken des, verhältnißmäßig bei dieser Nadel sehr starken, Kopfes und faßt denselben wie mit einer Zange, deren Maulflächen gegen einander federn. Zur Unterstützung dieser federnden Kraft, welche zu unsicher wäre, wird dann noch der Schieber unten mit einem etwas konischen Gewinde versehen und werden hierauf mit einer Mutter die durch den Schlitz entstehenden

zwei Theile zusammengeklemmt. Die Bewegung des Schiebers geschieht durch den sehr stark gebogenen Führer D, vermittelst eines mit C fest verbundenen Zapfens a, welcher der Kreisbewegung wegen durch einen Schlitz des Führers geht, und gleichzeitig dazu dient, eine Axendrehung des Schiebers zu verhindern, was der Nadelstellung wegen nothwendig ist. Die Schwingung des Führers findet um einen in den Arm J eingelassenen Zapfen E Statt und wird durch eine Zugstange F hervorgebracht, welche mit ihrem unteren Auge um ein Kreisexzentrik der Welle B liegt, und mit dem über E hinaus verlängerten Führer durch einen Kugelzapfen G verbunden ist. Mit dem Fuß H ist ein runder, neben dem Führer herlaufender Arm J zusammengegossen, der, außer dem eben genannten Zapfen E, noch einen Teller zur Aufnahme der Garnrolle Z mit Zubehör, und am vorderen vertikalen Ende b zwei horizontale Querarme d d trägt. Diese beiden Querarme haben je zwei genau über einander liegende Bohrungen zur Aufnahme des Nadelschiebers C und des Zeugdrückers K mit seinem angeschraubten Fuß L. Die ebenfalls runde Drückerstange K ist mit einer Spiralfeder M umgeben, welche einmal gegen den oberen Querarm d, und dann gegen einen in K eingelassenen Stift c drückt; eine kleine Schiene e, die in einer durch die Bohrung gehenden Nuth liegt, verhindert die Axendrehung. Zum Aufheben dieses Drückers dient eine runde Scheibe N mit einem Stiel P, welche durch einen exzentrisch sitzenden Zapfen mit K verbunden ist, und auf den oberen Querarm d aufgedrückt wird. Die größte Exzentrizität sitzt dem Stiel P diametral gegenüber, so daß, wenn man diesen Stiel vertikal in die Höhe richtet, der Drücker sich im höchsten Stande befinden muß.

Der Zeugschieber besteht aus einer Stahlplatte o o, mit dem besonders angeschraubten Zahnplättchen. Am linken Ende (Fig. 53) ist ein Einschnitt, womit sich die Platte auf einen Zapfen legt, um die Längsverschiebung möglich zu machen; an das Ende rechts stößt die mit dem Stiel Q versehene, runde, aber exzentrisch drehbar befestigte Scheibe zur Veränderung der Stichlänge. Hinter dem Fanginstrument n, unmittelbar vor dem vorderen Theile der Maschine ist die Betriebswelle B exzentrisch abgesetzt, und geht mit diesem exzentrischen Theile durch ein länglich rundes oder quadratisches Loch des Zeugschiebers, um diesem eine von rechts nach links gehende und hebende Bewegung zu geben (woraus sich die Stellung der Häkchen ergibt). Theils um eine Rückwärtsbewegung zu erzeugen, theils um stets eine feste Berührung zwischen dem Exzentrik und dem Schieber hervorzubringen, ist letzterer in der Längenrichtung durchbohrt zur Aufnahme einer Spiralfeder, welche gegen den erwähnten, in dem Einschnitt liegenden Zapfen drückt. — In Bezug auf den drehenden Haken ist auf die frühere Erklärung desselben zu verweisen, wo über Stellung, Befestigung u. s. w. schon das Genügende gesagt ist.

Was die Faden-Spannung und Führung betrifft, so kann man beide als höchst zweckmäßig bezeichnen. Von der auf einen Stift t des an J festsitzenden Tellers R gesteckten Garnspule wickelt sich das Garn ab, um durch einen Führungsstift u nach den gläsernen Bremsscheiben r geleitet zu werden, die durch die Schraube S so zusammenzudrücken sind, daß sie von dem Faden noch mit herum gezogen werden. Von S geht die Leitung fort nach einem am Nadelhebel (also beweglich) sitzenden Führungsauge x, von diesem nach einer an d (folglich fest) sitzenden Schnecke o, dann weiter nach einer am beweglichen Nadelschieber angebrachten Schnecke z, und endlich unter einer Blattfeder w durch nach dem Nadelöhr. Die Blattfeder w ist in drei Ansichten durch die Figuren 61 bis 63 dargestellt. Sie wird mit einer Schraube q an ein Stahlstück m angeschraubt, welches seinerseits mit der Schraube r an dem Querarm d befestigt wird. An der Seite, an welcher die Feder f liegt, ist das Stück m ausgehöhlt, um die Feder eintreten zu lassen, welche gegen den durch den vertikalen Einschnitt i gezogenen Faden drückt. Zur Erzeugung dieses Druckes dient das umgebogene Ende l der Feder, welches zwischen dem festen Arm d und dem vorgeschraubten Stück m zusammengepreßt wird. Der Arm d ist an dieser Stelle auch etwas ausgehöhlt. Vorstehende Maschine ist in der angegebenen Weise von Willcox und Gibbs konstruirt, deren Namen sie deshalb führt. Es befindet sich gewöhnlich an derselben noch eine interessante Einrichtung, die auch bei den Greifermaschinen sehr wohl anzuwenden wäre, indem sie ein falsches Treten und das damit verbundene falsche Umlaufen des Schwungrades unmöglich macht. An dem Gestell befindet sich nämlich ein rinnenartig ausgehöhlter, auch nach der Länge gebogener Körper, welcher mit der konkaven Seite, etwa in tangentialer Richtung, gegen die Schwungradperipherie tritt, und dieselbe bei dem am nächsten liegenden Ende beinahe berührt. In dem zwischen beiden sich dadurch bildenden keilartigen Raum liegt eine Kautschuckkugel, welche, wenn die Drehrichtung des Rades nach dem ihm näher liegenden Ende des angelegten Stückes Statt findet, gewaltsam zwischen beide Theile eingezwängt wird und ein Weiterdrehen des Rades unmöglich macht, während nach dem entgegengesetzten Ende hin einer Drehung nichts im Wege steht. Das im letztern Falle leicht mögliche Herausschleudern der Kugeln wird durch eine etwa halbkugelige Ausbauchung der Rinne nach außen verhindert, in welcher dieselbe sich spielend befindet. Zum Abhalten des Staubes wird der untere Apparat mit einer vorzudrehenden Blechkapsel verschlossen.

4) Als unstreitig eine der besten Maschinen zur Herstellung der Knotenstichnaht kann die von Grover und Baker in Boston angefertigte und nach ihnen benannte Maschine angeführt werden. Das Hauptinstrument dieser Maschine, nebst der eigentlichen Nadel, die schwingende Nadel, wurde schon Seite 421 mit Hülfe der Fig. 48 bis 51 erklärt; es bedarf daher nur noch der Beschreibung der durch die Fig. 46 und 47 in $^1/_3$ wahrer Größe dargestellten Maschine. Fig. 46 zeigt eine Seitenansicht, Fig. 47 die Vorderansicht; in beiden ist die Platte A durchschnitten und sind wieder dieselben Theile mit gleichen Buchstaben bezeichnet (Taf. 116).

Die gußeiserne Platte A wird auf eine Holztischplatte mit den entsprechenden Ausschnitten aufgesetzt und durch vier an den Ecken sitzende Stifte, die in vier Löcher eintreten, am Verschieben verhindert, sowie durch Gummiringe, welche um diese Stifte, also zwischen beiden Platten liegen, mit einer federnden Nachgiebigkeit versehen, die wegen des Riemenzuges und des durch das Schlagen entstehenden Geräusches sehr zweckmäßig ist. An der Stelle des Nadeldurchganges ist die Platte A der ganzen Breite nach ausgeschnitten, so daß sie an der Stelle nur durch die herumlaufende Rippe zusammenhängt. Die dadurch entstehende rechteckige Oeffnung wird mit zwei dünnen Stahlplatten, die von jeder Seite her in die schwalbenschwanzförmigen Nuthen u u eingeschoben werden, und nur Ausschnitte haben um den Schieber und die Nadel durchzulassen, verschlossen; sie hat den Zweck, den unteren Apparat leicht zugänglich zu machen. Mit der Nähplatte A sind zwei Ständer BB zusammengegossen, durch welche zwei Spitzenschrauben DD gehen, die eine horizontale, querüberlaufende Welle C zwischen sich nehmen, und durch Gegenmuttern festgehalten werden. Auf dieser Welle sitzt der gegossene zweiarmige U-förmige Hebel FF, dessen über der Platte liegender Arm die Nadel führt, und dessen unterer Arm einmal die Bewegung aufnimmt und dann auch zugleich dem schwingenden Haken diese mittheilt. Durch das Schwungrad rotirt, vermittelst einer Riemenleitung, die Rolle R, und mit dieser eine auf derselben Axe sitzende Scheibe L. An der Vorderfläche dieser Scheibe sitzt ein Stift, der durch den langen Schlitz i am vorderen Ende des unteren Arms geht und diesem daher eine oscillirende Bewegung ertheilt, welche wegen des festen Zusammenhangs auf den oberen Arm und die damit durch eine Kopfschraube befestigte Nadel n übertragen wird.

Neben dem Nadelführer liegt, in Form eines gleichen Bügels, der Zeughalter mit dem Fuße M auf die Platte A aufgeschraubt, welcher wieder vorn den Druckapparat trägt. Der Drücker selbst besteht hier aus einer Stahlschiene b (in Fig. 47 im Durchschnitt angegeben) die in schwalbenschwanzförmigen Führungen auf- und niedergleitet, durch eine dahinter in dem vertikalen Stück liegende Spiralfeder, welche auf einen an dieser Rückwand des Schiebers angebrachten Vorsprung drückt, aber stets niedergehalten wird. Am oberen, überstehenden Ende ist diese Schiene mit einem durch ein Zwischenstück in zwei Theile getrennten Schlitz versehen, zur Aufnahme des Ausrückers N, welcher mit einem hakenartigen Theile um dieses Zwischenstück faßt, und den Zweck hat, den Drücker in die Höhe zu bringen und dort zu halten, was, wie sich aus der Gestalt desselben leicht ergibt, durch Ueberkippen des Griffs N von rechts nach links geschieht. Die Zeichnung stellt diesen Zustand dar.

Der Apparat zum Vorschieben des Zeuges stimmt im Wesentlichen mit dem überein, welcher bei der Greifermaschine, Seite 437, beschrieben ist. Statt einer sitzen zwei Scheiben, p und L neben einander auf der Hauptwelle, wovon die eine, nämlich p die Hebung, und die andere L, die Rückschiebung hervorbringt, indem die erstere mit der Exzentrizität unter, die zweite mit der Verdickung gegen ein, auf die Schieberplatte h aufgeschraubtes Stahlstück drückt. Zum Halten des Schiebers dienen zwei Schrauben oo mit breiten Köpfen, welche letztere über die Ränder zweier rechteckiger Schlitze fassen. Die Schlitze haben eine Länge, welche der größten verlangten Verschiebung entspricht, und eine Höhe, welche die nöthige Erhebung gestattet. Während bei der Maschine von Wheeler und Wilson die Senkung des Zahnplättchens durch die Blattfeder geschieht, mit welcher dasselbe verbunden, und die Rückschiebung durch eine Spiralfeder, so ist bei vorliegender Maschine die Einrichtung getroffen, wonach beide Bewegungen von einer einzigen Feder hervorgebracht werden. Es dient dazu die Drahtfeder P, welche durch eine in Fig. 47 ebenfalls mit P bezeichnete Oeffnung des Schiebers gesteckt ist, und die federnde, sowohl seitlich als nach unten wirksame Kraft von Spiralwindungen erhält, womit dieselbe hinterwärts um den Schraubenstift q gewickelt ist. Die Zähne des mit h durch eine Schraube verbundenen Zahnplättchens stehen so, daß die Zeugschiebung von rechts nach links erfolgt, während sie bei der andern genannten Maschine von links nach rechts Statt findet: immer aber muß sie die Wirkung des Exzentrikdruckes und nicht des Federdruckes sein. — Der Stichsteller ist auf folgende Weise eingerichtet. Durch einen oben am Schieber angebrachten Ausschnitt geht, wie bei m sichtbar, eine federnde Stahlschiene, welche hinter dem Schieber um einen in A eingeschraubten Stift drehbar ist und nach vorn sich so weit verlängert, daß das Ende sich leicht mit den Fingern fassen läßt, also wenigstens bis zur Vorderkante der Platte A reicht; durch Verschiebung dieses Endes nach rechts wird, wie leicht einzusehen, der Stich verlängert, nach links verkürzt. Um den Hebel für eine bestimmte Stichgröße festzustellen, ist derselbe gewöhnlich an der Stelle, mit welcher er unter der unterwärts der Platte herlaufenden Rippe liegt, oben mit einer Schneide versehen, mit welcher er, vermöge der Federung, sich in Einkerbungen legt, die in der Rippe nach dem Drehpunkt konvergirend eingearbeitet sind. Statt der Schneide findet man auch häufig die Einrichtung, wie sie bei den Alhidaden der Räderschneidmaschinen gebräuchlich ist und in einer konischen Spitze besteht, die in, nach einem entsprechenden Kreise gestellte, Grübchen tritt. Gewöhnlich sitzt dann die Spitze an einer Schraube, die ihre Mutter in dem Hebel hat und durch einen gerändelten Knopf gedreht wird, um der mit der Zeit nachlassenden Federkraft zu Hülfe zu kommen.

Zum Einbringen des zweiten (unteren) Fadens dient die beschriebene krumme Nadel, welche mit dem unteren Schaft H, Fig. 48, in die Bohrung einer vertikal stehenden Welle G eingesteckt, durch eine Druckschraube befestigt und mit dieser in Schwingung gesetzt wird. Mit dem oberen runden Ende geht diese Stange durch ein an A angeschraubtes Stück c, während sie mit dem unteren, konisch zugespitzten Ende in einem Grübchen der Schraube d getragen wird. Die Schraube d geht durch einen rechtwinkeligen Querarm des Rahmens, in welchem auch die Rolle R liegt, und wird durch eine Gegenmutter in der richtigen Lage erhalten. Zwischen diesen beiden Haltpunkten hat die Stange einen länglich viereckigen Querschnitt, wovon die beiden schmalen Seiten abgerundet sind. An dieser Stelle ist sie ferner so gewunden, daß ein strickartiger Schraubengang entsteht, der mit einem Winkel von 45^0 ansteigt. Nun befindet sich ferner, in zwei rechtwinkeligen Ansätzen a a des unteren Hebelarms F eingeschoben, eine Stahlplatte mit einem Schlitz, welcher sich dem Querschnitt der gewundenen Stange anschließt, die mit dem Arm F natürlich eine schwingende Bewegung macht und daher, als Mütter zu der steilen Schraube, die Stange G und somit die krumme Nadel in Schwingung setzt. Die Größe dieses Ausschlages ist durch den geometrischen Zusammenhang der bewegenden Theile gegeben, er beträgt 240^0, also $^2/_3$ des Kreises; die Hebung der als Mutter dienenden Platte ist also so groß zu nehmen, daß sie beim Auf- oder Niedergange $^2/_3$ Schraubengang durchläuft. Sie ist aber gegeben durch die Hubhöhe der oberen Nadel und zwar dieser gleich zu nehmen, weil der Durchgangspunkt der Nadel nahezu über der Axe der Hauptwelle liegt, an welcher die Scheibe L sitzt. Beträgt diese Hubhöhe beispielsweise 18^{mm}, so muß die Schraube eine Ganghöhe von $\frac{3}{2} \cdot 18 = 27^{mm}$ haben; da ferner der Steigungswinkel zu 45^0 angenommen wurde, so ergibt sich daraus auch die Dicke der Spindel, d. h., die größte Entfernung der abgerundeten Seiten zu etwa 5^{mm}. — Da die Theile des unteren Apparats immer gut geölt werden müssen und das herunterlaufende Oel leicht den Arbeiter beschmutzen kann, so ist zum Auffangen desselben ein Löffel K angebracht.

Was die Spannung und Führung des Fadens anbetrifft,

so sind dazu zwei Vorrichtungen nöthig, eine für den unteren, eine für den oberen Faden, indem ja bei dieser Stichbildung nicht der ganze Fadenvorrath durch die Nadelschleife gebracht wird, wie beim Schiffchen oder beim Greifer der Fall ist, sondern nur immer eine kurze Fadenstrecke doppelt durch die Schleife gesteckt wird. Es kann daher der untere Faden ebenso auf eine Spule gewickelt sein, als der obere und bedarf nur einer einfachen Bremsung. Die Spule befindet sich auf einem, an der unteren Seite der Holztischplatte angebrachten, horizontalen Stift, und der Faden läuft von ihr nach den an der Platte A sitzenden Bremsscheiben E von bekannter Einrichtung, und von hier direkt nach dem Haken. Für den oberen Faden ist eine von den bereits angeführten Konstruktionen ganz abweichende Anordnung, die sehr gut in ihrer Wirkung ist, getroffen. Von der auf den horizontalen Stift S aufgesteckten Garnrolle geht der Faden zunächst wieder nach den auf bekannte Weise eingerichteten Bremsscheiben T und wird von hier nach dem Theile des Apparats geführt, der die abwechselnde Spannung hervorbringt. Wie bei g sichtbar, ist ein starker Draht seitlich in den festen Bügel gesteckt und durch eine Druckschraube x festgeklemmt. Dieser Draht ist so gebogen, daß er unter dem Nadelführer her, rechts davon in die Höhe geht, und der ganzen Länge nach mit einer Spirale von dünnem hartem Messingdraht umwickelt, daß eine nachgiebige Feder entsteht. Oben ist ein Knopf aufgeschraubt, welcher das Abschnellen der Feder verhindert, und unter diesem Knopf ist der gebogene Stab mit einem langen Schlitz versehen, wie Fig. 47 erkennen läßt. Durch diesen Schlitz über der Feder wird der Faden gezogen und demnach stets von dieser in die Höhe gegen den Knopf gedrückt, d. h., fortwährend gespannt erhalten. Dadurch wird natürlich eine Schleifenbildung unmöglich. Es muß also noch eine Vorrichtung angebracht werden, vermöge welcher in dem Augenblicke, wo die Nadel zu steigen beginnt, der Faden schlaff wird. Diese besteht in folgendem. Am vorderen Ende des Nadelführers und zwar an der unteren, konkaven Fläche sind über einander zwei Blattfedern z angeschraubt, wovon die eine eine ⅃-, die andere eine L-förmige Gestalt hat. Beide liegen mit den Querarmen über einander und federn gegen einander, so daß ein zwischen den Querarmen liegender Faden wie von einer Pinzette gehalten wird. Das auf dem L-förmigen

Stück liegende T-stück streift, mit dem linken Arm o, Fig. 47, an der konkaven Fläche einer besonders angeschraubten Schiene r, welche nach der Axenmitte C konzentrisch gebogen und so angebracht ist, daß bei diesem Herunterschleifen die Blattzange geöffnet bleibt. Diese Schiene hat bei e, Fig. 46, einen Ausschnitt. Kommt beim Niedergange der Nadel nun der Arm o an diesen Einschnitt, so fällt er vermöge der Federung hinein, die Zange schließt sich, der Faden wird dazwischen gehalten und kann unterhalb derselben schlaff werden, d. h., eine Schleife bilden. Beim Aufsteigen findet der Vorgang umgekehrt Statt; der Arm tritt aus dem Einschnitt heraus, die Federn öffnen sich und die Spiralfeder g zieht den Faden sofort wieder straff.

IV. Schlußbemerkungen.

Nachdem die Konstruktion brauchbarer Nähmaschinen gelungen und somit ihre Bedeutung unzweifelhaft geworden war, konnte das Bestreben, für bestimmte Arbeiten besondere Maschinen herzustellen, nicht ausbleiben. Zuerst trachtete man dahin, dem Schuhmacher, durch Erfindung einer sogenannten Schuhmachermaschine, seine mühsame und langwierige Arbeit zu erleichtern: das Nähen der Stiefelschäfte, das Annähen der Strippen, das Steppen der Zeug- und anderer Schuhe, versuchte man auf Maschinen zu verrichten, welche die eigenthümliche Einrichtung haben, daß der untere Mechanismus in einem freistehenden, langen Hohlkörper sich befindet, auf welchen die röhrenartigen Gegenstände der Schuhmacherei aufgeschoben werden. Fig. 74 gibt eine Skizze von solcher Maschine. Die Nadel wird durch einen Schieber bewegt und das Schiffchen durch einen horizontal gradlinig laufenden Schlitten, vermittelst einer Zugstange mit Krummzapfen an der quer durchlaufenden Welle, aber in der Richtung längs der Maschinenaxe, wodurch der freistehende Arm möglichst dünn zu erhalten ist, zumal man auch den andern Mechanismus sehr zusammendrängt. Geübte Arbeiter nähen übrigens auch hohle Gegenstände auf gewöhnlichen Maschinen mit derselben Leichtigkeit.

Zur Herstellung der überwendlichen Naht, die bekanntlich dazu dient, zwei Stücke Zeug stumpf gegen einander zu nähen, theils um eine Verbindung ohne merkliche Verdickung zu erzeugen, theils um den zusammengenähten Stoffen das Ansehen zu geben, als wären sie aus einem Stücke gewebt, was namentlich bei Bettlaken und Tischtüchern der Fall ist, hat man ebenfalls Maschinen ersonnen. Nachdem man jedoch durch Verbreiterung der Webstühle die Nothwendigkeit eines solchen Behelfs immer geringer werden läßt, werden auch diese Maschinen überflüssiger, und in vielleicht nicht mehr ferner Zeit ganz verschwinden. Die Einrichtung derselben unterscheidet sich von den anderen nur dadurch, daß entweder das Zeug neben der Vor-, noch eine Seitenverschiebung bekommt, oder daß die Nadel sich bei jedem Stich verstellt, um die seitliche Zeugverschiebung überflüssig zu machen. Soll die Naht auf Haltbarkeit Anspruch machen, so dürfen die Stoffe nur mit ihren Leisten aneinander genäht werden, denn die überwendliche Naht läuft in einer Art von Schraubengängen durch die zwei Zeugränder oder besser um die Leisten herum, wenn sie einfach, und legt sich in Kreuzungen darauf, wenn sie doppelt ist, d. h., einmal rechte und zurückkehrend linke Schraubengewinde bildet.

Es ist bekannt, mit welcher Mühe und Schwierigkeit es verbunden ist, die zierlichen Einfassungen der Knopflöcher herzustellen, und daher vollständig gerechtfertigt, daß man sich mit der Konstruktion von Maschinen zur Verrichtung dieser Arbeit viel beschäftigt. Leider ist bis jetzt noch keine Maschine aufzuweisen, welche den Zweck vollkommen oder genügend erfüllt. Der Grund, aus welchem alle Versuche gescheitert, ist übrigens nicht schwer aufzufinden, wenn man den Vorgang beim Nähen solcher Arbeit in's Auge faßt, und Handarbeit mit Maschinennäherei vergleicht. Man umnäht die Knopflochränder mit einer Naht, die große Aehnlichkeit mit der Kettenstichnaht hat, um das Ausfasern des Loches zu verhindern. Mit der Hand ist die Herstellung dieser Einfassung nach einiger Uebung in sofern leicht, als man mit einer dünnen Nadel wohl im Stande ist, den Faden ohne Ausweichen des Zeuges durchzubringen. Anders verhält sich dies bei der Maschine. Diese hat einmal eine verhältnißmäßig viel stärkere Nadel nöthig, welche eine größere Stichöffnung und deshalb eine bedeutendere Ausbiegung auch nach dem Rande hin erzeugt; hierdurch ist ein Ausreißen um so mehr zu befürchten, wenn feste Stoffe vorliegen, weil diese zu wenig biegsam und nachgiebig sind. Dann arbeitet die Maschine viel schneller als die Hand und zwar mit solcher Geschwindigkeit, daß dadurch ein förmliches Wegschleudern der Seiten-, besonders der Randtheile, wegen des geringeren Zusammenhängens, Statt findet.

Die Schnelligkeit, mit welcher die Nähmaschinen, wenn sie gut im Stande erhalten werden, arbeiten und die Genauigkeit, mit welcher sie die Naht schön und fest bilden, waren Ursache ihrer schnellen und ungeheuren Verbreitung selbst in's häusliche Leben. Diese Geschwindigkeit als Haupthebel ihrer Verbreitung ist jedoch auch in gewisse Grenzen eingeschlossen, die verschieden sind nach der Art der Bewegung, der Art der Maschine, ferner abhängig von der Uebung der arbeitenden Person, von dem Stoffe, der Naht und dem Garn. Im Allgemeinen gelten folgende Grundsätze für die Wahl der Geschwindigkeit.

Geht die Bewegung der Maschine von dem Fußtritt aus, so kann man erfahrungsmäßig annehmen, daß die arbeitende Person 2 bis 3 Mal in der Sekunde zutritt und daß demnach nur die Uebersetzung der Geschwindigkeit vom Schwungrade auf die Hauptmaschinenwelle die Zahl der Stiche für eine Zeiteinheit bestimmt. In größeren Etablissements, denen Dampfmaschinenkraft zur Verfügung steht und in welchen die Zahl der Nähmaschinen eine größere, setzt man sie durch Dampfkraft, vermittelst Riemenscheiben und sog. Mitnehmer, wodurch das Aus- und Einrücken erleichtert wird, in Bewegung. Man bewirkt dadurch theils vergrößerte Geschwindigkeit, theils geschieht es auch aus Gesundheitsrücksichten gegen die Arbeiter, welche dann gewöhnlich dem weiblichen Geschlecht angehören. Aus letzterem Grunde hat man auch andere Motore anzuwenden getrachtet, namentlich die elektro-magnetische Kraft, meines Wissens aber deshalb davon Abstand genommen, weil die Instandhaltung und Anschaffung solcher Motore zu umständlich und kostspielig ist.

Je größer und stärker gebaut eine Maschine ist und je mehr Masse in Bewegung erhalten werden muß, desto mehr Kraft ist natürlich zum Betriebe erforderlich, so daß bei Anwendung von Menschenkraft, diese langsamer gehen müssen, weil es nöthig ist, mit möglichst gleichbleibender Anstrengung zu arbeiten. Hier ist natürlich Gewohnheit und Uebung sowohl als eine gute Konstitution des Arbeiters von bedeutendem Einfluß, so daß man häufig die

Erscheinung wahrnimmt, daß manche Arbeiter mit schweren Maschinen doch noch mehr leisten als andere mit leichten.

Nicht die Masse allein, sondern auch der Widerstand, welchen die Nadel zu überwinden hat, beschränkt selbstverständlich die Geschwindigkeit, weil sich damit nicht nur die überwindende Kraft vermehren muß, sondern auch die Gefahr des Bruches vergrößert wird durch momentane Vernichtung der in der bewegten Masse aufgesammelten lebendigen Kraft. Man kann demnach die Geschwindigkeit immer mit der Zeugdicke in ein gewisses Verhältniß bringen. Es versteht sich dabei von selbst, daß eine große Aengstlichkeit in der Wahl nicht einzutreten braucht, denn wenn einerseits Sohlleder und andererseits Gaze als äußerste Grenzen anzunehmen sind, so ergibt sich sofort das Verfahren als unpraktisch, nach welchem man für jeden, in Betreff der Dichtigkeit, hier zwischenliegenden Stoff eine bestimmte Geschwindigkeit ausmitteln und anwenden wollte; es genügt vielmehr vollständig, bestimmte Gattungen von Stoffen mit erfahrungsmäßig bestimmter Geschwindigkeit zu nähen.

Was den Einfluß des Garns auf die Wirkung der Maschine anbetrifft, so ist von selbst klar, daß dickes Garn mehr Kraft konsumirt als dünnes, rauhes mehr als glattes, steifes mehr als biegsames, und daß von allen Stoffen Seide deshalb den Vorzug verdient, Maschinengarn aber unerläßlich ist.

Die größte Massenbewegung ist aber offenbar bei den Schiffchenmaschinen vorhanden, und die von ihr gebildete Naht eignet sich am besten für die Näherei mit der Maschine, indem gerade sie da, wo es darauf ankommt, große Haltbarkeit zu erzielen, den andern Maschinennähten vorgezogen werden muß. Daraus erklärt sich die überwiegende Verbreitung der Schiffchenmaschinen. Ihre Geschwindigkeit wird so bemessen, daß sie dem stärksten damit zu verarbeitenden Stoffe entspricht, indem man leichtere Stoffe lieber etwas langsamer verarbeitet, als durch zu große Geschwindigkeit bei schweren Zeugen der Maschine schadet. Die Uebersetzung ist zweckmäßig 4:1 zu nehmen, woraus sich, unter der Voraussetzung, daß jede Umdrehung der Hauptwelle einen Stich bildet, die Zahl der Stiche pro Minute ergibt zu:

$$4.2.60 \text{ bis } 4.3.60 \text{ also von } 480 \text{ bis } 720.$$

Es kommen nämlich auch Maschinen vor, bei welchen jede

Umdrehung der Hauptwelle zwei Stiche erzeugt; dann ist aber auch unter denselben Umständen das Umsetzungsverhältniß 2:1, wodurch also die Stichzahl nicht verändert wird.

Bedeutend schneller arbeitet die Greifermaschine. Sie kann nämlich am leichtesten gebaut werden, da die Erfahrung ergeben hat, daß sie sich für schwere Arbeit auf die Dauer nicht eignet, weshalb die früher größer und stärker konstruirten Maschinen dieser Gattung nicht mehr vorkommen. Die leichte Arbeit erfordert auch schwächeres Garn, demnach eine geringer anstrengende Spannung. — Man wendet jetzt und zwar in sehr ausgedehnter Weise diese Maschine zum Anfertigen von Weißzeug und Damenkleidern an (nennt sie deshalb auch schlechthin Weißzeugmaschine), und gibt ihr eine möglichst große Geschwindigkeit durch eine Uebersetzung von 6 zu 1, wonach pro Minute

6.2.60 bis 6.3.60, mithin 720 bis 1080,

also im Mittel 1000 Stiche gemacht werden. Allerdings ist ihre Handhabung am schwierigsten von sämmtlichen Maschinen, und daher nicht wohl geeignet für den Hausgebrauch, aber sehr vortheilhaft für Schneiderinnen und Damenkleidermacher, sowie für Schirmfabriken. Die Zahl der Stiche wird jedoch noch größer genommen, wenn die Maschinen durch Dampfkraft getrieben werden, wie z. B. in der Schirmsfabrik der Herren Gebrüder Hugo zu Celle 30 dieser Wheeler- und Wilson'schen Maschinen mit 1200 bis 1600(?) Stichen pro Minute arbeiten. Die Besitzer versichern übrigens, daß man die Geschwindigkeit nicht über 1500 Stiche ausdehnen darf, wenn man regelmäßige Arbeit verlangt, daß sie dann aber auch nach dreijährigem Gebrauch, bei 10-stündiger täglicher Arbeitszeit, keine Reparaturen veranlaßt haben.

Ganz ähnliche Verhältnisse lassen sich bei der Kettenstichmaschine erwähnen. Außer zu Ziernähten findet sie in Kattunfabriken zum Annähen von Kattunstücken große Anwendung, und wird dann auch häufig von Dampf- oder Wasserkraft bewegt. Es liegt in der Natur dieser Maschinengattung, daß man ihr nur leichte Arbeit zumuthet und da alle Bewegungen nur klein sind, so ist eine Uebersetzung von 6:1 ohne Bedenken zu nehmen, wodurch die Stichzahl pro Minute wieder

6.2.60 bis 6.3.60, also 720 bis 1080

wird, die man bei Anwendung von Elementarkraft noch auf 1500 erhöhen kann. Würde eine krumme Nadel an Stelle der geraden mit Schieber vorhanden sein, so könnte man die Geschwindigkeit wohl noch etwas vergrößern; man thut dies jedoch wegen der Vorzüge einer geraden Nadel nicht.

Bei der Knotenstichmaschine von Grover und Baker sind die Verhältnisse ungünstiger. Wenngleich die in Bewegung gesetzte Masse nicht groß ist und bei genauer Ausführung ein sehr geräuschloses Arbeiten Statt findet, so sind diesen Vorzügen Nachtheile entgegen zu setzen, welche auf die Wahl der Geschwindigkeit von Einfluß sind. Namentlich fällt hier das Uebel einer krummen Nadel so recht in die Augen. Ist das zu nähende Zeug stark, so muß demgemäß auch das Garn stark sein, mit beiden steht die Spannung im Verhältniß, indem sie wächst mit der Stärke des Zeuges, weil die bewegliche Spannung zur Zerstörung der Schleife die Reibung im Zeuge überwinden muß. Diese Spannung muß von der Nadel überwunden werden, d. h. die Nadel muß den Faden mit einer gewissen Kraft über eine Unterlage (hier in Gestalt der Feder g, Fig. 46), welche in einer bestimmten Entfernung an der konkaven Seite der Nadel liegt, hinwegziehen. Daher ist in hohem Grade ein Bestreben vorhanden, die Nadel noch mehr zu biegen, was durchaus zu vermeiden ist. Man darf deshalb keine große Spannung anwenden und nur leichte Stoffe mit dieser Maschine verarbeiten. Ferner wird, um die Naht nicht gar zu wulstig zu bekommen, der untere Faden etwa nur $1/2$ bis $3/4$ so stark, als der obere genommen. Derselbe ist daher noch schlechter geeignet, große Spannung zu erleiden, um so weniger als diese ruckweise geschieht. Aus diesen Gründen ist es zweckmäßig eine Uebersetzung von 5 : 1 nicht zu überschreiten, besser noch, sich mit 4 : 1 zu begnügen, wodurch die Anzahl der Stiche pro Minute sich auf

5 . 2 . 60 bis 5 . 3 . 60, also 600 bis 900

oder 4 . 2 . 60 bis 4 . 3 . 60, also 480 bis 720 beläuft.

Was schließlich die Literatur über Nähmaschinen anbetrifft, so ist dieselbe sehr spärlich und nur bruchstückweise in englischen, amerikanischen, französischen und deutschen Journalen vorhanden, wovon ein langer Artikel in dem Practical Mechanics Journal unter der Ueberschrift: History of Sewing-Machine (Jahrgänge 1858 bis

1862) höchst interessante Aufschlüsse über die Geschichte der Nähmaschine gibt. Die einzige Monographie erschien unter dem Titel: Die Nähmaschine. Ihr Bau und ihre Benutzung von Dr. Rudolph Herzberg, Berlin, bei Julius Springer 1863. Dies Buch kann mit Recht empfohlen werden, weil es sich namentlich sehr gründlich mit den Dimensionsverhältnissen der Nähmaschinen befaßt. Eine Uebersetzung in's Englische (von Upfield Green, London 1864) bestätigt seinen Werth.

E. Hoyer.

Nickel.

(Bd. X. S. 380.)

Der bedeutende Aufschwung, welchen die Verarbeitung des Neusilbers, besonders im Verein mit der galvanischen Versilberung, zuerst wohl in England, dann aber auch auf dem Kontinente, genommen, mußte eine entsprechende Steigerung und Entwickelung der Fabrikation des Nickelmetalls zur Folge haben, welche zu den folgenden Nachträgen Veranlassung gibt.

Nachdem die früher fast allein zur Nickelgewinnung benutzte Kobaltspeise, ein bei der Smaltefabrikation abfallendes Nebenprodukt, zur Befriedigung der Nachfrage nicht mehr hinreichte, mußte theils dieser Grund, theils der hohe Preis von etwa 2 Thlr. für das Pfund Nickelmetalls den Anstoß zur Verarbeitung der natürlich vorkommenden Nickelerze geben. Leider wird das reichste und noch am häufigsten vorkommende Nickelerz, das Kupfernickel (Arseniknickel mit 43 Prozent Nickelgehalt), selten im reinen unvermischten Zustande angetroffen, und man sieht sich daher genöthigt, auf unreine, oft sehr arme Erze zu greifen.

So enthalten die in der Nähe von Dillenburg auf einem Serpentingange von 1 bis 15 Fuß Mächtigkeit vorkommenden nickelhaltigen Kupfer- und Schwefelkiese, welche zu einer bedeutenden Nickelproduktion auf der Isabellen-Hütte daselbst das Material liefern, nach Casselmann kaum 7½ Proz. Nickel, wie sich aus der folgenden Zusammenstellung ergibt:

Schwefel	30,96
Kupfer	27,61
Eisen	28,79
Nickel	7,45
Kieselerde	0,75
Unlöslicher Rückstand	1,66
Kalkerde	1,07
Hygroskopische Feuchtigkeit	0,19
Kobalt, Bittererde und Alkalien	1,52
	100,00

Er betrachtet hiernach das Erz als eine Verbindung von gleichen Aequivalenten Kupferkies und Nickelkies, in welchem letzteren zwei Fünftel des Nickels durch eine äquivalente Menge Eisen vertreten sind. Schenkel fand früher in den Dillenburger Erzen, nach Abzug der erdigen Beimengungen:

Eisen	44,52
Nickel	6,13
Kupfer	5,39
Schwefel	43,96
	100,00

Bischoff analysirte ebenfalls früher die Dillenburger Erze und gibt folgende Zusammensetzung an:

Eisen	49,60
Nickel	10,70
Kupfer	2,53
Schwefel	32,73
Rückstand und Verlust	4,44
	100,00

Die zu Gladenbach im Großherzogthum Hessen, 3 Stunden von Marburg, in einem Diabas-Mandelsteine vorkommenden Nickelerze, welche auf der Aurora-Hütte daselbst verarbeitet werden, sind noch weit ärmer und enthalten nach der Analyse von Ebermayer folgende Bestandtheile:

Eisen	40,727
Kupfer	3,412
Nickel	1,733
	45,872

	45,872
Kobalt	Spuren
Schwefel	48,819
Gebirgsart und Verlust . . .	5,309
	100,000

Die Verhüttung der Dillenburger Erze auf der Isabellen-Hütte zu Dillenburg erfolgt in zwei Abtheilungen, deren erste mit der gewöhnlichen Behandlung der Kupferkiese behufs der Kupfergewinnung übereinstimmt, die Darstellung eines sehr nickelhaltigen raffinirten Kupfersteins zur Aufgabe hat und in fünf Operationen zerfällt:

1) Rösten der Erze in Stadeln, wobei ein Theil des Schwefels in besonderen Schwefelkammern kondensirt und so gewonnen wird. Der Zweck des Röstens ist, einen Theil des Schwefels zu entfernen und die Metalle, besonders das Eisen, zu oxydiren, welches letztere dann bei dem darauf folgenden Schmelzen in die Schlacke übergeht.

2) Schmelzen der Erze. Es geschieht in einem Krummofen über einer Brillenherdvorrichtung mit Kokes, und liefert Rohstein von folgender Zusammensetzung:

Kupfer	19
Nickel	13
Eisen	35
Schwefel	33
	100

3) Rösten des Rohsteins durch dreimalige starke Röstung, um noch mehr Schwefel und Eisen zu entfernen.

4) Schmelzen des Rohsteins zu konzentrirtem Stein. Erfolgt ganz so wie in Operation 2, und liefert konzentrirten Stein von folgender Zusammensetzung:

Kupfer	39
Nickel	24
Eisen	12
Schwefel	25
	100

5) Raffiniren des Konzentrationssteins, um noch mehr Eisen, nicht aber Schwefel, zu entfernen. Es geschieht in einem Verblaseofen nach Art der Kupfergaarherde, aber mit zwei Formen, in welchem der Stein eingeschmolzen und bei starkem Winde einige

Stunden verblasen wird, wobei sich das Eisen größtentheils oxydirt, und mit der Kiesel- und Thonerde des Herdes zu einer basischen Schlacke verbindet.

Der raffinirte Stein enthält:

Kupfer	43
Nickel	35
Eisen	2
Schwefel	20
	100

Die zweite Abtheilung bezweckt die Darstellung von kupferhaltigem und von reinem Nickelmetall, und umfaßt folgende fünf Operationen:

1) Rösten. Der zu feinem Mehl gepochte Stein wird in einem Flammofen scharf geröstet, wobei ein Satz von 300 Pfd. 9 Stunden erfordert. Es entweicht hierbei zuerst ein Theil des Schwefels durch Verbrennung zu schwefliger Säure, ein anderer Theil geht bei fortgesetztem Rösten in Schwefelsäure über, die sich mit den gleichzeitig gebildeten Metalloxyden vereinigt, in der letzten Periode der Röstung aber durch gesteigerte Hitze ausgetrieben wird.

2) Lösen. Der geröstete Stein wird in warme Salzsäure von 10° B. unter beständigem Umrühren eingetragen, und der hierbei verbleibende ungelöste Rückstand noch zweimal ebenso behandelt, wodurch im Ganzen 60 bis 65 Prozent des Steins in Auflösung kommen. Die Rückstände, welche neben Eisen viel Nickel und wenig Kupfer enthalten, eignen sich besonders zur Darstellung von Nickelmetall und werden zu dem Ende mit ziemlich starker heißer Schwefelsäure zweimal behandelt, und dadurch gelöst.

3) Fällung. Aus der verdünnten schwefelsauren Lösung werden Eisen- und Kupferoxyd in der Wärme durch kohlensauren Kalk gefällt und dann zum Absetzen des nur wenig Nickel enthaltenden Niederschlags in wasserdichte Kasten abgelassen. Die von dem Niederschlage abgezogene Nickellösung wird schließlich durch Kalkwasser niedergeschlagen und das gefällte gypshaltige Nickeloxydulhydrat durch Filtriren und Pressen so verdichtet, daß es getrocknet werden kann.

Die zuerst gewonnene salzsaure Lösung fällt man sogleich durch Kalkmilch, und sammelt den aus Nickeloxydul, Kupferoxyd und wenig Eisenoxyd nebst Gyps bestehenden Niederschlag durch Filtration, Pressen und Trocknen.

4) Reinigung der Oxyde vom Gyps. Sie erfolgt durch länger fortgesetztes Behandeln der feingemahlenen Niederschläge mit vielem Wasser und Dekantiren. Die so erhaltenen gereinigten Niederschläge sind, wie man sieht, von zweierlei Art, indem der aus der schwefelsauren Lösung gewonnene in ziemlich reinem Nickeloxyd, der aus der salzsauren Lösung dagegen aus Nickel- und Kupferoxyd besteht.

5) Reduktion. Die fast trockenen Oxyde werden zu Würfeln geformt und mit Kohlenstaub in Tiegeln bei starker Hitze zu Metall reduzirt, was bei dem kupferhaltigen Nickel leicht, in 1½ Stunden, bei dem reinen Nickel dagegen schwerer von Statten geht und 3 Stunden starker Weißglühhitze beansprucht. Das kupferhaltige Nickel, Kupfernickel, tritt hierbei in wirkliche Schmelzung, während das reine Nickel seiner Strengflüssigkeit wegen nur in einen stark zusammengesinterten, zwar ziemlich dichten und festen, dem äußeren Ansehen nach völlig kompakten metallglänzenden Zustand übergeht und so als Würfelnickel in kleinen etwas unregelmäßig gestalteten Würfeln von etwa ⅓ Zoll Seitenlänge in den Handel kommt.

Das Kupfernickel wird gegenwärtig auf der Isabellen-Hütte nicht mehr zu Würfeln geformt, sondern nach Art des Rosettenkupfers zu Scheiben gerissen, indem man die Reduktion der Oxyde in einem Herde mit zwei Formen vornimmt, wobei sich das noch vorhandene Eisen und der Gyps verschlackt, und ein mitunter nur noch 0,16 Prozent Eisen enthaltendes Kupfernickel gewonnen wird.

Nach den von Heusler (1860) bekannt gemachten Analysen des Dillenburger Nickels hatte dasselbe folgende Zusammensetzung:

Reines Nickelmetall (in Würfeln):

	I.	II.	III.
Nickel	98,29	96,29	96,17
Kupfer	0,24	0,41	2,17
Eisen	0,81	0,98	0,45
Unlöslicher Rückstand und Verlust	0,66	2,32	1,21
	100,00	100,00	100,00

Kupfernickel:

	I.	II.
Kupfer	66,67	68,25
Nickel	32,27	29,83
Eisen	0,70	1,41
Schwefel	0,36	0,51
	100,00	100,00

Es bedarf wohl kaum der Erwähnung, daß der Kupfergehalt des Kupfernickels bei der Verwendung zur Darstellung von Neusilber, welches ja ohnehin im Verhältniß zum Nickel noch viel mehr Kupfer enthält, nicht als nachtheilige Verunreinigung zu betrachten ist.

Aehnlich der so eben beschriebenen ist die Verhüttung der Gladenbacher Erze auf der Aurora-Hütte bei Gladenbach unweit Marburg.

Die Erze, deren Zusammensetzung oben angeführt wurde, werden nebst dem Diabas-Mandelstein, worin sie eingesprengt sind, in einem Schachtofen mit Kokes verschmolzen, wobei ein noch sehr schwefelhaltiger Rohstein erfolgt. Dieser wird kleingeschlagen, 4- bis 5mal geröstet, und in demselben Schachtofen mit Kokes unter Zusatz nickelhaltiger Schlacke verschmolzen. Der hierbei fallende Stein, dessen Zusammensetzung veränderlich zu sein scheint, besteht nach Ebermayer aus:

Schwefel	11,080
Kupfer	26,579
Eisen	26,072
Nickel	35,513
Kobalt	0,621
	99,865

Eine frühere Analyse hatte ergeben:

Schwefel	24
Kupfer	18
Eisen	34
Nickel	24
	100

Dieser Stein wird über einem Gußherd, ähnlich denen auf Kupferhütten, mit Kokes verschmolzen, wobei das Eisen als Oxydul in die Schlacke geht, und ein eisenfreier Stein von 60 Prozent Nickelgehalt entsteht. Derselbe wird auf der Hütte nicht weiter verarbeitet, sondern an die Nickelfabrik in Kassel abgeliefert, welche nach einem nicht veröffentlichten Verfahren daraus Kupfernickel zur Neusilberdarstellung gewinnt. —

Zu den im Hauptwerke bereits angegebenen Methoden der Darstellung des Nickels aus dem natürlichen Kupfernickel und der Kobaltspeise, ist noch ein von Cloez angegebenes Verfahren nachzutragen. Das Rohmaterial, in feines Pulver verwandelt, wird zur Verjagung des Schwefels und des größten Theils des Arseniks geröstet, das geröstete Erz in warmer konzentrirter Salzsäure gelöst und die vom ungelösten Rückstande abgegebene Flüssigkeit mit überschüssigem zweifach schwefligsaurem Natron versetzt, dann erhitzt, um die Arseniksäure zu reduziren und die schweflige Säure zu verjagen. In die noch lauwarme Lösung leitet man nun einen Strom Schwefelwasserstoffgas, wodurch Arsenik, Kupfer, Antimon, Blei und Wismuth gefällt werden. Die abfiltrirte Flüssigkeit, welche nur noch Eisen und etwas Kobalt enthält, wird zur Trockene eingedampft, der Rückstand in Wasser wieder aufgenommen, mit Chlor und sodann mit kohlensaurem Baryt behandelt, wobei Eisenoxyd und Kobaltoxyd gefällt werden, das Nickel aber nebst Baryt in der Flüssigkeit verbleibt. Nach der Fällung des letzteren durch Schwefelsäure kann dann durch kohlensaures Natron das Nickel als reines Oxydulsalz niedergeschlagen und dieses durch Glühen im Kohlentiegel zu chemisch reinem Nickel reduzirt werden. —

Analysen käuflichen Nickelmetalls. — Zu den bereits oben angeführten Analysen des Dillenburger Nickels fügen wir noch zwei in der Ecole des Mines zu Paris gemachte Untersuchungen, nämlich I. einer aus dem Herzogthum Nassau und II. einer aus Ungarn bezogenen Probe, beide in Würfeln:

	I.	II.
Nickel	93,57	96,25
Kobalt	0,97	0,32
Eisen	1,75	1,75
Schwefel	2,05	0,69
Silizium	1,31	0,47
	99,65	99,48

Zwei verschiedene Proben Würfelnickel, 1ster und 3ter Qualität, aus einer Fabrik in Naumburg am Bober, zeigten nach der Analyse von Sauerwein:

	Prima.	Tertia.
Nickel	92,1	50,5
Kupfer	6,3	46,9
Eisen	1,3	2,5
	99,7	99,9

Zu dem bereits im Hauptwerke über das Neusilber (Argentan) Beigebrachten ist noch hinzuzufügen, daß unter dem Namen Alfenid (Alfénide) in Paris, und unter dem Namen Alpaka in Wien, Legirungen zu Tischgeräth und anderen Utensilien verarbeitet werden, welche nichts anderes sind als Neusilber. Es sollen vom Alfenid zwei Sorten, die eine mit 12, die andere mit 25 Proz. Nickel, erstere versilbert, letztere unversilbert, in den Handel kommen; indessen fand sich bei der Analyse einer käuflichen Probe die folgende Zusammensetzung:

Kupfer	59,1
Zink	30,2
Nickel	9,7
Eisen	1,0
	100,0

Nimmt man den Nickelgehalt in gutem Neusilber zu 17 bis 20 Prozent an, so kann man das Alfenid nur als ein sehr nickelarmes, also schlechtes Neusilber bezeichnen.

Neben seiner Hauptanwendung, zum Neusilber, spielt das Nickel auch eine Rolle in der Münzkunst. Seit 1850 werden in der Schweiz weiße Scheidemünzen geprägt, und zwar von folgender Zusammensetzung:

	20-Rappenstücke.	10-Rappenstücke.	5-Rappenstücke.
Silber	0,150	0,100	0,050
Kupfer	0,500	0,550	0,600
Zink	0,250	0,250	0,250
Nickel	0,100	0,100	0,100
	1,000	1,000	1,000

Die Nordamerikanischen Verein-Staaten prägen seit 1857 Scheidemünze (Cent-Stücke), enthaltend 12 Nickel auf 88 Kupfer.

In Belgien sind seit 1861 Nickel-Münzen (20-, 10- und 5-Centim-Stücke) eingeführt, bestehend aus 25 Nickel auf 75 Kupfer.

Dr. Heeren.

Paraffin.[1]

Von Reichenbach 1830 bei seiner folgenreichen Untersuchung des Holztheers entdeckt und wegen seiner indifferenten Eigenschaften, da es weder mit Alkalien, noch Säuren, noch sonstigen Stoffen chemische Verbindungen eingeht, mit dem Namen „Paraffin“ (von parum affinis) belegt, ist dieser Stoff bald darauf auch in dem Theer gewisser Steinkohlenarten, der Braunkohlen und des Torfs in weit größerer Menge als im Holztheer, sodann auch in dem natürlichen Petroleum und verschiedenen Arten Erdwachs fertig gebildet aufgefunden, und wird gegenwärtig im Großen als sehr geschätztes Beleuchtungsmaterial fabrizirt.

Die Paraffinfabrikation, ein höchst interessanter, echt vaterländischer Industriezweig, zählt unstreitig zu den schönsten Errungenschaften der angewandten Chemie, bildet aber einen Zweig der Fabrikation des Photogens und Solaröles, welche letzteren der Menge, auch wohl dem Werthe nach das Hauptprodukt bilden, das Paraffin dagegen, ungeachtet seiner Schönheit und des 3- bis 4mal höheren Preises, dennoch mehr als Nebenprodukt erscheinen lassen.

Die Entdeckung, daß aus einem so unansehnlichen, werthlosen Stoffe wie der Braunkohle und dem Torf, ein so prachtvolles, das Wachs und Stearin an Schönheit übertreffendes und ihnen an Leuchtkraft mindestens gleichkommendes Material gewonnen werden könne, rief eine Menge von Unternehmungen ins Leben, von welchen die meisten, auf flüchtige oder zu sehr im Kleinen angestellte, daher unzuverlässige Prüfungen des disponibelen Rohmaterials bauend, nach kurzer Existenz wieder eingingen und zum Theil noch jetzt als warnende Ruinen dastehen. Nur in solchen Gegenden, welche ein gehörig ergiebiges Rohmaterial darbieten, so namentlich in der Gegend von Zeitz und Weißenfels, selbst noch in der Gegend von Magdeburg (Oschersleben), dann bei Bonn, ferner in Bremen und Harburg, welche letzteren beiden die Schottische Bogheadkohle zur See beziehen können, hat sich in Deutschland die Fabrikation von Leuchtölen und Paraffin, trotz der schweren Konkurrenz des Amerikanischen Petroleums, nicht nur aufrecht erhalten, sondern zu bedeutender Ausdehnung emporgeschwungen.

[1] Man vergleiche den Artikel „Photogen.“

Wenn man von anderer Seite der deutschen Paraffin-Industrie ein ungünstiges Prognostikon stellen und sie zu den nur durch künstlichen Betrieb, nicht durch Naturwüchsigkeit entstandenen und am Leben erhaltenen Fabrikationszweigen rechnen will; wenn es in den Berichten der Paraffin-Jury der letzten Londoner Weltausstellung heißt: „So lange die Natur in den Karpathen, im Balkangebirge, im Ural, am kaspischen Meer und in den unermeßlichen Gebirgen, die sich durch Persien nach Hinter-Indien hinziehen, ferner in den Hügelketten des nördlichen Theils der Union und von Canada kolossale Massen von Paraffin aufspeichert, die sie, um den Menschen der Mühe des Gewinnens zu überheben, in Erdöl gelöst auf die Erdoberfläche als Erdölquelle führt, so lange wird es vortheilhafter sein, aus dem Petroleum von Indien und Nordamerika, welches oft gegen 10 Prozent Paraffin enthält, dieses neue Kerzenmaterial zu gewinnen, als dasselbe mühsam aus Braunkohle oder Torf zu destilliren, wobei oft die Ausbeute mit dem Aufwand in keinem Verhältniß steht. Und in der That, abwärts von London-Bridge bei Blackwall, Woolwich bis zur Themsemündung, gibt es jetzt zahlreiche Fabriken, die aus dem Erdöl von Asam, Burmah und Akyah oder aus nordamerikanischem Petroleum Paraffin oder Belmontin darstellen und dasselbe bald nach Deutschland zu exportiren gedenken:" so entgegnen wir, daß das amerikanische Petroleum, von welchem allein eine gefährliche Konkurrenz zu befürchten wäre, da das Steinöl von Indien, der ungeheuren Entfernung wegen (die engl. Tonne von 20 Ctr. kostet in London 40 Pf. Sterl., also der Centner 2 Pf. Sterl. oder 13²/₃ Thlr.), nicht in Betracht kommen kann, durch den Transport, die hohe Assekuranz und die zu seiner Versendung nöthigen kostbaren, dicht schließenden Fässer wesentlich vertheuert wird und, da es bis jetzt nicht im Stande war, die deutschen Fabriken lahm zu legen, es auch in Zukunft um so weniger können wird, als der Verbrauch dieser mineralischen Leuchtstoffe einer stets wachsenden Zunahme sich erfreut. Auch der in jenem Bericht angenommene Gehalt von 10 Proz. Paraffin im Petroleum beruht offenbar auf einem Irrthum, da dasselbe nach zuverlässigen Untersuchungen kaum 2 Prozent davon enthält. Wenn auch, wie weiter unten beim Bitumen näher besprochen wird, die Fabrik zu Millwall bei London jährlich 4000 Tonnen, d. i. 8960000 Pfund

Asphalt von Cuba verarbeitet, und dasselbe $1^3/_4$ Proz. Paraffin liefert, so beläuft sich die Produktion dieser Fabrik auf jährlich 156800 Pfd. Paraffin, ein im Verhältniß zum europäischen Konsum unbedeutendes Quantum. Wenn der Zentner Cuba-Asphalt sich in London auf $1^1/_2$ Thlr. stellt und 52 Pfd. Theer liefert, so kostet das Pfund Theer (exclus. Fabrikationskosten) $^9/_{10}$ Sgr. Von einer derartigen Konkurrenz haben unsere deutschen, mit Braunkohle arbeitenden Fabriken wahrlich nichts zu fürchten. Nicht minder ist zu erwägen, daß die Gewinnung des Paraffins aus den durch Destillation erhaltenen Oelen eben so leicht von Statten geht als aus dem Petroleum, daß es aber besonders die Reinigungskosten sind, welche den Preis des Paraffins bedingen und bei jedem Paraffin, es mag herrühren woher es wolle, dieselben bleiben.

Nachdem sich gezeigt hat, daß die mit dem Namen „Paraffin" belegte Substanz Abweichungen in dem Grade der Härte, der Schmelzbarkeit, der Löslichkeit und selbst der chemischen Zusammensetzung zeigt, so kann das Wort nur mehr als Kollektivname für eine Klasse nahe verwandter Substanzen gelten, die man jedoch in der Technik für jetzt nur als „hartes" und „weiches" Paraffin unterscheidet.

Das Paraffin ist ein völlig farb- und geruchloser, nicht fettig anzufühlender Körper, der in seinen äußeren Eigenschaften, besonders wegen des blättrig krystallinischen Gefüges, dem Wallrath ähnelt, mit dem Unterschiede jedoch, daß sich dieses blättrige Gefüge besonders bei der Ausscheidung aus Lösungen, weniger stark, obwohl immer noch sehr deutlich, bei dem nach dem Schmelzen erstarrten Paraffin zu erkennen gibt. Es ist in höheren Hitzgraden, zwischen 300 und 400° C. flüchtig und läßt sich einigermaßen destilliren, erleidet aber dabei, ohne sich zu bräunen oder zu verkohlen, eine Zersetzung in flüssige Oele und Gase von gleicher prozentischer Zusammensetzung. Dieß ist besonders dann der Fall, wenn es bei der Destillation sich in der oberen Wölbung der Retorte verdichtet, zurückfließt und so einer mehrmaligen Destillation preisgegeben ist. Brodie verschloß Ceroten (aus chinesischem Wachs dargestelltes Paraffin) in eine rechtwinklig gebogene, an beiden Enden zugeschmolzene Glasröhre und destillirte es aus dem einen Schenkel in den anderen, dann wieder zurück u. s. f. Bei dieser Destillation unter Druck wurde schon nach 2 Destillationen das Destillat flüssig und die feste Substanz war gänzlich verschwunden. Nach 6 Destillationen zerplatzte das erhitzte Ende, wobei sich eine Menge brennbarer Gase und Dämpfe entwickelte. Das im anderen Schenkel angesammelte Oel war eine Mischung verschiedener Kohlenwasserstoffe mit Siedpunkten von 75 bis 260° C. Vielleicht würde Paraffin im luftleeren Raume ohne Zersetzung destillirbar sein. Entzündet, wozu es jedoch einer vorhergehenden starken Erhitzung, z. B. in einem Docht, bedarf, brennt es mit weißer, leuchtender, nicht rußender Flamme, worauf sich seine Anwendung zu Kerzen gründet. Es ist im Alkohol, selbst absolutem, höchst wenig löslich, leichter, obwohl auch nicht in jedem Verhältniß, im Aether, aus welcher Lösung es beim Verdunsten des letzteren in seidenglänzenden Blättchen zurückbleibt; es löst sich ferner leicht in fetten und flüssigen Oelen, im Benzol und Schwefelkohlenstoff. Von den Fetten unterscheidet es sich durch seine völlig abweichende chemische Zusammensetzung, durch die ihm abgehende Eigenschaft, sich verseifen zu lassen, sowie durch die Destillirbarkeit.

Die chemische Zusammensetzung des Paraffins liegt leider noch im Dunkeln. Während von der Mehrzahl der Beobachter, wie schon erwähnt, angenommen wird, es gebe je nach der Natur des Rohmaterials verschiedene Paraffine, wird von Anderen, so namentlich von Reichenbach, dem widersprochen, indem er auf die fast unüberwindlichen Schwierigkeiten aufmerksam macht, das Paraffin von anhängenden Oelen zu trennen. Da aber das Paraffin den Schluß einer langen Reihe homologer Verbindungen bildet, die in den ersten Gliedern mit kleinen Aequivalentzahlen gasförmig, sodann bei höheren Zahlen flüssig auftreten und eine ganze Reihe, allerdings sehr schwer trennbarer, aber offenbar verschiedener, theilweise schon isolirt dargestellter Flüssigkeiten von mehr und mehr, den Aequivalentzahlen entsprechend, zunehmender Siedtemperatur bilden, so spricht die Analogie offenbar für die Annahme verschiedener starrer Glieder derselben Reihe. Noch weiter hat sich die Sache verwickelt, seitdem die frühere Annahme, alles Paraffin habe mit dem ölbildenden Gase gleiche prozentische Zusammensetzung, gehöre also zur Reihe $C_{2n} H_{2n}$, durch einige Analysen, welche Zusammensetzungen der Formel $C_{2n} H_{2n+2}$ entsprechend ergaben, in Frage gestellt worden ist.

Nachdem schon in den dreißiger Jahren von Magnus, Meyer und Schrötter der Ozokerit untersucht und dem ölbildenden Gase gleich zusammengesetzt gefunden worden, zeigte Malaguti, daß sich der Ozokerit von Zintrisika durch Auflösen in Alkohol in Portionen von verschiedenem, zwischen 75 und 90⁰ liegenden Schmelzpunkt und 0,845 bis 0,957 spez. Gewicht trennen lasse, welche alle dieselbe, dem ölbildenden Gase entsprechende Zusammensetzung zeigten.

Walter (1840) beschreibt ein fossiles Wachs von Truskawiez in Galizien, welches bei 59⁰ schmolz, einen Siedpunkt über 300⁰ hatte, und ebenfalls mit dem ölbildenden Gase gleiche prozentische Zusammensetzung besaß.

Lewy (1842), welcher bei acht Elementar-Analysen von theils aus Schiefern, theils aus Baumwachs, theils aus Karaubawachs gewonnenem Paraffin in sehr nahe übereinstimmenden Resultaten als Mittel

Kohlenstoff	85,03
Wasserstoff	14,87
	99,90

gefunden hatte, während bei gleichen Aequivalenten nur 14,17 Wasserstoff auf 85 Kohlenstoff kommen, schließt aus drei Bestimmungen der Dampfdichte, welche zwischen 10 und 11,8 schwankte, daß das Paraffin mindestens 40 Aequ. Kohlenstoff enthalten müsse. Der ersteren Dampfdichte entspricht die Formel C_{40} H_{42}, der letzteren C_{48} H_{50}, wonach diese Paraffine der Reihe C_{2n} H_{2n+2} angehören würden.

Brodie (1849), in seiner Arbeit über das Wachs, bezweifelt, daß Lewy reines Material untersucht habe. Er stellte durch Destillation aus dem chinesischen Wachs das Ceroten, C_{54} H_{54}, dessen Schmelzpunkt bei 58⁰ liegt, und das Melen, C_{60} H_{60} mit 62⁰ Schmelzpunkt dar, welche also beide der Reihe C_{2n} H_{2n} angehörig, die höchsten bis jetzt gefundenen Glieder dieser Reihe bilden.

Hofstätter (1854) untersuchte Paraffin aus der Augustenhütte bei Bonn und solches aus Ozokerit von Drohobicz in Galizien dargestellt. Durch fraktionirte Krystallisation aus Alkohol wurde das erstere in 5 Portionen von 57 bis 61⁰ Schmelzpunkt, das letztere in 11 Portionen von 60 bis 65,5⁰ Schmelzpunkt zerlegt. Die Analyse ergab für sämmtliche Portionen gleiche, der Formel C_{2n} H_{2n} entsprechende Zusammensetzung. Versuche zur Ermittlung der Anzahl der Aequivalente wurden nicht angestellt.

Finlipuzzi (1856) zerlegte ein aus einer Londoner Fabrik

bezogenes, aus bituminösen Schiefern dargestelltes Paraffin durch fraktionirte Krystallisation in 9 Portionen von 45 bis 58° C Schmelzpunkt. Die sehr nahe übereinstimmenden Resultate der Analyse dieser Portionen entsprachen ebenfalls der Formel $C_{2n} H_{2n}$.

Anderson (1858) untersuchte Paraffin aus Bogheadkohle, welches theils sehr krystallinisch und bei 45,5° schmelzend, theils von körnigem Bruch und bei 52° schmelzend gefunden wurde, ferner aus Rangoon-Naphtha und aus Torf. Die ziemlich nahe übereinstimmenden Resultate der Analysen entsprachen nicht gleichen Aequivalenten, sondern dem Verhältniß $C_{40} H_{42}$ oder $C_{42} H_{44}$ oder $C_{44} H_{46}$, überhaupt der Formel $C_{2n} H_{2n+2}$.

Das Paraffin kommt bereits fertig gebildet in der Natur vor, und zwar:

1) im Ozokerit, einer schwarzbraunen, wachsartigen, zwischen den Fingern knetbaren Substanz von stark bituminösem Geruch. Er findet sich zu Slanik in der Moldau, Niederösterreich, Frankreich und England, besonders ausgezeichnet und in Menge bei Drohobicz und Truskawiez in Galizien, und besteht in einem durch Erdtheer verunreinigten Paraffin. Ein dem Ozokerit sehr ähnlicher, wenn nicht mit ihm ganz indentischer Körper ist der

2) Naphthagil von Truchmenien, welcher in einer Fabrik auf der Halbinsel Swätoi-Ostrow im kaspischen Meer auf Paraffin verarbeitet wird, indem man ihn einer Destillation unterwirft, wobei er 68 Prozent Destillat liefert, welches aus 8 Oel und 60 Paraffinmasse besteht.

3) Ein ebenfalls dem Ozokerit gleichendes, braunes, wachsweiches Erdharz soll in einem mächtigen Lager auf einer Insel in der Nähe von Baku vorkommen und bei der Destillation 81,82 Proz. Paraffin liefern.

Paraffin findet sich ferner

4) in den meisten Erdölen, bei deren Destillation es, nachdem die flüchtigeren Oele übergegangen sind, gewöhnlich in Gestalt einer hellbraunen, beim Erkalten leicht erstarrenden Masse übergeht. Man gewinnt es so aus dem amerikanischen Petroleum, der Naphtha von Burma oder der Rangoon-Naphtha und anderen Erdölen, z. B. dem zu Sehnde, unweit Hannover vorkommenden Erdöl.

Endlich hat man fertig gebildetes Paraffin, jedoch nur zu 2,6

Promille in der Bogheadkohle gefunden, aus welcher es durch Aether ausgezogen werden kann.

Die künstliche Darstellung des Paraffins durch trockene Destillation der sogenannten bituminösen Schiefer,[1] zu welchen nach Göppert auch die Bogheadkohle gerechnet werden soll, der Braunkohle und des Torfs geht mit der Gewinnung von Photogen und Solaröl Hand in Hand, so daß alle drei gleichzeitig, daher auch immer in denselben Fabriken gewonnen werden, in der Art, daß bei der Rektifikation des rohen Theers das zuerst übergehende dünnflüssige, höchst wenig Paraffin haltende Oel (leichtes Oel) und sodann das später kommende, mehr dickflüssige, leicht erstarrende, paraffinhaltige Oel (schweres Oel) für sich aufgefangen und auch getrennt gereinigt und weiter behandelt werden, so zwar, daß das erstere durch fraktionirte Destillation in Photogen und Solaröl zerlegt, das letztere aber durch längeres Stehen in der Kälte der Krystallisation übergeben, das auskrystallisirte Paraffin durch Zentrifugiren und Pressen von dem noch anhängenden Oel gereinigt, und dieses nebst

[1] Das Wort „bituminöser Schiefer" wird von den Schriftstellern offenbar zur Bezeichnung wesentlich verschiedener Dinge gebraucht. Bitumen ist gleichbedeutend mit Erdharz oder Erdtheer, eine in flüchtigen Oelen, Benzol und anderen Lösungsmitteln lösliche Substanz, welche sich auch sonst, z. B. in der Schmelzbarkeit, als Harz karakterisirt. Mineralkörper, besonders Schieferthon, Mergelschiefer und Kalkstein, können damit durchdrungen sein und werden dann mit Recht bituminöse Schiefer, bituminöser Kalk genannt. Fein zerrieben und mit Terpentinöl digerirt geben sie den ganzen Bitumengehalt an daselbe ab. Nun aber ist die organische Substanz, wie sie sich in den Blätterschiefern, der Bogheadkohle und anderen sogenannten bituminösen Schiefern findet, unlöslich und nicht ohne Zersetzung schmelzbar, sie nähert sich vielmehr der Braunkohle, besonders den jüngeren helleren Abänderungen derselben, weshalb die Bezeichnung solcher Körper, die nicht einmal immer schiefrig sind, wie z. B. die Bogheadkohle, als bituminöse Schiefer nothwendig zu einer Verwirrung der Begriffe führen muß. Leider besitzt unsere Sprache kein geeignetes Wort zur Bezeichnung dieser, allerdings noch nicht stabilen, sondern offenbar in einem langsamen Zersetzungsprozesse begriffenen, technisch aber so interessanten und wichtigen organischen Substanz, welche sich am meisten dem Ulmin zu nähern scheint, augenscheinlich nicht aus Bitumen entstanden ist, sondern aus Ueberresten organischer Wesen, meist Pflanzen, aber auch Thieren ihren Ursprung herzuleiten scheint. Einer genaueren chemischen Untersuchung, welcher sie wohl würdig wäre, ist sie bisher noch nicht gewürdigt worden.

dem vorher abgelaufenen Oel durch fraktionirte Destillation in Solaröl, Schmieröl und Paraffinmasse zerlegt wird. —

Rohmateriale, welche durch trockene Destillation Photogen, Solaröl und Paraffin geben:

1) Bogheadkohle, welche zu Torbane-Hill bei Bathgate unweit Edinburgh, südlich vom Firth of Forth in einem mächtigen Lager vorkommt, ist unter allen das ergiebigste Material. Sie besitzt äußerlich eine dunkelgraue Farbe, durchaus keinen Glanz, nimmt selbst weder durch Beschneiden mit einem scharfen Messer, noch durch Reiben mit dem Polierstahl Glanz an; sie ist äußerst zähe und schwer zersprengbar, so daß das Zerschlagen größerer Blöcke nur durch großen Kraftaufwand gelingt. Die Bruchflächen sind unregelmäßig flachmuschlig, im Kleinen eben und von feinkörniger Oberfläche. Zerrieben liefert sie ein hell bräunlich graues Pulver. Sie läßt sich schon an der Lichtflamme entzünden und brennt ohne zu schmelzen oder auch nur zu erweichen mit leuchtender, rußender Flamme. Sie ist sehr schwer und dicht, nicht bemerklich schiefrig und kommt in unregelmäßigen Blöcken, bisweilen von Zentnerschwere, in den Handel.

Der trockenen Destillation unterworfen, welche schon bei schwacher Glühhitze erfolgt, erweicht sie nicht und hinterläßt eine glanzlose Kohle von unveränderter Gestalt. Neben einem, durch seine Leuchtkraft ausgezeichneten Gase liefert sie 33 bis 40 Prozent Theer von dünnflüssiger Beschaffenheit, und durch die Verarbeitung und Reinigung desselben 8 bis 9 Proz. Photogen, 6 bis 8 Proz. Solaröl, 2 Proz. Paraffin, außerdem Schmieröl. Die rückständige Kohle, etwa 30 bis 35 Proz. betragend, hinterläßt beim Einäschern 20 bis 25 Proz. (der rohen Bogheadkohle) einer zerreiblichen weißen, erdigen, aus 56 Kieselerde, 43,52 Thonerde und 0,35 Eisenoxyd bestehenden Asche.

Die Bogheadkohle dient, außer mehreren englischen und schottischen, auch zwei deutschen, sehr bedeutenden Fabriken, in Bremen und Harburg, als Material zur Darstellung von Paraffin und Oelen.

Ihr im chemischen Verhalten und den übrigen Eigenschaften sehr nahe kommend, nur durch ein schiefriges, obwohl nicht dünnschiefriges Gefüge von ihr abweichend, ist die zu Wemyß, nördlich vom Firth of Forth vorkommende Wemyßkohle, welche früher in der Harburger Photogenfabrik Anwendung fand.

Die sogenannte Süd-Bogheadkohle von Poole in England, von schiefrigem Gefüge, gewährt zwar ebenfalls eine große Ausbeute an Theer, aber derselbe kann zu Leuchtstoffen keine Verwendung finden, weil die daraus darzustellenden Oele ebenso wie die der gewöhnlichen Steinkohle in Folge eines größeren Kohlenstoffgehaltes eine allzu sehr rußende Flamme geben.

2) Blätterschiefer (sogenannter bituminöser Schiefer), ein der Braunkohle nahe verwandter, jedoch durch hellere Farbe und Leichtentzündlichkeit (so daß er schon an der Lichtflamme sich entzündet und mit heller rußender Flamme brennt), sowie durch die Menge des bei der trockenen Destillation erfolgenden Theers von ihr sich unterscheidender und in den letzteren Beziehungen sich der Bogheadkohle nähernder, thoniger oder mergeliger Schiefer, oft von sehr dünnschiefrigem Gefüge, in welchem Falle er den Namen Papierkohle führt.

Ein zur Theergewinnung vorzüglich geeigneter Blätterschiefer kommt in der Georgsgrube bei Dierdorf im Bergamtsbezirk Neuwied unter einem 9 Fuß mächtigen Braunkohlenlager in einer Mächtigkeit von 2 bis 3 Fuß vor. Dieses sogenannte Georgs-Bitumen liefert nach Sonnenschein bei der trockenen Destillation etwa 25 Prozent Theer und hinterläßt beim vollständigen Verbrennen 23,5 Prozent Asche. Die Ausbeute an Leuchtstoffen soll betragen 8,16 Proz. (des Schiefers) Photogen, 1,59 schweres Oel und 12,87 erstarrende paraffinhaltende Masse.

Blätterschiefer findet sich überhaupt in Menge im Siebengebirge am Rhein, so namentlich in den Gruben Romerickeberge und Stößgen bei Linz, dann einer Grube auf dem Trockenhohn bei Rott, deren Produkt in der, von der Société des schistes bitumineux du Rhin, die in Köln ihren Sitz hatte, gegründeten, später unter der Firma Wiesmann u. Komp. fortgeführten Augustenhütte zu Beuel unweit Bonn verarbeitet wird; ferner bei Oedingen, bei Bonn und an anderen Punkten der dortigen Gegend. Sodann in Westphalen zu Werthen bei Bielefeld, in Hessen, bei Salzbergen im Königreich Hannover, zu Markersdorf, in Böhmisch Kamnitz, zu Bruchsal, sodann in Frankreich zu Vouvant in der Vendée und zu Autun. Neuerdings hat sich auf der Hebrideninsel Mull ein mächtiges Lager von Blätterschiefer gefunden, aus welchem an Ort und Stelle ein rohes Paraffin dargestellt wird, dessen weitere Reinigung in London erfolgt. Schließlich ist noch des in Württemberg in der Gegend von Sigmaringen vorkommenden Posidonienschiefers zu erwähnen, der sich bei einer Theerausbeute von über $9\frac{1}{2}$ Proz. zur Fabrikation von Leuchtstoffen eignet. Es ist ein dunkelfarbiger Schieferthon mit dünnen Schichten von Mergel oder Kalkstein, in welchem Millionen von Posidonia Bronnii liegen. In großen Retorten, die 500 Pfd. Schiefer aufnahmen und 8 Stunden Destillationszeit erforderten, wurden 9,6344 Proz. Theer gewonnen und aus 100 Theilen desselben erhalten:

Photogen	24,180
Schmieröl	41,936
Paraffin	0,124
Kohliger Rückstand . . .	13,689
Kreosot	19,036
Gas und Verlust . . .	1,035.

Ueber die Ausbeute an Theer und an Leuchtstoffen aus dem Blätterschiefer liegen noch folgende Bestimmungen vor:

Vohl untersuchte folgende Blätterschiefer:

Fundort.		Theer in Proz.	Photogen	Solaröl	Paraffinmasse
Rheinischer Blätterschiefer .		20	6,50	1,26	10,25
				Schmieröl	Paraffin
Romerickeberge		—	5,14	8,00	0,024
Oedingen am Rhein . .		—	0,92	1,92	0,250
Westphalen		—	1,37	0,68	0,050
England		—	2,30	3,79	0,0113
Salzbergen	Königreich	7,552	1,849	1,987	0,174
ebendaher	Hannover	2,187	0,446	0,503	0,064

Wagenmann führt folgende Produktionsmengen verschiedener Blätterschiefer auf:

Fundort	Theer	Spec. Gewicht des Theers	Rohes leichtes Oel 0.7—0.85 sp. Gew.	Rohes schweres Oel 0.85—0.9 sp. Gew.	Rohes Paraffin
	Proz.		Proz.	Proz.	Proz.
Vom Siebengebirge Nr. I. . .	20	0,88	6	9	3/4
„ „ „ II. . .	15	0,88	5	7	1/2
„ „ „ III. .	11	0,88	3	6	1/2
Aus Hessen	25	0,88	6	12	1
Rheinprovinz	11	0,88	3	5	1/2
Bonn	4	0,93	1/10	3	1/4
Hebrideninsel Mull Nr. 1 . .	—	—	2,7	8,2	1,3
„ „ Nr. 2 . .	—	—	2,3	34,6	1,9

3) Braunkohle. Die Eigenschaften der Braunkohle sind zu bekannt und die Fundorte zu zahlreich, als daß hier darauf eingegangen werden könnte; nur sei bemerkt, daß diejenigen Abänderungen derselben, in welchen die Textur des Holzes oder der sonstigen Pflanzentheile verschwunden ist, welche im trockenen Zustande von heller Farbe und leicht zerreiblich sind, die reichste Ausbeute an brauchbaren Oelen und Paraffin, die holzförmigen Lignite dagegen, so wie die dunkelbraunen Abänderungen mit Einschluß der Pechkohle, nur wenig Theer oder nutzbare Produkte liefern. Nur eine verhältnißmäßig kleine Zahl der vorkommenden und untersuchten Braunkohlensorten eignet sich in Folge genügender Theerausbeute zur Fabrikation von Leuchtölen und Paraffin, da bei den meisten diese Ausbeute unter 8 Prozent bleibt, während dieselbe, um eine rentable Fabrikation zu gestatten, doch mindestens 9 bis 10 Prozent betragen sollte.

In Deutschland findet sich zur Theerdestillation geeignete Braunkohle besonders in Preußen; so in den Kreisen Weißenfels und Zeitz bei Gerstewitz, Köpsen und Kutschau, zu Lebensdorf, bei Oschersleben, bei Rothenburg a. S. und bei Saarau in Schlesien. Unter allen bis jetzt bekannten scheint die in der Umgegend von Weißenfels und Zeitz an verschiedenen Punkten, namentlich die zu Köpsen vorkommende, welche in mehreren dortigen Fabriken, so in der von Hübner zu Rehmsdorf, der von Bauermeister in Bitterfeld bei

Halle, in der der Wirsch-Weißenfelser Aktiengesellschaft gehörigen Fabrik verarbeitet wird, die beste zu sein, da sie an 20 Prozent Theer und aus diesem viel und vorzüglich gute Produkte liefert. Diese Braunkohle, welche wohl nur wegen des mangelnden schiefrigen Gefüges nicht als bituminöser Schiefer oder Blätterkohle bezeichnet wird, denen sie sonst ihren Bestandtheilen nach ganz nahe zu stehen scheint, zeigt besonders im Ausgehenden der Flötze große Ausgiebigkeit. Sie bildet im grubenfeuchten Zustande eine durch den Wassergehalt, nicht etwa durch Erdtheer, schmierige, hellbraune, mit Wasser zu einem feinen, schlüpfrigen Schlamm, wie fetter Thon, sich erweichende, und keine Spur von Sand oder sonstigen harten Körnern hinterlassende Masse, daher der Name „Schmierkohle." Getrocknet hat sie fast das Ansehen und die Leichtigkeit wie Kork, ist sehr leicht zerreiblich, schon zwischen den Fingern zerdrückbar und völlig geruchlos. Ein trockenes Stück in eine Kerzenflamme gehalten, geräth in schmelzenden Zustand, entzündet sich und brennt mit heller, nicht stark rußender Flamme fort. Die beste Schmierkohle, welche sich, wie erwähnt, im Ausgehenden von Braunkohlenflötzen findet, also wohl einer jüngeren Bildungsperiode anzugehören scheint, bildet gemeiniglich nur schwache Lager von wenigen Fußen Mächtigkeit, oft auch nur Nester in einer Braunkohle von geringerem Gehalt.

Es liegt eine ganze Reihe von Untersuchungen verschiedener Braunkohlensorten vor, wobei es sich hauptsächlich um die Ausbeute an Theer und den aus demselben zu gewinnenden Leuchtstoffen handelte. Solche Untersuchungen besitzen nur dann praktischen Werth, wenn sie ziemlich im Großen mit Quantitäten von mindestens 100 bis 200 Pfd. angestellt wurden, denn die Destillation kleiner Quantitäten liefert mehr und bessere Produkte, als sie im Großen erzielt werden können, weil die Dämpfe der verschiedenen Kohlenwasserstoffe durch Glühhitze sich leicht zersetzen und unter Ausscheidung von Kohle in Grubengas übergehen, wie denn namentlich das Paraffin ungemein, ja so empfindlich ist, daß es schon durch mehrmals wiederholte Destillation sich unter Bildung flüssiger Produkte zersetzt. Offenbar muß die Ausbeute an Theer um so geringer ausfallen, je stärker die Glühhitze der Retorte und je länger der Weg (also auch die Zeit), den sie in derselben zurücklegen müssen; um aber den Inhalt der Retorte, welcher noch dazu geringe Wärmeleitungsfähigkeit besitzt, bis zu den inneren Partien auf die Zersetzungstemperatur zu bringen, ist man genöthigt, die Glühhitze weit höher zu treiben, als ohne diesen Umstand, also im Kleinen, erforderlich sein würde. Es gesellt sich hierzu die, wegen der Gegenwart unkondensirbarer Gase so große Schwierigkeit der vollständigen Kondensation der Dämpfe, welche besonders beim Arbeiten im Großen hervortritt und zur Folge hat, daß ein Theil der Dämpfe von den Gasen mit fortgeführt wird und verloren geht, während dem mit kleinen Quantitäten arbeitenden Chemiker Mittel genug zu Gebote stehen, solche Verluste zu vermeiden.

Die Nichtbeachtung dieses Umstandes hat schon mehrfach den Ruin kostspieliger Fabrikanlagen herbeigeführt.

Bei der hohen Wichtigkeit der zu Köpsen und an anderen Punkten bei Zeitz vorkommenden, sehr eigenthümlichen Braunkohle, von welcher nach Unger 12 Sorten unterschieden werden können, wird die Aufnahme der Beschreibung sich rechtfertigen. Es ist dabei zu berücksichtigen, daß die Versuche in einem großen Schwelofen ausgeführt wurden, wobei die Ausbeute an Theer und selbst die Qualität der Produkte geringer ausfallen mußte, als sie bei Anwendung von Retorten sich gestellt hätten.

Nr. I. Diese, in ihrem Verhalten dem Ozokerit sehr ähnliche Kohle bildet im grubenfeuchten Zustande eine sehr fette, schmierige, an der Luft röthlichgrau werdende Masse und wird von den Bergleuten gewöhnlich als „taube Kohle“ bezeichnet. Sie ist lehmartig, von Farbe hell bräunlichgelb, bisweilen beinahe ganz weiß, in lufttrockenem Zustande sehr leicht, fühlt sich mager an, nimmt aber mit dem Nagel polirt einen bleibenden, wachsähnlichen Glanz an. Sie lagert am Ausgehenden des Hauptflötzes von $1/8$ bis $1/4$ Lachter und darüber mächtig, auf einer dunkel schwarzbraunen, weichen, feinknörpligen, etwas mageren Kohle, welche theilweise stark mit Muschelkalk durchsetzt ist, unter einem 1 bis 3 Lachter mächtigen Deckgebirge aus Kies, Sand und sandigem Lehm; unmittelbar über der Kohle steht eine schwache Schicht von schieferartigem Mergelkalkschlamm. Ausbeute an Theer 20 Prozent. 100 Theile desselben geben 37 Photogen von 0.785 spez. Gew., 30 Solaröl und 12 Paraffin. Spez. Gew. des Theers 0.815.

Nr. II. Der vorhergehenden sehr ähnlich, nur die Farbe wohl

etwas dunkler. Sie steht 2 bis 3 Lachter mächtig an und geht später in eine sehr weiche hell gelbbraune, nach und nach dunkler werdende Kohle über. Das 2 bis 4 Lachter mächtige Deckgebirge wie bei Nr. I. Theerausbeute 14 Prozent. 100 Theile desselben geben 32 Photogen von 0.808 spez. Gew., 38 Solaröl von 0.835 spez. Gew. und 11¼ Paraffin. Spez. Gew. des Theers 0.845.

Nr. III. Dunkle, fast schwarzbraune, mit wenig hellerer gelbbrauner gemischte Schmierkohle, viele nuß- bis hühnereigroße Konglomerate von reinem ganz weißen Muschelkalk enthaltend, so daß das Volumen der letzteren ¼ bis ⅓ des Volumens der Kohle bildet. Sie lagert unter einem Deckgebirge von grobem Kies und schwarzem Kohlensand. Theerausbeute 12 Prozent. 100 Theile desselben geben 30 Photogen von 0.810 spez. Gew., 34 Solaröl von 0.836 und 11 Paraffin. Spez. Gew. des Theers 0.845.

Nr. IV. Hell gelbbraune, im ganzen Flötz abwechselnd mit dunkleren Streifen bandartig durchzogene, größtentheils fein knörplige, milde, trockene Kohle, theilweise mit Konglomeraten von Muschelkalk durchsetzt. Uebrige Verhältnisse wie bei Nr. III. Theer 12 Prozent, gibt 28 Photogen von 0.81, 37 Solaröl von 0.836 und 11¼ Paraffin. Spez. Gew. des Theers 0.850.

Nr. V. Hell braungelbe, milde Knörpelkohle von etwas schmieriger Beschaffenheit, steht mit härterer Knörpelkohle in unbestimmt wechselnder Mächtigkeit an. Theer 11¾ Prozent. Ausbeute der Produkte wie bei Nr. IV. Spez. Gew. des Theers 0.850.

Nr. VI. Schwarzbraune Schmierkohle, lufttrocken leicht und pulverig, steht ganz am Ausgehenden des Flötzes, etwa ½ Lachter mächtig. Theer 10½ Prozent. 24 Photogen von 0.815; 35 Solaröl von 0.840; 10¼ Paraffin. Spez. Gew. des Theers 0.860.

Nr. VII. Sehr fette, hellröthlichgelbe, mit wenigen schwarzen Adern durchzogene Schmierkohle, mit wenigen weichen Knörpeln. Steht theils als sogenannte Grundkohle im Liegenden des ersten Flötzes an, theils bildet sie ein bis zu 3 Lachter mächtiges, besonderes Flötz und geht mitunter zu Tage aus. Theer 13½ Prozent. 28 Photogen von 0.815; 37 Solaröl von 0.840; 11¾ Paraffin. Spez. Gew. des Theers 0.855.

Nr. VIII. Hellröthlichbraune, weiche Schmierkohle, lufttrocken vollkommen pulverig. Zeigt durch einen bedeutenden Gehalt an

Muschelkalk ein im Sonnenlicht bemerkliches starkes Flimmern. Steht ganz am Ausgehenden des Flötzes in $^1/_4$ bis $^1/_2$ Lachter Mächtigkeit an. Theer $5^2/_3$ Prozent. 30 Photogen von 0.820; 35 Solaröl, $11^1/_3$ Paraffin. Spez. Gew. des Theers 0.860.

Nr. IX. Eine mit etwa 40 Prozent klarer Kohle gemischte Knörpelkohle von grünlich olivenbrauner Farbe. Ist schwefelhaltig. Als Brennkohle sehr gesucht. Theer $6^2/_3$ Prozent. 28 Photogen von 0.840; 36 Solaröl von 0.865; 10 Paraffin. Spez. Gew. des Theers 0.885.

Nr. X. Etwas mildere feinkörnige Brennkohle, der vorigen ähnlich. Theer $7^1/_2$ Prozent. Produkte wie bei der vorigen. Spez. Gew. des Theers 0.880.

Nr. XI. Magere harte Knörpelkohle von dunkel schwarzbrauner Farbe, aus den oberen Schichten eines etwa 9 Lachter mächtigen Kesselflötzes. Theer 3 Prozent. $8^1/_2$ Photogen von 0.860; 20 Solaröl von 0.885; 37 fettes Schmieröl von 0.930; $9^1/_3$ Paraffin. Spez. Gew. des Theers 0.925.

Nr. XII. Etwas weichere, feinknörplige, mit schwachen Adern von gelber Schmierkohle durchsetzte, nach dem Liegenden und im Mittel des Flötzes anstehende Kohle. Theer $4^2/_3$ Prozent. Produkte wie bei der vorigen. Spez. Gew. des Theers 0.920.

Die letzteren 5 Sorten sind theils der geringen Theerausbeute, theils der dunkelbraunen, schweren Beschaffenheit desselben und des hohen spezifischen Gewichtes so wie der geringen Qualität der Produkte wegen, zur Fabrikation von Leuchtstoffen nicht geeignet. Dagegen besitzt der Theer der ersteren Sorten im frischen Zustand eine hell wachsgelbe Farbe, eine feste butterartige Konsistenz und einen Schmelzpunkt von 27 bis 28^0 R., auch zeigt sich seine Güte schon an dem geringen spezifischen Gewicht.

Nach Untersuchungen von Brückner (m. s. Erdmann's Journ. f. prakt. Chemie, Bd. 51, S. 1) enthält die Braunkohle von Gerstewitz eine harzartige Substanz von ihm Leukopetrin genannt, und eine wachsartige Substanz aus Geomyricin und Geocerinsäure bestehend.

Nach Hübner werden in der Fabrik zu Bitterfeld, welche sich der Weißenfelser Kohle bedient, aus 240 Scheffel dieser Kohle, die in 24 Stunden verarbeitet werden, 240 Pfd. Paraffinkerzen à 15 Sgr.;

500 Pfd. Photogen von 0.800 à 16 Rthlr. pro. Ztr. und 500 Pfd. Solaröl von 0.830 bis 0.845 spez. Gew. à 10 Rthlr. pro Ztr. gewonnen. Ein Scheffel kostet dem Werke 5 Sgr.

Fresenius untersuchte die Braunkohlen des Westerwaldes und gewann aus der lufttrockenen Kohle:

Fundort	Sorte	Theer in Proz.
Grube Oranien . .	Leskohlen [1]	5,37
desgleichen	Stückkohlen	3,19
Grube Nassau . . .	Leskohlen	3,78
desgleichen	Stückkohlen	2,86

Hübner und Börkel fanden:

Fundort	Theer in Proz.	Aus 100 Theer gewonnen:		
		leichtes Oel	schweres Oel	Paraffinmasse
Reichenbach in Böhmen . .	3	2,030	50,761	25,888
Linz	4,3	8,475	40,678	26,271
Gröbers bei Halle a. d. S. .	6	7,130	35,294	38,503
Döllnitz bei Merseburg . .	4	5,050	32,516	40,404
Grube Belohnung bei Halle .	5,8	7,874	32,875	38,976
Lehmdorf bei Cönnern . .	4,7	11,806	31,250	36,458
daher, hellbraun	6	8,928	33,036	34,375
Mittel . .	4,8	7,327	36,630	34,396

Betreffs der von Vohl und von Wagenmann ausgeführten zahlreichen Untersuchungen verschiedener Braunkohlen — deren Fundorte ohnehin nur allgemein nach den Ländern, nicht nach den speziellen Orten angegeben sind, und welche fast durchgehends wegen der geringen, selten über 6 Prozent steigenden Ausbeute eines dunkelbraunen, schweren Theers von etwa 0.91 spez. Gew. gleich den eben aufgeführten, eben nur ungünstige Resultate darbieten und zeigen, daß mit seltenen Ausnahmen die gemeine, sowie die holzförmige Braunkohle zur

1 Leskohlen sind Gemenge von Splittern von etwa 25 Gramm und größeren, 300 bis 400 Gr. wiegenden Stückchen.

rentabeln Fabrikation von Leuchtstoffen sich wenig eignet — verweisen wir auf Dinglers polytechnisches Journal, Bd. 145, S. 51 und 310.

4) Torf. Liefert zwar dieselben Produkte wie Braunkohle, namentlich Paraffin in verhältnißmäßig großer Menge, so daß der aus ihm gewonnene Theer beim Erkalten zu einer salbenartigen Masse erstarrt; allein die Ausbeute stellt sich so gering, daß fast alle auf Torf gegründete Paraffinfabriken nach kurzem Bestehen wieder eingingen und nur wenige, so die zu Jeziorki in Galizien, die zu Bernuthsfeld bei Aurich, und in Irland die Fabriken der Irish peat Company sich am Leben zu halten vermochten.

Die Erfahrung hat gelehrt, daß der ältere schwarze Torf, in welchem die Pflanzenfaser beinahe ganz in Zersetzung übergegangen ist, mehr Theer liefert, als der jüngere faserreiche, daß aber der Theer aus altem Torf mehr kohlenstoffreiche, schwerere, der jüngere mehr wasserstoffreiche, leichtere Produkte liefert

In der Fabrik zu Bernuthsfeld erhält man aus dem dortigen (lufttrockenen) Torf 6 bis 8 Prozent Theer, und aus diesem 20 Prozent Solaröl von 0.83 spez. Gew. und $^3/_4$ Prozent Paraffin, folglich aus 1000 Theilen Torf 16 Theile Solaröl und 0.6 Theile Paraffin. Aehnliche Resultate sind zu Athy in Irland erzielt. Ein Torf von der Hebrideninsel Lewis liefert 6 bis 8 Prozent Theer und durch Verarbeitung desselben 2 Photogen, $1^1/_2$ Solaröl und $^1/_3$ Paraffin. Ein russischer Torf gab nach Reisig 4 bis 5 Prozent Theer, ein anderer von Rostockine lieferte nach Vohl folgende Produkte:

Turfol (Photogen)	2,31
Schmieröl	2,29
Paraffin	0,017
Kohle	35,81
Kreosot	3,81
Salmiak	0,25
Gas	20,60
Rückstand bei der Theerdestillation und Wasser	34,913
	100,000.

Er ist wegen dieser geringen Ausbeute als unbrauchbar zu erachten. Hinsichtlich fernerer Torfuntersuchungen, so wie der Torfverarbeitung verweisen wir auf die bei der Braunkohle schon angezogenen Arbeiten von Wagenmann und Vohl und auf den Artikel „Photogen.“

5) **Bitumen.** Der allgemeine Ausdruck für Erdharz, gleichviel ob es im festen Zustande (Asphalt, Erdpech) oder halbflüssig (Erdtheer) vorkommt. Letzteres besitzt einen eigenthümlichen Geruch und zerfällt beim Erhitzen in überdestillirendes Petroleum und zurückbleibendes Asphalt. Schiefrige Gesteinsmassen, z. B. Schieferthon, Mergelschiefer mit Bitumen durchdrungen führen den Namen „bituminöse Schiefer." An einigen Orten, so in der Nähe der Stadt Hannover, findet sich ein bituminöser lockerer Kalkstein, so reich mit Erdtheer durchdrungen, daß derselbe mitunter in Klüften als flüssiger Theer sich sammelt.

Das auf der Insel Trinidad, ferner auf Cuba, in Kalifornien, Nicaragua, Coxitambo in Peru, auch in Kanada in Menge vorkommende, wenn auch mehr oder weniger mit erdigen Stoffen verunreinigte Asphalt bildet schon jetzt eine ergiebige Quelle für die Darstellung von Leuchtstoffen. Eine englische Gesellschaft mit einem Kapitale von 100,000 Pf. Sterl. besitzt Asphaltlager in der Nähe von Havannah auf Cuba und ebenso ausgedehnte Fabrikanlagen dort und in England, um das Asphalt zu destilliren und die Produkte zu reinigen. Nach 4 Monat Arbeit konnte man schon eine jährliche Dividende von 10 Prozent festsetzen. Eine Tonne von 20 Ztr. Asphalt kostet bis England gelegt und verarbeitet 4 Pf. Sterl. 5½ Schill., also pro Ztr. (engl.) 4¼ Schill. oder etwa 1½ Thlr., während die daraus gewonnenen Produkte einen Werth von 7 Pf. Sterl. 8½ Schill. haben, so daß jeder Ztr. einen Gewinn von reichlich 1 Thlr. übrig läßt, was nahezu 75 Prozent beträgt. Jährlich sollen mindestens für 250,000 Pf. Sterl. von den Oelen in Cuba selbst abzusetzen sein, während der Bedarf in England ein unbegrenzter ist. Man ist gegenwärtig mit einer Vergrößerung der Londoner Fabrik beschäftigt.

Nimmt man an, daß das Asphalt von Cuba ebenso wie jenes von Trinidad 1¾ Prozent Paraffin liefert, so beträgt die jährliche Ausbeute der Londoner Fabrik 175 Ztr. Paraffin, ein für den europäischen Bedarf unerhebliches Quantum. Das in Europa vorkommende Asphalt wird meistens zu Asphaltpflasterungen, nur selten zur Darstellung von Oelen, zur Paraffingewinnung gegenwärtig nicht benutzt.

Der aus Trinidad-Bitumen destillirte Theer beträgt 71 Prozent, hat ein spezifisches Gewicht von 0.882 und liefert bei weiterer Verarbeitung 62 Oele und 1¾ Paraffin. Das Bitumen von Cuba soll 120 Gallonen Theer pro Tonne, also etwa 52 Procent, Bitumen von Westkanada, wie es scheint aus Petroleum durch lange Einwirkung der Luft entstanden, 48 Prozent Theer und aus diesem 28 Lampenöle und 7 Schmieröl liefern.

6) Petroleum. Da über das Vorkommen und die Verarbeitung des Petroleum in dem Artikel „Photogen" ausführlich gehandelt wird, kann auch die Darstellung des Paraffins aus demselben zweckmäßig dort ihre Erledigung finden.

Darstellung des Theers oder Roh-Oels.

Es ist hierbei die für alle Rohmateriale gültige Regel vorauszuschicken, die trockene Destillation derselben bei möglichst niederer Temperatur vorzunehmen, die bei den meisten der hier in Betracht kommenden Substanzen 400 bis 450° C. nicht übersteigt, also noch nicht einmal anfangende Rothglühhitze erreicht. Leider gestatten die bereits oben angegebenen Gründe nicht, auch beim Betriebe im Großen die Temperatur so niedrig zu halten. Mäßige Rothglühhitze ist, zum großen Nachtheil der Ausbeute an Theer und der Qualität desselben, nicht zu vermeiden. Besonders das Paraffin ist ungemein empfindlich und scheint sehr leicht durch Glühhitze in andere homologe, theils flüssige, theils gasförmige Kohlenwasserstoffe überzugehen.

Nachdem die früher vielfach angewandte sehr rohe und mit bedeutenden Verlusten verbundene Theergewinnung in Schwelöfen meistens aufgegeben worden, bedient man sich fast ausschließlich nur der Destillation in liegenden gußeisernen Retorten, die bei der mäßigen Hitze, welcher sie ausgesetzt sind, wohl 1 bis 1½ Jahr aushalten. Wenn auch von Einigen den ⌓-Retorten der Vorzug zuerkannt wird, so sind doch jene mit ovalem Querschnitt die am meisten gebräuchlichen, weil die anderen in Folge des flachen Bodens und der, wenn auch etwas abgerundeten, Winkel ungleichmäßigen Spannungen und daher leichter dem Reißen unterliegen. Die gewöhnlichen Dimensionen sind 8 bis 10 Fuß Länge, 12 bis 16 Zoll Höhe und 20 bis 24 Zoll, auf einigen Werken selbst 27 bis 30 Zoll Breite. Von den in den Gaswerken gebräuchlichen Retorten unterscheiden sie sich dadurch, daß das Abzugsrohr für die Theerdämpfe sich am hinteren Ende der Retorte, an dem hier angeschraubten Deckel, befindet. Thönerne Retorten, in den Gaswerken jetzt so allgemein adoptirt, haben sich in den Photogenfabriken keinen Eingang zu verschaffen gewußt, wie es scheint wegen der geringeren Theerausbeute, die man den porösen Retortenwänden oder den fast unvermeidlichen Rissen zuschrieb.

Es liegen gewöhnlich 3 bis 5 Retorten in einem und demselben Ofen, um durch ein gemeinschaftliches Feuer geheizt zu werden. Die aus den sämmtlichen Retorten durch die etwa 5 Zoll weiten, schräg abwärts geneigten Abzugsrohre entweichenden Dämpfe und Gase treten in ein weites gemeinschaftliches Sammelrohr, welches niedriger als die Retorten liegt, damit nicht der in den Abzugsrohren sich etwa kondensirende Theer zurückfließen könne. Größere Retorten fassen, zu $^{2}/_{3}$ gefüllt, bis zu 300 Pfd. Braunkohle, von schwereren bituminösen Schiefern bis zu 500 Pfd.

Eine sehr zweckmäßige Art von Retorten, welche die Vortheile der eisernen mit denen der thönernen verbindet, ist neuerdings auf der Wilhelmshütte bei Oschersleben mit entschieden gutem Erfolg in Anwendung gebracht. Die Retorten, oder richtiger Muffeln, davon je vier in einem Ofen liegen, bestehen aus $^{3}/_{8}$ Zoll starkem Eisen und sind mit einer aus Schamottsteinen zusammengesetzten Umhüllung umgeben, und dadurch vor dem Verbrennen geschützt. Sie sind ⌂ förmig und werden nur am Boden durch einen darunter befindlichen Feuerkanal erhitzt. Da man eine jede nur mit $^{1}/_{3}$ bis $^{7}/_{8}$ Tonne à 4 Berliner Scheffel Kohle beschickt, welche sie bei weitem nicht füllt, sondern nur eine etwa handhohe Schicht bildet, die man von Zeit zu Zeit mit einem Rechen umrührt; da ferner das Aufgeben der Kohle von oben durch einen Trichter erfolgt: so liegt offenbar eine vollständige Muffelarbeit vor. Ist nach 10 bis 12 Stunden die Destillation zu Ende, so zieht man die Kokes mittelst einer am Rechen befindlichen Klappe, die während des Rührens horizontal gerichtet war, jetzt aber vertikal herabgelassen wird, nach Oeffnung eines am Boden befindlichen Schiebers in einen darunter befindlichen Kasten, schließt sodann den Schieber, und bringt aus dem Trichter, dessen untere Oeffnung ebenfalls durch einen Schieber geschlossen werden kann, eine neue Ladung ein, die man mittelst des Rechens gleichförmig auf dem flachen Boden ausbreitet. Es befinden sich auf diesem Werke 13 Oefen mit 51 Muffeln in zwei Etagen, so daß von je zweien die eine über der anderen liegt, und der

Feuerkanal erst die untere, dann noch zur oberen aufsteigend, auch diese heizt. Da somit die unteren Retorten stärkere Hitze bekommen, als die oberen, gibt man ihnen eine größere Ladung ($^7/_8$ Tonne) als den oberen ($^1/_3$ Tonne).

Mag auch diese Destillationsart in Muffeln mehr Arbeit und größeren Aufwand an Brennmaterial bedingen, so gewährt sie dagegen den Vortheil größerer Ausbeute und besserer Produkte, weil die Muffeln nicht von oben erhitzt werden, die Dämpfe also vor der Gefahr der weiteren Zersetzung gewahrt bleiben.

Die von Selligue und de la Haye zuerst in Frankreich eingeführten, nachher auch am Rhein und in Irland versuchten vertikalen Retorten haben sich wegen der geringeren Ausbeute und der schlechteren Produkte, die sie liefern, nicht bewährt, so daß man sie auf den meisten Werken wieder aufgab. Besser bewährt sich der von Unger erfundene, fälschlich so genannte Schweelofen. Es ist dieses ein 16 Fuß hoher, unten etwa 8 Fuß im Durchmesser haltender, nach oben sich konisch etwas verjüngender, aus starken guß- oder schmiedeisernen Platten zusammengesetzter Doppelzylinder, dessen Wände oder Mäntel 6 bis 9 Zoll (ersteres für Braunkohle, letzteres für Torf) von einander entfernt sind, und den ringförmigen, oben sowohl wie unten durch einen Kreis starker Platten, die mit den Mänteln fest verschraubt werden, geschlossenen Raum für das zu destillirende Material bilden. Dieser Raum ist durch 8 vertikale Zwischenwände in 8 Abtheilungen getheilt, deren jede als eine stehende Retorte von etwa 28 Kubikfuß Inhalt betrachtet werden muß, so daß der ganze Apparat ein ringförmiges System von 8 stehenden Retorten bildet. Jede hat in dem oberen Boden einen Fülltrichter und unten eine Oeffnung, aus welcher die noch glühenden Koks sofort auf den mittleren Rost gezogen werden können. In der Mitte des inneren freien Raumes befindet sich der große Rost von einem Schamottsteingewölbe überdeckt, das an seinem ganzen, nach den Wandungen des Zylinders gerichteten Umfange schachbrettartig durchbrochen ist und sich in einem geringen Abstande von demselben bis zur ganzen Höhe des Zylinders fortsetzt, und so eine Menge von Feuerkanälen bildet, welche den inneren Mantel, natürlich unten am stärksten, erhitzen. Der Abzug der Dämpfe und Gase erfolgt durch zwei, in verschiedener Höhe von der äußeren Wand ausgehende

Abzugsröhren. In einem solchen Ofen können bei kontinuirlichem Betrieb täglich 80 bis 100 Tonnen Rohmaterial destillirt werden.

Vergleichende Versuche über die Destillation von Torf mit horizontalen, vertikalen Retorten und Schweelöfen sind von Vohl ausgeführt und gaben folgende Resultate:

Französischer Torf	Horizontale Retorte	Vertikale Retorte	Schweelofen
Theer	5,590	4,672	2,699
Ammoniakwasser	38,654	38,899	39,087
Rückstand	38,400	38,390	28,933
Gas und Verlust	17,356	18,039	29,281
	100,000	100,000	100,000
Spezifisches Gewicht des Theers	0,92	0,97	1,006
Gereinigte Produkte aus 100 Theilen Theer.			
Photogen	21,607	15,310	5,190
Schmieröl	30,688	31,869	43,336
Paraffin	3,066	5,006	2,100
Kreosot	32,106	32,212	18,911
Schottischer Torf			
Theer	9,085	6,399	4,169
Ammoniakwasser	37,875	38,466	38,566
Rückstand	31,500	31,511	29,212
Gas und Verlust	21,540	23,624	28,053
	100,000	100,000	100,000
Spezifisches Gewicht des Theers	0,935	0,970	1,037
Gereinigte Produkte aus 100 Theilen Theer.			
Photogen	20,899	13,066	5,001
Schmieröl	32,675	35,708	45,085
Paraffin	6,309	7,066	3,166
Kreosot	34,543	36,378	19,231

Daß sich ähnliche Unterschiede zu Gunsten der liegenden Retorten auch bei Braunkohlen und anderen Rohstoffen zeigen werden, ist nicht zu bezweifeln.

Rotirende Retorten. In der Absicht, eine möglichst gleichförmige Erhitzung der zu destillirenden Substanz zu erzielen, sind rotirende Retorten vorgeschlagen, auch in amerikanischen Fabriken in Anwendung gebracht. Da sie, wenn auch in der Ausbeute an Theer und der Güte desselben sehr empfehlenswerth, doch der Kostspieligkeit der Anlage und der zu ihrer Drehung erforderlichen nicht unbedeutenden Triebkraft wegen sehr wenig, in Deutschland wohl nirgend Aufnahme gefunden haben, kann eine nähere Beschreibung derselben füglich unterbleiben. Bei Material, welches, wie die Weißenfelser Braunkohle, während der Destillation in einen erweichten, halbgeschmolzenen Zustand übergeht, kann von ihrer Anwendung ohnehin keine Rede sein.

Schweelöfen. Sie beruhen auf gleichem Prinzip mit den Gasgeneratoren, und nehmen in ihrem verhältnißmäßig hohen Schacht den abzuschweelenden Körper auf, welcher unten auf einem Rost liegend, durch den Luftzutritt, welcher nöthigenfalls durch ein Gebläse erzwungen werden muß, verbrennt. Hier bedarf es somit einer besonderen Feuerung nicht, denn es sind die glühenden Feuergase, welche den höheren Schichten die nöthige Destillationshitze zuführen. Indem die Asche theils durch den Rost fällt, theils, wenn sie sich verschlacken sollte, über dem Roste weggezogen, und von oben stets neues Material aufgegeben wird, entsteht ein kontinuirlicher Betrieb.

Die Schweelöfen gewähren den Vortheil geringer Anlagekosten, weil ein einziger solcher Ofen große Quantitäten Rohmaterial aufnehmen und verarbeiten kann, dabei geringe Bedienung und gar kein Heizmaterial erfordert; haben jedoch der geringen Ausbeute und der schlechten Qualität des Theeres wegen, den Retorten fast überall das Feld geräumt. Diese schlechte, dunkelbraune, zähflüssige Beschaffenheit des Theeres, sein geringer Gehalt an werthvollen Oelen, scheint daher zu rühren, daß sich die Dämpfe dieser Kohlenwasserstoffe in Berührung mit glühender Kohlensäure unter Verlust von Wasserstoff zersetzen und zur Entstehung von Wasser und kohlenstoffreichen, für die Zwecke der Beleuchtung untauglichen Verbindungen Veranlassung geben.

Ein fernerer Nachtheil der Schweelöfen liegt in der bedeutend erschwerten Kondensation der Dämpfe, weil das Abschweelen nothwendig den Zutritt von atmosphärischer Luft durch den Rost des Ofens, und die dadurch in den unteren Regionen erfolgende vollständige Verbrennung der Kohle verlangt, so daß der Stickstoffgehalt der Luft und die bei der Verbrennung entstehende Kohlensäure, oder wohl vielmehr das wieder aus ihr sich bildende Kohlenoxydgas, sich den übrigen Gasen beimischt, dadurch ihre Menge bedeutend vermehrt, und, wie bei jeder Kondensation von Dämpfen die Gegenwart von nicht kondensirbaren Gasen störend einwirkt, die ohnehin schon großen Schwierigkeiten der vollständigen Kondensation nothwendig erhöhen muß.

Destillation mit überhitztem Wasserdampf. Die über diese Methode angestellten Versuche haben zwar sehr günstige Resultate gegeben, jedoch nicht zu einer ernstlichen Anwendung im Großen geführt, theils wegen der Schwierigkeit, den Wasserdämpfen die erforderliche hohe Temperatur zu ertheilen, theils auch wegen der Kostbarkeit und der geringen Dauerhaftigkeit derartiger Apparate.

Von Tenius mit einem kleinen Apparate angestellte vergleichende Versuche über Theerausbeute ohne und mit überhitztem Wasserdampf ergaben die folgenden Resultate:

Fundort der Kohle	Theerausbeute	
	ohne Wasserdampf	mit überhitztem Dampf
Thüringen	8,780	13,440
Gegend von Aussig	4,952	5,894
Margarethenhütte bei Bautzen	5,620	6,943
Bituminöser Papierschiefer von Neuschönau bei Wernsdorf	6,240	8,350
Mittel	6,398	8,657

welches annähernd dem Verhältniß 3 zu 4 entspricht.

Kondensation der Dämpfe. — Wie schon erwähnt, hat die Verdichtung der Theerdämpfe wegen der Gegenwart der nicht kondensirbaren Gase ihre Schwierigkeit; denn wenn ein Gemisch von Dampf und Gas mit den kalten Wänden des Kühlapparates in Berührung tritt, verdichtet sich der erstere, das letzte aber nicht, welches nun durch seine Gegenwart den Zutritt frischer Portionen Dampfes zur Kühlfläche so lange verhindert, bis es, durch den Dampfstrom fortgerissen, Platz macht. Ein Theil des Dampfes wird zwar durch die in dem Kühlapparat herrschende Kälte verdichtet, aber, weil er mit der Kühlfläche nicht in Berührung kommt, in Gestalt feiner staubförmiger Theilchen von dem Strom der nicht verdichteten Gase mit fortgerissen und geht so verloren.

Da die meisten der hier in Betracht kommenden Theere durch ihren Paraffingehalt in der Kälte erstarren und Verstopfungen herbeiführen können, soll derjenige Theil des Kühlapparates, der den Retorten zunächst liegt, und in welchem sich der größte Theil des Theeres, insbesondere auch das Paraffin, verdichtet, hinreichende Weite besitzen und nicht zu stark erkältet werden. Besondere Empfehlung verdient der Einfachheit und Wirksamkeit wegen die Hübner'sche Kühlvorrichtung, bei welcher die Theerdämpfe aus sämmtlichen Retorten in ein 18 Zoll weites, tiefer als die Retorten im Freien liegendes Sammelrohr treten, welches durch auffließendes Wasser gekühlt wird. Man hat es so in seiner Gewalt, die Kühlung gerade bis zu dem Punkte zu treiben, daß der Theer, seinem Erstarrungspunkte nahe, doch noch flüssig, abfließt. Um den verhältnißmäßig kleinen Theil der unverdichtet gebliebenen Dämpfe und des Gaswassers noch zu verdichten und zu gewinnen, kommt ein System von Kondensatoren zur Anwendung, bestehend aus Doppelzylindern, deren beide konzentrische Wände nur einen schmalen ringförmigen Zwischenraum einschließen, in welchen die Dämpfe eintreten. Indem der innere Zylinder auf seiner Innenwand, der äußere auf der Außenseite durch auffließendes Wasser stets naß gehalten wird, erfolgt durch Anwendung von mehreren dieser Kondensatoren die Enttheerung in genügender Weise. Nichtsdestoweniger liegt in der vollständigen Gewinnung des Theeres eine der schwierigsten Aufgaben der Mineralölfabriken, weil gerade die letzten, von den Gasen staubförmig mitgenommenen Theile sich so langsam absetzen. Nur dadurch, daß man die Gase mit festen Oberflächen in vielfache und innige Berührung bringt, an welche sich die suspendirten Theertheilchen anhängen können, und daß man sie in einer gewaltsamen Bewegung hält, welche bewirkt, daß sich die feinen Theilchen zu größeren Tröpfchen zusammenballen, und als solche sich besser absetzen, gelingt die Lösung dieser Aufgabe mehr oder weniger gut. Man hat zu diesem Ende einen Apparat mit einer schnell rotirenden Flügelwelle empfohlen. Diese dreht sich im Inneren eines zylindrischen Behälters, der von außen mit kaltem Wasser umgeben ist und hält nicht nur die hindurch streichenden Gase in steter Bewegung, sondern schleudert sie auch mit Gewalt gegen die Oberfläche. Die zum Betriebe eines hinlänglich großen Apparates dieser Art erforderliche, nicht geringe Triebkraft scheint seiner Einführung im Wege zu stehen, da die Kosten derselben durch die nicht entsprechend große Menge des gewonnenen Theers kaum gedeckt werden möchten. — Ein von Schmidt erfundener, und von ihm bei seinen Untersuchungen des Torfes aus der Umgegend von Petersburg angewandter Kondensationsapparat bewährte sich bei diesen, freilich nur in kleinerem Maßstabe ausgeführten Versuchen so gut, daß nur zu Ende der Operation, wo sich die meisten gasförmigen Produkte bilden, an der Ausmündung des Gasrohres Spuren flüchtiger Dämpfe bemerklich wurden. Es war ein Kasten von Weißblech, 3½ Fuß lang, 8 Zoll breit und 1 Fuß hoch, in welchem gegen 30 Scheidewände, etwa 1 Zoll von einander entfernt, angebracht waren. Diese Scheidewände waren 1 Zoll schmäler als die Breite des Kastens und an den oberen Boden in solcher Weise angelöthet, daß sie abwechselnd die eine Seitenwand des Kastens berührend und von der anderen um 1 Zoll abstehend, einen langen Zickzackkanal bildeten, durch welchen die Dämpfe ihren Weg nehmen mußten. Der Kasten hatte keinen unteren Boden, sondern stand in einem zweiten Blechkasten, der als Theerzisterne diente, und aus welchem der sich abscheidende Theer abfloß. Auf dem oberen Boden war ein Rand angebracht, so daß man durch kaltes Wasser eine Kühlung bewirken konnte, die sich indessen nur zu Anfang der Destillation, wo viel Wasserdampf überging, nöthig erwies, im späteren Verlauf der Destillation aber, sobald die Entwicklung der Theerdämpfe begann, sich ganz überflüssig zeigte. Die Theerdämpfe verdichteten sich meist schon in der ersten Hälfte des Kühlers.

Der aus dem Sammelrohr und den Kondensatoren abfließende Theer gelangt nebst dem ammoniakalischen Wasser in die geschlossene Theerzisterne, in welcher der Theer noch hinlänglich warm und flüßig sein muß, um sich von dem Wasser zu trennen, welches sich seines größeren spezifischen Gewichtes wegen unter dem Theer ablagert. Da aber diese Trennung selten vollständig erfolgt, die Gegenwart von Wasser aber bei der folgenden Destillation Unzuträglichkeiten herbeiführt, findet man in einigen Fabriken besondere Klärungsbottige über den Destillationsblasen, in welche Bottige der

Theer aus der Zisterne gepumpt wird, um, durch ein am Boden liegendes Dampfrohr erwärmt, das Wasser besser abzusetzen, worauf man den so entwässerten Theer in die Blase abläßt.

Destillation des Theers.

Es dienen dazu große Blasen von Gußeisen mit ziemlich flachem, entweder nach außen oder nach innen gewölbtem Boden und einem schwach gewölbten oberen Boden, welcher mit dem Helm und daneben einem Mannloch versehen ist. Blasen von etwa 20 Zentner Gehalt sind die am meisten gebräuchlichen, doch hat man sie selbst bis zu 100 Zentner. Erstere brauchen zu jeder Destillation 24 Stunden. Schmiedeisen hat sich, da der Boden gegen das Ende der Destillation sich gewöhnlich bis zum schwachen Glühen erhitzt, des leichteren Durchbrennens wegen zu diesen Blasen nicht bewährt. Wird mit Dampf gearbeitet, so tritt ein Dampfrohr bis auf den Boden der Blase in dieselbe herab. Zum Schutz des Bodens gegen die Stichflamme ist es zweckmäßig, die Feuerung mit einem Gittergewölbe zu überspannen.

Zur Kühlung der übergehenden Oeldämpfe dienen bleierne Schlangen, die in Kühlfässern durch zufließendes kaltes Wasser gekühlt, sobald aber das übergehende Destillat anfängt durch den Paraffingehalt zu erstarren, nicht weiter gekühlt werden. Wenn etwa $^4/_5$ des Oels übergegangen sind und der Inhalt der Retorte so weit abgetrieben worden, daß er beim Erkalten eine zähe, pechartige Konsistenz annehmen würde, ist es zweckmäßig, obwohl keineswegs überall gebräuchlich, durch Einleiten von gewöhnlichem, nicht überhitztem Wasserdampf das Entweichen der noch entstehenden Oeldämpfe zu befördern. Da nämlich die Destillationstemperatur immer mehr und mehr, und gegen das Ende sehr bedeutend steigt, so verdichtet sich ein guter Theil der Dämpfe an den kühleren Wandungen der oberen Blasenwölbung, fließt wieder herab, um einer nochmaligen Verdampfung und dabei jedesmal eintretender theilweiser Zersetzung zu unterliegen. Durch Anwendung eines Wasserdampfstromes, welcher die Oeldämpfe mit sich fortreißt, verhindert man diese nachtheilige Verdichtung in der Blase. Sobald nichts mehr übergeht und der Rückstand in der Blase, die zuletzt im Boden zum gelinden Glühen kommt, eine harte kohlige Masse bildet, wird die Destillation abgebrochen.

Bei dieser Destillation lassen einige Fabriken das sämmtliche Destillat zusammen, um es der Reinigung zu unterwerfen; doch ist es ohne Zweifel vorzuziehen, auch wohl am meisten üblich, schon gleich diese Destillation zu fraktioniren und das zuerst übergehende Oel, bis der Siedpunkt auf etwa 300° C. oder das spezifische Gewicht des Destillates auf etwa 0.843 gestiegen ist, als leichtes Oel, und das darauf folgende bis zu Ende übergehende als schweres Oel für sich aufzufangen und auch beide getrennt zu reinigen.

Der große Vortheil, den die Destillation mit Dampf ergibt, zeigt sich besonders in der Ausbeute an Paraffin, welches, wie schon früher erwähnt, sehr geneigt ist, bei wiederholten Destillationen, wie sie ja in Folge des Zurückfließens in der Blase eintreten, sich zu zersetzen. Von Tenius sind vergleichende Versuche über Theerdestillation ohne und mit Wasserdampf angestellt, wobei aber Wasserdampf im überhitzten Zustande angewandt und die Destillation nicht bis zur Verkohlung des Rückstandes, sondern nur so weit getrieben wurde, daß eine pech- oder asphaltartige Masse zurückblieb. Die Resultate dieser Versuche, welche übrigens mit einem kleineren Apparate ausgeführt wurden, sind in der folgenden Tabelle zusammengestellt.

Theersorte	Sp. Gew. d. Theers	Leichtes Photog.	Schwer. Photog.	Schmier-Oel	Paraffin	Asphalt
Von Thüringisch. Kohle	0,895					
a) trockene Destillation .	. .	15,36	20,24	30,35	6,52	18,67
b) mit überhitzt. Dampf	. .	12,54	13,26	36,35	16,23	16,32
Von Aussiger Kohle	1,056					
a) trockene Destillation .	. .	9,23	14,34	17,42	1,00	30,00
b) mit überhitzt. Dampf	. .	8,42	17,31	20,25	2,34	22,62
Von Großduberauer Kohle	0,942					
a) trockene Destillation .	. .	18,50	20,05	6,23	2,55	16,74
b) mit überhitzt. Dampf	. .	13,25	22,34	21,53	5,24	15,13
Von Neuschönauer Kohle	0,932					
a) trockene Destillation .	. .	14,18	21,40	21,40	5,28	12,08
b) mit überhitzt. Dampf	. .	12,53	26,31	20,53	8,00	12,53

Reinigung des schweren Oeles.

Die weitere Behandlung des leichten Oeles, weil daraus kein Paraffin gewonnen wird, dem Artikel Photogen vorbehaltend, werden wir von jetzt ab nur die Verarbeitung des schweren Oeles verfolgen.

Das schwere Oel enthält außer den zur Beleuchtung brauchbaren Kohlenwasserstoffen noch verschiedene, gewiß erst zum kleineren Theil bekannte Beimischungen, hauptsächlich aber Brandharz, Karbolsäure, Anilin, Leukolin u. a., welche nicht nur an sich schon die Leuchtkraft beeinträchtigen würden, sondern bei der Aufbewahrung durch Aufnahme von Sauerstoff sich, mithin auch die Oele, durch Bildung einer pechartigen Materie braun färben, in welchem Zustande die Oele theils sich nicht leicht und hoch genug im Dochte aufsaugen, theils beim Brennen im Dochte Kohle absetzen, dadurch die Poren verstopfen und so den gehörigen Eintritt des Oeles in die Flamme verhindern. Nur völlig farblose, wasserhelle Oele sind von dem Fehler frei, Kohle im Docht abzusetzen, den Docht also zu bräunen oder zu schwärzen; und jede bräunliche oder gelbliche Färbung eines Oeles beweist die Gegenwart einer nicht flüchtigen, im Docht also sich zersetzenden und Kohle ablagernden Materie.

Nachdem verschiedene andere Reinigungsmittel, namentlich Salpetersäure, Braunstein, übermangansaures und chromsaures Kali und andere stark oxydirende Mittel vorgeschlagen, aber wegen nachtheiliger Einwirkung auf die nutzbaren Theile wieder aufgegeben worden, hat die Behandlung mit ätzender Natronlauge und Schwefelsäure als die wohlfeilste und bei richtiger Ausführung dem Zwecke vollkommen entsprechende, allgemein Eingang gefunden. Besonders die Schwefelsäure ist es, die, sich mit dem Brandharz und den basischen Beimischungen verbindend, vielleicht selbst oxydirend auf das Harz einwirkend, als Reinigungsmittel die Hauptrolle spielt. Indem das Natron die Karbolsäure, das Pikamar, so wie alle übrigen sauren, durch dasselbe entfernbaren Substanzen aufnimmt und schon viel zur Beseitigung des höchst unangenehmen scharfen Geruches der Oele beiträgt, wird durch die darauf folgende Behandlung mit Schwefelsäure der üble Geruch noch weiter gemildert und, zumal bei dem ohnehin weniger flüchtigen schweren Oele, in einen keineswegs unangenehmen milden Geruch verwandelt.

Gewöhnlich wird mit der Natronlauge begonnen und nach derselben die Schwefelsäure angewandt, doch befolgen einige Fabriken die entgegengesetzte Ordnung. Als Mischapparat empfiehlt sich der von Hübner angegebene, in Gestalt eines großen eisernen Butterfasses mit doppelten Wänden, in welchem sich ein siebartig durchlöcherter Kolben in der Minute etwa 35mal auf und ab bewegt, während durch Einleiten von Dampf oder auch von kaltem Wasser in dem Mantelraum beliebig eine Erwärmung oder Abkühlung des Oeles sich bewirken läßt. Erwärmung ist namentlich bei den dicken paraffinhaltigen Oelen unerläßlich.

Da sich die Fabrikation der mineralischen Leuchtstoffe vorzugsweise auf das Winterhalbjahr beschränkt, weil die Produkte fast ausschließlich im Winter Nachfrage finden und sich im Sommer große Vorräthe wegen der schweren Krystallisation des Paraffins nicht wohl herstellen lassen, so sieht man sich genöthigt, die betreffenden Apparate in möglichst großen Dimensionen auszuführen, um in kürzester Zeit viel Ware auf den Markt bringen zu können. Der Hübner'sche Mischapparat ist zu dem Ende von Jung und Wüst in Halle in großem Maßstabe und in solcher Art ausgeführt, daß sich unmittelbar über dem Mischgefäß ein kleiner aber hoher Dampfzylinder befindet, dessen Kolben mit dem Mischkolben an einer und derselben Stange sitzt, und bei seinem durch die Dampfkraft bewirkten Auf- und Abgange dem letzteren die Bewegung mit ertheilt.

Ein anderer, eben so einfacher wie wirksamer Mischapparat ist von Roll erfunden. Der Mischraum besteht aus einem gußeisernen Fasse von 5 Fuß 10 Zoll Höhe und 3 Fuß 8 Zoll lichtem Durchmesser, welches auf einer eisernen Welle so befestigt ist, daß sein Mantel mit der Wellenachse konvergirt, daß aber sein Schwerpunkt in die Wellenachse zu liegen kommt, mithin ein Schleudern oder eine ungleichmäßige Bewegung des Fasses vermieden wird. Außer den mit Hähnen versehenen Einfüll- und Ablaßrohren ist ein verschließbares Mannloch vorhanden. Im Inneren des Fasses, und zwar an den von der Welle am weitesten entfernten Stellen, sind zwei blecherne Schöpfschaufeln angebracht, die den Zweck haben, die Säuren und Laugen, welche, spezifisch schwerer als das Oel, an der Peripherie des Fasses sich fortbewegen, aufzufangen und mitten in die Flüssigkeit zu schleudern. Dem Mischfaß wird eine rotirende

Bewegung von 30 Umgängen pro Minute ertheilt. In Folge der schiefen Lage des Fasses gegen die Welle werden beim Umdrehen die darin enthaltenen Flüssigkeiten fortwährend hin- und hergetrieben und tüchtig durch einander geschüttelt. Eine derartige Maschine ist von solcher Wirksamkeit, daß eine vollkommene Mischung von 40 Zentner Oelen mit den zugesetzten Reinigungsmitteln binnen 5 Minuten erzielt wird.

Die Lauge soll, um kräftig einzuwirken, eine Stärke von 36 bis 40° Baumé besitzen, und es richtet sich die durch Erfahrung zu ermittelnde Menge derselben nach der Beschaffenheit der Oele. Durchschnittlich werden 10 Prozent vom Gewicht des Oeles genügen. Nach erfolgter Mischung und chemischer Einwirkung läßt man das Ganze etwa 20 Minuten oder länger in Ruhe, wobei es sich bald in drei Schichten theilt, nämlich zu unterst eine Schicht fast reiner, nur wenig Karbolsäure haltender Lauge, welche bei einer folgenden Operation wieder benutzt werden kann; darüber eine dunkelbraune syrupdicke Schicht der Verbindung der Karbolsäure und anderer aufgenommener Stoffe mit dem Natron, die sich mit der überschüssigen Lauge nicht vermischt; endlich oben das reine, ziemlich hell gefärbte Oel. Es findet bei dieser Behandlung eine, je nach der Beschaffenheit der Oele sehr verschiedene, Gewichtsabnahme Statt, die bei sehr guten Oelen, z. B. dem Weißenfelser, etwa 17 Prozent, bei weniger guten, z. B. dem aus Bitterfelder Braunkohle dargestellten Oel, bis 27 Prozent betragen kann.

Nach einiger Zeit der Ruhe läßt man durch einen Hahn am Boden des Behälters die unteren natronhaltigen Schichten ab, fügt dagegen zum Zweck des Waschens Wasser hinzu, erwärmt durch Einleiten von Dampf in den Mantelraum, wenn solcher vorhanden, setzt die Maschine wieder in Bewegung, und fährt mit diesen Waschungen so lange fort, bis das ablaufende Waschwasser kaum noch alkalisch reagirt. Als Prüfung der erfolgten Reinigung schüttelt man eine Probe des Oeles in einem Probirgläschen mit Natronlauge, wobei sich keine braune Zwischenschicht bilden darf.

Nachdem das Oel in einem Bassin längere Zeit der Ruhe überlassen und vom Wasser vollständig getrennt worden, unterliegt es in einem gleichen Mischapparat der Behandlung mit Schwefelsäure, welche je nach der Beschaffenheit der Oele entweder ganz konzentrirt, von 66° B., oder bei sehr guten hellen Oelen in der Stärke von 60° B. zur Anwendung kommt. Die Menge schwankt zwischen 5 und 25 Prozent von der des Oeles. Durch Aufnahme eines dunkelbraunen Harzes und basischer Verbindungen färbt sich die Säure dunkelbraun und setzt sich in der Ruhe leicht aus dem mit weingelber Farbe darüber stehenden Oele ab, welches auch jetzt wieder nach dem Abziehen der Säure gewaschen, von einigen Fabrikanten nochmals wieder mit etwas Natronlauge behandelt und schließlich durch längere Ruhe vom anhangenden Wasser getrennt wird.

Krystallisation des Paraffins.

Das nach den Reinigungsprozessen nur noch hellgelb gefärbte und wenig riechende schwere, paraffinhaltige Oel, im erstarrten Zustande Paraffinmasse genannt, wird im Dampfbade geschmolzen und in sehr großen, gewöhnlich hölzernen Bottigen, am besten in Kellern, dem langsamen Erkalten überlassen, wobei sich das Paraffin in großen krystallinischen Blättchen ausscheidet und von dem flüssig gebliebenen Oel trennt. Je niedriger die Temperatur, um so mehr, aber auch um so minder gutes, Paraffin wird sich abscheiden, weil das weiche Paraffin, seiner größeren Löslichkeit wegen, nur in stärkerer Kälte krystallisirt, sonst aber gelöst bleibt; und es folgt hieraus, daß man im Sommer besseres, härteres Paraffin gewinnt, als im Winter. Natürlich verhält es sich mit der Ausbeute umgekehrt, und da sich durch das nachherige warme Pressen das weiche Paraffin nebst dem Oele ziemlich entfernen läßt, empfiehlt es sich doch, die Krystallisation bei gehöriger Kälte vorzunehmen. Wenn nach 4 bis 6 Wochen die Krystallisation ihr Ende erreicht hat, läßt man durch Zapfen im Boden der Bottige das noch flüssige Oel abfließen und entfernt den Rest des Oeles mittelst der Zentrifugalmaschine oder, wiewohl nicht so leicht und vollständig, mittelst des Nutschapparates. Da aber das aus den Bottigen und der Zentrifuge abgelaufene Oel noch beträchtliche Mengen (weiches) Paraffin enthält, so hat man bei der ohnehin doch noch erfolgenden Destillation dieses Oeles, wobei es in Photogen und Solaröl zertrennt wird, die zuletzt übergehenden, stark paraffinhaltigen Portionen für sich aufzufangen und mit dem in der warmen Presse abgelaufenen weichen und ölhaltigen Paraffin zusammenzuschmelzen und als Paraffinmasse in der angegebenen Art, also durch Krystallisation im Keller, weiter zu behandeln, nur daß das so erhaltene weiche Paraffin seiner Leichtschmelzbarkeit wegen eine geringere Wärme beim Pressen beansprucht.

Pressen und schließliche Behandlung des Paraffins. — Wenn auch die Zentrifuge in ungemein wirksamer Weise die Entölung bis zu einem gewissen Grade bewerkstelligt, so bedarf doch das Paraffin einer noch weiteren Abscheidung des Oeles und des weichen Paraffins vermittelst der warmen Presse, deren Einrichtung und Handhabung mit der in den Stearinfabriken gebräuchlichen, vollkommen übereinstimmt, so daß wir auf die in dem Artikel „Kerzen" der Supplemente, S. 9 dieses Bandes, gegebene Beschreibung verweisen können.

Während das beim Warmpressen ablaufende, sehr paraffinhaltige Oel, als Paraffinmasse wieder in Arbeit genommen, seinen Gehalt an weichem Paraffin hergibt, wird das den Preßtüchern entnommene Paraffin in eisernen Kesseln geschmolzen und mit 2 Prozent konzentrirter Schwefelsäure zusammengerührt, wodurch eine Verkohlung fremdartiger Stoffe bewirkt, das Paraffin aber nicht im Geringsten affizirt wird. Nach dem Auswaschen mit heißem Wasser und dem Absetzen desselben schmelzt man das Paraffin mit etwa 6 Prozent besten farblosen Photogens zusammen, unterwirft es einer nochmaligen Pressung, wobei die letzten Theile anhängenden Oeles mit dem Photogen entweichen und filtrirt es darauf in eisernen, mit einem Dampfmantel umgebenen erwärmten Zylindern über Knochenkohle. Das Paraffin wird dadurch völlig farblos, und bedarf nur noch der Entfernung der kleinen Menge noch vorhandenen Photogens, um auch vollkommen geruchlos auszufallen. Dies geschieht in einem sogenannten Abblaseständer durch eingeleiteten gespannten Wasserdampf, womit das Paraffin fertig ist. Da die letzteren Operationen eine mechanische Verunreinigung durch Kohlentheilchen, Staub u. dgl. leicht herbeiführen, so bedient man sich wohl der folgenden, sehr wirksamen Reinigungsmethode: Man schmelzt das Paraffin mit 1 Prozent Stearinsäure zusammen und fügt dann eine, der letzteren entsprechende Menge starker Aeznatronlauge hinzu, welche sich bei einigem Umrühren sehr bald mit der Stearinsäure zu Seife verbindet.

Nach erfolgter kurzer Erhitzung scheidet sich dieselbe körnig vom klaren Paraffin ab, nimmt aber dabei alle Unreinigkeiten mit fort. Zur vollständigen Entfernung der Seife fügt man etwa ½ Volumen Wasser hinzu, und läßt es einige Minuten kochen, wobei sich die noch vorhandene Seife im Wasser löst. Man gießt das Paraffin nun entweder zu Kerzen, oder bringt es in Gestalt von Scheiben von etwa 1 Fuß Durchmesser und 1 Zoll Dicke in den Handel.

Darstellung von Paraffin aus Bitumen. — Von der Gewinnung des Paraffins aus dem amerikanischen Petroleum und anderen Erdölen wird im Artikel „Photogen" gehandelt.

Ueber die von Roßmäßler auf der Insel Swätoi-Ostrow im kaspischen Meer angelegte Paraffinfabrik, von welcher die „Illustrirte Gewerbezeitung" 1862, II, S. 88, eine sehr interessante Beschreibung gibt, müssen wir uns auf einen kurzen Auszug beschränken.

Das Rohmaterial, ein in der Volkssprache Naphtagil genannter Ozokerit, wird in Truchmenien gegraben, durch Schmelzen über Wasser von Sand gereinigt, in Blöcke von 2 Pfund Gewicht gegossen und per Schiff nach der Insel transportirt. Dieser Naphtagil wurde in eisernen Destillationsblasen zu 15 Zentner Füllung mit bleiernen Schlangen und Kühlfässern der fraktionirten Destillation unterworfen. Man erhielt so 68 Prozent Destillat und zwar 8 Oel und 60 Paraffinmasse. Das Oel, durch Behandlung mit 1 Prozent Schwefelsäure und Destillation über ungelöschtem Kalk gereinigt, war fast farblos, von angenehm ätherischem Geruch und 0.75 bis 0.81 spezifischem Gewicht. Das zuerst übergehende leichteste, unter 100° siedende Oel wurde zum Zweck der Paraffinreinigung für sich aufgefangen. Die erhaltene wachsgelbe, leicht erstarrende Paraffinmasse wurde der kalten Presse übergeben, das ablaufende Oel aber der fraktionirten Destillation unterworfen und so wieder auf Photogen und Paraffinmasse verarbeitet. Die Preßkuchen schmolz man mit 5 Prozent Schwefelsäure zusammen und erhitzte die Mischung auf 180°, stumpfte dann die Säure mit Kalk ab, brachte das Paraffin auf die Destillirblase und unterwarf es einer möglichst raschen Destillation, um dem bei langsamem Feuer entstehenden großen Verlust an Paraffin, durch Verwandlung desselben in Oel, vorzubeugen. Das so destillirte Paraffin unterlag dann einer nochmaligen Pressung, wurde dann mit 25 Prozent des vorhin erwähnten leichten Oeles verschmolzen, und nach dem Erstarren nochmals gepreßt. Das Paraffin erschien in diesem Zustande vollständig weiß, durchsichtig und hart, man füllte es in die Abblasezylinder und ließ eine Stunde lang gespannte Wasserdämpfe hindurch gehen, um den von einer kleinen Menge noch vorhandenen Photogens herrührenden Geruch zu verjagen. Endlich wurde das Paraffin zweimal mit Wasser und etwas Lauge kochend ausgewaschen und schließlich in der oben beschriebenen Weise mit Stearinsäure ausgeseift. Das so erhaltene Paraffin war vollständig farb- und geruchlos, hell durchscheinend, in großen Tafeln von fast metallischem Glanz, und schmolz bei 63° C.

Das Gießen der Paraffinkerzen.

Beim Gießen der Paraffinkerzen macht sich die Aufgabe geltend, das blättrig krystallinische Gefüge zu zerstören, weil dasselbe sowohl die Durchscheinbarkeit und überhaupt das schöne Ansehen, wie auch die Festigkeit der Masse beeinträchtigt. Das Mittel, diese Aufgabe zu lösen und Kerzen herzustellen, die, fest und hartbrüchig, beim Zerbrechen knacken und beim Zusammenschlagen einen hellen klappernden Ton von sich geben, besteht darin, das in den Formen befindliche flüssige Paraffin rasch zu erkalten und zum Erstarren zu bringen.

Nachdem die Dochte eingezogen und die unteren Löcher der Formen entweder durch ein hölzernes Pflöckchen oder (besser) durch einen in den Docht geschlagenen Knoten geschlossen worden, den man zum Zwecke des dichteren Verschlusses mit etwas Mehlbrei überstreicht, erwärmt man die Formen durch ein Dampfbad, wobei jedoch die Innenseite vor jeder Feuchtigkeit geschützt bleiben muß, auf etwa 56° C. und gießt das auf 75 bis 80° C. erwärmte Paraffin ein. Man senkt nun, bevor das Paraffin zu erstarren beginnt, die Formen bis an den Ansatz in ein durch beständigen Zufluß auf einer Temperatur von etwa 12° C. erhaltenes Bassin mit kaltem Wasser, wodurch das Paraffin sofort erstarrt und in Folge der Zusammenziehung sich ziemlich von der Form löst. Die ebenfalls durch das Schwinden entstehende, am Dochte tief herablaufende Höhlung macht ein Nachgießen unerläßlich. Wenn beim Einsenken in das kalte Wasserbad die unteren Löcher der Formen nicht genau schließen, so dringt Wasser in den durch die Ablösung der Kerze von der Form entstehenden Zwischenraum, so daß die Formen im Innern naß werden. Die Beseitigung dieser Nässe kann nur durch Einbringen eines sehr weichen leinenen Läppchen verrichtet werden, denn beim Austrocknen durch Wärme hinterläßt das meiste Brunnenwasser einen Rückstand, der auf der hochpolirten inneren Formwand, folglich auch auf den darin gegossenen Kerzen, als matter Fleck erscheint. Aber auch das Austrocknen mit Leinen, wenn es oft geschieht, schadet der Politur sehr, mithin auch der Schönheit der Kerzen. Die Kerzenformen werden von Zinn über einem hochpolirten stählernen Kern gegossen und besitzen im Innern ganz dieselbe Politur, die aber wegen der Weichheit des Zinns gar leicht Schaden nimmt und dann nur durch Umgießen der Form sich wieder herstellen läßt.

Die aus feinem Twist dreisträngig geflochtenen Dochte dürfen beim Einziehen und Befestigen in den Formen nicht stärker, als zum Geradehalten erforderlich, angespannt und gereckt werden. Eine Tränkung mit Borsäure, Phosphorsäure oder Schwefelsäure führt eher Nach- als Vortheile herbei, weil sie, namentlich die letzteren, eine zu rasche Verkohlung des Dochtes bewirken, der nun nicht mehr im Stande ist, die nöthige Menge Paraffin in die Flamme zu führen, so daß sich der Kelch mit geschmolzenem Paraffin füllt und leicht ein Ablaufen eintritt.

Gute Paraffinkerzen müssen vollkommen weiß, stark durchscheinend, hart und beim Zusammenschlagen hell klappernd, nicht im Geringsten fettig im Anfühlen, hinreichend schwer schmelzbar (bei 45 bis 50° C.) sein, um nicht zu rinnen. Sie dürfen auch bei längerer Aufbewahrung am Tageslicht sich nicht gelblich oder bräunlich färben, eine allerdings ziemlich starke Anforderung, welcher die wenigsten im Handel vorkommenden Paraffinkerzen vollkommen Genüge leisten. Endlich sollte auch die Form den Ansprüchen des guten Geschmacks entsprechen, daher möglichst wenig, ja kaum bemerklich sich nach oben verjüngen und hier in eine wohlgestaltete zierliche Spitze auslaufen.

Das weiche Paraffin entzieht sich nicht nur des fettigen, schmierigen Anfühlens und des leichten Ablaufens, sondern auch der übeln Eigenschaft wegen, in einem warmen Zimmer so zu erweichen, daß sich die Kerzen seitwärts umlegen und wohl gar vertikal vom Leuchter herabhängen, der Anwendung zur Kerzenfabrikation. Ein Zusatz von Stearinsäure hebt zwar die übeln Eigenschaften, aber auch das schöne transparente Ansehen auf. Die Hauptverwendung findet es als Zusatz zur Stearinsäure, welche einen mäßigen Zusatz von weichem Paraffin ohne bemerkliche Verschlechterung der daraus gegossenen Stearinkerzen verträgt.

Die Anfertigung von Paraffinkerzen erheischt die äußerste Reinlichkeit und Sorgfalt, weil die starke Durchscheinbarkeit der Masse auch die kleinsten Staubtheilchen oder sonstigen Unreinigkeiten erkennen läßt, deren Gegenwart das sonst so schöne Ansehen dieser Kerzen vollständig vernichtet.

Heeren.

Phosphor.

Der Phosphor, ein den nichtmetallischen Elementarstoffen angehöriger Körper, wurde 1669 von einem durch Bankerott verunglückten Kaufmanne Brandt in Hamburg, welcher in alchemistischen Experimenten Rettung suchte, zufällig entdeckt, als er den Rückstand von eingedampftem Harn in einer thönernen Retorte bei Glühhitze der Destillation unterwarf.

Er überließ für eine ansehnliche Summe sein Geheimniß dem Dr. Krafft in Dresden, welcher den Phosphor in größeren Mengen bereitete und zu hohem Preise verkaufte. Unter den vielen Chemikern, die sich mit Versuchen zur Phosphorgewinnung beschäftigten, waren es Kunkel in Sachsen und Boyle in England, welchen die Darstellung gelang, sodaß auch Beide versuchten, sich die Ehre der Entdeckung anzumaßen. Boyle veröffentlichte sein Verfahren 1680, Krafft das Brandt'sche 1683.

Erst 1740 wurde von Marggraf die Phosphorsäure entdeckt und gezeigt, daß sich aus ihr der Phosphor darstellen lasse. Er übrigens sowohl wie Boyle, Giobert, Hankwitz in London und Andere bereiteten den Phosphor aus Harn; im Jahre 1769 wurde von Gahn die Anwesenheit der Phosphorsäure in den Knochen nachgewiesen und von Scheele ein Verfahren erfunden, den Phosphor daraus darzustellen, welches darin bestand, die Knochen weiß zu brennen und in Salpetersäure aufzulösen, sodann den Kalk durch Schwefelsäure zu fällen, die Flüssigkeit nach Entfernung des Gypses einzudampfen und mit Zusatz von Kohlenpulver in einer Retorte der Glühhitze zu unterwerfen, ein Verfahren, welches Nicolas und Pelletier dahin verbesserten, daß, mit Umgehung der Salpetersäure, sogleich verdünnte Schwefelsäure zur Anwendung kam, welche Methode bis auf den heutigen Tag noch in Anwendung ist.

Zu den wichtigsten Ereignissen in der Geschichte des Phosphors sind schließlich noch die von Schrötter gemachte Entdeckung des amorphen Phosphors, und die von Fleck erfundene Phosphordarstellung aus ungebrannten Knochen mit gleichzeitiger Gewinnung des Knochenleims zu zählen.

Fabrikation des Phosphors.

Als Material zur Phosphorgewinnung dienen ausschließlich Knochen; auch werden diese, so lange sie zu irgend mäßigem Preise zu haben sind, wohl nicht an dem natürlich vorkommenden Phosphorit (welcher wesentlich phosphorsaurer Kalk ist) einen Konkurrenten finden.

1. Brennen der Knochen. Es dienen dazu gewöhnlich kleine viereckige Schachtöfen von 12 Fuß Höhe, oben 4 Fuß, unten 3 Fuß im Quadrat, also nach oben sich pyramidal erweiternd, unten an jeder Seite mit einer Oeffnung versehen, die zum Ausziehen der gebrannten Knochen und zugleich zur Zuführung des nöthigen Luftzuges dient. Ist der mit Knochen gefüllte Ofen einmal in Brand gesetzt, was durch eine unten eingelegte Holzschicht geschieht, so hält er sich bei stetem Aufgeben neuer Knochen und Ausziehen der gebrannten von selbst im Brennen, indem die Fett- und Fleischtheile, auch wohl die Knorpelsubstanz der Knochen bei ihrem Verbrennen hinlängliche Hitze entwickeln. Erfahrungsmäßig liefern 100 Pfund frischer Knochen 55 Pfund gebrannte.

Der bei der Knochenbrennerei sich entwickelnde abscheuliche Geruch nöthigt die Fabriken, sich in ansehnlicher Entfernung von bewohnten Räumen zu etabliren; auch haben die zur Verbrennung des riechenden Rauches vorgeschlagenen Mittel noch nicht zum Ziele geführt, besonders wohl aus dem Grunde, weil diese riechenden Theile sehr schwer zerstörbar sind, und selbst mit einer hellbrennenden Flamme in Berührung gebracht, nicht sogleich verschwinden.

Zum Zweck der Rauchverbrennung ist von Payen ein Ofen

vorgeschlagen, bei welchem der Zug, mittelst eines starkziehenden Schornsteines angeregt, von oben nach unten geht, sodaß der in den oberen neu aufgeworfenen Knochenschichten entstehende Rauch genöthigt ist, die unteren stark glühenden Schichten zu durchstreichen, um hier zu verbrennen. Bei diesem ohne Zweifel sehr wirksamen System tritt nur der große Uebelstand hervor, daß sich wegen des nach unten gerichteten Zuges der Flamme die oben aufgegebenen Knochen nicht leicht entzünden, und man genöthigt ist, durch Anwendung von Holz oder anderem Brennmaterial den Brand zu unterhalten. Ein anderer, von Fleck vorgeschlagener Ofen, bei welchem der Rauch, der zugleich zum Heizen der Abdampfpfannen dient, über eine kleine Separatfeuerung hinwegstreicht, um dadurch verbrannt zu werden, dürfte schwerlich genügende Abhilfe gewähren. Dagegen wird bei der von Fleck erfundenen Methode der Knochenbehandlung mit Salzsäure, um zugleich den Leim zu gewinnen, von welcher später gehandelt werden wird, das ganze Knochenbrennen, folglich auch der üble Geruch gänzlich vermieden.

Die weißgebrannten Knochen kommen nun in die Knochenmühle, um unter Stampfern oder mittelst Walzwerken bis etwa zur Linsengröße zerkleinert zu werden. Die Zerkleinerung weiter zu treiben, hat sich durch die Erfahrung als unzweckmäßig erwiesen, weil sich bei der folgenden Behandlung mit Schwefelsäure leicht Klumpen bilden, die der Zersetzung entgehen, während bei zu grober Beschaffenheit die Zersetzung zu langsam erfolgt.

2. Zersetzung des Knochenmehls. Das Knochenmehl enthält durchschnittlich 80 Prozent phosphorsauren Kalk ($3\,CaO, PO^5$) nebst 18 Prozent kohlensaurem Kalk, außerdem 2 Prozent Magnesia- und andere Salze. Schwefelsäure zersetzt den phosphorsauren Kalk in der Art, daß sie sich 2 Aequivalente Kalk aneignet, während 1 Aequivalent des letzteren mit Phosphorsäure als saurer oder dreifach phosphorsaurer Kalk verbunden bleibt, welcher, falls die Schwefelsäure angemessen verdünnt war, in Lösung geht, während der gebildete schwefelsaure Kalk, zu welchem sich auch der durch Zersetzung des kohlensauren Kalkes gebildete Gyps gesellt, sich zum größten Theile ausscheidet, in kleiner Menge jedoch ebenfalls in die Lösung übergeht. Der Rechnung nach würden 100 Gewichtstheile Knochenmehl 73,63 Schwefelsäure von 66° B. oder 85,68 Schwefel-

säure von 60° B. erfordern; doch ist ein kleiner Ueberschuß zur vollständigen und raschen Zersetzung empfehlenswerth, weshalb man gewöhnlich gleiche Gewichtsmengen Knochenmehl und 60gradige Schwefelsäure in Anwendung bringt.

Als Gefäße dienen Ständer (Bottiche) von Tannenholz. Man füllt dieselben etwa zu einem Viertel mit Knochenmehl, übergießt dasselbe mit soviel kochendem Wasser, daß es davon eben bedeckt ist, und fügt nun unter stetem Rühren die Schwefelsäure hinzu. Da die Flüssigkeit durch entweichende Kohlensäure stark aufschäumt, muß der Zusatz der Schwefelsäure nur in kleinen Portionen geschehen; jedenfalls muß die Größe der Ständer so bemessen sein, daß für das Aufschäumen hinreichender Raum bleibt. Man läßt das Ganze nun unter häufigem Umrühren 48 Stunden stehen, nach welcher Zeit die Masse einen dicken weißen Brei bildet, den man durch Zusatz von Wasser bis an den Rand des Ständers verdünnt und zum Absetzen des Gypses 12 Stunden der Ruhe überläßt. Da erfahrungsmäßig die Zersetzung des Knochenmehls in der Wärme rascher und vollständiger von Statten geht, als in der Kälte, eine niedere Temperatur auch in sofern nachtheilig zu wirken scheint, als sie die Löslichkeit des Gypses erhöht, folglich gypshaltigere Laugen bildet, welche die ferneren Arbeiten erschweren; so hat man neuerdings mit großem Vortheile die Zersetzungsständer mit einem bis nahe, aber nicht ganz, auf den Boden hinabreichenden Bleirohre versehen, durch welches von Zeit zu Zeit Dampf eingeleitet und die Flüssigkeit warm gehalten werden kann. Es ist dabei natürlich durch häufiges Rühren dafür zu sorgen, daß sich das Rohr nicht mit Gyps verstopfe.

Nachdem also die Masse mit Wasser verdünnt worden und sich der Gyps wieder abgesetzt hat, zieht man die überstehende klare Flüssigkeit, welche 8 bis 10° B. zeigen muß, mittelst eines bleiernen Hebers ab, wäscht den Gyps noch zweimal aus, fügt das erste Waschwasser von 5 bis 6° B. zur ersten Lauge, um beide gemeinschaftlich abzudampfen, bewahrt dagegen das zweite noch schwächere zur nächsten Operation auf, um es statt Wassers zum Verdünnen des Gypsbreies zu verwenden.

Der abgesetzte Gyps schließt, seiner voluminösen Beschaffenheit wegen, noch eine ansehnliche Menge Lauge ein, welche durch ferneres Auswaschen zu Gute gebracht werden muß. Man nimmt zu dem

Ende eine Auswaschung in Ständern mit doppeltem Boden vor, in welchen man den obern durchlöcherten Boden mit Leinwand und darüber mit Stroh bedeckt, und deren mehrere terrassenförmig aufgestellt sind, sodaß nach dem Prinzipe des kontinuirlichen Auslaugens verfahren werden kann, wo man den Vortheil vollständiger Erschöpfung mit der Erzielung möglichst konzentrirter Laugen vereinigt.

3. Abdampfung der Laugen. Es dienen dazu große Bleipfannen aus ½ Zoll starkem Blei, von 8 Fuß Länge, 4 Fuß Breite und 1 Fuß Tiefe, deren Boden auf einer mit Lehm bedeckten Eisenplatte ruht, und welche durch die aus den Phosphoröfen abziehende Flamme geheizt werden. Es können hinter jedem Phosphorofen drei solcher Pfannen aufgestellt sein. Da jedoch die letzte nur wenig Hitze erhalten und unbedeutende Wirkung machen würde, so empfiehlt es sich, unter der zweiten Pfanne eine eigene Feuerung anzubringen. Man treibt die Abdampfung, wobei sich viel Gyps auf dem Boden der Pfanne absetzt, bis zu 45° B., worauf man die Lauge in bleierne Vorrathsbehälter schöpft.

4. Mischung mit Kohlenpulver. Zur Bereitung der sogenannten Masse wird die eingedampfte Lauge mit 27 Prozent Holzkohlenpulver von Linsengröße gemischt und in einem gußeisernen Kessel weiter eingedampft, wobei sie stark aufzuschäumen pflegt, so daß ein sehr vorsichtiges Feuern und Schlagen mit dem Besen erforderlich ist, um das Ueberschießen zu verhindern. Später beginnt eine starke Entwickelung von schwefeliger Säure durch Zersetzung der überschüssig angewandten Schwefelsäure, weshalb man für den leichten Abzug derselben in einen gut ziehenden Schornstein Sorge tragen sollte.

Wenn nach Verlauf mehrerer Stunden die Masse anfängt sich zu verdicken, ist ein unausgesetztes Rühren nothwendig, um das Ansetzen der Masse an den Kesselboden zu verhindern. Hat endlich die Konsistenz den Grad erreicht, daß sich die Masse ballen läßt, so wird sie durch ein mit Löchern von etwa ⅓ Zoll Durchmesser durchbrochenes Kupfersieb gerieben und dadurch gekörnt, worauf man sie in den Kessel zurückgibt und langsam bis zu dem Grade austrocknet, daß sie, ohne zu stäuben, noch eine geringe Menge Feuchtigkeit enthält. Versuche mit vollständig getrockneter Masse im Vergleich mit solcher, welche noch 5 Prozent Wasser enthielt, ergaben Phosphorausbeuten im Verhältniß von 100 : 136.

5. Destillation. Man bediente sich dazu bisher flaschenförmiger Retorten von feuerfestem Thone, etwa 6 Zoll weit im Bauch und 15 Zoll lang, mit Einschluß des etwa 6 Zoll langen, etwas gekrümmten Halses, deren eine größere Zahl, etwa 36 Stück, in einem Galeerenofen dergestalt liegen, daß sich auf jeder Seite die Hälfte, also 18 Stück, befinden, die mit dem etwas vorspringenden Rande des Bodens auf einer gemeinschaftlichen Mauer aufliegen, mit den Hälsen dagegen durch die Seitenmauer des Ofens hindurchreichen, um hier mit den Vorlagen verbunden zu werden. Ein solcher Ofen, für Holzfeuerung bestimmt, enthält über dem Retortenraume noch einen zweiten, niedrigen gewölbten Kanal, in welchen über je zwei neben einander liegenden Retorten eine Zugöffnung einmündet. Der Rost von Eisenstäben reicht bis zu dem ersten Retortenpaar und wird dann durch Ziegel fortgesetzt, die mit Zwischenräumen von 1/2 Zoll bis ans Ende des Ofens eingelegt sind. Das Holz, nachdem es auf dem vordern Eisenroste in Brand gekommen, wird nach hinten geschoben, so daß der ganze Ziegelrost mit brennendem halbverkohlten Holze bedeckt ist und an allen Stellen des 24 Fuß langen Ofens möglichst gleichmäßige Hitze herrscht. In dieser letzteren Absicht gibt man den Zugöffnungen über den ersten Retorten eine geringere Weite, als den folgenden, die sich nach dem andern Ende hin mehr und mehr erweitern, um die Flamme nach diesem Ende hin zu lenken. Die aus dem oberen Kanal entweichende Flamme tritt unter die schon erwähnten Abdampfpfannen, deren, wie gesagt, drei hinter einander liegen, und wobei zweckmäßig die Einrichtung getroffen werden kann, daß sie durch gemauerte Zungen genöthigt wird, einen schlangenförmigen, also längeren Weg zurückzulegen.

Die Retorten müssen zum Schutz gegen das Zerspringen mit einer Mischung von Lehm und Pferdemist beschlagen und wieder getrocknet werden, bevor man sie mit der Masse füllt. Zum bequemeren Einlegen und Ausnehmen der Retorten enthalten die Seitenwände des Ofens gewölbte Oeffnungen für je zwei neben einander liegende Retorten, so daß man, nach dem Einlegen derselben, die Oeffnungen mit Ziegeln vermauert, die nach beendigtem Brande leicht ausgebrochen werden können.

Als Vorlagen dienen Gefäße von glasirtem Thon, theils von Topfform, theils in Gestalt einer Glocke. Die ersteren sind zylindrische, unten geschlossene, oben mit einem weiten Halse versehene Gefäße, welche an der einen Seite nahe unter dem Halse eine zur Aufnahme des Retortenhalses dienende, schräg aufwärts gekehrte, an der gegenüber liegenden Seite dagegen eine röhrenförmige, etwas abwärts gekrümmte Tubulatur enthalten, welche letztere in die der zweiten Vorlage eingesteckt wird, so daß allemal zwei Vorlagen hinter einander stehen. Die zweite oder hintere Vorlage enthält zum Entweichen der Gase an der ihrer Tubulatur entgegengesetzten Seite ein kurzes schräg aufwärts gekehrtes Rohr. Man füllt diese Vorlagen so weit mit Wasser, daß der mit Lehm eingekittete Hals der Retorte, oder beziehungsweise der ersten Vorlage, nicht eintaucht. Die glockenförmigen Vorlagen unterscheiden sich von den vorhergehenden dadurch, daß sie unten ganz offen, oben dagegen halbkugelförmig geschlossen sind; man stellt sie in flache mit Wasser gefüllte Schalen und bildet so den unteren Verschluß.

Alle Fugen werden mit Lehm und Pferdemist verkittet, damit den Gasen nur durch das Ausströmungsrohr der zweiten Vorlage das Entweichen gestattet ist. Die Dauer einer Destillation mit einem Ofen von 36 Retorten beträgt etwa 36 bis 48 Stunden und erfordert einen Aufwand von nahe an 2000 Pfund lufttrockenen Tannenholzes.

Nachdem während der ersten 3 bis 4 Stunden die aus den zweiten Vorlagen entweichenden Gase — hauptsächlich Kohlenoxyd — mit schwachleuchtender blauer Flamme verbrennen, werden sie später durch Phosphorwasserstoffgas, auch wohl durch dampfförmig fortgeführten Phosphor, stark phosphorhaltig und verbrennen mit hellleuchtender Flamme und starkem Phosphorgeruch, weshalb zum Schutz der Arbeiter für einen wirksamen Abzug der Dämpfe gesorgt werden muß. Wenn endlich die Leuchtkraft der Flamme sich wieder vermindert und einer schwachen blauen Flamme Platz macht, kann die Operation als beendigt angesehen und der Ofen der Abkühlung überlassen werden.

Man nimmt nun die Vorlagen ab, verkorkt die Hälse vorläufig, bricht die Blendmauer, durch welche die Retortenhälse reichen, los, nimmt die Retorten heraus, schlägt die Hälse, welche oft etwas

Phosphor enthalten, ab und wirft sie in Wasser, worauf man den Ofen sogleich mit neugefüllten Retorten wieder besetzt. Das Ausnehmen des in den Vorlagen kondensirten Phosphors geschieht durch Auskratzen derselben mit einer scharfen hölzernen Spatel, wobei sie selbstverständlich stets unter Wasser bleiben.

Statt des so eben beschriebenen Verfahrens mit kleinen Retorten empfiehlt Fleck, der sich viel mit Phosphorbereitung beschäftigte, auch eine ausführliche Beschreibung der Phosphorfabrikation gegeben hat, größere röhrenförmige Retorten, ähnlich den in Gaswerken gebräuchlichen. Sie sind zylindrisch, 4 Fuß lang, von 10 Zoll lichtem Durchmesser, am hinteren Ende geschlossen, vorn offen, und werden horizontal je 5 in einen Ofen eingelegt, der unten einen Rost, oben eine in den für alle Oefen gemeinschaftlichen Kanal führende Abzugöffnung hat. Diese Oefen sind für Steinkohlenfeuerung bestimmt und eignen sich besonders für größere Fabriken, da 3 solcher Oefen mit 15 Retorten die aus 600 Pfund frischer Knochen gewonnene Masse aufzunehmen vermögen. Nachdem auch diese Retorten mit Lehm und Pferdemist beschlagen und in den Ofen eingelegt worden, füllt man sie mit Masse, kittet den vordern Deckel an und verbindet die Oeffnung in der Mitte desselben durch ein abwärts gebogenes Thonrohr mit der Vorlage. Diese Vorlagen haben die Gestalt von Muffeln ohne unteren Boden und eine solche Länge, daß sie der Breite eines Ofens entsprechen und die Röhren der 5 Retorten aufnehmen, welche von oben in die Muffel eintreten. Solcher Vorlagen liegen allemal zwei — parallel neben einander, so daß die eine dem Ofen zunächst liegende, als erste, die Retortenröhren aufnimmt und die aus ihr abziehenden Dämpfe durch ein kurzes Verbindungsrohr in die zweite leitet — in einer flachen Rinne, durch welche Wasser fließt, welches somit den unteren Verschluß der Retorten bildet. Schmale niedrige Oeffnungen an den Enden der Vorlagen gestatten dem Wasser den Durchfluß, ohne daß dasselbe den Phosphor mitnehmen kann; kleine Mengen dennoch mit fortgeführten Phosphors setzen sich in einem Fasse ab, durch welches das Wasser schließlich seinen Weg nimmt.

Reinigung des Phosphors.

Der gewonnene Phosphor stellt eine ungleichförmige, aus theils gelblichen, theils durch rothen oder amorphen Phosphor röthlichen Parthien bestehende Masse dar und bedarf, um in den Handel zu kommen, einer nachträglichen Reinigung, welche auf verschiedene Art bewerkstelligt werden kann. Nachdem die alte Methode, ihn unter Wasser zu schmelzen und dann durch Gemsleder zu drücken, welche sich für einen größeren Betrieb nicht eignet, verlassen worden, sind folgende Reinigungsmethoden in Gebrauch gekommen: 1) Filtration durch eine poröse Thonplatte, welche den Boden eines eisernen Gefäßes bildet, in das man stark gespannten Dampf leitet, der den Phosphor hindurch preßt. Um zu rasches Verstopfen der Poren zu verhindern, soll man den Phosphor vorher mit Kohlenpulver mengen. Der Phosphor geht ziemlich rein und fast farblos hindurch, während der rothe Phosphor mit dem Kohlenpulver zurückbleibt. 2) Destillation aus einer gußeisernen Retorte. Man mengt zu dem Ende den rohen Phosphor mit einem Achtel seines Gewichtes Sand, um eine besser zu handhabende bröckliche Masse zu bilden, bringt dieselbe in die Retorten, deren gewöhnlich zwei in einem Ofen liegen, stellt vor jede Retorte einen so weit mit Wasser gefüllten Kübel, daß der Retortenhals nur ein wenig in das Wasser eintaucht, und destillirt bei sehr langsamer vorsichtiger Feuerung den Phosphor über. Da bei dieser Destillation durch Einwirkung von Wasser auf den kochenden Phosphor eine Entwickelung von Phosphorwasserstoffgas nie ausbleibt, welches Gas in Folge seiner Selbstentzündlichkeit leicht Explosionen herbeiführt, so bleibt diese Phosphordestillation stets eine etwas gefährliche Arbeit, die nur einem zuverlässigen Arbeiter anvertraut werden darf. Man erhält aus 100 rohem Phosphor bei sorgfältiger Arbeit etwa 90 gereinigten. — 3) Von Violet in Paris ist die von Wöhler angegebene Reinigungsmethode auf nassem Wege im Großen angewendet worden, die durch Bequemlichkeit und günstige Ausbeute die ältere weit übertrifft. Sie besteht darin, den rohen Phosphor in einem kupfernen Kessel mit der Lösung von 3 1/2 Prozent doppelt chromsaurem Kali und ebenfalls 3 1/2 Prozent Schwefelsäure unter stetem Rühren zu versetzen und bis zum Schmelzen zu erhitzen. Die Flüssigkeit nimmt durch Reduktion der Chromsäure zu

Chromoxyd eine grüne Farbe an, der Phosphor dagegen soll fast völlig farblos und stark durchscheinend hervorgehen.

Der gereinigte Phosphor wird schließlich in Stangen von etwa der Dicke eines kleinen Fingers geformt, wozu meistens die alte Art in Anwendung kommt, welche darin besteht, daß der Arbeiter ein etwas konisches Glasrohr in den unter Wasser geschmolzenen Phosphor taucht und denselben durch Saugen mit dem Munde so weit aufzieht, daß er den größten Theil der Röhre füllt, die letztere dann am unteren Ende mit dem Finger schließt und so in kaltes Wasser taucht, um den Phosphor zum Erstarren zu bringen. Die Stange wird dann nach dem völligen Erkalten herausgestoßen und ist bis zur Verpackung fertig. Begreiflicher Weise führt dieses Aufsaugen des Phosphors mannichfache Gefahren und Unzuträglichkeiten herbei, weshalb man eine wesentliche Verbesserung dadurch erzielte, daß man die Glasröhre an dem oberen Ende mit einem eisernen Rohre in Verbindung bringt, das in der Mitte einen Hahn enthält. Man saugt dann den Phosphor bis zur angemessenen Höhe in die Glasröhre auf, schließt dann den Hahn und legt das Ganze in kaltes Wasser. Besondere Empfehlung verdient noch der von Dumas gemachte Vorschlag, das Saugen mittelst einer Kautschuckflasche zu bewirken, die oben mittelst eines Stöpsels an die Glasröhre angesetzt ist, und nachdem sie zusammengedrückt worden, beim Loslassen sich wieder ausdehnt und den Phosphor aufsaugt. Nach dem Erstarren des Phosphors in kaltem Wasser entfernt man den Stöpsel mit der Flasche und stößt den Phosphor aus der Röhre.

Eine von Seubert erfundene Maschine, bei welcher der geschmolzene Phosphor aus zwei in kaltem Wasser liegenden horizontalen Glasröhren austritt, während des Durchganges durch die Röhren erstarrt und so durch vorsichtiges Ziehen in Stangen gezogen werden kann, hat sich nicht bewährt, weil der Phosphor sich oft in den Glasröhren festsetzt und dann beim gewaltsamen Losmachen die Glasröhren, welche der raschen Abkühlung wegen nur dünne Wände haben können, leicht zerbrechen.

Zur Verpackung und Versendung des Phosphors dienen Blechbüchsen, in welche der Phosphor unter Wasser oder im Winter besser mit einer Mischung von Wasser und Weingeist (um das Gefrieren zu vermeiden) gethan wird.

Fleck's Methode der Phosphorfabrikation.

Die große Menge nutzbarer Stoffe, nämlich des Knochenleims und des Fettes, welche beim Verbrennen der Knochen verloren gehen, veranlaßte Fleck, ein Verfahren aufzusuchen, welches neben dem Phosphor auch die genannten organischen Stoffe zu Gute bringt und dadurch den Fabrikanten einen bedeutenden Nebengewinn gewährt, vorausgesetzt, daß dieses Verfahren nicht in anderer Weise zu große Kosten und Schwierigkeiten herbeiführen sollte.

Die gröblich zerkleinerten Knochen werden in Körbe gethan und in die vierfache Menge Salzsäure von 7° B. eingesenkt, darin etwa 2 Tage lang gelassen, bis sie anfangen weich und biegsam zu werden; sodann in schwächere Säure von 3° B. gebracht und hierin etwa 6 Tage gelassen, bis sie sich leicht nach allen Richtungen biegen, an allen Stellen drücken lassen und ein durchscheinendes Ansehen besitzen. Nachdem sie sodann in fließendem Wasser eine Viertelstunde ausgewässert worden, taucht man sie in Kalkwasser und unterwirft sie schließlich einer Waschung, wonach sie der Leimbereitung zufallen.

Das bei der Behandlung der Salzsäure sich auf der Oberfläche sammelnde Fett läßt sich leicht abnehmen und zu Gute bringen. Die verdünnte Säure von 3° B., die nur noch wenig phosporsauren Kalk aufgenommen hat, wird mit einer gleichen Menge der vorher angewandten starken Säure vermischt und zur Behandlung der folgenden Portion Knochen verwendet.

Es folgt nun die Verdampfung der salzsauren Lösung; eine schwierige Aufgabe, weil die vorhandene freie Säure alle im Großen anwendbaren Metalle, namentlich auch Blei, stark angreifen würde, so daß nur Gefäße aus hartgebranntem Steinzeug oder Porzellan benutzt werden können. In dieser Abdampfung und dem von ihr bedingten großen Aufwand an Brennmaterial liegt ein Haupthinderniß der fabrikmäßigen Ausführung des Verfahrens. Man treibt die Abdampfung bis zu 28° B., wo dann die Lauge ihre Krystallisationsfähigkeit dadurch zu erkennen gibt, daß sich auf der Oberfläche eine Krystallhaut bildet. Ist nach dem Erkalten das Ganze zu einem körnigen Krystallbrei erstarrt, so bringt man denselben auf einen Bottich mit durchlöchertem Senkboden oder in sehr dicht geflochtene Körbe, läßt das Flüssige ablaufen und unterwirft den Rückstand einer Pressung, da von einem Auswaschen mit Wasser, seiner Löslichkeit wegen, nicht die Rede sein kann. Zur möglichst vollständigen Trennung der sauren Chlorkalziumlösung von dem phosphorsauren Kalk eignet sich bei Weitem am besten ein Saugapparat, wobei mittelst einer Luftpumpe der auf einer porösen Schamottplatte liegende Krystallbrei durch Saugen von unten von der Lösung getrennt werden kann, obwohl in dieser Trennung eine der schwachen Seiten der sonst so sehr plausiblen Fleck'schen Methode zu liegen scheint; denn nicht nur daß sich ein Theil des phosphorsauren Kalkes der Krystallisation entziehen und in der sauren Lösung verbleiben wird, so muß die vorhandene freie Säure auf das Metall der Gefäße, sei dasselbe nun Blei, Eisen oder Kupfer, zerstörend einwirken.

Die fernere Behandlung und Destillation des phosphorsauren Kalkes bleibt dieselbe wie bei der gewöhnlichen Fabrikationsart.

Darstellung des amorphen Phosphors.

Es handelt sich bei diesem, von Schrötter erfundenen Prozesse darum, gewöhnlichen Phosphor in einem vor dem Zutritt der Luft vollkommen geschützten Raume längere Zeit unter einer Temperatur von 260° C. zu erhalten. Zu dieser Operation empfiehlt sich besonders ein von Albright angegebener Apparat. Der Phosphor nämlich kommt in ein gläsernes oder porzellanenes, länglich zylindrisches, unten halbkugelförmig geschlossenes Gefäß, dieses möglichst dicht anschließend in ein eisernes, letzteres wieder in ein weiteres, und der Zwischenraum beider wird mit Sand gefüllt. Das so hergestellte Sandbad ist in einem weiteren eisernen Gefäße befestigt, in welches eine Legirung von gleichen Theilen Zinn und Blei gegeben wird, die mithin das Sandbad umgibt und erwärmt. Der ganze Apparat ist in einem Ofen eingemauert und bedarf einer sorgfältigen Heizung, so daß ein in die geschmolzene Legirung eingehängtes Thermometer möglichst unveränderlich 260° anzeigt. Referent würde vorschlagen, die Heizung durch Gas zu bewirken, wodurch sich mit großer Leichtigkeit ein unveränderlicher Hitzgrad unterhalten läßt. Da sich während der Operation etwas Phosphorwasserstoffgas entwickelt, so geht von dem Deckel des innern Gefäßes ein gebogenes Rohr aus, dessen anderes Ende in ein Quecksilber enthaltendes Gefäß eintaucht. Ein Hahn in diesem Rohr, den man zur rechten Zeit schließen muß, verhindert, daß nach beendigter Operation das Quecksilber in den Phosphorbehälter zurücksteige. Endlich ist noch der Sicherheit wegen das ganze Sandbad nebst dem darin befindlichen Phosphorgefäß mit einem gewölbten, fest aufgeschraubten gußeisernen Deckel überdeckt. Die Zeitdauer der Operation richtet sich theils nach der Größe des Apparates, theils nach der auf die Feuerung verwandten Sorgfalt, und kann nur durch längere Erfahrung ermittelt werden; durchschnittlich beträgt sie etwa 100 Stunden.

Die nach dem vollständigen Erkalten dem Apparate entnommene rothgefärbte harte Masse enthält jederzeit noch eine kleinere oder größere Menge gewöhnlichen Phosphors, welche wohl auf 25 Prozent und selbst darüber steigen kann. Die Trennung beider dürfte am besten und gefahrlosesten nach einer von Nickel erfundenen Methode gelingen, die darin besteht, die feinpulverisirte Masse mit einer Chlorkalziumlösung zu schütteln, deren spezifisches Gewicht zwischen dem des amorphen Phosphors (2,106) und dem des Schwefelkohlenstoffs (1,272) in der Mitte liegt, und zugleich eine Quantität des Letzteren hinzuzufügen. Der amorphe Phosphor setzt sich am Boden ab, während der gewöhnliche sich auf die Oberfläche begibt und hier im Schwefelkohlenstoff löst. Nach etwa zehn Minuten langem Schütteln des verschlossenen Gefäßes überläßt man es der Ruhe, wo sich dann der phosphorhaltige Schwefelkohlenstoff auf der Oberfläche sammelt und von der darunter stehenden Chlorkalziumlösung leicht abgegossen werden kann.

Um den Zweck der Reinigung möglichst zu erreichen, empfiehlt es sich, noch einigemal Schwefelkohlenstoff zuzugießen und zu schütteln. Drei solche Waschungen reichen jedenfalls zur vollständigen Reinigung hin. Den am Boden abgelagerten amorphen Phosphor bringt man auf ein Seihetuch und wäscht ihn bis zur völligen Entfernung des Chlorkalziums mit Wasser aus.

Eigenschaften des Phosphors.

Der Phosphor bildet im reinen Zustande einen vollkommen farblosen und durchsichtigen, in der Kälte ziemlich spröden, bei gewöhnlicher Temperatur aber fast wachsartig weichen Körper; häufig aber besitzt er eine etwas ins Gelbliche ziehende Farbe und ist nicht vollkommen klar, sondern etwas opalisirend. Aus der Auflösung in heißem Benzol oder Schwefelkohlenstoff krystallisirt er in regulären

Oktaedern oder anderen dem regulären Systeme angehörigen Formen. Sein spezifisches Gewicht ist 1,83 bei 10° C.; er schmilzt bei 44,3° und dehnt sich dabei um 0,0314 seines Volumens aus. Der Phosphor bildet im geschmolzenen Zustande eine farblose oder etwas gelbliche Flüssigkeit, die bei sehr langsamem Erkalten, besonders nach dem Schmelzen unter einer alkalischen Lauge, bis zur gewöhnlichen Temperatur abkühlen kann, ohne zu erstarren; durch Erschütterung oder Berühren mit einem festen Körper tritt sodann unter Wärmeentwickelung das Erstarren plötzlich ein.

Um Phosphor zu pulverisiren, was seiner Weichheit wegen durch Zerreiben nicht gelingt, schmelzt man ihn unter Wasser, oder besser Weingeist, und schüttelt das Ganze bis zum Erstarren des Phosphors; am feinsten soll man ihn erhalten durch Schütteln mit frisch gelassenem Menschenharn oder einer Lösung von Harnstoff in Wasser. Das Phosphorpulver, welches sich leicht zu Boden setzt, kann durch mehrmaliges Aufgießen von Wasser leicht gereinigt werden.

Der Phosphor ist flüchtig und siedet unter gewöhnlichem Luftdruck bei 290° C., unter geringerem Luftdruck ist nach Schrötter der Siedepunkt

bei	120	Millimeter	= 165°
„	173	„	= 170°
„	204	„	= 180°
„	266	„	= 200°
„	339	„	= 209°
„	359	„	= 218°
„	393	„	= 226°
„	514	„	= 230°

Mit der atmosphärischen Luft in Berührung oxydirt er sich unter Bildung weißer Nebel, Verbreitung eines knoblauchartigen Geruches und schwacher, im Dunkeln sehr deutlicher Lichtentwicklung. Diese Eigenschaft, im Dunkeln zu leuchten, hat zu dem Namen Phosphor (Lichtträger), so wie zu dem von Boyle vorgeschlagenen Namen „Noctiluca“ Anlaß gegeben. Der Geruch des Phosphors gehört nicht dem reinen Phosphor an, welcher ganz geruchlos ist, sondern scheint von der Bildung von Ozon und phosphoriger Säure herzurühren, wie denn der Phosphor mit atmosphärischer Luft und Wasser in Berührung die erstere stark ozonisirt. In Folge der langsamen Oxydation oder Verbrennung, in welcher die Ursache der Lichtentwicklung liegt, erwärmt er sich allmählich mehr und mehr bis zum Schmelzen, und selbst bis zu der bei 60° C. eintretenden raschen Verbrennung, so daß ein Stück Phosphor mit Löschpapier, Kohlenpulver oder anderen schlechten Wärmeleitern umgeben, in kurzer Zeit von selbst in Brand geräth, aus welchem Grunde man ihn stets unter Wasser aufbewahrt. Auch durch Reibung oder längeres Halten zwischen den warmen Fingern tritt die rasche Verbrennung mit hellleuchtender Flamme und dickem weißen Rauch von Phosphorsäure ein.

Unter Wasser im Dunkeln aufbewahrt, überzieht der Phosphor sich mit einer weißen Kruste; am Lichte aber, besonders dem Sonnenlichte ausgesetzt, färbt er sich allmählich roth, indem er theilweise in den amorphen Zustand übergeht. Der Phosphor ist in Wasser unlöslich, sehr wenig löslich in Alkohol und Aether, fetten und flüchtigen Oelen; am leichtesten löst er sich in erwärmtem Schwefelkohlenstoff, Chlorschwefel und Phosphorchlorid, aus welchen Lösungen er beim Erkalten so wie auch beim Verdunsten des Lösungsmittels krystallisirt. Mit Aether, Alkohol und Aceton in Berührung wirkt er zersetzend auf dieselben ein unter Bildung saurer phosphorhaltiger organischer Verbindungen. Mit der achtfachen Menge Leinöl erwärmt, bildet er eine dünne theerartige, selbst beim Erwärmen nicht leuchtende Flüssigkeit; mit der vierfachen Menge auf 75° C. erwärmt, erzeugt er unter heftiger Einwirkung und einem Geruch nach Akroleïn eine braune lederartige Masse, die bei stärkerer Erwärmung ins Sieden, endlich in Brand geräth.

Der Phosphor ist äußerst giftig, auch ist behauptet worden, daß die kleinste Menge Phosphor in eine Wunde gebracht, die gefährlichsten Folgen herbeiführen könne, — eine, wie es scheint, übertriebene Angabe, wie schon aus dem Umstande hervorgeht, daß in Phosphorfabriken die Hände der Arbeiter, die doch gewiß nicht immer von kleinen Verletzungen frei seyn werden, so häufig geschmolzenen Phosphor berühren, ohne daß derartige tödtliche Einwirkungen beobachtet worden wären. Bei den durch brennenden Phosphor hervorgebrachten Brandwunden zeigt sich entschieden keine besonders nachtheilige Wirkung, da die Wunden nicht schwieriger als andere Brandwunden heilen. Als Gegengift bei Phosphorvergiftungen empfiehlt Duflos eine Mischung von 1 Theil gebrannter Magnesia mit 8 Theilen Chlorwasser und 7 Theilen destillirtem Wasser, welche in Gaben von einer halben Drachme mit halbstündigen Pausen gereicht wird. Es ist bei diesem Mittel die Absicht, den Phosphor durch das Chlor zu oxydiren und die gebildete Phosphorsäure mit der Magnesia zu einem unlöslichen Salze zu vereinigen. Der giftigen Eigenschaften wegen benutzt man den Phosphor als Gift für Ratten und Mäuse, indem man 1 Theil Phosphor mit 64 Theilen Wasser von 50° C. und 64 Theilen Mehl anhaltend rührt, um den geschmolzenen Phosphor mit dem Mehlbrei aufs Innigste zu mischen. Ratten und Mäuse sollen diese Phosphorpaste mit Begier fressen. Nach anderen Vorschriften fügt man der Masse etwas feinzerhackten Speck und Zucker bei.

Die Flamme des brennenden Phosphors wirkt auf andere Körper, z. B. einen hineingehaltenen Fidibus oder Holzspan, wenig entzündend, weil sich die rauchförmige Phosphorsäure darauf absetzt und einen firnißartigen Ueberzug bildet, welcher der Luft den Zutritt abschneidet, so daß das Papier oder Holz zwar sich verkohlt, aber nicht leicht in Flamme ausbricht.

Das merkwürdige Verhalten des Phosphors in der Luft und anderen Gasen hat zu vielfachen Untersuchungen und Beobachtungen geführt.

Die schon erwähnte Oxydation mit Ausstoßung von knoblauchartigem Geruch und Bildung weißer Nebel von phosphoriger Säure unter Lichtentwicklung findet selbst bei einer Temperatur von mehreren Graden unter Null noch Statt. In vollkommen trockener Luft bildet die phosphorige Säure einen firnißartigen Ueberzug auf der Oberfläche des Phosphors, welcher nach einiger Zeit die fernere Oxydation verhindert; in feuchter Luft dagegen zerfließt die phosphorige Säure, den Phosphor der ferneren Oxydation preisgebend. Es beruht hierauf eine Methode, Phosphorsäure darzustellen, indem man in Glasröhren von angemessener Weite, die unten zu einer engen Oeffnung ausgezogen sind, Phosphorstangen steckt. Unter diesen Umständen geht die Oxydation des Phosphors wegen des langsamen Luftzutrittes nur sehr allmählich vor sich, die Erwärmung ist unbemerklich und der Uebergang in rasche Verbrennung nicht zu befürchten. Die gebildete phosphorige Säure fängt man in einem untergestellten Gefäße auf, um sie schließlich durch Digestion mit Salpetersäure in Phorphorsäure umzuwandeln.

Das Leuchten des Phosphors tritt nach allen darüber gemachten Beobachtungen nur in Folge einer Oxydation durch die Luft ein. In der Toricellischen Leere, selbst beim Erwärmen des Barometers, leuchtet der Phosphor nicht. Bei starker Luftverdünnung bis auf 1 Millimeter Quecksilberdruck zeigte sich nach Schrötter 12 bis 15 Minuten nach dem Auspumpen der Luft eine den Rezipienten erfüllende, von dem Phosphor ausgehende leuchtende Atmosphäre, welche nach wenigen Sekunden wieder verschwand; das Leuchten konnte nachher selbst durch Erwärmen nicht wieder hervorgebracht werden, trat aber beim Hinzulassen der geringsten Menge Luft sogleich wieder ein. In reinem Wasserstoffgas, wenn dieses vorher über glühende Kupferdrehspäne geleitet und dadurch in absolut sauerstofffreiem Zustande dargestellt worden, leuchtet der Phosphor nicht; es dürfen aber bei diesem Versuche weder Kork noch Kautschuk zur Anwendung kommen, weil sie nicht absolut luftdicht sind, und hinreichend Sauerstoff zulassen, um ein schwaches Leuchten zu bedingen. In Wasserstoffgas, welches nicht mit solcher Sorgfalt gereinigt worden, leuchtet der Phosphor noch bei — 15° C. Aehnlich dem Wasserstoff verhält sich trockene Kohlensäure. In reinem Sauerstoffgas leuchtet der Phosphor noch bei — 12° und darunter; er hört aber im Sauerstoff bald auf zu leuchten, indem er sich mit einer die Verdampfung hindernden Kruste bedeckt. Verstärkter Druck beeinträchtigt das Leuchten, so daß in trockener atmosphärischer Luft, desgleichen in Wasserstoffgas und Kohlensäure schon bei einem Druck von 2 Atmosphären das Leuchten aufhört. Die Gegenwart verschiedener fremder Gase und Dämpfe verhindert das Leuchten des Phosphors. Schon $^1/_{150}$ Aetherdampf oder $^1/_{450}$ ölbildendes Gas, $^1/_{1820}$ Steinöldampf oder $^1/_{4444}$ Terpentinöldampf zu 1 Volumen Luft gebracht, hebt selbst bei 19° C. das Leuchten auf; stärkere Erhitzung aber ruft dasselbe dennoch hervor. Marchand fand, daß der bis zum Sieden erhitzte Phosphor selbst in reinem Aetherdampf leuchtet. Auch Weingeistdampf, schweflige Säure, Eupion, Kreosot und Chlorgas heben das Leuchten auf, wogegen Brom, Kampher und Chlorwasserstoff diese Einwirkung nicht zeigen sollen.

Bei Ausschluß allen Lichtes unter Wasser aufbewahrt, überzieht sich der Phosphor, wie schon gesagt, mit einer weißen Kruste; es ist zur Zeit noch unentschieden, ob dieser weiße Phosphor in einer

Verbindung von Phosphor mit Wasser, also Phosphorhydrat bestehe, oder ob derselbe als eine durch Molekularveränderung entstandene allotropische Modifikation des Phosphors zu betrachten sei. Die meisten Versuche scheinen der letzteren Ansicht günstig zu sein.

Nachdem man längst wußte, daß Phosphor am Lichte aufbewahrt, besonders den Sonnenstrahlen ausgesetzt, zuerst gelblich, später ziegelroth sich färbt, welche Veränderung man früher einer Oxydation zuschrieb, hat die Entdeckung des amorphen Phosphors durch Schrötter (in Wien), neues Licht über die Sache verbreitet, obwohl noch immer nicht mit Sicherheit die Identität des durch Licht roth gewordenen Phosphors mit dem amorphen entschieden werden konnte.

Der amorphe Phosphor, dessen Darstellung bereits beschrieben wurde, besitzt folgende Eigenschaften. Er erscheint in Gestalt einer dunkelrothen Masse, welche beim Zerreiben und nach Reinigung vom gewöhnlichen Phosphor ein dunkel karmesinrothes, zuweilen dunkel rothbraunes Pulver bildet. Das spezifische Gewicht beträgt 2,106. Er ist vollkommen geruch- und geschmacklos, leuchtet nicht im Dunkeln und raucht nicht an der Luft. Erst bei einer Temperatur von mehr als 200° zeigt er im Dunkeln schwaches Leuchten, welches beim Erkalten sofort verschwindet. Mit einem brennenden Körper berührt, geräth er in langsames Verglimmen, ohne in Flamme auszubrechen. Innerlich genossen, zeigt er keine giftigen Wirkungen. Er löst sich nicht in Schwefelkohlenstoff und den andern Lösungsmitteln des gewöhnlichen Phosphors. Chlorwasser löst ihn leichter als gewöhnlichen Phosphor. Eine wässerige Lösung von doppeltchromsaurem Kali und Schwefelsäure soll keine Wirkung darauf zeigen, ein Verhalten, welches der oben angegebenen Wöhlerschen Reinigungsmethode des rothen Phosphors widersprechen würde, und der Ansicht, daß der am Licht roth gewordene Phosphor sich vom amorphen unterscheide, Wahrscheinlichkeit verschafft. Mit Salpeter zusammengerieben entzündet er sich erst in der Wärme und ohne Explosion; chlorsaures Kali dagegen bewirkt heftige Verpuffung. Mit Bleisuperoxyd zusammengerieben, verbrennt er schon in der Kälte, beim Erwärmen bewirkt er heftige Explosion. Braunstein damit zerrieben, veranlaßt ebenfalls Oxydation ohne Explosion.

Amorpher Phosphor bis zur Temperatur von 260° C. erhitzt,

verwandelt sich wieder in gewöhnlichen Phosphor, weshalb auch amorpher Phosphor bei Zutritt der Luft auf diese Temperatur gebracht, sich entzündet.

Diese indifferenten Eigenschaften des amorphen Phosphors, besonders der Mangel der Feuergefährlichkeit und Giftigkeit, haben zu seiner Anwendung bei Feuerzeugen Anlaß gegeben; m. s. darüber den Artikel: Feuerzeuge im III. Supplementbande. Wenn geschmolzener Phosphor plötzlich in eiskaltes Wasser gegossen wird, so nimmt er eine schwarze Farbe an, eine Erscheinung, die jedoch nur bei sehr reinem, wiederholt destillirtem Phosphor einzutreten scheint. Durch Umschmelzen und langsames Abkühlen kehrt er in den gewöhnlichen Zustand zurück.

Heeren.

Photogen,

auch Schieferöl, Mineralöl, Hydrokarbür genannt, ist ein zur Beleuchtung dienendes, dünnflüssiges, ölartiges Liquidum, welches aus dem bei der trockenen Destillation der sogenannten bituminösen Schiefer, gewisser Steinkohlenarten, des Torfs und Asphalts entstehenden Theer fabrikmäßig abgeschieden und gereinigt wird.

Solaröl, eine dem Photogen nahe verwandte und nur durch geringere Flüchtigkeit und Entzündbarkeit, sowie durch ein größeres spezifisches Gewicht von ihm verschiedene Flüssigkeit, hat während des letzten Decenniums, seiner guten Eigenschaften — besonders der geringeren Feuergefährlichkeit und des weit schwächeren Geruchs wegen — sehr allgemeine Verbreitung gefunden. Auch auf dieses, so wie das in neuerer Zeit so hochwichtig gewordene Petroleum wird sich der vorliegende Artikel erstrecken.

Ohne auf einzelne zerstreute ältere Versuche, durch Destillation von Steinkohlen oder Kohlenschiefer theer- und ölartige Körper darzustellen, näher einzugehen, sind als die ersten gelungenen Versuche zur Darstellung brauchbarer Leuchtöle die von Selligue und Jobard anzuführen, von denen Ersterer seit 1834 sich damit beschäftigte und auf der Pariser Ausstellung von 1839 bereits solche Oele — nämlich sehr flüchtiges Hydrokarbür, ferner weniger leichte Oele und endlich schwere, mehr oder weniger paraffinhaltige Oele — ausstellte.

Schon im folgenden Jahre wurde dieser Artikel von ihm zu billigem Preise fabrikmäßig dargestellt.

Um dieselbe Zeit entstanden außerhalb Frankreichs ähnliche Fabriken, so auf der Insel Wilhelmsburg bei Hamburg die Fabrik von Noblée, welcher anfänglich die schottische Wemys-Kohle als Rohmaterial benutzte, später aber die Fabrik nach Harburg verlegte, woselbst sie noch jetzt in großer Ausdehnung existirt, als Rohmaterial aber sich gegenwärtig der Bogheadkohle bedient. Eine zweite, um Mitte der vierziger Jahre etablirte Fabrik von Mineralöl ist die Augustenhütte von Wißmann unweit Bonn, in welcher der dortige Blätterschiefer (Papierkohle) destillirt wird.

Das Verdienst, ein Oel von bestimmt charakterisirten Eigenschaften, welches ohne Zweifel mit dem Schieferöl identisch ist, zuerst dargestellt zu haben, gebührt jedenfalls Reichenbach, der bei einer sehr umfangreichen Arbeit über die Bestandtheile des Holztheers und verschiedener anderer Theere neben anderen Produkten ein von ihm Eupion genanntes, sehr flüchtiges Oel erhielt. Die große Mühe, welche er darauf verwendete, dasselbe in möglichst reinem Zustande und getrennt von fremden Beimengungen darzustellen, wodurch es ihm selbst gelang, es seiner Angabe nach völlig geruchlos zu erhalten, gibt diesen Untersuchungen ein besonderes Interesse, weil man daraus ersieht, mit welchen Eigenschaften das Photogen bei sehr sorgfältiger Reinigung erhalten werden kann. Eine größere Quantität desselben gewann er aus Thiertheer, indem er denselben aus einer eisernen Retorte destillirte, hierauf mit Vitriolöl unter Zusatz von etwas Salpeter wieder destillirte, sodann dieselbe Behandlung, aber ohne Salpeter, mehrmals wiederholte, ferner mit Kalilauge wiederholt wusch, nach vollständiger Entwässerung unter der Luftpumpe mehrmals mit Kalium behandelte und schließlich abdestillirte. Durch diese langwierige Behandlung gelang es ihm, die Flüssigkeit bis auf ein spezifisches Gewicht von 0,740 und einen Siedpunkt von 169° C. herabzubringen.

So gereinigt zeigte es folgende Eigenschaften: es war vollkommen farb-, geruch- und geschmacklos, fror noch nicht bei — 20° C., hatte einen Siedpunkt von 169° und ein spezifisches Gewicht von 0,740. Es wird weder von Schwefelsäure, Salpetersäure noch ätzenden Laugen angegriffen, läßt sich bei gewöhnlicher Temperatur durch einen brennenden Span nicht entzünden, brennt aber mittelst eines eingestellten Dochtes mit hellleuchtender, nichtrußender Flamme. Auf Papier bildet es einen Fettfleck, der nach längerer Zeit in mittlerer Temperatur verschwindet, beim Erwärmen aber rascher entfernt wird. Auf einem Uhrglase der freien Luft ausgesetzt, verdampft es völlig, ohne einen Rückstand zu lassen. Alkohol in ganz wasserfreiem Zustande ist ein gutes Lösungsmittel; bei 18° C. lösen 100 Theile Alkohol 33 Theile Eupion auf, aber bei Temperaturerniedrigung von nur 8 Graden fällt schon eine große Menge davon wieder aus. In der Hitze dagegen lösen sich beide Flüssigkeiten in jedem Verhältnisse in einander. Wassergehalt im Alkohol schwächt seine Lösungskraft, selbst in geringer Menge, ziemlich stark. Käuflichen Weingeistes bedarf es 100 Theile, um bei 18° C. 1,25 Theile Eupion zu lösen; in der Siedhitze lösen sie 5 Theile, die aber beim Erkalten zum Theil wieder herausfallen. Nach dieser Beobachtung löst der Weingeist in der Hitze ungefähr viermal so viel Eupion als Paraffin auf, worauf sich die theilweise Scheidung beider Stoffe von einander gründet. Das Eupion mischt sich mit ätherischen Oelen, wie Terpentinöl u. s. w., in jedem Verhältnisse, sowie sich fette Oele ebenfalls beim Umschütteln damit mischen und feste Fette darin löslich sind.

Vergleicht man nun das Reichenbach'sche Eupion mit dem Photogen, wie es gegenwärtig die Fabriken liefern, so stehen ihre Eigenschaften offenbar so nahe, wie es bei Körpern, die nicht einfache chemische Verbindungen, sondern Mischungen mehrerer Verbindungen sind, nur erwartet werden kann. Denn das Photogen, und ebenso auch ohne Zweifel das Eupion, müssen als ein Gemisch einer ganzen Reihe verschiedener Kohlenwasserstoffe von verschiedenem spezifischem Gewicht und Siedpunkt angesehen werden, wie sich aus den weiter unten folgenden Untersuchungen ergibt. Je nachdem nun das Mengenverhältniß dieser Kohlenwasserstoffe variirt, muß auch das spezifische Gewicht und der Siedpunkt des Ganzen sich ändern.

Wenn das Reichenbach'sche Eupion völlig geruchlos erhalten wurde, während das Photogen der Fabriken einen starken Geruch besitzt, so erklärt sich letzteres genügend aus der weniger sorgfältigen Reinigung, da man mit zwei, oft auch selbst nur mit einer Behandlung mit Schwefelsäure und ätzender Lauge sich begnügt, auch der Ersparniß wegen dieselben nicht immer in der nöthigen Menge und dann auch nur in der Kälte anwendet, während Reichenbach sein Eupion über Schwefelsäure abdestillirte und schließlich noch eine mehrmalige Behandlung mit Kalium folgen ließ.

In Deutschland sind es vorzugsweise Vohl und Wagenmann, welche sich viel mit der Photogen- und Paraffinindustrie beschäftigten, auch eine große Menge von Untersuchungen verschiedener Rohstoffe auf ihre Ausbeute an Theer und den daraus darzustellenden Produkten geliefert haben. Besonders der Erstere, der auch bei der Wißmannschen Fabrik sich betheiligte, war später bei der Errichtung anderer Fabriken thätig und darf somit als einer der Hauptgründer der deutschen Photogenindustrie anerkannt werden.

Die Verarbeitung des Torfs auf verschiedene Destillationsprodukte scheint zuerst in Irland und in Frankreich aufgekommen zu seyn, hat aber bei der geringen Ausbeute in den meisten Fällen das Wiedereingehen dieser Fabriken zur Folge gehabt, und nur wenige, so namentlich die zu Chlumetz in Böhmen, zu Jeziorki bei Chrzanow in Galizien, zu Bernuthsfelde bei Aurich, in Irland die der Irish peat Company und vielleicht noch einige wenige andere haben sich bis jetzt zu erhalten gewußt.

Ueber die Darstellung des Theers aus den Rohstoffen sowie über die weitere Verarbeitung desselben bis einschließlich der Reinigung mit Schwefelsäure und ätzender Lauge, ist in dem Artikel „Paraffin" bereits gehandelt, weshalb darauf verwiesen werden kann und nur noch die Destillation und Verarbeitung des Torfs in der so eben genannten Fabrik zu Jeziorki nachgetragen wird.

Der Torf wird in den Sommermonaten gestochen und getrocknet, dann in Retorten von 9 Fuß Länge, 28 Zoll Breite und 15 Zoll Höhe destillirt. An den hinteren Deckeln derselben sind in der Mitte die Abzugsröhren von Knieform, welche die Destillationsprodukte in Sammelkästen führen. Die Operation dauert 8 Stunden. Die Kohle wird mit Wasser gelöscht und dient zur Heizung der Retorten. Der Sammelkasten von Eisenblech hat an seinen beiden Längenseiten doppelte Wände, in deren Zwischenraum unten kaltes Wasser ein- und oben kochend heiß abfließt. Aus den zwei Stirnseiten des Kastens führen zwei Röhren die Produkte in ein Theerrohr, in welchem noch weitere Abkühlung durch die Luft erfolgt. Von hier aus gelangt der Theer nebst den wässerigen Produkten in das Theerreservoir. Ersterer schwimmt des geringeren spezifischen Gewichts wegen auf den letzteren. Die Gase, welche nicht mit in das Theerreservoir eintreten, legen in unterirdischen Röhrenleitungen, in welchen sich noch ein Antheil Theer niederschlägt, einen langen Weg zurück, bis sie endlich in die Luft entweichen. Der Theer wird in der Theerschmelze, einem hohen zylindrischen Gefäße, auf dessen Boden ein schlangenförmig gebogenes Dampfrohr liegt, geschmolzen, damit sich das Wasser absetze. Es folgt nun die Destillation des Theers in gußeisernen Destillirblasen von 12 Zentnern Inhalt, deren Helmrohr mit einer bleiernen Schlange versehen ist. Bei langsam betriebener Destillation geht zuerst Rohphotogen über, hierauf Rohsolaröl, schließlich Paraffinmasse, welche nach ihrem spezifischen Gewichte getrennt aufgefangen werden. In den Retorten bleibt eine koksartige Kohle zurück. Die Paraffinmasse, welche in der Kälte butterartig erstarrt, kommt zur Krystallisation in die Keller, die Oele dagegen unterliegen der Reinigung mit Schwefelsäure und Natronlauge, und werden schließlich in eisernen Blasen destillirt. Das in den Kellern krystallisirte Paraffin, in einer Zentrifuge mit 1200 bis 1500 Umgängen pro Minute behandelt, liefert ein Oel, welches gereinigt als Solaröl in den Handel kommt.

Reinigung des Rohöles.

Wie aus dem Artikel Paraffin zu ersehen, fängt man entweder die Destillationsprodukte des Theers gemeinschaftlich auf, um sie auch gemeinschaftlich der Reinigung zu unterwerfen, oder man trennt das zuerst übergehende leichte Oel, welches vorzugsweise zur Photogenbereitung dient, von dem schweren paraffinhaltigen Oele, aus welchem man Solaröl und Paraffin darstellt. Uebrigens erfolgt die Reinigung des leichten Oels ganz in derselben Art, wie die des schweren, so daß auch in dieser Hinsicht ganz auf den Artikel Paraffin verwiesen werden kann.

Die Reinigung der Oele, namentlich der Torföle, verursacht mitunter bedeutende Schwierigkeiten, wie sich diese namentlich in der Fabrik zu Chlumetz in Böhmen in solchem Grade herausgestellt haben, daß nicht nur Schwefelsäure und Laugen, sondern auch alle andern versuchten, besonders oxydirend wirkenden Chemikalien nicht im Stande waren, ein hellbleibendes, gut brennendes Oel zu liefern.

Breitenlohner, welchem die schwierige Aufgabe übertragen war, Verbesserungen in der Fabrikation einzuführen, kam nach vielen vergeblichen Versuchen schließlich auf die Idee, die Oele entweder roh, oder besser nach einer vorgängigen theilweisen Reinigung mittelst Schwefelsäure und Alkalien, dampfförmig durch ein glühendes Rohr streichen zu lassen, wobei zwar ein Theil derselben zerstört und in gasförmige Produkte verwandelt, das Uebrige aber in einem wesentlich besseren, durch die gewöhnlichen Reinigungsmethoden leicht zu reinigenden Zustande erhalten wird.

Das Verfahren ist das folgende: die Oeldämpfe werden aus einer gußeisernen Destillirblase unmittelbar durch ein flachgedrücktes, gußeisernes Rohr, welches in einem eigens dazu erbauten Glühraume mit scharf getrocknetem Torf zur Rothgluth gebracht ist, geführt, und gelangen nach einer vorläufigen Luftkühlung in das Kühlgefäß, an dessen Ausflußende ein aufsteigendes Rohr zur Abführung der nicht kondensirbaren Gase in die Luft oder die Feuerung angebracht ist. Die Ausdehnung des Eisens bei höherer Temperatur bietet mehrere Schwierigkeiten dar, weswegen für Beweglichkeit des Apparates gesorgt werden muß. Die meisten Störungen verursachen die Verbindungen des Glührohrs mit dem Helmansatze und der Luftkühlung. Muffe mit Flantschen, in welche das andere Rohr ziemlich tief, gleichfalls bis zur Flantsche, die mit der zweiten fest verschraubt wird, hineingreift, und ein harter Eisenkitt kompensiren diese unvermeidlichen Mängel bis auf einen unbedeutenden Verlust.

Diesen Glühprozeß haben die bei der Destillation des Theeres fraktionirten Oele, die Oele von der Destillation der Paraffinmasse, die abgepreßten Paraffinöle und endlich die bei der Rektifikation der fertigen Oele verbleibenden Rückstände, wenn sie nicht allzu paraffinhaltig sind, durchzumachen. Bei den rohen Theerölen ist es nothwendig oder doch vortheilhaft, eine vorausgehende Behandlung mit 5 Prozent Lauge und Schwefelsäure vorzunehmen, um die größeren Mengen von Cressol und Harz zu entfernen, welche beim Prozesse wegen Bildung verschiedener brandiger Stoffe den beabsichtigten Effekt beeinträchtigen würden. Sind die Theeröle sehr unrein, so ist es rathsam, vorerst Schwefelsäure anzuwenden, welcher 20 Prozent Vitriolöl beigemischt sind. Bei solchen Theerölen bringt die vorhergehende Behandlung mit Lauge die entgegengesetzte Wirkung hervor, indem sie sich mit der Oelmasse verdicken und das nachfolgende Waschen große Quantitäten Oels entführt. Die übrigen Oele bedürfen keiner Vorbehandlung, nachdem sie schon die nöthigen Reinigungsprozesse durchgemacht haben. Es ist einleuchtend, daß die vorbenannten Oele sich in ihren Eigenschaften verschieden verhalten und somit ein modifizirtes Glühverfahren erheischen, wie es denn auch erforderlich ist, jedes dieser Oele für sich in Arbeit zu nehmen. Jene Oele, welche eine Dichte von 0,900 übersteigen, müssen weniger stürmisch durch den Glühapparat streichen, als diejenigen unter dieser Dichte. Je nach dem Paraffingehalt der Oele werden 60 bis 70 Prozent abgezogen; 32 bis 22 Prozent verbleiben als Rückstand, welcher weiter auf Paraffin verarbeitet wird. Nach längerer Beobachtung ergaben sich hierbei durchschnittlich 8 Prozent Gase, welche aus Wasserstoffgas, Kohlenoxydgas, Sumpfgas, Acetylen und ölbildendem Gase bestehen. Oele von durchschnittlich 0,887 Dichte werden durch den Glühprozeß in Oele von 0,863 umgewandelt. Die eigentliche Beschaffenheit derselben tritt erst nach der Behandlung und Destillation auf. Die Oele sind bei der Behandlung unschwer vom Kreosot und Harz zu befreien.

Die Behandlung der Oele wird in der Fabrik mit dem Rührscheit in gewöhnlichen Mischbottichen, ohne Anwendung von Wärme, vorgenommen.

Nach diesen sorgfältig geleiteten Operationen werden die Oele destillirt und zur Erzielung besonders reiner Leuchtstoffe rektifizirt. Die Fabrik trennt bei der ersten Destillation die Oele auf Photogen und Solaröl, rührt sie mit 2 Prozent Lauge an und unterwirft sie gesondert der Rektifikation.

Man gewinnt von den behandelten Oelen durchschnittlich 26 Prozent Photogen bis 0,815 Dichte und 58 Prozent Solaröl bis 0,845 Dichte. Als Rückstand verbleiben 16 Prozent, welche weiter auf Paraffin verarbeitet werden. Die ersten Antheile der Photogenrektifikation zeigen eine Dichte von 0,765. Dieses Turfol ist durch den Glühprozeß entstanden, da Oele von solcher Dichte nicht fertig im Torftheer existiren.

Das Photogen ist anfänglich wasserklar; die Mischung mit einer Dichte von 0,815 besitzt einen gelblich-grünen Stich. Das Solaröl hat nicht nur bei einer durchschnittlichen Dichte von 0,845 eine hell weingelbe Farbe, sondern das Destillat bleibt bis zu Ende, wo schon Paraffin übergeht, dauernd gelb. Die Fabrik belegt diese Oele mit dem Namen Pyrogen. Sie sind im südlichen Böhmen sehr beliebt und werden zur Beleuchtung von Städten und geschlossenen Räumen vielfach benutzt.

Die Gesammtausbeute aus Torftheer beträgt, außer 20 Prozent werthvoller Produkte aus den Abfällen, 5 Prozent Photogen, 26 Prozent Solaröl und 4 Prozent Paraffin.

Destillation und Rektifikation der Oele.

Hierzu bedient man sich großer gußeiserner Blasen von gewöhnlich 20 Zentner Füllung, deren bleierne Kühlschlange durch kaltes Wasser gekühlt werden kann. Die Rohöle haben nach der Behandlung mit Säure eine weingelbe Farbe und können die bis zu 300° C. erhaltenen bei genügend niedrigem spezifischem Gewichte zu vielen Zwecken ohne weitere Rektifikation als Photogen verwendet werden.

Als Photogen lassen sich nicht gut Oele von mehr als 0,815 bis 0,820 durchschnittlichem spezif. Gew. verwenden, und haben sie dieses erreicht, so werden die folgenden schwereren Destillationsprodukte für sich aufgefangen und als Solaröl verbraucht. Am Ende der Destillation resultirt bisweilen etwas Paraffinmasse, die der mit Säure behandelten zugefügt wird.

Nach Hübner dürfen Oele, welche über 300° C. sieden, nicht zu Photogen genommen werden, selbst wenn sie das durchschnittliche spezifische Gewicht von 0,820 noch nicht erreicht haben sollten. So wiegt das Photogen einer von Hübner geleiteten Fabrik, welches alle Oele, die bis 300° C. überdestilliren, umfaßt, zumeist nicht über 0,800. Je niedriger das spezifische Gewicht bei hohen Siedpunkten, desto besser die Produkte.

Ein Photogen, welches allgemein zum Brennen anwendbar sein soll, darf höchstens ein spezifisches Gewicht von 0,815 bis 0,820 haben. Das spezifische Gewicht steht mit der Flüchtigkeit in keinem nothwendigen Zusammenhange. Als das beste Photogen ist dasjenige anzuerkennen, welches aus einem Gemisch von Oelen besteht, deren Siedpunkte zwischen 100° und 240 bis höchstens 300° C., und deren spezifische Gewichte zwischen 0,700 und 0,820 liegen, welches im Durchschnitt 0,795 bis 0,805 wiegt, und in welchem die leichteren Oele im Verhältniß zu den schwereren vorwalten.

Die Destillation wird bis zu dem Punkte fortgesetzt, wo der Siedpunkt bis auf 240 oder höchstens 300° C. gestiegen ist, worauf man das nun folgende Oel als Solaröl für sich auffängt. Sobald das übergehende Solaröl anfängt salbenartig zu erstarren, wird die Destillation abermals unterbrochen und das dann noch folgende Destillat, wie in dem Artikel Paraffin näher beschrieben worden ist, auf Paraffin verarbeitet. An demselben Orte ist auch gezeigt, wie die bei der Verarbeitung der Paraffinmasse durch Zentrifugen und Pressen abfallenden Oele ebenfalls als Solaröl in den Handel kommen, wobei nachträglich noch zu erwähnen ist, daß das vom Paraffin durch Zentrifugiren oder Pressen getrennte Oel, dessen spezifisches Gewicht jenes des Solaröls noch um ein Geringes übersteigt, wohl unter dem Namen Paraffinöl in den Handel kommt. Um Produkte von besonderer Schönheit darzustellen, unterwirft man das Photogen und Solaröl einer nochmaligen Rektifikation.

Die Versendung von Photogen und Solaröl erfolgt in dicht schließenden hölzernen Fässern oder bei kleinerer Quantität in Blechflaschen.

Eigenschaften des Solaröls und Photogens.

Schon oben sind die Eigenschaften des Reichenbach'schen Eupions mitgetheilt worden, welche mit denen des Photogens so nahe übereinstimmen, daß nur noch Weniges hinzuzufügen bleibt.

Das Photogen ist im reinsten Zustande vollkommen farblos, doch kommt es selten in diesem Zustande im Handel vor, vielmehr besitzt es eine hellgelbliche Farbe und darf um so besser genannt werden, je heller diese Farbe ist. Denn die färbenden Theile sind nicht flüchtig, bleiben also beim Verbrennen des Oels im Dochte zurück, erleiden hier eine Verkohlung und verstopfen die Poren des Dochtes, während ein farbloses Photogen selbst bei längerem Brennen den Docht fast völlig weiß und unverkohlt zurückläßt. Ebenso ist das im Handel vorkommende Photogen nie geruchlos, sondern besitzt einen so penetranten Geruch, daß die Lampen, wenn sie nicht aufs Aeußerste gereinigt werden, danach riechen. Wird durch Zufall etwas davon verschüttet, so theilt sich der Geruch der Luft in solchem

Grade mit, daß er wochenlang im Zimmer zu bemerken ist. Es verbrennt aber in guten Lampen so vollständig, daß selbst in geschlossenen Zimmern nicht der geringste Geruch durch die Verbrennung entsteht. Es ist bei gewöhnlicher Temperatur nicht entzündlich, sondern bedarf zum Brennen eines Dochtes, nach einer vorhergehenden Erhitzung aber auf etwa 45 ° C. oder darüber kann es auch ohne Docht entzündet werden.

Das Solaröl ist gewöhnlich mehr oder weniger gelblich gefärbt, der Geruch desselben ist wegen der geringeren Flüchtigkeit viel weniger penetrant, weshalb denn auch in Zimmern dasselbe allgemein gebrannt wird. Die Entzündungstemperatur desselben liegt weit höher, gewöhnlich erst über 100°. Es muß ein spezifisches Gewicht von 0,830, höchstens 0,860 haben. Es besitzt die Eigenschaft, in der Kälte sich zu verdicken, durch einen Paraffingehalt, welcher ihm nie fehlt, weshalb es auch zum Brennen an Orten, die einer bedeutenden Kälte ausgesetzt sind, nicht verwendet werden kann, wogegen Photogen bei Kältegraden, wie sie in unseren Gegenden vorkommen, nicht erstarrt und sich daher zur Straßenbeleuchtung weit besser eignet.

Chemische Zusammensetzung des Photogens und Solaröls.

Alle Bemühungen, durch häufig wiederholte fraktionirte Destillationen Flüssigkeiten von konstantem Siedpunkt aus ihnen abzuscheiden, waren bisher fruchtlos. Stets findet man, daß bei fortgesetzter Destillation der Siedpunkt allmählich steigt, zum Beweise, daß verschiedene Flüssigkeiten gemischt vorhanden sein müssen. Ziemlich allgemein ist die Annahme verbreitet, daß dieselben aus flüssigen Kohlenwasserstoffen bestehen, welche der homologen Reihe $C_{2n} H_{2n}$ entsprechen, folglich mit dem ölbildenden Gase gleiche prozentische Zusammensetzung haben, wie denn auch die höheren Glieder dieser Reihe als feste Körper erscheinen und den allgemeinen Namen Paraffin erhalten haben.

Wilson, der das aus dem Theer der Bogheadkohle gewonnene Photogen einer Untersuchung unterwarf, kam zu einem etwas abweichenden Resultate. Als er den vorläufig abdestillirten flüchtigsten Theil desselben, dessen Siedpunkt unter 127 ° lag, fünfzehnmal der fraktionirten Destillation unterwarf und die erhaltenen

Flüssigkeiten mit einer Mischung von Salpetersäure und Schwefelsäure behandelte, um den der Benzolreihe entsprechenden Theil in Nitroverbindungen zu verwandeln und abzuscheiden, erhielt er farblose, sehr bewegliche Flüssigkeiten, unter denen er Propyl, Butyl, Amyl und Caproyl bestimmt erkannt haben will. Das Propyl erschien in Gestalt eines farblosen, sehr beweglichen Fluidums von angenehmem Geruch; der Siedpunkt lag bei 68°, das spezifische Gewicht betrug bei 18° = 0,6745. Die Verbrennung ergab die Zusammensetzung $C_6 H_7$ = 4 Volum. Die Dampfdichte, nach Gay-Lussacs Methode bestimmt, zeigte sich 2,96, während die Theorie 2,97 verlangt.

Das Butyl destillirte bei 119° und hatte ein spezifisches Gewicht von 0,6945. Die Analyse ergab die Zusammensetzung $C_8 H_9$; Dampfdichte = 3,88, während sie theoretisch berechnet 3,94 seyn sollte.

Das Amyl destillirte bei 159° und zeigte 0,7365 spezifisches Gewicht. Die Analyse ergab $C_{10} H_{11}$; Dampfdichte = 4,93 (theoretisch = 4,91).

Das Caproyl kochte bei 202°; spezifisches Gewicht = 0,7568. Zusammensetzung $C_{12} H_{13}$. Dampfdichte gefunden 5,83, berechnet 5,87.

Diese vier Stoffe fanden sich also in dem flüchtigsten und leichtesten Theil des Photogens, und es wird ferneren Arbeiten vorbehalten bleiben, in dem weniger flüchtigen und schwereren Theil des Photogens sowie in dem Solaröl auch die höheren Glieder der Reihe aufzusuchen. Die oben erwähnte Bildung von Nitroverbindungen scheint auch die Gegenwart von Benzol oder anderen Gliedern dieser Reihe anzuzeigen, wogegen nach Anderen in dem Bogheadtheer keine Spur von Benzol gefunden werden konnte.

Petroleum. (Steinöl oder Erdöl, Naphta.)

Das schon den Alten bekannte Erdöl, welches in neuerer Zeit als Beleuchtungsmaterial so große Wichtigkeit erlangt hat, findet sich in der Natur theils dünnflüssig und, obwohl selten, fast farblos, wo es den Namen Naphta führt, oder von gelber, auch bräunlicher Farbe; theils dickflüssig, von theerartiger Konsistenz und dunkelbrauner Farbe, in welchem Falle es den Namen Erdtheer führt. Eine Grenze zwischen beiden ist schwerlich anzugeben, auch scheint der letztere durch Oxydation aus dem dünnflüssigen Steinöl hervorgegangen zu seyn. Der Fundorte des Erdöls ist eine ganze Reihe zu registriren. Schon von Alters her berühmt ist das Vorkommen in Asien in der Nähe des kaspischen Meeres im russischen Kreise Baku, oder vielmehr auf der Halbinsel Abscheron. Der Boden besteht hier zum großen Theil aus mit Steinöl durchdrungenem Thonmergel, und war schon im Alterthum durch das ewige Feuer berühmt, welches von den Schülern Zoroasters angebetet wurde, die noch jetzt Baku bewohnen. Das Steinöl findet sich theils hellgelb bis farblos in der Nähe des Dorfes Surakan, woselbst man es in 16 Brunnen gewinnt, die am Boden weit sind und sich nach oben bis auf 1 Fuß Durchmesser verengen. Sie werden, theils um die Verdunstung, theils auch wohl um den Zutritt der Luft zu hindern, fest verschlossen und alle 10 Tage mittelst kleiner lederner Schläuche geleert. Die jährliche Ausbeute beträgt etwa 28,000 Pfund, doch liefert der Sommer weit mehr als der Winter und die Regenzeit.

Dieselbe Halbinsel Abscheron liefert auch braunes Erdöl, sogenannte schwarze Naphta, welches wieder in zwei Sorten — dem grünen flüssigen und dem fetten schwarzen — vorkommt. Letzteres, von fast syrupartiger Konsistenz, würde richtiger Erdtheer zu nennen sein. Das grüne flüssige Oel findet sich zwischen den Dörfern Balakhan und Sabudschi und bei dem Dorfe Binaghiad; allein bei Balakhan sind 5 große und gegen 100 kleinere Brunnen, aus welchen monatlich über 400,000 Pfund gewonnen werden. Man leert die Brunnen täglich und bewahrt das Oel in Kellern aus Steinmauern, deren Balakhan 12, die Festung Baku 22 enthält, die fast alle Eigenthum der Krone sind. Die jährliche Ausbeute an schwarzem Oel beträgt gegen 8 Millionen Pfund, welche theils zur Beleuchtung, theils zum Schmieren der Häute und Stiefel, zur Wagenschmiere, zum Betheeren der Schiffe, des Tauwerks und der Segeltücher Anwendung finden.

Sodann kommt Steinöl vor in Persien, ferner in sehr großer Menge im Reiche der Birmanen in Hinterindien, wo es in der Umgegend der Stadt Rainanghang allein mehr als 500 Steinölbrunnen gibt. Es erscheint im Handel unter dem Namen Rangoon-Naphta, die in bedeutenden Mengen von der Stadt Rangoon nach England verschifft wird. Die größte Menge dieser Substanz verarbeitet man dort fabrikmäßig, und gewinnt daraus ein leichtes Oel zur Speisung von Lampen, und eine in der Kälte erstarrende Masse, die als Schmieröl Verwendung findet.

Auch auf Java hat sich Petroleum gefunden, welches aus einer Auflösung von Paraffin (bis zu 40 Proz.) in einem Oel von 0,78 spezifischem Gewicht und einem Siedpunkt von 90 bis 170^0 C. bestehen soll.

In Europa ist zunächst das Vorkommen in den Karpathen in Galizien aufzuführen, wo Steinöl zu Boryclan bei Drohobycz gewonnen und verarbeitet wird. Es ist ein dunkelgrünes, dickflüssiges, beinahe undurchsichtiges Fluidum von unangenehmem, penetrantem Geruche, und findet sich eingelagert in einem selbständigen Gliede der Karpathenformation vor, welches das nächste Hängende der Salzablagerung bildet, in größerer oder geringerer Mächtigkeit aus, streckenweise mit Bitumen imprägnirten, Mergel-, Thon- und Schieferlagern besteht, und seinerseits im Hängenden an den Karpathensandstein anschließt. Die Ausbeute betrug im Jahre 1859 12,000 Zentner und war stets im Steigen.

In der Gegend von Basko, zwischen den Städtchen Dukla und Krosno in Galizien, ist neuerdings ein bedeutendes Vorkommen von Petroleumquellen in den bituminösen Schiefern entdeckt, welche von da südöstlich fortsetzend sich bis in die Bukowina und Moldau ziehen. Die Naphtaquellen kommen fast ausschließlich in 2 bis 3 Meilen Entfernung von dem Rücken der Karpathenkette vor, und in dieser Zone ist die Erde so mit Naphta imprägnirt, daß oft die Brunnenwasser ungenießbar werden. Ein einziger Brunnen soll täglich an 3400 Pfund Oel, alle Brunnen zusammen aber sollen eine tägliche Ausbeute von gegen 7000 Pfund liefern.

Sodann ist in Kroatien in dem Bezirke Moslovina, Agramer Komitat, in der Nähe des Dorfes Voloder vor einigen Jahren ein Bergwerk eröffnet, welches unstreitig zu den merkwürdigsten der österreichischen Monarchie gezählt werden muß. Ein benachbartes Vorkommen ist das an der unteren Mur, woselbst das Oel bei Gelegenheit von Braunkohlenschürfungen aufgedeckt wurde, indem bei dem Abteufen der Schächte in einer Tiefe von 6 bis 8 Klafter ein ziemlicher Wasserzudrang sich zeigte, in dessen Begleitung das Erdöl aus den umgebenden lettigen Erdschichten hervorquoll. Dasselbe stimmt in seinen Eigenschaften mit dem galizischen vollkommen überein, besitzt dünne Syrupskonsistenz und zeigt bei auffallendem Lichte einen blaugrünen Schiller. Der Geruch ist unbedeutend, das spezifische Gewicht = 0,942; die chemische Untersuchung dieses Oeles wird weiter unten angeführt werden.

In der Walachei sind neuerdings so ergiebige Erdölquellen entdeckt worden, daß die englische Erdöl-Importgesellschaft im Jahre 1864 bereits für die Lieferung von 20,000 Tons Kontrakte abgeschlossen hat. Dieses Erdöl soll dem pennsylvanischen völlig gleich sein.

Zu Amiano bei Parma und in einem Thale am Berge Cibio bei Modena sind Erdölquellen schon lange bekannt. Die reinste europäische Sorte kommt vom Monte Ciara bei Piacenza.

In Deutschland kommt Erdöl vor im Herzogthum Braunschweig bei Kleinschöppenstädt. Bei diesem Orte kannte man schon länger das Vorkommen von Erdölquellen, welche neuerdings nach Stoßung einer Reihe von Bohrlöchern täglich 20 bis 25 Zentner Erdöl lieferten. Das dortige durch einen 40 Fuß tiefen Schacht aufgeschlossene Gestein ist ein mit Bitumen durchdrungener Kalk.

Im Königreich Hannover findet sich Erdöl, wiewohl in geringer Menge, zu Sehnde, Wietze, Edemissen, Oberg und Limmer (bei Hannover); in Bayern bei Tegernsee, wo die schon seit 1430 bekannte Quelle jährlich nur etwa 42 Liter Oel liefert. Die Schweiz hat dieses Naturprodukt bei Neuchatel; Frankreich in Languedoc, Gascogne und im Elsaß zu Bechelbronn, woselbst es in einem bituminösen Sande vorkommt; England bei Coalbrookdale.

Alle diese Vorkommnisse weit überflügelnd, hat sich das Auftreten des Erdöls in Amerika herausgestellt, und zwar theils in Pennsylvanien, theils in Canada.

In Pennsylvanien liegt die Hauptölregion des „Eldorado" an dem sogenannten Oil creek oder Oelbach, einem Wasser von etwa 100 Fuß Breite und 3 Fuß Tiefe, das etwa 17 englische Meilen in südlicher Richtung von Titusville nach der Oil-City läuft und sich dann in den Alleghanyfluß ergießt. Der Bach windet sich durch ein schmales Thal von etwa einer englischen Meile Breite, welches auf beiden Seiten von ungefähr 70 bis 100 Fuß hohen Hügelreihen eingeschlossen wird. Die Brunnen befinden sich auf den Wiesen zu beiden Seiten des Baches, die Pumpbrunnen haben nur eine mäßige Tiefe, die fließenden Brunnen sind dagegen von 350 bis zu 500 Fuß und noch tiefer gebohrt.

Oil-City, M'Clintorkville, Rousseville und Titusville sind die in dem Thale liegenden bedeutenden Oelstädte. Im Jahr 1862 war die Ausbeute etwa 75,000 Barrels pr. Woche = 208,000 preußischen Eimern. Die Brawley-Wells hatten seit September 1861 schon 43,000 Barrels geliefert, die Empire Wells gaben täglich 3000 Barrels. Man beschäftigte sich damals mit dem Projekte, das Oel auf eine Strecke von 40 englischen Meilen vom Oil-Creek bis nach Kiltanning in Röhren fortzuleiten und es von da nach Newyork zu schaffen.

Im Jahre 1862 betrug die Produktion zum Theil 16,000 bis 18,000 Barrels an einem Tage; seitdem sind gegen 300 Brunnen erschöpft. Die Produktion im Jahre 1863 aus 45 bis 50 Bohrlöchern betrug 5800 Barrels täglich.

Die Gesammtlieferung erreichte

1861	1,112,476 Gallon
1862	10,887,701 „
1863	28,000,000 „

für 1864 wurde sie auf 40,000,000 veranschlagt, (1 Gallon sehr nahe = $4^1/_2$ Litre oder 4 preußische Quart).

Im Jahre 1861 findet man die Art, wie damals das Oel gewonnen wurde, folgendermaßen beschrieben:

Man beginnt damit, Brunnen oder Schächte von etwa 4 Fuß Durchmesser anzulegen, welche ausgezimmert und so weit abgeteuft werden, bis man, gewöhnlich in etwa 40 bis 60 Fuß Tiefe, auf festes Gestein trifft. Bisweilen kommt man schon nahe unter der Erdoberfläche auf Oel, doch ist dieses von dickflüssiger theerartiger Beschaffenheit, indem es offenbar durch den Zutritt der atmosphärischen Luft verändert wurde. Hat der Schacht das feste Gestein erreicht, so beginnt man mit dem Bohren, welches auf etwa 40 bis 70 Fuß Tiefe fortgesetzt wird, innerhalb welcher Grenzen man fast immer auf eine Oelquelle trifft. Das Oel befindet sich offenbar in Klüften des Gesteines. Bei jedem Schachte befinden sich hölzerne Behälter von 75 bis 300 Kubikfuß Inhalt. Das Oel wird durch Pumpen aus den Schächten in die Behälter gehoben, um von hier aus in die zur Versendung bestimmten Fässer gefüllt zu werden. Diese Fässer müssen, um nicht später durch Austrocknung undicht zu werden und zu lecken, von außerordentlich trockenem Holze mit größter Sorgfalt angefertigt sein; denn das Petroleum dringt zwar in die Poren desselben ein, besitzt aber nicht die Eigenschaft des Wassers, ein Quellen des Holzes zu veranlassen. Man hat vorgeschlagen, die Fässer durch vorheriges Einlegen in Wasser gehörig zu durchweichen und später die gefüllten Fässer in Wasserbassins zu versenken, überhaupt unter Wasser aufzubewahren. Durch Anfüllen der Poren des Holzes wird das Petroleum verhindert, in dieselben einzudringen, und da durch die Aufbewahrung die in den Poren befindliche Feuchtigkeit nicht verdunsten kann, so ist klar, daß damit dem Durchsickern des Petroleums vorgebeugt ist. Man hat ferner in Amerika neuerdings eigene eiserne Schiffe gebaut, welche besondere, vollkommen dicht vernietete Räume zur Aufnahme des Petroleums enthalten. Diese Räume werden mit dem Petroleum angefüllt und nach Beendigung der Reise wieder leergepumpt. Man hofft auf diese Weise geringere Verluste zu erleiden als bei den besten Fässern Statt finden.

Die Anlage der Schächte erfordert keine großen Kosten und wird gewöhnlich in Akkord gegeben. Man zahlt für die Arbeit in der Erde $2\frac{1}{2}$ Dollar pro Fuß, für das Bohren im Felsen durchschnittlich $3\frac{1}{5}$ Dollar pro Fuß; gewöhnlich reicht ein Monat zur Vollendung der Arbeit hin. Die Anlage des Schachtes, die Herstellung der Pumpe mit Zubehör und eines Reservoirs von 75 Kubikfuß Inhalt kostet im Ganzen etwa 670 Dollar. Wenn man bis zum Oel gelangt ist, kann der Arbeiter an einem Tage mit Leichtigkeit 30,000 Pfund fördern. Er erhält an Lohn pro Tag 1 Dollar. Nimmt man auch nur eine tägliche Produktion von 4500 Pfund an, so beträgt der Gestehungspreis des Oels in dem Reservoir im Ganzen etwa $\frac{1}{2}$ Pfennig für das Pfund. Die Pumpen werden überall von Hand bewegt, weil die Anlage von Dampfmaschinen schon der Feuergefährlichkeit wegen ausgeschlossen ist, auch ein Arbeiter bis jetzt immer ausgereicht hat, die tägliche Produktion eines Brunnens zu fördern.

In Canada sind die Quellen etwa 12 Meilen von der Station Wyoming der Great-Western-Eisenbahn entfernt.

Endlich hat sich vor Kurzem eine sehr ergiebige Quelle auf der Insel Trinidad gefunden, woselbst sich Oelseen (?) finden, welche unerschöpflich sein sollen. Die Produktionsorte liegen sehr nahe der Meeresküste.

Eigenschaften des Petroleums.

Was die Eigenschaften des Steinöls im Allgemeinen betrifft, so läßt sich wenig darüber sagen, weil es an den verschiedenen Orten nicht immer dieselbe Beschaffenheit zeigt. Es ist ein zum Theil ganz dünnflüssiges, zum Theil aber auch theerartig dickflüssiges Liquidum; im erstern Falle, obwohl selten, fast wasserhell, gewöhnlich von gelber oder brauner Farbe, und besitzt bei auffallendem Lichte einen eigenthümlichen bläulichen Schiller. Der Geruch ist stark und bituminös. Dünnflüssiges Petroleum, z. B. das pennsylvanische, ist in solchem Grade leicht entzündlich, daß es schon bei gewöhnlicher Temperatur durch einen brennenden Span sich entzündet, bevor es von der Flamme berührt wird, und daher äußerst feuergefährlich, wie aus den vielen Unglücksfällen hervorgeht, die durch dasselbe bereits herbeigeführt wurden; so daß die Vorsichtsmaßregeln, welche gesetzlich beim Transport und bei der Lagerung in vielen Ländern getroffen wurden, sich unbedingt rechtfertigen.

In den amerikanischen Staaten sind fast überall Gesetze erlassen, wonach jedes Faß Erdöl einer Untersuchung zu unterwerfen ist, bevor es in den Handel kommt, und wonach kein Oel zugelassen werden darf, welches bei einer Temperatur unter 100° F. = 38° C. brennbare Dämpfe entwickelt. Auch in England ist ein ähnliches Gesetz (Petroleumbill) erlassen, welches die strengsten Vorschriften über die Behandlung des Oeles enthält und es in Bezug auf seine Gefährlichkeit mit dem Schießpulver in eine Linie stellt. In verschiedenen Hafenplätzen Deutschlands hat man sich ebenso im Interesse der Sicherheit zu energischen Maßregeln veranlaßt gefunden. Es ist nachgewiesen, daß von verschiedenen Proben käuflichen Erdöls keines eine höhere Entzündungstemperatur als 47° C. hatte, während mehrere sich schon bei 14 bis 20° C. entzünden ließen und brennbare Dämpfe bei noch niedrigeren Temperaturgraden abgaben. Es ist demnach selbst das sicherste rohe pennsylvanische Erdöl weit gefährlicher als die gewöhnlichen Photogene. Die Reinigung desselben und Entfernung der flüchtigsten und brennbarsten Theile vermindert aber die Gefährlichkeit um ein Bedeutendes.

Im Jahre 1862 entstand nach amerikanischen Blättern ein schrecklicher Brand an den Erdölbrunnen. Etwa 10 Brunnen, wovon

7 fließende waren, mehr als 30,000 Fässer Oel und alle Gebäude, die auf dem 20 Acres umfassenden Schauplatze des Brandes sich befanden, sind im Laufe einiger Stunden vernichtet worden. Auch mehrere Menschen kamen dabei auf schreckliche Weise ums Leben. Von Maple-Grove, einer der schönsten Zierden der Oelregion, ist keine Spur mehr vorhanden.

In der Nähe von Liverpool gerieth ein mit Petroleum beladenes Schiff in Brand. Das ausfließende brennende Oel verbreitete sich mit großer Schnelligkeit auf der Oberfläche des Wassers, wo es fortbrannte und einen solchen Rauch verbreitete, daß ganz Liverpool fast verdunkelt und schwarz angeräuchert wurde.

Das Petroleum entwickelt beim Verbrennen eine bedeutende Hitze und veranlaßt dadurch, bei Unvorsichtigkeit in der Behandlung der Lampen, ein häufiges Zerspringen der Glaszylinder. Man hat selbst in Amerika angefangen das gereinigte Petroleum, dort Kerosin genannt, als Heizmaterial zu benutzen, indem man den Glaszylinder nahe über der Flamme abschneidet und mit einem kleinen aus Eisenblech hergestellten Ofen mit Einlegeringen in Verbindung bringt: der heiße Luftstrom zieht horizontal durch den Ofen, auf welchem man mit Bequemlichkeit ein Gefäß mit Wasser ziemlich stark erhitzen kann, und steigt schließlich durch ein — am andern Ende des Ofens befindliches kleines Blechrohr — in die Höhe. Diese Einrichtung scheint sich für Kranken- und Kinderstuben, um zur Nachtzeit Getränke erwärmen zu können, zu empfehlen; doch würden wir in diesem Falle rathen, um jedem Geruche vorzubeugen, das Blechrohr in den Stubenofen oder Schornstein einmünden zu lassen. Man hat diese Kerosinöfen auch mit 2 und 3 Brennern eingerichtet, um größere Hitzentwicklung zu erzielen, doch läßt man bei diesen größeren Oefen den Glaszylinder weg und die Flamme unmittelbar in den Blechherd strömen.

Von den speziellen Untersuchungen des Petroleums ist 1) die des Steinöls von Amiano durch Pelletier und Walter ausgeführte Arbeit zu erwähnen. Danach ist das Oel bernsteingelb, dünnflüssig, von starkem, doch angenehmem Geruch, von 0,84 spezifischem Gewicht und aus 84,67 Kohlenstoff und 13,17 Wasserstoff bestehend. Es fängt bei 125° C. an zu sieden und kocht erst vollständig bei 130°. Bei fortgesetzter Destillation stieg der Siedpunkt mehr und mehr, und bei 270° waren zwei Drittel des Ganzen übergegangen; bei noch mehr steigender Temperatur wurde das Oel immer dicker und stärker gefärbt, über 300° erfolgte ein gallertartig erstarrendes Produkt, schließlich eine butterartige, paraffinhaltige Masse. Durch wiederholte fraktionirte Rektifikation des zwischen 130 und 270° C. übergegangenen Oeles wurde reine Naphta von der Zusammensetzung C_{14} H_{13} und einer Dampfdichte = 3,42 erhalten, welche etwa die Hälfte des ganzen Oeles betrug. Man erhält dieselbe noch leichter nach vorhergegangener Behandlung des Steinöls mit Schwefelsäure. Sie ist vollkommen farblos und dünnflüssig und siedet bei 83 bis 88° C. Ein bei derselben Fraktionirung gewonnenes, bei 115° siedendes Produkt ist Naphten benannt und soll die Zusammensetzung C_{16} H_{16} besitzen. Es ist schwerer, öliger und weniger flüssig als die Naphta; Dampfdichte = 4,0. Ein dritter Bestandtheil des Steinöls von 190° Siedpunkt, 5,3 Dampfdichte und der Zusammensetzung C_{24} H_{12} ist Naphtol genannt.

2) Oel von Niebylow in Galizien. Es ist nach Torosiewicz bei gewöhnlicher Temperatur extraktartig, von gelbbrauner, ins Grüne spielender Farbe, bei 60° C. zu einer öligen Flüssigkeit erweichend, von schwachem, angenehm gewürzhaftem Geruch und 0,96 spezifischem Gewicht.

3) Das Steinöl von Truskawiec in Galizien erscheint nach demselben Beobachter dem vorhergehenden sehr ähnlich, besitzt aber schon bei gewöhnlicher Temperatur Syrupkonsistenz; spezifisches Gewicht 0,89. Mit Schwefelsäure behandelt nimmt es einen blumenartigen Geruch und rothe Farbe an, und siedet bei 274° C. Bei wiederholter Destillation mit Schwefelsäure und Salpeter und schließlichem Waschen mit Kalilauge liefert es eine wasserhelle, angenehm riechende, fast geschmacklose Flüssigkeit von 0,722 spezifischem Gewicht und 110° Siedpunkt. Torosiewicz hält sie für identisch mit dem Reichenbachschen Eupion.

4) Steinöl von Sehnde in Hannover. Das rohe Oel ist eine bei gewöhnlicher Temperatur ziemlich dünnflüssige grünlichbraune, unangenehm riechende, mit stark rußender Flamme brennende Flüssigkeit, welche neben mehreren flüssigen Verbindungen auch Paraffin in ziemlich bedeutender Menge enthält. Das durch Destillation mit Wasserdampf erhaltene Oel durch Rektifikation fraktionirt soll nach

Bussenius bis zum Siedpunkt von 140° aus einem Gemenge polymerer Kohlenwasserstoffe $C_n H_n$ zusammengesetzt sein. Eisenstuck betrachtet es als ein Gemisch von Kohlenwasserstoffen der Formel $C_n H_{n+2}$ und Kohlenwasserstoffen von geringerem Wasserstoffgehalt, so daß die Mischung zufällig der Formel $C_n H_n$ entspreche. Auch Uelsmann fand die Zusammensetzung der von Eisenstuck dargestellten Produkte der Formel $C_n H_{n+2}$ entsprechend.

5) Das Bechelbronner Steinöl, durch Destillation des bituminösen Sandes gewonnen, ist nach Boussingault ein schwach gelbes, wenig schmeckendes Liquidum von 0,891 spezifischem Gewicht und 280° C. Siedpunkt, noch bei — 12° flüssig; es ist leicht löslich im Aether, schwer löslich in Weingeist.

6) Steinöl von Baku. Die von Heß untersuchte Sorte hatte ein spezifisches Gewicht von 0,835 und einen Siedpunkt von 140° C. Es gelang nicht, durch wiederholte Destillationen ein Oel von konstantem Siedepunkt zu erhalten. Das Destillat mit Vitriolöl geschüttelt, war dünnflüssig, von gewürzhaftem Geruch, fing schon bei 80° C. zu kochen an, kam aber erst bei 130° in volles Sieden. In Baku über Wasser destillirtes Steinöl roch nach Terpentinöl, hatte 0,8 spezifisches Gewicht und 110° Siedpunkt.

7) Persische Naphta ist nach Thomson farblos, von 0,735 spezifischem Gewicht und 160° Siedpunkt, der bei fortgesetztem Kochen unter dunklerer Färbung des Oeles steigt.

Unverdorben hat durch Destillation mit Wasser verschiedene Destillate daraus erhalten. Das zuerst Uebergehende von 95,7° Siedpunkt war farblos, das zweite, etwa die Hälfte des Ganzen bildend, ebenfalls farblos, hatte einen Siedpunkt von 112,5°. Der bei 310° überdestillirende Rest war gelblich. Der Rückstand in der Retorte war eine bituminöse Kohle. Aehnlich, obwohl in den Siedpunkten abweichend, sind die Resultate der von Blanchet und Sell angestellten Untersuchungen, wobei es allerdings sehr möglich ist, daß die rohen Oele ungleiche Beschaffenheit besaßen.

8) Rangoon-Naphta besitzt weiche Butterkonsistenz bei 12° eine grünlichbraune Farbe und wenig starken nicht unangenehmen bituminösen Geruch. Dieselbe ist von Gregory, Warren de la Rue und Müller und von Bohl untersucht. Geschmolzen setzt sie nach Bohl gegen 10 Prozent Sand und Wasser ab (Warren

de la Rue und Müller fanden nur 4 Prozent Unreinigkeiten). Das spezifische Gewicht bei 14° ist 0,885. Vohl erhielt bei der Destillation von 107 Pfund:

leichtes Oel	44,5 Pfund
Paraffinmasse	54,5 „
asphaltähnlichen Rückstand .	4,9 „
Wasser und Gas	3,0 „
	106,9 Pfund.

Das Oel und die Paraffinmasse wurden durch Behandeln mit Schwefelsäure und Aetznatron gereinigt und das Oel vermittelst Wasserdämpfen abgeblasen. Aus 100 Gewichtstheilen des rohen Oeles wurden an reinen Produkten gewonnen:

Photogen	40,705
Schmieröl	40,999
Paraffin	6,078
Asphalt	4,600
Verlust, in Gas, Wasser, Kreosot und Karbolsäure bestehend	7,618
	100.

Das erhaltene Photogen war wasserhell und farblos, von 0,83 spezifischem Gewicht, und besaß einen angenehmen ätherischen Geruch; es brannte in Photogenlampen mit ausgezeichnet schönem Licht, ohne den mindesten Geruch zu verbreiten und den Docht stark zu verkohlen.

Das Schmieröl war fast gänzlich geruchfrei und konnte sowohl zum Schmieren feiner Maschinentheile, als auch zum Speisen Argand'scher Lampen benutzt werden.

Nach Vohl's Behauptung, gegen welche wir einigen Zweifel auszusprechen uns nicht enthalten können, sind beide Oele nicht im Geringsten der Oxydation unterworfen, welche Eigenschaft besonders dem Schmieröle zu Gute kommen würde.

Das Paraffin war blendend weiß und geruchlos und besaß einen Schmelzpunkt von 60° C.

Warren de la Rue und Müller behandelten die Destillationsprodukte mit konzentrirter Schwefelsäure, und erhielten gepaarte Schwefelsäuren, mit konzentrirter Salpetersäure Nitroverbindungen. Der größte Theil der Destillationsprodukte blieb aber bei Einwirkung dieser Säuren unverändert. Unter den Nitroverbindungen fanden sich Nitrobenzol, Dinitrotoluol, Trinitroxylol und andere nicht näher untersuchte Körper. Die durch Schwefelsäure und Salpetersäure nicht angreifbaren Kohlenwasserstoffe sollen eine der Formel $C_n H_{n+4}$ entsprechende Zusammensetzung haben.

9) Walachisches Erdöl in zwei Sorten ist neuerdings von Buchner untersucht und mit pennsylvanischem verglichen worden. Es wurden zunächst die Rohöle ohne weitere Reinigung destillirt; pennsylvanisches gab am meisten farbloses oder schwach gelbliches Destillat, walachisches, Sorte II., am wenigsten; das zuletzt übergegangene war bei pennsylvanischem braungelb, bei walachischem, Sorte I. braun, Sorte II. dunkelgrünlichbraun. Die Destillate des walachischen Oeles rochen stärker als die des amerikanischen. Bei einer zweiten Versuchsreihe wurden die Rohöle zuerst mit Natronlauge und dann mit konzentrirter Schwefelsäure behandelt, wobei das walachische Oel, besonders Sorte II., eine auffallend große Menge eines schwarzen ganz zähen Theeres absetzte. Aus amerikanischem Petroleum erhielt Buchner höchstens 70 Prozent brauchbares Leuchtöl, wovon noch 15 bis 20 Prozent sogenanntes Benzin abgehen. Die Ausbeute aus dem walachischen war noch geringer, so daß dieses Letztere zwar mit dem amerikanischen nicht wetteifern, aber dennoch zu einer lohnenden Industrie führen kann.

10) Ueber pennsylvanisches Erdöl liegen Untersuchungen von Weil, Wiederhold und Bolley vor, deren Resultate vielfache Abweichungen zeigen, weshalb wir sie kurz aufnehmen.

Weil untersuchte ein Petroleum von 0,824 spezifischem Gewicht und gewann daraus durch Destillation 90,14 Prozent rohes gelbes Oel, 5,64 Asphalt, 4,22 Prozent Gas (nebst Verlust).

Die 90,14 rohes Oel gaben bei nochmaliger Destillation:

Naphta zwischen 65 und 100° destillirend	7,64
flüssige Kohlenwasserstoffe zwischen 100 und 200° destillirend	27,50
flüssige Kohlenwasserstoffe zwischen 200 und 250° destillirend	15,28
gelbroth gefärbte Kohlenwasserstoffe, etwas Paraffin enthaltend und zwischen 250 und 3150 destillirend	35,33
dickes rothbraunes Oel, viel Paraffin enthaltend	1,00
gasige Kohlenwasserstoffe und Kohle	3,39
	90,14

Durch Reinigung mit Schwefelsäure und Lauge wurden 73 gereinigtes Oel erhalten, welches wieder durch Destillation 4,7 Naphta, 55 Lampenöl (Solaröl), 12 Paraffinöl und 1,3 Kohlenrückstand lieferte.

Bolley und Schwarzenberg haben eine ausführliche Untersuchung des amerikanischen Petroleums ausgeführt und zunächst den Unterschied zwischen dem pennsylvanischen und canadischen ermittelt. Es zeigte sich

a) daß das canadische Oel etwas dickflüssiger ist als das pennsylvanische;

b) daß Ersteres mehr braun, das Letztere mehr grünlich ist;

c) das spezifische Gewicht des canadischen Oeles — nach Bolley und Schwarzenberg = 0,832, nach Arndt und Traun = 0,858 — etwas höher ist als das des pennsylvanischen — nach Bolley und Schwarzenberg = 0,816, nach Arndt und Traun = 0,8055;

d) der Geruch des canadischen Oeles an Schwefelwasserstoff erinnert und unangenehmer ist als der des pennsylvanischen.

Zur Beantwortung der Frage, wie groß die Menge des aus dem rohen Oele zu gewinnenden rektifizirten Oeles sei, welches nicht unter 120° siedet, folglich nicht mehr sehr feuergefährlich ist, wurde eine Destillation unternommen und aus 240 Gramm pennsylvanischen rohen Oeles erhalten:

17,8	Gramm	unter	100°	siedend
16,6	„	bei	100—120°	übergehend
13,1	„	„	120—150°	„
28,1	„	„	150—200°	„
32,1	„	„	200—250°	„
112,0	„	„	250—400°	„
219,7				
21,0	Rückstand.			

Es ergab sich ferner, durch nochmalige fraktionirte Rektifikation dieser Flüssigkeiten und Bestimmung des spezifischen Gewichtes der Produkte, daß die zur Beleuchtung tauglichen Destillate, als welche die zwischen 120 und 350° übergehenden betrachtet werden können, 60,71 Gewichts-Prozente betrugen.

Bei der Destillation des canadischen Oeles wurden erhalten:

8,7 Proz.	0,725 spez. Gew.	bei 61—120°	übergehend
14,8 „	0,739 „ „	„ 120—200°	„
7,5 „	0,750 „ „	„ 200—250°	„
9,8 „	0,785 „ „	„ 250—300°	„
49,2 „	0,818 „ „	„ 300°	„
7,0 „	—	Rückstand,	

hiernach würden 81,3 Prozent brauchbares Leuchtöl gewonnen sein, ein Resultat, welches unseres Erachtens mit der dickflüssigen theerartigen Beschaffenheit des canadischen Oeles kaum in Einklang zu bringen ist und wonach das canadische Oel an Brauchbarkeit das pennsylvanische übertreffen würde.

Ueber den Grad der Feuergefährlichkeit und die Entwickelung brennbarer Dämpfe fanden B. und S., daß das rohe pennsylvanische Steinöl schon bei 32° C. Gasbläschen, bei 57° Dampfbläschen entwickelte, die sich wieder verdichteten; beim canadischen Oel betrugen die entsprechenden Temperaturen 36° und 61° C.

Die Menge des im Oele enthaltenen Gases beträgt nach B. und S. 33,66 Volum-Prozente. Dieses Gas ist leicht entzündlich und brennt mit etwas rußender Flamme, aber ohne Explosion.

Um den Grad der Verdunstung zu ermitteln, wurden rohes und rektifizirtes pennsylvanisches Oel, letzteres vom Anfangssiedpunkt über 120°, in gleichen Bechergläsern in einem Zimmer von 16° C. Temperatur der Verdunstung überlassen, wonach

	bei Ersterem	bei Letzterem
in 1 Woche	25,8 Prozent	14,0 Prozent
„ 2 Wochen	30,6 „	16,8 „
„ 3 „	33,3 „	19,3 „
„ 4 „	34,3 „	21,5 „
„ 5 „	34,7 „	23,2 „
„ 6 „	35,0 „	24,5 „
„ 7 „	— „	25,5 „ verdunsteten.

In einem Keller bei 7° ging die Verdunstung natürlich noch langsamer von Statten.

Den Paraffingehalt in pennsylvanischem Oele fanden B. und S. gleich 0,7 Prozent.

Versuche, die Oele zur Leuchtgasbereitung zu benutzen, indem man sie in eine mit Backsteinen gefüllte glühende Retorte tropfenweise eintreten ließ, ergaben aus einem Pfunde 15,7 Kubikfuß Gas; A. und T. erhielten 16,1 Kubikfuß. Das spezifische Gewicht des Gases betrug 0,663.

Nach der Berechnung würde das Petroleum 3,18 mal so viel Gas liefern als gute Steinkohle, und zwar ein Gas von doppelter Leuchtkraft, also 6,36 mal so großer Lichtmenge. Mag immerhin die Gasbereitung aus Petroleum sich für Amerika eignen, so ist für Europa das amerikanische Oel, welches ohnehin in rohem Zustande nur wenig mehr in den Handel kommt, nicht mit Vortheil zur Gasbereitung zu verwenden.

Muspratt hat das canadische Erdöl einer Analyse unterworfen und in 100 Theilen gefunden:

leichtes Oel	von 0,794 spez. Gew.	20 Theile
schweres gelbes Oel	„ 0,837 „ „	50 „
dickes paraffinreiches Oel	. . . .	22 „
Theer	. . . .	5 „
Kohle	. . . .	1 „
Verlust	. . . .	2 „

Die Menge des zur Beleuchtung brauchbaren Oeles betrug hiernach die Hälfte des rohen Oeles, ein Resultat, welches uns der Wahrheit besser zu entsprechen scheint als das im Vorhergehenden von Bolley und Schwarzenberg erhaltene.

Wiederhold, der verschiedene Sorten gereinigten Petroleums untersuchte, worüber wir weiter unten berichten werden, fand das spezifische Gewicht des rohen Oeles gleich 0,830. Mit Wasser von 70 bis 80° C. behandelt, entwickelte es ein brennbares Gas.

Reinigung des Petroleums.

Da die Reinigung des Petroleums mit der des Photogens ziemlich übereinstimmt, wird hier nur wenig nachzutragen sein.

Die Destillation und Reinigung des amerikanischen Petroleums, welche früher vorzugsweise in Europa Statt fand, auch jetzt noch zum Theil in Europa, besonders in London ausgeführt wird, geschieht gegenwärtig meistens in Amerika selbst, wodurch einige Vortheile erwachsen, sofern das zu transportirende fertige Leuchtöl ein weit geringeres Quantum ist, als das rohe Erdöl, und die

Transportkosten des rohen Oels, der Feuergefährlichkeit und der hohen Assekuranz wegen, sich weit höher stellen, als jene des raffinirten Oels. So weit aus den bekannt gewordenen Nachrichten erhellt, unterwirft man das rohe Oel einer Destillation bis zu dem Punkte, wo das übergehende Destillat zum Leuchtöl nicht mehr zu gebrauchen ist; das erhaltene Destillat wird sodann mit Schwefelsäure und Lauge behandelt, hierauf einer Rektifikation unterworfen, wobei man die zuerst übergehenden Antheile, deren spezifisches Gewicht unter 0,8 beträgt, für sich auffängt. Diese leichten Oele sind, ihrer allzu großen Entzündlichkeit und Gefährlichkeit wegen, zum Brennen nicht anwendbar und haben, wie es scheint, bis jetzt hauptsächlich zum Ersatz des sehr theuer gewordenen Terpentinöles vielfache Benutzung gefunden. Hinsichtlich der Ausbeute an brauchbarem Oel verweisen wir auf die schon oben mitgetheilten Daten.

In den amerikanischen Fabriken scheint die Behandlung des Oels mit Schwefelsäure und Laugen sehr unvollkommen ausgeführt zu werden, oder wohl gar ganz zu unterbleiben, indem das aus Amerika importirte gereinigte Oel einen schwach grünlichblauen Schiller besitzt und mit Schwefelsäure geschüttelt dieselbe braun färbt.

Das gereinigte, zur Beleuchtung bestimmte Petroleum erscheint als ein ganz oder doch fast wasserhelles Liquidum von nicht besonders starkem Geruch, einem spezifischen Gewicht = 0,80 bis 0,82; es ist bei gewöhnlicher Temperatur durch das Anhalten eines brennenden Körpers nicht entzündlich, löscht sogar die Flamme eines brennend hineingesteckten Zündhölzchens aus. Erst nach vorhergegangener Erwärmung läßt es sich entzünden.

Die zuerst übergegangenen flüchtigsten Theile führen im Handel den Namen Naphta oder, obwohl fälschlich, Benzin; sehr ausführliche Untersuchungen über dieses Material, aus welchen wir das Wichtigste hervorheben, sind von Wiederhold angestellt.

Die Naphta ist wasserhell, leicht beweglich, wie Aether, von 0,715 spezifischem Gewicht. Sie riecht nicht unangenehm ätherisch und erzeugt beim Verdunsten an der Luft eine merkliche Temperaturerniedrigung. Bei 60 ° C. beginnt sie zu sieden.

Konzentrirte Schwefelsäure bringt in derselben zuerst eine hellgelbe Färbung hervor, die bald dunkelroth und schließlich schwarzbraun wird; dabei erhitzt sich die Naphta bis zum Sieden. Leitet man Wasserstoffgas über die Oberfläche der Naphta, so erlangt es die Eigenschaft, mit stark leuchtender Flamme zu brennen. Nach Wiederhold soll selbst atmosphärische Luft, in derselben Weise behandelt, eine schön leuchtende Flamme geben. Diese Wirkung der Naphta, im dampfförmigen Zustande die Leuchtkraft anderer Gase zu erhöhen, wird sich jedenfalls nur im Beginn des Versuches bemerkbar machen, und in dem Maße, wie die flüchtigsten Theile abdunsten und die weniger flüchtigen zurücklassen, abnehmen; auch dürfte die Naphta in dieser Beziehung hinter dem Benzol zurückstehen, welches relativ noch einmal so viel Kohlenstoff enthält.

Die Naphta ist mit Wasser und Methylalkohol nicht mischbar, leicht und vollständig dagegen mit absolutem Alkohol, Schwefelkohlenstoff und fetten und flüchtigen Oelen; auch löst sie die festen Fette, Wachs und Paraffin, in der Kälte langsam, in der Wärme dagegen rasch und vollständig. Kautschuk wird von der Naphta erweicht, quillt auf und löst sich dann ebenso wie bei der Behandlung mit Schwefelkohlenstoff. Schwerer löslich zeigten sich Kolophonium, Mastix, Damar und Pech. Sehr unbedeutend oder gar nicht werden gelöst Bernstein, Kopal und Schellack.

Durch fraktionirte Destillation der Naphta wurden erhalten:

48,6 Prozent Oele, welche bei Temperaturen bis 100° C. destilliren von . . . . 0,70 spez. Gew.

45,7 Prozent Oele, welche bei Temperaturen bis 200° C. destilliren von . . . . 0,73 spez. Gew.

5,7 Prozent Oele, welche bei Temperaturen über 200° C. destilliren von . . . . 0,80 „ „

Für das erste, flüchtigste Produkt schlägt Wiederhold den Namen Erdöläther vor. Als Anwendungen desselben und der Naphta empfiehlt er

1) dieselben zur Verbesserung des Leuchtgases in den sogenannten Karbonisirungs-Apparaten zu gebrauchen, in welcher Beziehung wir auf das im Vorhergehenden ausgesprochene Bedenken verweisen.

2) Der Erdöläther soll in vielen Fällen das Terpentinöl ersetzen, z. B. sich leicht mit Leinölfirniß mischen und vollständig verdunsten, während die Naphta selbst, ihrer langsameren Verdunstung wegen, sich zu dieser und ähnlichen Anwendungen, wobei es sich um rasche Verdunstung und Austrocknung handelt, nicht eignet.

3) Zur Firnißbereitung beschränkt sich die Anwendung des Erdöläthers natürlich auf die geringe Zahl derjenigen Harze, welche es leicht und in Menge aufzunehmen im Stande ist.

4) Soll der Erdöläther statt des Schwefelkohlenstoffs zur Extraktion von fetten Oelen aus Samen benutzt werden können.

5) Kann er statt Benzin als Fleckwasser für Fettflecken dienen, sowie zum Reinigen von Feilen, welche durch ölgetränkte Späne verschmiert sind.

6) Zum Wasserdichtmachen von Leder eignet sich die Auflösung von fetten Oelen im Erdöläther sehr gut, weil diese leicht in die Poren eindringt.

7) Zur Fabrikation von Lampenschwarz wird die Naphta empfohlen, da sie mit stark rußender Flamme verbrennt. In dieser Beziehung ist aber zu erwägen, daß nicht jede rußende Flamme auch ein gutes Lampenschwarz liefert und daß, wo es sich um eine rußende Flamme handelt, es andere weit wohlfeilere Materiale gibt, z. B. das rohe Steinkohlentheeröl.

8) Zur Konservirung anatomischer Präparate dürfte die Naphta, besonders ihrer Farblosigkeit wegen, mit dem Spiritus konkurriren, wogegen wir wieder das Bedenken nicht unterdrücken können, daß selbst gut gereinigte Naphta bei langjähriger Aufbewahrung ihre Farblosigkeit schwerlich beibehalten wird.

9) Endlich wird der Erdöläther bei den jetzt so in Aufnahme kommenden Inhalationskuren zu Versuchen empfohlen.

Raffinirtes amerikanisches Petroleum besaß ein spezifisches Gewicht von 0,81, einen sehr unangenehmen Geruch, dunstete jedoch bei gewöhnlicher Temperatur nicht merklich ab, so daß man das Oel offen im Zimmer lassen konnte, ohne durch den Geruch stark belästigt zu werden. Der Siedpunkt lag bei 150° C. Mit einer gleichen Gewichtsmenge konzentrirter Schwefelsäure versetzt, nahm es unter Erwärmung eine tiefrothe Färbung an, während die zu unterst sich ablagernde Schwefelsäure sich tiefschwarz färbte. Das überstehende Oel, mit Wasser gewaschen, wurde nach Verlauf einiger Zeit goldgelb, fast geruchlos und betrug 92 bis 93 Prozent. Durch fraktionirte Destillation wurden erhalten:

12 Prozent Oele, welche bei einer Temperatur bis 200° überdestilliren, von 0,74 spezifischem Gewicht; 88 Prozent Oele, welche

einen höheren Siedpunkt und ein spezifisches Gewicht von 0,815 hatten.

Chemische Zusammensetzung des pennsylvanischen Petroleums.

Es existirt über diese schwierige Frage eine ausführliche Untersuchung von Pelouze und Cahours, welche zu dem Resultate führte, daß das Petroleum ein Gemisch der nach der Formel $C_{2n} H_{2n+2}$ zusammengesetzten homologen Kohlenwasserstoffe ist.

Nach dieser interessanten Arbeit findet sich in dem Petroleum die ganze Reihe der dem Sumpfgas homologen Verbindungen bis hinauf zu den Paraffinen. Den flüchtigsten Theil des Erdöls, der schon bei niederer Temperatur siedet, bildet der Butylwasserstoff $C_8 H_{10}$; die Reihe ist folgende:

Butylwasserstoff	$C_8 H_{10}$,	0,628 spez. Gew.,	30°	Siedpunkt,
Amylwasserstoff	$C_{10} H_{12}$,	0,669 „ „	68°	„
Caproylwasserstoff	$C_{12} H_{14}$,	0,699 „ „	92—94°	„
Oenanthylwasserstoff	$C_{14} H_{16}$,	0,726 „ „	116—118°	„
Caprylwasserstoff	$C_{16} H_{18}$,	0,741 „ „	136—138°	„
Pelargonylwasserstoff	$C_{18} H_{20}$,	0,757 „ „	160—162°	„
Rutylwasserstoff	$C_{20} H_{22}$,	0,766 „ „	180—184°	„
?	$C_{22} H_{24}$			
Laurylwasserstoff	$C_{24} H_{26}$,	5,972 Dampfdichte,	196—200°	„
Coccinylwasserstoff	$C_{26} H_{28}$,	6,569 „	216—218°	„
Myristylwasserstoff	$C_{28} H_{30}$,	7,019 „	236—240°	„
?	$C_{30} H_{32}$,	7,523 „	255—260°	„

Die quantitativen Verhältnisse der Komponenten sind in verschiedenen Erdölsorten verschieden.

Gleiche Resultate erhielt Schorlemmer. Man ersieht hieraus, daß die prozentische Zusammensetzung des Petroleums von der des Photogens — vorausgesetzt, dieses bestehe hauptsächlich aus Gliedern der Reihe $C_{2n} H_{2n}$ — durch einen etwas höheren Wasserstoffgehalt, besonders in den ersten Gliedern, abweicht, während sie in den höheren Gliedern einander immer näher rücken. Wenn nach Williams das Photogen aus den Gliedern der Reihe $C_{2n} H_{2n+1}$ bestehen sollte, so würde sich der Wasserstoffgehalt im Petroleum immer noch etwas höher stellen.

Ueber die Leuchtkraft des Photogens und Petroleums.

Es liegen über die Leuchtkraft dieser Brennmateriale mehrfache Untersuchungen vor, von welchen die folgenden hier einen Platz finden mögen:

Rieckher verglich die Leuchtkraft von raffinirtem Petroleum von 0,800 spezifischem Gewicht mit der von Photogen aus Bogheadkohle, indem er jedes dieser Materiale theils in einem Rundbrenner, theils in zwei verschiedenen Flachbrennern nach amerikanischem System brannte. Er gelangte dabei zu dem Resultat, daß sich für gleiche Lichtmengen der Verbrauch des Petroleums zum Photogen verhält:

im Rundbrenner wie 131 : 100,
„ Flachbrenner Nr. 1 „ 91 : 100,
„ „ „ 2 „ 90 : 100.

Es zeigen diese Versuche recht augenscheinlich den großen Einfluß der speziellen Lampenkonstruktion auf die Luftentwicklung dieser Leuchtstoffe. Wenn aber der Rundbrenner dem Photogen einen Vorsprung um 31 Prozent gewährte, während das Photogen im amerikanischen Flachbrenner nur um etwa 10 Prozent gegen Petroleum zurückstand, so gebührt jedenfalls dem Photogen hinsichtlich der Lichtentwicklung der Vorrang, wodurch die aus der chemischen Zusammensetzung beider, nämlich dem größeren Kohlenstoffgehalt des Photogens herzuleitende Vermuthung Bestätigung findet. Welchem von beiden Stoffen hinsichtlich der Oekonomie der Vorzug einzuräumen ist, kann nur nach den örtlichen Preisverhältnissen entschieden werden.

Zinken hat sehr ausführliche Versuche mit Salonphotogen, Photogen, Solaröl, Paraffinöl und Petroleum ausgeführt. Das Salonphotogen war ganz wasserhell, wenig riechend und von 0,793 spezifischem Gewicht; das Photogen war hellweingelb, von 0,811 spezifischem Gewicht; das Solaröl besaß ein spezifisches Gewicht von 0,826; das Paraffinöl von hellgelber Farbe zeigte 0,828 spezifisches Gewicht; das Petroleum war von blaßgelber Farbe und 0,801 spezifischem Gewicht.

Es wurden 5 verschiedene Lampen benutzt, nämlich A mit Runddocht von 24 Millimeter äußerem Durchmesser und mit Brennscheibe von gleichem Durchmesser; B mit Runddocht von 16 Mm. äußerem

Durchmesser, ohne Brennscheibe; C mit 16 Mm. breitem flachen Docht; D mit 17 Mm. breitem Docht; E mit Runddocht von 19 Mm. äußerem Durchmesser.

Es ergaben sich die in folgender Tabelle zusammengestellten Resultate, wobei zu erwähnen ist, daß als Normalmaß eine Paraffinkerze von 21 Mm. Durchmesser diente, deren Flamme bei regelmäßiger Entwicklung eine Länge von durchschnittlich 55 Mm. hatte.

Oelsorte.	Lampe.	Konsum pro Minute. Milligramm.	Verhältniß der Leuchtkraft der Normalkerze zu jener der Lampe.	Minutlicher Verbrauch pro Lichteffekt der Normalkerze. Milligramm.	Preis von 1 Ztr. oder 100 Pfund im Detailhandel. Rthlr.	Stündliche Kosten der Flamme pro Lichteffekt der Normalkerze. preuß. Pfennige.
Salonphotogen	A	786,2	1 : 18,7	42,6	15	0,267048
"	A	576,5	1 : 14,3	40,3	15	0,261144
"	B	345,7	1 : 7,3	47,3	15	0,305304
"	C	325,5	1 : 6,9	47 1	15	0,305208
"	D	348,9	1 : 7,1	49,1	15	0,318168
"	D	311,2	1 : 5,4	57,6	15	0,373248
Photogen	A	779,9	1 : 19,9	39,2	14	0,2370816
"	C	347,7	1 : 8,1	45,0	14	0,272160
Solaröl	B	196,1	1 : 3,2	61,2	10	0,264384
"	E	345,7	1 : 9,6	36,0	10	0,155520
Paraffinöl	B	263,08	1 : 3,7	71,0	9	0,276048
"	E	355,2	1 : 7,5	47,3	9	0,1839022
Petroleum	A	542,0	1 : 9,9	56,5	15	0,366120
"	A	558,0	1 : 8,8	63,4	15	0,413540
"	D	347,1	1 : 5,3	65,6	15	0,425088
"	D	351,5	1 : 6,6	62,6	15	0,405648

Hiernach würde Petroleum, in der Lampe D gebrannt, den größten Konsum, Solaröl dagegen, in der Lampe E gebrannt, den geringsten Konsum, mithin die größte Lichtentwicklung bei gleichem Konsum gewähren.

Der große Einfluß der Lampenkonstruktion auf die mehr oder weniger günstige Verbrennung zeigt sich auch hier besonders beim Solaröl, wo — gegen die sonstigen Erfahrungen — der kleinere Brenner E über den größeren B den Sieg davontrug.

Frankland erhielt bei seinen Versuchen, wobei auch die Menge der entwickelten Wärme bestimmt wurde, die folgenden Ergebnisse:

Material.	Quantität von gleicher Leuchtkraft.	Preis-Aequivalent.	Bildung von Kohlensäure.	Bildung von Wärme.
	Liter.	Franken.	Kubikmeter.	
Paraffinöl von Young . .	4.53	0.6	0.08	29
Amerikan. Steinöl Nr. 1 .	5.70	0.76	0.08	29
" " " 2 .	5.88			
	Kilogr.			
Paraffinkerzen	8.42	4.75	0.19	66
Wallrathkerzen	10.37	8.30	0.23	82
Wachskerzen	11.95	8.90	0.23	82
Stearinkerzen	12.50	—	—	—
Kompositionskerzen . . .	13.33	—	—	—
Talgkerzen	16.30	3.3	0.28	100
Wallrathöl	—	2.25	—	—
Gewöhnl. Steinkohlengas .	—	0.42	0.14	47
Kannelkohlengas	—	0.30	0.11	32

Die angegebene Menge von Kohlensäure und Wärme bezieht sich auf eine Lichtstärke gleich der von 20 Wallrathkerzen.

Schlußbemerkung. Bei der außerordentlichen Menge des in Europa importirten amerikanischen Petroleums ist vielfach der deutschen Photogenfabrikation ein ungünstiges Prognostikon gestellt worden; aber der Verbrauch an Brennölen erreicht eine so kolossale Höhe, daß wohl dem erheblich theuereren Rüböl und dem Leuchtgase eine nachtheilige Konkurrenz erwachsen kann; Photogen und Solaröl aber, deren Verbrauch mit jedem Jahre wächst, neben dem amerikanischen Petroleum sich ohne Schwierigkeit behaupten konnten. Nachdem die Preise während der letzten Jahre, ohne erheblich zu sinken, sich einigermaßen ins Gleichgewicht gesetzt und keinen bedeutenden Schwankungen mehr unterlegen haben; nachdem sich trotz alles Petroleum-Importes während eben dieser letzten Jahre die Fabrikation von Photogen und Solaröl, weit entfernt von Entmuthigung, sich eines von Jahr zu Jahr wachsenden Aufschwunges erfreut — darf dieser neue vaterländische Industriezweig überall da, wo ihm ein einigermaßen ergiebiges Rohmaterial zur Verfügung steht, getrost in die Zukunft blicken. Ob freilich die Verarbeitung der zwar sehr ergiebigen, aber auch sehr theueren schottischen Bogheadkohle in Deutschland noch lange sich wird halten können, ist eine Frage, deren Beantwortung der Zukunft überlassen bleiben muß; doch arbeiten zur Zeit auch diese Fabriken munter und rüstig fort.

Eine von Jacobi im Jahr 1863 aufgestellte Vergleichung der Fabrikationskosten von Petroleum und der Destillationskosten der Braunkohle in einer Fabrik bei Halle führten zu folgendem Resultate. Wenn der Preis des amerikanischen rohen Petroleums loco Hamburg sich auf 6 Rthlr. pro 100 Pfund, der Preis des Braunkohlentheers aber, von welchem im Jahr 1863 allein in der Provinz Sachsen täglich 400 bis 500 Zentner gewonnen wurden, auf 4 1/6 Rthlr. stellt, so verbleibt aus den fertigen Produkten zu Gunsten des Braunkohlentheers noch immer ein Plus von 1 Rthlr. 20 Sgr. 9 Pf. Unter den gegenwärtigen Verhältnissen, wo der Import von rohem Petroleum bedeutend abgenommen, jener des in Amerika raffinirten aber zugenommen hat, würde jene Vergleichung nicht mehr zutreffen.

Die gegenwärtigen Preise dieser Leuchtstoffe in Norddeutschland stellen sich folgendermaßen:

Raff. Amerik. Petroleum . .	10	Rth. d. Ctr.
Photogen	9 1/2	" "
Solaröl	8 1/2	" "

Heeren.

Rothfärben.

(Bd. XII. S. 62.)

Auf dem Gebiete der Rothfärberei ist in neuerer Zeit, namentlich in der Seidenfärberei, eine große Veränderung eingetreten. Eine Reihe von neuen Farbstoffen ist entdeckt; manche derselben sind allerdings nur vorübergehend aufgetreten und haben bereits alle Bedeutung wieder verloren (so das Murexid, die Rosolsäure rc.), andere dagegen haben große Wichtigkeit erlangt, in solchem Umfange, daß eigene Fabriken zu ihrer Darstellung begründet sind, daß selbst die schönsten der früher bekannten Farbstoffe nur noch verhältnißmäßig wenig gebraucht werden. Es sind dies die sogenannten Steinkohlentheerfarbstoffe oder Anilinfarben, von denen hier des Zusammenhanges wegen auch diejenigen abgehandelt werden, welche nicht das Gebiet der Rothfärberei berühren.

Den Forschungen der reinen Wissenschaft verdanken wir es, daß die schwarze, ölige, widerwärtig riechende, bei der Leuchtgasbereitung in großen Massen gewonnene, früher kaum zu verwerthende Flüssigkeit uns jetzt eine Reihe von Farben liefert, deren Schönheit und Glanz von keinen andern übertroffen wird, deren Dauerhaftigkeit wenigen nachsteht und deren Preis ein weit geringerer, als der meisten übrigen ist. Aus dem Steinkohlentheer hat man nicht allein rothe, sondern auch blaue, violette, gelbe, grüne, schwarze Farben dargestellt, deren Ursprung, Bereitung und Anwendung in Folgendem erläutert wird.

Anilin. Der Ausgangspunkt bei der Darstellung aller dieser Farbstoffe ist das Anilin, einer der stickstoffhaltigen Körper, die sich bei der trockenen Destillation der Steinkohlen (vergl. Supplemente, Bd. III, S. 222) und mancher anderer Stoffe bilden. Im Steinkohlentheer ist es daher, wiewohl nur in geringer Menge, fertig gebildet enthalten. Um es daraus zu gewinnen, wird der Theer zunächst einer Destillation unterworfen, um die flüchtigen Bestandtheile in mehrere große Gruppen zu zerlegen. Die Destillation, welche in geräumigen, eisernen, mit Kühlschlange versehenen Blasen, unter direkter Heizung vorgenommen wird, beginnt schon bei einer den Siedpunkt des Wassers kaum erreichenden Temperatur. Sie wird aber erst lebhaft bei einer zwischen 100 und 120° C. liegenden Temperatur, bei welchen Wärmegraden die flüchtigsten Bestandtheile übergehen. Sobald ein eingesenktes Thermometer 170 bis 180° C. zeigt, wechselt man die Vorlage und fängt das zwischen 170 und 210° übergehende Destillat besonders auf. Das erste Destillat ist eine Flüssigkeit von etwa 0,850 spezifischem Gewicht und wird als leichtes Steinkohlenöl bezeichnet; das zweite Destillat hat 0,900 bis 1,2 spezifisches Gewicht und wird darnach schweres Steinkohlenöl genannt. In der Blase bleibt schwarzes Pech zurück, welches noch heiß ausgeschöpft wird und beim Erkalten zu einer festen, schwarzen, glänzenden Masse erstarrt.

In dem schweren Oel ist das Anilin enthalten. Man gewinnt es, indem man das Oel mit Salzsäure schüttelt, wobei das Anilin sich mit der Säure verbindet und als salzsaures Salz sich löst. Nach anhaltendem Schütteln läßt man es ruhig stehen, wobei die beiden Flüssigkeiten sich scheiden. Die saure wässerige enthält das Anilin, sie wird von der öligen getrennt und unter Zusatz von Kalkmilch destillirt, bis etwa die Hälfte der Flüssigkeit übergegangen ist und ein Tropfen des Destillats die charakteristischen Anilinreaktionen nicht mehr zeigt. Diese bestehen darin, daß ein in eine anilinhaltige Flüssigkeit getauchter Fichtenholzspan beim Befeuchten mit Salzsäure eine deutlich gelbe Farbe zeigt, und daß ein Tropfen einer anilinhaltigen Flüssigkeit auf Zusatz von Chlorkalklösung sich intensiv blau färbt. Das Destillat besteht aus einer leicht beweglichen, öligen und aus einer milchig trüben wässerigen Flüssigkeit. Diese wird mit so viel Salzsäure vermischt und geschüttelt, bis gerade eine schwach saure Reaktion eintritt. Das Anilin und die ihm verwandten Körper lösen sich dabei vollständig und es scheiden sich geringe Mengen von öligen Stoffen, Kohlenwasserstoffen, ab, die aus dem Theer in das Destillat gekommen sind. Die Anilinlösung filtrirt man durch ein nasses Papierfilter, um die Oele zurückzuhalten, und destillirt sie dann von neuem mit Kalkmilch.

So erhält man ein farbloses, öliges und wässeriges Destillat. Durch Sättigen der wässerigen Lösung mit Kochsalz scheidet man aus derselben alles rohe Anilin ab und trennt dieses auf mechanischem Wege von der Kochsalzlösung. So dargestellt ist das Anilin noch nicht chemisch rein. Es enthält noch Leucolin, Picolin und vielleicht auch andere verwandte Körper. Um es hiervon zu trennen, gießt man es in eine siedend heiße weingeistige Lösung von Oxalsäure, worin es sich bei Siedhitze leicht löst, beim Erkalten aber als schwerlösliches oxalsaures Salz auskrystallisirt. Die oxalsauren Salze der anderen Körper sind in kaltem Weingeist leichter löslich, sie bleiben daher in der Mutterlauge und werden von den Krystallen des oxalsauren Anilins durch Waschen mit Alkohol getrennt. Das reine oxalsaure Salz wird schließlich in einer Retorte mit konzentrirter Natronlauge übergossen und destillirt, wobei reines Anilin übergeht. Will man es noch vollständig von Wasser trennen, so entfernt man das mit übergegangene Wasser so weit als möglich mechanisch und destillirt dann das Anilin nochmals, wobei man das erste, wasserhaltige Destillat beseitigt und es erst sammelt, wenn es vollständig klar und ölig fließt.

Das so gewonnene chemisch reine Anilin ist eine farblose, ölige, leicht bewegliche, das Licht stark brechende Flüssigkeit von 1,020 spezifischem Gewicht und eigenthümlichem Geruch. Es siedet bei 148°,8 C. und destillirt unzersetzt. Es erstarrt noch nicht bei —20° C., löst sich sich in 31 Theilen Wasser, wird durch Lösen von Kochsalz oder anderen Salzen aus dieser Lösung abgeschieden, löst sich leicht in Alkohol, Aether, fetten und flüchtigen Oelen und Schwefelkohlenstoff. In Säuren löst es sich und bildet mit den meisten derselben schöne, wohl krystallisirte Salze.

Für technische Zwecke wird die Reinigung nie so vollständig ausgeführt. Man begnügt sich meistens damit, die erste salzsaure Lösung, so wie sie aus dem Theeröl erhalten wird, mit Kalkmilch zu destilliren und verwendet dann unmittelbar das ölige Destillat. Es bleiben daher die übrigen basischen Körper und geringe Mengen von Kohlenwasserstoffen ihm beigemengt, welche dem Anilin des Handels eine braune, fast schwarze Farbe geben und ihm einen weit durchdringenderen Geruch ertheilen.

Die chemische Zusammensetzung des Anilins wird durch die Formel $C_{12} H_7 N$ ausgedrückt, wonach es aus 77,42 Kohlenstoff, 7,53 Wasserstoff und 15,05 Stickstoff besteht.[1] In vielen wesentlichen Eigenschaften stimmt das Anilin mit dem Ammoniak überein,

[1] C = 6, H = 1, N = 14.

es ist wie dieses eine starke Basis und bildet Salze, die in ihrer Konstitution den sogenannten Ammoniak- oder den Ammonium-Salzen gleich sind. Der Salmiak ist salzsaures Ammoniak $NH_3\,HCl$ oder Chlorammonium $NH_4\,Cl$; das salzsaure Anilin $C_{12}\,H_7\,N, HCl$ oder $C_{12}\,H_7\,NH, Cl$. Schreibt man die rationelle Formel des Ammoniaks $\left.\begin{matrix}H\\H\\H\end{matrix}\right\}N$, so kann man das Anilin betrachten als Ammoniak, in welchem 1 Atom Wasserstoff durch das einatomige Radikal Phenyl $C_{12}\,H_5$ vertreten ist. Seine rationelle Formel wird dann $\left.\begin{matrix}C_{12}H_5\\H\\H\end{matrix}\right\}N$.

Ist der Salmiak Chlorammonium nach der Fomel $\left.\begin{matrix}H\\H\\H\\H\end{matrix}\right\}NCl$, so ist das salzsaure Anilin ein Chlorammonium, in welchem 1 Atom Wasserstoff durch Phenyl ersetzt ist: $\left.\begin{matrix}C_{12}H_5\\H\\H\\H\end{matrix}\right\}NCl$. Ebenso wie der Salmiak bei der Zersetzung mit Basen nicht Ammoniumoxyd bildet, sondern in Wasser und Ammoniak zerfällt, bildet auch das salzsaure Anilin nicht eine dem Ammoniumoxyd entsprechende Verbindung, sondern reines, dem Ammoniak entsprechendes Anilin.

Das Ammoniak müssen wir als den Typus einer großen Klasse von Verbindungen betrachten, welche entstehen, indem man je ein oder mehrere Atome Wasserstoff des Ammoniaks durch ein- oder mehratomige Radikale vertreten läßt. Alle diese Verbindungen behalten das Charakteristische des Ammoniaktypus. Läßt man 1 Atom Wasserstoff durch 1 Atom Radikal vertreten, wie es im Anilin der Fall ist, so bezeichnet man die Verbindung als eine Aminbasis; sind 2 Atome Wasserstoff durch 2 Atome Radikal vertreten, so erhält man eine Imidbasis; sind alle drei Atome Wasserstoff durch 3 Atome Radikal ersetzt, so ist das Produkt eine Nitrilbasis; endlich lassen sich auch alle 4 Atome Wasserstoff des Ammoniums durch Radikale vertreten, und man bekommt eine Ammoniumbasis. Da nun in diese Basen nicht allein ein oder zwei oder drei Atome desselben Radikals eingehen, sondern eben so viele Atome verschiedener Radikale dem Wasserstoff substituirt werden können, so erhält man schon auf diese Weise eine große Zahl von Verbindungen, beispielsweise:

$$\underbrace{\left.\begin{matrix}H\\H\\H\end{matrix}\right\}N}_{\text{Ammoniak.}} \quad \underbrace{\left.\begin{matrix}C_{12}\,H_5\\H\\H\end{matrix}\right\}N}_{\text{Phenylammin, Anilin.}} \quad \underbrace{\left.\begin{matrix}C_{12}\,H_5\\C_4\,H_5\\H\end{matrix}\right\}N}_{\text{Aethyl-Anilin.}} \quad \underbrace{\left.\begin{matrix}C_{12}\,H_5\\C_4\,H_5\\C_2\,H_3\end{matrix}\right\}N}_{\text{Aethyl-Methyl-Anilin.}} \quad \underbrace{\left.\begin{matrix}C_{12}\,H_5\\C_4\,H_5\\C_4\,H_5\\C_4\,H_5\end{matrix}\right\}N.}_{\text{Triäthyl-Phenyl-Ammonium.}}$$

Durch Verdoppelung und Verdreifachung des Typus Ammoniak $= \left.\begin{matrix}H_2\\H_2\\H_2\end{matrix}\right\}N_2$ und $\left.\begin{matrix}H_3\\H_3\\H_3\end{matrix}\right\}N_3$ erhält man neue Typen, die dann nicht mehr drei, sondern sechs, resp. neun Atome vertretbaren Wasserstoff enthalten. Die Steinkohlentheerfarben gehören der letzteren Klasse von Verbindungen an; um ihre Zusammensetzung verstehen zu können, mußte auf die einfachsten Formen, von denen sie sich ableiten lassen, zurückgegriffen werden.

Es ist oben die Abscheidung des im Steinkohlentheer fertig gebildeten Anilins beschrieben worden. Die in demselben enthaltene Menge ist aber so gering, daß sie für die Fabrikation der Farben bei weitem nicht ausreicht. Eine weit größere Menge des Anilins wird künstlich dargestellt.

Im leichten Steinkohlentheeröle findet sich eine Reihe homologer Verbindungen nach der Formel $C_n\,H_{n-6}$; das Benzol $C_{12}\,H_6$, das Toluol $C_{14}\,H_8$, das Xylol $C_{16}\,H_{10}$, das Cumol $C_{18}\,H_{12}$, (vergl. Supplemente Bd. III, S. 219). Das erste Glied dieser Reihe, das Benzol, ist der Ausgangspunkt für die Fabrikation des Anilins. Man erhält es im rohen Zustande, indem man das leichte Steinkohlentheeröl von neuem destillirt und von dem Uebergehenden nur das unter 110° destillirende auffängt. Die Hauptmenge des Destillats besteht aus Benzol, es enthält allerdings noch ziemlich viel Toluol und geringe Mengen von Xylol, die jedoch der Farbenfabrikation nicht schädlich sind, sondern eher geradezu dafür erforderlich zu sein scheinen. Das Toluol und das Xylol verhalten sich bei der weiteren Behandlung genau wie das Benzol, es ist daher auf sie in der folgenden Beschreibung nicht weiter Rücksicht zu nehmen und es ist unter dem Ausdruck Benzol stets das Gemenge von diesem mit Toluol 2c. zu verstehen.

Das Benzol $C_{12} H_6$ ist die Wasserstoffverbindung des Radikals Phenyl, es ist also $\left.\begin{matrix} C_{12} H_5 \\ H \end{matrix}\right\}$. Läßt man auf das Benzol Salpetersäure (NO_5) einwirken, so wird der typische Wasserstoff auf Kosten der Salpetersäure in Wasser verwandelt und der Rest der Salpetersäure (NO_4) tritt an dessen Stelle:

$$\underbrace{\left.\begin{matrix} C_{12} H_5 \\ H \end{matrix}\right\}}_{\text{Benzol.}} + \underbrace{NO_5}_{\text{Salpetersäure.}} = \underbrace{\left.\begin{matrix} C_{12} H_5 \\ (NO_4) \end{matrix}\right\}}_{\text{Nitrobenzol.}} + \underbrace{HO}_{\text{Wasser.}}$$

Entzieht man dem Nitrobenzol den Sauerstoff und bringt statt dessen 2 Atome Wasserstoff hinein, so erhält man das Anilin:

$$\underbrace{\left.\begin{matrix} C_{12} H_5 \\ (NO_4) \end{matrix}\right\}}_{\text{Nitrobenzol.}} + \underbrace{6\,H}_{\text{Wasserstoff.}} = \underbrace{\left.\begin{matrix} C_{12} H_5 \\ H \\ H \end{matrix}\right\} N}_{\text{Anilin.}} + \underbrace{4\,HO}_{\text{Wasser.}}$$

Die Umwandlung des Benzols in Nitrobenzol erfolgt sehr leicht, indem man Benzol in sehr konzentrirte, am besten rauchende Salpetersäure eingießt. Da die Mischung sich dabei bedeutend erwärmt und dadurch weitergreifende Zersetzungen eingeleitet werden, so sorgt man während der Mischung für gute Abkühlung. Nach kurzer Zeit wird eine große Menge Wasser zugesetzt, wodurch das Nitrobenzol als schweres hellgelbes Oel abgeschieden und durch Waschen von anhängender überschüssiger Salpetersäure befreit wird.

Das so gewonnene Nitrobenzol ist eine Flüssigkeit von 1,2 spezifischem Gewicht, die bei 220° siedet, bei höherer Temperatur sich aber unter Explosion zersetzen kann. In Wasser ist es unlöslich, dagegen leicht löslich in Alkohol und Aether. Es hat einen dem Bittermandelöl täuschend ähnlichen Geruch und wird deshalb auch in der Parfümerie als künstliches Bittermandelöl verwandt.

Zur Umwandlung des Nitrobenzols in Anilin gibt es verschiedene Verfahrungsweisen, die sämmtlich darauf hinauslaufen, durch einen leicht oxydirbaren Körper, oder durch Wasserstoff im Entstehungszustande dem Nitrobenzol Sauerstoff zu entziehen und Wasserstoff an die Stelle desselben zu setzen.

Nach einer der ältesten Methoden, die beim Arbeiten in kleinem Maßstabe auch ganz befriedigende Resultate liefert, löst man das Nitrobenzol in Alkohol, sättigt die Lösung mit Ammoniak und leitet unter zeitweiligem gelinden Erwärmen anhaltend, mehrere Tage lang, Schwefelwasserstoff ein. Das Ammoniak verbindet sich dabei zunächst mit dem Schwefelwasserstoff zu Schwefelammonium, und dieses zersetzt sich mit dem Nitrobenzol in Anilin, Ammoniak, Wasser und Schwefel. Das Ammoniak dient daher nur dazu, um als Schwefelammonium den Wasserstoff auf das Nitrobenzol zu übertragen. Die Zersetzung geschieht nach folgender Gleichung:

$$\underbrace{C_{12}H_5(NO_4)}_{\text{Nitrobenzol.}} + \underbrace{6\,NH_4S}_{\text{Schwefelammonium.}} = \underbrace{\left.\begin{matrix}C_{12}H_5\\H\\H\end{matrix}\right\}N}_{\text{Anilin.}} + \underbrace{6\,NH_3}_{\text{Ammoniak.}} + \underbrace{4\,HO}_{\text{Wasser.}} + \underbrace{6\,S}_{\text{Schwefel.}}$$

Nach längerer Einwirkung filtrirt man von dem abgeschiedenen Schwefel ab, wäscht denselben mit Weingeist und erwärmt die Flüssigkeit so lange im Wasserbade, bis alles Ammoniak und aller Alkohol verdampft sind. Dann gibt man Wasser zu und destillirt damit, bis mit den Wasserdämpfen kein Anilin mehr übergeht. Man erhält so die Basis rein und farblos, während in der Retorte eine geringe Menge einer braunschwarz gefärbten Materie zurückbleibt. Den zuerst abdestillirten ammoniakhaltigen Alkohol benutzt man bei der nächsten Bereitung, um das Nitrobenzol darin zu lösen.

Nach einer anderen Methode zersetzt man das Nitrobenzol durch metallisches Eisen und Essigsäure unter Mitwirkung von Wasser nach der Gleichung:

$$\underbrace{C_{12}H_5(NO_4)}_{\text{Nitrobenzol.}} + \underbrace{4\,Fe}_{\text{Eisen.}} + \underbrace{2\,HO}_{\text{Wasser.}} = \underbrace{\left.\begin{matrix}C_{12}H_5\\H\\H\end{matrix}\right\}N}_{\text{Anilin.}} + \underbrace{2\,Fe_2O_3}_{\text{Eisenoxyd.}}$$

In eine mit einer Vorlage versehene und mit Eis umgebene Retorte bringt man 1 Theil Nitrobenzol, $1^1/_2$ Theile Eisenfeile und 1 Theil konzentrirte Essigsäure. Es tritt dabei von selbst eine sehr lebhafte Einwirkung ein und destillirt Anilin, essigsaures Anilin und unzersetztes Nitrobenzol. Wenn die Mischung in der Retorte erkaltet ist, gießt man das Destillat in dieselbe zurück, entfernt das inzwischen geschmolzene Eis und erhitzt so lange, bis nichts mehr übergeht. Das Destillat ist fast reines essigsaures Anilin, es wird mit Kalkmilch oder Natronlauge von neuem destillirt und liefert so Anilin.

Sehr leicht und mit den geringsten Kosten ist die Umwandlung des Nitrobenzols, nach der Wöhler'schen Methode, durch Behandlung mit arseniger Säure in alkalischer Lösung auszuführen. Die arsenige Säure wird dabei unter Zersetzung von Wasser in Arsensäure verwandelt:

$$\underbrace{C_{12}\,H_5\,(NO_4)}_{\text{Nitrobenzol.}} + \underbrace{3\,As\,O_3}_{\text{Arsenige Säure.}} + \underbrace{2\,HO}_{\text{Wasser.}} = \underbrace{\left.\begin{matrix} C_{12}\,H_5 \\ H \\ H \end{matrix}\right\} N}_{\text{Anilin.}} + \underbrace{3\,As\,O_5}_{\text{Arsensäure.}}$$

Man löst in einem Destillationsapparate $2^1/_2$ bis 3 Theile arsenige Säure in konzentrirter Natronlauge, gibt 1 Theil Nitrobenzol hinzu, digerirt einige Zeit bei mäßiger Wärme und destillirt dann so lange, bis mit dem Wasser kein Anilin mehr übergeht. In der Vorlage sammelt sich reines Anilin.

Es sind noch verschiedene andere Methoden empfohlen worden, als: Behandlung mit Traubenzucker in alkalischer Lösung, mit Zinn und Salzsäure, mit Zinkstaub und Wasser ꝛc., diese scheinen jedoch keine Vorzüge vor den mitgetheilten zu haben.

Bildung der Anilinfarben. Die Bildung der rothen, blauen und violetten Farben aus dem Anilin ist bis jetzt noch nicht vollständig erklärt, und es herrschen noch manche Widersprüche in dieser Beziehung. Im Allgemeinen kann man aber sagen, daß das Anilinroth durch Einwirkung leicht reduzirbarer Substanzen auf Anilin bei höherer Temperatur entsteht; das Anilinblau bildet sich beim Erhitzen von Anilinroth mit Anilin; das Anilinviolett ebenfalls bei der Einwirkung oxydirender oder leicht reduzirbarer Stoffe auf Anilin, es ist daher wohl in dieser Form als ein Zwischenglied zwischen der rothen und blauen Farbe, als eine Mischfarbe, zu betrachten. Das Anilinviolett bildet sich jedoch auch durch Einwirkung von Jodäthyl auf Anilinroth, ist alsdann aber jedenfalls eine ganz andere Verbindung, als die durch Behandlung des Anilins mit oxidirenden Agentien dargestellte.

Alle drei Farben sind Salze, Verbindungen von Säuren mit

eigenen Basen und zwar sind diese Basen im reinen Zustande farblos. Die Basis des Anilinroths ist Rosanilin genannt und entspricht im wasserfreien Zustande in ihrer Zusammensetzung der Formel $C_{40}H_{19}N_3$; im hydratischen Zustande, so wie sie durch stärkere Basen aus ihren Salzen abgeschieden wird, enthält sie 2 Atome Wasser und ist dann $C_{40}H_{19}N_3 + 2\,HO$. Ihre Bildung aus reinem Anilin ist kaum verständlich, sie wird aber höchst einfach, sobald man mit Hofmann, dem wir die interessantesten Studien dieser Farben verdanken, annimmt, daß zu ihrem Entstehen die Gegenwart eines Gemenges von Anilin und dem ihm so ähnlichen Toluidin erforderlich ist. Direkte Versuche von Hofmann wiesen sogar nach, daß aus chemisch reinem Anilin keine rothe Farbe entsteht, daß sie aber bei Gegenwart von Toluidin sich leicht bildet. Das Toluidin unterscheidet sich von dem Anilin nur dadurch, daß es vom Radikale C_2H_2 mehr als jenes enthält. Aus einem Gemenge von 1 Atom Anilin und 2 Atomen Toluidin brauchen nur 6 Atome Wasserstoff durch reduzirbare Stoffe weggenommen zu werden, um Rosanilin zu bilden. Denn:

$$\underbrace{\left.\begin{matrix} C_{12}H_5 \\ H \\ H \end{matrix}\right\} N}_{\text{Anilin.}} + 2\left[\underbrace{\left.\begin{matrix} C_{14}H_7 \\ H \\ H \end{matrix}\right\} N}_{\text{Toluidin.}}\right] = \underbrace{C_{40}H_{19}N_3}_{\text{Rosanilin.}} + \underbrace{6\,H}_{\text{Wasserstoff.}}$$

und zum Beispiel:

$$\underbrace{3\,AsO_5}_{\text{Arsensäure.}} + \underbrace{6\,H}_{\text{Wasserstoff.}} = \underbrace{3\,AsO_3}_{\text{Arsenige Säure.}} + \underbrace{6\,HO}_{\text{Wasser.}}$$

Was nun die Konstitution des Rosanilins betrifft, so ist es von dem verdreifachten Typus Ammoniak $\left.\begin{matrix} H_3 \\ H_3 \\ H_3 \end{matrix}\right\} N_3$ abzuleiten, und zwar sind darin 6 Atome Wasserstoff durch 3 Atome zweiatomiger Radikale vertreten. Es sind die Radikale $C_{12}H_4$ und $C_{14}H_6$, entstanden durch Austritt von je 1 Atom Wasserstoff aus dem Phenyl und dem Toluyl. Das Rosanilin ist daher durch die rationelle Formel

$$\left.\begin{matrix} C_{12}H_4 \\ 2\,(C_{14}H_6) \\ H_3 \end{matrix}\right\} N_3 \text{ zu bezeichnen.}$$

Läßt man nun auf diese Verbindung, das Rosanilin, von neuem

Anilin einwirken, so spaltet sich das Anilin, Phenyl tritt in das Rosanilin ein, verdrängt die letzten drei Atome des typischen Wasserstoffs und bildet die Basis, deren Salze das Anilinblau sind.

$$3\left[\underbrace{\left.\begin{matrix} C_{12}H_5 \\ H \\ H \end{matrix}\right\} N}_{\text{Anilin}}\right] + \underbrace{\left.\begin{matrix} C_{12}H_4 \\ C_{14}H_6 \\ H_3 \end{matrix}\right\} N_3}_{\text{Rosanilin}} = 3\left[\underbrace{\left.\begin{matrix} H \\ H \\ H \end{matrix}\right\} N}_{\text{Ammoniak}}\right] + \underbrace{\left.\begin{matrix} C_{12}H_4 \\ C_{14}H_6 \\ 3(C_{12}H_5) \end{matrix}\right\} N_3}_{\text{Basis des Anilinblaus}}$$

Das Blau ist demnach ein dreifach phenylirtes Rosanilin.

Läßt man auf Rosanilin Jodäthyl einwirken, so tritt Aethyl, ebenso wie das Phenyl der blauen Farbe, an die Stelle des typischen Wasserstoffs und man erhält das jodwasserstoffsaure Salz der Basis des Anilinviolett:

$$\underbrace{\left.\begin{matrix} C_{12}H_4 \\ C_{14}H_6 \\ H_3 \end{matrix}\right\} N_3}_{\text{Rosanilin}} + 3\underbrace{(C_4H_5J)}_{\text{Jodäthyl}} = \underbrace{\left.\begin{matrix} C_{12}H_4 \\ C_{14}H_6 \\ 3(C_4H_5) \end{matrix}\right\} N_3\,HJ}_{\text{Anilinviolett}} + 2\underbrace{HJ}_{\text{Jodwasserstoff}}$$

Das Hofmann'sche Violett ist daher das dreifach äthylirte Rosanilin.

Diese Erklärung der Bildung der Farbbasen ist allerdings noch nicht ganz allgemein anerkannt, sie ist aber jedenfalls die einfachste, verständlichste und wahrscheinlichste. Hier alles das, was dafür und dagegen geltend gemacht ist, anzuführen, würde nicht am Platze sein, um so weniger, als die Sache noch nicht endgültig entschieden ist. Bis die vielerlei verwickelten Prozesse vollständig geklärt sind, wird man am besten thun, der Autorität des Forschers, welcher sich am eingehendsten damit beschäftigt hat, zu folgen.

Fabrikation des Anilinroths (Fuchsin, Magenta-, Solferinoroth, Azalein, Anilein). Zur Darstellung der rothen Farben aus dem Anilin ist eine große Anzahl verschiedener Vorschriften gegeben. Bei den meisten wirkt ein leicht Wasserstoff aufnehmender, reduzirender, oder ein chlorirender Körper ein. Man bedient sich bei der Fabrikation der Arsensäure, des Zinnchlorids, der Chromsäure, der unterchlorigen Säure, der Salpetersäure, der Antimonsäure, des Bleisuperoxydes, des Wasserstoffsuperoxyds, des salpetersauren Quecksilberoxyds, des salpetersauren Kupferoxyds, des salpetersauren Bleioxyds, des Eisenchlorids, des Zweifach-Chlorkohlenstoffs, des

Chlorelayls zc. Von einigen dieser Stoffe ist nachgewiesen (z. B. vom Zweifach-Chlorkohlenstoff), daß sie Farben von anderer chemischer Zusammensetzung liefern, als oben angegeben ist; doch bei den meisten wird wohl die Ueberführung des Anilins in Rosanilin nach denselben Gesetzen geschehen.

1. Verfahren von Girard und Delaire. 12 Theile Arsensäure werden mit 12 Th. Wasser in einem Destillirapparat übergossen und nach der Lösung der Säure mit 10 Th. Anilin durch kräftiges Umrühren gut vermischt. Die Arsensäure verbindet sich mit dem Anilin und bildet eine teigige Masse von arsensaurem Anilin, die anfangs sehr gelinde, allmählich auf 120° C. erwärmt wird. Dabei destillirt Wasser nebst sehr geringen Mengen Anilin. Die Umwandlung des Anilins erfolgt schon bei dieser Temperatur, weßhalb die Wärme längere Zeit nicht höher gesteigert wird; erst allmählich erwärmt man bis auf 160° C., ohne aber diesen Punkt zu überschreiten. In 4 bis 5 Stunden ist die Operation beendigt und die Umwandlung vollständig erfolgt. Im Destillationsgefäß bleibt eine geschmolzene, bei etwa 100° C. erstarrende Masse zurück. Diese wird noch heiß ausgeschöpft, nach dem Erstarren fein gepulvert und mit siedendem Wasser ausgezogen. Der Farbstoff löst sich zum größten Theil, er ist in diesem Falle arsensaures Rosanilin, und man kann ihn in dieser Form unmittelbar zum Färben gebrauchen, da nach Girard und Delaire von den Arsenverbindungen nichts in die Stoffe übergehen soll. Es ist aber jedenfalls weit zweckmäßiger, wie es auch in allen Farbstofffabriken geschieht, die Arsensäuren vollständig fortzuschaffen und einen arsenfreien Farbstoff zu verwenden. Man verwandelt deßhalb das arsensaure Rosanilin in das salzsaure oder schwefelsaure Salz.

Die gepulverte Masse wird mit Salzsäure ausgekocht, oder nach Bolley besser mit verdünnter Schwefelsäure, weil in ersterem Falle mit den Dämpfen nicht unbeträchtliche Mengen von Chlorarsen entweichen, die der Gesundheit der Arbeiter nachtheilig sein müssen. Nach dem Erhitzen verdünnt man mit Wasser, filtrirt die Lösung und versetzt sie mit so viel Aetznatron, bis sie nicht mehr sauer reagirt. Es wird salzsaures, beziehentlich schwefelsaures Rosanilin gefällt, während arsen- und arsenigsaures Natron gelöst bleibt. Der Niederschlag wird einigemal mit kaltem Wasser gewaschen, dann filtrirt und getrocknet.

Nach Habedank kann man die Auskochung mit Säuren ganz umgehen und zugleich ein krystallisirtes Aninilinroth (salzsaures) erhalten. Die rohe Masse, sowie sie durch die Einwirkung der Arsensäure auf das Anilin erhalten ist, wird zerschlagen und mit einer der angewandten Menge Arsensäure äquivalenten Menge Kochsalz und 5 Th. Wasser gekocht. Die Stücke der Rohmasse schmelzen in der siedenden Flüssigkeit schnell zu einer öligen Substanz, die beim Erkalten erstarrt und zu Boden sinkt. Man läßt zwei Stunden abkühlen und zieht die Flüssigkeit, welche neben wenig Farbstoff die Arsensäuren als Natronsalze enthält, in ein anderes Gefäß ab, worin man den gelösten Farbstoff mit Kochsalz fällt. Man filtrirt und kocht den Niederschlag gemeinschaftlich mit dem harzigen Farbstoff in demselben Gefäß mehrere Male mit Wasser aus und filtrirt. Den ersten Auszug fällt man zweckmäßig mit Kochsalz aus, da dem rothen Farbstoff noch einige Unreinigkeiten beigemischt sind; der dritte und vierte Auszug gibt reine Krystallisationen; die Mutterlaugen dienen zu neuen Auskochungen. Die Zerlegung der Rohmasse (arsensaures und arsenigsaures Rosanilin) mittelst Kochsalz geht leicht und vollständig vor sich und bietet nicht so viele Uebelstände für die Gesundheit der Arbeiter, wie die Auskochung mit Säuren.

2. Verfahren von Rénard und Franc. Ein Gemisch von Anilin und wasserfreiem Zinnchlorid wird zum Sieden erhitzt und auf dieser Temperatur 15 bis 20 Minuten lang erhalten. Das Gemisch wird zuerst gelb, dann röthlich, endlich schön roth. Nachdem diese Umwandlung erfolgt ist, gießt man die noch flüssige Masse in Wasser und erhitzt zum Kochen. Nach einiger Zeit läßt man das Unlösliche absetzen, gießt die klare Farbstofflösung ab und kocht den Rückstand noch einige Male aus. Die filtrirte Flüssigkeit hält den Farbstoff gelöst; um ihn in fester Form zu erhalten, löst man in der erkalteten Flüssigkeit Kochsalz, oder weinsaures Kali oder weinsaures Natron, wodurch er gefällt wird. Nach einiger Zeit gießt man die Salzlösung ab, wäscht den Niederschlag mit wenig kaltem Wasser und trocknet.

3) Verfahren von Schlumberger. 100 Theile wasserfreies Anilin und 60 Theile krystallisirtes salpetersaures Quecksilberoxydul werden in einem trockenen Glaskolben zum Sieden erhitzt. Die Masse verändert nach und nach ihre Farbe, wird zuerst braun,

endlich bildet sie eine schöne rothe Farbe. Die Operation ist beendigt, sobald die Masse beim Sieden aufsteigt und gelbliche Dämpfe zu entwickeln anfängt. Die erhaltene Masse wird noch warm in ein zwei- bis dreimal so großes Volumen Wasser geschüttet, dieses aber beseitigt, weil es einen Theil des nicht zersetzten Anilins als salpetersaures Salz enthält. Der Rückstand wird nun wiederholt mit heißem Wasser ausgekocht, um allen rothen Farbstoff auszuziehen. Aus den erkalteten Lösungen scheidet man den Farbstoff durch Sättigen mit Salzen ab.

Der unlösliche Rückstand enthält einen violetten Farbstoff, der aber, weil er nicht Feuer genug besitzt, nicht zum Färben verwendbar ist. Außerdem scheidet sich eine große Masse metallischen Quecksilbers ab, das man durch Behandlung mit Salpetersäure wieder in Oxydulsalz verwandelt und dann von neuem benutzt.

4. Verfahren von Gerber-Keller. Dem vorigen durchaus ähnlich, nur wird statt des salpetersauren Quecksilberoxyduls das Oxydsalz angewandt und die Masse nur auf 100° C. erwärmt. Das rohe Produkt wird anhaltend mit kaltem Wasser gewaschen, um unzersetzte Anilin- und Quecksilbersalze zu entfernen. Es geht dabei nur eine geringe Menge von Farbstoff verloren. Der Rückstand wird, um theerige Substanzen zu entfernen, mehrere Mal mit Schwefelkohlenstoff extrahirt, wodurch die vorher schmierige Masse nun trocken und pulverig wird, die dann mit ihrem 10fachen Gewicht Alkohol von 50 Prozent ausgekocht wird. Diese Lösung enthält den rothen und außerdem einen violetten Farbstoff. Letzterer wird durch Zusatz von Wasser aus der weingeistigen Lösung gefällt und abfiltrirt, wodurch man den rothen Farbstoff rein erhält. Die Lösung wird im Wasserbade eingedampft und scheidet beim Erkalten salpetersaures Rosanilin in kleinen Krystallen aus.

5. Verfahren von Caro und Dale. 2 Theile Anilin werden mit trockenem Salzsäuregas gesättigt, erwärmt und nach und nach mit 2 Theilen getrocknetem, sehr feingepulvertem salpetersaurem Bleioxyd unter stetem Umrühren gemischt. Die Substanz erwärmt man auf 193° C., jedoch nicht höher. Nach 1 bis 1½ Stunde ist die Einwirkung vollendet. Der Farbstoff wird durch Auskochen mit Wasser extrahirt und nach dem Filtriren aus der erkalteten Lösung durch Kochsalz gefällt.

6. Verfahren von Hofmann. Diese Methode wird im Großen in Fabriken ausgeführt und ist von Monnet und Dury in Lyon folgendermaßen beschrieben. Die geeignetsten Verhältnisse zur Darstellung des rothen Farbstoffes sind 1 Theil Zweifach-Chlorkohlenstoff und 4 Th. Anilin, beide in wasserfreiem Zustande. 1 Kilo von diesem Gemisch wurde in einen starken kupfernen, mit Blei plattirten Kolben gebracht; derselbe war mit einem Sicherheitsventil versehen, welches sich bei einem Druck von 6 Atmosphären öffnete. Man erhitzt im Oelbade auf 116 bis 118° C.; bei dieser Temperatur beginnt die Reaktion, und es wird zugleich der höchste Druck im Apparate ausgeübt. Wenn die Temperatur langsam gesteigert wurde und 118° nicht überschritt, so wird der Druck nicht so stark, daß das Sicherheitsventil sich öffnet, es entweichen durch dasselbe nur wenig Dämpfe. Um die Umwandlung zu beenden, erhöht man schließlich die Temperatur auf 170 bis 180° während einiger Minuten. Beim Arbeiten im größten Maßstabe kann man das Oelbad durch einen Dampfstrom von 118 bis 120° ersetzen und schließlich die Operation über freiem Feuer zu Ende führen. Statt des kupfernen Kolbens läßt sich ein schmiedeiserner, mit Blei ausgefütterter Kessel anwenden. Der Maximaldruck ist nicht höher als im gewöhnlichen Lokomotivkessel.

Vor dem Erkalten des Apparats nimmt man den syrupartigen Inhalt heraus, der nach dem Erkalten zu einer beim geringsten Erwärmen erweichenden Masse erstarrt.

Diese rohe rothe, fast schwarze Masse gibt, mit einer großen Menge Wasser behandelt, eine prachtvoll karmesinrothe Lösung, die direkt zum Färben verwandt werden kann. Es ist aber zweckmäßiger, die rohe Substanz anfangs nur mit wenig Wasser, etwa dem Fünf- bis Sechsfachen ihres Gewichts, zu behandeln und diese Lösung nicht zu verwenden, weil sie weniger schöne Farbentöne liefert als die späteren Auskochungen, die fast Alles aufnehmen und schließlich nur einen geringen Rückstand hinterlassen. Die rothe Lösung wird eingedampft und dann mit etwas neutralem weinsaurem Kali versetzt, wodurch der rothe Farbstoff mit einer geringen Menge einer farblosen Basis gefällt wird. Der Niederschlag wird mit etwas Wasser gewaschen, getrocknet und dann ein paarmal mit Benzin ausgezogen, um die beigemengte Basis zu entfernen. Man kann auch den feuchten Niederschlag mit konzentrirtem Ammoniak behandeln, wodurch das Roth gelöst wird, während die Basis ungelöst zurück bleibt. Bei dieser Behandlung wird das Salz zersetzt und löst sich farblos im Ammoniak. Kocht man die Lösung, so entweicht das Ammoniak und sie nimmt ihre schöne rothe Farbe wieder an.

Der Zweifach-Chlorkohlenstoff läßt sich leicht darstellen und kostet pro Kilogramm nicht mehr als 15 bis 18 Franken. Anilin zu 25 Franken gerechnet, läßt sich das Roth auf diese Weise zu 32 Franken pro Kilogramm herstellen.

7. Verfahren von Delvaux. 2 Theile Anilin und 3 Theile salzsaures Anilin werden mit 10 Theilen Sand gemischt und 15 Stunden lang auf einer Temperatur von 110 bis 120° C. erhalten, oder 5 bis 6 Stunden auf 150°, oder endlich 2 bis 3 Stunden auf 180° erhitzt. Dem Rückstande entzieht man das Roth auf gewöhnliche Weise.

Es ließen sich noch eine Menge anderer Methoden anführen, doch die beschriebenen werden genügen, um ein deutliches Bild der einzelnen Prozesse zu geben.

Fabrikation des Anilinblaues (Mülhäuser Blau, Bleu de Lyon, Bleu de lumière, Bleu de Paris). Die blaue Farbe wird durch Einwirkung von Anilin auf Rosanilinsalze (Anilinroth) oder von Anilinsalzen auf Rosanilin dargestellt.

1. Verfahren von Girard. Anilinroth wird mit seinem gleichen Gewicht Anilin gemischt und 5 bis 6 Stunden auf einer Temperatur von 155 bis 180° C., und zwar möglichst nahe bei 165° erhalten. Die so gewonnene violette Substanz wird mit ihrem 15- bis 20fachen Gewicht Salzsäure unter Zusatz von Wasser anhaltend gekocht und dann mit vielem Wasser verdünnt. Es löst sich darin unzersetztes Anilinroth und Anilin, welche aus der Flüssigkeit wieder gewonnen werden können, während eine Substanz zurückbleibt, welche sich in Weingeist und Essigsäure mit violetter Farbe löst. Um hieraus den blauen Farbstoff zu erhalten, kocht man noch wiederholt mit verdünnter Salzsäure aus und wäscht mit siedendem Wasser, bis der Farbstoff rein blau erscheint. Er zeichnet sich durch schönen Kupferglanz aus und kann nach dem Lösen in Weingeist, Holzgeist oder Essigsäure direkt zum Färben verwandt werden.

Anstatt zuerst Anilinroth zu bereiten und dasselbe zu reinigen, kann man zur Gewinnung des blauen Farbstoffs auch das Anilin mit den Agentien behandeln, welche gewöhnlich angewandt werden, um es in Roth zu verwandeln; man braucht dann nur einen Ueberschuß von Anilin anzuwenden. Es ist jedoch zweckmäßiger, bei der Fabrikation die beiden Prozesse zu trennen und das Roth erst zu gewinnen und es dann in Blau überzuführen.

Nach Bolley gibt die Methode von Girard gute Resultate, sobald man dabei sorgfältig darauf achtet, daß die Temperatur nicht auf 180° steigt.

Durch Beimischung verschiedener organischer Substanzen bei der Darstellung soll sich die Ausbeute an blauem Farbstoff bedeutend steigern lassen. Wenn man nach Bolley 1 Theil Anilinroth, $^1/_4$ Theil Benzoesäure und 1 Theil Anilin anwendet, so soll man etwa 20 Prozent mehr Anilinblau erhalten, als ohne diesen Zusatz. Nach anderen Angaben wird Oelsäure oder Stearinsäure dazu angewandt; die fetten Säuren werden dem Produkt durch Behandlung mit leichtem Steinkohlentheeröl entzogen.

2. Verfahren von Gilbee. 1 Theil Anilinroth wird mit 2 Theilen Aetznatron oder Aetzkali und Wasser so lange gekocht, bis es fast farblos geworden und also in Rosanilin umgewandelt ist. 100 Theile Anilin werden dann mit 20 Theilen käuflicher Essigsäure (mit einem Gehalt von 40 Procent reiner Säure) gemischt, um essigsaures Amilin zu bilden. 1 Theil Rosanilin wird mit 5 Theilen dieses essigsauren Anilin gemischt, dann das Gemisch im Sieden erhalten, bis die ganze Masse eine blaue Farbe angenommen hat.

Das so erhaltene rohe Blau gießt man in sehr verdünnte Schwefelsäure, und zwar wendet man so viel Säure an, daß die Gesammtmenge des Anilins, ohne die Essigsäure in Betracht zu ziehen, davon gesättigt werden würde. Die Flüssigkeit wird dann filtrirt, um das gebildete Blau abzusondern und dieses mehrmals mit Wasser gekocht, bis es keine Farbe mehr abgibt. Beim Erkalten bildet das Blau eine harzige Masse, welche nach dem Zerreiben in ihrem sechs- bis achtfachen Gewicht konzentrirter Schwefelsäure gelöst wird; man schüttet diese Lösung dann in eine große Quantität Wasser, um den Farbstoff zu fällen. Durch Trocknen dieses Niederschlages erhält man das Blau in Form eines kupferfarbenen Pulvers.

Erhitzt man die Lösung des Blaus in konzentrirter Schwefelsäure vor der Fällung mit Wasser 25 bis 30 Minuten auf 130 bis 140 ° C. und fällt erst dann mit Wasser, so ist das Blau, nachdem es mittelst eines Asbestfilters von der sauren Flüssigkeit getrennt ist, in kochendem, schwach saurem Wasser vollständig löslich.

Nach Bolley erhält man diese Modifikation des blauen Farbstoffs — Bleu soluble — am besten, indem man 1 Theil Anilinblau in kleinen Quantitäten in 8 bis 10 Theile englische Schwefelsäure einträgt, damit fein zerreibt und allmählich auf 130° C. erwärmt. Die heiße Flüssigkeit wird in eine größere Menge Wasser eingegossen, filtrirt und dann der Farbstoff durch vorsichtige Neutralisation der Säure mit Natron und unter Zusatz von Kochsalz abgeschieden.

3. Verfahren von Schlumberger. Rosanilin wird mit 3 Theilen Anilin und 1½ Theil Essigsäure gemischt und die Mischung mit so viel kohlensaurem oder ätzendem Natron versetzt, als erforderlich ist, um die angewandte Menge der Essigsäure zu neutralisiren. Diese Mischung wird auf eine Temperatur von 180 bis 210° C. so lange erhitzt, als erforderlich ist um die blaue Nüance zu erhalten und bis die Substanz keine röthliche Färbung mehr zeigt. Das so erhaltene Produkt wird mit starker Salzsäure vermischt und darin aufgekocht, wodurch sich der blaue Farbstoff von der Flüssigkeit trennt, so daß er mittelst eines Schaumlöffels abgenommen werden kann. Die so erhaltene Substanz wird einige Mal mit Wasser ausgekocht und schließlich ausgepreßt und getrocknet.

Beim Behandeln der blauen Farbe mit der Salzsäure löst sich ein nicht unbeträchtlicher Theil in derselben. Er wird durch Zusatz von Wasser abgeschieden und liefert dann ein Blau zweiter Qualität.

4. Verfahren von Lauth. Anilinroth wird in Schwefelsäure gelöst und mit einer kleinen Menge Aldehyd versetzt. Nach einer Stunde wird die Säure mit Natron neutralisirt, wodurch ein sehr tief blaues Violett abgeschieden wird. Durch längere Einwirkung des Aldehyds verschwindet jeder rothe Farbenton und man erhält reines Blau. Auf dieselbe Weise wie Aldehyd wirken viele ätherische Oele, als Anis-, Rautenöl 2c. Das so erhaltene Blau ist in Alkohol, Wasser, Essigsäure, Glycerin vollständig löslich und setzt sich aus den Lösungen in Form sehr glänzender bronzefarbener Blättchen ab.

Fabrikation des Anilinviolett (Mauve dye, Violet de

Parme, Tyratin, Anilinpurpur, Tyrischer Purpur, Phenamin, Indisin, Violin, Violet imperial, Reginapurpur). Unter den Fabrikationsmethoden sind zwei wesentlich verschiedene zu unterscheiden. Nach der einen wird Anilin oder Anilinsalz mit oxydirend wirkenden Substanzen, vorzugsweise Chlorkalk oder chromsaures Kali, behandelt. Die andere Methode ist die von Hofmann, wobei Jodäthyl auf Rosanilin einwirkt. Es ist sehr wahrscheinlich, daß die durch oxydirend wirkende Substanzen erhaltenen violetten Farben keine konstanten chemischen Verbindungen, sondern ein Gemische von Anilinroth und Anilinblau sind, während es erwiesen ist, daß durch Einwirkung von Jodäthyl auf Rosanilin die oben geschilderte Verbindung, das dreifach äthylirte Rosanilin, entsteht.

1. Verfahren von Depouille und Lauth. In eine Lösung eines Anilinsalzes wird eine Chlorkalklösung gegossen, so lange, bis sich eine genügende Menge eines violetten Niederschlages gebildet hat. Derselbe wird gesammelt und mit schwach saurem Wasser so lange gewaschen, bis dieses nicht mehr gefärbt wird. Der noch feuchte Niederschlag wird in konzentrirter Schwefelsäure gelöst und darauf durch Zusatz einer großen Menge Wasser abgeschieden.

2. Verfahren von Dale und Caro. 1 Aequivalent irgend eines Anilinsalzes wird mit 6 Aequivalent Kupferchlorid und etwa der dreißigfachen Gewichtsmenge Wasser gekocht. Es entsteht ein dunkelvioletter, fast schwarzer Niederschlag, der abfiltrirt und gewaschen wird. Nach dem Auswaschen kocht man mit Wasser, filtrirt und fällt den Farbstoff aus der Lösung durch kohlensaures Natron. Der beim Auskochen mit Wasser verbleibende Rückstand gibt an Holzgeist oder Weingeist noch beträchtliche Mengen von Farbstoff ab, die durch Fällung mit Wasser gewonnen werden können.

3. Verfahren von Stark. Anilin wird mit seinem gleichen Gewicht Salzsäure vermischt, mit ebensoviel Wasser verdünnt und dann mit einer Lösung von Ferridcyankalium (rothem Blutlaugensalz) behandelt. Von diesem Salz gebraucht man ebensoviel wie man Anilin angewandt hatte, es wird in der zehnfachen Menge Wasser gelöst. In diese Lösung gießt man die Anilinlösung, erwärmt allmählich zum Sieden und kocht 2 bis 3 Stunden lang. Nach dem Erkalten trennt man den erhaltenen Niederschlag durch Filtriren von der Flüssigkeit und wäscht ihn ein paar Mal mit

Wasser. Der feuchte Niederschlag wird in eine kochende Lösung von 1 Theil Weinsäure in 2 Theilen Wasser eingetragen und einige Stunden lang damit im Sieden erhalten. Die saure Lösung wird abfiltrirt und der Rückstand noch mehrmals mit Weinsäure ausgekocht, bis er keine Farbe mehr an dieselbe abgibt. Die vereinigten Auszüge werden mit Ammoniak bis zur schwach alkalischen Reaktion vermischt, wodurch der Farbstoff gefällt wird, der dann nur noch mit Wasser gewaschen und getrocknet zu werden braucht.

4. Verfahren von Perkin. Aequivalente Mengen von schwefelsaurem Anilin und saurem chromsaurem Kali werden in Wasser gelöst und so lange stehen gelassen, bis die Reaktion vorbei ist. Der erhaltene schwarze Niederschlag wird durch Waschen mit Wasser von schwefelsaurem Kali befreit, getrocknet und durch Digestion mit leichtem Steinkohlentheeröl extrahirt. Der Rückstand wird mehrfach mit Alkohol ausgekocht, worauf die Lösung beim Verdampfen des Alkohols den Farbstoff hinterläßt. Um den Farbstoff vollständig rein zu erhalten, löst man diesen Rückstand durch Kochen mit Wasser und fällt aus der klar filtrirten Lösung mit einem Alkali. Der Niederschlag wird mit kaltem Wasser gewaschen, getrocknet, in Alkohol wieder gelöst und zur Trockne verdampft.

Das Verfahren von Perkin ist u. A. in der Fabrik von J. J. Müller in Basel in großem Maßstabe ausgeführt. Eine genaue Beschreibung der dabei angewandten Apparate und der Ausführung der einzelnen Operationen, so wie eine Berechnung der Gestehungskosten von Schlumberger findet sich in Dingler's Polyt. Journ. Bd. 164, S. 206.

5. Verfahren von Price. Eine Flüssigkeit, welche 1 Aequivalent Anilin und 2 Aeq. Schwefelsäure enthält, wird unter Zusatz von 1 Aeq. Bleisuperoxyd einige Zeit gekocht und heiß filtrirt. Das purpurfarbige Filtrat wird mit Kali gekocht, so lange noch Anilin entweicht, der dabei entstehende Niederschlag wird auf einem Filter gesammelt, mit kaltem Wasser gewaschen und in verdünnter Weinsäurelösung gelöst. Diese Lösung wird filtrirt, durch Verdampfen eingeengt und dann durch Zusatz von Alkali gefällt.

6. Verfahren von Hofmann. 1 Theil Rosanilin, 2 Theile Jodäthyl und 2 Theile Weingeist werden in einem geschlossenen starken Gefäße drei bis vier Stunden auf 100° C. erhitzt, bis

alles Rosanilin in den neuen Farbstoff verwandelt ist. Die erkaltete Masse wird mit Alkali ausgekocht, um sie zu zersetzen und das Jod als Jodkalium oder Jodnatrium wieder zu gewinnen, worauf man das äthylirte Rosanilin mit Wasser wäscht und es nach seiner Auflösung in Salzsäure und Alkohol oder in Essigsäure und Wasser zum Färben verwendet.

Anilingelb. — In dem Rückstande, welcher bei der Extraktion des Anilinroth als harzige Masse zurückbleibt, ist ein gelber Farbstoff enthalten, der von Nicholson durch Ausziehen mit verschiedenen Lösungsmitteln dargestellt wird. Dieser Farbstoff stellt nach Hofmann ein feines gelbes, dem frisch gefällten chromsauren Bleioxyd ähnliches, amorphes Pulver dar, das kaum löslich in Wasser, aber sehr löslich in Alkohol und Aether ist. Es ist eine wohl charakterisirte Basis, die mit Säuren zwei Reihen von gut krystallisirten Salzen bildet. Die bei 100° getrocknete Verbindung entspricht in ihrer Zusammensetzung der Formel $C_{40} H_{17} N_3$ und unterscheidet sich daher von dem Rosanilin nur dadurch, daß sie H_2 weniger als dieses enthält. Die Basis ist von Hofmann Chrysanilin genannt.

Nach Schiff läßt sich ein gelber Farbstoff erhalten, indem man antimonsaures Kali oder zinnsaures Natron mit Anilin zu einem dünnen Brei anreibt und allmählich so viel Salzsäure zusetzt, daß die Flüssigkeit stark sauer reagirt. Das Anilin wird sofort in den scharlachrothen Farbstoff umgewandelt, der sich nach dem Eintrocknen der Masse mit Aether-Alkohol ausziehen läßt. Die Lösung hinterläßt beim Verdunsten kantharidenglänzende Blättchen des salzsauren Salzes. Durch Zusatz von Alkali wird aus der Lösung ein intensiv gelber flockiger Körper abgeschieden, welcher mit Säuren wieder die scharlachrothen Verbindungen entstehen läßt.

Beim Färben taucht man die Wolle oder Seide in die saure Lösung und bringt den Stoff dann in eine heiße verdünnte Sodalösung. Es entsteht dadurch eine intensiv gelbe Färbung.

Ob der von Schiff dargestellte Farbstoff mit dem Chrysanilin identisch ist, ist noch nicht nachgewiesen, doch scheint das Verhalten darauf hinzudeuten.

Anilingrün (Emeraldin). — Nach Usèbe werden 150 Gramm schwefelsaures Rosanilin in 450 Gramm einer Mischung von 3 Theilen Schwefelsäure und 1 Theil Wasser in der Kälte gelöst und dann mit 225 Gramm Aldehyd vermischt. Es entsteht zuerst eine violette und dann blaue Färbung (Lauth's Verfahren zur Darstellung des Anilinblaus). Man erhitzt dann so lange im Sandbade, bis ein Tropfen der Flüssigkeit in schwach angesäuertes Wasser gebracht, eine deutlich grüne Farbe zeigt. Sobald diese erscheint, unterbricht man die Erhitzung und trägt die Mischung allmählich in 30 Liter kochendes Wasser ein, denen man sogleich 450 Gramm unterschwefligsaures Natron, in möglichst wenig kochendem Wasser gelöst, zusetzt. Man kocht einige Minuten lang und kann dann die Lösung unmittelbar zum Färben der Seide anwenden, die dadurch eine sehr schöne, auch bei Kerzenlicht angenehme Farbe annimmt. Dem Entdecker dieser Methode ist es nicht gelungen, den grünen Farbstoff in fester Form abzuscheiden.

Nach Lucius. Man löst 1 Theil schwefelsaures Rosanilin in einem Gemisch von 2 Theilen konzentrirter Schwefelsäure und 2 bis 4 Theilen Wasser auf; dann setzt man 4 Theile Aldehyd zu und erhitzt auf 50° C.; bei dieser Temperatur wird die Flüssigkeit erhalten, bis eine herausgenommene Probe, in ihrem fünfzigfachen Gewicht Alkohol gelöst, eine grünlichblaue Lösung gibt. Die so erhaltene Mischung wird in 300 bis 500 Gewichtstheile mit Schwefelwasserstoff gesättigtem Wasser gegossen. Hernach wird die Temperatur allmählich auf 90 bis 100° C. erhöht, und während des Erwärmens werden 10 bis 20 Theile einer gesättigten Lösung von wässriger schwefliger Säure zugesetzt. Alsdann wird die Lösung filtrirt, um den gleichzeitig gebildeten unlöslichen blauen Farbstoff zu entfernen. Die grüne Lösung wird mit 5 bis 20 Theilen Kochsalz und so viel Aetznatron vermischt, als erforderlich ist, um die freie Säure zu binden. Der grüne Farbstoff wird dadurch unlöslich abgeschieden. Derselbe wird dann mit Wasser gewaschen und bei einer 100° C. nicht übersteigenden Temperatur getrocknet.

Beim Ankauf von Anilingelb und Anilingrün hat man sich vor Verfälschungen zu hüten. So wird nach Jacobsen in Berlin eine mit Safran versetzte Lösung von Pikrinsäure als Anilingelb und eine mit in Alkohol gelöstem Anilinblau gemischte Lösung von Pikrinsäure als Anilingrün verkauft. Ein Zusatz von Salzsäure läßt in solchen Gemischen die gelbe Farbe der Pikrinsäure verschwinden und macht das sogenannte Anilingelb rein safranfarbig, das Grün dagegen blau.

Anilinbraun, nach de Laire. Man bringt 1 Theil trockenes Anilinviolett oder Anilinblau zum Schmelzen und setzt es dann sogleich 4 Theilen wasserfreiem salzsaurem Anilin zu. Nachdem der Anilinfarbstoff sich ganz gelöst hat, erhöht man die Temperatur des Gemisches rasch auf den Siedpunkt des salzsauren Anilins (240° C.). Die Masse wird auf dieser Temperatur erhalten, bis ihre Farbe, die anfangs keine Veränderung zu erleiden scheint, plötzlich in Braun übergeht. Die Operation dauert 1 bis 2 Stunden und ist als beendigt zu betrachten, wann sich gelbe Dämpfe an den Seiten des Apparates verdichten; gleichzeitig ist ein starker und charakteristischer Knoblauchgeruch zu bemerken.

Anstatt schon gebildetes Anilinblau oder Anilinviolett zu verwenden, kann man die Farbstoffe durch die zur Bildung derselben dienenden Materialien ersetzen; wenn man z. B. arsensaures Anilin mit salzsaurem Anilin behandelt, so entsteht Anilinbraun.

Die braune Farbe ist in Wasser, Alkohol und Säuren löslich und kann unmittelbar zum Färben benutzt werden. Man kann sie in fester Form darstellen, indem man ihre wässrige Lösung durch Kochsalz fällt.

Anilinschwarz. Eine schwarze Farbe aus dem Anilin darzustellen ist von Lightfoot entdeckt worden. Sie wird gewonnen durch Einwirkung von chlorsaurem Kali und schwefelsaurem Kupferoxyd auf Anilin. Näheres über die Fabrikation der schwarzen Farbe, die nach dem englischen Patentverfahren von J. J. Müller u. Comp. in Basel betrieben wird, ist bis jetzt nicht bekannt geworden.

Anwendung der Anilinfarbstoffe zum Färben und Drucken. — Die verschiedenen Anilinfarbstoffe eignen sich recht vorzüglich für die Seide und Wolle. Diese können, sobald sie im Seifenbade gehörig gereinigt sind, ohne jegliche weitere Vorbereitung in die Farbstofflösungen gebracht werden und werden bei einer Temperatur von 60 bis 80° C. vollständig ausgefärbt. Durch kürzeres oder längeres Verweilen im Farbbade, durch größere oder geringere Konzentration der Lösungen erhält man Farbtöne von jeder beliebigen Intensität. Zur Bereitung der Lösungen reibt man die rothen und violetten Farben mit wenig Alkohol oder reinem Holzgeist ab und verdünnt sie dann mit vielem warmen Wasser. Das Blau ist in Wasser zu wenig löslich, man verwendet es deßhalb als Lösung in Alkohol oder löst es in Essigsäure. Auf Wolle soll man das schönste Blau erhalten, indem man den Farbstoff mit ganz schwachem Alkohol anreibt, abfiltrirt und den Rückstand dann in Alkohol von 90 bis 95 Prozent löst. Die Wolle wird per Pfund mit 6 Loth Alaun und 1/2 Loth gereinigtem Weinstein angesotten und dann bei 75° C. ausgefärbt.

Auf Baumwolle lassen sich die Anilinfarbstoffe nicht unmittelbar befestigen, da die Baumwolle sie nur sehr schwach anzieht und sie beim bloßen Waschen mit Seifenwasser wieder abgibt. Man kann aber die Baumwolle mit Anilinfarben färben und diese auch aufdrucken, sobald man der Faser eine gewisse Präparation gibt. Man imprägnirt das Zeug oder die Gespinnste mit Eiweiß, Kleberlösung, Gerbsäure, Bleioxydhydrat, Bleiseife, Zinnoxyd oder Thonerde, mit denen die Farben sich verbinden und dann durch Dämpfen fixirt werden. Sowohl zum Färben wie zum Drucken scheint sich die Gerbsäure am besten zu eignen, da sie vollkommen unlösliche Verbindungen mit dem Rosanilin bildet.

Nach Gratrix und Javal setzt man zu einer Lösung von Anilin-Roth oder Blau so viel Gerbsäure (Galläpfelauskochung) als erforderlich ist um allen Farbstoff zu fällen. Der Niederschlag wird gewaschen, getrocknet und in Essigsäure, Alkohol, Holzgeist gelöst. Die Lösung wird mit Gummi verdickt und kann dann auf Gewebe, die mit zinnsaurem Natron grundirt sind, aufgedruckt werden. Nach dem Drucken wird der Stoff gedämpft und hernach gewaschen, mit oder ohne Anwendung von Seife; die rothe Farbe erfordert ein Seifenbad.

Oder man druckt auf den mit zinnsaurem Natron grundirten Stoff eine Lösung von Galläpfeln oder einem anderen gerbstoffhaltigen Stoffe. Die Waare wird dann gedämpft, wobei man zuerst Dampf von niederer Spannung und schließlich Dampf von 8 bis 10 Pfund Druck anwendet. Darauf wird die Waare vom Gummi gereinigt, indem man sie die gewöhnlichen Fixirungsbäder passiren läßt, oder wie beim Krappfarbendruck Lösungen von arsensaurem Kali oder Natron, oder Wasserglas zur Anwendung bringt; sie ist, nachdem sie dann gut gewaschen wurde, zum Ausfärben fertig. Das Färben geschieht im gewöhnlichen Krappfärbekessel, der mit schwach durch Essigsäure angesäuertem und auf 60° C. erhitztem Wasser gefüllt ist. Man geht mit der Waare ein, indem man nach und nach den in Essigsäure oder Alkohol gelösten Farbstoff zugibt. Sobald man sämmtlichen Farbstoff zugesetzt hat, erhitzt man zum Kochen und erhält die Flüssigkeit eine halbe Stunde im Sieden. Der weiße Grund ist schwach eingefärbt, er wird durch Auskochen mit schwach saurem Wasser wiederhergestellt.

Beim Aufdrucken der rothen mit Gummi verdickten Anilinfarben wird häufig die rothe Farbe in Violett verwandelt und zwar wird dieses nach Bulard am stärksten von den über Alexandrien und Marseille importirten ägyptischen Gummisorten bewirkt; die weißen Sorten des Senegalgummi haben dagegen wenig Einfluß auf die Farben. Diese nachtheilige Veränderung läßt sich aber durch Zusatz von ein wenig Albumin vermeiden.

Nach Lloyd und Dale versetzt man 4½ Liter Gummiwasser mit 240 bis 300 Gramm reinem Gerbstoff und der nach der beabsichtigten Schattirung erforderlichen Quantität Anilinviolett oder Anilinroth. Nach dem Aufdrucken dämpft man die Zeuge bei einem Druck von $^1/_{15}$ bis $^1/_{13}$ Atmosphäre. Dann passirt man sie durch ein Bad, welches 13½ Gramm Brechweinstein pro Liter enthält und eine Temperatur von 45 bis 85° C. hat; hierauf werden sie gewaschen und getrocknet.

Oder man druckt bloß eine verdickte Gerbstofflösung auf (133 Gramm Gerbstoff pro Liter Gummiwasser für dunkle, 27 Gramm für helle Farben). Nach dem Drucken dämpft man eine Stunde lang und passirt darauf durch das Brechweinsteinbad. Nach dem Waschen färbt man in einem schwach sauren Bade von Anilin-Roth oder Violett, welches langsam zum Kochen gebracht und 20 Minuten lang im Sieden erhalten wird. Nach dem Waschen nimmt man, um den weißen Grund wieder herzustellen, durch ein schwaches Chlorkalkbad und schönt endlich im Seifenbade.

Nach Perkin und Puller wird das Zeug 1 bis 2 Stunden lang in ein Bad von Galläpfeln, Sumach oder irgend einem gerbstoffhaltigen Stoff eingetaucht, dann in ein Bad von zinnsaurem Natron, nach dem Auswringen gesäuert und gewaschen. Diese so präparirte Baumwolle nimmt die Anilinfarben leicht auf und entzieht sie den Farbbädern vollständig.

Oder die Baumwolle wird in Albuminlösung getränkt, gedämpft und dann wie Seide oder Wolle gefärbt.

Nach Miller wird 1 Pfund Galläpfel mit 10 Pfund konzentrirtem Essig (1,040 spez. Gew.) digerirt und die Gerbsäurelösung von dem unlöslichen Rückstand abgezogen. Die Lösung wird je nach der Tiefe der Farbe mit Wasser verdünnt, das Zeug hindurchgenommen und dann getrocknet. Zur Darstellung der Druckfarbe wird zinnsaures Natron mit Weinsäure neutralisirt und mit einem schwachen Ueberschuß von Essigsäure vermischt. Dieser Lösung wird die erforderliche Menge Anilinfarbstoff zugesetzt und das Ganze dann mit Gummi verdickt. Die mit der Gerbsäure imprägnirten Zeuge werden mit dieser Farbe gedruckt und dann gedämpft.

Oder man passirt die Zeuge durch ein Seifenbad, welches 1 Pfund Seife auf 20 Pfund Wasser enthält; hierauf werden sie mit verdünnter Schwefelsäure behandelt. Zur Druckfarbe nimmt man 1 Pfund Bleizucker auf 10 Pfund Wasser, setzt die erforderliche Menge Farbstoff zu, verdickt mit Gummi, druckt und dämpft.

In französischen Färbereien bringt man in ein Steinzeuggefäß 500 Gramm Olivenöl, 125 Gramm Schwefelsäure und 50 Gramm Alkohol. Nach sorgfältigem Mischen fügt man 5 Liter Wasser zu, nimmt die Baumwolle hindurch und trocknet. Vor dem Färben passirt man durch ein Bad von kohlensaurem Natron und färbt im Farbbade. Die Baumwolle soll ohne gewaschen zu sein getrocknet werden.

Anilin-Grün und Blau (Emeraldin und Azurin) auf Baumwolle nach Calvert, Lowe und Clift. Die Gewebe werden mit einer Lösung von 8 Loth chlorsaurem Kali in 10 Pfund Wasser imprägnirt und getrocknet. Sie werden dann in einer Lösung von salzsaurem oder weinsaurem Anilin von 1 Prozent Gehalt grundirt oder bedruckt und 12 Stunden lang in einer warmen, feuchten Atmosphäre aufgehängt. Nach dieser Zeit ist die grüne Farbe vollständig entwickelt. Man kann aber auch den Stoff mit einem Gemisch bedrucken, welches aus weinsaurem oder salzsaurem Anilin, und mit Stärkekleister verdicktem chlorsaurem Kali besteht. 1 Pfund Anilin wird mit Salzsäure oder Weinsäure neutralisirt und so viel Wasser zugegeben, daß man 3 Pfund Lösung erhält; ferner löst man 1 Pfund chlorsaures Kali in 60 Pfund warmem Stärkekleister und fügt nach dem Erkalten die Anilinsalzlösung hinzu.

Der grüne Farbstoff läßt sich in Blau verwandeln, indem man die Stoffe in einem schwachen Laugen- oder Seifenbade kocht, 2 Loth Aetznatron oder 8 Loth Seife auf 10 Pfund Wasser. Statt dessen kann man auch die Stoffe durch eine Lösung von 2 Loth rothem chromsaurem Kali in 10 Pfund Wasser passiren.

Anilinschwarz auf Baumwolle. Nach Lightfoot ist die Darstellung dieser schönen schwarzen Farben ganz ähnlich wie die der grünen und blauen. 850 Gramm Stärke werden mit 6 Liter Wasser zu Kleister gekocht, darin 180 Gramm chlorsaures Kali, 150 Gramm Kupfervitriol gelöst und 450 Gramm salzsaures Anilin zugesetzt. Anfangs ist die Farbe sehr schwach, sie geht aber, nachdem die Stoffe drei Tage lang in heißer, feuchter Atmosphäre gelüftet sind, in tiefes Schwarz über. Dieses Schwarz läßt sich sehr sauber drucken, es fließt nicht aus, ist sehr dauerhaft und verträgt die sämmtlichen Operationen der Krappfärberei, so daß es mit Krappfarben gemeinschaftlich verwandt werden kann.

In Mühlhausen ist ein Schwarz erfunden worden, welches ähnlich wie das vorige gewonnen wird; die Mischung zu demselben enthält aber statt des Kupfervitriols Ferridcyanammonium. Man stellt es dar, indem man 27 Kilogramm Stärkmehl mit 18 Liter Wasser, 30 Liter Gummiwasser (zu 1200 Gramm per Liter) und 24 Liter Tragantschleimwasser (zu 65 Gramm per Liter) zu einem Verdickungsmittel kocht. Man gebraucht dann zwei Lösungen: A. In 25 Liter heißen Verdickungsmittels werden 1350 Gramm chlorsaures Kali gelöst und zu der erkalteten Masse 3900 Gramm Ferridcyanammonium gefügt. B. In 26 Liter heißen Verdickungsmittels löst man 750 Gramm Weinsäure und 3600 Gramm trockenes salzsaures Anilin. Zwei Theile der Mischung A werden mit 1 Theil der Mischung B versetzt und so zum Druck verwandt.

Dr. Fr. Stohmann.

CPSIA information can be obtained
at www.ICGtesting.com
Printed in the USA
LVHW040403110522
718423LV00001B/143

9 783375 011680